国家出版基金项目
NATIONAL PUBLICATION FOUNDATION

1945—1949年

东北解放区文学大系

本卷主编◎孙建伟 戚增媚

史料卷①

总主编◎丛 坤

黑龙江大学出版社
哈尔滨

图书在版编目（CIP）数据

1945—1949 年东北解放区文学大系．史料卷 / 丛坤
总主编；孙建伟，戚增媚分册主编． -- 哈尔滨 ：黑龙
江大学出版社，2021.12
　ISBN 978-7-5686-0469-7

Ⅰ．①1… Ⅱ．①丛… ②孙… ③戚… Ⅲ．①解放区
文学－作品综合集－东北地区－1945-1949②地方文学史－
中国－1945-1949 Ⅳ．① I218.3

中国版本图书馆 CIP 数据核字（2021）第 099997 号

1945—1949 年东北解放区文学大系　史料卷
1945—1949 NIAN DONGBEI JIEFANGQU WENXUE DAXI SHILIAOJUAN
孙建伟　戚增媚　主编

责任编辑	宋丽丽　高楠楠　徐晓华
出版发行	黑龙江大学出版社
地　　址	哈尔滨市南岗区学府三道街 36 号
印　　刷	哈尔滨市石桥印务有限公司
开　　本	720 毫米 ×1000 毫米　1/16
印　　张	56.25
字　　数	630 千
版　　次	2021 年 12 月第 1 版
印　　次	2021 年 12 月第 1 次印刷
书　　号	ISBN 978-7-5686-0469-7
定　　价	178.00 元（全二册）

本书如有印装错误请与本社联系更换。

《1945—1949 年东北解放区文学大系》

学术顾问 (按姓名笔画排序)

冯毓云　刘中树　张中良　张毓茂

编委会 (按姓名笔画排序)

主任：于文秀

成员：叶　红　丛　坤　刘冬梅　那晓波
　　　　孙建伟　李　雪　杨春风　宋喜坤
　　　　张　磊　陈才训　金　钢　赵儒军
　　　　侯　敏　郭　力　戚增媚　彭小川
　　　　蓝　天

出版说明

　　1945 年到 1949 年的东北解放区,社会风云变幻,文学繁荣发展。当时的文学创作者们以激昂向上的笔触,再现了波澜壮阔的解放战争和轰轰烈烈的土地改革,讴歌了人民军队可歌可泣的英雄事迹,描绘了劳动人民翻身后的喜悦心情,书写了时代的大主题。为了再现这段文学风貌,我们编辑出版了《1945—1949 年东北解放区文学大系》。

　　这套丛书大体以体裁分编,计小说卷(长篇、中篇、短篇)、散文卷、戏剧卷、诗歌卷、翻译文学卷、评论卷及史料卷七种,所收录作品以新文学为主。此阶段作品浩如烟海,而部分文字资料因时间久远或受当时技术所限出现严重缺损,考虑到丛书篇幅有限,故仅收入代表性较强的作品。对于因原始资料不全、不清晰而无法完整呈现,或受条件所限未收集到权威版本的篇目,则整理为存目,列于丛书卷末,以备读者参考。

　　丛书编辑过程中,多数篇目由原始版本辑录,首次收入文集,也有些篇目参照了此前出版的多种文集。原始文献若有个别字迹不清确不可考的,丛书中以□代替。

　　丛书收录作品以 1945 年 8 月至 1949 年 10 月为时间节点,个别作品的完成时间略有延伸。大部分作品结尾标注了写作时间，以及初次发表或结集出版的版本信息。作品编排大体以作者姓名笔画为序（特殊情况除外，如集体创作作品列于卷末）。

就筛选标准而言，所收主要为东北作家创作的主题作品，也有非东北籍作家创作的有关东北解放区的作品。除此之外，还有此时期公开发表的反映抗日战争题材的作品，以及在东北出版的反映其他解放区的、革命主题特色鲜明的作品。需要指出的是，在本丛书的史料卷中，还有一部分作品创作于新中国成立之后，但反映了解放战争时期东北解放区的文学发展面貌，或记述了一些典型事件、代表性人物，亦具珍贵的史料价值，为完整呈现当时的文学风貌，这部分作品亦收入丛书，以"节选"的方式呈现。

需要特别说明的是，此时期的个别作家受时代限制，思想表现出了一定的历史局限性，体现在文学创作方面可能表现为不同程度的瑕疵，这一群体的作品，只要总体导向是正面的、积极的，从保证史料全面性、完整性的角度考虑，我们也将其予以收录。个别作家在解放战争时期是积极追求进步的，但随着社会环境的变化，却出现思想动摇甚至走向错误道路，对于其作品，本丛书只选取其有代表性的、取向积极的篇目，对于其他时期该作家的不当言论、思想，我们不予认同。此外，在当时复杂的政治环境下，还有一些作品中的个别表述可能存在一些偏差，但只要其主题思想是积极进步的，则丛书亦予以收录。

丛书旨在突出东北解放区文学原貌，侧重文献整理，故此在编辑过程中，重点对作品中会影响读者理解的明显讹误进行了订正，对于字词、标点符号以及句法等，尊重原文的使用习惯，不予调改，以突出其史料价值。此外，由于此时期文学作品肩负宣传进步思想的重任,而读者对象大多文化程度较低,创作者亦水平不一,因此创作主旨以通俗易懂为要,一些篇目语言风格通俗、浅白,甚至个别篇目、细节存在一些俚语表达,为遵从原貌,丛书仅对不雅字、词、句加以处理,其余不予调改。本书选文除作者原注外,亦保留原文在初次出版时的编者注,供读者参考。

《1945—1949 年东北解放区文学大系》

史料卷①

新华社

冀察热辽中央分局宣传部

重要报纸期刊

文艺团体、机构

作家及创作书目

东北解放区文学回忆与纪念

目　录

Directory

9

总　序

张福贵

　　从古至今,东北在中国历史与文化进程中,特别是近代以来都是决定中国社会政治发展走向的重要因素。当然,这种作用不单纯是东北自生的,更是多种因素叠加和交汇的结果。东北文化既是文化空间概念,同时更是历史时间概念,是不同空间、区域的多种历史文化的积累,是一种时空统一的文化复合体。值得注意的是,除了抗战时期的特殊因缘使"东北作家群"名噪一时外,作为东北历史文化和现实社会表征的东北文学特别是东北解放区文学,在相当长的时间里却未得到应有的关注。黑龙江大学出版社在对过去为数不多的东北文学史料进行整理的基础上出版的东北文艺史料集成——《1945—1949年东北解放区文学大系》,因而可以说是特别值得关注的。

　　《1945—1949年东北解放区文学大系》内容丰富,除了包括小说卷、诗歌卷、散文卷、戏剧卷之外,还包括评论卷、史料卷和翻译文学卷。这是一个前所未有的大工程,也是一件大善事。正如"总导言"中所说的那样,丛书注重发掘新资料,通过回归文学现场,复现了东北解放区文学的整体面貌。东北解放区文学处于东北现代

文学快速繁荣发展的历史时期,在土改文学、工业文学、战争文学等方面代表了 20 世纪 40 年代解放区文学的成就,是对《在延安文艺座谈会上的讲话》所确立的文艺观念的全面实践。对东北解放区文学的系统研究有利于更全面地总结解放区文学的成就,有利于把握延安文艺传统与东北解放区文学的内在联系,以及解放区文学对新中国文学制度、观念、创作等方面的影响。以"历史视角""时代视角"对东北解放区文学,尤其是解放战争时期的土改题材、工业题材的小说和戏剧进行分析,可以勾勒出政治意识形态对东北解放区文学运动、文学社团、文学形态、文学制度、文学风格、文学论争等产生的影响,有利于把握东北解放区文学的历史价值、认识价值、审美价值与当代意义,同时对于挖掘东北地区的文化历史和建设东北文化亦具有现实意义。东北解放区文学是基于延安文艺传统而创作的,对东北解放区文艺运动、文艺理论的全面审视具有重要的历史价值和理论意义。此外,对东北解放区文学进行深入研究,探寻人民文艺理论的历史源头,对于当代文艺创作、审美观念的引导亦具有一定的启示作用。但是,受地域因素、资料整理程度、研究者文化背景等条件的制约,东北解放区文学在中国当代文学史上的特殊地位与价值一直以来并未引起研究者的足够重视。

东北解放区文学无论是在中国大文学史中还是在东北文学和文化发展的历史中,都是具有特殊意义的存在。

虽然现代东北文学在新文学运动初期晚于也弱于关内文学的发展,但是 1931 年九一八事变发生,新起的东北文学及东北作家被国难推到了文坛中心,萧红、萧军等青年作家更是直接受到鲁迅的关注和扶持,迅速成为前沿作家。这一批流落到上海等都市的青年作家由此被称为"东北作家群",他们奠定了东北文学在中国大文学史上的特殊地位。然而，正像全面抗战进入相持阶段之后，中国文坛也变得相对平静、舒缓一样，除了萧红、萧军等人外，东北文学和东北作家也逐渐失去了文坛的关注。应当承认，一些东北作家的文学成就和文坛名声之间并不完全相符，是时代造就了他们，提高了他们的文学史地位。然而，另一方面，我们对其中有些作家及作品的价值却又是认识不足的。对此，我自己也有一个认识转化的过程：过去单纯依据多数东北作家的创作进行判断，感觉某些艺术价值之外的因素在评价中发生了作用，其地位可能有些"虚高"；但是，对于20世纪的中国文学史来说，艺术之外的价值判断就是艺术判断本身，或者说，社会判断、政治判断就是中国文学史评价的根本性尺度。因为在中国作家或者说在知识分子的群体意识之中，政治的责任感和社会的使命感几乎是与生俱来的，而中国20世纪风云激荡的社会现实又为这种责任感和使命感提供了最好的生长环境。"悲愤出诗人"，"文章憎命达"，文学创作是与政治、思想、伦理等融为一体的，脱离了这一切，文艺也就失去了时代与大众。所以说，无论是具体的作品分析，还是文学史研究，没有了这些"外在因素"，也就偏离了其本质。"东北作家群"是时代的产物，也是时代文艺的产物，20世纪中国文学史中应该有他们浓墨重彩的一笔。作为后人，对历史做出评价往往是轻而易举的，但是这"轻而易举"往往会导致曲解甚至歪曲了历史，委屈了历史人物。"东北作家群"的价值和意义不是单一的，因为对中国现代文学史的评价从来就不是一种艺术史、学术史的评价，而是一种思想史和政治史的评价。正如鲁迅当年为萧军的成名作《八月的乡村》所作的序中所写的那样，"这《八月的乡村》，即是很好的一部，虽然有些近乎短篇的连续，结构和描写人物的手段，也不能比法捷耶夫的《毁灭》，然而严肃,紧张,作者的心血和失去的天空,土地,受难的人民,以至失去的茂草,高粱,蝈蝈,蚊子,搅成一团,鲜红地在读者眼前展开,显示着中国的一份和全部,现在和未来,死路与活路。凡有人心的读者,是看得完的,而且有所得的"。《八月的乡村》不仅是中国现代第一部抗日题材的长篇小说,也是世界反法西斯战争题材的第一部长篇小说,其意义和价值是特殊的、特有的,不可单单以艺术审美的标准来看待这部作品。"东北作家群"的存在及其创作的意义,不只是为20世纪30年代的中国文坛增添了特有的地域文化内容和东北文学特有的审美风格,更在于最早向全国和世界传达出中华民族抗敌御辱的英勇壮举,最早发出反法西斯的声音。此外,在抗战大历史观视域下,"东北作家群"的创作为十四年抗战史提供了真实的证据。特别是东北解放区的早期文学直书十四年历史的特殊性,这是十分可贵的和独特的。于毅夫的散文《青年们补上十四年这一课》,深刻而沉重地描写了十四年殖民统治下东北人的精神状态和文化演变:

　　这许多现象,说明了东北在十四年殖民统治的过程中,文化生活上是起了很大的变化。翻开伪满的《满语国民读本》一看,真是"协和语"连篇,如亚细亚竟写成アジヤ,俄罗斯竟写成ロシヤ,有的人一直到现在还把多少元写成多少円,这都是伪满"协和语"的残余,说明殖民统治残余的文化还在活着,还没有死去,这在今天不能不说是一件遗憾的事!仔细想来,这也难怪,因为日本的魔手,掌握了东北十四年,今天一旦解放,希望不着一点痕迹,这是完全做不到的,要从历史上来看,它切断了东北历史十四年,这十四年的历史是很黯淡地被抹掉了,十四年来也的确是一个大变化,在这期间多少国家兴起了,多少国家衰落了,多少血泪的斗争、多少波浪的起伏,都被日本鬼子的魔手所遮断！我回到家乡接触到成千成百的青年,几乎都不大明了这十四年来的历史真相,有的连中国内部有多少省都不知道,连云南、贵州在哪里都不晓得。

难能可贵的是,作者较早地认识到在经历了十四年的奴化教育之后,对东北人民进行民族和民主意识的启蒙是至关重要的。"不过历史是不能停滞的,殖民统治残余的文化必须要肃清,法西斯毒化思想也必须要肃清,既然是日本鬼子切断了东北历史十四年,既然法西斯分子要篡改这一段历史,那我们就应该设法补足这十四年的历史！""要做到这点,我想青年们今天的迫切要求,不是如何加紧去学习英文、代数、几何、物理、化学,读死书本事,争分数之短长,准备到社会上去找一个饭碗,而是如何加紧去学习新文化,如何加紧学习社会科学,如何去改造自己的思想,如何进一步地去改造这遭受法西斯思想威胁的半封建的半殖民地的社会！""因此我向青年们提议要加强你们对于新文化的学习,加强对于社会科学的学习,特别是政治的学习,不要把自己圈在课堂里,圈在死书本子上。""新青年要掌握着新文化,新思想,才能创造起新中国新东北！"(《东北日报》1946 年 10 月 13 日)

在一批最前沿的左翼作家流亡关内之后,东北文学经过了一段艰难而相对平静的发展阶段。在表面繁华而内在凶险的沦陷区文艺界,中国作家用各种文艺手段或明或暗地与侵略者进行抗争,并为此付出了血的代价。这种状况直到 1945 年光复之后才发生根本性转变,东北文艺创作者们一方面回顾过去的苦难,另一方面表现出对新生活的憧憬,这正是后来东北解放区文艺的心理基础,而日渐激烈的解放战争又为东北文艺的走向和解放区文艺的诞生提供了具体的现实基础。这与以萧军、罗烽、舒群、白朗、塞克、金人等人为代表的东北籍作家的返乡,以及在东北沦陷区留守的左翼作家关沫南、陈隄、山丁、李季风、王光逖等人的坚持,是分不开的。当然,随我党十几万军政人员一同出关的延安等地的众多文艺家,在东北文艺的创设中更是起到了引领和带头作用。这其中已经成名的有刘白羽、周立波、丁玲、草明、严文井、张庚、吴伯箫、华山、陆地、公木、方青、任钧、雷加、马加、陈学昭、西虹、颜一烟、林蓝、柳青、师田手、李克昇、蔡天心等。

东北解放区文艺的创作直接继承了延安文艺特别是毛泽东《在延安文艺座谈会上的讲话》精神。在党的直接领导下,东北解放区先后创办了《东北日报》《中苏日报》《东北民报》《关东日报》《辽南日报》《西满日报》《大连日报》《松江日报》《合江日报》《吉林日报》《胜利报》等,这些报纸多为党的机关报,其文艺副刊发表了大量的文艺作品、理论文章及文艺动态。这些报纸副刊对于东北解放区文学的引导与建构起到了重要的作用。与此同时,《东北文学》《东北文化》《东北文艺》《文学战线》《人民戏剧》《白山》《戏剧与音乐》等文学杂志,以及东北书店、大众书店、光华书店等出版机构相继创办,这些文艺刊物和书店对解放区文艺的发展也起到了很大的推动作用。

革命的逻辑和阶级的理论是东北解放区文艺创作的普遍主题。这是一种革命的启蒙,与左翼文艺一脉相承,只不过东北的社会现实为这种主题提供了更为广泛而坚实的生活基础。抗战胜利后,为了开辟和巩固东北解放区，使之成为解放全中国的军事和经济基地，我党进军东北，抢占了战略制高点。可是，在东北，人民军队所处的环境与山东等老解放区完全不同，殖民统治因素加之国民党的宣传，使得我们的政治优势在最初未能完全发挥出来。正如李衍白在散文《黎明升起——巨大变化的东北一年间》中所写的那样："群众在犹豫中，岁月在艰苦里，这就是我们在东北土地上刚刚开始播种，还没有发芽开花时的现实遭遇。"随着革命形势的发展，革命军队传统的政治思想工作优势又体现了出来。我党在部队中开展了以"谁养活了谁"为主题的"诉苦运动"，这颠覆了中国东北乡村社会的封建伦理，提高了官兵的阶级觉悟，极大地增强了部队的战斗力。

这种革命的逻辑在土改题材的作品中表现得最为突出。方青的短篇小说《擦黑》讲述了这个朴素的道理：

"……像赵三爷那号人，把咱穷人的血喝干了，咱们才不得不去找口水喝饮饮嗓；他们喝干了咱们的血没有一点过，咱们找口水喝饮饮嗓子就犯了罪？旧社会就是这么不公平！他们还满口的仁义道德，呸！雇一个扛活的，一年就剥削好几十石粮食，还总是有理！穷人的孩子偷他个瓜吃，就叫犯罪，绑起来揍半天，这叫什么他妈的道德？咱们要讲新道德，咱们贫雇农的道德；就是用新道德来看咱们贫雇农；像上边说的那些犯了点毛病的，都不要紧，脸上有点黑，一擦就干净了，只要坦白出来，都是穷哥儿们好兄弟。一句话：只要是姓穷的就有理，穷就是理！金牌子上的灰一擦净，还是金牌子。家务事怎么都

好办!"李政委讲的话刚一落音,大伙高兴地乱吵吵起来:"都亲哥儿兄弟么!"

除此之外,还有在"你给地主害死爹,我给地主害死娘⋯⋯"的事实教育下,认识到了彼此都是阶级弟兄,大家都是穷苦人的"无敌三勇士",他们从此"火线上生死抱团结"。(刘白羽《无敌三勇士》)

土地改革是东北解放区文艺最引人关注的问题。东北解放区文学作品中有许多极具写实性的"穷人翻身"故事,如周立波的《暴风骤雨》、马加的《江山村十日》、白朗的《孙宾和群力屯》、井岩盾的《瞎月工伸冤记》、李尔重的《第七班》、西虹的《英雄的父亲》等文艺经典作品。

方青的《土地还家》描述的就是这一历史巨变给贫苦农民带来的心理和生活的变化:

二十年了,郭长发又重新用自己的手来耕作自己的土地了。这是老人留下的命根,叫它长出粮食来养活后代的儿孙:可是二十年的光景,它被野狼吞了去,自己没有吃过它一颗粮食——他想到是旧社会把他的地抢走了。

现在呢?他又踏在这块地上铲草了。他感到自己已经离开家二十年,如今又回到母亲的怀里,亲切地叫着:"娘!我回来了。"——于是他又感到是:这是新社会把我的地要回来的。他这样想着,不由得拉长了声音跟儿子说:

"柱儿！想不到啊，盼了二十年，那时候你才三岁。多亏共产党……记住！可别忘了本啊！"

他直起腰来，两手拉着锄把，又沉重地重复着这句话：

"柱儿！记住，可别忘了本啊！"

佚名的《永北前线担架队速写》则写了老乡们在一天的时间里就组织起了八百余人的担架大队，作者经过和担架队员们的交谈，感受到了新解放区人民的觉悟。大队长问担架队员们："你们这次出来抬担架，怕不怕？"大伙回答："不怕！"大队长又问："为什么不怕？"大伙答："不怕，这是为了自己。"担架队员们相信唯有民主联军存在，他们才能活着。他们说："胜利是我们的，土地才是我们的。""赶走国民党反动派，保卫我们的土地和民主。"这与《白毛女》"旧社会使人变成鬼，新社会使鬼变成人"和《王贵与李香香》"要是不革命，穷人翻不了身，要是不革命，咱俩结不了婚"的主题是一样的。淮海战役的胜利是山东人民用手推车推出来的，而东北解放区的建立和辽沈战役的胜利又何尝不是如此！

战争书写是东北解放区文艺中最主要的内容，革命理想主义、革命集体主义和革命英雄主义精神，是东北文艺的思想主题，也是东北文艺的审美风尚。这种简单明了的思想、昂扬向上的精神本身就具有一种审美特质，它奠定了新中国文艺的审美基调。就东北解放区文艺而言，无论是描写抗日战争还是描写解放战争的作品，都普遍具有鲜明而朴素的阶级意识、粗犷而豪迈的革命情怀。

蔡天心的诗歌《仇恨的火焰》，描写了在觉醒的阶级意识支配下东北民主联军官兵的战斗情怀：

仇恨燃烧着，

像火一样烧灼着广阔的土地。

听啊——

大凌河在狂呼，

辽河在咆哮，

松花江在怒吼，

在许多城市和乡村里，

哪儿出现反动派的鬼影，

哪儿就堆成愤怒的山，

哪儿有敌人的迹蹄，

哪儿就燃起仇恨的火焰……

　　……

我们要

用剪刀剪断敌人的咽喉，

用斧头砍下他们的头颅，

用长矛刺穿他们的胸脯，

用棍棒打折他们的脚胫，

用地雷炸弹毁灭他们，

用从他们手里夺过来的武器，

打垮他们，

然后用铁镐把他们埋掉！

我们要用生命，用鲜血，

保卫这自由解放的土地，

不让反动派停留！

"赶走敌人啊，

赶快消灭它！"

让这充满着力量和胜利的声音，

随同捷报传播开去，

让千百万颗愤怒的心，

燃起

仇恨的火焰！

　　这种激情在东北解放区的散文、报告文学和战地通讯中表现得最为明显，如丁洪的《九勇士追缴榴弹炮》、马寒冰的《雪山和冰桥》、王向立的《插进敌人的心腹》、王焰的《钢铁英雄王德新》等。这些作品内容真实，情感深沉厚重，延续了抗战时期散文书写浪漫主义与现实主义相结合的审美特征。这些既有写实性又有抒情性的东北解放区散文作品在战争中凝聚人心，彰显力量，具有极大的宣传、鼓舞作用。

　　最为难得的是，面对东北发达的近代工业景观，作家们更多地描写了工人们的斗争和生活，这些作品成为东北文艺中最为独特而珍贵的展示，而且直接影响了新中国工业题材文学的创作。战争期间，沈阳、长春、大连等地的工业设施惨遭破坏。光复之后，为了保护工厂和恢复生产，工人们表现出了忘我的精神和高超的技术。这使得从未见过现代工业景象的文艺家们感动和激动，他们纷纷用笔来描写现代工业生产和城市新生活，从而给中国现代文学带来了前所未有的新气象。大连大众书店于 1948 年 8 月出版的

《"工农园地"选集》，就收录了城市工人拥护并融入新生活的历史
片段，如袁玉湖《锉股的"火车头"》，郓景明、孙聚先《熔化炉的话》
等。此外还有李衍白《工人的旗帜赵占魁》，草明《工人艺术里的爱
和恨》，张望《老工友许万明》等。李衍白在散文《黎明升起——巨
大变化的东北一年间》中，描写了东北现代工业的风貌和工人们的
热情：

> 今日的城市也正在改变着一年以前的面貌，先看一
> 看今天的哈尔滨，代表它新气象的是全部工业齿轮的旋
> 转，是市中心区黑夜中的灯光如昼，是穿插在四条线路的
> 廿五台电车和六条线路上卅台公共汽车，是一万五千吨
> 自来水不停地输送给工厂、商店和住宅。这些数目字不
> 仅超过了去年今日（蒋记大员们劫掠后所造成的混乱情
> 况），而且有些超过了伪满。在紧张的战争中加速地恢复
> 这些企业，同样不是依靠别的，而仅仅是由于工人的觉
> 悟。你想一想，一个工人为了修理一个发电的锅炉，但又
> 不能停止送电，于是就奋不顾身钻进可以熔化生铁、数百
> 度的锅炉高热中，他穿着棉衣，外面的人用水龙朝他身上
> 喷冷水，就这样工作一会熬不住了跑出来，再钻进去，来
> 回好多次，最后，完成了任务。我们有好多这种感人的
> 事例。

我们在这些描写工友的散文里，看到了解放区新生活带给城市
工人的希望。他们积极上工，传授技术，加班加点，争着当劳动英
雄。这在中国同时期其他地域的文学作品中是极少见的。

　　质朴单一的写实手法是东北文艺的普遍表现方式,这种质朴不单是一种审美风格,更是一种直面大众的话语策略。这一传统与近代"政治小说"、五四新文学、左翼文学和抗战文艺等都是一脉相承的。文艺作为一种宣传和斗争的工具,自然要承担起团结和争取最广大人民群众的历史任务。因此,质朴单一的写实手法、通俗易懂甚至有些粗俗的语言风格,成为东北解放区文艺的普遍表现形式。

　　鲁柏的诗歌《夸地照》用简朴的形式表达了翻身农民淳朴的感情:

> 一张地照领回家,
> 全家老少笑哈哈;
> 团团围住抢着看,
> 你一言我一语来把地照夸:
>
> 长方形,四个角,
> 宽有八寸长两拃;
> 雪白的纸上写黑字,
> 红穗绿叶把边插。
>
> 上边印着毛主席像,
> 四季农忙下边画;
> 地照本是政委会发,
> 鲜红的官印左边"卡"。
>
> 里面写着名和姓,

地亩多少填分明，

拿到地照心托底，

努力生产多收成。

这首诗歌不仅使用了农民的口语，而且用东北农村方言来直观地描摹地照的具体形状和细节，表达了翻身农民朴素的情感。这种描写和表现方式与中国古代民歌传统有直接的联系。

井岩盾的小说《瞎月工伸冤记》以一个雇农自述的方式讲述自己的悲苦经历和内心感受。当工作队员问他是否受地主老赵家的气，他说："大伙吃他的肉也不解渴啊，都叫他给熊苦啦。"于是在工作队的启发和支持下，他"找大伙宣传去了"："张大哥，李大兄弟啊，咱们都是祖祖辈辈受人欺负的人呀！这回来了八路军啦，八路军给咱们穷人做主呀！有话只管说呀！有八路军，咱们啥都不用怕呀！"这是东北解放区贫苦农民普遍具有的经历和感受，而这种质朴无华的语言也是地道的东北农民的日常语言，具有天然的亲和力。

邓家华的小说《打死我也不写信》从情节到语言都相当质朴，甚至有些幼稚，但是那种情感是真挚的。"我"被敌人抓去，遭到严酷的鞭打，"当时我痛得忍不住，皮肤里渗透出一条一条青的红的紫的血痕，可是打死我也不写信的，他们看到我昏过去了，也就走了。等我清醒过来时，浑身疼痛，我拼死命地弄坏了门逃了出来，可是不巧得很，又碰到了伪军，又把我抓起来了，他们还是逼迫我写信，我坚决地说：'死了心吧！就是死了，我父亲会帮我报仇的。'救星来了，在繁星的晚上，忽然西面枪声不停地响着，新四军老部队来攻击了，伪军们都吓得屁滚尿流地逃走了，啊！新四军救出我了,我很快地到了家里,见了爸爸妈妈,心里真是高兴得流泪了"。

李纳的散文《深得民心》记叙了长春一个米面商人对民主联军和共产党的淳朴情感:"他已经将红旗展开,举到我的眼前,我看到七个大字:'中国共产党万岁!'""'中国共产党万岁!'他重复着这七个字,从眼镜里透露出兴奋的眼睛。这脸,比先前更可爱更慈祥了:'我喜欢这七个字,所以我选择了它。'""大会开始了,人们都向着会场移动,老先生也站起来要走,临走时他问我在什么地方工作,我告诉了他,他高兴地说:'好,都是民主联军。深得民心,深得民心。'"抛开其内容不论,作品文字风格的朴素也显露出解放区文艺在艺术层面幼稚和不甚精致的弱点,而这弱点又可能是许多新生艺术的共有问题。也许,正因为幼稚,它才有更广阔的发展空间。

形式的多样性特别是短小化是东北解放区文艺创作的普遍特点,短篇小说、墙头诗、快板诗、散文、战地通讯、说唱文学等成为最常见的艺术形式。战争的环境、急剧变化的生活和读者的接受水平与习惯等,决定了人们需要并且适应这种短平快的表达方式,而这也是延安文艺和抗战文艺形式的延续。天意的《县长也要路条》描写了两个一丝不苟的儿童团员在放哨时不放过民主政府的县长,硬是把他和警卫员带到乡长那里查证的故事。其篇幅短小,不到400字,但是内容蕴意深刻,语言风趣自然,简直就是一篇微型小说。

小区区的短诗《一心一意要当兵》,将人物的关系、思想、表情和语言都生动形象地表现出来,极具说服力和感染力:

葫芦屯有个小莲青,

一心一意要当兵——

他爹说：

"你去吧。"

他娘说：

"你等一等！……"

他老婆说：

"哪能行？！……"

忸忸怩怩来扯腿；

哭哭啼啼不放松：

"你去当兵啥时还？

为老为少撇家中！"

小莲青，

脸一红：

"小青他娘，

你醒醒：

八路同志千千万，

哪个不是老百姓？！

我去当兵打蒋贼，

咱们才能享太平。"

当然，东北解放区文艺中也有许多保留了浓郁的文人气息的作品，这些作品与五四新文学的"纯文艺"审美风格有明显的承续性。例如大宇的诗歌《琴音》：

一个琴师

把琴音遗失在幽谷里

滑落在幽谷的谷缝里了

琴音栽培了心原上的一棵草儿

琴音赞咏了艺术的生命

一支灿烂的强烈的光焰

我就永住在这琴音里了

就仿佛身陷于一片梦的缘边

仿佛浴着一片无际的云海

无垠的生旅无限的生涯

何处呀

我摸索到何处呀

琴音丢在幽谷里

滑落在幽谷的谷缝里了

　　十分明显,这不是东北解放区文艺创作的主流。

　　《1945—1949 年东北解放区文学大系》的编者耗费了大量精力来做这样一项浩大的地域性文学工程,这不只是对东北文艺的巨大贡献,更是对新中国文艺的巨大贡献。在此之后,东北文艺研究将迈上一个新台阶。

总导言

丛 坤

从 1945 年抗战胜利到 1949 年新中国成立这个时期,对于东北而言是极为特殊的。抗战胜利后,中共中央发布了《建立巩固的东北根据地》的指示,迅速成立了以彭真为书记的东北局,抽调了四分之一的中央委员、两万名党政干部、十三万主力部队赶赴东北,与国民党反动派展开激烈的斗争。在广大人民群众的支持下,中国共产党及其领导的军队从最初的战略防御转为战略反攻。1948 年 11 月,辽沈战役胜利,全东北获得解放。在解放战争时期,在中国共产党的领导下,东北人民反奸除霸,建立民主政府,消灭土匪,进行土地改革,在政治上、经济上翻身做了主人。东北的政治、经济、文化、教育等各个领域都发生了翻天覆地的变化,尤其是在文学创作方面,东北地区取得了不可低估的成就,文学创作出现了前所未有的发展和繁荣的局面。

"东北作家群"的回归、党中央选派的文化宣传干部的到来、文学新人的成长使得解放战争时期东北地区的创作队伍不断壮大。在东北沦陷后从东北去往关内的进步作家中,除萧红病逝于香港、姜椿芳在上海从事党的地下工作外,塞克(即陈凝秋)、舒群、萧军、罗烽、白朗、金人等都积极响应党的号召,陆续返回东北。1945年9月至11月,党中央从陕甘宁边区和各个解放区抽调一大批优秀的文化工作者到东北解放区。据不完全统计,这一时期来到东北解放区的文化工作者有刘白羽、陈沂、周立波、草明、严文井、张庚、吴伯箫、华山、西虹、陆地、李之华、胡零、颜一烟、公木、林蓝、江帆、李纳、魏东明、夏葵、常工、方青、任钧、李则蓝、煌颖、侯唯动、李熏风、雷加、马加、袁犀、蔡天心、鲁琪、李北开等。① 中共中央东北局宣传部与东北文艺协会在"土地还家"口号的基础上,提出了"文艺还家"的口号,号召广大文艺工作者在与农民同吃、同住、同劳动的同时,领导农民群众参加土地改革运动,帮助农民成立夜校、学习文化、办黑板报、成立文艺宣传队,提高他们的写作能力与文艺欣赏能力,在农民、工人等基层劳动者中培养了一大批"文学新人"。创作队伍的空前壮大为东北解放区文学的繁荣奠定了坚实的基础。

东北解放区文学的繁荣也与当时出版事业的空前繁荣密不可分。东北局宣传部将建立思想宣传阵地(即报刊、出版机构)、改造思想、建构意识形态话语权确定为首要任务。进入东北不久,东北局于1945年11月在沈阳创办了机关报《东北日报》(1946年5月28日由沈阳迁至哈尔滨,1948年12月12日搬回沈阳)。该报面向东北全境的党政军发行,是东北解放区发行量最大的报纸。之后,东北解放区创办、发行的报纸近百种。据《黑龙江省志·报

---

① 彭放:《黑龙江文学通史(第二卷)》,北方文艺出版社2002年版,第354页。

业志》的统计,当时黑龙江地区(5 省 1 市)的每个省市不仅有党政机关报,而且有人民团体和大行业的专业报纸,有些县也出版油印小报。仅哈尔滨出版的大报就有《哈尔滨日报》《哈尔滨公报》《哈尔滨工商日报》《大众白话报》《午报》《自卫报》《北光日报》《新民日报》《民主新报》《学生导报》《文化报》等。这一时期的报纸,无论设没设副刊,都或多或少地发表过文学作品。

东北局还出资创办了东北书店、光华书店、大连大众书店、辽东建国书店、兆麟书店、吉东书店、辽西书店等众多的图书出版机构。其中,东北书店是东北解放区规模最大、贡献最大的书店,在东北全境建有 201 个分店,发行网点遍布东北全境。除出版、发行图书外,东北书店还创办了《知识》《东北文学》《东北画报》《东北教育》等期刊。这些出版机构大量出版政治读物、教材和文学书籍,促进了东北解放区出版业的发展。仅以东北书店为例,从 1946 年到 1948 年,东北书店总共出版图书杂志 760 种、各类图书 1 520 余万册。① 东北解放区纸张和印刷质量上乘的大量出版物不仅发行于东北各地,还随着东北野战军入关和南下,成为陆续解放的北平、天津、武汉等地人民群众急需的读物。历史上一向"文风不盛"的东北第一次有大量的出版物输送到关内文化发达之地,这成为一时之盛事。

此外,东北解放区先后创办的文学类期刊的数量是惊人的。如 1945 年至 1947 年创办的文学期刊有《热风》(半月刊)、《文学》(月刊)、《文艺》(周刊)、《文艺工作》(旬刊)、《文艺导报》(月

---

① 逢增玉:《东北解放区文学制度生成及其对当代文学制度的预制》,载《文学评论》2017 年第 4 期。

刊）、《东北文艺》（月刊）。1947年以后创刊的大型专业期刊有《部队文艺》、《文学战线》（周立波主编）、《人民戏剧》（张庚、塞克主编），综合性期刊有《东北文化》（吴伯箫主编）、《知识》（舒群主编）等。其中，《东北文化》与《东北文艺》的影响最为突出。《东北文化》的主要任务是协同东北文化界，从政治上、思想上启发广大的东北青年和文化工作者，提高他们的自觉性，激发他们的革命热情、积极性和创造性，使他们在东北人民解放的伟大事业中发挥应有的作用。《东北文艺》是纯文艺性的刊物，刊载小说、戏剧、散文、诗歌、漫画、速写、报告文学、杂文、书刊评价，以及文学理论、有关文艺运动史的论著等。《东北文艺》聚集了一大批优秀的作者，如周立波、赵树理、罗烽、公木、萧军、塞克、舒群、白朗、严文井、刘白羽、西虹、范政、宋之的、金人、马加、雷加等。在他们的影响下，《东北文艺》还不断提携文学新人，这成为该刊的传统。从创刊到终结，《东北文艺》在新中国成立前后产生了很大的影响，20世纪50年代成长起来的许多作家、诗人是从这里起步的。可以说，《东北文艺》在解放战争和革命胜利后对新中国文学新人的培养起到了重要的作用。报纸、文学期刊、综合性期刊和出版机构的大量涌现，为东北解放区文学的发展创造了良好的条件。

与此同时，为了更好地团结广大文艺工作者，东北局于1946年在黑龙江佳木斯成立了东北文化工作委员会，成员有张闻天、吕骥、张庚、塞克等。此后，若干文艺与文化团体陆续成立，其中最有影响的是1946年10月19日由全国文协的老会员萧军、舒群、罗烽、金人、白朗、草明6人在哈尔滨发起筹备的"中华全国文艺协会东北总分会"。这个文艺团体表面上是由文人自由结社，实际上主体是来自延安、具有干部身份的文化人，其中不少人是党员或东北文艺界的领导干部。"中华全国文艺协会东北总分会"对东北解放区文学的发展起到了不可忽视的作用。此外,中苏文化协会、鲁迅文艺研究会等文艺社团相继成立。1948 年 3 月,中共东北局宣传部首次召开了由文学、戏剧、音乐、美术、电影等部门的 150 余名文艺工作者参加的文艺工作者会议。会议对抗战胜利以来的东北解放区文艺工作进行了总结,并制订了随后一段时间的文艺工作计划。此外,中共中央东北局宣传部内部成立了文艺工作委员会,吕骥、舒群、刘白羽、张庚、罗烽、何世德、严文井、袁牧之、朱丹、王曼硕、华君武、白华、向隅、田方、沙蒙、吴印咸任委员,负责指导东北解放区的文艺工作。

1946 年秋,已迁至哈尔滨的原延安鲁迅艺术学院,按照东北局的指示北撤至佳木斯,并入东北大学,更名为鲁艺文学院。同年12 月,东北局又决定让鲁艺脱离东北大学,组建东北鲁艺文工团。1948 年秋冬之际,随着沈阳的解放,东北鲁艺文工团在经历了三年多艰苦卓绝的转战与工作后进入沈阳,随后正式复名为鲁迅艺术学院,恢复了延安鲁迅艺术学院的学校建制。文艺团体的纷纷建立为东北解放区文学创作队伍的培养提供了组织保证。

为了纪念解放东北这段革命岁月,为了展现东北解放区文学的勃兴与繁荣,我们编辑出版了《1945—1949 年东北解放区文学大系》,分别从小说、散文、戏剧、诗歌、翻译文学、评论、史料等体裁角度进行整理、收录。

一

抗战胜利后的东北解放区文学是延安文艺的延伸与发展,东北解放区四年所发生的巨大变化,都生动、形象地展现在东北解放区的小说创作中。东北解放区小说充分展示了当时的社会生活，塑造了形形色色的人物形象,给人们留下了时代的缩影与历史的印迹。

东北解放区小说创作大体可以分为两个阶段。第一个阶段是从1945年日本投降到1946年中共东北局通过"七七"决议,第二个阶段是从1946年通过"七七"决议到1949年新中国成立。在当时的局势下,中国共产党要最广泛地发动群众,进入东北的文艺工作者便肩负了与武装部队同样重要的"文化部队"的任务。他们用文学作品教育、引导群众,积极参与了粉碎旧的国家机器和意识形态的过程。在党的文艺方针政策的指引下,东北解放区的作家们广泛深入到农村土地改革、前方战斗生活和工厂建设之中,亲身体验群众生活。这使得东北解放区的小说能够迅速地反映生产、生活、军事等各个领域的变化与东北人民精神世界的变化。

从1931年日本发动九一八事变到1945年日本投降,十四年的沦陷历史构成了东北文学不可磨灭的创痛记忆。对沦陷时期东北社会生活的回忆,是这一时期小说的一个重要题材。而抗战题材小说则是对异族侵略者铁蹄下民生困难的真实记录,也是对战争年代民族精神的热情颂扬。但娣的《血族》、陆地的《生死斗争》、范政的《夏红秋》、骆宾基的《混沌——姜步畏家史》等都是这方面的代表作品。

土改斗争是东北解放区小说三大题材的重中之重。在那场深刻改变了中国农村政治、经济关系的运动中,东北解放区作家将强烈的政治使命感与巨大的创作热情相融合,创作出了大量的优秀作品,周立波的《暴风骤雨》、马加的《江山村十日》、安危的《土地底儿女们》等至今仍被读者反复阅读。

小说创作需要一个孕育的过程,相对来说,中长篇小说需要更长的时间来构思和写作,而短篇小说则完成得较快。在复杂、激烈的土改运动中,东北解放区作家们努力笔耕,迅速创作出大量的短篇小说。在这些小说中,我们可以看到东北农民在土改运动中的精神变化,农民经历了几千年的封建压迫,他们身上的枷锁不仅是物质上的,更是精神上的,从奴隶到主人的蜕变需要一个心灵的搏击历程。

反映前线战争是东北解放区小说的另一个重要题材,这些小说真实地体现了军民的鱼水情谊。西虹的《英雄的父亲》、纪云龙的《伤兵的母亲》等都是当时影响较大的作品。1947 年至 1948 年是解放战争中我党从防御转为反攻的时期,随着战事的推进,中国人民解放军(1948 年 1 月 1 日,东北民主联军改称为东北人民解放军,同年 11 月 13 日改称为中国人民解放军)的队伍急剧壮大,部队官兵的成分因而趋于复杂化。为此,部队采用诉苦的办法对广大指战员进行阶级教育,提高他们的政治觉悟和思想觉悟。诉苦教育消除了战士之间的隔阂,为解放战争的胜利打下了坚实的思想基础。刘白羽的短篇小说集《战火纷飞》、李尔重的中篇小说《第七班》等反映了这一主题。

除上述三大题材外,解放战争时期东北涌现出来的工业题材小说,亦可视为中国现代工业题材小说的发端,这也从一个方面证明了东北解放区小说的文学史价值和文化价值。

东北解放区的工业在新中国发展史上占有非常重要的地位。在这一方面,影响最大的是女作家草明的中篇小说《原动力》。这篇小说虽然存在粗糙和简单等不足之处,但作为新中国成立前描写工业生产和工人思想的作品,是值得关注和肯定的。此外,李纳的《出路》、鲁琪的《炉》、韶华的《荣誉》、张德裕的《红花还得绿叶扶》等作品也广受好评。这些小说充分展现了东北解放区工业蓬勃发展的景象，展现了工业生产对人的改造，也开创了新中国工业文学的先河。

东北解放区的相当一批小说，强调小说的政治价值，强调创作为工农兵服务，大多通俗易懂，而缺乏对心理深度和史诗境界的发掘。然而，东北解放区小说明朗新鲜，创造性地继承了延安文艺精神，反映了东北解放区的历史巨变和社会变革中诸多的社会问题，为新中国成立后的十七年文学开辟了道路。

二

散文卷在本丛书中占有重要的分量，真实地记录了解放战争中东北解放区人民的巨大贡献，独特的作品体例亦标示出其在新中国散文创作史中的独特地位。

解放战争时期东北战区的胜利，不仅是军事史上的奇迹，更是人民意志创造历史的丰碑。许多作者都以醒目而直接的题目记录了解放军普通战士勇敢战斗、不畏牺牲的英雄事迹，以真挚的情感，突出了普通战士大无畏的战斗精神和取得战斗胜利的信心。这些作品表现了同一个主题：解放军是人民的军队，中国共产党是全心全意为人民服务的。这也是新中国强大的根基体现。

散文卷中还有一部分作品，叙述了悲壮的抗联斗争的事迹，如纪云龙的《伟大民族英雄杨靖宇事略》、菽沅的《老杨——人民口中的杨靖宇将军》、陈堤的《悼念李兆麟将军》等。英勇不屈的民族气节是抗联英雄所具的崇高品质，也是抗联精神最真实的写照。而东北书店于1948年6月出版的《集中营》，以革命者的亲身经历叙述了大义凛然、为真理献身的革命志士的事迹，让后人真正理解了"头可断血可流，革命意志不能丢"的气节，"永不叛党"是英烈们用鲜血和生命刻写在党章之中的。

从 1946 年到 1948 年，尽管国民党军队在东北重要城市盘踞并负隅顽抗，但是东北农村却发生了翻天覆地的变化。中国共产党在根据地开展土改运动，领导农民推翻了地方统治势力，领导农民斗地主、分田地，农民欢欣鼓舞，迎来了新生活。强大的后方农村根据地为部队供给提供了保障，同时，许多年轻的子弟为了保护胜利果实自愿参加了解放军，这改变了国共双方在东北的兵力布局。《永北前线担架队速写》等作品反映了这一主题。

此外，解放区散文作家的笔下还洋溢着新生活的喜悦，如严文井的《乡间两月见闻》。除了乡村，对于那些在战后重新回到人民手中的城市，我党也开始接管，并进行初步的恢复性建设。在作家们的笔下，新生活带来了新气象。大连大众书店于 1948 年 8 月出版的《"工农园地"选集》，就收录了描写城市工人拥护和融入新生活的散文。在这些描写工厂、工友的散文里，我们可以看到解放区的新生活给城市工人带来了希望。

这些散文作品大多短小精悍，有迅速性、敏捷性和战斗性等特点，具有独特的艺术特征。这与当时许多作家的出身密切相关。如刘白羽、草明、白朗、华山、西虹等作家对战争环境和百姓生活有着敏锐的观察力和真实的体验，他们的作品使得东北解放区 1945 年至 1949 年的散文创作呈现出独特的风格，表现出纪实性和文学性相结合的特点。此外，由众多从延安来到东北的文艺干部组成的随军记者，以大量的新闻报道反击了国民党的舆论污蔑，记录了解放军战士不畏艰险、顽强抗敌的英雄事迹，同时表现了后方人民在解放区土改过程中翻身解放、分得土地的喜悦心情。

散文作家记录这些真人真事的报道在东北解放战争中起到了巨大的宣传作用,成为鼓舞人心的强大的精神力量。东北解放区散文也因为内容真实、情感真实而呈现出历久弥新的生命力,往往给读者带来身临其境的感受,也让人忽略了作品本身的艺术特质。实际上,这些散文正是在真实的基础上,以生动与丰富的细节给读者留下了深刻的印象,在真实性的基础上呈现出文学性。华山的《松花江畔的南国情书》就是代表作品之一。

细节的生动亦使东北解放区散文具有鲜明的文学性。东北解放区散文将我军战士的大无畏精神写得非常真实、感人。在展示解放区新生活、新风尚方面,许多拥军爱民的片段写得细腻、真实。

东北解放区散文在主题内容上具有很高的价值,大量的散文颂扬了东北人民解放军的集体主义精神和英雄主义精神,表现了我军指战员的英勇气概,体现了战士们浩气长存的革命豪情。因此,东北解放区散文具有较高的文学价值,其明朗的表现方式恰恰是后来共和国文学明确表达和高度肯定的。题材广泛、内容真实和情感深厚的纪实性文学,使得东北解放区散文在战争时期凝聚了强大的精神力量。反映中国人民解放军不畏艰险、英勇战斗的长篇报告文学,在风格上激情澎湃,体现出解放军崇高的革命乐观主义精神。这一时期的散文把东北解放历史进程的全貌和战士们的英勇壮举再现了出来,东北解放区散文也因此具有了军事史和共和国历史的资料留存价值。东北解放区散文在创作上因为具有纪实性与文学性相结合的特点,为军旅散文创作提供了新的美学范式。

三

在东北解放区文学中,戏剧具有内容丰富、种类繁多、通俗明了、利于传播等特点,兼之创作群体庞大,故而获得了巨大的丰收,这成为东北解放区文学繁荣的重要标志之一。东北解放区的戏剧具有鲜明的启蒙性、宣传性和战斗性等特征,对生产建设、围剿土匪、土改运动和解放战争发挥着不可替代的宣传作用。

东北解放区戏剧的繁荣首先得益于东北解放区报刊对戏剧的支持。例如,《东北日报》刊发的剧作涉及歌唱新生活、感恩共产党、批判美蒋、拥军劳军、参军保家、歌颂劳模等多方面的内容。1947年5月4日创刊的《文化报》则是东北解放区第一份纯文艺性质的报纸,主要刊载一些文学常识、短文、小诗、书评、剧报等。此外,《前进报》《北光日报》《合江日报》等都刊发了大量的戏剧作品。而从刊载量来看,期刊对戏剧的支持力度更大。在众多的文艺期刊中,对戏剧传播影响较大的是《东北文学》《东北文化》《东北文艺》《文学战线》《知识》和《人民戏剧》等。

从1945年年底开始,东北解放区以各家出版社为依托陆续出版了许多戏剧作品,这是解放区戏剧传播的重要途径。较有影响的是东北书店和人民戏剧社等。在解放战争期间,东北书店出版的各类戏剧作品和理论书籍近百种,形式包括话剧(独幕话剧、多幕话剧)、京剧、评剧、二人转、歌舞剧(广场歌舞剧、儿童歌舞剧)、歌剧、新歌剧、小歌剧、道情剧、活报剧、秧歌剧、小喜剧、小调剧、皮影戏等。其中,秧歌剧超过一半。

文艺团体的迅猛发展是解放区戏剧广泛传播的最终体现。1945年11月以后,东北文工团等数十个文艺团体在东北局宣传部的领导下先后成立。这些文艺团体以《在延安文艺座谈会上的讲话》为指导,坚持走文艺大众化的道路,活跃在东北城市和乡村,战斗在前线和后方。他们创作、表演了一系列以支援前线、土地改革、翻身当家为主题的作品,这些作品受到人民群众的好评。

从内容方面来看,歌颂工人阶级是东北解放区戏剧的一个重要内容。东北光复后,作为解放全中国的大本营,哈尔滨、沈阳等工业城市的作用得以凸显,工人阶级成为时代的主角。从剧作内容来看,第一种是反映工人生活的剧作,如王大化、颜一烟创作的《东北人民大翻身》;第二种是歌颂先进个人无私支援解放区建设、帮助工厂恢复生产的剧作,较有影响的有《献器材》《十个滚珠》《一条皮带》《刘桂兰捉奸》;第三种是歌颂党的政策的剧作,代表作品有《比有儿子还强》和《唱"劳保"》。工业题材戏剧的大量创作,极大地拓宽了解放区戏剧的创作领域,为新中国工业题材戏剧的发展奠定了坚实的基础。

东北解放区戏剧中描写农民翻身解放、分得土地的农村题材的戏剧的比重最大。第一类是反映东北农民翻身解放,通过新旧对比来歌颂新农村、新生活的剧作。第二类是反映粉碎各类阴谋、同复辟分子做斗争的剧作,代表剧作有《反"翻把"斗争》等。第三类是反映改造后进、互助合作,表现农民积极开展大生产运动的剧作,如《二流子转变》。第四类是描写劳动妇女反抗封建婚姻、争取民主权利、积极参加劳动生产的剧作,如《邹大姐翻身》。

东北解放后,群众的思想还比较保守,革命启蒙的任务十分重要,尤其是要帮助东北人民认同和接受中国共产党及其领导的人民军队。在描写军队的戏剧中,既有表现人民军队英勇战争、不怕牺牲、勇于献身的剧作,也有以军民互助、拥军支前为主要内容的剧作,这类剧作完整地再现了东北人民从最初的误解民主联军到后来积极送子参军、送夫参军、拥军支前的全过程。前者的代表作有《老耿赶队》《鞋》《两个战士》等,后者的代表作有《透亮了》《收割》《支援前线》等。

在艺术特点上,虽然东北解放区戏剧的整体水平不是最高的,但是其庞大的作者群体、巨大的创作数量、伟大的历史功绩,使得解放区戏剧创作达到了巅峰状态。东北解放区戏剧因对传统戏剧和西方舶来戏剧的融合而具有现代性,在这种融合的过程中实现了本土化,并形成了民族化、大众化、乡土化的特征。东北解放区戏剧的民族化特征源于延安时期戏剧的"中国化"。而其大众化特征是指具有广泛的群众基础,且创作群体亦十分大众化。东北解放区戏剧的乡土化则主要表现在地域特色上。

在创作方法上,东北解放区戏剧继承了延安戏剧的传统,剧作家们用现实主义的方法把自己身边刚发生或正在发生的事情通过戏剧的形式真实地反映出来,集中表现工、农、兵的日常生活。东北解放区戏剧起到了鼓舞斗志、颂扬先进、宣传政策、支援前线的作用。

在戏剧结构上,东北解放区戏剧的戏剧冲突尖锐而集中,叙事模式多元,表现方式多样。在人物塑造上,剧作塑造了一个个爱憎分明、个性突出、敢作敢为的人物形象。这些人物形象生动丰满、有血有肉,为观众熟悉和喜爱。

东北解放区戏剧在取得较高的艺术成就和发挥重要的宣传作用的同时,也存在一定的不足。然而瑕不掩瑜,民族化、大众化、乡土化的特征,使得戏剧的宣传性、教育性、战斗性的作用得以充分发挥出来。东北解放区戏剧对光复后进行的民众文化启蒙、文化宣传具有不可替代的作用,对解放区的土地改革和解放战争做出了不可磨灭的贡献。

四

东北解放区诗歌秉承了我国诗歌的优秀传统,具有红色革命基因。它一方面与伪满时期的诗歌做了彻底的割裂,另一方面又延续了东北抗联诗歌的革命精神和爱国主义情怀,集中书写了山河易色、异族入侵带给东北人民的苦难和屈辱,书写了受难的人民在共产党领导下的觉醒与反抗,书写了东北人民在艰苦的自然环境与战争环境中形成的坚韧、乐观、幽默的性格。

东北解放区诗歌是中国解放区诗歌的重要组成部分,与其他解放区诗歌保持着一致性和连续性。它之所以能复制延安解放区的文学模式,主要是因为其创作队伍中的很大一部分是来自延安解放区的革命文艺工作者,故在文学制度和文学政策上与全国其他解放区能保持一致。东北解放区诗歌的作者主要有四种身份:一是中共中央派驻到东北的文艺工作者;二是抗战时期流亡到关内的"东北作家群"(在抗战结束后返回东北);三是虽然本人不在东北解放区,但是其作品在东北解放区的重要报刊上发表过并产生了一定影响的诗人;四是来自各行各业的业余诗人。《东北日报》文艺副刊曾陆续发表过很多业余诗人的作品,这些业余诗人中既有宣传干部,又有工人、农民、战士、学生(其中有许多人使用笔名,甚至使用多个笔名,今天有些作者的真实姓名已很难核实)。有一些诗人并不在东北解放区工作,但是其作品在东北解放区的重要报刊上发表过,并对全国解放区的文学发展产生过重要影响,如艾青、田间等。东北解放区的代表诗人有公木、方冰、马加、严文井、鲁琪、冈夫、天蓝、韦长明、刘和民、李北开、彤剑、侯唯动、胡昭、李沅、夏葵、林耘、顾世学、萧群、蔡天心、杜易白、西虹、师田手、白刃、白拓方、叶乃芬、丁耶、孙滨、阮铿等。

从内容上看,东北解放区诗歌主要是反映当时东北解放区的经济建设、军事斗争、农村工作和城市建设等,具有现实性、时代性。从艺术形式上看,诗歌谣曲化、大众化、民间化的特点突出。抒情诗、叙事诗、街头诗、朗诵诗、歌谣、童谣等成为当时最常见的诗歌体裁。东北解放区诗歌具有以下几个显著特点:

第一,诗歌内容具革命性且高度政治化。东北解放区文学是为中国共产党解放东北和建设东北的政治任务服务的,其主要功能和目的是紧密贴近和配合解放区的主流政治运动。很多诗歌是为满足当时的政治需要而作的,充分体现了《在延安文艺座谈会上的讲话》在诗歌创作方面的实践成绩。东北解放区诗歌与中国解放区诗歌在题材选择、审美价值上保持着一致性,并具有东北解放区特有的地域性特点。揭露、批判、颂扬是东北解放区诗歌的三大主旋律,诗人们以工人、农民、士兵、英雄人物、劳动模范等为书写对象,歌颂英雄人物,记录战争风云,赞美新农民,抒发家国情怀。

第二,具有鲜明的战争文学特点。东北经历了十四年艰苦卓绝的抗日战争,接着又经历了五年的解放战争,近二十年间,始终处于战争状态。诗歌也呈现出战时文学特质,记录了艰苦卓绝的战争场景与生活现实。对于重大战役的抒写与记录,英雄主义、乐观精神、必胜信念的情感基调,加之大东北茫茫雪原、天寒地冻的地域特点,使得东北解放区诗歌具有鲜明的东北地域特色。

第三,农村题材也是东北解放区诗歌的重头戏。东北经过十四年的抗日战争,土地荒废,农民思想落后。抗日战争结束后,解

放军入驻东北,一方面做农民的思想工作,进行思想启蒙,另一方面在农村贯彻党的土改政策,进行土地革命,让农民成为土地真正的主人。因此,在东北解放区,启蒙农民思想、反映土改运动、揭露地主阶级剥削农民的本质、塑造新农民形象成为农村题材诗歌的主要内容。

第四,工业题材诗歌在东北解放区诗歌中独领风骚。《文学战线》等报刊还专门设立了工人专栏,如《文学战线》专辟"工人创作特辑",作者均来自生产第一线。工业题材诗歌丰富了东北解放区诗歌的样态,也成为东北解放区诗歌的重要组成部分。

第五,叙事诗是东北解放区诗歌的主要体裁。长篇叙事诗体量大,便于完整地呈现人物或事件的变化过程,便于刻画生动、饱满的艺术形象,因此很受东北解放区诗人的青睐。在《东北文艺》《文学战线》等杂志和个人诗集中,带有浓郁的东北民间话语特色,反映土改运动、翻身农民踊跃参军等内容的长篇叙事诗一时间大量出现。

第六,诗歌审美倡导大众化、通俗化。在解放战争时期,文学要担负着团结人民、教育人民、打击敌人的任务,因此,战时诗歌不能一味地追求高雅的诗意,它既要通俗易懂,便于启蒙民众,又要迎合普通大众的审美需求,适应战争时期的宣传需要。东北解放区诗歌的谣曲化倾向突出,诗作大多出自部队宣传干部、战士、工人、农民之笔,以社会现象为题材,具有相当强的时效性,普遍具有语言通俗易懂、直抒胸臆、为群众所熟悉和易于接受等特点,真正达到了为工农兵服务的目的。

东北解放区诗歌也存在一些不足。由于过于强调宣传性、鼓动性和战斗性,重内容而轻艺术,艺术水准较低,东北解放区诗歌未能达到思想性和艺术性相结合的高度。

五

东北翻译文学兴起于 20 世纪 20 年代末,当时的《北国》《关外》等文学期刊上都登载过翻译作品,对俄苏、英、美、日等国家的民族文学作品,以及批判现实主义、"普罗文学"等文艺理论均有译介。但这种生动、活跃的局面随着 1931 年九一八事变的发生而不复存在。1931 年至 1945 年,在长达十四年的沦陷时期,东北翻译文学出现了两块文学阵地:一个是以沈阳、大连为中心的"南满文学"阵地,另一个是以哈尔滨为中心的"北满文学"阵地。辽南文坛在九一八事变以后出现了一股译介欧美和日本文学及其理论的潮流,主要刊发、翻译消极的浪漫主义、自然主义的文艺作品和理论,只刊发少量的俄苏文学。相对而言,北满文坛对俄苏现实主义文学作品及其理论的翻译有着更重要的意义。

解放战争时期的东北解放区文学的传播模式主要是"延安模式"。在翻译文学方面,东北解放区文艺工作者侧重译介的目的性和计划性。从目前了解到的情况来看,当时很多期刊都设有翻译栏目,其中《东北日报》《东北文艺》《前进报》《群众文艺》《知识》等都设立了介绍苏联文学的专栏,经常发表苏联社会主义建设时期和卫国战争时期的作品。此外,侧重刊发翻译文学的报纸、期刊还有《文学战线》《文化报》《知识》《东北文化》等。文学观念是文学创作的潜在基础,规范和支配着这个时代的文学创作。解放区的作家们译介了大量的苏俄作品,其中大部分是社会主义现实主义作品。除报刊外,东北解放区翻译文学的出版途径还有书店。由书店、期刊、报纸构成的媒介场,有效地促进了东北作家与世界

文艺思潮的交流,尤其是苏联所倡导的革命现实主义文学创作思想对东北的文艺运动发挥了指导作用。

《东北日报》的译介主要集中在俄苏文艺思想、作家作品方面,其中刊发爱伦堡、法捷耶夫等文艺理论家的作品的数量最多,产生的影响也最为深刻。这些作品极大地开阔了东北知识分子的视野。《东北文艺》每期都对俄苏文学作品、作家进行介绍,较有代表性的是1947年曾连载过的金人翻译的苏联作家华西莱芙斯卡娅的中篇小说《只不过是爱情》。《文化报》介绍了大批的俄苏作家,刊载了一些文艺评论、文学作品等。《文学战线》在刊发原创作品的同时,则侧重于介绍俄苏文学作品和翻译俄苏文艺理论。

东北书店出版了大量的翻译过来的苏联文艺论著和苏俄文学作品,目前搜集到的翻译文艺论著的种类达110余种。其翻译出版的俄苏文学作品具有丰富的题材,包括电影文学剧本、报告文学、游记、书信集、诗歌、小说等。辽东建国书社、大连大众书店、光华书店等也是翻译作品重要的出版机构。

翻译文学的发展有助于文学创作的繁荣与文艺理念的更新,但东北解放区译介作品的内容较为单一,翻译的作品几乎全都来自苏联,俄苏文艺思想、文艺理论和文艺作品得到高度关注,成为文坛的主流。其原因有如下几个方面:

首先,从地缘因素来看,东北与苏联有着天然的地缘关系。东北地区与苏联的东西伯利亚地区有着相似的自然环境,都处于高纬度寒带地区,气候寒冷,地广人稀。自然环境和原始文化的相似为思想的交流提供了基本契合点。

其次,从政治因素来看,俄苏文学在中国的兴衰与中俄之间的政治文化交流有着密切的关系。当时的文人也希望通过译介苏联文学作品来改造和影响人们的思想意识,以及树立新民主主义革命的奋斗目标和未来社会主义的奋斗目标。

最后,从社会现实来看,东北解放区的沈阳、大连等地在中国人民解放军进驻之前已经驻有苏联红军,而且在经济、文化等方面与苏联交往密切,苏联文学作品的翻译、出版自然丰富。

1942年之后,延安文艺工作者主要是对苏联等少数社会主义国家的文学作品进行译介。对于与苏联接壤的东北解放区来说,由于与外界接触困难,能获得的外国文学作品更少,在建设新文学方面,除了以五四新文学和老解放区文学为资源外,苏联文学便是重要的资源。苏联文学对建设中的东北解放区文学具有不同寻常的意义。

<h2 style="text-align:center">六</h2>

东北解放区建立后,文学创作繁荣一时。然而,文学创作在繁荣的背后也存在着一些问题,其中一个突出的问题就是创作者的背景复杂,其中有来自抗日根据地的,也有来自关内国统区的,还有本土的。不同的思想意识、价值取向、艺术趣味掺杂在各类作品中,部分作品的创作倾向出现了偏差。这些问题引起了文艺界的关注。东北解放区的主要报刊和杂志纷纷开辟评论专栏,采用编者按、读者来信、短评、述评、观后感等形式开展文艺批评,为确立正确的文艺路线提供思想保障。

初到东北的文艺工作者首先感受到的是新老解放区之间政治环境和文化环境的差异。自清朝灭亡到抗战胜利的三十多年间,东北民众饱受战乱的痛苦。抗战胜利后,虽然旧的社会结构和文化体制已经解体,但旧的意识形态还残留在一些人的头脑中,东北民众与新政权之间存在着一定的隔膜。刚刚到达东北的大多数文艺工作者对东北特殊的历史环境认识不足,尚未做好相应的思想准备,仍然延续过去的创作方法和思维方式,脱离群众和实际。以什么样的形式和内容来服务刚刚从殖民者的铁蹄下解放出来的人民,是当时文艺工作迫切需要解决的问题。

　　文艺争鸣与文艺批评既是抗日根据地文艺工作的优良传统,也是党指导文艺工作的重要手段。毛泽东同志在《在延安文艺座谈会上的讲话》中指出,文艺界的主要的斗争方法之一,是文艺批评。此时,东北文艺工作者的首要任务就是对旧的意识形态进行批判和改造,从而构建与延安解放区主体同构的新的意识形态场域。因此,在本地区文艺界开展一场广泛的文艺批评运动就显得十分迫切和必要。1945 年 11 月,陈云同志在《对满洲工作的几点意见》中提出了党在东北的几项重要任务:"扫荡反动武装和土匪,肃清汉奸力量,放手发动群众,扩大部队,改造政权,以建立三大城市外围及长春铁路干线两旁的广大的巩固根据地。"这既是党在东北的中心工作,也是东北文艺界所面临的主要任务。东北解放区的文艺队伍自觉地将创作与政治任务结合起来,坚持为人民服务的创作方向,以《在延安文艺座谈会上的讲话》为指导来进行创作。东北这块古老而又年轻的土地上结出了丰硕的艺术成果。这些作品在内容上贴近当时东北的现实生活,在形式上生动活泼,富有浓郁的地方乡土气息,在教育人民、鼓舞人民、组织人民、团结人民、打击敌人方面发挥了重要作用。东北解放区文艺作为革命文艺版图中的一个独立板块开始形成,它既是"延安文艺"的派生,又具备地域文化品格。它不是由内而外自发产生的,而是在改造和清除原有旧文化的基础上通过外部输入逐步确立的。

与"延安文艺"相比，东北解放区文艺自身也出现了一些新的特质，特别是在文艺批评方面，文艺工作者表现出了强烈的自觉性。他们坚持无产阶级和人民大众立场，从不同层面和角度开展文艺界的批评与自我批评，引导东北解放区文艺朝着正确的方向发展。

东北解放区文艺的根本任务与延安文艺的根本任务保持着高度一致，但又具有特殊性。如果简单地照搬、照抄延安文艺的经验，那么东北解放区文艺很难适应革命发展的需要。东北解放区文艺首先具有启蒙的意义，它不仅具有文化启蒙的意义，也具有政治启蒙的意义。为此，东北解放区的文艺工作者以《在延安文艺座谈会上的讲话》精神为指导，树立起无产阶级的文艺大旗，以新文化来改造旧社会，重塑民众的国家意识、民族意识和政治意识，把东北建设成为中国革命的战略大后方。

在延安文艺旗帜的指引下，东北文艺界通过理论探讨和思想整风，统一了广大文艺工作者对革命文学根本属性的认识，东北的文艺工作焕然一新。广大文艺工作者在理论和实践两个方面取得了很大的成就，既继承和发扬了延安文艺思想，也将《在延安文艺座谈会上的讲话》精神与具体实践结合起来。夏征农、蔡天心、铁汉、甦旅、萧军、胥树人等知名的文艺界人士都对这个问题做了深入研究，产生了较大的影响。

与延安文艺相比，这个时期的东北文艺作品主题更丰富，创作者以切身的生命体验为基础，再现了解放战争时期东北所发生的波澜壮阔的革命斗争，以及在这个过程中东北人民的生活与精神面貌。

东北解放区的文艺发展也不是一帆风顺的，它也走了一些弯路。但是,在毛泽东《在延安文艺座谈会上的讲话》的指引下,文艺工作者不仅投身到创作之中,也开展了广泛的文艺批评,营造了一个宽松的舆论环境,作家们畅所欲言,在批评他人的同时也开展自我批评。这为创作的繁荣奠定了理论基础,也为新中国的文艺创作和文艺批评积累了资源和经验。

<h2 style="text-align:center">七</h2>

史料卷是大系的综合卷,其编撰初衷是反映东北解放区文学创作的初始背景,呈现当时的政策和文学创作的大环境,通过对资料的梳理,为弘扬东北解放区文学创作的优良传统提供第一手的基础资料。史料卷共分为七大部分。

一是文艺工作政策方针。文艺工作的政策方针是党根据一定历史时期的总路线和总任务确立的文艺指导原则,反映了一定时期文艺创作的总体规划、部署和要求。史料卷旨在呈现东北解放区创作繁荣的大背景下中国共产党对文艺工作的总体规划和实施情况。史料卷主要收录了与东北解放区相关的宣传文件,以及部分会议发言和讲话等内容,其中有出版、通讯、写作的相关规定,也有重要领导对文艺工作的指示要求,同时还收录了部分重要会议成果。

二是重要报纸、期刊。报纸、期刊大量创办是文艺繁荣的重要标志之一。报纸、期刊直接促进了文学事业整体的发展和繁荣,使优秀作品产生了广泛的社会影响。1945 年 11 月《东北日报》创办后,东北解放区先后创办、发行的报纸近百种。此外,在东北局宣传部的统一领导下,地方与军队也创办了数十种文学与文化类刊物。从成人刊物到儿童刊物,从高雅刊物到面向大众的通俗刊物,从文学到艺术,靡不具备。诸多的文艺报刊为文学作品的生产提供了园地,成为东北解放区文学创作的先锋阵地。

三是文艺团体、机构。在东北解放区,多个文艺团体和机构活跃在文艺创作和宣传的第一线,对东北解放区文艺事业的发展发挥了重要作用。东北局先后出资创办了东北书店等众多的图书出版机构,使得东北解放区报刊出版和传媒得到快速发展。1946年,东北局在佳木斯成立了东北文化工作委员会,此后,中苏文化协会、鲁迅文艺研究会等文艺社团也相继成立。东北文艺工作团等文艺团体也迅速发展。在组建大量的文艺团体和文工团之际,军队与地方政府和宣传部门还非常重视文艺人才的培养和文学教育体系的建立,在演出之余,也招收和培养文艺人才。在短短的四年间,东北解放区建立了众多的文艺工作团体与人才培养学校。这体现了我党对教育人民、教育部队和动员人民参与革命的重视。

四是作家及创作书目。从延安来到东北的革命文艺工作者数以百计,此外,20世纪30年代从哈尔滨流亡到关内各地的东北作家群成员也陆续返回东北。这些文化工作者云集黑龙江,办报纸,办杂志,从事广泛的文化艺术活动,使得东北解放区文学艺术以全新的姿态向共和国迈进。史料卷收录了活跃在东北解放区的多位作家的生平和创作情况,当然,由于这一历史时期具有特殊性,作家区域性流动较为频繁,对作家的遴选和掌握主要以创作活动的轨迹和作品发表的区域为依据。

五是东北解放区文学回忆与纪念。为了弥补现有资料不足的缺憾,史料卷特别收录了部分文学界前辈及其家人的回忆与纪念文章,其中既有参加文艺团体的亲历感受,也有对文艺创作细节的点滴回忆。由于年代久远,这些资料的某些细节无法准确、翔实地体现出来,但这些资料记录了东北解放区文艺工作者的亲历感受,对补充和完善史料卷的内容大有裨益。

六是大事记。为了对解放区文学创作资料进行细致整理,进而为读者提供一个简明的、提纲挈领式的线索,史料卷呈现了大事记。大事记旨在将反映文学活动和文艺创作的各种资料予以浓缩,按照时间线索对史料进行编排。大事记简明扼要地记述了1945年9月至1949年9月东北解放区文学方面的大事、要事,涵盖了部分文艺作品创作、文艺团体成立的时间节点,有助于读者了解东北解放区文学的发展脉络。

七是索引。鉴于东北解放区文学总体呈现出体裁广泛、内容丰富等特点,史料卷以作者为线索,将分散在小说卷、散文卷、诗歌卷、戏剧卷、评论卷、翻译文学卷中的作品整理出来,形成丛书索引。索引以作者为基点,将作者在各卷中的作品情况(作品名称、所在卷册、页数)逐一列出,可以在一定程度上呈现出东北解放区文学的整体情况,亦可以体现出作者的创作风格和特点,进而从不同角度展示出东北解放区文学发展的脉络和趋势。

随着军事上的胜利和东北解放区的形成,东北的政治面貌、经济面貌发生了根本性的变化,特别是文化呈现出前所未有的发展和繁荣的局面。东北解放区在政策制定、政策实施、新闻出版、文艺社团、文艺教育体制、作家培养等涉及文艺发展与繁荣的各个方面,继承、发展和完善了延安文艺体制,对当代文学和文艺制度产生了重要和深远的影响。

尽管东北解放区文学得到前所未有的发展和繁荣,但这份珍贵的文化资料始终没有得到系统整理,有关资料分散在哈尔滨、齐齐哈尔、牡丹江、佳木斯、长春、沈阳、大连等地,加上年代久远,这给编选工作带来了很大的困难。一方面,区域性的文学史料不易引起一般研究者的重视,文学史料的保留和整理工作在通常情况下很不理想,尽管编选者在前期已有一定的资料积累,但是很多工作还需要从头开始。另一方面,由于年代久远,加之当时的出版印刷技术有限,许多资料的保存和整理已经成为一大难题。许多珍贵的文学资料甚至已经出现严重的、不可恢复的缺损,因此,整理和出版东北解放区的文学史料,对东北解放区文学和中国现代文学的研究具有重要意义,同时,对人们了解和认识东北解放区这段历史也具有重要意义。

东北解放区文学创作距今已有七十年的历史,从 20 世纪 80 年代开始,东北解放区文学作为中国现代文学的一部分开始进入研究者的视野,搜集、整理与研究工作逐渐深入,一大批有分量的成果随之产生。其中,具有代表性的成果有两项,一项是林默涵主编的《中国解放区文学书系》(重庆出版社,1992 年出版),另一项是张毓茂主编的《东北现代文学大系》(沈阳出版社,1996 年出版)。这两部著作以文学价值作为侧重点,对东北解放区文学进行了很好的梳理。此外,黑龙江、辽宁与吉林三省的社会科学院文学研究所通力编辑出版的《东北现代文学史料》(共九辑),其价值亦不可低估,当时资料的提供者或为亲历者,或为亲历者之亲友,这从文献抢救的角度来看可谓及时。尽管《中国解放区文学书系》和《东北现代文学大系》对东北解放区文学进行了较大规模的搜集与整理,但由于编辑侧重点不同,这两部著作对东北解放区文学作品只是有选择性地收录,东北解放区文学作品分散在各地图书馆与散落在民间的态势并未改变。进入 21 世纪后,随着时间的流逝,承载东北解放区文学作品的旧报、旧刊、旧图书流失和损毁的情况日益严重，对东北解放区文学进行进一步搜集与整理的必要性在中国现代文学界达成共识。2008 年，东北现代文学研究者、黑龙江省社会科学院文学研究所研究员彭放在主编完成《黑龙江文学通史》（北方文艺出版社，2002 年出版）之后，提出了编辑出版《东北解放区文学大系》的建议，这一建议得到了认可。事隔十年，2018 年，由黑龙江省社会科学院文学研究所与黑龙江大学出版社联合策划的《1945—1949 年东北解放区文学大系》荣获国家出版基金资助出版，这完成了老一代东北现代文学研究者的夙愿。

《1945—1949 年东北解放区文学大系》的编者，力求完整地体现东北解放区文学的整体风貌，在文学价值之外，亦注重作品的文献价值，以文学性与文献性并重作为搜集、整理工作的出发点。

《1945—1949 年东北解放区文学大系》的篇目编选工作，由黑龙江省社会科学院发起，联合黑龙江大学、哈尔滨师范大学、哈尔滨学院等黑龙江省多所高校共同开展。为了保证学术性，本丛书特聘请多位东北现代文学领域的专家组成编委会，各卷主编均为中国现代文学方面学养深厚的研究者。本丛书的篇目编选工作得到了北京、吉林、辽宁等地多家相关单位的支持。东北现代文学界德高望重的老一代学者亦给予大力支持，刘中树、张毓茂与冯毓云三位先生欣然允诺担任本丛书的学术顾问，本丛书的姊妹著作《1931—1945 年东北抗日文学大系》的总主编张中良先生亦为学术顾问。特别应提及的是，张毓茂先生在允诺担任本丛书学术顾问不久后就溘然离世，完成这部著作就是对先生最好的悼念。

本丛书的资料搜集工作，除得到东北三省各家图书馆的支持外，还得到了中国现代文学馆、黑龙江省浩源地方文献博物馆的大力支持。东北红色文献收藏人胡继东、华东师范大学历史系博士崔龙浩,以及华东师范大学历史系高铭阳、雷宇飞等人为本丛书的集成提供了大量珍贵而稀缺的第一手资料。对于他们的无私奉献,在此表示诚挚的感谢! 此外,黑龙江大学文学院、哈尔滨师范大学文学院许多在读的博士生、硕士生和本科生也参与了资料搜集工作,在此,请恕不一一列名。

《1945—1949 年东北解放区文学大系》除入选 2019 年度国家出版基金资助项目之外,还被列入黑龙江历史文化研究工程项目,在此谨致谢忱。

史料卷导言

从史料视角纵观东北解放区文学的整体发展

孙建伟　戚增媚

在现代中国的历史上,东北人民忍受了日伪政权长达十四年的黑暗统治。1945年,抗日战争胜利不久,中共中央迅速做出建立东北根据地的决定。当时东北解放区聚集了一大批来自延安等地的著名作家、艺术家,如周立波、萧军、杨沫、陈学昭、刘白羽、舒群、阿英、宋之的、草明等。在他们当中,很多人是延安文艺界的活跃人士,并且参加过延安文艺座谈会。毛泽东同志提出:"党的文艺工作,在党的整个革命工作中的位置,是确定了的,摆好了的;是服从党在一定革命时期内所规定的革命任务的。"①这些文艺界人士按照毛泽东同志提出的指示,筹创期刊、报纸,建立各类文艺团体,积极进行创作。东北现代文学自

① 毛泽东:《毛泽东选集》第3卷,人民出版社1991年版,第866页。

· 1 ·

此进入一个崭新的阶段。在中共中央东北局宣传部的组织下,文艺界人士参与了《东北文艺》《草原》《知识》《翻身乐》《人民戏剧》等颇具影响力的期刊的创办活动,也创作出《暴风骤雨》《江山村十日》《原动力》《无敌三勇士》《孙大娘的新日月》《一条皮带》等具有一定影响力的文学作品。同时,在中共中央东北局的领导下,东北解放区逐步建立文化、出版与文学制度,建立起一条与政治和军事斗争并重的文化战线。① 东北解放区文学虽然只有几年的发展历程,但却凭借着人力、物力、创作力量等得天独厚的条件,为革命战争、土地改革和发展生产服务,培养了大批人才,为中国现代文学的发展做出了重要贡献。②

《1945—1949 年东北解放区文学大系》包括长篇小说卷、中篇小说卷、短篇小说卷、散文卷、诗歌卷、戏剧卷、评论卷、翻译文学卷和史料卷。史料卷是《1945—1949 年东北解放区文学大系》的综合卷,其编撰初衷是希望可以反映出东北解放区文学创作的大体面貌,呈现出当时的政策和文学创作大环境。更为重要的是,我们希望通过对资料的梳理,弘扬东北解放区文学创作的优良传统,并提供第一手参考资料。

史料卷共分为七个部分:第一部分为文艺工作政策方针;第二部分为重要报纸期刊;第三部分为文艺团体、机构;第四部分为作家及创作书目;第五部分为东北解放区文学回忆与纪念;第六部分为大事记;第七部分为丛书(史料卷除外)收录作品的索

---

① 逄增玉:《东北解放区文学制度生成及其对当代文学制度的预制》,载《文学评论》2017 年第 4 期。

② 《东北现代文学史》编写组:《东北现代文学史》,沈阳出版社 1989 年版,第 3—4 页。

引。作为一定时期、一定区域内有关文学活动的一个完整的史料集,史料卷或许还应该包括更加细致和丰富的内容,但由于资料收集的难度较大,我们选定上述七个部分作为史料卷的主体。

一、文艺工作政策方针

文艺工作政策方针是国家、政党根据一定历史时期的总路线和总任务为文艺发展确立的指导原则,反映了一定时期文艺创作的总体规划、总体部署和总体要求,旨在呈现出在创作繁荣的大背景下中国共产党对东北解放区文艺工作的总体规划和管理情况。

史料卷主要收录了东北解放区相关的宣传文件,以及部分会议发言内容和讲话内容等。其中包括重要领导对文艺工作的指示要求,如张闻天《在招待鲁艺文工团会上的讲话》提出坚定为人民服务的立场,真实地反映现实,深入群众,熟悉群众,团结合作,实现文化翻身的目标。同时,史料卷还收录了部分重要会议成果,如中华全国文学艺术工作者代表大会上的总报告《为建设新中国的文艺而奋斗》,总结了五四运动以后的文艺经验和教训,提出了文艺工作者努力的方向和具体任务,大会确立了《中华全国文学艺术界联合会章程》。这些都为新中国文学艺术的发展指明了方向,奠定了基础。

二、重要报纸期刊

报纸期刊是文艺繁荣的重要标志之一。有了报纸期刊,文艺创作就有了载体。作为文学创作的物质基础,报纸期刊直接促进了文学事业的发展和繁荣,使优秀作品产生了广泛的社会影响。进入东北不久，中共中央东北局于 1945 年 11 月创办了东北解放区发行量最大、面向东北全境党政军发行的机关报——《东北日报》。《东北日报》曾刊登《人民与战争》《英雄的十月》《杨靖宇和他的队伍》等作品，"充分发挥了党的喉舌作用"①，为东北全境解放做出了重要贡献。同时发挥重要影响的报纸还有《西满日报》《牡丹江日报》等。与此同时，数十种期刊也纷纷创立，如刊载《归来人》《八女投江》《我的一位老师》的杂志《知识》，刊载《论赵树理的创作》《小二黑结婚》的文学刊物《东北文化》，刊载《记鲁迅十年祭和东北文协的诞生》的东北解放区最大的文学刊物《东北文艺》等，此外还有《草原》《文学战线》《鸭绿江》《白山》等期刊。② 从整体上来看，在这一时期，报刊发表的作品涵盖高雅作品与通俗作品，体裁包括小说、诗歌、通讯、戏剧等，读者对象包括成人和儿童。可以说，报刊真正实现了为文学创作提供宣传媒介的功能，较好地发挥了鼓舞作用、激励作用和推动作用，成为东北解放区文学创作的先锋阵地。

三、文艺团体、机构

文艺团体、机构是文学事业发展之源，其发展趋势与规模直接体现了文学创作的整体力量。东北解放区先后有多个文艺团体、机构活跃在文艺创作和宣传第一线。以东北书店为代表的出版发行机构，首次在东北出版了《论联合政府》《新民主主义

---

① 《东北革命文化史料选编（第三辑）》，1993 年版，第 241 页。
② 逄增玉：《解放战争时期东北解放区的期刊出版》，载《新文学史料》2011年第 2 期。

论》《中国革命和中国共产党》《论解放区战场》《赤胆忠心录》等有关中国革命的重要书籍，并相继承担《东北文化》《东北画报》等多个期刊的发行工作，促进了东北解放区报刊出版和传媒的发展和繁荣，为东北解放区文学发展提供了重要保障。1946 年 10 月成立于哈尔滨市的中华全国文艺工作者协会东北总分会筹备委员会（简称"东北文协"）集结了萧军、金人、舒群、白朗、华君武、王一丁、陈振球等一大批东北文艺骨干，通过组织座谈会，进一步加强了对文艺团体、机构的管理。同时，"东北文协"成立了哈尔滨东北文协平（京）剧团，该剧团演出了《玉堂春》《新四郎探母》《桃花扇》《荆轲刺秦王》等新编历史剧。"东北文协"对东北解放区文艺创作进行了有效的组织与指导。1945 年 11 月，延安鲁艺文学院部分师生组成的文艺中队到达沈阳后成立了东北文艺工作团。东北文艺工作团先后演出话剧《我们的乡村》《祖国的土地》《把眼光放远一点》，还为多个专业剧团和业余剧团排练戏剧和音乐节目。后经改制，在齐齐哈尔等地多次演出秧歌剧《兄妹开荒》、歌剧《白毛女》《血泪仇》《农家乐》等。东北文艺工作团在文艺宣传方面产生了重要影响。白山艺术学校采用边学习、边排练和演出节目的教学模式，实行课堂教学和社会实践相结合，以及业务学习和思想教育相结合的教学方针，曾排演独幕话剧《把眼光放远一点》《十六条枪》、歌剧《白毛女》等，受到观众的热烈欢迎。①

---

① 张连俊、关大欣、王淑岩：《东北三省革命文化史》，黑龙江人民出版社2003 年版，第 197—205 页。

四、作家及创作书目

文学创作离不开作家,作家亦是文学创作的主体。当时从延安等地来到黑龙江的革命文艺工作者数以百计,其中包括著名文化工作者刘白羽、宋之的、周立波、草明、吴伯箫、华山、公木、颜一烟、西虹、蒋锡全、华君武、严文井、陈沂、张庚、陆地、舒群、白朗、萧军、罗烽、马加、金人等。这些文化工作者云集东北,办报纸,办期刊,从事广泛的文化艺术活动,使东北解放区文学以全新的姿态向共和国迈进。史料卷对活跃在东北解放区的多位作家的个人情况和创作情况进行了简要介绍。当然,由于这一历史时期具有特殊性,作家区域性流动较为频繁,对于作家的遴选,我们主要以他们的创作活动轨迹和作品发表区域为依据。

五、东北解放区文学回忆与纪念

为了弥补现有史料收集不足的缺憾,史料卷特别收录了部分文学界前辈的回忆与纪念文章。这部分文章大多成稿于新中国成立之后。其中既有参加文艺团体、机构的亲历感受,如《创办大众书店的前前后后》,也有对文艺创作细节的点滴回忆,如《我是怎样写〈穷人传〉的》,同时还有对亲友的深刻缅怀与悼念,如《记导演、作家、诗人乌·白辛》。一方面,由于年代久远,对于这些资料的某些细节,我们无法准确、翔实地予以体现,仅能从文章的细枝末节体会当时的文艺盛况和文学生态;另一方面,由于部分文章内容年代跨度较大,在此仅将在丛书时间范围内的文章内容以节选的方式呈现出来。这些文章虽然在写作风格上存在差异,但是可以在一定程度上再现东北解放战争时期文艺工作者的工作历程。这对于补充和完善史料卷的内容将有所助益。

六、大事记

东北解放区的文学创作资料林林总总,我们需要对其进行细致整理,为读者提供一个简明的、提纲挈领式的线索,这是史料卷的基本出发点。因此,史料卷设置了大事记这一板块。大事记旨在对反映文学活动和文艺创作的各种资料进行浓缩,以历史年月为序、按照时间线索对史料进行编排,简要记述了1945 年 9 月至 1949 年 9 月的重要文化事件。大事记记录了部分文艺作品创作、文艺团体成立的时间节点,同时也记录了部分重要活动和重要事件,呈现出东北解放区文学发展的整体情况,描绘出东北解放区文学创作和文学活动的面貌,引导读者了解当时革命文艺诸方面的发展情况,从而为相关研究提供必要的参考。

七、索引

鉴于东北解放区文学在总体上呈现出体裁广泛、内容丰富等特点,史料卷以作者为线索,将分散在小说卷、散文卷、诗歌卷、戏剧卷、评论卷、翻译文学卷中的作品整理出来,形成丛书索引。索引以作者为基点,将作者在各卷中的作品情况(作品名称、所在卷册、页数)逐一列出来。这在一定程度上可以呈现出东北解放区文学的整体情况,也可以呈现出作者的创作风格和特点,进而可以从不同的角度展示出东北解放区文学发展的脉络和趋势。

随着军事上的胜利和东北解放区的形成,东北的政治面貌、经济面貌和文化面貌发生了根本性的变化,特别是文化呈现出前所未有的发展和繁荣的面貌。东北解放区"将延安文艺体制全面继承、发展、扩大和完善,并在1949年后整体性移植、整合到共和国文艺制度中,对当代文学和文艺制度产生了重要和深远的影响"①。因此,东北解放区文艺事业是走向新中国的当代文艺事业的开端。东北解放区文艺事业具有深远影响,在某种程度上确定了中华人民共和国成立后文艺发展的方向。

虽然东北解放区的文学发展呈现出前所未有、空前繁荣的景象,但由于还未对东北解放区珍贵的文化资源进行系统的整理和开发,有关资料分散在哈尔滨、齐齐哈尔、牡丹江、长春、沈阳、大连等地的图书馆中,加上年代久远,这给编选工作带来了很大的困难。一方面,区域性的文学史料不易引起一般研究者的重视,保存和整理工作在通常情况下难以达到理想的效果,尽管编选者在前期已有一定的资料积累,但是很多工作都需要从头开始。另一方面,由于年代久远,加之当时的出版印刷技术有限,许多资料的保存成为一大难题。在相关资料的搜集过程中,编者发现,许多珍贵的文学资料已经出现严重的损失,这令人十分痛惜。这让编者深刻地体会到整理和挖掘这份珍贵的文化资源具有重要意义与价值。在中国共产党成立100周年、中华人民共和国成立72周年之际,整理、出版东北解放区的文学资料,

---

① 逄增玉:《东北解放区文学制度生成及其对当代文学制度的预制》,载《文学评论》2017年第4期。

将对东北解放区文学研究具有积极意义,对我国现代文学研究具有重要意义。

文艺工作政策方针

◇ 张闻天

在招待鲁艺文工团会上的讲话

坚定为人民服务的立场

鲁艺文工团在牡丹江及佳木斯连演许多场,观众达八万之多,普遍受到群众欢迎。听说在宁安演出《李二小参军》时,当场就有若干农民报名参军。这说明你们的戏影响很大,对群众、干部起了鼓舞作用,这就是为人民服务的具体行动。为人民服务这句话只在口头上说是不行的,它只有表现在行动上时,才是可靠的证明。我们共产党人主张,音乐、戏剧等一切文艺活动,都要为人民服务。在军事上有军事战线,在政治上有政治战线,在生产上有生产或经济战线,在文艺或文化上有文艺或文化战线。文艺战线,一样也是非常重要的。共产党重视这个工作,同时也做得很好的。中国最伟大的文学家鲁迅先生,就是站在共产党这方面的,所有中国的进步作家,都是靠近共产党的,因为中国共产党引导中国人民走向光明的。你们应当更加团结进步青年,以扩大这条战线,以动员全国人

3

民参加革命斗争。

真实地反映现实

你们到处受到了群众的欢迎，这是好的。这是说明工作有了成绩，但是，是不是已经够了呢？我不这样恭维大家。你们还要继续前进，还要研究如何使文艺能更真实地反映东北老百姓的实际生活。凡愈是能真实反映群众的生活、情感、理想、希望的文艺作品，其价值愈大。如解放区成功作品之一的《白毛女》即非常真实地写出农民如何被地主压迫的痛苦情感，而使观众看了无不感动。世界上任何伟大作品，其所以伟大，都是因为它真实地反映了现实生活。反之那反动派那种惧怕现实的虚伪作品，是毫无价值的。

深入群众，熟悉群众

怎样才能达到以上的目的呢？要想真实地反映群众生活，绝不能单凭主观想象的，必须深入群众，大家在乡间有许多机会与便利条件与群众接触，应抓紧与他们打成一片，多与他们唠嗑，观察、研究他们的思想、情感、动作、语言。在演农民时能把知识分子的情感变成农民的情感就好了。你们虽然都是东北青年，但是你们的戏，还不够东北化、地方化，因为还不够熟悉东北群众。

无论音乐、戏剧、民歌等都必须首先熟悉人民的生活，而后才能丰富其内容的。望大家继续努力，产生出比《白毛女》更好的作品来。

现在一定不要因为自己已有的成绩而骄傲自满，应认识到还只是开始，离远大理想还差很远，必须继续前进，坚决地"深入群众"，使"知识分子与群众结合起来"。

团结合作

戏剧工作是复杂的——有"主角""配角",有老、少、丑、俊,有前台、后台等等,这许多工作都是重要的,少了一样都不行。但有的能出风头,有的在后台观众看不见,这中间常常发生矛盾与不合作。为解决这个矛盾,我们应该把整个戏剧工作,看作一架机器一样,少了任何一个螺丝钉都不行。如一个表,只是长短针在前面表现,指示时间,但若无后面的发条、齿轮积极工作就不行了,所以长短针不应该独自骄傲,背后发条、齿轮也不能闹着要到前面让指针到背后去,那样整个的表也不成其为表了。所以,我们内部都必须很好地团结互助,分工合作。

文化翻身

东北人民翻身很需要文化,我们今天还不能满足这种需要。希望大家努力,争取为像王大化同志那样积极工作的"文艺英雄",希望大家吸收更多的青年参加文艺工作,帮助建立更多的文工团,以达到将来每县甚至每个区,都建立一个文工团,以帮助东北人民不但在政治上、军事上、经济上,而且也在文化上翻身。

你们为东北老百姓做了很多工作,老百姓是感谢你们的,我们也很感谢你们,但望你们继续努力,继续前进!

选自《东北日报》,1947 年 5 月 4 日

◇ 郭沫若

为建设新中国的文艺而奋斗
——在中华全国文学艺术工作者代表大会上的总报告

各位代表：

大会筹备委员会要我来做一个总的报告。在这个报告里，我只打算说明一下我们的文艺运动的性质和文艺界的统一战线问题，并提出今后全国文艺工作的任务，请大家讨论。

我们常常喜欢说"五四以来的新文艺"。这个五四以来的新文艺到底新在哪里？和以前的文艺有什么性质上的不同？

这个问题，曾经在一个相当长的时间里，我们从事文学艺术工作的人是了解得并不明确或者并不完全的。这个问题，到了毛泽东主席的《新民主主义论》发表以后，才得到了最科学的说明。在那部名著里面，毛泽东主席指出现阶段中国革命的性质是新民主主义的革命。他用最简单的话概括了新民主主义革命的特点，就是"无产阶级领导的人民大众反帝反封建的革命"。中国革命的这种性质就决定了中国的新文化和新文艺的性质。这就是说,五四运动以后的新文化已经不是过时的旧民主主义的文化,而是无产阶级领导的人民大众反帝反封建的新民主主义的文化;五四运动以后的新文艺已经不是过时的旧民主主义的文艺,而是无产阶级领导的人民大众反帝反封建的新民主主义的文艺。这就是五四以来的新文艺的新的地方。这就是五四以来的新文艺和以前的文艺在性质上的区别。

中国革命的反帝反封建的任务是一百多年来中国社会的性质所规定的。从鸦片战争以来,中国旧民主主义的政治运动和旧民主主义的文化运动、文艺运动都是在不同程度上反帝反封建的。因此,在毛泽东主席所说的新民主主义的特点中,就是在"无产阶级领导的人民大众反帝反封建"这样的特点中,无产阶级领导又是最根本的特点。没有最革命的无产阶级的领导,没有最科学的无产阶级思想领导,就不可能正确地规定革命的方向和政策,就不可能充分地发挥人民群众的力量,就不可能取得中国革命的胜利。在政治革命上是这样,在文化革命和文艺革命上也是这样。这一条最重要的真理已经为中国三十年来的历史所反复证明。中国人民在今天所已经取得的伟大的政治革命的胜利和文化革命、文艺革命的胜利,都是和中国共产党的领导,和毛泽东思想的领导不可分开的。五四以来的政治革命和文化革命、文艺革命为什么有着中国历史上所不曾有过的彻底性和不妥协性,也就是由于有了无产阶级的领导的缘故。

帝国主义和封建主义的压迫使广大的中国人民大众能够参加新民主主义革命。因此,无产阶级的领导如何把这广泛的人民大众组成统一战线,乃是革命中最重要的问题之一。没有广泛的统一战线,没有正确的统一战线政策,就不可能团结全国的力量,就不可能打倒敌人,就同样地不可能取得中国革命的胜利。在政治革命上是这样,在文化革命和文艺革命上也是这样。这一条重要的真理也同样地已经为中国三十年来的历史所反复证明。

三十年来的新文艺运动都是统一战线的文艺运动。这个文艺运动在初期就是由具有初步共产主义思想的知识分子、小资产阶级知识分子和资产阶级知识分子所联合组成的统一战线。从五四运动到第一次大革命这一个时期内,破坏了封建主义的和半封建主义的旧文艺的统治,建立了以反帝反封建为内容的新文艺。从具有共产主义思想的作家和后来逐渐走向共产主义的革命的小资产阶级作家,产生了一些这个时期的代表作品。这些作品在知识分子中发生了普遍的影响,在反帝反封建上起了很大的作用。第一次大革命失败以后,中国右翼资产阶级背叛了革命,中国革命进入了一个新的时期,在文艺方面就产生了左翼文艺运动。左翼文艺运动是无产阶级为领导的无产阶级知识分子和革命的小资产阶级知识分子的统一战线的文艺运动。这个运动以鲁迅为旗手,在反帝反封建反国民党反动派上做了许多英勇的斗争,影响了广大的小资产阶级知识分子和青年学生走向革命,并且锻炼出来了大批的革命文艺干部。总起来说,对中国革命有伟大的贡献。在这个运动中,有一部分文艺工作者,在统一战线问题上曾经采取狭隘的关门主义的错误观点。在抗日战争爆发以后,中国文艺界在抗日这个共同目标下组成了无产阶级为领导的广泛的统一战线。这个统一战线包含了无产阶级的文艺家、小资产阶级的文艺家、资产阶级的文艺家以及其他一切爱国的新旧文艺人士。虽说在这个统一战线中,有一部分人在某些阶段上又忽略了统一战线内部的原则斗争和严肃批评,产生了右倾的偏向,但整个说来,抗日战争时期的新民主主义文艺运动都是向前发展的,对抗日战争和民主运动是有很大贡献的。在最后两三年内,在运动的主流方面,更有重要的发展和成绩。在国民党统治区,文学艺术工作者在百般压迫之下坚持了工作,一直到最后这支文艺军队并没有被打垮,而且产生了一些对国民党反动派做斗争的有强烈政治意义的作品,开始了若干在毛泽东文艺新方向的影响之下的和人民大众结合的努力。在解放区,由于客观条件的根本不同,由于在毛泽东思想的直接教育之下,由于许多文学艺术工作者的积极的学习和工作,从一九四二年延安文艺界座谈会以来,在理论上和实践上都解决了五四以来所未曾解决的问题,文学艺术开始做到真正和广大的人民群众结合,开始做到真正首先为工农兵服务,从内容到形式都起了极大的变化。这就是三十年来文艺统一战线的基本情况。这也就是三十年来文艺统一战线所获得的成绩和胜利的简略叙述。

三十年来,除了代表地主阶级的封建文艺已经在理论上解除武装,代表大资产阶级的国民党法西斯文艺,一直受到全国文艺界和全国人民的唾弃以外,中国文艺界的主要论争是存在于这样两条路线之间:一条是代表软弱的自由资产阶级的所谓为艺术而艺术的路线,一条是代表无产阶级和其他革命人民的为人民而艺术的路线。三十年来斗争的结果,就是在欧美没落资产阶级文艺影响之下的为艺术而艺术的文艺理论已经完全破产了,为艺术而艺术的文艺作品也已经丧失了群众。曾经在这种为艺术而艺术的资产阶级文艺思想影响之下的许多文学家、艺术家,也逐渐改变了他们的人生观和艺术观,接受了无产阶级文艺思想的领导。而无产阶级文艺思想领导的为人民服务的文学艺术,队伍日益壮大,方向日益明确，因此就日益受到广大人民群众的欢迎和拥护。这样的历史事实说明了中国资产阶级虽然也想在文艺上争取领导，但因为他们不能和人民结合，也就没有争取到的可能。这样的历史事实说明了任何文艺工作者如果不接受无产阶级的领导，他的努力就毫无结果。这正是深刻地说明了三十年来中国的文艺运动的新民主主义的性质。毛泽东主席在《新民主主义论》里面说："在'五四'以前，中国的新文化运动，中国的文化革命，是资产阶级领导的，它们还有领导作用。在'五四'以后，这个阶级的文化思想却比较它的政治上的东西还要落后，就绝无领导作用，至多在革命时期在一定程度上充当一个盟员，至于盟长资格，就不得不落在无产阶级文化思想的肩上。"的确，"这是铁一般的事实，谁也否认不了的"。

这个三十年来中国文艺历史的重要教训，一切认真的想在文艺上有所作为的文学艺术工作者都必须记取。现在，伟大的中国革命的胜利震动了一切过去没有卷入革命的人们。这就是文艺统一战线也可能取得比过去更广泛的基础。毛泽东主席最近在新政治协商会议筹备会上说："中国的革命是全民族人民大众的革命，除了帝国主义者，封建主义者，官僚资产阶级，国民党反动派及其帮凶们而外，其余的一切人都是我们的朋友。我们有一个广大的和巩固的革命统一战线。这个统一战线是如此广大，它包括了工人阶级、农民阶级、小资产阶级和民族资产阶级。"文艺界的统一战线也是这样，文学艺术工作者首先应该在毛泽东主席所说的这样的范围内在政治上团结起来。文艺上和政治上一样，统一战线里面有着不同的阶级，就自然有着不同的艺术观点。这些不同的观点不可能一下子就归于统一。因此，我们应该容许这些不同观点的存在，但是我们除了首先在政治上团结之外，还希望能够逐渐在文艺为人民服务的立场上团结。希望经过文艺界的批评和自我批评,经过文学艺术工作者本身的努力,能够逐渐达到文艺为人民服务的共同目标。文艺界和政治上一样,只有团结,没有批评,统一战线是不能巩固的。文艺界应该有一种健全的民主作风。只准自己批评任何人,不准任何人批评自己的歪风是一种专制主义的表现,应该为我们有思想的文学艺术工作者所不取。

各位代表先生们! 我们这个空前盛大空前团结的代表大会能够召开,反映了中国人民的政治革命的胜利,也反映了中国人民的文化革命和文艺革命的胜利。中国人民在中国共产党的坚强的正确的领导之下,经历了长期的残酷的武装斗争和其他种种形式的斗争之后,终于在全国范围内取得了伟大的胜利。国民党反动派的残余力量不久即可全部肃清。新的政治协商会议正在准备召开。全国性的民主联合政府即将成立。中国革命即将开始一个以政治建设、经济建设、文化建设和国防建设为主要任务的新的历史时期。在这样的时候我们来召开这样一个代表大会,在这个大会上出席了各方面的爱国民主的文学艺术工作者的代表人物,在这个大会上我们回顾过去,瞻望未来,不能不考虑到我们文学艺术工作者当前的任务和这个广泛的文艺界统一战线,今后应该如何共同奋斗的问题。这是要在这个大会上来讨论和规定的。为了引起各位先生的讨论,我就来抛砖引玉。根据我以上对于中国新文艺的性质和文艺界的统一战线的认识,先来提出我们文学艺术工作者今后的具体任务,请各位先生考虑:

一、我们要加强团结,和全国人民一起为彻底打倒帝国主义、封建主义和官僚资本主义,建设新民主主义的人民民主共和国而奋斗,努力用文学艺术的武器来加紧这种斗争和建设。

二、我们要深入现实，表现和赞扬人民大众的勤劳英勇，创造富有思想内容和道德品质为人民大众所喜闻乐见的人民文艺，使文学艺术发挥教育民众的伟大效能。我们要注意开展工厂、农村、部队中的群众文艺活动，培养群众中新的文艺力量。

三、我们要扫除半殖民地半封建的旧文学、旧艺术的残余势力，反对新文艺界内部的帝国主义国家资产阶级文艺和中国封建主义文艺的影响。我们要批判地接受一切文学艺术遗产，吸收与发展一切优良进步的传统，并充分地吸收社会主义国家苏联的宝贵经验，务使爱国主义和国际主义发生有机的联系。

各位代表先生们！我们的文艺运动历来就有一种和政治运动相结合的宝贵的传统。从五四运动起，在各个历史时期，中国新文艺运动的主流都是当时的革命政治运动的一个重要的战斗单位。为了取得新民主主义的政治革命和文艺革命的胜利，曾经有许多文学艺术工作者和英勇的中国人民一起献出了他们的血和生命。在土地革命时期，有一些左翼文学家、艺术家为国民党反动派所杀害。在抗日战争和人民解放战争时期，有更多的文学艺术工作者牺牲在战场上，牺牲在监狱中，牺牲在特务的手里。我们应该继承他们的奋不顾身的精神来参加反帝、反封建、反官僚资本的斗争，来参加新中国的建设。

我们的专业是文学艺术工作，我们参加斗争和建设应该不仅仅用政治行动去参加，还应该用我们的文学艺术工作去参加。三十年来的中国新文艺运动，就它所取得的社会地位来说，就它在广大进步群众中的影响来说，就它对于中国革命的贡献来说，无疑的是已经获得了伟大的胜利。但是，和三十年来中国人民的丰富辉煌的斗争和创造比较起来，和广大的中国人民对于文学艺术的要求比较起来，新文艺的成就还是显得很不相称的。为了能够更好地反映人民的斗争和创造，满足人民的要求，我们文学艺术工作者就必须深入现实，加强学习。人民群众的生活是一切文学艺术工作者的取之不尽、用之不竭的源泉。我们必须了解和熟悉人民群众，然后才有可能反映人民群众。我们必须先做人民群众的学生，然后才有可能做人民群众的先生。所以深入现实是一切创作家首先应该努力的。其次，接触现实还并不就等于完全认识现实。今天的中国社会正处于伟大的剧烈的变化之中，我们所面对的现实比过去的文学艺术工作者所面对的现实要复杂得多，而我们对于读者、观众、听众又必须采取比过去的文学艺术工作者很不相同的严肃的负责态度，因此，学习革命的理论和政策，学习进步的文艺理论，对于我们就十分必要了。只有通过这种学习，我们才能正确地深刻地认识现实，我们才能提高我们的文学艺术作品的思想性。我们的文学艺术作品的艺术性，也需要提高，需要在正确方向之下的以普及为基础的提高。要提高艺术性，就必须批判地接受中国的、外国的文学艺术遗产，吸收那些适合于表现人民并为人民所容易接受的东西，而抛弃那些相反的东西。总之，对于中国的文学艺术遗产也好，对于外国的文学艺术遗产也好，我们不应该盲目地轻视排斥，也不应该盲目地崇拜搬用。

除了这些方面的努力而外，还有一个我们不应该忽视的重要事实，就是各种半殖民地半封建的旧文艺，以及原封未动的封建文艺，在落后群众中间，还占有着很大的地盘。我们应该以夺取这种反动文艺的阵地为我们的责任。我们应该采取各种有效的方法来完成这个责任。解放区的文学艺术工作者所做的改造农村旧文艺和改造农村旧艺人的工作就是有效的方法之一。在新文艺界内部，也不容讳言地仍然存在着帝国主义国家资产阶级文艺和中国封建主义文艺的影响,我们应该以批评和自我批评的方法来逐渐消除。我们要从新文艺运动的外部和内部来扫除这些旧文艺和旧影响。我们还要积极地注意开展工厂、农村、部队中的群众文艺活动。所有这些,都是为了新文艺能够更健全地发展,能够更广泛地和人民结合,能够更好地为人民服务。五四以来新文艺的主要缺点就是和人民大众结合得不够。各位代表先生们!假若我们过去还可以说我们的文学艺术工作这个缺点和其他缺点主要是由于客观条件的限制的话,那么现在应该说是万事俱备,只欠东风了,这个东风就是我们文学艺术工作者本身的努力。我们应该创造出无愧于我们伟大民族的文学艺术作品,我们应该满足广大的中国人民对于文学艺术的要求。

各位代表先生们,我们的任务是重大的,但我们已经有了明确的方向,已经有了许多重要的、成功的经验。而这些经验中的最重要的经验就是我们文学艺术工作者自己必须经过各种不同的途径去和人民大众结合。这应该成为一种文学艺术工作者的自觉的运动。已经和人民大众有了初步结合的文学艺术工作者应该切记毛泽东主席的多次的训诫,不要骄傲,不要自满;还没有和人民大众结合的文学艺术工作者应该有足够的认识和决心,努力和人民大众结合,不要视为畏途。谦虚的态度,刻苦的学习和工作,再加以领导上的帮助,我相信我们是可以完成我们这一代的文学艺术知识分子的历史任务,可以做出为人民所欢迎并能教育人民的文学艺术工作的!

一切反帝、反封建、反官僚资本的文学艺术工作者团结起来,为彻底完成新民主主义的政治革命而奋斗!为彻底完成新民主主义的文化革命、文艺革命而奋斗！

中国人民胜利万岁！

中国人民的文学艺术事业万岁！

选自《东北日报》，1949 年 7 月 7 日

中宣部新华总社关于改善新闻通讯写作的指示

各总分社并转各中央局分局宣传部省委区党委政治部：

现在各总分社发来很多决议、布告、法令、社论和会议的描写，这些资料都很有用。其中的若干件因为内容重要，文字也明了，可供广扩，并已经广扩了；但另有若干件则很枯燥，且为其他解放区所不易明了，仅能供中央及各解放区领导机关少数人参考，而不宜登报和广扩。希望你们今后仍继续发来这些资料外，要着重写新闻通讯。对于你们打算宣传的事物（包括你们发来的资料在内），说明它的背景、它的过去情况、存在的问题、解决的办法、为何要如此解决及前途的展望等。在新闻通讯中不但必须有思想政策做骨干，而且必须有实际的社会生活和生动的典型例子做血肉。如此这些新闻通讯才是读者（从党的高级领导同志到普通老百姓）所能够理解的、所愿意看和看得下去的。例如最近我们所收到的山东省政府保护及奖励培植林木办法及东北粮食总局召开各省局长会议两稿，其内容都是好的，也是重要的，但是前稿对于山东公私林木的存在与破坏状况如何，林木的直接收益与对农村的帮助作用如何，在造林护林采伐负担管理及在开荒分地中发生一些什么问题，省政府为何要发布告，为何要做这一种或那一种规定，除出布告外还做了一些什么工作，执行起来还会碰到什么困难等等没有任何说明。后稿对于过去东北公粮的征收、保管、分配、调拨、运输、加工的办法、状况与问题，各级粮食局分局干部中存在的思想倾向，以及何以要召集粮食会议并做出各项决议也没有任何说明。因此，这两个稿件就是不可理解的，就不能引起读者的兴味并使其获益。这种例子不胜枚举。望各分社及报社编辑人员中提出这个普遍的严重的迫切的问题做一彻底检讨，并采取具体办法以便改善党的宣传工作的质量，以便利用报纸和广播加强党与群众的联系，你们执行的情形望告。

选自《宣教工作通讯》，1949 年第 2 期

◇ **东北局宣传部**

东北局宣传部关于东北新华书店工作的决定

一、东北新华书店是东北局宣传部直接领导下的出版发行部门，负责组织进行在东北地区内党的出版发行工作。

二、东北新华书店为着完成上述任务，得按实际需要，在东北各地设立东北新华书店之分支店。并根据党的出版发行方针，在行政上、业务上、经济上直接管理与指导各地分支店的工作。各分支店的工作人员，今后亦由东北总店统一分配与调动。如遇当地党委宣传部认为必须调换其所属地区内分支店的负责人员时，则应经过东北局宣传部通知总店调换之。

三、各地书店应实行企业化的管理，并在可能条件下积累资金，扩大业务，尽量求得配合当前经济文化建设的需要，满足干部与群众在文化上的要求。过去某些分店或支店专门依靠政府供给，不实行经济核算，作风上机关化的现象，必须迅速纠正。同时，过去某些地区将书店当成"生产"单位，支店为县级的附属生产部门，要书店交纳一定的"生产"任务，抽出书店的资金去补助其他机关，或不按照制度规定，随意取书等做法，都是同书店目前业务方针不合的，均应改正。

四、各地分支店虽在业务行政上直属东北新华书店总店管理，但各地党委宣传部仍旧在政治上、工作上加强对其所属地区书店的领导，关心书店工作人员的政治教育，组织他们学习，检查他们的工作情况。各地新华书店分店或支店，应定期将业务、行政、经费的情况及干部群众的反映等报告当地党委宣传部，同时报告东北新华书店总店（支店报告送交分店），东北新华书店总店应按期总结工作，向东北局宣传部做综合报告。

选自《东北解放区出版发行工作的回顾》，辽宁人民出版社 1988 年

东北局宣传部关于奖励《反"翻把"斗争》剧本的通知

　　东北文工二团李之华同志创作的,并由该团演出的《反"翻把"斗争》独幕话剧,获得了观众一致的赞赏。这是一个成功的剧本,反映了东北土地改革运动的现实,刻画出东北农村及东北农民的特性,这个剧本对于东北广大农民群众和新的干部积极分子有深刻的教育意义,希望各地文工团都能排演这个剧本。为鼓励该剧本的作者、导演、演员和舞台工作者,李之华同志记大功一次,全体导演、演员和舞台工作者集体记大功一次,此外并给以适当的物质奖励。

七月十三日

选自《黑龙江革命文化史料(佳木斯专集)》,1989 年

关于出版宣教工作通讯的通知

为了加强各地宣教工作的领导,提高各地宣教工作干部的政策水平与业务水平,总结与介绍各地宣教工作经验,反映各地宣教工作一般情况,解决各地宣传工作中提出的问题,特出版宣教工作通讯。

宣教工作通讯,为党内指导刊物之一,发至县团级宣教工作干部阅读,收阅宣教工作通讯的干部,必须细心研究党的指示,具体运用于日常的实际工作,并妥为保存,不得遗失。

除了党的指示文件之外,特辟"参考资料"一栏,介绍各地工作经验与各地工作中提出的问题,以供各地研究问题之参考。"参考资料"栏内可以提出不同的意见,可以进行对于具体工作的不同意见的讨论,但此种讨论必须在党的决定指示范围之内进行。

各省、市、县委的宣传部,除应有计划地研究宣教工作通讯,以加强宣教政策与业务的学习外,并应组织干部写稿,以充实宣教工作通讯的内容。应在党内征询改进宣教工作通讯的意见,及时向东北局宣传部反映,使宣教工作通讯在全体同志努力之下,有力地发挥其指导作用。

选自《宣教工作通讯》，1949 年第 2 期

郭沫若致开幕词

郭沫若在中华全国文学艺术工作者代表大会上的开幕词：

各位首长，各位来宾，各位代表！

中华全国文学艺术工作者代表大会，经过了三个月的筹备，今天正式开幕了。

我们在宣告开幕的这一瞬间，首先要向伟大的人民领袖毛主席致敬，向全心全意为中国人民服务的中国共产党致敬，向英勇作战、不久便要解放全中国的人民解放军致敬，向努力生产、支援前线的全体勤劳英勇的工农大众致敬！

我们今天是处在我们中国人民的一个光芒万丈、伟大无比的新时代。我们全中国的人民，在两千多年来的封建制度的剥削之下，在一百多年来的帝国主义的侵略之下，在二十多年来的国民党法西斯政权的控制之下，不久便要彻底翻身了。

处在这样一个伟大的时代，我们从事于文学艺术的工作者们，在人民政权的司令台——北平，来召开这次全国性的代表大会，这在建设新民主主义的新中国的历程上，是富有历史意义的一件大事。

时代所给予我们的历史使命是什么呢？是要我们总结以往的经验，策划未来的方略，把文学艺术这项有力的武器，有效地运用来提高革命的敌忾，鼓励生产的热情，使新民主主义的建设迅速地得到全面胜利，稳步地过渡到更高的历史阶段。

完成这项庄严的历史使命，正是我们今天来召开这次全国代表大会的主要的任务。

我们深切地知道，在今天并不是让我们来粉饰太平的时候，我们的军事胜利诚然是伟大无比的，但我们的敌人还未彻底消灭。

我们也深切地知道，在有形的敌人之外，还有更隐蔽、更顽强的无形的敌人。这些无形的敌人不仅环绕在我们的周围，有时甚至还潜伏在我们自己的心里。这便是两千多年来的封建思想、一百多年来的买办意识、二十多年来的法西斯细菌。这些无形的敌人我们也需得用全力来迅速、彻底、全面、干净地把它们消灭！消灭这些无形敌人的战斗任务，责无旁贷地，是落在我们文学艺术工作者的肩头上来了。

我们，事实上是文化战线上的一支有力的野战军。自"五四"以来，我们一直在和一切有形无形的敌人作着艰苦的战斗。但在以前，我们被反动政权分割着，力量不容易集中，指挥不容易统一，有时更甚至是人自为战，有不少的优秀的战斗员是在战斗上牺牲了。可是我们今天，实在是值得庆贺，我们是集中在毛主席的胜利的旗帜之下，会师北平了。在这儿，有老解放区的钢铁部队，有新解放区和待解放区的游击部队，我们事实上是肩并肩、手挽手地紧紧团结起来了。我们的团结会师更加扩大,更加巩固,不仅要团结自己,还要团结别人,把新中国团结成一个最坚强的和平堡垒。

在我们尤其值得庆贺的,是在七年前的一九四二年五月,毛主席在延安文艺座谈会的讲话,已经给予了我们明确的指示。这个讲话里的原则性的指示,一直是普遍而妥当的真理。在今天我们应该明朗地表示:我们要一致接受毛主席的指示,把这一普遍而妥当的真理作为我们今后的文艺运动的总指标。

我们应该做的工作是千头万绪的,在今后人民政权的保护之下,我们文艺工作者不会愁"英雄无用武之地",只会愁"地无用武之英雄"了?广大的人民大众很迫切地期待着我们的精神食粮。老解放区的朋友们在毛主席的直接领导之下,曾经创造了不少的光辉的范例,但比较起广大群众的大量需要来,实在还是非常有限的。新解放区和待解放区的朋友们的贡献,受着客观条件的限制,不用说更是不多。我们决不要以既有的成就而满足,我们也不要以它无成就而气馁,只要我们今天肯下决心做毛泽东的学生,善于运用在人民政权的保护之下,创作有充分的自由,我们一定可以迎头赶上,满足人民大众的需要的。

我们对于工农大众,尤其工人阶级,是要特别学习的。我们要和工农大众的感情、理智、意志发生密切的有机的联系,然后才能够了解工农,表现工农,更进而教育工农。必须先教育好自己,然后才能教育别人。必须先塑造好自己的灵魂,然后才能塑造别人的灵魂。我们要创造适应于革命意识、道德、品质的新的形式、新的美。我们必须体验并表扬无产阶级的爱国主义,我们必须体验并表扬无产阶级的国际主义。我们必须在这两种深切的体验之下,批判地发展过去的一切进步优秀的传统,而吸收先进的兄弟民族的宝贵经验。

时代所给予我们的历史使命的确是很重大而庄严的,我们必须用集体的力量来共同讨论,共同研究,以期获得一个完善的完成使命的步骤,来共同遵守,共同推进,共同号召。和新时代相配合的新的总机构也是必要的,怎样来加以组织,也需得我们从长商议。在这之外,在大会上还有很多详细的报告、周密的提案,我们从这些报告和提案中,细心地分析和综合,我们相信一定更可以得出很可宝贵的结论的。

大会从今天起预计要整整继续十二天。在这充分的时间当中,靠着全体代表们的努力,我们相信一定可以使大会顺利地获得成功,并使我们全体文艺工作者不仅不至于辜负时代所给予我们的使命,而且对于文化战线的兄弟部队会提出一个良好的示范。

最后让我们做一次高呼:

一切进步的文学艺术工作者团结起来!

接受毛主席的指示,创造为人民服务的文艺!

打击并消灭一切有形无形的敌人,使新民主主义的建设获得全面胜利!

选自《东北日报》,1949 年 7 月 5 日

团结在毛主席的文艺方针下
展开新民主主义的人民文艺

——郭沫若在文代大会上的结束报告

郭沫若十九日在中华全国文学艺术工作者代表大会上的结束报告,全文如下:

中华全国文学艺术工作者代表大会开过了十四次会议,绵延了二十天,今天圆满闭幕了。

这次大会是成功的,胜利的。

经过这次大会,我们加强了文艺界的团结,生长了更大的信心与力量。我们相信全国爱国的民主的文学家、艺术家,今后一定能更加团结,和全国人民一起,为彻底打倒帝国主义、封建主义与官僚资本主义,建设中华人民民主共和国和人民文学艺术而奋斗。

经过这次大会,我们互相交换了许多重要的经验,观摩了许多重要的作品,使我们更充分地认识了毛泽东的为人民服务的文艺方针,以及由于实践这一方针而获得的重大的成就。我们从各方面,尤其从解放区,证明了与人民结合的群众路线,是唯一正确的文艺方针。

经过这次大会,我们建立了全国文学艺术界的统一机构。根据许多有益的重要提案,我们今后的文学艺术工作纲领将更加集中,工作内容将更加丰富，工作步调将更加整齐了。

这些都是大会的收获，可以说是有重大历史意义的收获。

作家与工农兵密切结合问题

代表们在会议中，充分地表示了要为人民服务、与工农兵相结合的热烈的愿望。有很多文艺工作者在提案中要求到工厂、到农村、到部队中去生活，去反映工农兵。这是很好的现象。这种要求，是符合人民愿望的要求。人民在期待着我们的文艺家去表现他们、教育他们。我们一定要保持这种热情，使它持久下去。对于已经接触了工农兵生活的文学家、艺术家，我们希望他们能更深入群众，更多地更深刻地去反映群众，表现出群众中各种不同的新的人物，群众与领导之间的各种不同的新的关系。对于过去没有接触过工农兵生活的文学家、艺术家，我们却不要要求过急，要充分体谅他们，要多方帮助他们。有群众生活经验的文学家、艺术家们，更应该兄弟般地扶持他们。一个完全没有体验过工农兵生活的人，要真正做到和工农兵结合，的确不是一件容易事。这需要长期锻炼，有时候也许要碰些钉子。但只要不气馁，就一定能够结合得起来。代表们尽可以立即到工厂、农村、部队里去参观，实习，工作。但如果觉得还有什么条件没有准备成熟，可以迟一点去。如果一次去了，工作不习惯，也还可以回来。回来了还可以再去。总之，不要太勉强，也不要害怕去。有些文学家、艺术家说是要为工农兵了，他们就把工农兵幻想得完美无缺，热烘烘地去做浮泛的接触。可是当他们一经接触之后，就觉得有点两样，结果就心灰意冷了。这种事情，是最容易妨碍文学家、艺术家去和工农兵结合的。我们更应该沉着地、全面地从现实出发，运用阶级观点，正确地认识工农兵。

另外,也还有些文学家、艺术家,喜欢以一己的好恶去观察与体验工农兵生活,用小资产阶级或资产阶级的要求去要求工农兵,使工农兵服从小资产阶级或资产阶级的感情、思想以及生活方式。结果,就使得自己与工农兵格格不入,被工农兵所不理睬。我们应该从广大劳动人民的要求与利益出发,将自己溶化于广大劳动人民中,这样去和他们结合,才能表现他们,更进而教育他们。当然,这些都不是一下子就可做到的。这要艰苦地、长期地,经过若干磨炼,才能达到。但是只要自己有诚心诚意为人民服务的决心,而且肯努力去做,这就可以保证一定能够做到。

展开群众的文艺普及运动问题

在大会上,我们提出了要求文学家、艺术家产生更多的更好的文学艺术作品,因而鼓励了强烈的创作欲望和热情,这是很好的现象。我们应该组织这种创作热情,见诸实行。但在另一方面,对于展开广大群众的文艺普及运动,必须在这里特别加以强调。我们必须指出:展开广大群众的文艺普及运动,是我们文艺工作的主要方向。如果我们忽视了普及的工作,我们就要犯严重的错误。事实上,在老解放区,尤其是华北、西北、华东,以及东北的若干地区,是有广泛而深入的普及工作基础的。在这一方面,有不少埋头苦干的文艺工作者,他们与群众有密切联系,深切知道群众的情绪和要求,他们的经验是很丰富的,他们的成绩也是卓越的。他们大都是群众文艺活动的组织者。由于长期分散在农村中工作,他们的名字并不完全为文艺界所熟悉。但是他们的贡献,在某种意义上来讲,并不下于创造了优秀的作品。他们同样是文艺工作上不可缺少的部分。广大群众的文艺普及运动是我们整个文艺运动的主要基础,这里蕴藏着无限的生命力，是作家们借以培育创作的重要源泉。我们文艺工作者的主要职责固然是用自己的作品去教育人民，但不能片面地限于这一方面。特别是领导文艺工作的文艺机关与文艺干部，如果不去注意领导与帮助广大群众的文艺普及运动，那就会脱离我们工作的主要基础，文艺工作就不能在广大群众中扎下深根，作家们的创作源泉也就会断绝的。

文艺作家的提高问题

因此，我们的文学家、艺术家，不但要用群众所喜闻乐见的作品来教育群众，而且还要帮助群众自己起来，学会使用文艺这个武器，来教育自己。这是需得有一定过程的，但我们必须把这两方面结合起来，去进行工作。专业的文学作家和艺术家如果不与广大群众业余的文艺活动相结合，其创作就有可能脱离群众。专业的文学作家和艺术家在创作上的思想水平与艺术水平，必须沿着群众文艺运动的发展状况与程度提高起来。自然，文艺普及运动是不能离开专业作家的指导而孤立发展的。现在的情况是普及工作迫切需要大量专业文艺工作者去注意，去指导，去提高。而群众业余文艺活动，有它的一定的特点和弱点。因为它是业余的，而不是专业的，首先它在创作上就不可能十分深刻与细致，因之教育作用就会不够深刻。专业作家的创作，可以有更高的思想性与艺术性，因为它是由专业产生，因此我们必须十分珍视专业作家及其创作。他们是"灵魂工程师"，人民极盼望他们给人民创作出优秀的大量的作品，人民中的干部也极盼望他们创作出为他们所爱好而又能教育他们的作品。这里就发生了专业文艺工作者本身提高的问题。以前国民党统治区的文艺工作者，由于反动统治者的种种压迫，没有可能得到与广大工农群众相结合的机会,现在必须加紧这一方面的努力了。解放区文艺工作者,自从延安文艺座谈会以后,与工农兵群众开始了结合,但由于农村环境的分散,工作任务的繁重,缺乏充分的学习机会以提高自己,而群众与干部对文艺的要求是日渐增高的,这样就表现了主观能力与客观要求还不能十分适应,就是说,文艺还落在群众要求的后面。因此目前摆在文艺干部面前最迫切的问题,便是加强学习,提高自己的思想与艺术的水平。

旧文艺的改革问题

在我们的大会上,旧文学艺术的优秀代表,也到了不少。他们都表示了热心改进的愿望。大家都已认识到,封建内容的旧文艺,还有很大一部分在人民中流行。大家一致的意见是积极进行旧文艺的改革工作,这是大会重要的收获之一。我们希望从事新文艺的朋友们,积极参加并推进这一巨大的改革运动。

文艺工作的统一领导

在我们的大会上,已有蒙古民族及国内朝鲜民族的代表参加,他们和我们一样热烈地拥护新文艺的方针。为了使中国的新文艺能得到多方面的发展,我们要特别重视这部分的工作,使各个兄弟民族能够交换经验,互相学习,来共同促进我们文教方面的各项建设。

由于全国革命的胜利,就要求文艺工作和组织,改变它过去处于农村分散环境的方法和组织路线,如果我们不能实行这一转变,文艺工作便会落后于现实的要求。今后的文艺工作,需要有集中而统一的领导,需要有组织、有计划地来进行。

　　这次大会的成功之一,是成立了全国文学艺术界的统一机构。不久快要成立的中华人民民主共和国中央政府之下,特设立专管文化艺术的部门,对于将来的文艺工作的发展,必将起着重大的领导与推动作用。因此,在目前文艺工作中的组织领导和行政工作,对于整个文艺工作就更加重要。如果文艺工作中只是作家和创作,而没有组织文艺工作的干部,那就会使得文艺工作涣散无力,得不到应有的成就。因之,文艺工作的组织者是很重要的,这些组织家,往往是文艺工作的思想与政策的掌握者、领导者。因之组织家、编辑家是和作家一样重要,他们应受到同样的尊敬和奖励。

　　由于有了这些收获,在这次大会以后,我们新中国文艺界一定能够更加团结在毛主席的文艺方针之下,深入群众展开工作,努力创造思想性与艺术性高度结合的作品,建立科学的文艺理论批评,为建设新民主主义的人民共和国和展开新民主主义的人民文艺而共同奋斗。

选自《东北日报》,1949 年 7 月 22 日

文代大会宣言
——团结全国文艺界，建设人民的文艺

中华全国文学艺术工作者代表大会十九日通过大会宣言，宣言全文如下：

全国文学艺术工作者代表大会，在人民的首都北平，经历了十四天的会议，今天闭幕了。参加这个大会的成员，共有六百四十八人，包括了中国文学艺术界各方面的代表人物。这个大会，象征了中国人民的空前的团结与伟大的胜利。没有中国共产党领导下的中国人民的伟大胜利，这样大会是不可能举行的。

大会始终在和谐、愉快与兴奋的空气中进行，听取了并讨论了周恩来副主席的政治报告，郭沫若的"关于新中国文学艺术"的总报告，茅盾、周扬的关于国民党反动派统治区文艺革命运动与解放区文艺运动的报告；初步地总结了各个部门、各个地区的工作经验；通过了全国文学艺术界联合会的会章，在这个会章里，规定了纲领性的宗旨与任务；讨论了一百多件富有建设性的提案；选举了全国文联的全国委员，成立了全国的文学艺术工作的统一组织。这个会的收获是巨大的。

中国人民解放战争已取得基本的胜利。新的政治协商会议即

将召开。这个新的政治协商会议包括了各民主阶层和各民主党派与人民团体的代表。新的人民民主的政府将随之产生。这是中国人民新的纪元。中国人民长期被奴役与被宰割的命运是要终止了。从此之后,祖国将走上独立、自由与和平建设的康庄大道。我们拥护这个新的政治协商会议的召开与由它而产生的民主联合政府。目前,国内残余的反动势力仍在做最后的挣扎,我们必须肃清一切或明或暗的匪徒,对敌人的麻痹,就是对人民的犯罪。

我们的祖国经历了长期的战争,广大战区满目疮痍,人民生活十分困苦。今后为了医治战争的创伤和逐渐改善人民的生活,首先必须恢复与发展生产,发扬中国劳动人民的英雄主义,发扬为了人民的利益而奋不顾身的劳动和牺牲精神。我们的人民既然在与强大敌人作战中取得了胜利,也一定能在克服新的困难中取得胜利!

中国人民的胜利是和国际的援助分不开的。假如没有苏联和欧洲各新民主主义国家在西方牵制了英美帝国主义的势力,就不可能有中国在东方击败美帝国主义及其走狗蒋介石反动派的胜利。帝国主义和他的走狗是不会甘心这种失败的。帝国主义的本质就是对于其他民族的政治奴役与经济掠夺,而战争就是达到这个目的的手段。这就是为什么战争贩子们鼓吹与煽动新的屠杀的理由。反对美帝国主义及其帮凶的侵略集团的战争阴谋!我们坚决站在以社会主义苏联为首的世界和平民主阵营里,发扬革命的爱国主义和国际主义的精神,争取世界的持久和平与人民民主!

从"五四"以来,中国新文艺运动已历时三十年了,在人民革命斗争中起了很大的作用。特别是一九四二年毛主席《在延安文艺座谈会上的讲话》发表以后,中国的文艺工作者,尤其是解放区的文艺工作者开始和广大的人民群众相结合。这些年的经验,证明了毛主席文艺方针的卓越的预见与正确。文艺工作者和劳动人民结合的结果，使中国的文学艺术的面貌焕然一新。我们感谢毛主席对文艺的关心与领导。今后我们要继续贯彻这个方针，更进一步地与广大人民、与工农兵相结合。只有首先向人民群众学习了，才有可能教育人民群众。我们的工作必须在人民群众的面前取得考验。

我们要加强学习与自我批评。我们的文学艺术既然是为人民服务的，我们的目的也就是使人民能取得胜利与巩固胜利。一个名副其实的真正爱国的民主的文学家与艺术家，就必须掌握正确的世界观与人生观，只有这样，他才有可能正确地了解中国社会的阶级关系，表现中国人民中新的英雄人物与英雄事迹，也才有可能使自己的作品富有思想性，也才有可能有效地正确地为人民服务，发扬文艺的伟大教育效能。

我们知道我们的任务是艰巨的，我们的工作是对人民负责的。因此，我们只有密切联系群众，虚心学习，努力工作，才不致辜负全国人民对于我们的热望。

全国爱国的民主的文学艺术工作者紧密地团结起来，在中国共产党和毛泽东主席的领导之下，和全国人民一起，为人民共和国的建设与人民文学艺术的建设而奋斗！

中华全国文学艺术工作者代表大会

一九四九年七月十九日

选自《东北日报》，1949 年 7 月 21 日

周扬同志在文代会上报告解放区文艺运动

解放区文艺已是新的人民文艺，反映并推动新国民性的成长

全国文学艺术工作者代表大会于五日听取周扬关于解放区文艺运动的发言。周扬首称，自从毛主席在延安文艺界座谈会上讲话以来，七八年间，解放区的文艺的面貌和解放区的文艺工作者的面貌已经有了根本的改变。解放区文艺工作的全部经验证明了毛主席的文艺新方向的完全正确。解放区的文艺已经成为真正新的人民的文艺。民族斗争、阶级斗争及劳动生产成了作品中压倒一切的主题，工农兵群众在作品中如在社会中一样取得了真正主人公的地位。解放区的文艺工作者参加了战争，参加了土地改革和生产运动，受到了不少的锻炼。特别是许多部队文艺工作者直接参加了战斗，在火线上进行鼓动演唱，有的就在战场上流了最后一滴血。文艺与群众的关系也发生了根本的变化，文艺已成为群众教育、干部教育的有效工具之一。解放区文艺工作者学习了马克思列宁主义和毛泽东思想，参加了各种群众斗争和实际工作，从而开始熟悉了和体验了中国共产党、人民解放军与人民政府的各项政策。这就是解放区文艺所以获得健康成长的最根本的原因。

周扬就许多比较成功的作品的内容,说明它们反映了中国人民如何在反对帝国主义、封建主义和国民党反动派的压迫的斗争中,开始挣脱了帝国主义、封建主义和官僚资本主义加在他们身上的精神枷锁,发展了中国民族固有的勤劳英勇及其他一切优良品性。他说,中国新的国民性正在形成之中,我们的作品就反映着并推进着新的国民性的成长的过程。和作品中的新的内容相适应,作品的形式也有许多新的创造。这就是作品中的语言做到了相当大众化的程度,并从民间形式学习了许多东西。

继续学习民间形式,接受中外优良传统

文艺工作者今后还要继续学习民间形式;但这并不等于就要排斥或轻视外来的形式。我们应该十分重视并虚心地接受中外文艺遗产中一切优良有用的传统,特别是苏联社会主义文艺的经验。

除了职业的文艺工作者的创作活动以外,解放区工农兵的业余文艺活动也得到了空前的发展。在人民解放军里面,战士们的文艺活动已成为政治工作的有力武器;在农村里,秧歌舞、秧歌剧已成为农民群众生活中不可缺少的部分;在新解放的大城市里面,工人业余的文艺活动也已取得了一定的成绩和经验。这些群众的业余文艺活动,形成了文艺战线上的千万支民兵队伍,它配合着职业的文艺活动亦即文艺战线上的正规军的作战,同时又成为职业的文艺活动的源泉和基础。在指导群众文艺活动的时候,首先必须以不妨害工农的生产为原则。

要提高思想水平,多反映生产建设

周扬告诉解放区的文艺工作者不要自满。他说,我们的文艺工

作还远落在革命形势的发展与革命的需要的后面。今后新中国要变农业国为工业国,文艺工作者首先应该反映工农业生产建设,文艺作品要表现中国人民在生产建设中的团结和斗争。其次,应该产生更多的反映伟大的革命战争的作品。这种作品不仅要写出指战员的勇敢,而且要写出他们的智慧,他们的战术思想,要写出毛主席的军事思想如何在人民军队中贯彻。他指出,我们的作品中的思想水平还不够高。一切前进的文艺工作者必须努力学习理论和政策,提高马克思列宁主义和毛泽东思想的水平。只有这样,才能把反映生活和宣传政策两者统一起来,不致于为了宣传个别具体政策而歪曲了生活中的基本事实,或者为了局部生活的真实而模糊了基本政策思想。现在解放区所有的作品也还没有达到形式上完美的程度,因此我们必须学习技术。但我们又必须反对与限制一切技术至上主义与形式主义,必须确立人民文艺的新的美学的标准。凡是"新鲜活泼的,为中国老百姓所喜闻乐见的中国作风和中国气派"的形式,就是美的,反之就是丑的。

今后普及第一,不要忘了农村

在整个文艺运动中,周扬说明今后仍然是普及第一。这不但是因为对新解放区的群众必须首先做普及工作,而且因为老解放区普及工作的基础也还不巩固。特别是我们进了城市,不要忘了农村。除了必须用人力去进行工厂文艺工作而外,还必须采取各种方法,继续对农民进行普及工作。

对于改革平剧和其他地方戏,周扬指出,不能简单采取行政命令的办法,改革的中心关键是供给足够的可用的新剧本。因此必须组织广大的旧艺人和一些新的文学戏剧工作者亲自动手创作或修改旧剧本,人民政府和文艺领导机关则应加以指导和必要的协助。在改革旧剧上,一方面要防止急躁的态度,另一方面也要反对不适当地强调旧剧艺术上的"完整性",强调掌握技术的困难,因而不敢大胆突破旧剧形式的那种错误的保守观点。

周扬提出,要建立科学的文艺批评,加强文艺工作的组织领导,适当地解决文艺工作者在实际工作中及在创作中所碰到的困难和问题。

选自《东北日报》,1949 年 7 月 9 日

◇ **冀察热辽中央分局宣传部**

关于健全文工团体和改造民间艺人的决定

为在广大的群众中,开展党的宣传工作,光依靠单纯的文字宣传(如报纸)及口头宣传(如讲话)还是不够的,必须注意各种各样的具体的形象的宣传(如文艺)。现在我区各级党委宣传部门对此工作有的已予重视,有的尚未予以应有的重视及领导。地委一级的尚未建立起文工团(或宣传队)来,有的尚不健全。而对于散居群众中的民间艺人,注意尤不够,对其作用的认识亦不足。这就等于放弃了广大的革命宣传阵地及可使用的宣传力量,而放纵了某些封建落后思想的传播,对党与人民都是一种损失。为此,特决定:

一、各地委在人财物力条件允许下,可筹组文工团(或宣传队),人数以不超过五十人为限,既有的文工团可加以调整,以适合当前政治任务及实际工作为主。创作演出力求经济简便,多下乡与多下部队,多做巡回演出,利用工作间隙整训,坚定其为人民服务的观点及学习实际必要的技能,反对文艺上的教条主义与好高骛远思想。

二、地委及县委宣传部均可进行争取及改造民间艺人的工作。先可选择条件较好的一个或几个,在短时间内培养成典型,着重其艺术的改造,略有成绩后,即给以适当的表扬或奖励,用以影响其他。对他们需采取尊重与教育的态度,反对强制命令,亦不需一般训练班式的严格管理。改造后仍可让其继续原有的职业(个别的可根据其自愿参加文工团)。对于群众的职业性的旧戏班、影戏班或其他文艺性组织,不是采取打击、消灭的方针,而是采用争取、改造的方针,负责审查其节目,鼓励其多演新内容的剧本,有成绩者,亦应给以适当之表扬及奖励。

三、各地委在文艺干部缺乏情况下,可介绍保送政治清白,文化程度较高(中学以上)并具有文艺发展前途者,至联大鲁艺学习,学成后仍可送回原地工作。各地文工团亦可根据需要,抽调一定人入校学习。各地如发现有技术较高、无恶疾嗜好之民间艺人,不论其为戏曲艺人、说书匠、影戏匠、画匠、吹鼓手等,均需争取,亦可送至鲁艺工作团进行改造。

(一九四八年六月十五日)

选自《冀察热辽革命文化史料(辽宁部分)》,1992 年

关于党的新闻工作业务的指示
各种通讯稿件需注意时间性

　　各地来稿中除战报外，一般军事报道既十分迟缓，且缺少计划。一般情况是当第一个战役或战斗亟须各种通讯消息与战报配合发表时，几乎一篇也没有，待第二个战役或战斗乃至第三个战役或战斗已经开始，人们的注意力已集中于新的战况时，第一个战役或战斗的各种稿件却大批地源源地涌来。如东北的平郊人民反傅匪暴政的自救运动，是极有意义的稿件，但一月十九日始发来，局势已变，影响采用。又如张家口歼敌经过稿一月九日始发来，距战斗结束已半月。再如黄维兵团已歼灭一个多月，中原一月二十一日尚发"张围子之战"稿。这种情况大大影响我报道效果，必须大力设法改进。请即检查你处所发稿件及研究改进办法，并将研究结果报告我们。

（一月二十七日）

选自《宣教工作通讯》，1949 年第 4 期

嫩江省委召集文艺团体指出文艺工作方针

一九四八年五月五日嫩江省委宣传部,在泽东剧场举行嫩江省实验文艺工作团成立典礼大会。省委宣传部的领导对到会的各文艺工作团体,提出了今后文艺工作方针及文艺工作者的任务。有以下几点:

一、从事文艺工作的同志,要了解党的政策,掌握党的政策。并要在群众运动中改造思想,为人民服务,克服为艺术而艺术的观点。

二、为什么人来演剧?我们是为工农兵演戏,所以要求文艺工作者要确定对象,深入群众。

三、培养文艺工作人才,扩大文艺工作队伍。

四、学习群众最易了解的戏剧,改造旧的民间戏剧,与提高群众文化水准相结合。

五、为求今后文艺工作的统一,各文艺工作团体,应组织起来,集中力量配合群运。

六、为解决材料困难,今后需要大量创作文艺作品,供给群众需要。

最后指出工作任务,正在自卫战争胜利的时候,文艺工作者,要追随群运,以发展生产、繁荣经济为当前的首要任务,这些都需要从事文艺工作的反映给群众,并要结合实际组成统一步调,集中力量开发新文化启蒙运动。

(原载《齐市新闻》1948 年 5 月 9 日)

选自《黑龙江革命文化史料(齐齐哈尔专集)》,1991 年

首届人民政协第三日会上
中华全国文学艺术界联合会首席代表
沈雁冰发言

全世界的眼睛今天都望着中国。

我们的敌人是用了无可奈何的诅咒的眼光望着我们的，我们的友人是用欢欣鼓舞的眼光望着我们。

因为东方的巨人站起来了。中国人民政治协商会议展开了中国历史全新的一页。帝国主义、封建主义和官僚资本主义长期的统治从此结束，独立、民主、和平、统一的新民主主义的、实行人民民主专政的新中国，像初升的太阳照耀着亚洲，照耀着世界！

中国人民团结一致，共同建设新中国的蓝图，现在已经有了。这就是摆在我们面前的三个历史性的文件——人民政协共同纲领，人民政协组织法和中央人民政府组织法。这三大文件是完全符合于中国人民的利益和要求的！作为人民政协会议的文艺界的代表，我们敢郑重宣告：全国的文艺工作者一定全心全意拥护这三大文件，并且将尽我们最大的努力，运用各种各样的文艺形式，对全国人民进行宣传和教育。

我们文艺工作者，以能在共产党领导下的人民民主专政的新中国尽其所能而感到骄傲,但同时也深深感到责任的重大。共同纲领草案第四十五条说:"我们文学艺术为人民服务,启发人民的政治觉悟,鼓励人民的劳动热情。"我们文艺工作者是充分体会到这一个任务的迫切和重要的。多年以来,我们文艺工作者在毛主席的文艺方针指导之下,经过了自我教育,和人民结合,努力为人民服务,首先为工农兵服务,我们有过若干成就,证明我们的工作对革命有益,为人民所需要,但是我们自己知道,我们的努力还很不够。

帝国主义、封建主义和官僚资本主义在中国的统治虽已告终,然而他们的长期统治所遗留下来的思想意识上的毒素还待彻底肃清,这是我们必须继续努力的目标。八年抗日战争,三年解放战争,涌现了无数的战斗英雄、劳动英雄、模范工作者。新时代的人民的新品质,新的英雄气概,需要通过文艺的形象,对广大人民进行动员和教育;这又是我们必须继续努力的目标。

美帝国主义及其走狗蒋介石反动集团奴役中国人民的狂妄企图虽然可耻地失败了,可是他们不会就此甘心,白皮书已经公开供认了美帝的新的妄想和新的阴谋。我们要唤起全国人民,尤其是知识分子,提高警惕,要进一步团结在共产党周围,积极参加以苏联为首的国际和平民主阵营,以坚决一致的行动回答美帝国主义挑拨分化的阴谋!

在新中国建设过程中,文化思想战线上斗争的任务,是艰巨的,而且是长期性的,站在文学艺术工作的岗位上,我们文学工作者必须提高自己,教育自己,和文化界人士以及全国人民一起,为新民主主义国家的文化建设而奋斗!

选自《东北日报》,1949 年 9 月 25 日

中华全国文学艺术界联合会章程

一九四九年七月十四日中华全国文学艺术工作者代表大会通过

第一章　总纲

第一条：本会定名为中华全国文学艺术界联合会（简称全国文联）。

第二条：本会为全国各文学艺术团体的联合组织。

第三条：本会宗旨，在团结全国一切爱国的民主的文学艺术工作者，和全国人民一起，为彻底打倒帝国主义、封建主义和官僚资本主义，建设中华人民民主共和国和新民主主义的人民文学艺术而奋斗。

第四条：本会任务为发动与组织全国文学艺术工作者进行下列各项活动与工作：

一、积极参加人民解放斗争和新民主主义国家建设，通过各种文学艺术形式，反映新中国的成长，表现和赞扬人民大众在革命斗争和生产建设中的伟大业绩，创造富有思想内容和艺术价值、为人民大众所喜闻乐见的文学艺术，以发挥其教育人民的伟大效能。

二、肃清为帝国主义者、封建阶级、官僚资产阶级服务的反动文学艺术及其在新文学艺术中的影响，改革在人民中间流行的旧文学、旧艺术，使之为新民主主义国家服务。批判地接受中国的和世界的文学艺术遗产，特别要继承与发展中国人民的优良的文学艺术传统。

三、积极帮助并指导全国各地区群众文艺活动，使新的文学艺术在工厂、农村、部队中更普遍更深入地开展，并培养群众中新的文艺力量。

四、开展国内各少数民族的文学艺术运动，使新民主主义的内容与各少数民族固有的文学艺术形式相结合。各民族间互相交换经验，以促进新中国文学艺术的多方面的发展。

五、加强革命理论的学习，组织有关文学艺术问题的研究与讨论，以建设科学的文艺理论与文艺批评。

六、加强中国与世界各国人民的文化艺术的交流，发扬革命的爱国主义与国际主义的精神，参加以苏联为首的世界人民争取持久和平与人民民主的运动。

第二章　会员

第五条：本会采取团体会员制，凡全国性的文学、戏剧、音乐、美术、电影、舞蹈等团体，及各省（市）文学艺术界联合组织，只要赞成本会章程与决议，申请加入本会，经全国代表大会通过，或在代表大会闭幕期间经全国委员会通过者，均得为本会会员。会员如要求退会，得听其自愿。

第六条：会员权利：

一、对本会的一切决议及工作，有根据本会章程进行讨论、批评及建议的权利。

二、有选举权和被选举权。

三、有无代价取得本会会刊及一切出版物之权。

四、有享受本会举办的各种福利设施之权。

第七条：会员义务：

一、有遵守本会章程，执行本会决议及响应本会号召的义务。

二、有经常向本会报告团体会务的义务。

三、有向本会缴纳会费的义务。

第八条：本会会员如有违反本会章程及破坏本会工作者，得根据其情况，经全国代表大会或全国委员会出席人数三分之二以上的通过，分别予以劝告、警告或开除等处分。

第三章　组织

第九条：本会组织原则为民主集中制。

第十条：本会以全国文学艺术界代表大会为最高权力机关。在代表大会闭会期间，以大会选出的全国委员会为最高权力机关。在全国委员会闭会期间，由全国委员会选出的常务委员会负责处理会务。

第十一条：全国文学艺术界代表大会的召集办法与职权：

一、召集办法：全国代表大会每三年召集一次，由本会全国委员会召集之。必要时得由全国委员会决定提前或延期召开。出席大会的代表由各会员团体选派，其名额及产生办法，由全国委员会规定之。

二、职权：决定本会工作方针和任务，制订或修改本会章程，批准新会员，审查本会全国委员会的工作报告，选举本会全国委员会的委员。

第十二条:全国委员会由代表大会选举委员九十五名,候补委员二十五名组织之。任期三年,连选得连任。

全国委员会每年举行会议一次,由常务委员会召集之,有二分之一以上正式委员出席方为有效。必要时,常务委员会得决定提前或延期召开。

如有全国委员会委员三分之一以上提议召开本会全国委员会的临时会议时,常务委员会必须召集之。

第十三条:全国委员会的职权如下:

一、执行全国代表大会的决议。

二、听取并审查常务委员会的工作报告。

三、召集下届全国代表大会,并规定其代表名额及选举办法。

第十四条:全国委员会互选主席一人,副主席二人,并互选常务委员十八人,共二十一人,组成常务委员会。常务委员会每两个月开会一次,必要时得由主席临时召集之。

第十五条:常务委员会的职权如下:

一、执行全国委员会的决议。

二、处理日常会务。

三、召集下一次全国委员会。

第十六条:常务委员会设正副秘书长各一人,帮助正副主席处理日常工作。

第十七条:常务委员会设以下各部处:

一、编辑出版部:编辑并出版刊物、丛书与资料。

二、福利部:建立有关本会会员之各种福利事业,如创作、公演、展览等贷金,以及贫病救济等事宜,并保障文学艺术工作者各种应有权利。

　　三、联络部:处理本会会员的组织事宜与国内外文学艺术界的联系事宜。

　　四、指导部:研究指导工厂、农村、部队群众文艺活动事宜。

　　五、秘书处:管理总务人事财务等工作。

　　六、必要时得增设各种专门委员会,如评奖委员会等。

　　七、各部、处、委员会得设部长、处长、主任一人,副部长、副处长、副主任一人至二人,由常务委员兼任或由常务委员会聘任。

　　八、各部处专门委员会的组织章程及办事细则,由常务委员会订定之。

第四章　经费

　　第十八条:本会各会员团体得按其会员数目缴纳会费。

　　第十九条:必要时本会得向会员及社会各界募集本会经费或请求政府补助。

第五章　附则

　　第二十条:本章程经本会全国代表大会通过后施行。

　　第二十一条:本章程修改权属于全国代表大会,解释权属于常务委员会。

选自《东北日报》,1949 年 7 月 21 日

重要报纸期刊

安东日报

　　《安东日报》于 1945 年 11 月 22 日创刊,是中国共产党在辽东创办的第一份报纸,4 开 2 版,每周 6 刊。1946 年中国共产党辽东分局成立后,曾与《辽东日报》合并出版。以宣传中国共产党的方针政策、介绍国际国内时事、揭露美国支持蒋介石发动内战的行径等为主。

选自《辽宁报业通史(1899—1978)》,辽宁人民出版社 2016 年

白　　山

　　《白山》由安东建国书社出版发行,1946 年 2 月 20 日创刊于安东。月刊,16 开。《白山》是安东地区解放后出版的文艺刊物。刊物创刊时《卷头语》提出要建设"新民主主义文化",肃清日本帝国主义长期占领所造成的"法西斯奴隶文化"的影响。主要刊载各种体裁的文学作品和评论文章。1946 年 9 月 1 日,出至第 6 期时,因国民党军队大举进攻安东而停刊,前后共出 6 期。

**选自《中国现代文学期刊目录汇编(第五卷)》,
知识产权出版社 2010 年**

北光日报

《北光日报》为哈尔滨市中苏友好协会机关报,1945年12月12日创刊,4开4版。前身为出刊时间不长的8开小报《解放报》。1946年1月16日(第32期)改为4开2版。

1945年11月23日,中共松江省工委机关和部队撤出哈尔滨后,中共哈尔滨市委即以市中苏友好协会为公开的办事机关。友协会长为中共东北局北满分局委员、中共哈尔滨市委委员李兆麟。《北光日报》有副刊《文学》《民众世界》《综合》等。

1946年5月28日,《东北日报》由长春迁至哈尔滨出版,《北光日报》与《哈尔滨日报》一同合并于该报而停刊。

选自《黑龙江省志·报业志》,黑龙江人民出版社1993年

草　原

《草原》于1946年4月10日由辽西文协在郑家屯创办,为综合性文学刊物,1946年12月在吉林省洮南出版第3期后停刊。该刊的宗旨是:要说出人民的话语,成为人民的喉舌,为人民服务,使它成为建设和平、民主的新东北的文艺新军。它以发表小说、诗歌、散文、杂文、戏剧为主。主要作者有戴碧湘、杨耳、梁山丁、吴时韵、姚周杰、蔡天心、吴梅等。

选自《东北三省革命文化史》，黑龙江人民出版社 2003 年

长春新报

《长春新报》于 1945 年 11 月 15 日创刊，日出四开纸一张。每日有副刊，有漫画，后几经停刊、复刊。1954 年 4 月改称《长春日报》，为中共长春市委机关报。

选自《长春市档案馆指南》，中国档案出版社 1999 年

大连公安报

《大连公安报》是内部刊物，由大连市公安局主办，创刊于 1946 年 9 月，当时称《人民警察》，1949 年 10 月改为《旅大公安》，1955 年下半年停刊，1982 年 7 月 1 日恢复出版，改名为《大连公安报》。报纸 4 开 4 版，旬报，每期发刊 2200 份。读者对象是广大基层公安干警和保卫干部,办报方针以宣传贯彻党的公安工作方针、政策为主,交流内部工作经验。

选自《东北革命文化史料选编(第三辑)》

东北公报

　　《东北公报》于 1946 年 2 月正式创刊,是 4 开 4 版小报,日发行量 3000 多份。它在头版上以大字标题刊登了国共两党"双十"协定《会谈纪要》的摘要,详细报道了中国共产党的反对内战、要求和平建国的主张。二版设有"世纪风"专栏,宣传新民主主义革命思想,宣传共产党、八路军和新四军抗战八年的功绩。这个版下半部"文艺新潮"专栏内,经常发表进步小说、诗歌、散文等,其内容多是主张和平重建家园、反对分裂、反对内战等。三版是"时事新闻",是宣传解放区人民政府的政策、法令及建设的消息。四版是"社会新闻",主要揭露蒋帮的特务横行不法的罪恶行径。1946 年 4 月下旬,将日刊改为旬刊,1946 年 7 月停刊。

选自《东北革命文化史料选编(第三辑)》

东北画报

1945 年 10 月，中共中央东北局领导人彭真决定将《冀热辽画报》改为《东北画报》，直属东北局宣传部领导。1945 年 11 月，东北画报社随东北局撤离沈阳，转驻本溪，在此出版了创刊号。以后随东北局进驻梅河口、长春、佳木斯。1949 年 2 月，《东北画报》社迁至沈阳。《东北画报》共出版 48 期，1949 年 3 月第 48 期主要是反映辽沈、平津、淮海三大战役的伟大胜利和东北人民欢庆胜利、生产支前、军民鱼水情等内容。

选自《东北三省革命文化史》，黑龙江人民出版社 2003 年

东北日报

《东北日报》于 1945 年 11 月 1 日在沈阳创刊。头版头条是"毛泽东飞返延安，国共商谈获重要成就"，左下角的"发刊词"题为"它是东北人民的报纸"。创刊时为 8 开 2 版，后改为 4 开 4 版。1945 年 11 月 23 日随同东北局机关一起撤出了沈阳转移至本溪，此后又由本溪转战到梅河口（海龙）、长春。1946 年 5 月 28 日，《东北日报》由长春迁至哈尔滨出版。1948 年 12 月 12 日，重返沈阳。

《东北日报》在配合东北解放战争、剿匪、支援前线和土改运动等方面，都有效地发挥了鼓舞、激励、推动等作用，为东北解放战争做出了重要贡献。

选自《东北革命文化史料选编（第三辑）》

东北文化

《东北文化》（半月刊），1946 年 10 月于佳木斯创刊。办刊的宗旨和任务，在发刊词中做了明确的阐述："我们这一刊物……主要任务就是协同整个东北文化界，从政治上思想上启发广大的东北知识青年、知识分子以及文化工作者，提高他们的自觉性，鼓舞他们的革命热情，与为人民服务而斗争的积极性创造性，使之在东北人民解放的光荣伟大事业中发挥应有的作用。"它是当时党在东北的代表性文艺刊物，其内容非常广泛，有时局评论、文史研究、中国革命史实介绍、文艺理论研究、苏联及世界文化报道，以及文艺作品等。每期都在 60 页以上，约 10 万字，发行 5000 至 10000 份。

选自《东北三省革命文化史》，黑龙江人民出版社 2003 年

东北文艺

《东北文艺》是由东北文协主办的大型综合性文艺刊物,于1946年创刊。这是当时东北最大、最重要的文艺刊物。创刊号刊有萧军的文章《目前东北文艺运动我见》、赵树理的小说《老战士》、鲁亚农的秧歌剧《买不动》,以及草明、方青、陆地、公木、李则兰、塞克等人的诗歌。《东北文艺》主要刊载有关宣传党的文艺政策、文艺理论方面的文章,以及散文、诗歌、小说、戏剧等文艺作品。

选自《东北三省革命文化史》,黑龙江人民出版社2003年

翻身乐

《翻身乐》是东北书店总店于1948年3月1日创办的。读者对象以翻身农民、农村干部为主。它通俗、生动、简短、有趣,从形式到内容,讲究通俗平实,适应农民的特点,深受农民欢迎。采用32开。另外有"翻身故事""翻身画""俱乐部"等专栏。小调、快板、秧歌、故事等,应有尽有。曾刊登华君武的漫画《蒋匪抢粮的故事》和谭亿作词、唐培竹作曲的歌曲《平分土地》。它后来更名为《新

农村》。

关东日报

《关东日报》创刊于 1947 年 5 月 20 日,是旅大全区政权机关——关东公署的机关报。主要任务是"公布政府的政策法令,宣传解释政策","经常反映政权建设情况"。读者对象主要是各级政府、学校、文化部门的工作人员。为满足读者需要,还开辟了"学联园地""关东教师""文教通讯""艺潮"等栏目,颇受读者欢迎。《关东日报》于 1949 年 3 月 31 日停刊。

哈尔滨日报

《哈尔滨日报》是中共哈尔滨市委机关报,为抗日战争胜利后最早的中国共产党市委级的机关报,1945 年 11 月 25 日创刊于哈尔滨。开始为 3 日刊,后改为日刊。4 开 4 版。第一版为国内要闻,主要转载新华社新闻和社论。第二版是本市新闻和副刊,常常通过报道市政府的活动来揭露"接收大员"的真面目。副刊发表一些深受青年喜爱的文艺作品,以启发青年的政治觉悟。1946 年 4 月 28 日,哈尔滨解放后,《哈尔滨日报》与中共中央东北局机关报《东北日报》合并。1947 年 7 月 15 日,《哈尔滨日报》复刊。1949 年 6 月 15 日,《哈尔滨日报》停刊,并入中共松江省委机关报《松江日报》。1969 年 9 月 1 日,恢复为《哈尔滨日报》。

选自《哈尔滨市志·报业广播电视》,黑龙江人民出版社 1994 年

海　燕

《海燕》于 1946 年 7 月 13 日开始编发,原为《大连日报》文艺副刊,刊发到 110 期时,李一氓同志建议保留刊名,独立印刷,出 8 开 4 版的扩版《海燕》。扩版后的《海燕》为周刊,每逢星期日出版,随《大连日报》发行。到 1948 年 12 月 26 日共出版 19 期后停刊。

选自《东北革命文化史料选编(第三辑)》

合江日报

　　1945 年 11 月，中共合江省工委派叶方等人接管《佳木斯民报》，随即在该报的基础上，出版中共合江省工委机关报《人民日报》。这是日本投降后中国共产党在合江地区出版的第一份党报。《人民日报》为铅印，日刊，4 开 4 版。1946 年 7 月 1 日，《人民日报》改名为《合江日报》，成为中共合江省委机关报。1949 年，合江省并入松江省后，《合江日报》停刊。

选自《黑龙江省志·报业志》，黑龙江人民出版社 1993 年

黄河歌集

　　《黄河歌集》是民主联军八纵宣传队（前身即战声文工团）为满足连队开展歌咏活动的需要，于 1948 年 7 月 7 日编辑出版的 32 开本油印音乐刊物。曾刊有歌曲《加油练兵歌》（作梁词、柯夫曲）、《尖兵连》（郝子义词、柯夫曲）、《炮兵歌》（冯殿生词、柯夫曲）、《爆破歌》（杨铁民词曲）、《大家想办法》（作梁词、显德曲）、《黄炸药》（李宗杰曲）、《展开攻坚战》（刘原正词、劫夫曲）、《活捉卫立煌》（李树林词、黄克明曲）等。

选自《东北三省革命文化史》，黑龙江人民出版社 2003 年

吉林《人民日报》

吉林《人民日报》由中共吉林市特别支部主办，于 1945 年 10 月 10 日在吉林市创刊，是吉林省最早的党报。吉林《人民日报》创刊号上刊登了中共吉林特支书记李维民在吉林市召开的"吉林市各界庆祝光复大会"上的讲话全文，颂扬抗日战争伟大胜利，宣传中国共产党对时局的主张，号召人民行动起来，制止内战，争取和平，建立民主联合政府。1946 年 5 月，报社迁至延吉。

选自《吉林市志·文物志》，吉林文史出版社 1994 年

旅大《农民报》

旅大《农民报》于 1946 年 4 月创刊，原名《群众报》，为 4 开 2 版，不定期发行。发行三期后，于 1946 年 6 月，由中共金县县委决

定,将《群众报》改为县委机关报,每周出刊一期,4 开 2 版。1947 年 4 月改名为金县《农民报》,周二刊,4 开 2 版。1948 年 12 月 16 日,又改为关东《农民报》,作为关东总农会的机关报,4 开 4 版。1949 年 4 月,旅大地区党组织公开后,关东《农民报》随即改为旅大《农民报》,1954 年 12 月终刊。

选自《东北革命文化史料选编(第三辑)》

旅顺《民众报》

旅顺《民众报》,创刊于 1945 年 11 月 23 日,是中共旅顺市委机关报。该报的办报方针和指导思想是:紧紧依靠党的领导,充分利用苏军驻守的有利条件,以实行人民民主政治为目的,宣传党的方针政策,鼓舞群众积极参加民主革命的政治斗争。旅顺《民众报》开始三日出 4 开 2 版,1945 年 12 月下旬改出二日刊,1946 年 9 月 25 日改为日刊,对开两版大报。1947 年 5 月,关东公署成立之后,旅顺《民众报》与大连《新生时报》合并,出版了关东公署机关报《关东日报》。

选自《东北革命文化史料选编(第三辑)》

牡丹江日报

《牡丹江日报》创刊于 1945 年 12 月 19 日,最初是中共牡丹江市委机关报。日刊,8 开 2 版,有时 4 开 4 版。1947 年 12 月,为适应农村平分土地的需要,改名为通俗的《牡丹江报》。《牡丹江日报》一直把时事宣传作为重点。该报还十分重视办好各种副刊,先后设有"青年园地""卫生""通俗工作""职工生活""儿童园地"等专刊、专栏。该报于 1949 年 3 月停刊。

选自《黑龙江省志·报业志》,黑龙江人民出版社 1993 年

嫩江新报

1947 年 9 月,《西满日报》停刊后,中共嫩江省委于同年 10 月 10 日重新出版机关报,定名为《嫩江新报》。

1949 年 5 月下旬,黑龙江与嫩江两省合并,《嫩江新报》合并于新出刊的《黑龙江日报》,5 月 27 日终刊,共出刊 489 期。

选自《黑龙江省志·报业志》,黑龙江人民出版社 1993 年

群众文艺

　　《群众文艺》是由冀察热辽鲁艺学院群众文艺社编辑出版。1948年6月1日创刊,至1948年9月停刊,共出三期。16开本,铅字印刷。这三期的主要内容有:歌剧《归队立功》(劫夫、管桦)、《赵庆澜班》(史忠、春华等)、《米》(骆文、海默编剧,莎莱作曲),歌曲《我们要高举鲁迅的战旗》《红五月》《刺刀见红》《子弟兵回来了》《做鞋忙》等,小说《杜福》(郭小川)、《童养媳》(邸维桂),诗歌《人民英雄董存瑞》。此外还有文艺活动简讯、美术作品等。

选自《东北三省革命文化史》,黑龙江人民出版社2003年

人民呼声

　　《人民呼声》创刊于1945年11月1日,是抗日战争胜利后中国共产党在大城市创办的最早的报纸之一。创刊时出四开两版,三日刊。1945年12月1日起,由三日刊改为双日刊,二、四版间出。1946年1月1日,由双日刊改出周六刊,四开四版。1946年6月1日起,改《人民呼声》为《大连日报》,由四开小报改为对开两版。

1947年2月1日,开始改出日刊、对开四版大报。1949年3月31日,以职工总会名义发行的《大连日报》和政府机关报《关东日报》同时声明终刊,实行两报合并,于4月1日改出《旅大人民日报》。1949年4月1日,中国共产党旅大区党委公开了党的各级组织,宣布了《旅大人民日报》是中共旅大市委机关报。1956年元旦,《旅大人民日报》改名为《旅大日报》,1981年3月1日,再改名《大连日报》至今。

选自《东北革命文化史料选编(第三辑)》

人民戏剧

《人民戏剧》于1946年10月创刊于佳木斯,主编塞克,十六开本。刊物主要发表话剧、歌剧、秧歌剧,以及戏剧理论、戏剧评介、著名演员传略、戏剧改革等文章。由东北书店发行,每期5000册左右。主要撰稿人有丁洪、丁毅、王家乙、田方、侣朋、林农、陈波儿、张守维、张新实等五十多人。

选自《东北三省革命文化史》,黑龙江人民出版社2003年

人民音乐

《人民音乐》1946年12月1日在佳木斯创刊,由东北书店发行。编辑有王一丁、任虹、向隅、吕骥、何士德等人。以革命群众歌曲、东北民歌为主要内容。解放战争时期东北流行的革命歌曲都曾发表于这个音乐园地。还特聘些撰稿人,主要有马可、瞿维、寄明、罗正、陈紫、刘炽、鹰航等人。

选自《东北三省革命文化史》,黑龙江人民出版社2003年

生活报

《生活报》于1948年5月1日在哈尔滨创刊,是在东北局宣传部支持下创办的群众性报刊。该报由宋之的任主编,金人、华君武、沙英、王坪等人为编委,设置了"五日时事述评""自由谈""地理常识""读者顾问"等栏目,介绍当时的政治事件、文化活动,刊登通讯、报告、文艺散文、诗词、评介等短小文章。

选自《黑龙江省志·报业志》,黑龙江人民出版社1993年

胜利报

1946 年 1 月 1 日,辽吉地委机关报《胜利报》在法库创刊。1946 年 5 月下旬,《胜利报》社和辽源文协分会转移到洮南。

选自《沈阳新闻史纲》,沈阳出版社 2014 年

实话报

《实话报》是 1946 年 8 月 14 日,由苏军驻旅大地区指挥部创办的中文报纸。历时 5 年,于 1951 年 8 月底终刊。《实话报》是苏联驻军的机关报,它的办报宗旨是:介绍苏维埃制度,介绍苏联的历史、地理、科学、文化艺术以及各项建设成就,宣传苏联战后的和平外交政策,宣传马克思列宁主义在苏联的实践,报道旅大地区的民主建设,促进中苏两国人民的友谊事业,以宣传苏联为主要任务。采用的形式有讲座、连载、专载和新闻报道等。

选自《东北革命文化史料选编(第三辑)》

文化报

　　《文化报》是在中共中央东北局宣传部资助下由作家萧军主办的,1947 年 5 月 4 日于哈尔滨创刊。《文化报》是萧军在哈尔滨积极践行东北新启蒙思想的主要阵地,以东北市民阶层中的知识分子为主,以学生、店员、职员为启蒙对象。原为周刊,出七期后停刊。1948 年元旦复刊,并改为五日刊。《文化报》从 1947 年 5 月 4 日到 1948 年 11 月 25 日共出版 73 期,加上增刊,约 80 期。《文化报》面对固定的读者群,栏目驳杂。内容通俗易懂,出版周期短,《文化报》在当时的哈尔滨影响广泛,深受市民、学生喜爱。

选自《东北三省革命文化史》,黑龙江人民出版社 2003 年

文化导报

　　《文化导报》于 1945 年 11 月 24 日创刊。创刊时是对开两版，后改为四开小报，周六刊，最多时发行五六千份。报纸是以指导和从事中苏文化交流、宣传马列主义和我党的方针政策为目的，故名为《文化导报》。1946 年 3 月 16 日终刊，共出版了 104 期。

选自《东北革命文化史料选编（第三辑）》

文学战线

　　《文学战线》是大型文学月刊，1948 年 7 月创刊于哈尔滨，由文学战线杂志社编辑，周立波、马加先后任主编。后迁至沈阳，前后共坚持出版近一年，是解放战争末期到共和国成立初期东北文坛重要的文学期刊，对开拓并发展新形势下东北革命文学做出了巨大贡献。

选自《延安文艺档案 延安文学 第 31 册 延安文学组织》，
太白文艺出版社 2015 年

文艺报

　　《文艺报》10 日刊，1949 年 3 月 5 日创刊，8 开 4 版，为关东文艺工作者协会会刊。办刊宗旨在于"交流文艺工作者的经验教训，研讨新的工作方法"；"组织大家写作，发表大家作品"；"开展文艺评论，产生更多更好的作品"。到 1949 年 8 月 25 日共出刊 18 期，从 19 期起，改在《旅大人民日报》第四版刊印。

选自《东北革命文化史料选编（第三辑）》

文艺月报

　　《文艺月报》是综合性文艺期刊，在 1948 年 10 月 19 日鲁迅逝世 12 周年纪念日创刊于吉林市。宗旨是"为文艺青年开辟一片园地，栽植新的艺术花朵"。主要发表小说、诗歌、散文、戏剧、文艺理论等作品。编委有田蓝、吴伯箫、李林、李则蓝、林耶、高叶、蒋锡金、张送如、魏东明、梁再等人。主要作者有吴伯箫、林耶、李则蓝、锡金、师田手等。共出 4 期，于 1949 年 6 月停刊。刊载的主要作品有小说《拔大旗》（丁玲）、《马》（马加）、《疯变》（董速）、《发家》

（师田手）、《妞妞》（晋驼），诗歌《煤矿工人之歌》（天蓝）、《小丰满》（夏葵）、《一支匣枪·外一首》（侯唯动）、《放哨的儿童》（胡昭），散文《农村杂记》（赵彝）、《乡间七日》（胡昭），文艺评论《文学·语言·思想》（杨公骥）、《提倡记录文学》（锡金）、《眼高手低》（吴伯箫）、《集体精神》（则蓝），秧歌剧《二流子转变》（王肯），二人转《支援大军过长江》（李鹏荣），活报剧《保卫世界和平》（楚彦）等。

选自《东北三省革命文化史》，黑龙江人民出版社 2003 年

文　展

《文展》半月刊于 1946 年 9 月创刊，为青年大众文艺刊物，由白朗主编，由东北书店发行，编辑部设于佳木斯市中山大街东北书店。

选自《第三次国内革命战争时期解放区文艺运动资料汇编（下卷）》，辽宁人民出版社 2018 年

我们的歌

　　《我们的歌》是战声文工团刻印的音乐刊物,1947年夏编辑出版,现仅存两期。其中有:歌曲《要打歼灭战》(柯夫词曲)、《反动派从哪里打来,叫他们在哪里灭亡》(张云晓词,路青曲)、《八路军纪律歌》(晋察冀军区政治部编创)、《三大技术歌》(刘大为词、劫夫曲)、《人民的军队》(李劫夫词曲)等。

　　　　　　选自《东北三省革命文化史》,黑龙江人民出版社2003年

西满日报

　　1946年11月1日,中共中央东北局西满分局机关报《西满日报》创刊。报社机构是以新嫩江报社和新华社西满分社为基础合并而成。该报为4开2版,日刊,星期日出增刊,为对开4版。版面安排是:1版要闻版,刊载国内外重大消息(多为解放战争战局进展情况)和西满地区要闻;2版刊载国际国内时事新闻。出4版时,1版为要闻版,2版为地方新闻版,3版为时事版,4版为文章版。

1947 年 9 月，中共西满分局撤销，《西满日报》于 9 月 18 日终刊，共出刊 308 期。

选自《黑龙江省志·报业志》，黑龙江人民出版社 1993 年

戏曲新报

1949 年 1 月，为了更好地宣传戏曲改革方针政策，指导全区戏改工作，研讨戏曲艺术的继承发展等问题，东北局宣传部决定创办《戏曲新报》。1949 年 3 月出创刊号，八开四版，开始是半月刊，后改周刊。总编辑李纶，副总编辑王铁夫。于 1954 年东北大区撤销停刊。《戏曲新报》积极宣传戏曲为人民服务，继承发展，推陈出新，宣传改人、改戏、改制等党的戏改方针政策。对戏曲艺术上的一些问题展开热烈讨论。

选自《东北三省革命文化史》，黑龙江人民出版社 2003 年

新　群

　　《新群》是综合性文艺月刊,1945 年 10 月于长春创刊,主编关沫南。抗日战争胜利后,长春从事文艺工作和爱好文艺的青年从日伪的殖民地文化桎梏下解放出来,进步的青年文学家关沫南等人创办了《新群》,主要发表文学作品和文学评论。这个刊物的进步思想倾向很快受到中共长春地下党的关注,从第 2 期开始就接受了共产党的领导,到 1946 年 12 月出版第 3 期后停刊。其发表过的主要作品有沫南的《中国新文学运动的现阶段》和《鲁迅和人民革命》、何迟之的《西北大饥荒》、徐希铮的《王荆山及其哈巴狗》等。在鲁迅逝世 9 周年之际出刊过《鲁迅专号》。

　　　　　　　　选自《东北三省革命文化史》,黑龙江人民出版社 2003 年

新生时报

　　《新生时报》是作为大连市政府机关报于 1945 年 10 月 30 日创刊的。初期报上主要登载市政府和苏军司令部的命令、决定,有时在一版头条位置发表施政方针、政府工作报告。创刊时为四开两

版。1946年6月改出四版，同时每天都出一个整版综合性的"新生副刊"。内容包括文艺、散文、诗歌和报告文学、杂文等。四版还开辟有"戏剧周刊""妇女生活""习作园地"等专栏。除固定副刊外，如逢文学艺术界名人诞辰、忌日，还经常出版专辑。1947年5月16日，党和政府决定将《新生时报》与旅顺《民众报》合并改出关东公署机关报《关东日报》。

选自《东北革命文化史料选编（第三辑）》

行　　行

《行行》是文艺月刊，1947年创刊于沈阳。刊物是沈阳济民女中教师、党的地下工作者孙语群与地下党员东北大学学生陈大昌创办的，其宗旨是宣传进步思想，引导青年投身革命。第一期封面是黑云密布的旷野里，一个人在泥泞不堪的路上前进。内有中共地下党员张超的随笔《青年、文艺、生活》，是宣传毛泽东《在延安文艺座谈会上的讲话》精神的。还有小说、诗歌，多为控诉封建剥削、号召农民奋起反抗的。

选自《东北三省革命文化史》，黑龙江人民出版社2003年

学　习

　　《学习》为东北民主联军总政治部机关报，1947 年 12 月创刊，月刊，24 开。1948 年 1 月改为东北军区总政治部出版。该刊是一种类似学习文件汇编类型的杂志。主要刊登中国共产党中央的指示文件，中国共产党中央东北局的决定、指示及部队首长的重要报告和讲话；公布人民解放军战果；转载新华社社论、短评以及《东北日报》的重要社论及关于军队教育的文章和译文。曾刊载刘少奇的《论国际主义与民族主义》、毛泽东的《论人民民主专政》、李富春的《总结整编、进行整党》等文章。1949 年 8 月停刊。

　　选自《建国前中国共产党报刊研究》，中国文联出版社 2009 年

鸭绿江

　　《鸭绿江》是综合性文艺刊物，于 1946 年 9 月 30 日于通化市创刊，于 1948 年 12 月于四平市停刊，共出版 16 期。办刊的宗旨是："歌颂和平、民主、自由的生活，歌颂伟大的人民翻身的胜利。"主要发表小说、诗歌、散文、戏剧等作品。主要作者有蔡天心、郑文、江帆、张青榆等作家。刊载的主要作品有小说《浑河的风暴》（蔡天心）、《仇恨》（郑文）、《化雪的日子》（郑文），诗歌《鸭绿江的激流》（蔡天心）、《秃头颂》（郑文）、《不要再观望了吧！朋友》（衡），报告文学《旅程散记》（王慎之）、《郑家屯的复活》（夜歌、纪风）、《江云奇》（江帆）、《长白山下》（蔡天心）等。

选自《东北三省革命文化史》，黑龙江人民出版社 2003 年

译文月刊

《译文月刊》于 1949 年 4 月在沈阳创刊，由东北书店发行。

选自《东北现代文学史料（第 5 辑）》，1982 年

知　　识

《知识》，半月刊，1946 年 5 月创刊于长春市，主要发表政论、时评、国际述评、哲学评论、社会科学著述等文章，是传播马列主义、毛泽东思想的重要读物。创刊号载有王正的《解放以来的东北文化》、舒群的《归来人》，以及华君武的《只打苍蝇、不打老虎》和《破

坏者》两幅漫画。1946 年 11 月由长春迁到哈尔滨。每期出版一万册左右,由东北书店和三联书店发行。

选自《东北三省革命文化史》,黑龙江人民出版社 2003 年

职工报

《职工报》于 1949 年 1 月 25 日创刊,是旅大职工总会的机关报,具有明显的工人报纸的特色,主要报道历届职工代表大会的盛况、决议,总工会常委会、执委会以及奖模大会提出的每个时期的中心任务、口号,报道各种群众运动,如生产竞赛运动、技术表演、经验交流以及劳模事迹等,对党领导大连工人运动起了一定的指导作用。1952 年 5 月停刊。

选自《东北革命文化史料选编(第三辑)》

中苏知识

《中苏知识》月刊,于 1946 年 9 月 1 日创刊,由旅大中苏友好协会主办。主要读者对象为知识分子。出版 6 期后,于 1947 年 1 月

改版为易为群众接受的《友谊》半月刊,它以"介绍苏联,增进友谊"为办刊宗旨,每期约 10 万字,历时 3 年半,共出 84 期,到 1950年停刊。

选自《东北革命文化史料选编(第三辑)》

自卫报

《自卫报》于 1946 年 4 月 25 日创刊,由东北民主联军总政治部主办,8 开 2 版,后改为 4 开 2 版。读者对象为连级以上干部。

选自《黑龙江省志·报业志》,黑龙江人民出版社 1993 年

文艺团体、机构

白山艺术学校

　　该校于 1946 年 4 月开学,首批学员 100 名。校长白鹰,副校长田少伯。设有戏剧、音乐、美术三个系。课程设有政治理论、戏剧、声乐、小提琴、钢琴等。教师由学校领导、各系主任和几名有文艺专长的日侨担任。实行课堂教学和社会实践相结合、业务学习和思想教育相结合的教学方针,边学习,边排练、演出节目。1946 年 10 月下旬,全校师生向辽南转移至皮口,在这里排演了独幕话剧《把眼光放远一点》《十六条枪》、歌剧《白毛女》等和一些音乐节目,受到观众的热烈赞颂。1947 年 5 月,白山艺术学校奉命开赴前线,发挥了阶级教育和鼓舞士气的作用。1947 年 7 月,艺校随辽南行署在瓦房店落脚,恢复了艺校原建制,并招收第二批学员。到 1948 年 4 月,艺校师生参加两次土改运动。1948 年 4 月,艺校招收第三批学员 150 名,先后培养出 350 多名经过革命斗争锻炼、具有一定业务能力的新型文艺工作者。1949 年 5 月,辽南地区和安东省合并成立辽东省。白山艺术学校由瓦房店迁回安东,并取消学校建制,组建辽东省文工团。1954 年,文工团并入辽宁人民艺术剧院。

选自《东北三省革命文化史》,黑龙江人民出版社 2003 年

大连大众书店

　　1945 年 8 月 25 日，大众书店在大连正式开业。大众书店内部，设店务委员会、编辑委员会，以及经理部、营业部、编辑部、印刷部四个业务职能部门。先后出版印刷《大众哲学》《政治经济学》《论青年的修养》《中共中央对目前时局的宣言》等书籍。书店的影响逐渐扩大，但书店地处偏远，群众购书不便，经中共市委书记韩光批准，以中苏友协名义接收了原为日本人的大阪屋号和鲇川洋行纸店，一处作大众书店门市部，一处作文具用品门市部。另外还接收一印刷厂。1947 年 1 月，大连工委接管大众书店，撤出私人资本和单位股份。这时，旅顺和金州（金县）当地书店均改为大众书店，归大连大众书店统一领导。大众书店又建立了普兰店、瓦房店分店。大众书店从成立到 1947 年上半年，已出书一百余种、一百多万册。书店还负责编辑出版了《毛泽东选集》烫金精装本一万套。1947 年冬，书店得知北满解放区的一些城市出版的书籍，满足不了群众的需要，就将出版的各种书籍加印一部分，装进苏联去朝鲜的运粮船运到朝鲜咸兴，再用火车运到吉林省图们，然后发运到黑龙江省牡丹江、哈尔滨等地。1949 年 4 月 1 日，大众书店改为东北书店大连分店。同年 7 月 1 日又改为新华书店大连分店。

选自《东北三省革命文化史》，黑龙江人民出版社 2003 年

大连市公安总局宣传队

　　1946 年 7 月，大连市公安总局宣传队成立（也称政工队）。1946 年 10 月 21 日在上友好电影院首次公演吴雪的三幕话剧《抓壮丁》（原名《罗网》）。1947 年，演出自编的秧歌剧《过年》，在这期间还演出过话剧《一家人》《留下他打老蒋》《如此中央军》等。1947 年秋解体。

**　　　　　　　　　　选自《东北革命文化史料选编（第三辑）》**

东北军政大学文工团

延安的抗日军政大学总校于 1946 年 1 月到达吉林省通化,更名为东北军政大学,该校文工团也随之改名为东北军政大学文工团。1946 年 2 月初文工团随学校进驻通化,创作、演出了大型歌剧《旧仇新恨》。同年 4 月随校迁驻长春。不久赴四平,慰问进行四平保卫战的部队。1946 年 5 月下旬移驻黑龙江省北安。1947 年 9 月,东北军政大学合江分校和吉林分校的两个宣传队合并到该团。1948 年 3 月移驻齐齐哈尔。1949 年 2 月,吴茵、李蒙、苏里、武兆堤等 70 余人赴东北电影制片厂参加故事片《回到自己队伍中来》的拍摄和《普通一兵》的译制工作。

该团在东北解放战争期间,创作了许多文艺作品。主要有:歌剧《为谁打天下》(编剧:李蒙、吴茵、武兆堤;作曲:巩志伟、吴茵、张国昌),创作演出于 1947 年 12 月;歌剧《天下无敌》(编剧:武兆堤、吴茵、李蒙;作曲:巩志伟),创作演出于 1947 年;歌剧《钢骨铁筋》(编剧:武兆堤、苏里、吴茵;作曲:吴茵、巩志伟),创作演出于 1948 年;歌剧《打到底》(编剧:武兆堤;作曲:巩志伟),创作演出于 1949 年初。演出的主要剧目有歌剧《白毛女》《杨勇立功》,秧歌剧《血泪仇》《周子山》,话剧《反"翻把"斗争》和《王家大院》等。

选自《东北三省革命文化史》,黑龙江人民出版社 2003 年

东北鲁迅艺术文学院

1945 年冬,中共中央根据抗日战争胜利后中国的政治形势决定延安大学所属的学院迁离延安,鲁迅艺术文学院(以下简称"鲁艺")被分配迁往东北。

1946 年 6 月下旬或 7 月初,中共中央东北局决定鲁迅艺术文学院改为东北大学,迁往佳木斯办学。学院设文学、戏剧、音乐、美术四个系。同年 9 月中共合江省委(驻佳木斯)决定,抽调鲁艺的一部分老同志和一部分学员组成东北鲁迅文艺工作团。

1947 年 9 月,鲁艺根据中共中央东北局的指示组成四个文艺工作团。一团为牡丹江鲁迅文艺工作团;二团为合江鲁迅文艺工作团;三团为松江鲁迅文艺工作团;四团为东北鲁迅文艺工作团。各鲁迅文艺工作团,遵照为工农兵服务的方针,改编或创作出几十出秧歌剧。其中有《全家光荣》《两个胡子》《李二小参军》《王老好归来》《一条皮带》《王德山摸底》《永安屯翻身》《复仇》《归队》《帮助人民大翻身》等。

1947 年 7 月,中共中央东北局根据中共辽东分局书记陈云的建议,决定抽调鲁艺四团去南满开展革命文艺活动。同年 9 月鲁艺四团从牡丹江出发奔赴辽东。

　　1948 年 10 月，中共中央东北局决定东北鲁迅艺术文学院下属的一、二、三文艺工作团集中到哈尔滨，随东北民主联军赴前线，待沈阳解放后进驻沈阳，在沈阳恢复东北鲁迅艺术文学院建制。至 1948 年 12 月 28 日东北鲁艺五个文工团全部到达沈阳。1949 年 1 月，根据东北局指示五个团合并，恢复东北鲁迅艺术文学院建制，并开始招收学员。下设戏剧系、音乐系、美术系、舞蹈班、文学研究室、实验剧团、实验音乐团。

选自《东北三省革命文化史》，黑龙江人民出版社 2003 年

东北鲁艺文艺工作四团

1947 年 7 月,东北局采纳陈云同志的建议,决定从鲁艺的一、二、三团中各抽调部分人员组成东北鲁艺四团赴南满活动,任命张庚为团长、张望为副团长。同年 8 月,四团从牡丹江向辽东进发,边行军边演出,历时一个月,于 9 月 16 日抵达当时辽东党政机关所在地吉林省通化市。稍加休整,即以通化市为基地,巡回演出于吉林省的浑江、临江、大栗子等地,慰问解放军官兵,并辅导当地的文艺骨干、中学学生开展文艺活动。四团于 11 月初徒步向安东进发,于 12 月初到达安东。当时新解放区正进行土地改革,四团义不容辞地参加了土改。1948 年初春,四团为农民演出了话剧《永安屯翻身》,受到极其热烈的欢迎。1948 年 3 月,四团奉命去辽南,演出了胡零编剧、刘炽作曲的歌剧《火》,赢得了广大群众的赞赏。在大连期间,演出了《火》《码头工人大合唱》等节目。1948 年 7 月返回安东。1948 年 11 月 3 日进入沈阳,不久便与东北鲁艺一、二、三团和鲁艺音工团合并,恢复鲁艺学院建制。

选自《东北三省革命文化史》,黑龙江人民出版社 2003 年

东北民主联军部队艺术学校

东北民主联军部队艺术学校于 1946 年 10 月创办于佳木斯市。学校设有教务处、总务处、研究室。研究室下设戏剧组、音乐组和美术组。学员有 150 余人，全部培训部队文艺干部。到学校学习的主要有合江军区文工团、牡丹江军区宣传队和六纵十六师宣传队等。政治课主要是学习《在延安文艺座谈会上的讲话》。业务课主要是进行基本功训练和学习、排练广场歌舞剧节目。1947 年 3 月，东北民主联军总政治部决定停办东北民主联军部队艺术学校，学校人员和部分学员合并到东政宣传队，各受训文工团（队）返回原部队。

选自《东北三省革命文化史》，黑龙江人民出版社 2003 年

东北民主联军总政治部文艺工作团

东北民主联军总政治部文艺工作团,人们习惯称之为"总政部艺"。它的前身是延安总政治部文艺工作团。1945年9月中旬,"总政部艺"奉命离开延安奔赴东北,它是来东北最早到达的革命文艺队伍中的一支。1946年按东北民主联军总政治部的部署,"总政部艺"到北满帮助地方搞文艺建设,因此"总政部艺"于1946年3月进驻黑龙江省佳木斯市。剧组演出了《抓壮丁》《放下你的鞭子》,轰动全城。除了在佳木斯开展工作外,"总政部艺"还到合江地区的桦川、鹤立、桦南、依兰等县进行活动。1947年初,改名为东北民主联军总政治部宣传队。1947年3月,离开佳木斯。1947年底,又设立舞蹈队、管乐队。1948年夏秋之交,离开哈尔滨。在东北解放战争期间,创作了大量的剧(节)目,歌剧作品有《杨勇立功》《一个裁缝之死》《好班长》《上当》等。

选自《东北三省革命文化史》,黑龙江人民出版社2003年

东北人民剧院

东北人民剧院系京剧艺术专业表演团体。它的前身为龙江大戏院私人班底。1946年6月,中共齐齐哈尔市委责成齐齐哈尔市文艺协会负责人武克仁进驻龙江大戏院负责政治思想和戏曲改革工作。是年冬,经市委批准,将龙江大戏院正式改名为东北人民剧院,系公私合营。东北人民剧院排演了大量的革命戏剧,包括革命现代评剧《白毛女》。之后又相继演出了《血泪仇》《美帝暴行图》《李闯王》《秦始皇》《血泪山河》《水泊梁山》等百余出新戏。1949年,嫩江省与黑龙江省合并,随之东北人民剧院与从北安迁此的黑龙江京剧团合并,改为黑龙江省京剧团,下设两个团。京剧一团留在齐齐哈尔市,京剧二团返回北安。

选自《黑龙江革命文化史料(齐齐哈尔专集)》,1991年

东北书店

　　东北书店于 1945 年 11 月 7 日在沈阳成立,隶属东北日报社领导。首次在东北出版了《论联合政府》《新民主主义论》《中国革命和中国共产党》《论解放区战场》,以及《赤胆忠心录》《从"九一八"到"七七"》等 20 余种有关中国革命的重要书籍。东北书店于 11 月 26 日随《东北日报》撤出沈阳,先后到达本溪市、海龙县,后转移到梅河口、长春、哈尔滨。1946 年 6 月,东北书店奉命迁至佳木斯市,这时对外称东北书店总店。同年 9 月开始,总店先后出版发行新书《表》《文件》《鼓风炉前四十年》《列宁故事》《李大勇摆地雷阵》《延安归来》《曾国藩的一生》《论解放区战场》《思想方法论》《八路军与新四军》《群众工作手册》《中国革命与中国共产党》《新官场现形记》《林家铺子》《毛泽东的故事》《合江解放区人民动员起来粉碎蒋介石的进攻》《三打祝家庄》《王贵与李香香》《中国四大家族》《民间艺术和艺人》《论联合政府》《新民主主义论》《论党》《大众哲学》,以及舒群主编的《知识》半月刊、白朗主编的《文展》半月刊等书籍和刊物。到 12 月末统计,共出版发行政治、经济、哲学、历史、文学和各种通俗读物、刊物等 159 种、903000 册。1947 年 1 月 12 日,东北书店开始发行大型杂志《东北文化》《东北文艺》

《人民戏剧》《人民音乐》。1947年春在齐齐哈尔建立了东北书店西满分店,后在牡丹江市、北安县也建立了分店。在北满、西满各县建立了38个支店。

1947年7月东北书店总店迁到哈尔滨。1948年4月,佳木斯分店举行《联共(布)党史》出版发行仪式。同年5月4日,佳木斯分店举行《毛泽东选集》首卷发行式。1948年10月23日东北书店在长春开业,千余种解放区的图书、期刊、画报在10日内销售3795万元。

1949年1月,东北书店总店从哈尔滨迁到沈阳。为了进一步发展图书出版发行事业,加强企业管理,以适应形势发展需要,在沈阳、长春、哈尔滨、吉林、佳木斯、齐齐哈尔、锦州、四平、北安、承德、安东、营口、通化、大连等16个城市建立16个分店,并在185个县建立了支店。各分店统一在总店领导下开展工作。总店有计划地出版了马、恩、列、斯和毛泽东的著作,大量地出版了通俗读物、文艺作品和实用工具书。东北人民政府教育部编辑的大、中、小学教科书也统由东北书店出版发行。此外,还发行《东北文学》、《东北画报》、《翻身乐》(后改《新农村》)、《生活报》等主要期刊。1949年7月1日,东北书店总店改称东北新华书店总店,各省、市、县书店随之改称东北新华书店某某分店、支店。1950年10月28日,国家出版总署发出"国营书刊出版、印刷、发行企业分工专业化"的决定,从此彻底结束了战时实行书店编、印、发多位一体的综合体制,改为从事单一的图书发行的专业化体制。

选自《东北三省革命文化史》,黑龙江人民出版社2003年

东北文艺工作团

延安鲁艺文学院部分师生组成东北干部团八中队（文艺中队），于 1945 年 9 月 2 日从延安向东北进发。于同年 11 月 2 日到达沈阳，在东北局宣传部的领导下，成立了东北文艺工作团。由电影、戏剧艺术家沙蒙任团长，电影表演艺术家于蓝任党支部书记、副团长。曾演出过秧歌剧《兄妹开荒》《抓特务》、话剧《粮食》和活报剧《东北人民大翻身》等。

后来"文工团"随中共中央东北局撤往本溪，又辗转辽阳、鞍山，深入农村、工矿和部队驻地开展活动。"文工团"于 1946 年 3 月 14 日进入大连。在红五月期间，"文工团"演出了李牧、颜一烟、王大化创作的独幕话剧《我们的乡村》，颜一烟、王大化创作的话剧《祖国的土地》，火线剧社创作的话剧《把眼光放远一点》。先后为 23 个专业和业余剧团排练戏剧和音乐节目，举办音乐、戏剧讲座 54 次，帮助电台成立一个 200 人的歌咏训练班和一个业余的合唱团，编辑出版《演剧教程》《苏联演剧方法》《普通乐学》及剧本、歌曲集 20 余种。

1946 年 8 月 24 日，"文工团"奉命离开大连去齐齐哈尔，经安东（今丹东）绕道朝鲜，又经图们、牡丹江，于同年 11 月 5 日到达哈尔滨,12 月到达齐齐哈尔。到达齐齐哈尔后改称东北文艺工作团一团。演出了秧歌剧《兄妹开荒》、歌剧《白毛女》《血泪仇》《农家乐》等。在 1947 年春节期间演出了广场秧歌《拥政花鼓》《拥军花鼓》《胜利花鼓》和秧歌剧《姑嫂参军》。为庆祝内蒙古人民代表大会的召开,于 1947 年 4 月赴王爷庙(现乌兰浩特)为大会演出了《血泪仇》《劳军》《挖坏根》《参军保家》《如此正规军》等剧。1948 年 3 月在齐齐哈尔演出了大合唱《铁树开花》、秧歌剧《翻身年》和话剧《如此指挥》。1948 年 10 月奉命赴辽西北镇慰问演出了《白毛女》。1948 年 11 月到达沈阳。

选自《东北三省革命文化史》,黑龙江人民出版社 2003 年

东北文艺工作二团

　　1946 年 1 月,经彭真等东北局领导决定在吉林省海龙县由延安青年艺术剧院赴东北小分队组成东北文艺工作团第二团(以下简称"东二团")。"东二团"在海龙演出了活报剧《东北人民大翻身》、独幕话剧《粮食》和秧歌剧《军爱民民拥军》等。3 月间到吉林省磐石演出李之华创作的反映东北人民苦难的三幕话剧《血债》等剧。在此期间,吉林省军区政治部怒吼文工团并入"东二团"。4 月进驻吉林市。在吉林市演出了《粮食》,并组织大中小学生联合演出了《黄河大合唱》。1946 年 7 月,"东二团"转道赴佳木斯,其中部分人员去哈尔滨。"东二团"到佳木斯后,于 10 月与佳木斯联合中学合作演出了《反内战小唱》《拿起枪上战场》《奋起抵抗保家乡》《要求美军快滚蛋》四个歌曲。11 月"东二团"首次集会,讨论了佳木斯市怎样开展新年文艺活动、如何团结发挥地方艺人(戏曲)的作用,以及帮助工厂、学校建立文艺小组等问题,并成立了领导委员会。1947 年 1 月,李之华创作了话剧《反"翻把"斗争》,歌曲《十二月翻身》《打胡子》《参军上战场》。1948 年 7 月,"东二团"分两个队赴前线慰问战斗部队及战地、后方各医疗单位。先后历时 2 个月,演出 27 场,观众达 16 万人次。1948 年 12 月 20 日,"东二团"

调离佳木斯赴沈阳,与东北文协文工团合并。1949 年 1 月,调往北京,组建中国青年剧院。

选自《东北三省革命文化史》,黑龙江人民出版社 2003 年

东北野战军炮兵纵队宣传队

　　1945 年 10 月在原延安炮兵学校宣传队基础上于吉林省通化建成东北炮兵学校文工团。后移驻黑龙江省牡丹江市，并与牡丹江军区文工团合并。1947 年初，该团改为由东北民主联军炮兵政治部领导的东北民主联军炮兵政治部宣传队。1947 年，该宣传队活动于吉林省的德惠、海龙、梅河口、磐石、通化等地。1948 年 1 月，改称"东北野战军炮兵纵队宣传队"。创作演出了话剧《母亲》、独角快板剧《老张翻身》《老张开会》和活报剧《保卫通化》；创作演唱了组歌《秋风扫落叶》、歌曲《东北民主联军之歌》《反攻》《人民炮兵上战场》《坦克进行曲》等声乐作品。学演的剧（节）目主要有：话剧《抓壮丁》，大型歌剧《白毛女》《土地是我们的》《火》，秧歌剧《干活好》《两个胡子》《土地还家》《李二小参军》和《黄河大合唱》等。

选自《东北三省革命文化史》，黑龙江人民出版社 2003 年

光华书店

    1946 年 7 月，由我党领导的上海三联书店（由生活书店、读书出版社、新知识书店合并而成）派邵公文、孙家林二人来到大连。1946 年 8 月，孙家林在安东将书店建成、开业，名为光华书店（为了与上海等国统区的三联书店有所区别）。1946 年 10 月下旬，书店经朝鲜新义州到达北满解放区，先后在哈尔滨、齐齐哈尔、佳木斯建立光华书店。1948 年 8 月，沿长白山、鸭绿江辗转来到辽南区党委驻地瓦房店，建立了光华书店办事处和门市部。1948 年 11 月 2 日，办事处迁进沈阳，在拔提书局（今太原街书店）的基础上建立光华书店，书店于 1948 年 11 月 22 日开业。1949 年 2 月，在沈阳成立了光华书店东北管理处。1949 年 8 月 15 日，东北各地的光华书店随北京恢复原名——生活、读书、新知识三联书店。1951 年 8 月 15 日，随北京总店的变化，沈阳的三联书店与中华书局、商务印书馆合并成立了中国图书发行公司。1954 年，该公司并入新华书店。

选自《东北三省革命文化史》，黑龙江人民出版社 2003 年

黑龙江省人民文艺工作团

　　1946 年冬，在北安成立了西满军区一分区文艺工作团，团长关鹤童，指导员李威，以延安来的文艺工作者为主，吸收当地的青年文艺爱好者关守忠、高枫、刘敏、田介夫、张克等组成了演员队伍。曾演出过《白毛女》《血泪仇》《参军》等剧。1947 年春，该团与成立于 1946 年以康夫为团长、王亚芳为指导员的黑龙江省兆麟文艺工作团合并，成立中共黑龙江省委文艺工作团。1949 年 6 月，中共黑龙江省委文艺工作团与嫩江省实验剧团和西满军区文艺工作团（驻地齐齐哈尔）合并为黑龙江省人民文艺工作团。

选自《东北三省革命文化史》，黑龙江人民出版社 2003 年

华夏书店

华夏书店于 1946 年 9 月 2 日在沈阳创建。

华夏书店经营重点是马列主义理论书籍。有马克思、恩格斯、列宁、斯大林的著作,例如《资本论》《剩余价值学说史》《费尔巴哈论》《反杜林论》《自然辩证法》《国家与革命》《列宁主义问题》等二十余种。还有艾思奇、胡绳、薛暮桥、翦伯赞、范文澜、鲁迅、郭沫若、夏衍、丁玲、赵树理、李季、高尔基、托尔斯泰、巴尔扎克、罗曼·罗兰、歌德等中外著名作家的哲学、历史、文学作品等二百多种。1948 年 2 月,书店被迫停止营业。

选自《东北革命文化史料选编(第三辑)》

吉林军区文工团

　　吉林军区文工团的前身是吉林军区政治部怒吼剧团,1945 年 12 月成立于吉林省永吉县岔路河。1946 年 3 月,全团并入东北文艺工作团二团,活动于吉林、磐石、四平等地。1946 年 8 月,划归吉林军区,组建吉林军区文工团。团部下设总务股、演出股、创作股和两个直属大队。文工团主要活动在延吉及其周围的珲春、敦化、图们等地。1947 年,该团随军奔赴前线,巡回演出于桦甸、磐石、蛟河等地。1948 年 2 月,进驻蛟河,改称吉林军区宣传队。1948 年 3 月 9 日,吉北军分区宣传队、吉东军分区宣传队相继并入,队伍进一步壮大。1948 年 10 月,吉林军区文工团划归吉林省委宣传部领导,改称吉林省文艺工作团。创作演出了话剧《铁血男儿》《血仇》《当家人》《锅炉》,秧歌剧《余为民参军》《识字好》,大型音乐作品《新中国大合唱》,以及《练兵歌》《太阳出来满天红》《英雄万岁》等十几首群众歌曲。还创作了大型歌舞《庆祝灯舞》。

选自《东北三省革命文化史》,黑龙江人民出版社 2003 年

吉林书店

　　1948 年 3 月，为繁荣发展人民出版事业，吉林省委、省政府决定成立吉林书店，隶属吉林省委宣传部领导，日常工作由《吉林日报》代管。吉林书店承担图书的编辑、出版、发行和零售等职能。内设有经理室、编辑股、营业股、会计股和总务股。编辑出版的图书主要有《论联合政府》等毛泽东著作，《整风文件》《思想指南》等政治学习材料，《毛泽东》等伟人传记，诗集《饮马河之歌》，《中国美术史》等文艺书籍。除本店出版的图书外，还发行东北书店、光华书店等各解放区出版的图书。1951 年更名为文化供应社。1953年 9 月 1 日更名为东北新华书店吉林分店。

选自《东北三省革命文化史》，黑龙江人民出版社 2003 年

冀察热辽鲁迅艺术文学院

　　1945 年 10 月，延安的鲁迅艺术文学院、青年艺术剧院的安波、骆文、程云、莎莱、严正、柯夫、海默等 20 余名文学艺术家，向东北挺进，行至承德，因战局紧张，交通受阻，被热河军区留下充实热河军区胜利剧社。安波被任命为该剧社社长。1946 年末，热河军区胜利剧社晋升为冀察热辽军区文艺工作团，下设两个分团，安波被任命为总团团长兼一分团团长，乔振民任总团政委。1947 年 6 月，由于革命形势迅速发展，急需大批文艺人才，因此中共中央冀察热辽分局决定，以军区文工团为基础，建立冀察热辽鲁迅艺术文学院，先后招收三期学员及少艺班、短期训练班各一期，共培训 387 名学员。

选自《东北三省革命文化史》，黑龙江人民出版社 2003 年

冀东军区尖兵剧社

　　冀东军区尖兵剧社，成立于 1943 年 7 月，社长黄天，音乐队长今歌。歌剧《地狱人间》剧本及其音乐，即为黄天、今歌所作。二人于"八一五"光复前一个月，在反扫荡战斗中牺牲。1945 年 8 月，冀东军区尖兵剧社随先头部队挺进辽西重镇锦州，即刻在剧场演出话剧《合流》、歌剧《地狱人间》，给遭受日寇统治 14 年的锦州人民带来了共产党领导人民闹革命的信息。人们顿觉耳目一新，备受鼓舞。后并入辽东军区政治部文工团。

　　　　　　选自《东北三省革命文化史》，黑龙江人民出版社 2003 年

110

建国书社

　　1945 年 9 月下旬，经驻安东市的辽东军区决定，成立建国书社，建国书社于 1945 年 11 月在安东开业。1946 年初春，书社又接收了原日本人开设的美术印刷厂——精美馆及其办公用房。在近半年的时间里，先后出版了《新民主主义论》《论持久战》《论联合政府》《论新阶段》《论解放区战场》《社会发展史》《社会科学概论》《新人生观》《论青年修养》《四大家族》，以及高尔基、鲁迅的作品数十种。还承担了全安东省中小学教科书、《战士画报》和《白山》的印刷任务。在凤城、岫岩、庄河、宽甸、辑安等 18 个县建立了代销点。1946 年 10 月，随同《辽东日报》社一起乘船渡鸭绿江，撤到朝鲜的新义州，后转至长白。建国书社租了两间房子开设了门市部，并派出部分人到各地开展图书发行工作。1947 年春节过后，书社随党政军机关迁到临江。同年 5 月又迁到通化，在此开设了辽东书店。1948 年夏，通化的辽东书店撤销，成立通化书店。1949 年初，安东省与辽南行署合并，成立辽东省，原两地书店合并成立新华书店辽东省总店，并与报社分离。同年 7 月，辽东省总店改为新华书店辽东省分店。

选自《东北三省革命文化史》，黑龙江人民出版社 2003 年

锦州市文工团

　　锦州市文工团于 1948 年 12 月初成立，有文工团员 30 余人。文工团成立不久，全团进入联大鲁艺学习一个月。其间，重点排演了秧歌舞《胜利秧歌》，后排演了《工农两兄弟》等小歌剧。1949 年 3 月 8 日，在中华剧场为妇女演出《兄妹开荒》《男耕女织》《回娘家》《夫妻识字》《喂鸡》等剧目。1950 年并入辽西省文工团。

选自《冀察热辽革命文化史料（辽宁部分）》

进化剧团

　　1946 年 6 月,大连职工总会在麦克风剧团的基础上组建了进化剧团。1947 年 4 月更名为关东职工总会文工团,到 1949 年 4 月改为旅大职工文工团。1946 年 8 月排演四幕话剧《气壮山河》。1946 年 9 月公演了一组话剧:陈白尘的独幕喜剧《未婚夫妻》,白枫的独幕剧《父与子》,冼星海的二幕剧《雾》。1946 年 11 月 23 日,进化剧团于上友好电影院公演四幕话剧《夜店》。1947 年 4 月 26 日,进化剧团于上友好电影院公演《州民泪》。1947 年 11 月,进化剧团演出秧歌剧《状元回家》。后来,进化剧团又创作演出了秧歌剧《放赖》《二流子转变》《假状元》和话剧《师徒关系》等。1949 年 3 月 18 日,进化剧团在上友好电影院上演六幕十七场大型歌剧《为谁打天下》。

选自《东北革命文化史料选编(第三辑)》

辽东军区政治部文工团

辽东军区政治部文工团于 1945 年 10 月下旬成立于辽宁省安东市(今丹东市),当时的名称为东北人民自治军辽东军区政治部鲁迅实验剧团,是解放战争时期吉林解放区非常有影响的文艺团体。1945 年底,冀热辽 16 军分区宣传队(尖兵剧社)并入该团后,正式命名为辽东军区政治部文艺工作团。这期间演出活动于安东周围地区。1946 年 12 月转至临江,改名为辽东军区宣传大队,那狄、秦兴汉先后任大队长。1947 年 3 月至 1948 年 4 月期间,活动演出于长白、抚松、柳河、通化、安东一带。1948 年 5 月来到长春外围进行慰问演出。1948 年 8 月,东北野战军总政治部命令赴哈尔滨,被编为东北野战军总政治部文工团二团。

该团先后创作演出了独幕话剧《红蓝兄弟》、小歌剧《小朱》《刘德功解放》《带路》及歌曲《吃菜要吃白菜心》等。学演的剧目有大型话剧《气壮山河》《李闯王》,讽刺喜剧《群猴》,歌剧《白毛女》《杨勇立功》等。

选自《东北三省革命文化史》,黑龙江人民出版社 2003 年

辽吉军区文工团

　　1946 年 1 月，由延安联政宣传队的戴碧湘、雷平、林开甲等五位同志和冀察热辽军区军政干校宣传队在辽宁省法库县组建了辽西文工团。在法库创作演出了歌剧《赔偿》等剧节目。两个月后随省委移驻吉林省的郑家屯。创作演出了多幕歌剧《清算》。同年 5 月下旬，该团划归辽吉军区领导，改称辽吉军区文工团。1946 年 11 月返回辽吉军区驻地白城。文工团排演了歌剧《白毛女》。1947 年 8 月进驻郑家屯，改称东北民主联军第七纵队宣传队。1949 年 4 月，更名为中国人民解放军四十四军文工团。

选自《东北三省革命文化史》，黑龙江人民出版社 2003 年

鲁迅文艺研究会

　　在吉林文协的倡导下，于 1948 年 9 月 19 日在吉林市成立了业余文艺团体鲁迅文艺研究会。其宗旨是加强吉林文学青年的文艺学习和研究，提高阅读和写作技能，团结吉林的文艺工作者，开展新民主主义的文艺活动。到 1949 年 3 月，会员已发展到 600 人。曾举办过文学报告会、文艺讲座、作品讨论会等活动来提高会员们的文艺欣赏水平和写作水平。1948 年 12 月 30 日开始在《吉林日报》上开辟《习作》副刊，为会员提供发表作品的园地。

选自《东北三省革命文化史》，黑龙江人民出版社 2003 年

旅大文艺工作团

旅大文艺工作团的前身是中苏友好剧团。1946年8月，大连中苏友好协会宣传部"为培养艺术人才，开展大连的戏剧音乐运动，倡导社会正当娱乐，以为人民服务之精神，建设大连新文化"，成立了中苏友好剧团。中苏友好剧团成立以后，除演出了《生死恨》外，主要工作是深入群众，做文艺组织与宣传工作。1946年10月，中苏友好剧团筹建组织了三个民众剧团，创作了八个剧本。1946年12月中旬，中苏友好剧团与安东白山艺校合并，成立了旅大文艺工作团。在旅大文艺工作团成立大会上，演出了三个反映抗战的小话剧：《把眼光放远一点》、《母亲》和《十六条枪》。

1947年2月，旅大文艺工作团为配合形势向群众进行阶级教育，选排了新歌剧《白毛女》。1947年5月6日，旅大文艺工作团改称关东社教工作团，演出的第一个剧目是四幕话剧《妻离子散》。1947年9月，在实践中创作了《自寻烦恼》和《缴公粮》两个剧本，以及其他不同形式的文艺作品。

1948年春，为配合关东的大生产运动，根据晋察冀解放区的歌剧《王秀鸾》，改编导演了十四场歌剧《李贵香》。

1949年2月，社教团又改为旅大文工团。春节演出了四个新创作的小戏：《一条皮带》《一勺水》《一只手的功臣》《一个电灯

泡》。1949 年 5 月 5 日,旅大文工团于文化宫(群众剧场)公演苏联
名剧《钢铁是怎样炼成的》。1949 年 5 月 31 日,文协举办了《钢铁
是怎样炼成的》演出座谈会。

选自《东北革命文化史料选编(第三辑)》

旅顺文工团

　　1946 年 1 月 4 日,旅顺文工团成立,隶属于旅顺市民主政府教育局。它是由旅顺业余文工团改为公办的,是旅大解放后党领导下成立最早的文艺团体。1946 年底,改由旅顺中苏友协领导,剧团更名为旅顺中苏友好协会俱乐部,1947 年 5 月又改回原名。自 1946 年成立到 1949 年共演出大小剧目 40 余出,演出 307 场,观众 14.2 万人次。1946 年春先后排了 4 个大型话剧《别与归》《恨海》《气壮山河》《减租减息》。1947 年 7 月,旅顺文工团首次来大连公演四幕六场话剧《升官图》。1947 年 10 月,旅顺文工团排演了话剧《俄罗斯问题》。该团在 1948 年以后演出了歌剧《永安屯翻身》《火》《改邪归正》《白毛女》《钢骨铁筋》,以及为配合大生产运动下乡演出了一些小戏,如《新旧年景》《反"翻把"斗争》《血债》《过年》《兄妹开荒》《夫妻识字》《归队》《买卖婚姻》《锁着的箱子》《枪》《全家光荣》《大兵》等。1948 年下半年演出秧歌剧《永安屯翻身》。1949 年 7 月 27 日,旅顺文工团在文化宫公演了表现共产党员英勇、坚决与敌人斗争的歌剧《钢骨铁筋》。旅顺文工团创作的剧本有歌颂农业劳模的《于庆文翻身》和《选种》,创作、改编的剧本有 9 个。

选自《东北革命文化史料选编(第三辑)》

齐齐哈尔市文工团

　　齐齐哈尔市文工团于 1947 年 7 月 18 日成立, 隶属于中共齐齐哈尔市委宣传部。团部下设戏剧、音乐、美术三个组。在全市庆祝"八一"建军节露天大会上首演《黄河大合唱》《兄妹开荒》《石老太》《解放区的天是明朗的天》等戏剧、歌舞节目。1948 年春节, 上演了反映土地改革斗争的大型歌剧《火》。1948 年 7 月, 为配合我军大反攻, 揭露蒋介石反动集团假和谈、真备战的阴谋, 上演了《全力准备大反攻》《活捉伪总统》《立功》《抬担架》《解放全东北》等节目。齐齐哈尔市文工团于 1949 年秋被中共中央东北局调往沈阳市, 改建为东北青年文工团, 后又被调往长春东北电影制片厂。

选自《黑龙江革命文化史料（齐齐哈尔专集）》, 1991 年

齐齐哈尔市文艺协会

　　齐齐哈尔市文艺协会（简称市文协），成立于 1946 年 6 月，隶属于中共齐齐哈尔市委宣传部。在当时历史条件下，市文协既是文艺界人士的联合社团组织，又是群众文化事业机构，特别是还行使政府管理职能。直到 1948 年 6 月，中共齐齐哈尔市委为进一步加强对文艺工作的领导，成立了齐齐哈尔文艺工作委员会，接管了市文协的行政领导职能。市文协在存在的三年多的时间里，做了大量工作。一是接管了旧时代遗存的龙江大戏院、市民馆（接管后改名民众教育馆）、永安电影院、书曲公会等文化事业单位，并对其进行领导。二是开展戏曲改革运动。在大演《白毛女》《血泪仇》等革命戏剧和说新书、唱新曲的高潮中，市文协还开展了对传统戏曲进行整理和改编活动。三是大力开展群众文艺活动。当时的群众文艺活动以演剧、歌咏和秧歌为主。此外，在文协内设立了音乐工作室，举办音乐学习班，培养了大批文艺人才。四是发展文艺创作。市文协自办了公开发行的文艺刊物《新路》（共两期），先后编辑出版了以本市作者创作作品为主的《群众歌曲集》《工人歌集》《妇女歌集》《建政歌集》《儿童歌集》《指挥学》《音乐基础理论》等专集。

此外,还编印文艺周刊、文艺小报、演唱材料。

选自《黑龙江革命文化史料(齐齐哈尔专集)》,1991 年

热东军区战声文艺工作团

　　热东军区战声文艺工作团的前身是热东十八军分区文工队（以下简称"文工队"）。1945 年 11 月成立于朝阳。为庆祝"双十协定"，文工队赶排了话剧《糖衣炮弹》，合唱《歌唱共产党》《毛泽东之歌》，并与京剧票友准备的《法门寺》《空城计》等剧组成一台丰富多彩的晚会节目。1946 年 2 月，文工队随二十七旅战略撤退，在椋椤树川一带与敌军遭遇，很快击败了骄傲轻狂之敌。文工队演唱《没有共产党就没有新中国》《三大纪律八项注意》等革命歌曲，向世人展示了文工队是共产党领导的正义之师的文艺战士和为人民解放而奋斗不息的精神风貌。1946 年 4 月，由于文工队配合部队作战，宣传有功，热东军区决定文工队改编为热东军区战声文工团（以下简称"文工团"）。1946 年 10 月，热东军区组织建昌战役，文工团在这次战役中积极作战地宣传鼓动。1947 年 4 月 20 日文工团在参加攻打建昌县松树嘴子战斗中，创作了《攻打"铁打的松树嘴子"》等歌曲。战士们说："仗打完了，歌儿就唱出来了，真带劲儿。"1947 年 5 月，战声文工团改编为第四野战军第八纵队宣传队（以下简称"宣传队"）。此后，宣传队随部队参加了解放隆化、凌源、杨杖子和四平战役。1948 年 9 月，宣传队又随军参加了锦州战

123

役。1948年11月,东北全境解放,宣传队随军进关参加平津战役。

选自《东北三省革命文化史》,黑龙江人民出版社2003年

热河省委文工团

　　热河省委文工团于 1948 年 12 月 22 日在锦州成立。1949 年 1 月,在承德演出了大秧歌《解放年》《兄妹开荒》等。1949 年 2 月,该团赶排歌剧《刘胡兰》。该团至 1949 年 5 月与辽西省委文工团合并。

选自《冀察热辽革命文化史料 (辽宁部分)》

热辽分区宣传队

　　热辽分区宣传队,即热辽二十一军分区宣传队,于 1946 年 4 月组建于新东县(贝子府)。后到达承德,改编为热河省军区宣传队。该队常演的剧目有《白毛女》《土地还家》《兵》《牛永贵负伤》《小过年》《反"翻把"斗争》《一双鞋》《牢笼计》《如此中央军》《参加八路军》《不要杀他》《粮食》《好班长》《热河解放》《老耿赶队》等。

选自《冀察热辽革命文化史料(辽宁部分)》

三义书店

　　三义书店于 1946 年 7、8 月间在沈阳开业。因由李刚、段宏奇和陈文聪三人合资经营，故为三义书店。书店开业伊始就秘密销售关内多种进步书刊。三义书店与上海联合书店互相联合，更积极地采取半公开方式出售进步书刊，成为党领导下的疏通进步书刊、宣传革命思想、团结教育广大青年的阵地。1948 年沈阳解放后，书店停业。

选自《东北革命文化史料选编（第三辑）》

上海联合书店

上海联合书店于 1946 年初在沈阳开业，后来成为地下党开展文化宣传、出售进步书刊、传播革命思想的基地。书店所进图书都是从上海生活书店、上海新知书店、上海出版社等发行的进步图书，如艾思奇的《大众哲学》、余铭璜的《新人生观讲话》等哲学书籍，《李有才板话》《李家庄的变迁》《母亲》《钢铁是怎样炼成的》等中外文学作品。这些是其经销的主要书籍。这家书店销售得更多的是《民主青年》《团结》《群众》等社会科学方面的小册子。经销的刊物有《世界知识》《文萃》《新人生观》《展望》。

选自《东北革命文化史料选编（第三辑）》

通化文艺工作者协会

通化文艺工作者协会成立于 1945 年 11 月 1 日。它组建了通化民众教育馆,并运用教育馆这个组织,开辟了大众阅览室,开展了群众歌咏活动,举办了宣传画和大型连环画巡回展。还创立了通化文学创作研究会,成立了通化美术家筹备会和通化文协文工团,出版了文艺月刊《鸭绿江》。

选自《东北三省革命文化史》,黑龙江人民出版社 2003 年

新声剧团

　　新声剧团是京剧表演团体,于1947年10月组成,由关东文协领导,在大连实验剧场及厂矿演出。除传统戏外,还创作、改编和排演了《洪宣娇》《棠棣之花》《闯王进京》《孔雀胆》《九宫山》《满江红》《昆山英雄》《西游记》《荆轲刺秦王》《河伯娶妇》等戏。1949年1月,关东文艺工作者协会成立。1949年4月,新声剧团改名为关东文协平剧团。

选自《东北革命文化史料选编(第三辑)》

鸭绿江文工团

鸭绿江文工团于 1946 年 7 月 16 日创建于吉林省东部山城通化。其原名为通化地区青年干部学校文艺工作队。1946 年 8 月，文工队更名为鸭绿江文艺工作团，隶属省民政干部学校领导。不久，通化专署大众乐剧团并入鸭绿江文工团。1947 年 10 月 18 日，随我党政军机关撤出通化，经临江进驻长白。

1947 年 6 月，移驻辽宁省委所在地吉林省梅河口，并脱离辽宁省民干校，隶属辽宁省委宣传部领导。1949 年 1 月改称辽北文艺工作团，隶属辽北省委领导。设有演员队、乐队、京剧队、舞美队、美术组、创作组。1949 年 4 月，移驻辽宁省锦州，改称辽西文艺工作团。东北解放战争期间，鸭绿江文工团的文艺战士们创作、演出了大量的剧（节）目。创作的节目有：小歌剧《分浮乐》《小放哨》，秧歌剧《杨小林》《搞副业买马》《打年纸》，歌曲《迎接胜利的一九四八年》《真理只有一个》《我们这一群》等。上演的剧（节）目主要有话剧《群猴》《升官图》《反"翻把"斗争》，歌剧《白毛女》《钢骨铁筋》，秧歌剧《血泪仇》《牛永贵负伤》《打砂锅》等。

选自《东北三省革命文化史》，黑龙江人民出版社 2003 年

延边文艺工作团

　　1945年8月,吉东保安军政治部文工团吸收了龙井"火花剧团"等地方文艺团体,改称吉东保安军政治部文艺工作队。下设话剧队、音乐队和女子队,这是吉林省第一个朝鲜族专业文艺表演团体。活动演出于延吉、龙井、朝阳川等地。演出有朝鲜语话剧《郝家庄战斗》(高哲编剧)、《黎明》(朴老乙编剧)、《同志沟》(朴老乙编剧)等。1946年9月并入吉林军区政治部文工团,被编为第二大队,演出过朝鲜语话剧《海兰江大血案》等剧节目。1947年3月,脱离吉林军区文工团,改名为吉东军区政治部宣传队。创作演出了歌剧《人民武装起来了》,话剧《谁是罪人》,歌曲《上战场》《分到土地的喜悦》《高高的兴安峰》等,舞蹈《支援前线》。1948年1月,集体转业,归属吉林省行政委员会事务厅领导,更名为吉林省事务厅文工团。1948年3月,改称延边专员公署民族事务处文工团,简称延边文工团。内设音乐队、话剧队和女生队。1948年1月至1949年2月,为配合互助合作化运动在延边各地农村演出,同时帮助各地建立俱乐部,培养农村业余文艺活动骨干。创作演出了歌剧《向胜利进军》,歌舞剧《将革命进行到底》,舞剧《种稻》,话剧《赞洙归队》,管弦乐《祝捷进行曲》《胜利进行曲》等。1949年3月,原驻哈尔滨的东北民族事务处文工团与该团合并,命名为延边文艺工作团。

选自《东北三省革命文化史》,黑龙江人民出版社 2003 年

友谊书店

大连中苏友好协会在接收原日本人经营的"东亚印刷株式会社"和文化用品商店的基础上，成立了友谊书店，于1947年初挂牌营业。友谊书店从开业到1950年1月合并到新华书店大连分店，发行了大量的革命书刊，有《友谊》杂志，有《友谊画报》《友谊丛书》《俄语学习丛书》《列宁全集》《斯大林选集》《大众哲学》《新人生观》《延安纪行》等千余种。1947年11月初，经理胡克强携带一百多麻袋书刊，经朝鲜的咸兴、吉林的图们，路过牡丹江，千辛万苦，把书运到目的地哈尔滨，支援中苏友协开设的兆麟书店。1948年，又第二次送书支援兆麟书店。友谊书店于1950年1月并入新华书店。

选自《东北三省革命文化史》，黑龙江人民出版社2003年

中华全国文艺工作者协会
东北总分会筹备委员会

  中华全国文艺工作者协会东北总分会筹备委员会（以下简称"东北文协"）于 1946 年 10 月成立于哈尔滨市。萧军、金人、舒群、白朗、华君武、王一丁、陈振球等 17 人被选为筹委会委员。1947 年 1 月 4 日,"东北文协"增选罗烽为主任委员。1947 年 7 月 1 日,"东北文协"将哈尔滨玉华京剧社、同义剧社和新舞台三个京剧社团合并成立哈尔滨东北文协平（京）剧团（以下简称"东平"）。1947 年 11 月 3 日,"东平"第一团在齐齐哈尔市龙江大剧院演出《玉堂春》《新四郎探母》。后又演出《天国女儿》《红娘子》《巾帼英雄》《桃花扇》《荆轲刺秦王》等新编历史剧。1948 年 2 月,"东平"在哈尔滨举办支前义务大公演,演出《失街亭》等 10 余出戏。1948 年 7 月 1 日,首演宋之的、张东川编创的《九件衣》。1948 年 10 月 19 日,"东北文协"在哈尔滨市举办纪念鲁迅逝世 12 周年大会。各界人士 1800 人出席了纪念会。1948 年 11 月,"东北文协"迁至沈阳。

  选自《东北三省革命文化史》,黑龙江人民出版社 2003 年

作家及创作书目

马　加

马加（1910—2004年），原名白晓光，辽宁新民人。1942年应邀参加了具有历史意义的延安文艺座谈会。1946年抵东北后下乡参加土改运动。作品有小说《江山村十日》《滹沱河流域》等。

选自《中国文学家辞典 现代第一分册》，四川人民出版社1979年

公　木

公木（1910—1998年），原名张永年，又名张松甫、张松如，笔名有公木、木农等，河北束鹿县人。从1945年开始在东北工作，历任中共本溪市委宣传部副部长、东北大学教育长、东北师范大学副教务长等职。作品有《出发》《大道》《鸟枪的故事》等，以及《中国人民解放军进行曲》等。

选自《中国文学家辞典 现代第一分册》，四川人民出版社1979年

乌·白辛

乌·白辛（1920—1966 年），原名吴宇洪，赫哲族。1945 年，他结识了从延安抗大归来的共产党地下工作者，从此参加了革命工作，曾主办《前进报》《轻骑报》等刊物。1945 年，吉林地委决定派他组建吉林市文工团，并进入东北民主联军第七纵队，入军政干部学校，后任文工团戏剧教员、编剧、副团长等职。1946 年至 1952 年，他一直随军在前方战场。1953 年，他被调到北京八一电影制片厂从事编导工作。他是在电影和话剧创作方面均有成就的剧作家，代表作是电影《冰山上的来客》和话剧《赫哲人的婚礼》等。

选自《东北现代文学史料 第 9 辑》,1984 年

方未艾

方未艾（1906—2003 年），原名方靖远，辽宁省台安县人。1925 年，方未艾与萧军在吉林江南公园偶然相遇，1932 年加入中国共产党，先后参与《国际协报》编辑并发表作品。1947 年夏到甘肃兰州，在《甘肃日报》发表过一些散文和翻译的小说。1949 年，

兰州解放,方未艾被选为中苏友好协会宣传部长。甘肃省成立省文联,方未艾又被选为副主席,同时被聘为兰州大学文学院副教授。

选自《哈尔滨文史资料 哈尔滨文史人物录》,1997 年

白　朗

白朗(1912—1994 年),原名刘东兰,辽宁沈阳人。1945 年到东北后先后在《东北日报》《东北文艺》工作。先后创作抗联女烈士传记《一面光荣的旗帜》、短篇小说集《牛四的故事》等。

选自《中国文学家辞典 现代第一分册》,四川人民出版社 1979 年

朱　丹

朱丹(1916—1988 年),笔名天马、未冉等,原名朱家瑜,江苏铜山人。1946 年赴东北,先后任东北画报社社长、东北文艺工作委员会常委等职。作品有诗集《诅咒之歌》等。

选自《中国现代文学大辞典》,高等教育出版社 1998 年

刘白羽

刘白羽（1916—2005 年），北京人。1946 年被派往东北解放区。在解放战争期间，任新华社随军记者，跟随第四野战军转战于东北、平津、江南等地的战场上，在与战士们的共同的战斗生活中，写了不少动人的篇章，其中有报告文学集《为祖国而战》，中篇小说《火光在前》，短篇小说《政治委员》《战火纷飞》《无敌三勇士》《血缘》《永远前进》《回家》《勇敢的人》《红旗》等。曾任中国作家协会党组书记、作协副主席等职。

选自《中国文学家辞典 现代第一分册》，四川人民出版社 1979 年

关沫南

关沫南（1919—2003 年），笔名泊丏、东彦、路以、沫南等，满族，吉林永吉县人。抗战胜利后历任《东北日报》编辑、《新群》《热风》杂志主编。作品有中篇小说《在王岗草原》、长篇自传体散文《我与文学与牢狱》、散文《狱中记》等。

选自《东北现代文学史料 第 4 辑》，1982 年

严文井

　　严文井（1915—2005 年），原名严文锦，湖北武昌人。1938 年年底到鲁迅艺术文学院任教。1945 年冬到东北，任《东北日报》副总编辑、副刊部主任。曾任中国作家协会党组副书记、《人民文学》主编等职，先后发表报告文学《一个农民的真实故事》、童话《丁丁的一次奇怪的旅行》等。

**　　　　　选自《中国文学家辞典 现代第一分册》，四川人民出版社 1979 年**

李之华

　　李之华（1916—2003 年），河北宛平人，东北文艺工作第二团副团长。曾任北京中国青年艺术剧院院委、文化部艺术管理局剧本创作室副主任等职。主要作品有剧本《反"翻把"斗争》《刘家父子》《血债》等。

**　　　　　　　选自《中国作家大辞典》，中国社会出版社 1993 年**

李克异

李克异（1920—1979 年），原名郝维廉，笔名吴名氏、袁犀、梁稻等，辽宁沈阳人。于 1945 年深秋来到哈尔滨，后参加土改，曾任《哈尔滨日报》副刊主编。代表作有《贝壳》《历史的回声》《面纱》等。

选自《中国现代文学词典（小说卷）》，广西人民出版社 1989 年

李辉英

李辉英（1911—1991 年），原名连萃，笔名西村、东篱、南峰、北陵等，吉林永吉人。抗日战争胜利后，曾在东北任长春大学、东北师范大学教授。作品有小说《松花江上》《雾都》《前方》，以及报告文学《军民之间》《北运河上》等。

选自《东北现代文学史料 第 7 辑》，1982 年

吴伯箫

吴伯箫（1906—1982年），原名吴熙成，曾用笔名山屋、天荪等，山东莱芜人。1942年参加延安文艺座谈会。后任东北大学社会科学院副院长、文学院副院长等职，并主编《东北文化》。代表作有《一坛血》《化装》等作品。

选自《中国文学家辞典 现代第一分册》，四川人民出版社1979年

张　庚

张庚（1911—2003年），原名姚禹玄，湖南长沙人，现代戏剧理论家。20世纪30年代，张庚在上海参加了左翼戏剧运动。1938年到延安，任鲁迅艺术文学院戏剧系主任。参与创办东北鲁迅文艺学院，任副院长，编辑《人民戏剧》月刊，从事秧歌和新歌剧创作，后任中央戏剧学院副院长等职。代表作有《新歌剧论》《论戏曲表现现代生活》等。

选自《中国文学家辞典 现代第一分册》，四川人民出版社1979年

陈其通

陈其通(1916—2001年),曾用笔名陈然,湖北麻城人,著名剧作家。1937年到延安后,曾在烽火剧社工作。曾任辽宁武装部部长、总政文工团团长等职。创作了《刘家父子》《两兄弟》《保卫延安》《炮弹是怎样造成的》等作品。

选自《中国艺术家辞典 现代第一分册》,湖南人民出版社1981年

陈学昭

陈学昭(1906—1991年),原名陈淑章、陈淑英,笔名野渠等,浙江海宁人。参加延安文艺座谈会后任延安《解放日报》副刊编辑,后担任《东北日报》副刊编辑,曾任浙江大学教授、中国作协顾问等。代表作品有长篇小说《工作着是美丽的》、短篇小说集《新柜中缘》等。

选自《中国作家大辞典》,中国社会出版社1993年

陈隄

　　陈隄（1915—2016 年），原名刘国兴，笔名果行、曼弟、江侨、何为等，辽宁辽阳人。曾任《东北文艺》编委。作品有《铁窗回想记》《无泪的祭文》等。

选自《东北现代文学史料 第 4 辑》，1982 年

罗　烽

　　罗烽（1909—1991 年），原名傅乃琦，笔名洛虹、克宁等，辽宁沈阳人。1945 年到达东北后先后任《前进报》副社长、东北局宣传部文委常委、东北文艺协会代主任等职。主要作品有短篇小说选《故乡集》。

选自《中国文学家辞典 现代第一分册》，四川人民出版社 1979 年

金　人

　　金人（1910—1971 年），原名张少岩，后改名张君悌，曾用名张恺年，笔名田风、金人等，河北南宫人。曾任东北行政委员会司法部秘书处处长、出版总署编译局副局长等职。译有《静静的顿河》《从军日记》《普通一兵》等。

选自《东北现代文学史料 第 4 辑》，1982 年

周立波

　　周立波（1908—1979 年），原名周绍仪，湖南益阳人。1939 年12 月，到延安鲁迅艺术学院任编译处处长兼文学系教员。1946年，调入北平军调部中共代表团，做英文翻译。1946 年任冀热辽区党委机关报《民声报》副社长，同年冬到东北参加土地改革运动。1948 年主编《文学战线》。其创作的《暴风骤雨》，是我国文学史上第一部描写广大农民在中国共产党领导下，推翻封建统治、消灭剥削制度、政治上获得彻底翻身的史诗，在中国现代文学史上具有重

要地位。

选自《中国文学家辞典 现代第一分册》，四川人民出版社 1979 年

骆宾基

骆宾基（1917—1994 年），原名张璞君，祖籍山东平度，生于吉林珲春。抗战后任东北文化协会常任理事兼秘书长，负责出版《东北文化》。长篇小说《姜步畏家史》第一、二部《混沌》《氤氲》（又名《幼年》《少年》），《萧红小传》，小说集《北望园的春天》以及《蓝色的图们江》均有较大的影响。

选自《东北现代文学史料 第 9 辑》，1984 年

袁文殊

袁文殊（1910—1993 年），原名袁文枢，笔名舒非，广东兴宁人。1945 年抗日战争胜利后，他随延安大学鲁迅艺术文学院赴东北，1946 年任东北大学鲁艺戏剧系主任。1947 年至 1948 年，任东

北鲁艺文工团团长,配合解放战争和土改运动,积极进行戏剧活动。作品有《剧作教程》《辽远的乡村》等。

选自《中国文学家辞典 现代第一分册》,四川人民出版社 1979 年

高　兰

高兰(1909—1987 年),原名郭德浩,笔名黑沙、郭浩、齐云等,黑龙江爱辉人。1947 年任《东北民报》文艺周刊编辑,后在长春大学、山东师范学院、山东大学等学校任教。主要作品有《我的家在黑龙江》《哭亡女苏菲》等。

选自《中国文学家辞典 现代第一分册》,四川人民出版社 1979 年

唐景阳

唐景阳(1914—1971 年),又名达秋、林珏,黑龙江安达人。1945 年 11 月返回东北,后任哈尔滨日报社社长、东北日报社副社

长、中共哈尔滨市委秘书长兼宣传部长等职。作品有《山村》《铡头》等,被收入烽火丛书。

选自《黑龙江省志·人物志》,黑龙江人民出版社 1999 年

陶明浚

陶明浚(1894—1960 年),字犀然,别号豫园,蒙古族,辽宁沈阳人。曾先后在东北大学和长白师范学院任教。主要作品有《红楼梦别本》等。

选自《东北现代文学史料 第 5 辑》,1982 年

萧　军

萧军(1907—1988 年),原名刘鸿霖,笔名三郎、田军等,辽宁义县人。早年就读于东北陆军讲武堂,九一八事变后到哈尔滨从事革命文艺活动,1933 年与萧红合著出版了第一个短篇小说集《跋涉》。他是"东北作家群"的领军人物和知名的左翼作家。曾任东

北大学鲁迅艺术文学院院长、哈尔滨鲁迅文化出版社社长、《文化报》主编。创作了《八月的乡村》等作品。

选自《东北现代文学史料 第4辑》,1982年

舒　群

舒群(1913—1989年),原名李书堂,笔名黑人、舒群,黑龙江哈尔滨人。1933年秋回到哈尔滨,与罗烽、金剑啸、萧军、萧红、白朗等人一起从事抗日爱国文艺活动。1940年,舒群被调往延安,担任鲁迅艺术学院文学系教员、"东北文工团"团长等职。1945年后,曾任东北大学副校长、东北电影制片厂厂长等职。代表作有《没有祖国的孩子》等。

选自《中国文学家辞典 现代第一分册》,四川人民出版社1979年

塞　克

塞克(1906—1988年),原名陈凝秋,河北霸县人。话剧、电影演员,剧作家,诗人,歌词作家。他是我国早期话剧、歌剧及电影艺

术事业的开拓者之一。1938 年在延安鲁迅艺术学院任教。曾任东北鲁迅艺术文学院院长、东北人民艺术剧院院长、中央实验歌剧院顾问等职。曾创作《生产大合唱》《秋收突击》《三八妇女节歌》,以及三幕歌剧《滏阳河》等。

选自《中国艺术家辞典 现代第一分册》,湖南人民出版社 1981 年

东北解放区
文学回忆与纪念

◇ 马师泽

东北革命文化的摇篮

——解放战争时期佳木斯的革命文化活动简记

解放战争时期,佳木斯被人们誉称东北的"小延安",这不仅因为这里是东北解放区巩固的大后方根据地,更因为这里是东北革命文化的璀璨摇篮。当时在这里设置着众多的革命文化机关,聚集着大批的革命文化工作团体。中国革命文化的一代精英荟萃,他们高举着毛泽东《在延安文艺座谈会上的讲话》精神的旗帜,深入火热的革命斗争生活,热情地反映暴风骤雨式的革命斗争实际,创作了大批群众喜闻乐见、脍炙人口、广为流传的革命戏曲、戏剧、音乐、歌曲、秧歌、舞蹈等艺术作品和剧(节)目,出版发行了大量的革命书籍报刊和美术绘画作品。很多文艺作品成为团结人民、教育人民、打击敌人的有力武器。这一时期佳木斯革命文化活动规模之广阔、影响之深远,确使佳木斯在中国革命文化的史册上独具光辉的篇章。

中国革命文化大军的战略转移

抗日战争胜利后,中国正处在两种命运、两个前途的决战前夜,蒋介石发动反共反人民的内战迫在眉睫。党中央从中国革命战略全局出发,做出决定:延安各大学、各学院(包括鲁艺)、各文化机构、各文艺团体都须迁离延安,去东北解放区建设巩固的东北革命根据地,并继续办学,开展工作。

在党中央的英明决策与关怀下,延安大学各学院、抗日军政大学各院部、中华全国文艺工作者协会、八路军总政治部文艺工作团(后简称部艺)、中华全国抗日青年联合会所属延安青年艺术剧院,以及延安解放日报社、延安新华广播电台、延安新华书店、延安画报社、延安电影团等革命文化宣传组织机构与文艺团体的广大文化艺术干部队伍,迅速行动起来,准备行装,告别亲友,聆听党中央首长和各级领导的动员指示和教诲。

延安大学迁校队伍是由当时延安大学副校长周扬亲自率领,沙可夫负责鲁艺学院部分。在他们离开延安前夕,毛泽东主席和周恩来副主席都曾先后接见他们,并作临别赠言。

1945 年深秋的延安,天高云淡,风冷霜寒。但一支支革命文化工作队伍却热情洋溢,壮怀激烈,告别了久仰的宝塔山、相依的延河水,告别了亲爱的党中央与延安的众乡亲,踏上了新的征程。

八路军总政治部文工团为先行,第一个离开了延安。这支文艺队伍久经抗日烽火,活跃在太行、华北各个抗日战场,他们勇于在战争环境里开展革命文艺宣传工作。其负责人何士德、左凡、王冰、陈戈等,又都具有长期行军作战的经验。他们离开延安后就如一支矢箭,东渡黄河,日夜兼程,径直穿越晋绥边区,然后毅然勇闯

158

京津咽喉要冲。此时国民党接收大员已进抵华北,到处收编日伪军警宪特,组织地方维持会反动武装政权。而部艺转移队伍扮作一支装备精良的突击队,硬是威风豪迈地强行通过了敌人封锁区,登上北宁路东去的列车。在十月下旬这支队伍便先行到达了沈阳,与东北局领导机关会合在一起。

延安青艺的转移队伍是在任虹、吴雪带领下,离开延安后在晋西北渡黄河,然后翻越晋西北山区,再经涉燕山山脉东下河北怀来。他们跨过重重高山峻岭,跋涉道道流冰溪水,由于急行赶路,每天坚持十四小时行程,同志们脚打血泡、发病难支,然而为了北上他们在张家口暂休几日又开始了征程。他们入内蒙古草原,在大漠中摸索前进,迎着风沙的侵袭向前跋涉,曾数次迷路沙洲,他们就以红军长征精神鼓舞斗志,战胜断粮断水的饥渴困阻,坚持行进。后来找到苏联红军进入东北时坦克履带的印迹,才最后通过了沙漠无人区,踏上了辽西大地。在离开内蒙古时又与反动的地主武装打了三仗,最后到达白城子西满军区陶铸队伍的驻地,并得知东北局领导已撤至辽东山区。青艺队伍休整三天后又再行出发。他们到达海龙后才接到东北局领导要他们向北满转移的通知。此后他们就边行军边演出边扩充队伍,在海龙、长春、绥化等地吸收进步知识青年参加革命文艺队伍。

王大化率领的文化转移支队,是经太行山区,东赴齐鲁,在山东解放区得到许世友的帮助,由渤海军分区安排他们乘船横渡渤海,在辽东半岛大连登陆,再沿辽东山地北上,到达通化后与东北局领导取得联系,然后再向北满牡丹江出发,到佳木斯后转赴齐齐哈尔。王大化所率领支队所到之处都做了演出,并与当地文艺工作者广泛接触,留下他们对党的文艺工作的一片热情。

延安大学迁校队伍（包括鲁艺）经晋绥边区进入河北怀来，到张家口时便得知铁路已被国民党军占领，转移队伍无法通行，暂留在张家口待命。此时经中央指示延大与在张家口的华北联合大学会合。1946年1月中央电令延大迁校队伍要继续北上，于是又重新组织队伍，华北联大很多师生也都编组进来。因周扬留华北工作，迁校队伍由吕骥、张庚接替带队前往东北。经长途跋涉，辗转周折，延安迁校队伍历时半年行程才到达北满，而后落脚佳木斯。

延安陕甘宁边区新华书店于1945年9月初，按中央组织部通知，由李文带队来东北办店。组织上给李文和其爱人邹贞坚配备一头大毛驴，一边驮着书籍样本，一边驮着刚满两周岁的孩子。临行时西北局宣传部长李卓然说："东北被日本统治14年，推行奴化教育，老百姓渴望能看到我们解放区的新文化，去东北要多出马列主义、毛泽东思想的书籍。"

新华书店北上队伍先行到达沈阳的是卢鸣谷，他已经组织起东北书店。

李文带领的新华书店转移队伍经长途跋涉到达辽北郑家屯，得到了驻地党政领导陶铸和陈郁的接见与照顾。在白城子时又遇西满军区政委李富春。李富春写信给东北局宣传部长凯丰，告其要妥善安置书店工作。

延安解放日报社、延安新华广播电台、延安电影团等转移队伍是在三五九旅大部队的掩护下，急速行军到达东北的。他们经历是艰苦的征程，多次遭到国民党飞机的狂轰滥炸，和地面部队的追击堵截。终以八路军最快的速度抢在敌人之前于10月初到达了沈阳、长春，及时地按照东北局领导的部署迅速地展开了工作。接收了大批日伪留下的印刷设备、器材和物资，为后来的革命文化工作大发展取得了物质基础。

自 1945 年 9 月至 1946 年初,从延安出发北上的中国革命文化大军的各个队伍都相继到达了东北解放区。

这次战略性的转移时间虽然短暂,行动隐蔽又不为人知,而它的深远革命意义却不可低估。它的主要意义在于:在国民党反动派,由美国帝国主义者的支持下,夺取中国人民抗战胜利果实,大举进攻解放区,掀起反共反人民内战之前,党中央果断做出迁离延安的决策,使得中国的革命文化机构、文艺团体、广大文化干部,得以全部、完整地保存下来,才使得中国革命文化大军有了参与东北人民翻身解放、土地改革、建党建政、发展生产、支援前线各项革命斗争的完整锻炼,使革命文化空前地与人民革命斗争生活相结合,在人民中生根、开花、结果,从而为争取第三次国内革命战争的胜利和新中国的建立做了必要的准备。正如当年参加这次中国革命文化大军战略转移的诸多的老同志所说的那样:因为党中央的正确决策,从延安兴起的中国革命文化运动才在东北有了新的发展并形成一个新的高潮。如果没有这次战略转移,中国革命文化队伍就要在蒋介石进攻延安时遭到重大损失,新中国的革命文化事业也要大受影响。

东北"小延安"革命文化的崛起

1946 年 3 月后,国民党部队大举进攻东北解放区,沿铁路线攻占了锦州、沈阳、四平、长春等地,四处派遣接收大员,封官嘉委,搜罗地主武装、日伪残渣,组织反动政权,重新陷东北人民于水火之中。为避开敌人的暂时锋芒,陈云、彭真等东北局领导认真贯彻党中央"让开大路,占领两厢,发动群众,建立巩固的东北革命根据地"的方针,决定将从延安转移来东北的各革命文化机构与文艺团体集中地安置在佳木斯。

佳木斯是东北边陲三江平原首府,有小兴安岭、张广才岭形成天然屏障。这里物产丰富,粮煤充足,工业发达。在抗日战争时期东北抗联各军均曾活动在周围。人民群众有一定的革命觉悟,群众基础好。加上经先期到达的张闻天、李范五、欧梦觉、李延禄、方强、贺晋年、刘英、陈伯村、张启龙、陈郁、刘英勇、孙西林、彭施鲁等大批革命领导人的开辟,已经是东北解放区可靠的大后方根据地。

1946年初,佳木斯市副市长孙西林遇刺后,党组织加强了佳木斯革命文化宣传工作,决定由林平、许铁民、李则兰、何士德等人组成文化工作小组(何士德率部艺文工团部分同志与抗大四分校迁移队伍先期到佳)深入佳木斯建华剧团、佳木斯剧社、佳木斯戏曲艺人班伙、南北市场各书曲茶社去宣传党的政策,抵制国民党地下组织的破坏,清理整顿佳木斯原有的文艺队伍。

佳木斯剧社是佳木斯文化青年结社较早的一个文艺组织,在敌伪时期就演出过《日出》《夜航》《丹久美人》等大型话剧和流行歌曲与舞蹈节目。导演冯白鲁,演员周薇、徐迈、王沫杰等都亦名喻佳市各界。但因社长杨芝明原为三江日报社编辑,日本特务分室成员,原三江剧团长朱绍甫,也是日本特务分室秘侦人员,光复后二人仍把持剧社,并和国民党市党部头头张人天勾结,蒙骗部分有正统观念的剧社青年演员,为国民党组织外围活动,使整个佳木斯剧社染上浓厚的政治色彩。在孙西林遇刺后,杨芝明亦被政府镇压。剧社成员不明真相,人心浮动,惶惶不安,林平、李则兰率工作组于2月中旬进入佳木斯剧社,组织该社人员学习《九一八到七七》《东北青年的革命任务与道路》《中国革命与中国共产党》等书报,并由林平、李则兰组织逐个谈心帮助,开展民族痛苦史的教育,使大部分剧社青年迅速觉悟起来,明确了革命方向。在后期整顿中高枫、揣凤仪、白村等一批青年分别去了军政大学、东北大学学习或参加部队或参加地方民运工作团。后来这些人都成为革命文化工作中的骨干力量。

许铁民、何士德进驻的建华剧团,经清理后,王全升等一批人参加了军政部艺文工团。余下的成员也都投入了革命工作,或由许铁民带领去富锦开辟工作,或参加了佳木斯市内大规模的反奸清算、减租减息、改造区街政权、发展生产等革命运动,为佳木斯成为可靠的后方根据地做出了贡献。

特别是张闻天来合江主持省委工作后,佳木斯革命形势越来越好,同时为从延安来的各文化文艺组织活动创造了更为有利的方便条件。

1946 年 1 月,延安抗大师生到达佳木斯后,成立了东北军政大学北满分校,由钟赤兵任校长,王泮清任副校长,叶明任政治部主任,彭施鲁任副教育长。军大领导为配合地方人民政权建设巩固根据地,当即指派夏静主持,成立了军大文工团,进入佳木斯各城区、学校工厂开展宣传工作。在合江联中礼堂演出了《合流》《东北人民大翻身》等话剧与歌舞节目。广泛吸收佳木斯青年学生、文化教育界人士观看,明确地宣传中国共产党的政治主张,讲清国民党反动派发动反共反人民内战的本质。这对佳木斯政治形势的进一步稳定起到奠基的作用。军大文工团接着与后续到来的总政文工团一起在佳木斯搞起了首次声势浩大"红五月"宣传活动。

总政文工团于 4 月初全体抵佳,仍称总政文工团。驻地设在敌伪兴农株式会社楼内,由何士德任团长,白桦、左凡任副团长,王冰任教导员。其主要成员有著名的文化战士名演员陈戈、鲁柏、黄歌、崔琪、李蒙、那沙、丁毅、戴碧湘、王影、李长华、地子、胡果刚、白凌、翟强、宋兴中、张一鸣、吉利、庄映等,全团一百余人。红五月中即在佳木斯联中礼堂、东北影院剧场(原佳木斯市敌伪银座映画所)公演《雾》《自卫》《海滨》等话剧,为佳木斯人民带来了丰富的革命文化艺术生活。

延安青年艺术剧院全体成员于1946年5月中旬到达佳木斯。这支中国青联领导下的出色的革命青年文艺队伍,在长途转移中疲惫艰辛,有的积劳成疾,有的负伤带残,但他们一到佳木斯便立刻开始工作。经东北局批准将其名称改为东北文工第二团。由吴雪任团长,任虹任政委,李之华任副团长,侣朋、邓子怡为导演。经中共合江省委妥善安排,将全团安置在原敌伪厚生医院楼内。从延安来的主要青艺成员有:田兰、鲁亚农、邓子怡、朱漪、罗伯宗、高静夫、沈贤、石涛、李丽、罗正、林萍、林开甲、周来、刘光辉、雷平、熊赛声等一批知名的文艺战士。由于该团边行进边扩大队伍,到达佳市时已经是一个有120余人的大型文艺团体。东北文艺工作团在红五月中便出现在佳木斯各剧场、各学校、各十字街头。它迅速掀起了声势浩大的革命文艺宣传工作。他们和总政文工团、军大文工团一起在佳木斯城乡各个角落组织起革命歌咏与秧歌活动高潮。一时间,全市锣鼓喧天,《没有共产党就没有新中国》《我们是民主青年》《党的阳光照耀大地》《东北人民闹翻身》等革命歌声响彻全市各个角落。

1946年5月至7月初,延安大学(包括鲁艺)陆续到达佳木斯,并以"东北大学"的名称在佳木斯开创学府。为适应形势需要,该校将原有4个学院增加为6个学院,并请名哲学家、社会科学家任教。由从事多年教育工作,具有丰富经验的前延安大学副校长张如心、著名留美病理学家白希清任副校长;由中国农村经济研究会创办人、《中国经济年报》主编、中国农村问题专家姜君辰任教务处长。6个学院:鲁迅文艺学院,由《八月的乡村》作者、文学家萧军任院长,中国名音乐家、前延安大学鲁迅艺术文学院吕骥任副院长,戏剧家张庚、张水华、舒非,美术家王曼硕、沃渣,音乐家向隅、马可、唐荣枚、瞿维、潘奇、寄明分别任系主任、教授;社会科学院,由姜教务处长兼任院长,前华北联合大学政治系主任胡炎,及在山东解放区从事教育工作多年的李先民任副院长;教育学院,由该校前任教育长、文学家张松如任院长,前延安大学教授、华北联合大学教育学院系主任、散文家吴伯箫,以及前任陕甘宁边区教育社主任编辑、华北大学教授智建中任副院长;医学院,由白副校长兼任院长;自然科学院,由东北自然科学家、前延安大学自然科学物理系主任、张家口工业专科学校教育主任阎沛霖任院长,东北应用化学及土壤学专家吴绵博士任副院长;经济学院,也由民主政府及财经机关派专家负责教授。整个大学其组织规模之宏大,可见一斑。

鲁艺学院设置在原日伪时日军司令部院内。教育学院设在敌伪日高校内。医学院设在敌伪满赤医院内。社会科学院设在佳市原女高校舍内。自然科学院设在佳市男高校内。经济学院设在原佳师道校内。

东北鲁艺,这个中国革命文艺大军的蓓蕾就在佳木斯依枝绽放,开出一批璀璨的鲜花。1946年的8月,鲁艺一部分师生坚持在佳市办学,一部分受中共合江省委派遣,组成"东北鲁艺文工团"前往刁翎、依兰山区,与三五九旅谭友林部队编组一起,在部队进行剿匪的地区,开展革命宣传工作。"东北鲁艺文工团"由张水华、潘奇领导。主要成员有：瞿维、寄明、马可、杨蔚、卡洛夫、谭亿、白伟、郝汝惠等九十余人。鲁艺文工团所到之处，总以它独具的名歌剧《白毛女》《血海深仇》《小二黑结婚》、秧歌剧《兄妹开荒》《夫妻识字》《干活好》等剧目为先导，去宣传群众，感染群众。每当演出时总是人群济济，观者与剧中人情感交融，使仇苦深重的工农兵声泪俱下而觉醒，唤发出坚决打倒中国封建势力和国民党反动派的撼天动地的吼声，激发起争取自身解放的无比强烈的愿望。这对三五九旅迅速歼灭谢文东、李华堂、张雨新、孙荣久、车里行等由国民党蒋介石重托嘉委的"中央先遣军"五大股惯匪的战役胜利，结束合江匪患历史，做出了特殊的贡献，得到了人民的爱戴，得到了东北局与合江省委的通令表彰。

由李长青为社长，由大部分原延安解放日报社人员组成的东北日报社全体新闻工作者，以及报社印刷厂的工人和其印刷设备也于1946年7月到9月间相继抵达佳木斯。合江省委秘书长张如屏亲自协助筹办，将日伪时期的大和旅馆全部房舍拨给报社使用。经两个月的设备安装和各方面的准备就绪，《东北日报》于9月1日在佳木斯正式出刊发行，党中央与东北局的重要活动报道即从这里送往东北各地。而刘白羽、陆地、地子等大批知名的新闻工作者就依佳木斯为根据地活动在北满广大城市和乡村，报道党的各项方针政策和重大新闻。

在此稍前，陈元直在中共合江省委领导下完成对原佳市战后复兴委员会主办的《人民日报》的整顿与改造工作。从延安来的多数人员进入了该社，在原天主教堂处设置了编辑部和印刷厂。7月1日《合江日报》正式出报。由陈元直任社长，梁彦任主编，毛星任副主编。在张闻天指示下副刊编辑吴一铿相继连载报道了《毛泽东的故事》,使合江广大工农群众首次了解到人民领袖的故事。

由谭荫浦为社长兼主编的《部队生活》报,也在这时于合江军区内出版。

同年底陈元直根据合江省委决定,为满足东北解放区农村革命斗争发展需要,又创办起《庄稼人》报,以后改为《农民报》。这些新闻报刊及时地向东北解放区各地机关、工厂、部队、学校传送着新闻报道。

以李文任总经理、卢鸣谷任副经理的东北书店总店,也在李长青的组织下在佳木斯中山大街开办起门市部正式营业。东北书店总店在佳木斯成立后,即把出版与发行工作统一起来进行,由著名诗人杜谈任出版部主编,由徐今明、李一黎任副主编,后勤部由朱民管理。1946年9月上旬便出版发行了《论解放区战场》《思想方法论》《中国革命与中国共产党》《大众哲学》《延安归来》等一批新书。

与此同时,由袁牧之、陈波儿带领的原延安电影团的队伍也到达佳木斯,在接收敌伪佳木斯映画所后,设置起东北电影发行公司,后因房所紧张袁牧之带制片厂人员赴鹤岗办厂,留白晞主管东影公司对外工作。

延安画报社副社长朱丹,在佳木斯敌伪卫生管理所处创办起东北画报社,也开始工作。

由周叔康操办的东北新华广播电台,也于佳木斯光复一周年之际,8月15日正式对外播声。

从此,佳木斯的社会政治生活发生了革命性的转化,一切为了革命,一切为了人民的解放事业而起居而奔波。对从延安来的"老八路"来说,除了感到这里夏日长、冬夜严寒有点异样外,其他一切如在延安时一样亲切宜人。当时的老同志传述着张闻天同志的一句话:延安的机关来了,延安的学校来了,延安的部队来了,延安的报社、书店、剧团、电台来了……延安的娃娃营(托儿所)、老兵团(敬老院)都来了。这叫革命事业的大发展! 东北"小延安"的称谓就迅速传开。而实际上正如张闻天同志后来讲的那样:革命文化的崛起和发展是革命文艺工作者对人民革命事业的最根本最光荣的贡献。

东北革命文化摇篮的业绩

为适应解放战争形势迅速发展的需要,充分发挥革命文化工作的战斗作用,组织在佳木斯众多的文化机构、文艺团体协同工作,经东北局确定,成立中华全国文艺协会佳木斯分会,以便于统一组织、统一行动,展开党的文艺宣传工作。

1946年11月24日,在佳木斯联合中学礼堂召开了文协成立大会,集中新老革命文化工作代表近600余人。与会代表认真讨论了协会会章,通过了致联合国大会及全国文艺界通电,抗议美帝武装干涉中国内政,反对国民党反动派召开一党包办的伪国大,痛斥国民党摧残文化、迫害文化人士的罪行。这个协会的成立实际上就是我党文化战线上广大文艺工作者在抗日战争胜利后的新形势下,一次最集中、最全面、最有影响的战斗组合。它的章程宗旨是在中国共产党领导下,团结全国文化工作者,为最终打倒蒋介石、建立新中国、解放全国人民而奋斗。这就集中地反映了党的文艺工作路线,和革命文艺工作者在当时的根本任务。大会通过民主选举,选出了袁牧之、吕骥、张庚、塞克、萧军、向隅、沃渣、吴伯箫、吴雪、张汀、任虹、李波、田方、张松如、吴印咸、王季愚、张望、陈波儿、白桦、李文、舒非为文协理事。张水华、朱丹、陈戈、何士德4人为候补理事。他们都是全国著名的革命作家、戏剧家、音乐家、美术家和表演艺术家。

11月27日，文协理事会讨论了佳木斯新年的文艺活动、团结组织地方艺人、开展全区性文化艺术工作问题。选举常务理事9人，决定了理事会的具体分工。由塞克任主任，吕骥任研究部长，袁牧之、吴雪、张汀任常务理事。袁牧之并负责兴山会员小组工作（当时在兴山有许可、张辛实、钱筱章、钱江、王春泉、王逸、方荧等会员，他们都是中国电影界著名工作者）。出版部张庚任部长，吴伯箫任常务理事。会务部任虹任部长，白桦为常务理事。协会决定将各文化出版社置于自身管理之下。由于文协工作的展开，在佳木斯各类文艺刊物出版社，工作活跃，印刷并向全国发行革命文化文艺读物。

1946年9月18日，《东北文艺》出版社在佳木斯成立，开始由吕骥、张庚创办。社址在当时的三联书店楼内。大部分编辑人员为东北大学鲁艺学院任教的老师，实际上编辑部是设在鲁艺学院。12月该刊定为佳木斯文协分会的会刊出版。《东北文艺》主要刊载党的文艺政策、解放战争时期的文艺理论，以及发表广大群众喜闻乐见的散文、诗歌、小说、活报剧等文学作品。每期发行5000册，销往东北解放区各地。

1946年10月15日，《东北文化》出版社在佳木斯成立，也属中华全国文协佳木斯分会会刊。其编委由在佳木斯的著名文化人王季愚、白希清、任虹、李长青、吕骥、张庆孚、智建中、董纯才、塞克、严文井、阎沛霖等组成。《东北文化》出版社编辑部设址在文协办公楼内。编撰人是任虹、吴伯箫、严文井3人，由李常春编审。刊物按月出版。《东北文化》的内容涵盖很广,它是综合性的理论刊物,有时局评论、文史研究、中国革命问题论丛文艺理论探讨、苏联文化介绍,以及有影响的诗歌、小说、人物传记等作品。从某种程度来说,它是党在东北的文化代表性的刊物。《东北文化》邀聘的撰稿人除了在佳木斯的文化人外,还包括东北各解放区的领导人、作家学者、著名文艺战士。它颇受广大革命干部与工农兵群众的欢迎,出版3期后刊物销量竟达10000份以上。它一经出版在东北书店就销售一空。

由于演唱作品尤为群众所急需,经文协佳木斯分会主任塞克积极筹办,在1946年10月文协成立之前,便组织起《人民戏剧》出版社。经东北局宣传部批准,由塞克任主编,编委会由张庚、舒非、塞克、颜一烟、王震云、白桦、沙蒙、吴雪、陈戈、袁牧之、李之华、张水华组成。经多方筹备组稿,并与李文商妥,刊物由东北书店总店发行,于1946年12月1日出刊。《人民戏剧》编辑部也设在文协楼内,邀聘的撰稿人有在佳木斯及东北各地的戏剧、音乐、舞蹈方面的专家学者。《人民戏剧》发表的作品多是话剧、歌剧、秧歌剧,以及戏剧理论、戏剧评介、著名演员传略、戏剧艺人的翻身活动等。它一刊出当即受到欢迎,特别是发表了《白毛女》和东北地方民间曲艺作品更为广大翻身农民所需要。发行量在5000册。在佳木斯出刊19期。当时在东北的戏剧工作者所创作的戏剧作品都集中地发表在这个园地上。它在当时是影响很大的文艺刊物。

与此同时,吕骥筹建了《人民音乐》出版社,也在1946年12月创刊。编辑委员由王一丁、任虹、吕骥、何士德、向隅组成。《人民音乐》以革命群众歌曲、东北民歌为主要内容,解放战争时期东北解放区流行的革命歌曲都产生在这个园地上。因此《人民音乐》是东北革命文化摇篮中一朵光彩夺目的奇葩。该刊在佳木斯共出版14期。

《知识》丛刊出版社来佳木斯办社后，仍以原名《知识》出版发行。它是政论性很强的综合性刊物，发表权威性的政论、时评、哲学概论、社会科学著述，是马列主义毛泽东思想的主要传播读物之一。为加强该刊物的领导，东北局派舒群任主编。社址在佳木斯东大街《知识》杂志社内。该刊物由佳木斯联成印书局印刷。《知识》丛刊在佳木斯出版发行7卷，24期，每期一万册，发行全国。

为了加强对东北青年的革命教育，满足东北青年对中国共产党战斗历程的了解，对抗日战争史实的明确认识，以及对革命知识的追求，作家白朗积极筹备青年丛刊《文展》。该刊于1947年2月在佳木斯创刊，由白朗亲自主编。

东北画报社在朱丹、张汀同志主持下，用从长春接收的一批敌伪印刷机器，自行成立了印刷厂。1946年5月东北画报社就在佳木斯联中举办了"解放区摄影、木刻画展览"，使全市人民观赏了中国共产党领导的各个解放区党政军民的革命斗争生活概貌，形象地了解了党的各项革命政策给解放区人民带来光明幸福，同时观赏了许多美术家的作品。这对提高佳市人民的政治觉悟起了很大作用。此后，《东北画报》于10月中旬正式出刊。一至六期多是反映东北解放战争形势、部队英雄人物和东北人民翻身解放的实际情况的摄影照片和画页。1947年初，《东北画报》社还组织了"东北人民翻身年画展"，举行新年画座谈会，在佳木斯首次印刷了第一批新式年画《东北人民大翻身》《农民乐》《军民一家》《解放区十乐》《九件衣》《打渔杀家》《三打祝家庄》等。

这样众多的出版机构所编辑出版大量的刊物杂志，经东北书店总店的发行渠道,源源流向东北各地,供给和满足东北解放区广大群众精神文化生活的需要。而《东北日报》则每天以数万份的印张从佳木斯刊出,向东北全区报道国内外重大新闻事件、时事评介、解放战争胜利形势,发表党中央与东北局的各项重大方针、决策,成为东北解放区政治经济文化活动的信息来源和党的主张的喉舌。

李文与卢鸣谷、杜谈主持的东北书店总店,及各部门都在积极奋战,仅在1946年最后季度中就印制发行了《论联合政府》《论持久战》《论党》《列宁故事》《九一八到七七》《大众哲学》《延安归来》《论共产党员的修养》《表》《子夜》《李有才板话》等数十种领袖著作和其他政治哲学或革命文学作品。东北书店在佳木斯中山大街中段建立的门市部还开辟了一个阅览室,供全市青年和读者免费读书报,并开设读者问答栏,书店编辑部代表人民政府回答读者提出的各类问题。《东北日报》印刷厂职工全力赶排印刷毛泽东、刘少奇的著作和李文从延安带来的各种革命书稿。编辑部后期集中组稿编撰土地改革和反对内战的书籍。解放战争时期的第一部长篇小说——范政写的《夏红秋》,以及第一部反映东北土改运动的长篇小说——周立波写的《暴风骤雨》、剧本《白毛女》等都在这里出版。

合江省委书记张闻天对图书出版发行工作非常关心,曾多次找李文、杜谈、徐今明等谈话。他讲:书店门市部书籍太少,要设法解决纸张困难,争取多出一些书。他还表扬阅览室的墙报读者园地栏,能及时解答读者对当前时局提出的问题,很好,要认真办下去。并指示负责组织工作的刘英,给书店调配一批干部和青年学生,解决书店人手不足的问题。还在1947年夏季与李范五商定,用大豆和面粉从苏联远东边区兑换纸张,解决出书出报难的问题。李范五认真地组织人办了这件事。从此书店工作得到人力、物力的加强与充实,不但扩大了门市工作,还充实壮大了发行员队伍,组成了农村服务队、前线战地服务队,为根据地农村、前线指战员及时送去了书报。

刘白羽于 1947 年 1 月 20 日,以《奇迹在出现》一文,高度评价了东北书店的工作。他写道:"物质生活的幸福在佳木斯人民的眼睛里是已经开始了的,就会有结果。但记者觉得惊奇的是在文化方面的高度收获。我访问过中山大街的东北书店总店,我告诉他们我想知道他们出版书籍的销路,以下是他们告诉我的:

《论联合政府》(毛泽东)6 万册;

《腐蚀》(茅盾)2 万册;

《新人生观》(俞铭璜)3 万册;

《中国革命与中国共产党》1 万册。"

"我是一个由上海来的人,也许那污秽与荒淫晦暗的泡沫,已经把我变成一个眼睛遮塞的人了,我对这些数字不能不惊讶。因为按目前上海的出版情况,充其量一版书是 1500 册或 3000 册的,但这里一般书一版都是印 5000 册。东北书店在这一年里出过 141 种书,8535 万册……这些书出版后向东北各解放区发行……如果说革命自由文化的光芒照在那些地方,光线的来处却是佳木斯。"刘白羽的这段报道与评介具体地反映了当时东北书店的图书发行情况,也从一个侧面反映了佳木斯成为东北革命文化摇篮的真实地位和影响。

新文艺运动高潮的继续发展

由于东北局与合江省委的正确领导,和佳木斯文协的成立,使革命文化队伍更加团结一致,密切协同,斗志旺盛,他们进一步发扬延安文艺座谈会精神,决心走与工农兵相结合的道路,做新中国第一代人民大众文化的奠基人,使延安兴起的新文艺运动高潮得以继续发展,并在这里形成鼎盛时期。从 1946 年 5 月革命文艺宣传月开始,以佳木斯为中心,在广阔的三江平原上,市镇村屯里,文化生活突放异彩,艺术舞台空前活跃。以东北鲁艺文工团、东北文工二团、总政文工团、北满军大文工团、东北文工团和后继的总后军需学校文工团、东北邮电学校文工团、总后汽校文工团、解放军官文工团等为主力大军,以省市机关学校、铁路电业、各大工厂及区街宣传队为辅助队伍,在市镇剧场里、厂矿俱乐部、学校礼堂、十字街头、农村的地角场院上掀起了声势浩大的革命歌咏活动、秧歌活动、演剧活动,旷日潮起潮落,到处是激昂的歌声、喧天的锣鼓声。《没有共产党就没有新中国》《团结就是力量》《八路军来了好》《民主青年》《大刀进行曲》《游击队歌》《打土豪分田地》《生产忙》《军民一家人》《帮助咱军队打胜仗》等革命歌声震撼着广大群众的心弦。各大文工团在数十个场地上先后演出了歌剧《白毛女》《血泪仇》《王贵与李香香》《小二黑结婚》《刘胡兰》,话剧《海滨》《雾》《自卫》《血债》《放下你的鞭子》《抓壮丁》,秧歌剧《兄妹开荒》《夫妻识字》《王二小放牛》《南泥湾》《纺棉花》等。他们还组织各院校学生排演了《黄河大合唱》《七月阳光》《生产大合唱》《东北人民大翻身》等组歌。这些革命文艺作品的演出引起了广大人民群众的欢迎与共鸣,焕发了人们的革命觉悟。广大人民群众也积极组织宣传队排演这些作品,从内心中演唱翻身解放的感受与革命志向。新文艺运动就在这新旧社会的大变革中显示它的地位和作用,一浪高一浪地向前发展着……

何士德带领的总政文工团就佳木斯为基地，一面组织宣传队赴前线演出，一面积极配合地方政权建设、土改斗争，宣传解放战争胜利形势，活跃在桦川、鹤立、汤原、桦南、依兰等县。他们还集中优秀演员，在佳木斯东影剧场、佳明舞台、联中礼堂上演了广大干部与市民喜爱的话剧《海滨》《雾》《自卫》《狼牙山五壮士》《何万祥》，歌剧《刘胡兰》《大刀进行曲》。特别是他们在这里首演了名剧作家陈其通的名著《铁流二万五千里》（即后来的《万水千山》），让人们形象地了解了红军二万五千里长征的光辉事迹。此后他们坚持边工作边创作的原则，先后演出了新创作的剧目，有歌剧《为谁打天下》、《一个小战士》（即后来的电影《留下他打老蒋》的舞台剧本）、《钢筋铁骨》（即后来的电影《钢铁战士》的舞台剧本），以及秧歌剧《军民一家》《送子参军》《一缸水》《一篮鸡蛋》等，为革命文艺运动新高潮的发展开辟了道路。

东北文工二团在吴雪、任虹的带领下先是组织新老文艺工作者相结合。一方面组织新文艺工作者向当地戏曲、曲艺艺人学习东北地方流行的落子、二人转等文艺形式，另一方面去参与组织旧艺人翻身运动，从而进一步组织戏曲艺人演出新编历史戏、新编书曲作品。这项工作是党在文化领域中开创性的工作。当时佳木斯市京、评戏班很多。京剧界有宋魁英、花艳君戏班，宋文启、高香蕊山东富连成戏班，李鑫亭、李晓春戏班，范富玲、范富笙戏班，王宝奎、于少威戏班等。评剧有任翠卿、任翠玲戏班，张少等戏班，陆宪文戏班，刘鸿霞戏班等。他们分别在佳明舞台、春华戏院、华美影院、奉天茶社、牡丹茶社、东升花店演出。吴雪领邓子怡、沈贤、罗泊宗、马纳等人首先进入京剧界各个班伙，组织他们集中起来学习党的政策，开展"减租减息"运动，并与文协张僖、高天云等人一起进一步组织旧艺人翻身运动,让剧院老板马玉顺、胡威等人减下场租,让各戏班主降低自己的戏份子,使一般贫苦演员有了可以糊口的收入保障。1947年初,成立了全国第一个旧艺人翻身协会,并通过民主选举选出李鑫亭、王来君为艺人翻身协会正副会长。随即开展了禁烟戒毒运动,使王宝奎、花艳云等很多艺人从吸食鸦片的毒害下,解脱出来,获得新生,重返了舞台。

随着旧艺人的解放,分散的班伙走向集中。吴雪、张僖等随组织他们成立人民戏院、大众戏院,组织他们演出《逼上梁山》《三打祝家庄》等新编历史戏。这两出戏的演出一下子轰动了佳木斯,从党政机关到各街闾,干部和群众都涌向戏院看戏。张闻天高度评价了《三打祝家庄》的演出及时又现实,并要参加土改运动的所有干部都来看看该剧,要同志们注重调查研究,要会分化瓦解敌人的营垒。

东北文工团也积极演出了话剧《血债》《放下你的鞭子》《抓壮丁》。合江省委很重视这支队伍的战斗作用,在佳木斯地方政权建设、各县土地改革、支援前线大生产等运动中都依靠东北文工团去宣传群众、组织发动群众。彭梦庚在依东的工作队中就有东北文工二团的李之华、邓子怡等一批文工团员。他们所到村屯,总是以老八路的优良作风去访贫问苦,去扶弱济贫,在土改暴风骤雨的斗争中与广大农民结下了鱼水关系。这个团在这里创作出一批解放战争时期的名剧,并掀起了秧歌运动和秧歌剧的创作演出高潮。李之华在依东土龙山创作的名剧《反"翻把"斗争》就是紧密配合土改运动,反映土改斗争重煮"夹生饭",重新发动群众的真实生活。它不但真实地记录了合江土改斗争的历史,而且也深刻地反映了合江土改中党的各项政策。因此,《反"翻把"斗争》一戏受到广大翻身农民的普遍欢迎和领导机关的高度评价。该剧在塑造人物、剧情结构、语言造型等方面也都取得了很高的艺术水平。

以东北文工二团为先导，在这里创编演出的秧歌剧，是这次新文艺运动高潮发展中的主要艺术形式。如《姑嫂劳军》《光荣灯》《土地还家》《大翻身》《送公粮》《参军》等新创作的秧歌剧均成为到处演唱、家喻户晓的作品。1947年春节，东北文工二团的秧歌和秧歌剧得到空前规模的发展，仅佳木斯城区大型秧歌队就达37个，从市政府机关到各区街道、工厂、学校都有自己的秧歌队和秧歌剧演出队。而他们演出的全部是东北文工二团编舞的秧歌花样、创作的秧歌剧本。当时郊区村屯如竹板、三合、泡子沿、万发屯的青壮年几乎人人参加。

东北文工二团的秧歌与秧歌剧因普遍受到群众欢迎，产生了巨大影响。东北局令其从佳木斯去哈尔滨传播秧歌运动的经验。东北文工二团的秧歌队就乘火车专程去哈做示范性的普及演出。在去哈的途中在各个主要停车站都做停留，下车演秧歌。因此当年留下了从佳木斯扭到哈尔滨、从合江扭到松江的传闻。到达哈市下车后就敲起锣鼓，扭进哈尔滨市区，接连一周活跃在哈市街头，引起哈市广大人民群众的极大关注和效仿。在为东北局机关的专场秧歌剧演出中，东北局领导看后给予很高评价并予通报表彰，并决定在东北解放区普遍开展秧歌文艺活动。

在秧歌的普及中，佳木斯市各县组建了众多的业余文艺团体。吴雪、鲁亚农就各地组织业余文艺宣传队伍问题，在桦川、桦南、汤原、依兰等地做了普遍调查研究，并多次著文在《东北日报》《合江日报》发表，要求各级领导机关加强对业余文艺团体的领导，以保障新兴的秧歌运动持续健康地向前发展。

东北鲁艺文工团（后改合江鲁艺文工团）先是在林口、刁翎一带参加艰苦的剿匪斗争。这个团领导成员张水华、潘奇、瞿维、寄明、谭亿、马可、卡洛夫、白伟等，在延安时就是戏剧模范、音乐模范，是党的文艺中坚，他们带领鲁艺文工团紧密配合剿匪部队，在横豆山、威虎山、二道沟、六道沟的深山老林中，部队打到哪里，他们就演出宣传到哪里，有时还作为剿匪部队的后备战斗队。方强、张如屏表彰他们是敢于战斗的文工团队，贺晋年、谭友林也表彰他们是能文能武的真正的老八路。他们在剿匪歼灭谢文东、李华堂等匪股中立了集体战功。剿匪胜利后随即转入合江的土改斗争。他们一边发动群众，一边搜集整理东北地方民歌、曲牌小调、民间故事、民间谚语、民间舞蹈。马可的《东北民歌集》，就是他在刁翎剿匪战斗中结识了地方戏曲艺人郭文宝后，记录下的谱曲，以及他到东宁、佳木斯搜集到的民歌小调。音乐家寄明的《东北民间曲调集》，就是她与佳木斯地方二人转名艺人陆宪文、侯相久、郭文宝等相互学习采录下的民间曲牌。

东北鲁艺文工团在佳木斯推动新文艺运动高潮发展中，影响最大最深远的是将在延安创作的名歌剧《白毛女》《血泪仇》，在这里做了深入的加工整理和反复上演。张水华在导演这些剧作时灌注了全部心血，很多著名演员在这里不计演出条件，总是把每场演出中人物塑造得真实可信。因此每场演出都收到了巨大的艺术效果。这对发动广大贫苦农民起来同反动的地主阶级做斗争起了巨大的历史推动作用。鲁艺众多的文艺家在这里参加革命斗争实践，体验了广阔的斗争生活，也在艰苦的斗争中写下了他们的创作作品，并随即演出。话剧《王家大院》《活扒皮》等集中代表了这一时期的成就。《王家大院》获得广大人民群众的喜爱，受到了东北局的通报嘉奖。而歌剧《血海深仇》,塞克、安波的《星星之火》,秧歌剧《全家光荣》《两个胡子》《李二小参军》《一条皮带》《喂鸡》《王老好归来》等剧目,都真实地反映了这里的革命斗争生活,成为有影响的文艺遗产与财富。鲁艺文艺工作者被刁翎、依兰和佳木斯人民称为贴心人,就是他们和这里人民相近相亲的反映。1947年4月,合江省委书记张闻天在欢迎鲁艺参加剿匪斗争胜利归来的招待会上,代表党和政府感谢鲁艺同志的模范作为,并总结了他们帮助人民政治上翻身的经验与肯定表彰他们的功绩,表彰他们帮助人民在文化上翻身的成就,号召他们继续做人民的文教英雄。

在这个新文艺运动的高潮中,很多革命文艺工作者施展自己的才华,执笔写下了大量的群众喜爱的革命歌曲,创编了很多代表中华民族文化精华的舞蹈,发挥了歌曲与舞蹈的战斗作用和民族风貌。音乐家马可在佳木斯发电厂、铁路机务段、制粉厂、造船厂体验生活中,写出了唱遍全中国的革命歌曲《咱们工人有力量》《生产忙》《帮助咱军队打胜仗》。邓子怡、刘炽的《消灭胡子》《纺棉花》《我们是东北青年》,安波的《都因为有了共产党》,向隅的《参军》,塞克的《心头恨》《谁养活谁》《五更叹》,周熔的《工人歌》,陈戈、黄歌的《彻底闹翻身》《我是一个庄稼汉》,崔琪的《生产谣》,鲁柏的《庆祝根据地大建设》,白伟的《九一八小唱》等等作品,都是那个时代的最强音,是人民的心声,充分地反映了人们精神生活的本质。我们将永远珍惜这些革命文化财富,特别是佳木斯人民永远不会忘却这些精神食粮,曾是他们在新旧社会变革中的主要精神生活的营养。

在舞蹈方面以吴晓邦、胡果刚等为代表的一批舞蹈工作者们,在这里也发扬延安精神,走与工农兵相结合的道路,创作了一批代表国家与民族的优秀作品。他们在秧歌运动中亦走在前面,将大众秧歌推向一个新的高度。他们编辑的《秧歌花样集锦》《大型秧歌队的基本步法与编花》,使古老的民族舞蹈艺术秧歌获得了新生和向前发展。而他们根据佳木斯地方戏曲艺术家和人民群众中间保留的舞蹈素材,进一步加工整理成舞蹈作品《红绸舞》《拥军花鼓》《绣金匾》《纺棉花》《夫妻送粮》《翻身秧歌》《夫妻观灯》《跑驴》等等,都充分地反映了这里人民翻身后的新生活。吴晓邦组织人员向京剧表演艺术家吴蕊兰学习,吴蕊兰将自己的绝技绸子功毫不保留地传授给他们,创编成《红绸舞》,向地方艺人陆宪文学习创编了《东北翻身秧歌》,后于 1949 年在布达佩斯第一届世界青年联欢节上获奖。

袁牧之、陈波儿领导的东影公司在鹤岗积极拍摄工作。由在佳木斯的东影发行公司白晞组织了对外发行。因此这里诞生了党的电影史上的几项第一。首次摄制发行了长纪录片《民主东北》一、二、三辑,科教片《预防鼠疫》,短故事片《留下他打老蒋》,动画片《瓮中捉鳖》,戏曲片木偶戏《皇帝梦》。

这个时期党的出版发行工作成就显著。重要革命文献与文艺著作在这里印刷发行,或是再版修订发行。毛主席的《论联合政府》《建立巩固东北根据地》《中国土地法大纲》在这里首版刊出。《新民主主义论》《矛盾论》《实践论》在这里再版印刷。刘少奇的《论党》《论共产党员的修养》也在这里再版发行。艾思奇的《大众哲学》、茅盾的《子夜》、郭沫若的《女神》《甲申三百年祭》、鲁迅的《呐喊》《彷徨》、周立波的《暴风骤雨》、丁玲的《太阳照在桑干河上》、萧军的《八月的乡村》、马加的《江山村十日》《双龙河》、翻译作品《钢铁是怎样炼成的》《列宁的故事》等等都在这里大量出版发行。特别是首刊于佳木斯的政论文集《国事痛》一书，获得了东北局宣传部颁发的新书奖。

在这次新文艺运动高潮的发展中，它的主要标志之一，是在党的领导下革命文艺工作者与广大人民群众的结合。一批延安时期的老文艺工作者更加成熟，他们的文艺作品更加光彩夺目，一批新的文艺工作者脱颖而出，加入了中国革命文化大军。

而这次新文艺运动的最大功绩是它直接发动了东北千万人民群众，觉悟起来，跟着中国共产党去为解放全中国而战斗，为新中国的诞生在精神文化方面做好了准备。

选自《东北革命文化史料选编（第一辑）》

◇ 王兆一

为了新中国的诞生

——记长春学院革命文艺活动

一

　　1945 年 8 月 15 日，日本帝国主义投降。中国人民抗日战争胜利之后不久，蒋介石为维护其法西斯独裁统治，不惜出卖国家主权换取美帝国主义的援助，悍然发动反革命内战，妄图消灭共产党及其领导的人民革命力量。在这场关系国家和民族命运的斗争中，具有重大战略意义的东北地区，成为争夺的重点之一。

　　位于松辽平原腹地的长春，由于曾经是伪满洲国的"首都""新京"，是日本帝国主义奴役和统治东北人民的政治、经济、文化中心。抗战胜利后，国民党很快地就把"国民政府东北行营"设在这里，企图成为反苏反共的一个重要基地。

　　但是，蒋介石的美梦不长，客观形势也不像帝国主义和国民党所想象的那么顺利。长春市的广大群众和全国人民一样，不仅识破了国民党的本来面目,而且对共产党的认识也逐渐加深,日益向往。

青年学生是极其敏感的,尤其是经过正反两方面事实的教育和观察与思考,他们许多人不仅对国共两党的是非善恶有了正确的判断,而且还各自选择了自己认为正确的道路。有的在长春城内接受共产党的领导,与敌人展开了英勇的斗争。有的在党组织的安排和进步青年的推动下,纷纷冒着生命危险,冲出国民党的封锁线,洒泪告别长春,投奔解放区。在此期间,还有一部分青年从尚未被我收复的吉林市走出来,也汇集到九台一带。于是,一个专门接纳并培训知识青年的场所便应运而生了。

长春学院是根据当时战争形势发展的需要,经过中共中央东北局批准,在长春工委的直接领导下创建的一所干部学校。大部分学员都是从国民党统治区长春来到解放区的青年知识分子。校址设在战争前沿阵地——九台县城郊小河沿村。院长由松江省主席冯仲云兼任。在学院主持日常工作的是松江省委调来的原延寿县县长杨超同志。

长春学院是按延安"抗大"模式建立的学校。它的中心任务是,通过马克思列宁主义、毛泽东思想等基本理论和党的方针政策,培养一批干部,为解放长春做组织上的准备。学员们称赞它是"革命的摇篮""革命的熔炉""革命道路的起点"。

二

长春学院的同学们,在艰苦而紧张的学习生活中,文艺生活也相当活跃。其中很突出的一个方面,就是大唱革命歌曲。可以说,自从学院成立那一天起,在将近半年的日日夜夜里,那里的歌声是此起彼伏,天天练,天天唱。各班还互相拉歌,比着唱,赛着唱,如果统计起来,大家会唱的歌曲不下三四十个。尤其是——

解放区的天,是明朗的天;

解放区的人民好喜欢。

……

向前、向前、向前,我们的队伍向太阳。

……

说打就打,说干就干,

练一练大盖枪刺刀手榴弹。

……

都是清晨起床之后,必唱的三首歌。这些歌唱出了信心、朝气和知识分子对中国共产党的感情。此外,还有《延安颂》《在太行山上》《游击队之歌》《东方红》《没有共产党就没有新中国》《三大纪律八项注意》等等,都是大家爱唱的歌。也正是这些歌声,振作了同学们的革命精神,激发了同学们的学习热情,把大家的感情联系在一起,使大家的生活和情绪更加充实和旺盛。

学员刘大北在他的回忆录《抗大生活谱新章》中写得尤为具体而生动。他说:长春学院的歌声是令人难以忘怀的,在我的记忆中打下了深深的烙印。歌词——是长春学院没有印成书籍的生活教科书,是指导我们生活的好教材。

学院的歌声是有广泛群众基础的。从学院的操场到学习的课堂,从生产基地到学生宿舍,到处充满着前进的歌、友谊的歌。日日夜夜都有人们的欢笑声。歌唱的方式是多种多样的:有个人的纵情歌唱,有集体的大合唱(百人大合唱到县城去演出)。集会前的歌唱场面更加热烈,更加壮观。有唱,有和,互相鼓舞着唱,互相竞赛着唱,互相拉歌唱;有接唱,有联唱,又有轮唱,真是丰富多彩、灵活多样。我还记得一段小故事:有一天夜里,拉歌时,我们第四小组到了山穷水尽的地步。这时,王干同志趁别的组接歌时,在炕上的一角,让我们大家哈腰聚在一起,教了一首《两只老虎》的歌,于是我们小组又出现了柳暗花明的新局面。

我的一个小本本,记了满满的歌曲,进城后丢失了。但歌词的内容还记得清楚。歌词内容极其丰富,富有哲理,意义深远。歌词是火炬,照亮我们前进的道路;歌词是号角,鼓舞我们奋勇前进;歌词是历史的镜子,使我们能够正确认识生活。

当我们唱着雄壮的《国际歌》时,我全身充满了力量。歌中指出工人"要做天下的主人"。"从来就没有什么救世主,也不靠神仙皇帝。要创造人类的幸福,全靠我们自己。"歌词的最后一句,是全歌的高潮,是全曲的主题所在,同时也是世界上几代人为之奋斗的目标:"英特那雄耐尔一定要实现"和《中国人民解放军进行曲》唱出革命者刚毅沉着地行进在祖国大地上。

歌词是号角,鼓舞我们奋勇前进。《义勇军进行曲》是典范作品。在隆隆炮声中引出急切呐喊:"起来!不愿做奴隶的人们!"当唱到"中华民族到了最危险的时候",形成一种紧迫感,引导人们被迫发出最后的吼声:"起来!起来!起来!"激励着无数革命者冒着敌人的炮火前进!鼓舞人们为争取自由而战。

歌词是反映历史的一面镜子,使我们能够正确认识生活:

《没有共产党就没有新中国》,是颠扑不破的真理,使我认识到党是领导我们的核心力量。

《咱们工人有力量》，表现出工人阶级创造世界、改造世界的雄心壮志。

《延安颂》是一首把抒情与战斗精神结合在一起的歌曲，使我认识到革命圣地欣欣向荣的壮观景象。

《五四纪念爱国歌》使我感受到"五四"时期朝气蓬勃的青年风貌，认识到青年的先锋作用。

《松花江上》使我认识到九一八之后，东北人民所受的苦难，感人肺腑、悲愤交加的曲调和歌词，催人泪下。

三

除了学习、劳动、歌咏活动之外，学院同学还经常利用课余时间，排练一些文艺节目，宣传党的方针、政策。最初，在学院未正式成立之前的招待所阶段，正赶上过春节。一支二三十人的秧歌队，由学员廉中辉领队，于世公和乔一夫打头，他们俩一个手持镰刀，一个手持铁锤（都是木制的道具），带着大队人马，边舞边唱，几乎走遍了四周的十里八村。尤其吸引人的，是秧歌停下来后，由于世公、王生、姜国风、曲辰表演的《王二小参军》，把刚刚获得解放的老乡们观看得喜滋滋的，赞不绝口，都说这是头一次看见的翻身戏。

1948 年四五月间，城工部从长春学院抽调一批人到长春前线去参加工作队，大部分还留在学院继续学习，并且成立了学习委员会，由学员自己管理自己的学习和生活。王昭同志选为学委会主席，张钧做副主席。

为了继承革命传统，更好地学习和贯彻党的文艺方向，学院特意请来了正在九台县为驻军演出的鲁艺文艺工作团三团团长向隅给学员们作了以党的文艺方向为题的报告。他从延安文艺座谈会讲起,一直谈到解放区的秧歌、音乐、美术、戏剧等等,并号召革命知识分子运用革命文艺为解放战争贡献力量。过了几天,鲁艺三团还派来了一位姓张的男同志、一位姓苏的女同志,指导学员们排戏。

从此,为了活跃学员文娱生活,每隔一两周就举办一次周末文娱晚会,由各班自出节目。内容丰富多彩,有歌舞,有魔术,有歌剧、话剧等等。有不少节目都是自编自演,学委会设有宣传组,抽出一些能歌善舞会乐器的学员组成了文艺宣传队。还配合解放战争、土地改革的需要,到群众中去宣传演出,颇受老百姓的欢迎。

到群众中去演出的形式多种多样。有时组织一个秧歌队,并根据不同时期农村的需要,演出小型的秧歌剧和活报剧。到农村演出都是边走边扭,走到哪里,演到哪里。据张钧回忆,当时由周今和雷茵演出的《兄妹开荒》,鼓舞了广大农民努力开荒种地,多打粮食支援前线。《王二小参军》演出后,广大农民青年掀起了踊跃参军的热潮。活报剧《打到南京去,活捉蒋介石》演出后,群情激昂,台上台下一片沸腾,齐声高呼:"打倒反动派!""打到南京去,活捉蒋介石!"这时,我们就向广大群众宣讲全国各个战场的形势,激发群众的阶级觉悟,支援解放战争。在演出大型歌剧《血泪仇》演到地主把农民鞭打致死时,台下一片痛哭,有些妇女和老农更是泣不成声。幕布一落,"牢记阶级苦,不忘血泪仇""打倒地主,打倒反动派"的口号声响成一片。这类戏,对揭露地主阶级的残酷剥削,提高农民的阶级觉悟,鼓舞广大农民支援前线,起到了很好的宣传鼓动作用。

四

学院的文艺宣传队,不仅在院内和县城演出了话剧《群猴》《王家大院》，还组织过院内的文艺比赛和参加九台镇的文艺会演。对于这类活动，已故的当时的学员梁亦同志给我们留下了一篇很有价值的回忆录，他生动地写道——

　　我是 1948 年五一节前一天入长春学院的。五一节的晚上，九台县镇里举行文艺会演大会。县里的机关学校都有演出。长春学院演了三四个节目，是主要演出单位之一。三天后的五四青年节晚上，九台县镇里再次举行文艺会演大会，长春学院当然又是主要演出单位。杨超主任提出"五四"晚上的演出，要换几个新节目，希望赶排一个大型的、人多点、气氛火爆一点的秧歌剧的剧本，名叫《参军真光荣》。剧情是说我们东北某个村子里，土改后青年农民为保卫胜利果实，积极报名参军打老蒋，有位青年农民没同家里人商量，自己报名参军了，并带朵大红花回家来。父亲是老贫农、土改积极分子，明白儿子应该参军的道理。但考虑到自己年老，小儿子还小，大儿子参军后家里少了个主要劳动力，耕种土改分得的田地有困难，心存疑虑。妈妈见识短，怕儿子参军打仗要流血牺牲，不愿让儿子参军。新婚不久的媳妇是妇女会的活跃人物，思想进步，丈夫参军不能拉后腿，而新婚离别终有些难舍之情。只有还念书的小弟弟非常高兴，支持哥哥参军，自己也争着要去参军。这位青年农民回到家里，对家里人的思想逐个耐心地做了说服工作，再加上家中人互相劝慰，全家人思想都通了，一致支持这位青年农民参军打老蒋。接着，参军的人要到村

188

头集合出发,村里的村长、妇女会干部、民兵队长都来到他家,每个人都对他说些鼓励和慰问的话,让他安心在前方打仗,他们要做好后方的工作,一定能安排好军人家属的生活。家里一遍又一遍地临别赠言。最后,在锣鼓声和人们的送别声中热热闹闹地落下大幕。全剧要四十多分钟,剧里说话很少,都是用秧歌调的曲子相互连缀起来的。剧本定下以后就挑选演员。父亲是于世公,母亲是曲辰,儿媳是何正坤,小弟弟是李觉非,村长是乔一夫,妇女会干部是孙玉立,民兵队长是姜国风,就缺少个演那位参军的青年农民的,原来物色的人因有别的演出赶不开,不知哪位长春大学的老同学把我推荐上了。先是辅导员赵景祥把我找去,他拉手风琴让我随着唱几首歌。他说我唱得行,可以演这个角色。我一看剧本,是剧中主要角色,唱词最多,就以不会扭新式秧歌舞为理由,百般推辞。继之,杨主任又把我找去,他说:"你刚到学院,组织上就让你参加演出进行宣传,这是件光荣的事。你的老同学都推荐你,说你歌唱得不错,可以承担这次演出,你就勇敢地参加排练吧!我相信你不能辜负组织上的信任,能演好这个角色。"我不能再说什么,只好拿鸭子上架,参加排练。从5月2日下午,一边背唱词一边排练,直到"五四"傍晚全院集合去九台县镇之前,除吃饭睡觉,一刻也没停歇。我不会扭秧歌,有人专门教我。特别是在夫妻送别时,他们强调我不仅要表现出积极参军的阶级觉悟,还要表现出新婚夫妻离别时那种眷恋的情意。说实在的,当时我虽然是已婚之人，但是年岁还小，真磨不开在人们面前表演这样细腻的感情。因此，导演们总批评我演得生硬，不如女方演得好。到九台县镇里演出，大锣一敲该让我上台时，我壮着胆子登了台，顺着剧情的发展总算把这个秧歌剧演下来了。演出大会结束了，我们学员列队回学院路上，我问一位与我同排走的同志："你看我今晚演得怎样？"他沉思一下说："头次演出还算行吧！歌声挺洪亮，就是秧歌舞跳得一蹦一蹦的，让人看着不舒服。"看来这位同志对我很客气，他的评论是有保留的。过了一个多月，学院组织各学习班、组比赛演出，我们三班的两个学习组合演了一个小型秧歌剧，是表现荣校里解放军伤员们生活中的一个故事。剧中共四个人，都是男的，我扮演一位在四平战斗中负伤，伤未痊愈就积极要求重返战场杀敌的正面人物。剧中有位做思想工作的老政委，是位双目半失明的老红军干部，由王众扮演。这个短剧演完以后，我走下台来，杨超主任看见我，说我这次演出大有进步，演得很好，我心里喜滋滋的。

八月份，长春学院将要结业，欢送一部分学员去别处学习和工作，搞了一次会演。于世公他们商议要演一出过去他们演过的小型独幕话剧，剧名叫《天亮了》。大致内容：四平最后一次解放时，城边上住一户贫民，儿子被国民党抓去了死活不知。家中父母、儿媳三人听国民党说，解放军进城要对家里有当国民党兵的人进行清算斗争。因此，解放军攻城时，他们非常惊慌，一面观察动静，一面隐藏东西，又相互埋怨、争执、吵架。不想，被抓丁当兵的儿子突然身穿解放军军装回家来了，家人都为之一惊。原来，他被国民党抓去当兵以后，在战场上被解放军俘虏，经过教育当了解放军，这次也参加解放四平市的战斗，战斗结束顺路回家来看看。他向家人说明了自己的遭遇，劝家人不要听信国民党的造谣、欺骗，宣传了党的城市政策，全家皆大欢喜。父亲、母亲、儿媳分别由于世公、曲辰、姜国风扮演，他们过去演过，不用怎么排练就可以上场。原来扮演儿子的，临时有事不能演出，不知为什么于世公又相中了我，在演出前的半个多小时，硬塞给我剧本，让我演这个角色。我当然要推辞不干。于世公说什么也不放过，劝我说："这个剧的主要内容由我们三个人演，你在演出结束的前五六分钟才上台，只有五六段台词，在台上不用大走动就演完了。"在他的劝说下，我只得同意。于是，化好妆就在后台背台词。台词的确不多，只五六段，有几段只有一两句话。可是，也有两大段台词，一段是向家人讲自己被抓丁当国民党兵的痛苦和在战场上被解放军俘虏当了解放军战士的经历。一段是宣传党的城市政策。这时要半向家人半向观众。因此，我在背这两大段台词的同时，还要琢磨着台词时的语音、口气、神情、手势等等，不能在台上简单地当个没感情的传声筒，这也需要花费一点脑筋。他们三人在台前演出，我还在后台不停地背词和琢磨动作，直到该我上台了，才放下剧本，乍着胆子上了台，好在时间不长就结束了。回忆我在长春学院三次文艺演出的小事，是想说明当年学院里文娱活动的群众性、普及性和革命性。像我这样入学院时间不长、没演过戏，由于演出的需要被推上舞台，以后逐渐学会些表演，成为学院内开展文娱活动积极分子的人也不在少数。

选自《东北革命文化史料选编(第三辑)》

◇ 王淑华

东北鲁迅文艺工作三团的战斗历程

东北鲁迅文艺工作三团（亦称：松江鲁艺文工团）于 1947 年 5 月初旬组建于哈尔滨市，隶属松江省委领导。它的前身是延安鲁艺学院哈尔滨工作小组。成员有向隅、晏甬、苏扬、陈紫、胡零、杨尉、张为等同志。东北鲁迅文艺工作三团的团址设在哈尔滨南岗红军街 1 号。在团部附近有 1 栋破漏的二层小白楼是团员的宿舍、学习室和排练场地。

团长向隅，副团长晏甬，秘书张为。团部设演出科（后来改为演出教育科）、城运科（后来改为文运科）、总务科和美术组。演出科长陈紫、干学伟（曾代理过副团长）、洛丁，副科长苏扬（蒋忠）、肖汀，文运科长唐荣枚，副科长刘炽，总务科长高长忠，副科长郭振铭，美术组由古元同志负责。

主要艺术骨干有胡零（剧本创作）、蒋玉衡（声乐教员）、白居、杨勤（演员兼教师）、后勤人员赵鹤（会计兼管理员）、徐德丰（事务员兼文书刻印）、刘生富、姚春山（公务兼警卫）、王德全、徐英利、付春榜(炊事员)。

机构设有演员组、乐队、舞台组(设灯光、道具、服装小组)。

团员主要来源:从延安来的苏扬、刘炽、胡零、肖汀于1947年5月初旬分头在哈尔滨市内行知师范学校,中学学生和哈尔滨市附近县城的学生及文艺爱好者中挑选了一批人才。

在哈尔滨市参加团的有张扬、孙雅茹、张云、张诠、许述惠、王述、赵杰、李英志、奚荣第、李芳、王成祥、王时英、田贵章、耿群、李维、吴佩筠、马淑敏(韩痕)、付春榜、吴佩章等;从松江军区调来的有谢雨时、柳英、梁燕、伊芳(赵娟)等;从双城县招收的团员有苏欣(苏菊馨)、王淑华(王华)、佟彭麟、付蕴蘅、王萃英、韩中年、佟书斌、姜希文、肖冷(刘兴源)、刘金有、徐德丰、姚青山、王德全、庞乃新等;从呼兰县招收的团员有竹风(朱风荣)、张天羽、王一行、朱连举、周树声、王立成、刘生富、刘力、梁风、赵鹤、向群、徐英利等;从五常县招收的团员有韩振声、辛然(辛雅杆)、辛雨琴、李静(李桂琴)、刘少华、孙人乐、唐戈(唐雅民)、闫德宗、何文儒、付连举、张风等等;从阿城县招收的团员有吴琼、苗禹、张金栋、李贵璋等;从延寿县招来的团员有郑加林、丁文成、陈维仁、张雪松、孟文秀、刘克彬、冷洪吉、吴玉宝、高浦等;从宾县招收的团员有夏林(夏振藩)、宇文(赵云志)、王柏松、谭春明等;从尚志县招收的团员有张兢、赵左夫、刘桐玺、顾益三等;从方正县招收的团员有李予(李敬贤)同志。

1948年初,根据工作需要,部分同志调离三团,充实新组建的鲁艺四团和东北音工团。调去鲁艺四团的有赵左夫、王立成、王萃英、伶骑、梁风、胡零、辛然、李予等;调去音工团的有刘炽、蒋玉衡、佟书斌、柳英、向群等。

194

在我军围困长春时，又有高萝柯、李克夫、刘经宗、郭放、董政、赵玉田、邓绍荫、李吉人、宋彬、唐正新、杨伟、王笑玉、邹淑贞、杨春华等一大批新同志从吉林市参加到团里来。在长春市参加的团员有张保民、张树新、何贞、李世忠、贾啸天等。辽沈大捷后在锦州市参加的团员有包元洪、曾希宝、杨大元等同志。经过多次补充共有团员120多人。在这支队伍中，年龄最大的是向隅团长，当时36岁，年龄最小的是唐戈11岁。17—18岁的团员最多。他们都喜欢唱歌、演戏、乐器，但不少同志既不会表演，又不识乐谱、唱歌。团里为培训新同志，安排唐荣枚教发声，肖汀、胡零教表演化妆，张诠教几个年小的同志学习小提琴，苏扬教民族乐器，苏扬和刘炽还培训乐队并兼指挥。由于团员们有饱满的革命热情，在老同志帮助下，业务提高很快，适应了当时的工作。

团员的生活待遇实行供给制，生活比较艰苦，伙食吃大灶，主食高粱米饭、大饼子，副食咸菜。每周改善一次生活，吃上一顿白面馒头和猪肉炖菜。在后方时，夏天每人发一套粗布白衬衫和深蓝色制服，不论男女发给单鞋一双，冬天发一套黑色棉衣和棉鞋。在前方时全团换发了草绿色军装。因为大家都有强烈的革命意志和革命乐观主义精神，在生活上都不以为苦，反以为乐。

鲁艺三团建成后，经过两个多月的严格培训和紧张排练活动，于1947年7月15日在哈尔滨市内省立第一师范学校为全省的县级干部会议做了首场演出。

节目有刘炽指挥的大合唱和肖汀导演的秧歌剧《收割》《干活好》，受到与会干部群众的热烈欢迎。台下雷鸣般的掌声，使每个团员深受鼓舞。

1947年7月30日，为配合农民翻身运动、土改斗争和民主政权建设任务,鲁艺三团在团长向隅和苏扬、肖汀、刘炽同志带领下,从哈尔滨市出发去松江省内的几个县城和农村进行巡回演出活动。先到双城县住在东北隅二道街。住地是距离双城戏院不远的一栋庙堂。从7月31日起在双城戏院为全县各界代表、区干部、工作队和独立团的指战员做慰问演出。演出节目有大合唱、秧歌剧和大型话剧《反"翻把"斗争》《牢笼计》。8月10日,县政府派大车把鲁艺三团送到双城县城西北四区厢黄四屯。当时四区区委书记齐云同志对三团接待格外热情,她主动地向三团介绍当地发动群众、斗争地主、平分土地、建设民主政权各方面工作情况,使团员们很受教育。团员们增强了贫雇农之间的阶级感情。8月15日,四区召开了纪念抗战胜利两周年群众欢庆大会。会上向隅团长讲了话。鲁艺三团和四区的干部、贫雇农群众、妇女会、儿童团联合演出了"庆祝大秧歌舞"。8月19日在去三区太平庄的路上遇着一场倾盆大雨,送三团的大车轱辘转不动了,三团的同志就踏着泥泞的道路步履艰难地推着大车前进。到了太平庄,大家的衣物全被雨淋湿。但雨一停下,仍然坚持进行演出。8月5日,鲁艺三团又转移到双城县二区五家站,在二区一边演出,一边访贫问苦和参加劳动,直至9月4日全团才回到哈尔滨市。

从9月14日起,全团又赴哈东地区的一面坡、尚志、延寿、通河县及其农村巡回演出两个月。其中在一面坡火车站前铁路职工俱乐部、站前广场和民众戏院为我军独立团的指战员、伤病员和当地学生群众演出6场。10月9日全团进延寿县城,到农村演出25天。为配合当地防鼠疫宣传,由肖汀编导了独幕话剧《鼠疫害》。剧情是反映一家妇女发现孩子患鼠疫病,不信科学,不找医生治疗,反而迷信跳大神,害得人死财失的故事。这个戏在延寿县城演出后,起到防疫宣传作用,得到当地政府的表扬。

10月25日全团离开延寿县,顺着松花江向下游的方正县而行。北方的10月,天气已经很寒冷,全体同志身着单薄的衣服,坚持着在农村露天旷野为翻身的农民唱歌演戏开展宣传活动。而当地农民扶老携幼,不怕天寒地冻,走了几十里路前来观看演出,演出后农民们依依不舍的情景使全体团员深深地体会到以文艺武器为人民服务的意义。

10月27日到达方正县,开始在城厢区公园广场为当地干部、群众演出三场,继续在小戏院为部队伤员做了慰问演出。29日下午演出歌剧《两个胡子》,剧快结束时,突然从台下跑到台上几个伤员,他们凶狠地朝着扮演大胡子演员王时英和乐队演奏员打去,顿时全剧场哗然,观众和演员都被突然发生的情况吓蒙了。此时又有一些伤员跑到后台乱砸乱骂,女演员辛雨琴被打伤,后来才弄清楚是从国民党那边俘虏过来的伤兵,有意挑起来的事端。当县政府得知此情,立即采取了保护措施,平息了这场骚乱。在方正县受到伤员的冲击和打砸,并没有影响全体团员的士气。到了通河县,在城关区东市场戏院里,又继续为机关、军属、村干部做慰问演出三天,并和军事干部学校全体师生举行了联欢会,在会上鲁艺三团首次演出了《黄河大合唱》。

11月2日离开通河县城,登上轮船,逆水行舟,在松花江上一起风浪,轮船摇摆颠簸,四天船上的生活把一些第一次坐船的同志,摇得头晕呕吐,风平浪静的时候,又坚持为同船乘客演唱节目。

回到哈尔滨驻地后,立即学习《建设巩固东北根据地》《土地法大纲》等文件,用以武装全体团员头脑。11月中旬学习结束,全体团员被派去尚志县偏僻农村与土改工作队一起搞农村划阶级定成分、平分土地运动。半个月以后,全团被调回哈尔滨市,在团内开展了"三查""三整"运动。"三查"是查阶级、查思想、查作风,"三整"是整顿组织、整顿思想、整顿作风。它是我党在解放战争时期结合土地改革运动进行的整党整军清理内部的一次运动。每个团员都根据"三查""三整"运动的要求,进行自我检查和思想总结。由于领导同志在运动中坚持团结对敌方针,注意掌握政策,对于出身成分不好的同志做了大量稳定情绪工作。经过土改运动锻炼和"三查""三整"整风教育,团员们思想觉悟得到提高,革命干劲增强,领导和团员更加团结。在领导同志的带动下全体团员信心百倍地投入了新的战斗。

剧作家胡零到五常县农村深入生活,编导出了大型歌剧《火》(初名《诡计》),由作曲家刘炽配曲。《火》剧的剧情是东北解放区农村,经过初步土地改革,贫雇农翻身分得土地掌握政权以后,被打倒地主阶级不甘心失败,杀人,放火,破坏生产,最后阴谋被粉碎的故事。从12月初开始投入《火》剧排练。导演由干学伟担任,助导由肖汀担任。剧中主要人物及扮演者:赵杰饰农会主任,王淑华饰农会主任妻,辛然饰妇女主任,张天羽饰刘大成,杨勤饰地主范四,苏欣饰范四妻,谭春明(A制)、李予(B制)饰范四女儿,韩振声饰于老疙瘩。

1948年1月2日《火》剧在亚细亚电影院预演后正式公演。中共中央东北局,省、市委,省、市政府及军区领导机关前来观摩,接着驻哈部队、荣军、铁路员工、文化教育界、新闻界、市民们纷纷前来观摩。《火》剧剧情曲折动人,曲调优美动听,舞台灯光布景新颖。每演出剧终,群众齐唱歌曲"满架的葡萄一个根,天下的穷人一条心。砍倒大树翻透身,挖了浮产大伙分,永远跟着共产党,前方去打'中央军'。咱们活捉蒋介石,才能挖掉总坏根"时,由于歌曲唱出了时代的心声,全场观众报以雷鸣般的掌声。《火》剧从1月2日起一直演至1月15日,备受观众欢迎。

1948年1月17日,鲁艺三团带着《火》剧深入到呼兰县城在电影院为县土改工作队、伤兵员、县大队、公安队、机关学校演出六场。调到康金区、东三区、西三区的大赵、小赵、红家、白家、西井、东井、西月、东月、永安、石人、白奎各村屯为贫下中农演出。每到一地,团员们都和工作队、贫农团一起斗争地主、分浮产,直接受到土改斗争风暴的锻炼和考验。

每到一个地方,团员们都参加贫农团活动,在儿童团、妇女会中开展歌咏活动。当时贫下中农群众喜欢唱《翻身五更》《解放区的天》等歌曲,一到晚上开贫雇农大会,不分男女老少,反复唱道:一更里呀,月牙儿没出来呀,全体会员哪,你要听明白呀,压迫受了几千年哪,要诉苦那个在今天,哎呀,我说那个苦呀,苦呀那个说不完哪……四更里呀,月牙儿偏了正西呀,会员联合起来呀,不分我和你呀,大家抱住团体呀,入农会那个不受罪呀,入农会那个不受罪呀,哎哟,我说那个翻呀翻呀,翻呀那个翻了身哪……抒发着贫下中农感情,鼓舞着贫下中农的斗志。

1948年2月9日,鲁艺三团在康金区欢度过一个值得怀念的春节。除夕晚上《火》剧演完后,团员们都集中在东大街一个大车店里,这是三团临时伙房所在地。当地贫雇农团、民兵队、妇女会、儿童团的干部和一些贫下中农群众,像劳军一样给我们送来猪肉、白面、白菜,还和团员一起包饺子、开联欢会,十分热闹。在革命大家庭里过春节,使团员忘掉了"每逢佳节倍思亲"的老观念,喜气洋洋的气氛,在一些老同志中间,至今仍然记忆犹新。

1948年2月15日,全团从呼兰县回到哈尔滨,继续在亚细亚电影院公演《火》剧。时逢3月7日,东北地区文化工作会议在哈尔滨召开。《火》剧参加了会议组织的会演。由于哈尔滨大学戏音系一批同学来团支援《火》剧的演出,取得演出最好的效果。《火》剧得到东北地区文化工作会议的奖励。

这一时期鲁艺三团为松花江地区广大城乡群众演出主要剧目有15个,演唱歌曲30余首。

在哈东一面坡演出时,发现并吸收了江北派有名的说书艺人刘桐玺和拉弦艺人顾益三参加三团。请他们带徒弟,培养团员学唱鼓书。刘炽同志深入到民间艺人中间,搜集记录了皮影戏音乐40余段。美术家古元同志到民间搜集素材、创作年画,很受广大群众喜爱。此外,晏甬、胡零同志深入农村土改斗争第一线,体验生活、搜集素材、坚持剧本创作都颇有收获。

鲁艺三团在八个月的演出实践中和经过土地改革运动的锻炼,思想觉悟和为人民服务的本领得到双丰收。他们每到一地,不仅通过演出去鼓舞教育群众,还通过教唱革命歌曲,开展新秧歌活动,组织发动群众,并展开扫盲,办文化夜校,传播科学知识。医生孙雅茹同志长期坚持在农民中间宣传卫生知识,为农民医病煎药。当地政府称赞鲁艺三团既是文艺宣传队,又是服务队,是共产党毛主席派来的亲人。

1948年3月24日在哈尔滨鲁艺三团召开全体团员大会。晏甬同志宣布了中共东北局派鲁艺三团去战争前线为准备解放长春的中国人民解放军进行宣传鼓动工作和做慰问演出的决定。决定一公布,全体团员无比兴奋,激动得夜难入睡。极短的时间就做好一切出发的准备。这时晏甬同志还向全体团员做了建团以来的工作总结,公布了本团评选出的模范工作者名单,掀起向模范学习热潮。中共省委书记张秀山同志为团部领导举行了欢送宴。3月29日省委宣传部于林副部长又亲自来为鲁艺三团送行,他在讲话中鼓励三团的全体同志:在前线要为打倒蒋介石、消灭蒋匪军、解放全中国做出贡献!

1948年4月1日晨4时,三团的全体战士在副团长晏甬(团长向隅其时在哈尔滨开会,后赶来)率领下,身着草绿色军装,背起背包,从南岗红军街1号出发,步行到火车站,告别哈尔滨,乘上一列破旧的火车,整整爬行了三天才到达刚刚解放的吉林市。当时这座刚解放的城市还不断遭到国民党飞机轰炸和扫射,三团战士不畏敌机侵扰,一进吉林市就开展街头宣传活动,用白灰在墙壁上刷写"打倒卖国贼蒋介石""消灭蒋匪军""解放全中国"等大字标语。在吉林市仅仅停留三天,就步行到刚刚被解放的战争前沿——九台县。

三团驻进东大街一个大院里。三天急行军的艰苦生活对三团文艺战士是又一次严峻考验,一路上困难重重,每个人肩上的背包越背越重,脚上打满了血泡,但由于同志之间充满阶级友爱,相互热情关照,包括体弱的女同志和年小的同志在内没有一个叫苦和掉队。

来到战争前沿以后,三团就隶属中国人民解放军四野一兵团司令部领导,具体任务是:做好为前线指战员、部队后勤机关宣传慰问演出;歌颂指战员的英雄事迹,鼓舞我军奋勇杀敌的斗志;向新区群众宣传党和解放军的政策,动员群众生产支前和及时揭露蒋介石反共反人民、依靠美帝发动内战的反动本质。

三团在九台驻了半个月,除了坚持街头宣传演出活动以外,团员们还分散到各学校,组织中小学生、儿童团大唱革命歌曲和开展大秧歌活动。

4月22日起,深入到九台县管辖的波泥河子、董家屯下波泥河子、高怀玉城子农村,为我驻军九师各团的指战员做宣传慰问演出一个月。5月末全团路经九台县城返回吉林市,驻进吉林电影院,坚持为小丰满发电厂、党政机关、教育界、市民演出,同时坚持街头宣传和深入市区各中学开展歌咏、秧歌活动,帮助学校排练文艺节目,在联合高中礼堂等处,分别和各联合中学举行联欢演出,又有一批青年学生加入到三团里来。

1948年7月,辽沈战役进入关键阶段。三团又转战到长春前沿阵地大南屯、红嘴子、王村堡、大房子、黑嘴子屯、季家窝堡、兴隆山站、桃园子、东胡家林子、伊通县下洼屯、双城县杨家岗子、四家子、爽心屯为我前线的坚三部、十八师部、独立六团、独立八团、十一师全体指战员慰问演出两个多月,同时还向准备接收长春市近千名我方工作人员演出了歌剧《为谁打天下》等节目。

《为谁打天下》的作者是军政大学武兆堤等同志,导演肖汀,剧中主要人物和扮演者是:张兢饰被抓壮丁刘宝田,张天羽饰刘宝田父,王淑华(A制)、付蕴衡(B制)饰刘宝田母,肖汀(A制)、张云(B制)饰解放军指导员,吴琼饰地主杜剥皮,耿群(A制)、佟彭麟(B制)饰地主姨太,韩振声饰于麻子,郑家林饰拐六,王时英饰国民党营长。三团演出的《为谁打天下》《白毛女》《杨勇立功》三部歌剧,每场演出都激发起广大指战员诉阶级苦、民族恨,他们观剧时经常愤怒得振臂高呼"活捉蒋介石、消灭'中央军'、解放全中国""为天下贫苦人报仇"等口号,使台上台下人们感情融为一体。这种动人场面当时深深刻印在参加演出人员的心里。

202

三团在前线参加解放长春战斗度过了六个月零十天。除为部队演出以外，每到一处都采访战斗英雄、支前模范人物事迹，及时赶排出了《南大花》《七勇士》歌颂战斗英雄、支前模范真人真事节目，在指战员中产生了强烈反响。

在战火硝烟中，三团同志常常受到敌机袭扰，而团领导不顾自身安危照护同志是常事。在艰苦生活中，在突然和敌人遭遇战斗中，三团战士得到锻炼成长，在前线头顶着敌机侵扰，日夜行军，毫不畏惧。缺粮、少菜、吃不上饭是常有的事儿。一次国民党飞机向长春空投大米袋子掉三团运粮车前，炊事员徐英利、王德全怕违犯我军的三大纪律、八项注意，不敢往回运。团领导得知此事说：国民党是运输大队长嘛，我们没有粮吃，敌人给我们运来大米，咋还不敢要呢？以后凡是遇到国民党飞机空投大米落到三团的防区也不打收条就收下了。

1948年5月的一天，三团为我军七师的指战员慰问演出后，分散住在相隔不足一华里路的两个屯里。天还没亮，忽然响起阵阵枪声把团员们惊醒，枪声越来越急。团领导从邻屯跑来通知紧急转移，并说："是蒋匪军拼命突围，在三团驻地附近战斗打响啦。"洛丁同志在十分紧急的情况下，掩护着服装保管员佟彭麟，挨门挨户送还借用老乡的服装。肖汀同志带着三团战士，冒着枪弹、炮弹的袭击，一气跑了十几里路。当时，我军七师政委魏宝善同志，还派来战士掩护三团撤退，一场激战结束以后，三团女同志在参加护理伤员工作中，遇见一位营教导员，他的肚子被敌人的炮弹炸开，鲜血模糊一片，他紧咬着牙，用颤抖的手从衣袋里掏出钱说："替我交上最后一次党费吧！"护理者再也忍不住悲痛哭出了声。只听烈士用微弱的苏北人口音说完最后一句话："你们不要难过，消灭蒋匪军，替我们报仇。"在战地上还有位军医拖着自己重伤的身躯为战友包扎护理。我军指战员无私无畏的革命英雄主义行动,激励与鼓舞了三团战士革命意志。

10月初,长春市被解放的一个傍晚。三团在刘家屯正准备为部队演出,突然接到"被困在长春的国民党军队将从三团驻地突围逃窜,决定三团立即随大部队一起转移"的紧急命令。三团战士已经来不及吃饭,炊事班发给每人两个饭团,每人胳膊上还系上一条白毛巾为标记,夹在野战军大部队中间进行夜间急行军,一夜走了一百多里路。天快亮时,队伍爬上了一个山坡,佟彭麟突然晕倒,三团战士抢着用担架抬着她前进。当她苏醒过来时,被感动得流泪了。

在前线三团同志被多次组织去八里堡、旗熙街等地,当时被称为"真空地带"的难民区参观当地群众被国民党压榨的悲惨情景,有的全家老小一排尸骨搁放在炕上。街上被打死、饿死的尸横满地景象惨不忍睹。在前线还看到一批批大中学生、青年知识分子,为追求真理冲破敌人重重封锁,冒着生命危险投奔解放区参加我党培养干部的学校——长春学院。向隅团长还应邀去做了学习《在延安文艺座谈会上的讲话》辅导报告;三团还派苏欣同志去长春学院开展文艺活动,受到学员欢迎。通过参观和革命实践活动使三团全体同志深受教育,具体体会和理解到党领导这场伟大的解放战争的意义,更坚定了打倒蒋家王朝、建设新中国的决心。

1948年10月长春市被解放后,鲁艺三团兵分两路,一路在向隅、苏扬、肖汀同志带领下,10月24日进驻九台县,以第四野战军一兵团宣传队名义,为国民党起义的六十军演出歌剧《白毛女》等节目;另一路在晏甬、洛丁同志率领下,于10月25日乘军用卡车开进长春市,驻进斯大林大街的一幢四层大楼里。进驻长春后,一部分同志被分配到市内中正区城市工作队,向居民宣传我党的城市政策,挨家挨户走访调查,向群众发放救济粮,清理废墟和掩埋尸体;另一部分同志与我军十五纵队宣传队联合一起,在市内主要街道进行宣传讲演,演出《庆祝东北解放大话报》剧、《大秧歌舞》,在街道广场每天坚持演出两场,同时在中山纪念堂为招待进城的机关干部、庆祝苏联"十月"革命节演出了歌剧《白毛女》。

半月后,三团被调去为准备进关解放平津进行全军战前整训演出。1948年11月8日离开长春经由吉林、阜新到达义县农村,开始为驻扎在胡家屯、沙河子、孙柏屯、头沟我军五纵队指战员演出歌剧《为谁打天下》《杨勇立功》和本团创作的《打到关里去》等歌曲,同时参加欢送东北人民解放军,打到华北去,解放全中国活动。

11月末,三团在锦州靖安大戏院内为我军七纵队指战员演出歌剧《为谁打天下》。这时三团与冀察热辽联大鲁艺文工团、锦州市文工团组织了联欢演出和座谈会。会上联大领导徐懋庸同志讲了话,沙蒙同志还高歌一曲《纺棉花》。

1948年11月2日,沈阳被我军解放,原东北鲁艺文工团,一团、二团、四团、五团相继到达,三团是12月10日最后到沈阳的。这时中共中央东北局已做出"鲁艺恢复办学,在沈阳成立东北鲁迅文艺学院,校址设在清华街中山楼内"的决定。

三团进驻沈阳后,从26日起在沈阳大光明电影院(现沈阳工人文化宫)公演歌剧《为谁打天下》10余场。公演结束后,根据学院的统一部署在团内开展总结、评模和公开建党活动。张为、竹风、梁燕、刘生富早已秘密加入党的组织,在公开建党中公开了党员身份。在公开建党中又有王淑华、张扬、韩中年、苏欣、李静、李芳、王成祥、郑加林、李贵璋十几名同志经过个人申请，群众评议通过，党组织批准，光荣地参加了中国共产党。

东北鲁艺三团在一年零八个月的战斗历程中，遵循着毛泽东同志《在延安文艺座谈会上的讲话》中所指引的方向，高举鲁迅战斗的文艺旗帜，对松江省支前、土改、建政、发展生产、开展革命文艺活动做出了突出的贡献。在参加解放全东北的战斗中，经受了战斗洗礼的严格考验。从建团初期三十余人发展到一百二十余人的队伍，为党的文艺工作培养了一支全心全意为人民服务的队伍。

三团进驻沈阳参加"东北鲁迅艺术学院"恢复办学工作以后，有些同志被派往"东北鲁迅艺术学院"的音乐系、戏剧系、舞蹈班深造，另一些同志参加学院的实验文工团和学院的党政工作；还有些同志被派往东北地区其他文艺团体担任业务骨干，和到京津地区的高等艺术院校及文工团工作，他们在新的征程上继续前进。

（此文由哈尔滨市文化局提供）

选自《东北革命文化史料选编（第一辑）》

206

◇ 白全武

创办大众书店的前前后后

日本帝国主义投降前，我和车长宽、刘汉、吴滨、方牧、吕广祥在大连做地下工作。1945 年 8 月 15 日这一天，突然传来日本帝国主义投降的消息。不久，大连和外界的交通联系中断了，我们和组织上也暂时联系不上了。这时，受日本帝国主义奴役十四余年的大连人民，在欢度解放之余，一反过去那种沉寂、压抑、"莫谈国事"的常态，对政治表现出浓厚的兴趣来。美国和苏联，国民党和共产党成为许多人日常谈论的话题，人们在关心着中国今后走什么路的问题。在这种情况下，我们决定先行动起来，宣传马列主义，宣传我们党的主张。

这样，我们几个同志集合在林针同志家里（林针当时在北京做地下工作），研究如何开展工作。当时，少数国民党特务分子乘大连人民对中国政治真实状况了解甚少之机，大肆灌输国民党、"中央军"的"正统"观念，"中央军就要来接收大连"的谣言甚嚣尘上。我们想，在这种形势下，我们必须有个工作据点和掩护机构才能有力地开展工作。我们商定要办一个出版进步书籍的书店,再办一个以研究社会科学为名,实为宣传马列主义的群众团体——社会科学研究会。

办书店,要有得以出版的书籍,还需要一笔资金。当时,我们手中有一些马列著作,还有一些日本进步学者以及美国名记者史沫特莱的著作,可惜都是日文版。中文版的只有少量的生活书店出版的进步书籍,比如艾思奇的《大众哲学》,以及张仲实、平心等人的著作。书尽管少,也还可以应付一下局面。问题是资金无着落。为解决资金,由我和车长宽出面同车的五哥车升五商量,由他出钱,由他负责找店址和接洽印刷厂,出什么书,由我们来决定。以前在日本统治时期,我们通过车长宽长期影响他、帮助他,他也曾在经济上对我们的抗日活动给予支持,因此,这次他痛快地表示同意我们的安排,并很快在现西岗区长生街13号给找到三间房,作为大众书店,我们的一些活动,就在这里开始进行了。

一开始,我们出版了艾思奇的《大众哲学》、张仲实的《政治经济学》、平心的《论青年修养》等,还出版了孙中山先生的《三民主义》。

在这期间,以大众书店为据点,大连社会科学研究会也开始了活动。名为研究会,实际上是我们在上课。当时的教材,一是我根据我曾看到的毛主席的《新民主主义论》的基本要点而写的《中国向何处去》,另外一本是艾思奇的《大众哲学》。油印小册子《中国向何处去》,还向社会上散发了一部分。后来,从北京回来的孙盛虞带来了毛主席《新民主主义论》原著。大家动手刻蜡版,我们又有了油印本《新民主主义论》。参加社会科学研究会的,有一些从金县、新金县、旅顺来的女同志,她们在大连没住处,我们就把林针的房子腾出来让她们住，我们就搬到大众书店里住了。回忆起来，这一段生活既紧张，又愉快，充满着青春的气息。同志们常常在一起讨论学习中遇到的问题，汇集社会上的信息，然后采取对策。为了打击国民党特务的嚣张气焰，我们还连着几个晚上到一些繁华地区张贴拥护共产党、欢迎八路军的标语。群众看到标语很振奋，传说"真的八路军来了"。

这期间，大连总工会成立了，唐韵超、张洛书也常到大众书店来坐，对指导我们的工作起了不少作用。当时，苏军可能听到了什么，9月的一天，两位苏联军官来到了大众书店，东望望西看看，然后拿了两本书走了。我记得有一本是日文版的《列宁传》，从此，苏军也默认了大众书店的工作。

10月中旬，党派来的干部来到大连。我们这些同志看到他们来了，那种高兴的心情是无法形容的。韩光、沈涛、张致远等领导同志来大连不久，就到大众书店来了解情况。我向韩光同志汇报了工作，韩光听后表示满意。韩光等同志来大连时，带来了一份《中共中央对目前时局的宣言》，我们立即决定印刷1万份，张贴出去。当时，大众书店自己没有印刷厂，车升五、金鑫等人分头去找印刷厂，跑了几个地方都未找成，后来找到现在民主广场东侧的原"昭和印刷所"。这里晚上没有人干活，只有一位日本老人在值班。他执意不肯开机，我们只好强迫他印，我们自己也动了手，直至下半夜三点才印成1万份。印好后，大众书店的工作人员几乎全体都出动了，天快亮时才张贴完毕。白天，同志们又到街上听反映，不少人为大连来了共产党而高兴。

沈涛、张致远来连时，还带来了毛主席的《论联合政府》和朱总司令的《论解放区战场》，我们各翻印了1万多册。没多久就销售一空,受到群众的热烈欢迎。

10 月下旬,中共大连工委批准我和车长宽、方牧、吴滨、刘汉、吕广祥为中共正式党员,并成立了中共大连工委成立后的第一个党支部,我被指定为支部书记,车长宽和刘汉为支部委员。从此,就由我们这个党支部领导大众书店的工作。到 11 月上旬,党的工作越来越多,要成立政府、公安局,要办党校,要接收广播电台,还要办工人训练班、师范讲习班等等,我们这些同志除车升五、金鑫、李俊等仍留在大众书店工作外,都分配了新的工作。我从筹备大众书店起到离开,大约两个月左右。

(大连市文化志办公室供稿)

选自《东北革命文化史料选编(第二辑)》

◇ 白　鹰

白山艺术学校创建沿革

白山艺术学校是抗战胜利后，由我党领导，在辽东半岛边陲江城安东(丹东)，首创的第一所培养新民主主义文化艺术、为人民服务的新文艺工作者的艺术专科学校。自 1946 年 3 月筹备、创建、招生，历时两载以上，逐年招收了三届新生，共约 416 人。同学们经过课堂讲授、艺术实践、社会教育的学业培育，绝大多数都已成为具有政治、专业基础的新文艺工作者，分布在祖国四方，职掌文艺、教育、科研、出版、企业管理等不同工作，发挥着骨干作用。

白山艺术学校的创建

1945 年 8 月 15 日，日本帝国主义向中国人民投降，举国欢腾，江城万人与国同庆，辽东半岛迅猛发展的革命形势激起一部分青年学生和知识青年，自发地云集在各个学校，期望求学新文化。中共安东省委和省人民民主政府领导，洞察青年学生和知识青年朦胧未悟的状态，缺乏社会科学知识，盲目幻想和思想认识上的偏颇,决定在加强干部教育的同时,迅速恢复国民教育,建立中等、高等联合中学,重点培养人才的专业学校。

为了运用文艺特具的感染力,开展新文化运动,启迪和教育群众,发动群众,组织群众,急需团结和争取爱好文艺的青年学生和知识青年,投身建设新民主主义文化艺术事业。中共安东省委和省人民民主政府教育厅,决定以培养青年艺术人才、开展新民主主义文化运动为宗旨,创建白山艺术学校,省委特指派由山东、晋察冀解放区挺进辽东半岛的部队文艺工作者白鹰、田少伯、田丰(即田风)负责筹划建校和创建白山文艺社。

在省市政府各有关部门的关怀和支持下,本着因陋就简、就地取材的精神,经过短期筹划,于1946年3月27日在《安东日报》刊载《白山艺术学校招生简章》,从此白山艺校就算正式成立。中共安东省委宣传部为适应辽东文化工作发展的需要,特向交通沿线的省属市、县发出选派知识青年报考白山艺术学校的通知。迄至4月10日艺校举行开学式时,除由山东、苏北解放区的部分青年学生担任干部外,就安东市录取的新生有六十多名左右;自后,由庄河、新全、复县、营口、岫岩、凤城、桓仁、宽甸、通化等地知识青年,陆续报考入学的约四十余名。

筹划建校期间,正值蒋介石公然撕毁一月间签订的《停战协定》,国民党军肆行无忌,导致局势日趋动荡,战争在劫。艺校鉴于全局形势,特将学制暂定为一年,以适应发动群众创立根据地的总任务,开展和加强基本工作需要;确立了"学校的一切工作都是为了转变学生的思想"的教学指导方针;并以《在延安文艺座谈会上的讲话》为主导,理论与实践相结合的教学原则,确定了综合教学的教学方案。

212

为了培养艺术学科的各类专业人才，按学生所选的专业，分编文学、戏剧、音乐、美术、舞蹈等学习小组（属专业建制）。为此，确定设置共同必修课程与专业必修课程两类。共同必修课程的课目：《社会发展史》、《新民主主义论》、《大众哲学》、《新文艺理论基础》（选编）及《时事政治》。专业必修课程的课目：《文学概论》（文学基础）、《文学创作基础知识》、《文学创作基本方法》（选编）；《戏剧史》（基础知识）、《表演术》（基本方法）、《导演术》（基本方法）、《创造法》（基础知识）、《舞台装置与照明》（基础知识）、《舞台服装与化妆术》（基本知识与方法）；《音乐基础理论》、《声乐基本训练》、《器乐基本训练》（铜管乐吹奏技法）；《美术概论》、《绘画基础训练与技法》（素描、构图、应用美术基本方法）；《舞蹈基础知识与基本训练》《形体动作基本训练》。

为了培养学生担任专业工作的能力，除课堂教学之外，还加强各类专业工作的艺术实践，以及课外辅导与影剧等观摩活动，开阔视野，博闻多识，提高欣赏与鉴别能力。

为了转变学生的思想，另辟以社会为第二课堂，进行社会教育，向社会学习；在教师指导下，组织全体同学积极参加青年运动和群众性的重大政治集会活动，使同学在社会实践中认识社会，转变思想与立场，端正盲目偏颇的正统观念，逐渐地由不理解革命转化为自愿参加革命，自觉地为人民服务而投身革命文艺事业。

在省政府的关怀下，特将政府接收的"伪协和会馆"旧址（安东市较大建筑之一）拨给艺校作为课堂、校舍，并以政府供给制标准，每月供给全校师生生活费用和部分办学经费（师生均享受供给制待遇）。艺校建制，只设校部（正副校长由白山文艺社社长担任）、教务处、总务处；教务处由文艺社长分管，下设教务干事二人、体育教员一人；总务处由副校长分管，下设管理员一人，会计、出纳二人，收发员一人，事务员一人，杂务员二人，炊事员三人。

共同课程、专业课程的讲授师资，除由正副校长、白山文艺社社长分别兼任政治（白鹰、田少伯）、戏剧（田少伯、田风）、音乐（田少伯、白鹰）、美术（田风、白鹰）课程外，还聘请安东人民广播电台编辑室主任刘相如讲授戏剧史、戏剧创作基本知识，聘请《白山》文艺杂志主任编辑陈璇讲授文学基础、作品分析，聘请安东人民广播电台留用日籍小提琴手高晓岚教授小提琴基础知识与基本技法训练，日籍钢琴教师高哲夫讲授键盘知识与乐理，还招聘日籍美术教师北罔文雄教授绘画技法，日籍表演教师芦田仲介和舞蹈教师明子共同教授形体表演基本动作与舞蹈基础训练。

为了树立团结、紧张、严肃、活泼和学生民主自治的优良作风，经过全体同学充分酝酿，决定建立艺校学生自治会，以加强同学的学习、社会活动及日常生活的自治管理。由全体同学选举五人组成委员会，并推选主席、副主席，集体领导学生自治会的工作。同时，艺校规定，入学同学一律住校，以使同学排除家庭、社会的干扰，养成集中精力学习的良好习惯，树立集体观念，严守集体生活纪律，提高自理的自觉性。

艺校为同学参与艺术实践、演出和青年学生的集会活动，特制作了列宁服式校服一套，制作了以海鸥展翅飞翔在白山黑水间的校徽、校旗，以示艺校标志特色。

课堂讲授、艺术实践、社会教育构成教学机制

4月7日艺校正式开学后，首先着眼于"转变学生的思想"，从政治教育着手，启迪同学认识中国社会的性质，中国社会发展的历

214

史,中国社会发展的动力与革命的性质、任务、特点及其发展前途。在教育中,使同学逐渐地摆脱思想迷惘、偏颇、朦胧不悟的状态,转变自己的思想,认识社会发展的历史使命,自觉地悟到自己的前途是与国家兴衰的命运联系在一起的,进而促使同学的人生观发生质的飞跃,树立革命人生观与世界观。

同时,着力讲授毛泽东同志的《在延安文艺座谈会上的讲话》、革命文艺基础理论和各门艺术的特性、艺术的功能、艺术应承担的社会使命及其社会效能,使同学在理论学习中,初步理解革命文艺具有推动社会革命前进的特殊作用,是团结教育人民、打击革命敌人的有力武器,新文艺工作者必须站在人民大众立场,为人民服务。同时,提高同学对封建、法西斯殖民主义文艺的鉴别与批判能力,肃清其流毒与影响。

为了培养和锻炼同学的实际工作能力,在学习了艺术理论的基础上,又着力各门艺术专业的基本训练和艺术实践,以巩固学习,深化理解,初步学会基本技法的运用。如文学课程的作品分析,结合选定的排练剧目,与同学讲授文学剧本分析基本方法,为戏剧课程的排练与剧本人物的理解打下基础,进而在学习剧目的排练中,讲授导演术、表演术、舞台综合艺术基础知识(教学剧目有:《参加八路军》《兄妹开荒》《家》《离离草》《妻离子散》)。如音乐课程,讲授乐理基础,发声基本方法与训练,结合排练声部合唱(曲目有:《东北民主青年进行曲》《八路军进行曲》《五月的鲜花》《祖国进行曲》《解放区的天》《光明赞》《你是灯塔》《流亡三部曲》),管弦乐基本训练结合排练演出曲目(曲目有:《伏尔加船夫曲》《多瑙河之波》《郭公圆舞曲》《舒伯特小夜曲》《东北民主青年进行曲》《解放区的天》《你是灯塔》《八路军进行曲》《五月的鲜花》)。如舞蹈课程,舞蹈基础与形体动作基本训练,结合排练舞蹈小品。如美术课程,讲授绘画基础、技法训练结合创作,绘制大幅宣传画。尔后,以同学学业成绩,配合省、市重大的政治集会,组织公开演出,举行宣传画街头展览,以使课堂教学、基础训练、艺术实践有机浑然一体,使同学由教学的理性认识,通过艺术实践的感性体会,为树立新的艺术观打下基础。

除上述各项教学措施之外,艺校还组织同学做课外的群众文艺辅导工作。如在教师的率领指导下,部分同学为省联中同学排练抗日根据地多幕剧作《气壮山河》,做导、表演方面的辅导工作;部分同学参与戏曲剧团的剧目改革工作,选演部分健康的旧折子戏和在教师的指导下,参与新剧目《逼上梁山》《闯王进京》《三打祝家庄》的排练(当时在安东地区未经审查、改革,擅自上演的旧戏曲剧目有《铁公鸡》《珍珠衫》《桃花庵》《苏小小》《摔镜架》《蒸骨三验》《清血认子》《一杯白兰地》等)。部分同学同教师参与上映影片内容的审查(当时滞留在安东的影片有《古塔奇案》《唐伯虎点秋香》《博爱》《李三娘》《李兰从军》等,以及日伪时期新闻片),清除宣扬封建迷信、色情、暴虐、腐蚀民族意识的各类旧片。同时,组织同学参观人民广播电台播送文艺节目的实况,观摩辽东军区文工团演出的阿英巨著《李闯王》多幕话剧,及鲁艺工作团演出的秧歌剧《兄妹开荒》《刘顺卿开辟南泥湾》等新剧。还请王大化同志作关于秧歌剧创作,白刃同志作戏剧、文学创作的专题讲座,提高同学的艺术素养和欣赏水平。

把"社会"辟为艺校的第二课堂,进行社会教育,丰富同学的生活,转变学生的思想,是极为重要的教学环节。为此,教师有目的地引导同学接受社会教育,根据时局与政治形势发展的动向,指导

216

学生自治会与同省、市高等、中等联合中学的学生自治会，一起发动同学和知识青年，积极展开爱国民主运动，反对国民党军在全国进行内战和进犯东北的罪恶行径，抗议国民党政府镇压全国人民和青年学生爱国民主运动的倒行逆施，强烈要求国民党政府实行《双十协定》的建国方针，激发同学爱国热情和民主思想。

如为赈济遭难和平居民，艺校学生自治会响应政府号召，与同省市联中学生自治会，共同发起全市同学上街，向群众募捐赈济；艺校同学还专程赶到凤凰城，与当地联中同学举行联谊会，控诉国民党反动派撕毁《东北停战协议》，无端滥肆轰炸草河口、桥头和平居民的暴行，揭露国民党反动派再次发动内战的罪恶阴谋，与会同学义愤填膺。会后，全体同学一起赶到凤凰山西麓庙会（农历四月二十八日）场地，采用合唱革命歌曲、宣传画和演讲等方式，广泛地向庙会赶场的群众进行宣传，揭露和控诉国民党军暴行，动员群众解囊捐款，赈济受难同胞。在凤凰城两天的活动中，锻炼了同学集体生活自理的意识和做群众宣传工作的能力。

如组织同学参与慰问国民党军 184 师师长潘朔端率领师部、552 团全体官兵起义反正的仗义行为（1946 年 5 月 16 日），举行慰问演出（节目有《参加八路军》《兄妹开荒》，合唱《八路军进行曲》《东北民主青年进行曲》《五月的鲜花》《你是灯塔》《解放区的天》，管弦乐《你是灯塔》《东北民主青年进行曲》等）。演出前，同学们广泛接触滇军起义官兵，促膝攀谈，真切地认识了蒋介石法西斯专制独裁，背信弃义，排除异己，威逼滇军远奔东北，撕毁《停战协定》《东北停战协议》，执意挑动内战，与人民为敌，进犯解放区，残害人民的暴行，清楚地了解了势孤力单的滇军在我军感召下毅然弃暗投明、反正起义的真相。

如艺校学生自治会和省高中学生自治会，为抗议国民党法西斯特务，疯狂屠杀南通民主青年学生的罪恶行为，共同发起声援南通学生民主运动的签名活动。艺校与省高中同学的抗议声明、签名名单，刊于《安东日报》(1946年5月5日)，同时发出通电声援南通。

如1946年4月8日，原新四军军长叶挺将军、中国解放区职工委员会书记邓发、进步教育家黄齐生先生，为中国人民和平民主团结事业，在重庆工作的九位同志，一起搭乘重庆国民政府派遣的专机飞回延安，不幸于山西兴县里茶山，失事罹难。中共安东省委、省政府为与延安和全国各解放区同时公祭"四八烈士"，决定在艺校礼堂举行大会，并责成艺校承担大会的全部筹备工作。艺校全体师生，在毛泽东同志悼文的感召下，激起挚诚由衷的热情，不分昼夜，不顾饥困，人人都不旋踵地抢时间工作。终于在4月18日晨布置就绪。各界代表上千人与会(艺校全体师生)悼念。由省市党政军领导人公祭，主祭人刘澜波同志(安东省副主席)代表中共安东省委、省政府、军区致悼词，报告烈士生平，谴责国民党背信弃义、阴谋发动内战、破坏和平民主团结的建国方针。各界代表和艺校师生，深切地受到了一次革命英雄主义教育。

艺校除组织同学参与上述具有鲜明政治性的社会实践，接受社会教育，还组织同学参与同青年民主生活有关的社团活动。

如全校师生参加省市各界庆祝五一国际劳动节大游行。通过庆祝集会，使同学了解1886年5月1日，工人阶级举行罢工，是为反对资本家的残酷剥削，要求实现八小时工作制，经过流血斗争取得胜利的纪念日。国际工人阶级是推动世界前进的动力。五一是国际工人阶级团结的旗帜、战斗的号召。庆祝游行开始，由艺校铜管乐队吹奏《东北民主青年进行曲》《八路军进行曲》《解放区的天》《你是灯塔》乐曲开道，全校师生着校服（列宁装）列队先导，嘹亮的歌声，整齐擦擦的步伐，博得群众称赞，扩大了艺校的社会影响。

如艺校和省市各联合中学、社会各界知识青年，在省政府教育厅主持下，举行五四青年运动纪念大会，会前由艺校教唱《五四纪念歌》（吕骥作）。由刘澜波、潘琪同志作关于五四运动二十七周年的纪念报告，系统地讲述五四先驱者为拯救垂亡的旧中国前仆后继、英勇斗争的光辉业绩。

如10月1日，省市学生自治会，为巩固各校教师、同学反奸反特斗争的成果，思想清理的收获，联合发起召开"安东市青年团结大会"（假艺校校址），以加强团结。艺校门前张贴巨幅醒目的标语：生活就是战斗，战斗就是学习。并以此豪语，号召全市党政军各界青年团结起来，制止国民党反动派占领沈阳、四平、长春、永吉、本溪等地，及阴谋实现"先南后北"，再犯解放区，进一步挑起内战的企图。积极参加安东市青年游行示威。游行队伍手持"起来吧！团结一切力量，反对反动派打内战""青年团结万岁""彻底粉碎蒋介石特务政策"等巨幅横标开道，显示了青年团结起来的战斗力量，是青年自为的战斗号召。号召全市青年坚定地站在和平民主团结战斗的旗帜下，为新中国建设事业做出贡献。

艺校创办了《白山》文艺月刊，是辽东半岛的青年学生、文艺爱好者、社会青年学习革命文艺理论、作品评论、创作园地、文艺欣赏的唯一的综合性刊物。创刊后受到广大青年读者的爱戴，誉称是青年的良师益友，为提高读者文艺修养、鉴赏能力，启蒙爱国意识和革命思想，发挥了刊物积极的教育作用。

抉择

　　1945 年 9、10 月间国民党军调集十万兵力,进犯辽东半岛,于是省所在地安东(丹东)谣言喧腾,甚嚣尘上。安东和附近城镇的群众心绪惶恐,忐忑不安。虽然安东市面上的各类商店,仍旧照常营业,社会秩序也还井然,保持了平静,但受各种谣言蛊惑,物价日益上涨,群众疑虑满腹,忧心忡忡。因此,艺校部分同学的家长,公开或隐秘地来校,指使其子女借故退学或逃学,以致一时发生个别同学违反校规,窥机卷跑,严重影响艺校正常教学。校部领导针对同学中发生骚动的现象,进行了分析研究。为纯洁和巩固艺校的学生队伍,稳定教学秩序和学习情绪,决定召开全校师生大会,由校部领导向全体同学提出"抉择自己发展道路"的号召。阐明凡自愿有志从事革命文艺工作者,可申明继续留校学习;凡无志从事革命文艺工作者,凡有各种原因难以继续学习者或另图他谋不愿学习者,都可向校部提出退学申请,说明退学理由,经校部审核批准,办理退学手续后,可以即时离校。凡未提出退学申请,又未办理退学手续者,一律不准擅自离校,不准窥机卷跑。同时针对社会上恶毒污蔑共产党、人民政府对青年学生的各项政策,以同学亲身经历的实际,做了有力的批驳。尤其是那些危言耸听的恶意捏造的,所谓"欺骗学生上前线充当炮灰""用女学生换炮弹"等谣言,在会上摆出了许多事实与生活中的常理,进行科学的分析与批驳。并且反复地强调抉择道路的充分自由与个人自愿。阐明政府绝不强制任何人的志愿和抉择。会后,只有少数同学陆续提出退学申请,约计十余人,10 月上旬提出申请者六七人,擅自卷跑者四五人,共计占校学生总数不到十分之二(1987 年 9 月,作者在丹东召开白山艺术学校校友座谈会,见到当时申请退学的七位同学,他们先后都在1947年参加革命工作,有的同学已经加入了共产党组织,担任基层领导。据说只有个别人情况不明,大部分同学又重新参加了革命工作)。自此,留校学生虽然仍受到社会上流传的谣言和家庭的干扰,但学习情绪稳定,教学秩序恢复了正常。是一次有效的组织整顿,纯洁了学生队伍,巩固了艺校组织。

战略转移

由于辽东全局形势骤然恶化,中共安东省委和省政府决定:为适应国民党军进犯辽东半岛地区的残酷战争情势,各部门需紧缩直属机构。中共安东省委宣传部、省教育厅于10月上旬共同决定,将安东人民广播电台音乐训练班与白山艺术学校合编;指派电台台长白刃,编辑室、音训班主任刘相如,指导员冷克,与艺校校部领导共同研究,落实合编工作中的各项事宜[9、10月间,延安文艺工作者在安东的有:刘芝明(陈祖睿)、辽南二地委副书记颜一烟(剧作家)、李鹰航(作曲家)。因此,有同志建议,为加强艺校领导和师资力量,趁合编之际,调上述同志来艺校工作。但由于这些同志的实际情况和一些客观因素,组织上未采纳此建议]。对艺校的编制,做了部分的调整。在合编期间,省委决定调刘相如同志、辽东军区文工团王荆山(王金山)同志来艺校,加强领导和教学工作。

10月形势骤变,时局动荡,潜伏的国民党特务分子,四处蠢动,窜扰社会,恶毒造谣,攻击共产党和人民政府,并攻击人民军队。艺校也有个别同学私下散播攻击性的政治谣言,引起了同学们的愤慨,对播谣的同学进行了批判斗争。

10月21日上午,省委宣传部召集艺校领导去省委开会。会议由宣传部代部长高扬主持,宣传科长肖文与会。高扬同志首先向艺校领导分析了东北战争形势和发展趋势,指明辽东地区的主要任务是深入农村,继续发动群众,开展清算汉奸斗争,切实贯彻减租减息政策,开展生产运动。

高扬同志宣传了省委决定:战争时期,白山艺术学校归属辽南省委领导。省委指派肖文同志,代表宣传部领导艺校全体师生,争取时间迅速撤离安东,向岫岩北部山区老根据地转移。同时,分析了千山、青城山区的有利条件,指出艺校的任务是保存力量,积极参加地方工作,开展宣传教育活动,发动群众,组织群众,巩固和发展根据地建设,在实践中锻炼培育同学的能力和全面的社会知识。

艺校领导,根据省委紧急决定,与肖文同志共同研究了撤离安东、向岫岩地区转移的具体部署。为争取在 24 日前,艺校全体师生安全撤离安东,需分工抓紧做好如下几项工作:

1. 分别召集党员、艺校干部、全体同学,传达省委决定基本精神。号召同学随校下乡。参加发动群众工作,向群众进行宣传教育,加强艺术实践。抓紧下乡的行装准备工作。抓紧编队的组织工作。

2. 为保障全校师生在行军中的安全,建立必需的自卫武装,与军区后勤部领取枪支弹药。与军区司令部加强军事情报联络。

3. 抓紧催办冬装,筹划经费现款,雇赁车辆,结算生产账目及安排好合营京剧团的后事。

艺校领导召集全体师生大会,做了下乡动员后,绝大部分同学情绪饱满,精神振奋,表示自愿随校下乡。只有个别同学和职工,因家庭负担,表示不能随校下乡,经审核批准离校。另外全体师生经过两天两夜紧张地准备,大部分工作都按计划就绪了。23 日深

222

夜,经田少伯同志不辞辛苦地奋力奔走,终于租赁两艘风帆船,决定经海路南撤;冬装定于 24 日清晨送到船上;经费现款,只能从合营生产部门取出少部分款项,作为途中急用。

总之,在突然发生的仓促应变的情况下,转移迁徙的各项准备工作,在两天内终于高效率地完成了,保证了艺校全体如期撤离安东计划的实现。

严峻考验

23 日,艺校师生集中在课堂里,行装整理定当,随即按队列就地休息,为保证次日清晨准时出发,每个人背靠行装,只能稍微合眼,打盹小憩。不料 24 日凌晨,校门前一声枪响(岗哨误会鸣枪)惊醒了师生,就此,索性提前集合,全体师生在校门前整装列队。启明星刚起,东方微亮,由部分持枪同学担任尖兵,校领导率领开路,大队随后行进。队伍沿江岸南行,江水冷气袭人,好多师生衣着单薄,不断打嗦寒战,个个加劲踏步,擦地声节奏明快坚定,强健有力,激励同学精神充沛、气势昂扬。

队伍越过鸭绿江桥桥头,南进至货栈码头,天已大明。原计划上午起锚开航,因此,按队分编,迅速分上两艘帆船(一船约载客六十多人。第一船由肖文、田少伯、刘相如、王荆山四同志负责,第二船由白鹰、田丰两同志负责)。生长在安东地区的同学,从来没有乘过风帆船,从来没有一个人离家远行进海,所以每个人虽然对新生活、新事物觉得都很新奇,喜形于色,异常兴奋,但内心深处是十分复杂的,是笔墨难以描述的。尤其是许多家长赶来送行,喜、笑、哭、啼、号皆有,对同学的思想、情绪,都是强力的冲击,但都能理智地抑制自己的情感,冷静地劝慰自己的家长,虽然有个别家长上船强拉其子女上岸,但由于同学意志坚定,向家长耐心开导说服,又经校领导说清形势与前途,使家长们怀着对子女恋恋不舍的深情,但终归放心地离开了江岸。这是同学们又一次过的家庭关。

待田少伯同志带冬装和部分款项赶来江岸码头时,正近十时。当时船老大告诉我们,现在正落潮不能行船,只得等下午涨潮前启航,尔后,将船撑离江岸,在江中心抛锚停泊,以便下午即时启航,撤离安东市区。随后,肖文同志由军区赶回,向艺校领导传达了军区刚刚收到的敌情。在沈阳调集的国民党军于 10 月 19 日已经分三路进犯。一路由大石桥南犯庄河、大孤山迂回安东(预计 25、26 日进犯庄河),一路由柳河进犯通化,一路由本溪进犯安东。因此,军区意见,必须越过大孤山、庄河直奔貔口登陆。根据上述敌情,决定争取下午提前启航,改道直达貔口、新金。

午后,两时前起锚启航,风向正好,行船顺利。由于原定抵大孤山北上岫岩,海上路程不过一天多些(早晨已派出一位同学,骑马去大孤山打前站,准备饮食后,因情况突变失去联系。该同学在敌区经化装商贩,潜回营口家里)。所以准备的干粮有限,船抵浪头码头,又仓促增购了部分干粮,为数仍不算多。当帆船航行至江海岔口,因江水落潮,两只船正巧都在沙滩搁浅,只得停航。待天黑涨潮重新启航时,市内不时传来稀疏零落的轰声。为隐秘帆船航向,只得熄灯夜航。并为防止沿岸航行发生意外遭遇,与船老大商定,依照去大连港口的航海线远行。深夜,帆船越过小鹿岛南部。熄灯夜航,使两船联络中断。师生们在短暂的两天中,一直处在极度紧张的工作生活节奏里,精神上十分疲惫,所以在摸黑夜航的船舱里,一个挨一个地紧挤在一起,朦胧地相互依偎入睡了。

凌晨,突然暴风骤起,呼啸骇浪,船身颠簸无常,左右倾斜摇晃,一上一下急浪震荡,师生顿时惊醒,惶恐不安,晕船呕吐的人越来越多,全凭少数不晕船的师生照应,及时处理呕吐的污垢。霎时狂风卷来暴雨,风帆刮碎,只得收帆落下。船身颠簸得更加厉害,随着桅杆重心的摇摆,忽左忽右,桅杆直打海面,随时倾翻船身的危险。船老大在危急关头,主张砍断桅杆,保持船身平衡,不致翻船,以保安全。

26日,风雨渐弱,海面朦朦胧胧,雨雾交集,一片迷茫,能见度有限;晕船的同学逐渐安定,可以略微进食,但精神已经疲惫不堪,头脑昏沉,大部仍旧昏睡。夜晚,风雨海唤,渐渐漆黑不见五指。深夜,风停雨止,船老大立即重新扬帆向西北航行,归入原来航海线西行。海浪波纹,行船的颠簸减轻了,增强了师生的安全感。帆船熄灯夜航,不易暴露自身,但在漆黑的夜里,我们对海面四周的光亮极易发现。突然在行船的西南方向,发现漆黑一堆处有光亮闪烁。据船老大判断,远处亮点是海洋岛。同时,发现游动亮点正向东北方向移动。于是招呼船老大转舵向北朝西急行,以避免意外遭遇。同时,集中注视游动亮点的动向(经细察国籍不明的巡洋舰)。由于双方背向行进,所以避免了一场劫数遭遇,化险为夷。27日上午,天气阴霾,风向行速正好。船上原来储备的干粮、饮水已经吃尽,需靠远海岸补充饮食。经船老大提供,航行线北部即是花园口,可以上岸补充给养。于是改向北行,下午帆船驶近花园口,正遇落潮搁浅在沙滩上。为查明情况,由校领导与同四五名持枪同学,经沙滩上岸进村,同时向几户村民购买干粮(玉米饼、白薯)。我们从几户村民处探听到,国民党军刚刚占领庄河,岗哨离花园口只有二十里,碧流河大桥昨晚炸断,还听说有一股国民党军正沿碧流河南下。另外,告诉我们天黑才能涨潮。根据了解的敌情,一面派出武装岗哨在山头制高点、进村大道口,进行封锁和监视敌人动向;一面通知同学上岸,在指定的几户村民家喝粥汤、吃饼子。不过半小时吹哨集合返船,发现少了十几位同学。于是分头到几户村民家寻查,结果查明都已潜跑。为防止国民党军袭击,指定两位班干部(党员)在制高点站岗瞭望,一旦发现敌情即鸣枪示威(信号),以便船上做好抵抗国民党军的战斗准备(船上同学把所有的行装置在北舷,以作沙包用)。直至黑夜未发现敌情,终于安全启航,沿海岸线西行。帆船驶进貔口海域,正巧又是落潮,只得在海滩边抛锚停泊。船身刚刚停当,码头上已有成群人向船上师生招手、振臂欢呼,接着跳下海滩,向滩头奔来。是提前抵貔口的师生前来迎接。正是生死患难的情谊,同甘共苦的衷心,彼此重圆相会,欢欣雀跃,相互拥抱,格外亲切,侃谈不已。这是艺校全体师生经受了一次严峻的生死考验。

自10月下旬起,国民党军重点进犯安东、通化等地。因此,辽南部分地区正积极备战,加紧动员群众,组织群众,迅速投入后勤物资准备工作,以保证战斗部队的供给。所以,行署领导周纯全同志,指示艺校即时在普兰店一带开展支援前线的宣传工作。艺校领导接到指示后,决定全体师生在普兰店连夜准备组织演出。12月初,艺校假普兰店曲艺演出场地,多次上演《参加八路军》,合唱革命歌曲,演奏革命乐曲,配合地方政府开展备战宣传工作。

根据辽南省委、行署的部署,11月10日,艺校向普兰店南十公里左右的矿洞子村转移。由区政府指令该村将村头小学校舍作为艺校师生的宿营地。为了培养同学适应战争环境的战斗作风与战争观念,加强了平日的军事行动锻炼,作息时间与附近部队规定的一样,只是内容不同,如听号声起床,限时打好背包,准时背上背包集合列队、跑步、爬山，锻炼行军速度，尔后练声、唱歌；早餐后，时事政治学习、讨论，结合个人清理在撤退中产生的杂念，以提高思想与认识，坚定革命意志；中午休息后，各专业分别进行业务活动与排练新节目，傍晚自由活动后自习，九时听号声熄灯；夜间轮流站岗瞭望，与行署和部队保持通讯联络。除此，还自行管理炊事，轮流值日。通过政治教育和平日读报，组织讨论关于形势分析的专论，充实了同学对时事政治的知识，增强了对人民革命战争的信念，促进了革命意志的坚定和投入革命的决心。所以，在初冬不能取暖，一天三餐啃玉米饼、喝白菜汤、就咸菜的艰苦日子里，同学们不嫌甘苦，无所苛求，发扬了吃苦精神。每天在业务活动中，一部分同学参与排练剧目《打城隍》（宣传人民军队对敌俘虏政策）、《帮助主力》（支前小歌剧）（以上两出小剧作者刘相如）；一部分同学练习演奏的管弦乐曲目和器乐基本功，以及绘画、速写。各专业的业务活动，都在校园里和操场上，没有任何设备，条件很差，但同学们的积极性很高，对有秩序的紧张的学习、工作，对具有战斗性、纪律性的集体的新生活，在心底产生了真切的热爱，保持了艺校团结紧张、活泼严肃的校风。

艺校为配合地方政府的战争动员，经两三周积极排练的新剧目，已可以公开演出。地方政府与艺校领导根据瓦房店北部、魏口东部的敌情，决定12月初在普兰店影院组织几次公开演出，进一步动员群众做好政府布置的各项战备工作。

在普兰店演出的效果很好，观众反映，第一次受到生动的活的教育。在第二天（夜场）演出《帮助主力》时，行署和军区传来紧急情报。占据北部熊岳的国民党军正向瓦房店进犯（瓦距普兰店二十七公里左右），"命令停演，艺校立即撤回矿洞子"。为防止惊动观众"炸台",发生混乱,造成人身事故,暗示舞台上演员加速演完《帮助主力》,后台则立即整理服装道具,同时做好上杆卸幕的准备,待台上闭大幕时,向观众宣布停演,请观众退场,刹间即把台上全部幕布卸下整理打包。由于事前做好了充分准备工作,不到十分钟,前后台全部清理完毕,迅速装车,正是一次战斗动作锻炼。撤出普兰店,师生们徒步夜行,又是第一次行军锻炼。

自 10 月 24 日,艺校全体师生撤出安东,在战略转移的历程中,经历了与家人恋慕深情、依偎难舍、洒泪惜别的考验,经历了海上狂风暴雨、生死攸关的严峻考验,经历了战争前夕的艰苦环境与生活的考验。全身心得到了锻炼和健康发展,新的人生观与世界观逐渐地形成与成熟。

迁徙易地

国民党军进犯辽南,战争在睫。12 月 4 日,周纯全同志在普兰店,召集艺校领导,当面分析了辽南军事形势与当前积蓄力量、牵制敌人的主要任务,并说明辽南后方的现状。由于南部地势狭窄,从普兰店起,东西不过七八十华里,南北纵深只有四五十华里。如果敌人进犯普兰店和貔口,后方面积还要缩小。所以,非战斗部门,务须向苏军管辖地关东(旅大)转移。但限于原中苏协定,只能从边界地(金县石河驿)越过,不能公开进入,不能携带武器。省委、行署决定艺校全体向该地转移,携带的公物、枪支以及女同学和少数体弱的男同学,由一名领导干部率领,乘行署向关东运粮食的闷罐车进入石河驿站。其他师生在深夜趁苏军岗哨空隙地段,进入金县境地,由石河驿一带搭车去大连警察学校(系辽南干部学校)与肖文同志(肖与田少伯因公提前去大连)联系。根据周纯全

228

同志指示，5日下午，艺校派健壮同学将公物、枪支全部装车，由刘相如同志率领全体女同学列队急行军赶到普兰店车站，待黄昏登上闷罐车西行。其他同学将住地校舍打扫干净。待天黑后，整装列队，由田风、王金山和作者率领，请村干部带路，急行军爬过丘岭。于深夜选定苏军岗哨空隙地段，潜越警戒线安全进入金县境地。向村干部道谢后，按他指点的大路，以急行军的速度，直奔石河驿。拂晓后抵目的地。同学们背上自己的行装，经一夜急行军步行，都已精疲力竭，但精神旺盛，情绪饱满，面露喜容，颇有革命战士的豪迈气概。在街里稍稍休息、进餐。待载粮食的闷罐车进站后，都自动地抢前接人、卸车，体现了同学间真挚的革命情谊、战斗集体的好作风。

下午，艺校师生乘石河驿政府派遣的卡车驶向大连，车行半途，突然降雪，待寻到警察学校已临深夜。幸好肖文同志接到行署通知。食宿都已安排就绪。师生们深感辽南省委、行署领导给予的爱戴和无微不至的关照，是对全体的激励、鼓舞、鞭策。

次日，由肖文同志向全体师生，作关于关东地区的特殊性、复杂性的情况介绍，提出隐身（指不要暴露白山艺术学校学生的身份）的重要性，及必须遵守和注意的事项。尔后，肖文同志召集艺校领导传达了省委宣传部长李守宪与关东地区党委研究后的决定。为使艺校在关东地区合法地开展文艺工作，继续培养文艺专业干部，暂时与关东建国学院社教工作团合编，并确定两三天内在建国学院召集有关领导联席会议，共同研究合编问题。

约于10日上午，艺校领导接到去建国学院出席会议的通知。会议由关东地区党委阮牧化、省委宣传部长李守宪主持，与会者还有关东地区党委宣传部长丁哲明、建国学院社教工作团团长陈陇。

会上由阮牧化宣布白山艺术学校与社教工作团合编的决定，同时，宣布了新任命的干部名单。团长陈陇，戏剧文学队主任白鹰、副主任刘相如，音乐队主任李莫愁、副主任田少伯（兼管大连戏曲改革工作和团的财务工作），美术队主任田风（田丰）、副主任王荆山。全团设团部、戏剧队、音乐队、美术队。指出合编后的主要任务是，加强艺术实践，排练新剧演出，推动关东地区戏剧团体的自我改造，推动新音乐工作。李守宪同志作了关于团结和发扬互助精神的讲话。自后，艺校全体迁徙建国学院校舍。按学院作息时间，恢复了稳定的工作、学习、生活的秩序，为在新年演出，经团部研究，选定解放区反映抗日战争的剧作《把眼光放远一点》《十六条枪》《母亲》，由白鹰、田风、左凡担任导演。因此，每天除坚持两小时时事政治学习外，大部分时间作为排练和演出的准备工作。

鉴于关东地区的复杂环境，为使同学保持清醒的头脑，及时地组织专题学习。如毛泽东同志所作《三个月总结》《中共中央关于暂时放弃延安》的专论，有关时局分析的社论，以提高思想与认识，坚定革命信念与意志。

12月下旬初，关东地区党委派阮牧化、丁哲明同志，向社教团全体宣布决定，将中苏友好协会所属中苏友好剧团与社教团合编，改称旅大文艺工作团。任命陈陇同志为团长，田风同志为副团长，下属三个队建制不变，负责干部不变（李守宪同志未出席会议）。由于在短暂的时间里，艺校与地方两个文艺团体合编，其中许多情况，地区党委领导又未向艺校领导作过详细介绍，又由于辽南省委宣传部长李守宪，在与社教团合编后，曾向艺校领导交代，艺校的编制不变，等形势发展，原班人员仍回辽南，所以艺校领导对地方的两次合编，未作任何干预。

230

12 月 27 日起至 1947 年 1 月 3 日,特以"旅大文艺工作团成立大公演"名义,假上友好电影院(今旅大市话剧团排练、演出场址)上演话剧《把眼光放远点》《十六条枪》《母亲》,合唱团演唱《红缨枪》《游击兵团》《走向自由幸福的新中国》,指挥田少伯。管乐队演奏《伏尔加船夫曲》《提灯会》《郭公圆舞曲》《多瑙河之波》,指挥孙康。演出后,观众反映强烈,认为不仅是剧目题材与大连原来剧团演出的剧目,有鲜明不同,而突出的是演出的作风,严肃认真,所有参加演出的人员,精神贯注,毫无二致,相互配合默契,工作节奏明快、敏捷,具有战斗风格;特别是合唱团、管乐队的演出服(列宁装),整齐划一,飒爽一新,格外显得精神抖擞,斗志昂扬。据说有的观众议论,不愧是解放区的艺术团体(因已有人传说是解放区白山艺术学校的学员),给予了较好的评价。

当时,云集在大连的文艺工作者有:王滨(导演艺术家)、李莫愁(音乐家)、洛汀(戏剧家)、白居(表演艺术家)、方冰(诗人)、罗丹(作家)、左凡(导演艺术家)等,大部是由延安来东北开辟工作留滞在大连的,所以随身带来《白毛女》《血泪仇》《光荣灯》《夫妻识字》《十二把镰刀》《一朵红花》《生产舞》秧歌剧等剧目。为向群众进行阶级教育,团部选定《白毛女》歌剧,作为旅大文工团第二轮演出剧目。同时,选定《夫妻识字》(秧歌剧)、《锄奸》(活报剧)作为春节广场演出节目。

第一轮演出结束后,从 1 月中旬开始,全团集中力量排练春节广场演出的剧目,同时为排练《白毛女》做好各项准备工作,为保证《白毛女》演出水平,除请王滨同志担任辅导外,还组织了导演团,由田少伯任团长,执行导演左凡、田风,音乐指导李莫愁,演员由原艺校师生担任全剧各类不同性格的角色。全部舞台工作也由原艺校大部分师生担任。《夫妻识字》由李莫愁同志辅导并导演,《锄奸》由团员自行排练。

春节期间,旅大文艺工作团在市政府广场参与群众文艺活动演出了《夫妻识字》《锄奸》,在严寒的春节,演员们与群众一起演出节目,受到了群众热烈欢迎和赞赏。参与广场演出的团员,对文艺为人民服务的意义,通过实践有了感性的体会,加深了理解。

排练《白毛女》歌剧,难度比排练话剧大得多。但在导演团、执行导演和全体演员、乐队演奏员、舞台工作者的勤奋创造,日日夜夜不辞辛苦地劳动,经过一个多月的紧张排练与工作,终于在新春2 月 27 日,假大连上友好电影院公演了。

由于《大连日报》自二月份起,连续刊载了张庚、向隅、丁哲民、殷之华、何英、少伯等同志撰写的关于《白毛女》创作的专论,还刊载了一些排练《白毛女》花絮的小品文,所以,大连青年学生、知识界、公职人员和广大工人、市民群众都殷切地盼着在大连历史上从未演过的革命歌剧《白毛女》早日上演。当公演的海报和消息发出之后,在上友好电影院售票处排队买票的人,竞像长龙蜿蜒,围得水泄不通,正是前所未有的盛况,在大连市内将近一个月的演出中,场场满座,演出的效果显著,观众的心弦紧紧地扣在杨白劳、喜儿父女深情的喜悦,扣在地主强霸喜儿抵债,逼死杨白劳,喜儿狂呼天地无应,欲死不能,失声痛哭的哀号激情中,悲愤哭泣噎声充盈全场;正是与剧中主人翁同命运,共呼吸。深深地激发了观众对旧社会和统治者的憎恨,启迪了观众为和平民主团结、建立自由新中国、投身革命事业的信念。所以,每次演出闭幕,观众热烈地报以长时间的掌声,以示对全体演出人员的赞誉和激励。三月初起《大连日报》连续发表了署名晋子、密黛、安洁的评论,还刊载了为满足机关团体和广大群众看戏的要求,撰写的《白毛女》演出声明,改进了售票办法。

1947年4月中旬,辽南省委宣传部长李守宪,宣传科长肖文,召集艺校领导干部白鹰、田少伯、田风、刘相如、王荆山及左凡同志,传达了他和省委副书记、行署主任周纯全共同研究后的决定。在战争形势发生根本变化的新时期,我军正部署战略反攻,发动有力攻势。辽南的局势将有新的发展,必须做好充分准备,迎接新的工作。所以决定恢复艺校,待命返回辽南。至于旅大文艺工作团的问题,已与旅大区党委(即原关东地区党委)协商决定,原旅大文艺工作团人员留团之外,还留田风同志和二十名同学、干部与田风同志一起工作。关于原定的巡回演出《白毛女》计划,可以不变,照旧执行。

经过四五天的反复协商与个别谈话,留团同学、干部的名单,终于顺利地确定了。待分编的各项工作,经双方交代清楚后,艺校全体师生随即按原定计划去旅顺演出《白毛女》(左凡同志决定留艺校同返辽南,李莫愁、白居同志仍留旅大)。

旅顺军港全由苏联海军管辖,市政管理是很严密的。因此,艺校全体抵旅顺后,通过地方政府与中苏友好协会主任刘金生接洽,共同研究关于演出《白毛女》的场地和各项准备工作问题。上演大型歌剧《白毛女》,是旅顺历史上首屈一指的创举。当公演消息传出之后,引起了旅顺青年学生、知识界、公职人员和广大群众无限的兴趣,都争先恐后地在俱乐部购买入场券,以先睹为快。由于俱乐部场地小,所以,每天的观众席里都处在饱和的程度,有许多观众宁愿站着,也要争先观看;尤其是青年学生的要求更加强烈,为此,艺校开辟了专场演出,受到了青年学生热烈欢迎。至于演出的反映比大连观众还要强烈，为杨白劳、喜儿的悲惨遭遇、不平哭泣，愤怒斥责旧社会恶霸地主残忍暴行，为喜儿重生，为新社会欢呼。几天内，《白毛女》竟成了旅顺街头群众的主要话题，正是轰动一时。因此，引起了苏联海军政治部领导人的关注，特地向旅顺政府和中苏友好协会提出，邀请艺校为全体苏联海军专场演出《白毛女》歌剧；该领导人还亲自来俱乐部，向艺校郑重地表示至诚的邀请。当场艺校领导由衷地表示接受邀请，为全体海军组织几场专场演出，并由友协和苏联海军政治部，将《白毛女》说明书翻译成俄文，铅印合页，发给海军，以便观剧时，了解剧中人物和全剧主要情节故事发生、发展的梗概。由于双方真挚热情地友好交谈，该领导人还提出从部队里选派一二名业余舞蹈演员，来教授同学跳海军士兵舞和踢踏舞（自后，每天上午派两位海军来俱乐部，与同学教授基本动作）。同学们在向苏联海军学习实践中，切身体会了中苏友好的真情和中苏友好的重大意义。

为苏联海军专场演出，虽然语言不通，但从塑造具有典型性格特征的人物、行为、语态系列的有机动作，主人翁在重大事件的矛盾冲突中产生的巨大激情，鲜明地揭示了人物的内心世界，同样地把观众的心弦紧紧扣在主人翁的命运上；特别是全剧的音乐，随着事件的发展，曲调和主旋律的节奏变化，有力地感染了观众，发生了强烈的共鸣。所以在杨白劳之死，在喜儿遭践踏的悲惨时刻，暗泣抽噎的声音同样清晰可闻，当全剧在喜儿重见太阳、斗争胜利的欢呼声中，全场海军起立，报以热烈的掌声与欢呼。激昂高亢的热情，充盈了俱乐部。演员谢幕之后，还不停地鼓掌，给予演出集体极大鼓励与赞赏。当几场专场演出结束后，海军政治部领导人来俱乐部向艺校全体表示由衷的感谢，并真情地赞誉《白毛女》的演员表演技巧,可与莫斯科的一些演员媲美,是给艺校师生在艺术创作上由衷的赞许,是中苏友谊挚情的鼓励,使艺校师生难忘。

在旅顺,艺校师生与友协文艺工作队同志,进行业务交流活动较多,彼此切磋琢磨,取长补短,受到了许多在艺术实践中获得的教益,充实了课堂讲授的实际内容,深刻地领会了理论联系实际的实质和现实意义。

艺校领导为在青年学生中进行文艺辅导,推动群众文艺活动,特与政府教育局商榷决定,借庆祝五一国际劳动节,艺校每天派部分同学去旅顺中学辅导文艺活动,教唱革命歌曲《歌唱领袖毛泽东》《在太行山上》《勇敢战士》《祖国进行曲》《黄河大合唱》等,辅导弦乐、吹奏乐,辅导排练小节目等。还经常与同学举行排球、篮球友谊比赛。因此艺校同学与旅中同学交往密切,又由于思想、追求、爱好、情趣、语言都有许多共同点,所以,彼此交了很多朋友。尔后,在与旅中举行庆祝五一、庆祝五四青年节活动中,艺校铜管乐队演奏的革命歌唱,世界名曲《伏尔加船夫曲》《多瑙河之波》《郭公圆舞曲》等,同学们更加欢欣雀跃,引起了强烈的向往。艺校在旅顺演出、辅导等活动期间,许多"民先队"(党领导的进步组织)队员、同学,向中学校长提出转入艺校的申请。

5月中旬,艺校结束了旅顺的演出,按计划北上金县。经领导批准,先后转入艺校的旅顺同学,男女共约二十多位,随同北上。艺校抵金县,决定首先为纺织厂和其他工厂的职工演出《白毛女》,受到了职工们热烈欢迎与赞赏,认为艺校在金县开创了先例,是文艺为工农兵服务的先行者。

当时,辽南人民军队,在全东北战略反攻的部署下,已经向国民党军逐步展开攻势。因此,辽南省委决定,艺校务必于 5 月 17 日前,赶到新金边境东唐房村,辽南军区所在地,为人民军队演出《白毛女》结束后,再回金县继续公演《白毛女》。根据县委决定,艺校临时发出更改演出日期的紧急通告。

5月16日清晨,艺校师生整装后,乘军区卡车向东偏北方向山地行驶。

傍晚军区吴司令员、林政委、李副司令员、行署周主任、十二师江师长都来艺校营地,看望了全体师生,表扬了勇于到战争前沿来工作的精神,赞誉为部队演出具有阶级斗争教育,激发和振奋部队敢于战斗、勇于战斗,鼓舞部队士气的好戏《白毛女》,介绍了最近召开"准备全面反攻"动员大会的主要精神,以及肖华副政委来辽南报告"当前形势和任务"的基本内容。听后,人人喜形于色,欢腾地使劲鼓掌,为新形势欢呼。极大地鼓舞了师生们胜利信心。

自17日夜晚起,连续为军区部队、为十二师部队演出了《白毛女》。激励了部队战斗士气,为杨白劳申冤,为喜儿复仇!打倒地主恶霸!打倒国民党反动派!收复失地!口号声此起彼伏,声浪激荡全场,人人精神抖擞,斗志昂扬。

部队已经进入反攻前夕。21日艺校全体返回金县。在金县边公演《白毛女》,边到工厂采访,边待命。

新时期、新任务

6月上旬,辽南军区部队先后攻克岫岩、普兰店、貔口、瓦房店、熊岳等地。上旬末,艺校接到省委、行署指示:艺校全体于15日左右抵普兰店。于是艺校结束演出,同时将借用的幕布、布景、道具全部清理整齐,派专人送还大连旅大文艺工作团。

14日,全体师生乘三辆卡车,经石河驿抵普兰店休整,待命。

6月下旬,艺校全体奉命北上省委、军区、行署驻地瓦房店。

根据新形势发展的需要,省委、行署决定艺校在新区招收第二届新生。因此,行署将原女子师范校址拨给艺校做校舍。

艺校领导除着力筹划第二届招生工作外,还需积极准备重新公演《白毛女》的全部工作。由于艺校全体在关东地区的艺术实践里,已经成为具有一定工作能力的文艺工作团,所以,在东北展开夏季攻势、全面反攻、消灭敌人、巩固根据地的新时期,要求艺校在培养新生的同时继续发挥文艺战斗作用,开展群众文艺工作。为此,艺校必须着力抓好两个方面的工作。

1947年七一,是中共党诞辰二十六周年,是辽南军民夏季攻势收复失地后的第一个纪念日。艺校在当天下午与青年学生、工人、农民、妇女、军队代表,广泛地在瓦市各个地段进行庆祝活动,傍晚都汇集在市政府附近大广场,举行全市庆祝大会,由中共代表吴主任讲话。由艺校管乐队演奏雄壮的《东北民主青年进行曲》和革命歌曲,演出了秧歌剧《过年》《帮助主力》。自此,"白山艺"(群众简称)的名声在群众中流传开了。一位老大娘看完演出后,赞许说:"你们演的戏,我就是看不够,演的全是老百姓心里事。"七七,是瓦市第二个纪念日,又正是抗日战争十周年。艺校又组织街头演出《胜利舞》《五朵红花》《参军去》等,街头漫画展,街头墙报,书写巨幅墙头标语等等宣传活动。

省市机关、团体、学校都殷切地希望《白毛女》早日在瓦市公演。因此,艺校积极恢复《白毛女》的排练和全部制作,争取及早满足全市各界的企望。同时,派出专人赴安东、岫岩、庄河、新金各地招收新生,并在7月11日《辽南日报》刊登了第二届招生简章(略),报名日期,自7月12日至7月30日,与第一届招生简章不同点是教授课目：社会科学、艺术概论、戏剧常识、新音乐教程、美术概论、文学。毕业年限：二年毕业。

八一建军节前夕，艺校新生共计一百五十多名，来校应考（外地部分报考者尚未赶到）。翌日正是建军节二十周年，由市政府召集各界群众六千人左右在广场旷地举行纪念大会。市政府支持表彰新兵入伍后，由艺校演出《白毛女》。

在旷地演出，直接影响效果的是会场观众秩序，但是在《白毛女》前奏曲刚开始，广场上黑压压一层又一层的观众，意外地井井有序，哑静无声。观众的心绪随着杨白劳、喜儿的命运喜怒哀乐。尤其是经历国民党军恣睢暴戾，胡作非为地凌辱，更加仇恨地主恶霸和旧社会的统治，真情实感地体会到"旧社会把人变成鬼，新社会把鬼变成人"的两个不同天下、不同命运。所以，当斗争地主胜利，台上台下一起都喊：打倒黄世仁！ 打倒地主恶霸！ 新中国万岁！ 欢呼声响彻旷野山巅。

8月中旬，录取新生陆续到校，23日举行开学典礼。会场悬有毛泽东和鲁迅、高尔基巨幅画像，四周布满党政军民及工厂团体的贺联，其中突出的是"毁灭艺术至上的象牙塔，把艺术回到劳苦人群去"。行署副主任邹鲁风，向刚入学的一百一十余名新生，历述东北知识青年在"九一八"前后，受着军阀封建势力及日本帝国主义的统治，与祖国民族的、历史上的新文化发展运动隔断，是东北文化历史的空白，指出：努力学习，了解革命政治理论与中国文化发展，加强艺术技术修养，用到实际中去；更要向人民大众学习，进行艰苦创造，把革命理论与艺术表现结合起来。与会的有关领导，都做了关于文艺方向问题的讲话。26日的《辽南日报》第一版，发表了《培植为人民的艺术工作者，白山艺术学校二期开学》的报道，是各界对艺校师生的激励与鞭策。

艺校坚持创建时确定的"学校的一切工作都是为了转变学生的思想"的教学指导方针、教学原则、教学方案以及教学机制。

省委宣传部长李守宪，于艺校第二期新生开学后，与肖文同志召集艺校领导会议，研究如何在培养新生的同时，开展文艺工作，认为艺校在关东地区的工作做得很出色，可以把这部分同学的长处更好地发挥，成为一支较强的文艺工作团。与会同志一致同意李部长的设想。经认真研究后，决定第一期同学按原定的学制毕业，除少部分留做学校工作，大部分毕业生可组成"白山文工团"，其中个别同志还可兼做一些教学辅导工作。

艺校根据会议的决定，经请示省委组织部和行署，批准同意后，于9月15日，举行艺校第一届同学毕业典礼，邀请了省委、行署、建国学院、辽南日报社及有关部门的负责同志与会。邹鲁风为行署表示祝贺，并勉励毕业生同学向广大群众学习，把学习与实际结合，配合目前轰轰烈烈群众运动和解放全国性大反攻，把工农兵的丰功伟绩活生生表现出来，创作有价值的人民作品。省委组织部田主任，鼓励毕业生，大胆、勇敢、坚决深入到群众中去，不怕一切困难，全心全意为人民服务。全体与会同学（六十一位，少数因公未与会）最后宣誓：争取做革命文艺战士，为革命文艺事业奋斗终生。22日《辽南日报》第一版，以《白山艺校第一期结业》作了专题报道。根据行署确定的编制，由刘相如同志负责组建白山文工团，并任团长。

9月下旬，省委鉴于辽东半岛形势发展的需要，同意辽东省委商调田少伯、王荆山同志，率领二十几位毕业生去安东工作。同时，省委决定，从延安来辽南的文艺干部谢力鸣、吴力同志，调艺校充实领导和加强教学工作。省委就艺校干部的实际情况,作如下分工:校长白鹰,副校长左凡(原系田少伯),戏剧、文学创作室主任谢力鸣,指导员吴力,白山文工团团长刘相如。

加强实际教育,转变学生的思想

辽南地区自 1945 年 8 月 15 日起,地方党和部队做了不少根据地建设工作。但由于国民党军进犯后,恶霸地主和反动势力勾结,大兴反攻倒算,诱逼反水,斗争尖锐,政治情况十分复杂。所以新生入学后,"转变学生的思想"是最首要的重点教育。因此,新生教学计划把政治教育放在首位,采取每天上午集中讲授、集中讨论、集中分析批判的方式,在第一、二学月中,为转变思想打下初步基础。确定《社会发展史》《中国革命与中国共产党》是基础教材;并确定在讲授社会发展史的同时,结合《白毛女》剧中人物与阶级关系的分析,讲授《中国革命与中国共产党》,结合市郊土地改革,控诉地主反攻倒算、残害人民的血的事例。启发同学从现实生活中的切身感受,划清大是大非的界线,提高思想,提高认识,提高觉悟。为了促进新生自觉地转变思想,艺校还组织新生参加课外生产劳动,从生产实践中体会劳动的甘苦,感性地领会劳动创造世界的实际意义。

各专业课程,首先讲授《在延安文艺座谈会上的讲话》,使新生初步理解:革命文艺的使命与基本任务,革命文艺是为什么的,什么是革命文艺创作的源泉,革命文艺工作者为什么要学习马列主义和向社会学习。各专业基础理论教学,以《讲话》作主导,顺序义理,贯穿始终,为教授技巧与基本训练,端正艺术观和学习态度。

专业技巧与基本训练,根据安东时期教学的经验教训,进一步明确了贯彻学以致用的方针，在侧重重点进行基本训练的基础上，结合艺术实践双轨行课，加强实际锻炼，提高教学效率，同学的学业进度与取得的成绩证明，这在战争环境里，确是行之较有成效教学措施。当年除夕前，为迎接辽南反攻后的第一个胜利年，在专业教学课程中以排练大型秧歌剧《盼八路》《独眼龙》以及《生产秧歌》，大鼓曲艺（戏剧、文学创作室、白山文工团深入生活后，创作的作品）等，列作艺术实践的主要内容。在参与庆祝新年演出中，锻炼了同学，加强了对革命文艺方向的理解。

自夏季攻势迅猛地展开以后，新地区的广大农民，在党和政府领导下，乘势展开轰轰烈烈的土地改革运动，声势浩大，斗争激烈。省委决定在全省进行整编党的队伍的"三查三整"。于是广大农村在土地改革运动之先，发起向恶霸地主清算血债的斗争，继之，进行"三查三整"。凡在城市工作、学习的恶霸地主子女、家属，一律点名送回原地。艺校随即展开"三查"，清理学生队伍。此际，由各县点名和因政治问题、历史问题先后被送回原籍的同学约三十名左右。另外，在《辽南日报》（11月14日）发表"脱离蒋匪反动组织声明"的同学名单，十二名中有：两名国民党党员，九名三青团员，一名清剿队员。他们在艺校的审查历史教育和同学间耐心帮助下，自觉地坦白交代了个人的政治问题，受到了同学的欢迎与鼓励，留下继续学习，体现了党的争取教育青年的政策。但个别人在当时所谓"贫雇农打江山，坐江山"，"贫雇农说了算"，"群众要怎么办就怎么办"，"大伙要抓就抓，要斗就斗"，"左"倾错误的宣传影响下，没有清醒地理解"三查三整"的政策界限，和必须坚持的基本原则；尤其是在"宁左毋右"的"左"的思想指导下，背离了党的土地改革的基本路线，背离了党的争取、团结、教育青年的基本方针。因此，在群众性的"三查"当中,缺乏耐心地说理诱导,反复阐明党的政策,循循善诱地启迪自觉,说清自己的历史与政治问题,而是以简单粗暴的群众大会方式追根到底,致使一些同学不能放下包袱,反而产生惧怕或抵触情绪,最终旧咎其坚持反动立场,断行处理受到政治伤害。这是痛苦的教训,悯幅愧疚,殚心自咎的憾事。

在斗争生活中学习、锻炼

鞍山、辽阳以西是辽南主要粮区,为防止鞍山、营口顽敌趁严寒冰雪之际,窜犯武装抢劫公粮,省委决定去辽鞍前方的工作队,首先着手征收公粮,保证解放军战时粮食供给。艺校组成的工作队,奉命于春节正月初二(1948年2月11日)北上。旧历除夕,艺校师生和文工团全体狂欢,恭贺迎来第一个胜利新春,欢送工作队开展新区工作。

次日,工作队在校部和创作组全体同志,满怀革命友谊豪情、激奋热忱的欢送掌声中,个个精神抖擞地迎着凛冽寒风,踏雪奔赴前线征途。13日深夜工作队全体抵达距鞍山十五公里的双庙村宿营待命。次日全队休整,同时抓紧学习《中国共产党东北中央局告农民书》《东北行政委员会布告》《东北解放区实行土地法大纲补充办法》等文件,进一步理解《中国土地法大纲》的基本任务、基本政策。艺校工作队领导专程去辽阳县委报到,接受工作任务。经与县委和政府领导李成坤(县委书记)、沈流(县长)研究,基于2月6日收复辽阳,鞍山外围国民党军已被人民解放军肃清,指日即可收复。因此,工作队主要任务是迅速发动广大农民群众,开展土地改革运动。艺校工作队与辽宁省委路西工作委员会合并,由何方(原马宾工作队)任书记,黄中(辽宁省青委)、白鹰为委员,路西工作委员会驻沙岺,并分别责成黄中负责小北河镇、谢力鸣负责刘二堡、白鹰负责穆家堡、左凡负责腾鳌堡等区的政府建设和土地改革工作。14日晚,工作队领导向全体队员传达了县委的决定和工作队的主要任务,宣布各队工作地区:一队穆家堡,由白鹰任区长,于更任副区长;二队腾鳌堡由左凡任区长,郝风任副区长;三队刘二堡由谢力鸣任区长,宫殿东任副区长(每队队员约三十余人),并向全体提出:首先要把《中国共产党东北中央局告农民书》《中国土地法大纲》,在各村展开广泛宣传,尔后,认真做好区镇和重点村的调查研究,为以点带面,在全区展开土地改革运动,打好基础。要求每个工作队员必须严格遵守人民解放军的"三大纪律、八项注意";进村工作时,队员在农民家吃"派饭",一律按标准付钱,并且不准吃白面、大米,不准吃白肉,不准喝白酒。切实搞好与广大农民群众的关系,有效地开展政府建设和土地改革运动。15日拂晓,站岗同志急匆匆进村报告:鞍山敌人"出水"了! 于是,队领导带持枪队员紧急集合出村,在村口只见东北远处,零零落落、三三两两的黑点,向西南方向奔跑。经判断确是失去战斗力叛逃的国民党军。敌情判明,决定堵击。工作队列成一线拉网,向东北方向迎去,齐声疾呼:缴枪不杀! 其他队员闻讯,提上两颗手榴弹,有的拿上棍棒,也一齐跟上持枪的同志前去堵击。寂静的旷野,顿时喧嚷声势,一片沸腾,国民党军见势,个个立地放下武器,叫喊:投降! 投降! 一部分则调头又向东北方向逃回鞍山。当时,收缴了五六支冲锋枪,二十多支步枪。18日晚,邻村宝山子附近农民来双庙报告:国民党军一个班要向解放军缴枪投降。队部特派一队队长于更和杨明全等二十多位同志,随举报农民直奔该村,探明情况属实,在村公所为十几名国民党军开具了证明,并由村里派人把他们送到辽阳,由县政府酌情遣返。当场收缴了一门六〇炮,一挺轻机枪,十多支长短枪。事后将六〇炮和机枪都转交给当地驻军的骑兵部队。工作队收缴的长短枪支,正好武装了自己,增强了自卫力量。在短暂的一天当中,工作队员两次与国民党军交手,真是壮了自己的胆量和威风,锻炼了敢于与敌人周旋的斗志。

20日,艺校工作队按县委决定的部署,分别进驻各区。三个区的工作步骤与进展情况,大致如下:

第一,成立区政府。在区所在地和全区各镇、村屯广泛地张贴区政府成立布告,阐明成立的区人民民主政府,是在共产党领导下保护人民利益的、为人民服务的政府;是为彻底消灭封建剥削,打倒恶霸地主,彻底平分土地,为广大劳苦农民分得土地、房屋、牛马、农具及财物,搞好生产,安家立业,组织贫雇农当家做主,办事公正、发扬民主的政府。

第二,建立区武装中队和村民兵组织。辽阳县地太子河西,历来著称"土匪窝"。因此,除地主拿有枪支外,散落在民间的枪支不少。为保障土地改革运动健康发展,为建立区武装中队,区政府明令各村,限期上缴各类枪支。由于1946年以来,此地区一直处于"拉锯",土匪盘踞,斗争尖锐,情况相当复杂。所以,建立武装中队采取了大胆谨慎相结合的方针,认真听取苦大仇深的贫雇农民的意见。经过不到一个月的艰苦工作,各区相继建立了二三十人不等的武装中队(全系各村上缴的枪支)。各村初步建立了人数不等的民兵组织。

第三,工作队员到各村屯召开群众大会,宣讲中共中央于1947年10月10日颁发的《中国土地法大纲》《中国共产党东北中央局告农民书》,宣布区政府当前中心工作任务,是坚决贯彻《中国土地

244

法大纲》，打倒恶霸地主，彻底平分土地。

第四，在区所在地和重点村，深入调查，发动苦大仇深的贫雇农，诉苦清算恶霸地主剥削和横行暴戾的罪恶；召开联村斗争大会，打垮恶霸地主威势，进一步发动农民群众，从人民解放军在全东北展开反攻以来取得的胜利，从收复辽阳、鞍山、海城，26日攻克营口，国民党王嘉善师长率全体官兵起义投诚的事实，讲清人民必胜的形势，解除"翻地"顾虑，以点带面，促进全面展开土地改革运动。

第五，各村屯在控诉恶霸地主的斗争大会之后，由贫雇农主持成立农会，与全体贫雇农和团结中农，彻底消灭封建。通过全体贫雇农自己动手开好划阶级、定成分、比生活、比家底和算细账、挖穷根、吐苦水、清糊涂等大小会议，切实划清阶级，认清敌友，提高认识与觉悟。尔后讨论平分土地。挖地富浮财，是贫雇农与地富分子展开面对面激烈斗争最关键的突破口。区政府和工作队坚决支持和贫雇农一起，彻底摧毁地富长期剥削贫雇农的经济根基，为贫雇农在经济上真正独立自主，彻底翻身，严肃认真地搞好贫雇农分浮财的工作；特别是生产资料、农具牧畜等等，充分满足贫雇农的经济要求，摆脱贫困的生活苦境，扎好发展生产的根底。

第六，土地还家，是贫雇农生存的百年大业，是土地改革实行耕者有其田的土地制度的最终成果。工作队在满足贫雇农分浮财的基础上，开好贫雇农大会，反复讨论平分土地问题，针对群众思想，耐心地进行开导教育，突出强调农业生产季节，必须争取在春耕前把地分到各户，抓紧送肥备耕，积极开展大生产运动，为土地还家第一年取得丰收，打好生产致富的根基。当贫雇农思想和认识统一之后，工作队采取由贫雇农集体当家做主，集体评议，集体制定分地办法,按各村屯土地总数和总产量计算平均每人每户应分的产量、亩数,合理平分,按赤贫、雇农、佃农、贫农、下中农、佃中农、中农、上中农(抽补),按劳苦程度为序,边踩(丈量土地),边评,边分,边插(插牌)。在两周之内,各村屯土地基本平分完毕。

省委为加强新区政府建设和土地改革工作,为使艺校工作队奉命撤离后保持工作进程的延续,约于3月上旬间,从复县、盖县等地,抽调土地改革中的贫雇农骨干二百人左右,组成"帮翻队"来路西地区各区工作。艺校各工作队在"帮翻队"的协作下,通过"帮翻队"自身经历和翻身斗争的现身说法,开导和教育了当地贫雇农群众,加速了土地改革运动的进展。

3月下旬初,刘二堡区艺校工作队传来噩耗,一期优秀毕业生洪家声同志和二期新生王声同学,惨遭地主武装"红眼队"杀害。据报,洪家声同志率领五名队员(艺校新生两名,"帮翻队"三名)往蛤蜊坑村主持全村贫户分配斗争果实,在村头突遭地主武装"红眼队"伏击。经还击一个多小时,终因寡不敌众,洪只得单独坚持阻击,以掩护其他同志迅速撤退。当弹尽时,洪又扔掷两颗手榴弹掩护王声同学,洪不幸中弹,王被俘,先后遭"红眼队"残酷戕杀。为消灭封建半封建剥削的土地制度,实行耕者有其田的制度,他们坚贞不屈,英勇无畏地献出了年轻的生命。政府和路西工作委员会及全体工作队员、刘二堡区广大贫雇农,为烈士举行了隆重的追悼大会。公祭后,当场将被捕的两名为匪首"宽"字号,"拉线""卧底"的土匪,经县政府批准,公审枪决,并安葬了洪家声同志遗体,挽颂:

血沃辽南,豪气长存,白山黑水,范我千秋。

凯旋会师

自 2 月 26 日人民解放军攻克营口以后,艺校校部接省委宣传部通知:去新区开展工作。于是由刘相如同志率领艺校校部和创作组全体,于 3 月初北上熊岳、盖县、海城一带巡回演出,于 3 月底前赶到营口市。特地为庆祝营口解放,上演新作《翻身年》《喜》《两种军队》(土地改革期间,艺校创作组在瓦房店附近农村体验生活,创作的三出秧歌剧,经与市业余剧团联合演出,博得观众好评)。尔后,向市民连续公演,配合全市开展宣传工作,恢复生产,稳定市场。

4 月上旬间,各区艺校工作队分别在鞍山市集中,休整小结。校部创作组结束了营口的演出之后,也赶到鞍山市与工作队全体汇合。当凯旋会师相聚,同窗相袂,只是短暂的两个来月,彼此却似一别三秋,情深倍思。个个激情昂扬不羁,欢呼声热浪荡漾,相互侃谈不绝,正是革命友谊,敦情深厚难得,并向为土地改革与革命事业献出青春的洪家声、王声烈士致以沉痛哀思。

休整期间,三个区的工作队负责同志,赶到辽阳市县委所在地,向书记李成坤汇报了各区土地改革的基本情况。当提及艺校招生时,李成坤同志认为艺校应在辽阳市举行公开演出,以扩大影响,开拓新区的文艺生活。艺校领导接受了建议,并抓紧为辽阳演出的节目排练。

4 月中旬初,参与辽阳市演出的同志赶到辽阳做准备工作,同时张贴招生广告,迎接新生应考。由于演出时间过于紧促,4 月 18 日起,假天星剧场只能以音乐为主体演出了:吹奏乐《跟着共产党走》《苏联进行曲》《郭公园舞曲》,秧歌剧《兄妹开荒》,轻音乐《拥军花鼓》《拥护民主》《人民大翻身》《喂！为什么不歌唱》，秧歌舞蹈《生产舞》，大合唱，对唱、独唱《八路军进行曲》《给反动派算算账》《解放区十唱》《谁是乌龟大王八》《走向自由幸福的新中国》《新旧对唱》《劳动人民的天》《儿童团歌》《骂蒋五更》《大反攻》等。辽阳市曾以文化古城著称，这台演出节目赢得了知识界极高的赞誉。

在鞍山，主持招生工作的同志，重点在几个中学，未在全市展开广泛的宣传。因此，应考同学只有二十多名，合格录取了十几名新生。至于辽阳市，艺校虽然组织了几场音乐演奏会，在知识界引起了关注，但招生宣传工作也未广泛进行，在青年学生中的影响又未应时展开，所以报考人数不多，应考录取的新生也只是十多名（其中有两位是刚从沈阳来辽，由城工部推荐入学的女青年学生）。为在新区继续进行第三届招生，艺校特组成招生组分别在辽阳、鞍山、营口、海城一带开展工作。

4月25日，艺校全体由鞍山汤岗出发，步行至海城，乘车返回瓦房店校地。

由张庚任团长，张望、陈紫、陈锦清、丁鸣为团委的东北鲁艺四团，于3月8日由安东经大弧山、庄河、貔口、普兰店巡回演出；4月下旬初抵瓦房店。5月间与艺校师生、军区文工团，相互组织演出观摩，举行文艺座谈会，交流文艺工作与创作经验；张望、陈紫等同志，为艺校全体作了美术、音乐创作方面的专题讲座，使艺校全体受到了深刻的教益与可贵的启迪。

新形势，实施教学与艺术实践的方针

东北人民解放战争新时期的战斗任务，巩固和扩大战果，奋勇

前进,歼灭全部国民党军,迅速解放全东北。

艺校根据省委宣传部指示精神,为适应新时期战斗任务,迅速开展新区的各项建设的宣传教育,第三届招生简章提出:为开展新民主主义文化运动,培养大量新文艺工作者,广泛普及新文化建设;彻底摧毁一切封建、半封建统治阶级腐朽糜烂的旧文化,真正为工农兵服务,建设新民主主义文化,并以教学与艺术实践并举的方针,实施教学计划。第三届录取新生约一百五十多名。

6月初,艺校举行第三届新生开学典礼。莅临指导讲话的有:省委宣传部长李守宪、东北鲁艺四团团部委员张望、军区宣传部文工团负责人陈其通,以及省委宣传科长肖文,军区、行署、文工团、鲁艺四团等有关部门的负责同志。

艺校既定的"学校的一切工作都是为了转变学生的思想",是第三届教学工作的主导。根据新生经历的实际情况和"并举"的方针,确定第一学月集中讲授《中国革命与中国共产党》(毛泽东著),并以《政治常识》作辅导教材,着力提高新生阶级斗争与社会革命的认识;在讨论中,结合每个同学自己经历和目击国民党统治者,对广大劳苦人民的残酷剥削,随意敲诈勒索,抢劫杀人,无恶不为,疯狂非人的黑暗统治;同时,结合《白毛女》主题与阶级关系的分析,感性体会与理性认识的结合,使新生较快地转变了自己思想,初步意识到人为什么活、怎么活的人生哲理。同时,着力讲授《在延安文艺座谈会上的讲话》,以进行革命艺术观的教育,以及各专业技术的基础训练。

由于新区工作发展的需要,省委组织部决定从艺校调出部分一、二届同学到一地委、二地委及岫岩等地担任新的工作,个别同学调省委部门工作。为此,艺校内部稍微做了一些调整。

省委宣传部为了普及全省文艺工作，加强全省群众文艺创作，特责成艺校文学、戏剧创作室承担《辽南日报》文艺副刊（六日版）编辑工作，由谢力鸣同志担任主编。从此，艺校各专业的师生，有了创作园地和开展文艺研究与文艺评论的阵地，促进文艺工作健康地发展和繁荣。

文艺副刊的栏目分为戏剧创作、文艺评论、专论、散文、诗歌、特写、木刻、漫画等。戏剧创作刊有《金不换》《互助》《两种军队》《婆媳英雄》等；文艺评论刊有《我们需要批评》（刘相如）、《"委屈了你"和"向魁元"观后》（力鸣）、《对"互助"演出的几个商榷》（军区文工团）、《对"委屈了你""向魁元"的几点意见》（李森）、《文学与新功、名、富、贵》（卞和之）、《垄头诗草短评》（力鸣）等；专论刊有《俯首甘为孺子》（力鸣）、《纪念鲁迅先生》、《军政干校通过演唱形式配合教育》（史辉）、《关于"马兴华参军"演出》（戈赓）等；散文刊有《报告厂长我也有》（刚鉴）、《女工小英》（战青、陈颖）、《廉二嫂》（抒君、陈靖、战青）、《永远忘不了共产党》（杨允谦）等；诗歌刊有《孩子和像》（相如）、《垄头诗草》（卞和之）、《想起八一五》（安洁）、《八月小唱》（卞和之）、《从军回忆》（刘相如）、《懒汉》（王真）、《样样都丰收》（和之）、《劳动》（王真）、《呸！没有出息的家伙》（徐少伯）等；特写刊有《美术活动在乡村——艺校下乡》（刘燧）、《白山艺校——一个月的学习经验》（洁心）、《白山艺校下乡点滴》（克莹）等；木刻、漫画刊有《秋收》（木刻·孙杰）、《送公粮》（木刻·赵敏）、《妇女插秧忙》（木刻·刘燧）、《给驴挂掌》（漫画·刘馗）、《大骗局、大掠夺》（漫画·王真）、《粒米充饥》（漫画·孙杰）等（以上只是根据零星碎片摘理的部分目录）。10月间艺校奉命整编，副刊相继停刊，在不到四个月的短暂的时间里，副刊为促进文艺研究与文艺批评，为发展文艺创作，共同切磋探索，共同提高；为普及文艺，推进新文化运动，副刊做出了应有的贡献。

1948年9月，辽南行署奉命改组成立辽宁省政府，主席张学思，副主席杜者蘅、邹鲁风。

辽宁省政府根据东北解放区第三次教育会议的基本精神，于10月中旬与省委共同决定：为适应形势发展，白山艺校改编组建白山文艺工作委员会及白山文工团。白山文艺工作委员会设主任、副主任，由白鹰、左凡同志担任，设编辑室主任、副主任，由谢力鸣、刘相如同志担任；文委会领导编辑室、文工团；文工团团长由左凡同志兼任。艺校遵照上级决定与形势发展需要，根据一、二、三届同学的实际情况，确定编辑室下设文剧、音乐、美术创作小组，各组十余人组成，定期编辑出版戏剧、音乐、美术等丛书，以及供应农村、工厂群众文艺所需的各种文娱材料；文工团下设戏剧、音乐、美术分队，每个分队由三十或四十人组成；其余同学按照省委宣传部提出的意见，分别组成文艺工作组去复县（瓦房店）、熊岳（万福县）、盖县、大石桥、海城、营口市、鞍山市、辽阳市、普兰店、新金县（貔口）、庄河县、岫岩县等地，重点城市工作组约三十多人组成，县城工作组约十至二十人组成。《辽宁日报》于10月29日第一版，以《适应形势发展白山艺校改编文工团——调出百余学员参加实际工作》为题，发表了详情的专题报道。艺校的改编，涉及每位同学开始进入新的工作、生活的起点，是决定今后发展道路的重大的关键时刻。正如报道，由于"掌握了新的学习方法，结合业务提高政治，经过下乡宣传，向群众学习，以及整党建党学习，均获得初步改造，在政治上及业务上均在原有水平上提高一步"。每个同学都以超人的刚毅与理智，神采奕奕，兴高采烈地接受组织决定。在欢送的车站上,尽管彼此依恋不舍,眼含热泪,相互紧握双手难分,有的竟泣不成声,但当鸣笛骤起,像军令样地顿时肃静无声,个个精神抖擞,欣然上车,愉快地向往新的战斗岗位,为革命事业踏上新的征途。车刚启动,顿时奏乐声,欢呼声,此起彼落,交织地荡漾在旷野、山巅。

艺校改编后的文委会,编辑出版了《戏剧小丛书》十四集左右,《辽宁画报》(半月刊)十期左右,《青年生活》(月刊)三期,《工农文娱材料》四期;文工团重排《白毛女》《光荣灯》《喜报》等北上巡回演出,并于鞍山专为欢送四野南下部队多次演出。

白山艺术学校,自1946年4月创建,1948年10月改编,终结了她的全部历程,总计历时正两年零六个月,历届招生共三期。

白山艺术学校的历程,在战争岁月里她不是平平凡凡的历程,是在风云变幻、反复动荡中经受了各种严峻考验,坚持为革命文艺事业战斗勤奋创业的历程。诚然,按照"新型正规化"教育标准,对照衡量艺校的教学体制、教学机制、设置、设备、师资(按比例)配备等等,确实不相适应,有着相当的差距。但鉴于战争年代的特殊性,以及远东半岛所具有的战略位置,为开拓和建设一支文艺方面军,则几位开拓者,只能以建设抗日根据地的经验,发挥艰苦创业、白手起家、自力更生的战斗精神,创立这所为争取、团结、教育、改造知识青年,为加速培养党所需要的新型的革命文艺工作者;遵照党确定的政治方向,文艺路线,办学指导思想;着力于"转变学生的思想",通过社会科学基础理论讲授与社会实践,启迪学生树立革命人生观,辩证唯物主义世界观、文艺观,根除封建主义、殖民主义的一切陈旧观念,自觉地改造自己的思想,转变立场,切实地造就自己成为具有文艺基础理论,掌握专业技巧与创作方法的创造性地为工农兵服务的文艺战士,则艺校在短暂的、弹指一挥间的战争岁月里,做出了一些贡献,她所以能做出一些贡献,应归功于党的领导,坚持贯彻毛泽东同志《在延安文艺座谈会上的讲话》制定的文艺路线、文艺方针政策,归功党和政府的支持和无限的关怀。

艺校全体师生,在艰苦的战争年月里,经受了狂风暴雨的洗礼,土地改革运动中阶级斗争的严峻考验,在社会革命中,结成了无私无畏的战斗集体;在艰难困苦的斗争中,互相支援,挚诚地勉励,热忱地帮助,发挥了革命的激情与刻苦的干劲,共同克服了许多艰难险阻,完成了任务。在无情的历史长河中,许多同志在社会革命运动中,遭到人为的"左"的非难挫折与无情的打击,但由于校友间有形无形的相互关照、勉励,坚持为革命事业奉献终生和坚持真理的信念激励下,吃尽了非理苦难,经受了长期考验,磨炼了革命意志。最终是党把扭曲颠倒的历史事实,正确地改正过来了。正是发扬了战争年代里锻炼的顽强的革命战斗精神。

在党的彻底为人民服务的教育下,艺校师生以"甘为孺子牛"的精神,为党的事业,忠心耿耿,任劳任怨,不辞艰辛困苦,不计个人得失,不顾功利名誉地位,总是兢兢业业,埋头苦干地做好本职工作。在共同工作中彼此尽心地取长补短,配合默契,从不要弄小动作恶意拆台,总是同甘共苦,勤奋不懈地一起想方设法,完成工作任务,发扬了"甘为孺子牛"的优良作风。

实践是探求真理、增长知识的必由之路。艺校坚持社会实践、艺术实践、理论联系实践的教学方针。在短暂的时间里,从实践中不仅使同学得到锻炼,而且切实提高了同学的政治思想,提高了认识社会、剖析社会现象、辨别良莠是非的能力,提高了从事各项专业工作的实际能力,提高了教育群众、发动群众、组织群众的工作能力。并在实践中检验自己的思想,检验自己的工作效果,吸取经验教训,以实践、认识、再实践、再认识,不断地发挥自己的长处,克服短处,不断地提高工作能力。同时,在实践中促进了同学的思想与立场的转变,实践的锻炼,培养了同学艰苦奋斗、不怕牺牲的革命意志与高尚的品质,为文艺战线和其他战线造就了一批中坚骨干力量。

仅向为艺校创建奠基,为贯彻党的教育路线、文艺路线做出卓越贡献的先辈李守宪、田风、谢力鸣、田少伯同志,以及谢世的校友,志以沉痛哀思。安息吧! 您们的英名永垂不朽!

白山艺术学校创作、演出剧目

1946 年

剧种	剧目	编剧	导演	演出地点
秧歌剧	《兄妹开荒》	(采用)	田风	安东、大连
活报剧	《参加八路军》	(采用)	白鹰	安东、普兰店城乡、大连
四幕话剧	《离离草》	(采用)	田少伯	在丹东排练
四幕话剧	《妻离子散》	田风	田风	在丹东排练
小歌剧	《帮助主力》	刘相如	刘相如	普兰店城乡
小话剧	《打城隍》	刘相如	刘相如	普兰店城乡
小歌剧	《夫妻识字》	(采用)		大连
独幕话剧	《十六条枪》	(采用)	田风	大连
独幕话剧	《把眼光放远点》	(采用)	白鹰	大连
独幕话剧	《母亲》	(采用)	左凡	大连

254

1947 年

四幕歌剧	《白毛女》	（采用）	左凡、田风	大连、旅顺、金州、普兰店、瓦房店、部队
独幕话剧	《反"翻把"斗争》	（采用）	左凡	瓦房店城乡
小秧歌剧	《参军去》	刘相如	刘相如	
小歌剧	《锯大缸》	（采用）		瓦房店
小话剧	《打城隍》	刘相如	刘相如	
小秧歌剧	《送子参军》			
多场歌剧	《独眼龙》	刘相如	刘相如	瓦房店城乡
多场歌剧	《盼八路》	谢力鸣	左凡	瓦房店城乡
小秧歌剧	《喜》	安洁、克莹、王菲、张宗祥	安洁	瓦房店、营口、辽阳、鞍山、海城
小秧歌剧	《翻身年》	曹会萍、赵玉秀	刘相如	同上
小秧歌剧	《两种军队》	刘相如	刘相如	同上
小秧歌剧	《开荒》	田成仁	曹会萍	瓦房店、普兰店、安口、庄河
多场歌剧	《互助》	谢力鸣	谢力鸣	同上
小歌剧	《金不换》	克莹、赵郁秀	白鹰	同上
多场歌剧	《信不得》	刘相如	左凡	瓦房店、熊

				岳城、盖县
小歌剧	《婆媳英雄》	安洁	安洁	同上
小歌剧	《收割》	（采用）	仲洁心	同上
小秧歌剧	《光荣灯》	（采用）	田成仁	瓦房店城乡
独幕话剧	《群猴》	（采用）	左凡	瓦房店城乡
秧歌剧	《白毛女》	（采用）	左凡	瓦房店、鞍山
歌舞演唱	《五朵红花》			瓦房店等地
舞蹈	《胜利舞》			瓦房店
舞蹈	《生产舞》	赵郁秀 作曲	赵郁秀 指挥	瓦房店
民乐合奏	《胜利鼓》	于大波	于大波	瓦房店

1949 年

小秧歌剧	《大苞米》	曹会萍、 张鸿英	出版
小秧歌剧	《焕然一新》	战青、 徐少伯	出版
小秧歌剧	《铺家底》	李敬信、 杨允谦	出版
小秧歌剧	《赶上他》	赵世绅、 孙杰	出版
小秧歌剧	《儿女英雄》	卞和之、 刚鉴	安东、沈阳

256

| 大型活报剧《英勇奋斗三十年》 | 谢力鸣 | 谢力鸣 | 安东市 |

（此文由辽宁省文化厅提供）

选自《东北革命文化史料选编（第一辑）》

◇ *成滴石*

记导演、作家、诗人乌·白辛

一九四二年的秋天，在一个黑沉沉的夜晚，我信步走进吉长报馆胡同。四周寂静无声，只有俱乐部前院东厢房内（原汉奸熙洽的招待所）灯光从玻璃窗上泄出，把庭院照得通亮。好奇心驱使我走近前，向室内窥望，见一位青年正站在室中间滔滔地讲话。他中等身材，头发乌黑，长方略扁的脸型显得瘦俊，浓浓两道眉下，一双黑溜溜的大眼睛炯炯闪光，声音粗悍清楚，稍带沙哑。室内二十多位青年男女，有的站着，有的坐着，都聚精会神地听他讲话。顿时，我完全被这位青年的仪表神态所吸引，急想听听他讲些什么。于是，我慢慢推开门悄然进内，顺势坐在靠门边的一把椅子上。

这是伪满吉林协和剧团的排练场。导演白辛正在说戏。身边一位演员告诉我，排演的是安犀编的话剧《野店恩仇记》。从此我接触了剧人，一步踏进"剧圈"结识了白辛。

乌·白辛，原名吴宇洪。赫哲族，吉林人。家住西关荣木圈子胡同4号。从私立吉林毓文中学毕业后，考入奉天（今沈阳）协和剧团当演员。曾以在《雷雨》中扮演鲁大海而出名。他回到吉林后，又致力于吉林戏剧活动，将家乡沉寂的剧坛活跃了起来。从此，不再上演那些宣传"王道乐土""日满协和"的戏，而演出的是《归去来兮》《沉渊》和他自己编导的《松花江上》和《后台》。在这些戏中可以闻到乡土的芳香，给人一股亲切之感，可以在黑暗的剧坛上望见一丝亮点。

导演白辛的名字人们熟悉了，许多爱好艺术的青年都愿意接触他，在他的影响下走上剧坛从事戏剧活动。他虽给人以古怪、爱沉默思索的印象，但在相处中又感到有一股热心肠，对人坦率、耿直，高兴起来像孩子一样天真无邪！他爱喝酒，并不挑剔酒菜，有一棵葱、一碟韭菜花也能喝半斤白干儿。他还喜欢游泳、登山。尤其在冬天刚刚下过一场大雪之后，太阳在呼啸的北风中矫健地发着光和热，一刹时驱散了灰色的云雾，空气暖暖烘烘有着阳春之感这样的好天气时，他就邀我一起登北山。我们带上一瓶白酒、两个酱猪蹄和几块咸菜疙瘩，从他家出来，路过柴草市，沿着转心湖边，从白虎庙前过去。北风从我们身边擦过，像刮脸刀似的刮着我们紫红色的脸颊。我们把头低缩在拥起来的大衣领子里，迎着北风横跨北山下的铁轨，从西石砬子西坡攀登而上。他的步履稳健、结实，在无一丝尘染的白雪上，踏出深深的脚窝。我踩着他的脚窝向上爬，一会儿全身发暖了，从衣领上散发出热腾腾的气，可嗅到自己的汗味。放下衣领，抬起头，汗水从脊背上浸出湿透了背心。此刻感到北风又像少女使用的粉扑一样在我们发热的脸腮上揉擦着。一会儿登上了"旷观亭"，从亭台俯瞰，整个城市中层层灰色的屋顶，灰色的墙壁，连街道都是灰色的。晴空，朵朵白云在灰雾中飘游，也显得变成灰色的了。屋顶上、墙头上都铺上一层刚下过的雪，北风一吹被刮落了,雪厚的地方还积存着,这样,全城就像一个满身疮痍的病人,一片片疤痕、一块块疖子,难堪入目。只有松花江静静地、无声地流淌着。白辛站在山头,透过沉沉的云雾,百感交集地为松花江唱出自己的恋歌。我还记得有这样的诗句:

> 松花江呵,
>
> 我的恋人,
>
> 你是镶在古城颈上的一串宝石,
>
> 你是伏在古城脚下的一条苍龙,
>
> 飘着我的歌,
>
> 流着我的梦,
>
> 离开,我想念你,
>
> 回来,我又怕看见……

这首诗倾泻了诗人白辛对家乡故土的无比热爱,他的爱国主义思想就是从这里延伸开。在逝去故乡的岁月里,有他的幸福与欢乐、悲哀与失望,也有梦一般的憧憬与幻想。他曾怀着一颗追求的心离开故乡,在暗无天日的荆棘路上,持心火为灯,寻找着光明。一九四〇年,他与爱人高兰以一颗强烈的民族自尊心,不甘当亡国奴,夫妻双双离开奉天协和剧团,偷越山海关逃到北平寻找革命党。由于路途的曲折坎坷,耽误了时间,当赶到联络地点时,因迟到没有跟上。无奈只好在北平街头流浪徘徊,寻找等待,整日乞讨糊口。他为了遮人耳目地等待下去,曾经出家当和尚。可是追求的找不到,盼望的人愈发杳无音信,不得不返回故乡。如今他回来了,一事无成,面对哺育他成长的松花江,能说些什么呢?满怀愧疚,扪心自问:一个血气方刚的青年,在敌人的刺刀底下应该怎样活着?

我俩选择"旷观亭"东面向阳坡一棵榆树底下,用脚把积雪踢蹬开,露出枯萎的小草和一层厚软的柞树叶子,席地而坐。以瓶代杯,一手举瓶,一手拿个咸菜疙瘩,他一口,我一口,边喝边唠,从演戏谈到文学、谈诗歌、谈剧团、谈做人……此刻我俩没有一点寒意,眼前一片枯黄的树枝上残留着几片枯叶也像我俩不怕冷一样,在北风中轻轻摇晃,只有此时我俩才感到高兴,最有情趣,无拘无束,也最"自由"了。我与他的交往中,朦胧地懂得了人生,懂得了参加戏剧活动的意义。他是我从事戏剧工作的启蒙者,在他的影响下我参加了剧团。

《归去来兮》和《沉渊》两剧演出时我做效果,在剧场(当时的公会堂,现在职工俱乐部)后台地下化妆室里,我请他替我起个艺名,他沉思片刻,在化妆桌上用手指轻轻写了"奚方田"三个字。我用不解的目光盯问他,没等我发问,他便伏在我的耳边悄声地说:"我们现在是亡国奴,但是我们有祖国,祖国就在西边。"然后他用手指又在桌上写"西"字,低声严肃地对我说:"起这个名字的意思,要你怀念西方的田地,怀念祖国!"我随着他轻盈的声音转过头,眼睛里除流露出感谢之情外,还有一种无限喜悦的目光扫在他的脸上,他深深地盯着我,相对无言。化妆室空荡肃静得能听到两人共同的心声:"我们是中国人。"我开始了解白辛了,白辛也喜欢我。

一九四三年,又是在秋天。白辛写出了大型话剧《后台》(根据苏联剧本《吃耳光的人》改写)交给协和剧团排演并亲自导演。此时日伪统治愈加残酷狠毒,军、警、宪、特一群疯狗狂吠乱咬。农村零散的村落被烧毁,强迫农民归屯并户,然后用铁丝围上,四角筑起高高的岗楼,日夜监视着。农民像一队队囚徒,天刚放亮就在闪光的刺刀押送下到田里耕作,天黑了再结队押回屯子。若发现一家有"不轨"行为,十家跟着遭殃。过着眼泪拌糠菜的日子。敌人千方百计割断群众与东北抗联的联系。因为中国共产党领导的东北抗日联军浴血奋战在黑水白山之间。她是东北角上一颗闪亮的明星,从乌黑的云隙间泄出一线光明。群众跪向苍天顶礼膜拜,焚香祷告抗联多打胜仗。

《后台》就是在这样的时代背景下写出来的。它通过一个歌舞剧团演出的后台,刻画了当时社会上形形色色的人物。白辛说:"《后台》是一面镜子。让我们的同胞都来照照镜子。"剧情是,歌舞团女主演金铃的父亲老贺是清朝遗老,曾祖父戴过清朝的亮红顶子,门前有两块上马石。如今破落了,把女儿送进剧团当上马石,接近达官显贵、军警汉奸,以满足他自己一心向上爬的私欲。金铃偏偏爱上了剧团的小生黎萍,订下永不分开的海誓山盟。老贺坚决不允许女儿的爱情,逼她嫁给一个脑满肠肥的富商。金铃死也不肯又无力反抗,天天在泪水中生活、演戏。歌舞班子经理夫人白兰花紧紧追求黎萍,而天真无邪的金铃不自觉地又卷入爱情的旋涡,整天忍受心灵的欺辱、爱情的折磨。这时候来了一位隐姓埋名的革命者,甘愿进歌舞团当丑角,没有名字,大家都称他为"人"。跟同行们相处得很好,人人都喜欢他。他的丑角节目是每场在舞台上表演挨嘴巴,逗得观众哈哈大笑。白辛通过剧中角色"人"的台词说出了自己要说的话:

　　人:今天我挨了九十九个嘴巴,只差一个就一百个了。

　　哎,朋友求求你,最后一个再打狠点、响点!

另一个丑角：朋友，你为什么偏要表演挨耳光呢？

人：打在我的脸上，痛在他们的心里（指观众）。他们不是不认识时代，是不认识自己（指富商）。

还有一场戏。金铃演完一场戏走回后台，心情非常痛苦、迷惘悒郁。"人"在后台安慰她，给她生活的力量和勇气。朗诵诗启发她。这首剧中诗深深烙在我的心上，四十多年了不曾忘记。

人：（坐在沙发上，金铃坐在地上依靠在他的腿旁。"人"抚摸着她的头）

小金铃啊，小金铃，

我要你闭上眼睛，

我要你沉静下心灵，

追你失去的歌声，

寻你童年的梦境，

问你自己来自何方？

又去之何地？

那里有你昔日的宅院，

那里有你奔驰的海滩，

你斜依海滩上的岩石，

微风抚弄你的发鬓，

浪沫向你细语，

波涛为你歌唱，

太阳为你奏着竖琴。

海水为你辉映碧绿，

小金铃啊，小金铃，

……

"人"的朗诵句句字字沉甸甸地扣住观众心弦。远离祖国、家园被毁、失去亲人的观众怎能不动情。他们思索着台词的潜在意识。每当表演到这，剧场里没有一个人走动，没有说笑，卖瓜子落花生的小贩呆呆地站在剧场一角不吱声。剧场像黄昏后的一片树林鸦雀无声。有自尊心的观众，为国家蒙难的泪水流往心里。白辛在后台从眼睛里也涌出了泪水。他有艺术家脆弱的感情，火热的心肠，纯正的良心。他用笔唤醒同胞不要麻木，不能沉沦，更不该忘记祖国，同时鞭挞那些卑躬于敌人脚下的奸佞，要认识自己干的是丧尽天良的坏事。好像那些奸诈狡猾的敌人生来就有警犬般灵敏的鼻子，他们嗅出《后台》在爱情花衣裳里面包含着的真正含义。他们害怕了，像遭到抗联迫击炮轰击似的惊慌失措，瞪着血腥的双眼，挥舞警棍下令禁演了。《后台》被禁演，像石子投入静静的松花江，在观众中荡起了惋惜、关怀之波。尤其是青年学生越来越多的人想要认识《后台》的编导白辛。有的给他写信，有的登门拜访，当面向他致敬请教，跟他握手交朋友，他们心弦上起着共鸣。白辛感到获得了真诚的友谊与无穷的力量。

剧团演员不肯就此罢休。在一个深沉的仲秋之夜，天上没有月亮，秋风吹得街上的电线嗡嗡作响，好像为剧团鸣不平。演员又到排演场来了。围着白辛，期望他能指出个好主意。他说："当然不能罢休。《后台》这个戏，要寻找机会再做公演。为了躲避劲风的势头，我们先排两个小戏。"他从衣兜里拿出了《姊妹》《紫丁香》两个独幕剧本。戏很快排成。为了躲开警察、宪兵到剧团来找麻烦，就借了河南街兴顺东商号（现在民生商场）的柜房，每日晚到那里去排戏。不知是谁走漏了消息，一天晚上正在排戏，突然日本宪兵队陈宪补、葛宪补闯了进来。白辛一向不给丑类点头哈腰的应酬，就触恼了两个凶神。坐在柜台外的太师椅上的陈宪补玩弄着文明棍，拿腔作调地问白辛：“你就叫白辛，导演？好，你给我做一个喜怒哀乐的表情看看。”白辛闭口不答，沉默地站在那里。另一个宪补说：“不会吗？那怎么能当导演，明天去赶马车去！”大家替白辛捏把汗。剧团管事的怕事态惹大，忙给点烟倒茶：“不知二位光临，实在抱歉，有不周之处还请二位海涵……”话音未落，陈宪补突然离开太师椅走向白辛咆哮着：“什么白辛，你是个黑心粒！”啪！啪！两个耳光狠狠打在白辛的脸上。一刹时室内空气紧张，人们惊得呆若木鸡。女演员吓得掩面呜咽。白辛双手捂着脸，头也不回地跑出商号，他的心比脸还要痛。我趁着敌人摔碟砸碗慌乱之际，跑出商号去找白辛。

我顺着商店东边的胡同（现民义胡同）追着，一个人影也没有。高高的电柱上挂着一盏忽明忽暗的电灯在北风中摇晃着。我的一颗碎了的心也在摇晃。匆匆地跑出胡同，穿过粮米行大街（现在北京路）向三道码头追去。终于在松花江畔找到了他。他紧紧拉着我的手，用力地攥着。从现在的市政府门前，我俩顺斜堤走近江边，在一棵柳树旁坐下来。肩并肩，手握手，谁也没有说什么，可是我看见他眼睛湿润了，泪珠从眼角里流在脸上滴在我的手背上。这是我第一次看见他哭，我紧紧搂着他的肩膀也哭了。我们的眼泪静静地流着，江水也依然静静地流着。

骤然起风了。挂在天空中的惨白月牙被飘来的大块黑厚的云层遮掩住，云一丝裂缝也没有，天黑得像一块大墨砚随风往下坠，压得人喘不出气来。沉静的江面荡起了波涌,江心中一叶渔舟在波涌中摇荡,船上的灯火一会儿明,一会儿暗,不知什么时候被风吹灭了。江水中连一点点微光都没有,显得像个大墨池,全城像个大破船在黑暗中摇晃。白辛轻轻发出声音,像朗诵,像自语:

　　　　如蛾爱火,

　　　　如萤爱夜,

　　　　吾辈爱难、爱难。

　　　　风沙何惧,

　　　　昂首挺胸走向前。

　　　　擦干了腮边泪,

　　　　脱去绣花衫,

　　　　温室不是我们的家,

　　　　要那满天的风沙。

　　这是《惜别》歌曲的第三段歌词。每当他心绪悒郁不悦,或者怀念故人的时候就唱起这支歌。歌的一、二段歌词是这样的:

　　　　红烛将残,

　　　　瓶酒已干,

　　　　相对无言,无言。

　　　　群羊就缚,

　　　　谁扰长夜何漫漫。

　　　　共君一夕话,

　　　　明日各天涯,

纵然惜别终须别，

谁复知见期，

关山隔，

魂梦牵，

无翅难翔，难翔。

遥望云天，

怀念故人泪沾衫。

劝君多勉励，

愿君常欢颜，

只要心心永相印，

相隔两地又何妨。

这首歌是他一九四二年流亡回吉林带来的，在青年学生中迅速流传开。他说："飞蛾扑火会自焚，但它是追求光明，萤火虫在黑夜里容易被捕捉，但它也愿为黑夜发出香头之光。我们正处在祖国蒙难、同胞陷于痛苦深渊的时候，不能逃避，应该挺起胸膛勇敢正视灾难的现实，像萤火虫一样在黑暗中为同胞发出点点萤光而活着。"他是这样说，也是这样做的。十几天白辛没到剧团去，但是他没有消沉、悲观。当吉林市光映社剧团演出话剧的时候，白辛以《五十步笑百步》的标题写了评论文章，发表在《吉林康德新闻》上。署名就用"黑心粒"三个字。这是多么勇敢的行为，多么辛辣的讽刺！

一九四四年，还是在秋天发生的事情。《后台》借河南街德兴长商店库房重新排演，以"剧团吉林"的名字第二次在吉林市上演

了。虽然白辛的爱人高兰没有参加演出，金铃角色由另一位女演员刘影扮演，但是表演技巧、上演水平仍然是一流的，博得观众热情赞赏。

冷风中刮来了一年一度的国耻日"九一八"，白辛趁此机会又写了一首长诗《九月之歌》，发表在伪新京《康德新闻》副刊上。我记得有这样的诗句：

　　九月的风劲吹，
　　九月的云支离。

　　妈妈告诉孩子说：
　　树叶是在九月里落掉的。

大家都知道我们中国的地形从地图上看，恰像一片桑树叶子。在这个时候，用这样的比喻写这样的诗句，不正是提醒同胞不要忘记国耻，不要忘记祖国，不要忘记由于倭寇的侵略才破坏了我们美好的家园吗？犬的嗅觉是灵敏的，宪兵队惊慌地感到白辛的《九月之歌》蕴藏的力量，因而到处追捕他。他不得不隐姓埋名逃到外地去避难。

一九四五年的初秋，白辛悄然地又回到吉林市。中共吉林市特别支部书记李维民早已注意白辛在吉林剧坛的作为、在青年中的影响，很欣赏他耿直无畏的性格和斗争精神。这正是在沦陷区发展党的积极分子对象，李维民通过关系认识了白辛。

初秋，天高气爽，在一个阳光柔和的日子里，坐落在兰旗堆子胡同（现在松北一小区）的一个小院（特支组织委员郑埔的家），那房檐底下开满了"步步高"花、殷红的"鸡冠"花。门两旁板墙根下,一串串紫色的、红色的"牵牛花"竞相怒放往墙头上爬。今天这个僻静的小院除了满庭芳香外,还有一种出奇的令人向往的魅力。它像一块磁石吸引着钢铁,它像茫茫大海中一座灯塔为船只指明方向。

进入黄昏,正是"夜来香"放香的时候。晚风徐徐吹来,院子里散发出诱人的香气。白辛由穿长衫的郑埔带领,机警地迈着敏捷的步子进入院内,沐浴着"夜来香"的芬芳走进屋里。斗室封闭得严严实实,只有三个人。白辛举起右手,在心里唱着国际歌,党旗也挂在心上。这是特殊条件下的入党宣誓仪式。从这天起,白辛像失去母爱的孤儿重新投入母亲的怀抱,又像久旱欲枯的小苗重逢春雨浇灌,又像苍茫山野里的夜行者找到北斗星不会再迷失方向。沦陷的东三省在天亮之前,白辛终于成为一名共产主义战士。

日本帝国主义投降后,他在吉林市人民日报社做了一段编辑工作之后就参加了东北民主联军(现解放军),并担任第一纵队文工团副团长兼导演。南征北战,参加抗美援朝,之后到八一电影制片厂当导演。创作了电影《冰山上的来客》及多部戏剧作品,在群众中产生了深远的影响。

报纸杂志都发表了对他的纪念性评论文章。我仅对白辛在东三省沦陷十四年中,在敌人刺刀底下,坚定不移地从事进步戏剧活动、宣传救国事迹的散略追记,以飨关心和怀念他的朋友。

选自《东北革命文化史料选编(第二辑)》

◇ 师　泽

佳木斯戏曲艺人的翻身

佳木斯在光绪中年时期开始发迹。由于南北沟里淘金热起,小兴安岭林木开伐,鹤岗煤田掘采,三江平原屯垦获益。到民国初年,这里水旱埠头人流汇集,商行兴旺,作坊林立,花界闹市……终成为松花江下游首埠。因而这里也是戏曲艺人荟萃的大码头,是戏曲艺人跑伯力街、跑崴子的必经之地。

1945 年 8 月 15 日苏联红军与中国共产党领导的抗联部队,从日本侵略者手中光复了佳木斯。同年 11 月初,李范伍、李延禄带领的八路军进抵合江,佳木斯建立起人民政权,领导人民大众翻身解放。

当时聚居佳木斯的戏曲艺人很多,分帮立伙于各个班子里搭挡演出。京剧界中就有山东富连城科班班主宋文启、尚香蕊夫妇主持的"文香戏社";有著名武生李鑫亭、李晓春父子组办的"晓春"剧团;有东北著名文武老生兼红净名演员宋魁英、肖秉南、吴英林戏班;有跑崴子出名的"财主"王宝奎的"竹香"戏班。而东北驰名的刀马旦角吴蕊兰、花艳君也在这里挑台演出,以及刘泰喜、何连奎、姚富奎、李世斌、马云笙、杜润斌、史玉春、王有亭、杨春华、迟玉虎、李金笙、孟繁德、王少亭、曹冠英、马懿、倪桂舟、名琴师吴钰海、名鼓师郝四铭都在这里演出谋生,而范富笙、范富玲戏班,郝树元戏班,王叔在戏班等小型班伙也游动于佳木斯、依兰、富锦之间。在评剧界中有张少华、筱黛云的奉天茶社戏班,有陆宪文为首的牡丹楼戏社等。

这些戏曲艺人过去生活在社会的底层,在敌伪时期身受军警宪特的欺压凌侮,受戏院财主的盘剥虐待,受班主各种头面人物的勒索迫害。多数人是贫苦的,无家无后,有些人贫困潦倒、度日如年,有的沾染上鸦片烟毒,身残艺失,不能登台从艺,她们需要翻身解放。

一

自人民政府建立后,京剧界部分艺人首先响应党和政府的号召,走为人民服务的道路。李鑫亭、花艳君、李晓春、马云笙、李世斌等人就自觉地净化舞台,不再演出糟粕戏。她们在华美影院上演《美猴王》《金钱豹》《驱车战特》《乾坤圈》《白娘子》之类的剧目,并招待演出慰问了"三江人民自治军"(八路军初到合江的番号)。

1946 年夏,党领导的总政治部部艺文工团、东北文工二团、鲁艺文工团相继来佳木斯,并在各剧场学校具有声势地演出了《血泪仇》《白毛女》《自卫》《海滨》《血债》等革命内容的歌剧、话剧,引起全市人民群众的强烈的关注和喜爱,对京剧戏曲界震动很大。加之广大人民群众相继在反奸清霸、减租减息、建立区街政权的斗争中,革命觉悟普遍高涨,人民政府的机关干部,驻佳八路军指战员,也需要观看与时代气息相通的戏曲艺术。因而戏曲艺人自身要求变革的积极性很高。所以在这里首先出现革命文艺工作者与戏曲艺人相结合的局面是很自然的事情,这是中国文艺史册上的一件大事。

1946年10月,东北文工二团书记吴雪同志,深入春华戏院,探看京剧艺人,并给在场的京剧艺人讲起了八路军八年抗战的经过,讲了中国共产党的主张,以及解放战争的革命形势。李鑫亭、花艳君等艺人很受教育。他们又看到共产党八路军接近贫苦大众,为人民办事,看到斗争佳木斯头号大汉奸大恶霸曲子铭和清算敌伪汉奸的事实,看到了穷苦人民有了翻身解放的希望。他们就请吴雪同志帮助,京剧怎样为人民服务。很多人打消了正统观念和去向国统区的念头,决心留下来,为新社会服务。吴雪同志要大家认清形势,跟共产党走,出路是演出新编历史戏。随后将从延安带来的剧本《三打祝家庄》与《逼上梁山》交给李鑫亭。

李鑫亭原在山东、天津、旅大等地唱红的文武老生演员,多年组班,有相当的组织才能和从艺本事。1944年来佳木斯在佳明舞台主台演出。由于他专心从艺,从不与军警宪特来往,又不搞封建帮派活动,在京剧界艺人中很有声望。在他的串联下很快就有花艳君、姚富奎、李世斌、马云笙等一批演员高兴演出新编历史剧。因为《三打祝家庄》剧本人物众多,情节又好,而且每个京剧行当都有重头戏。吴雪同志也认为这个戏能团结更多的艺人参加演出,能调动多数人的革命积极性,也主张首先排演该剧。在李鑫亭的组织下,宋文启、王宝奎、宋魁英等名演员也都愿意合作。当时春华戏院老板马玉顺、胡威也看到京剧艺人排演新编历史戏的精神高涨,也给予支持。这样《三打祝家庄》一戏就排出了强大的演出阵容,并有了演出场地。几经商议，该剧由郝树元扮宋江，史玉春扮吴用，李鑫亭扮晁盖，李晓春扮石秀，何连奎扮李逵，李世斌扮乐和，杨春华的林冲，吴少堂扮王英，王有亭的秦明，宋文启的祝朝凤，于江的祝小三，迟玉兴扮祝龙，迟玉虎扮祝彪，史玉春扮李应，花艳君的扈三娘，姚富奎的孙新，刘月堂扮孙立，李金笙扮栾延玉，尚香蕊的祝夫人，花艳云的孙夫人，刘喜太宋江 B 角，宋魁英晁盖 B 角。全戏在吴雪和邓止怡同志导演帮助下仅用一周时间响排成戏。十月二十日正式公演。首日公演三场爆满，《合江日报》《东北日报》都予做了宣传介绍，接着各区自卫队、各工厂工会、各学校纷纷包场，一下子轰动了佳木斯。在演出中还为部队和党政机关做了慰问演出。演员们从来没有见过群众的乐道情绪，观众排队入场，戏院门前人潮起伏，剧场内军民同坐，喜气洋洋。演员日演三场精神饱满，大家感到比过大年开箱演出还热闹，真是有生以来头一次遇上这样的演出。

张闻天、李范伍等省委领导看戏后，认为戏演得很好，很有现实意义。当时合江部分地区正处在发动群众进行先期土改工作。需要工作团员们更好地深入农村，接触贫雇农，做好调查研究工作，而该戏就讲述了注重调查研究、会分析问题的重要性，省委便令全体下乡工作团员都必须观看此戏。京剧在这里破天荒地为人民群众所注重，为人民的翻身事业去服务。演员们头一次感觉他们是舞台的主人，是备受尊敬的文艺工作者，理解了走为人民服务道路的正确性。他们再也不为饭碗而发愁，开始把身心用在艺术表演上去。

在总结这次演出、表彰京戏艺人排演新编历史剧的会议上，市委宣传部长林平、文协负责人塞克、鲁艺负责人张庚、东北文工团负责人吴雪,都到会讲了话。他们肯定这次演出是归戏艺人走上革命道路的开始。就京剧而言是延安开始的上演新编历史戏的继续。而这次演出《三打祝家庄》是这个剧本的最好的一次体现。这个戏演出时间一月之久,观众多达十万余人。春华戏院的京戏艺人也因此打破小股子班伙的小团体界限,大家组织起来,形成一个演出整体。从生活习惯到演出作风都开始向着新型文艺团体过渡。

二

《三打祝家庄》演出之后,省市委领导认为,佳木斯戏曲艺人队伍庞大,就京评戏和书曲艺人的艺术造诣很高,应当加以组织领导,使其穷苦艺人翻身解放,使其零散的班伙形成队伍,成为有益于革命事业的文艺团体。因而组织旧艺人翻身工作就交由刚刚成立的佳木斯文协领导与组织展开。塞克与张庚同志,在文协组委会上决定派工作组进入戏院。按省市委要求去办。塞克、张庚同志带领张僖、高天云、黎舟等同志进驻春华戏院,领导京戏艺人翻身运动。

首先是搞起了减租减息,让戏院老板和班主们先行减少戏份子。原来班主和大轴戏演员、垫场戏演员、开场码演员,以及站厢、打标子(打小旗)演员等,可分为四六九等,每场戏获利多少是按不同的比例进行分成的。多数艺人是贫困的,不得温饱,有的终身孤苦一人。由于开展教育大班主李鑫亭、宋魁英、宋文启、王宝奎等人先行自觉地减少戏份子分成,降低了收入,让配角演员多得些收入。戏院老板马玉顺、胡威主动将春华戏院的产权交给了人民政府。因为春华戏院系敌伪时多股经营的影剧院,而主要产业主谷春阳已逃离佳市。政府最后决定胡威等人的产业算股份,胡威仍为戏院经理。经过减租减息运动,使多数艺人有了温饱,并将敌伪遗留的房舍拨给艺人居住,解决了住房困难。在师徒关系中废除了打骂现象,建立不准虐待学员制度。戏院里出现有史以来平等相处、办事民主现象。而整个艺人的社会地位有了提高,不再是低人门下的"戏子",而是人民政府给予生活保障、受人们尊敬的文艺工作者。张僖、高天云同志每日领导大家学习政治,开展业务训练,春华戏院一改旧戏班的习俗,而成为新型的文艺团体。

二是很多艺人都有吸食鸦片的嗜好,极大地影响着艺人的生活。工作组在开展政治教育的同时,进一步开展了禁烟戒毒工作。为戒烟毒先找来了药品,并准备集体戒烟的房舍。开始时有的人思想不通,逃避禁烟运动。工作组黎舟、高天云同志就逐人帮助、谈话。花艳云是位著名的青衣演员,因烟毒缠身已不能登台演出,在工作组帮助下,她毅然参加了戒烟运动,经一周多的痛苦戒烟治疗,终于解除了烟毒的残害,成为精神焕发的新人,并重新登上了舞台,恢复了艺术青春。工作组以花艳云做典型,让她讲述自己戒烟前后的变化。烟毒最深的花艳云得到新生,从而使更多的人也觉悟起来,就连大班主宋文启夫妇、名演员刘喜太等都响应号召,住进了戒烟宿舍。前后经历一个多月的时间,春华戏院、大众戏院的戏曲艺人基本上都解除了鸦片的毒害。艺人队伍精神面貌发生翻天覆地的变化,一派生机。

在此基础上,工作组开展艺人诉苦运动,很多戏曲艺人纷纷起来讲述自己的血泪家史、从艺中的悲惨遭遇,以及敌伪时期日伪汉奸特务与各种反动权势人物的迫害。花艳云、花艳君女人艺人的遭遇更为之典型,花艳云孤女出身,花艳君也数次被人拐卖,她们受到敌伪军警宪特的凌辱,使人声泪俱下。就连班主宋魁英也讲述自己被抓劳工在兴山煤矿死里逃生的经过。从宋文启痛苦回忆了他力办山东富连城科班,最后遭反动势力迫害,同人被逼死、被关押,有的女学员被拐卖入娼的现象。从而,戏曲艺人的阶级觉悟迅速提高,大家衷心感谢共产党的领导有了翻身解放的时日,决心演好戏为人民服务,跟共产党走。

京戏艺人的翻身运动也影响到评戏艺人。大众戏院和奉天茶社两地的评剧艺人筱艳芹、筱黛云、刘鸿霞、陆宪文等人也起来要求政府组织他们闹翻身。结果在工作组尚未进点前,奉天茶社的经理王狗皮吓跑了,大班主赵大高因虐待艺人有罪恶也逃之夭夭。工作组进点后,首先是给评剧艺人解决房舍,成立了食堂。任翠卿、任翠玲等也在戒烟后参加了演新戏活动。

京戏艺人在提高觉悟后,迅速赶排了新编历史戏《逼上梁山》、《渔夫恨》(即《打渔杀家》的新编本)、《九件衣》、《荒山泪》。配合剿匪胜利,宣传胜利形势,编演了《活捉谢文东》。这些戏在人民群众翻身解放运动中都如活教材一样为人民重视和喜爱,演出后均场场客满,场场有单位包场,经济收入大大增加,演员再不为收入发愁。演员们普遍要求建立统一领导、统一组织的戏院。这样东北解放区第一个戏曲剧院,佳木斯市人民戏院在一九四六年春节时正式诞生。

三

由于党的领导,新文艺工作者的努力帮助,佳木斯戏曲艺人得到了翻身解放。戏曲艺人革命积极性大为高涨。她们除了在戏院正常演出外,在年关中组织了慰问团,在佳市各医院为解放军伤病员演出。京剧抽派一部分锣鼓师演奏员赴鹤岗参加影片《皇帝梦》

傀儡戏的打击乐伴奏。评剧老艺人陆宪文、郭文宝还为鲁艺和东北文工团的新文艺工作者们讲解地方戏的表演，唱述地方戏曲调，为他们编写新型秧歌剧提供艺术技巧。郭文宝最后参加鲁艺。戏曲艺人真正地投入了革命怀抱。

在元旦佳木斯文协召开了戏曲艺人代表座谈会，全市有八十余名戏曲、书曲、相声艺人到会。省政府古斌秘书长在会上说：佳市旧戏是翻了身，它表现在：一是戏剧内容开始向联系大多数老百姓方向转变；二是演员的态度从光为挣钱转变到为人民服务上来；三是观众不再是有闲阶级，而是广大的翻身人民。他进而勉励艺人必须团结起来，解除一切派别观念，共同努力，使演出内容能为老百姓所喜闻乐见。董先侨市长讲：大家要看清新民主主义艺术的本质，充实自己，努力为人民解放事业奋斗。市委宣传部长林平以区街干部看了《三打祝家庄》体验到任何工作要走群众路线为例，说明人民艺术的教育作用，从而号召艺人们更进一步努力改造自己。作家萧军、东北行政委员会教育委员董纯才、东北文工团长吴雪对改造旧戏，对组织戏曲艺人形成为人民服务的队伍都讲了自己的意见。在这会上，春华戏院吴钰海、演员花艳云、奉天茶社赵玉亭、书曲艺人高镜峰等二十余人起来发言，一致表示好好提高自己，努力为人民服务。在这个会上，塞克代表文协同意组织艺人翻身协会。而京剧界在一九四六年十二月十八日就正式成立了佳木斯京戏艺人翻身协会，通过选举产生了协会领导成员。李鑫亭当选为会长，孟繁德、吴钰海、宋魁英、郑文明、刘月堂为委员，并在协会领导下组成了人民戏院，对戏院进行管理。有近百名京剧艺人入了协会。他们经验正式推向全市。塞克同志讲："京戏成立了翻身艺人协会，使佳木斯京戏艺人从此有了家。参加组织起来的艺人必须在思想上行动上确定为人民服务的观点。"第一位艺人翻身协会会长李鑫亭,办事公道,革命积极性很高,在张庚同志去牡丹江时就带李鑫亭为骨干,到那里去开辟工作。

从此,佳木斯戏曲艺人在中国共产党领导下,走上了为人民服务的光辉道路,整个戏曲舞台推陈出新,一批新编历史戏和改编移植的现代戏便开始演出,如京剧《逼上梁山》《三打祝家庄》《九件衣》《渔夫恨》《荒山泪》《白娘子》《红娘子》《李闯王》《活捉谢文东》《狼牙山五壮士》,评剧《王贵与李香香》《刘胡兰》《血泪仇》,新编《借年》《小姑贤》《王秀兰》等等,开创了戏曲演出的新篇章。这里成为改人、改戏、改制的先行地区。

选自《黑龙江革命文化史料(佳木斯专集)》,1989 年

◇ **江　帆**

在四保临江的岁月里

我和蔡天心于 1946 年 8 月由哈尔滨绕道朝鲜经辑安、通化到临江。蔡天心分配到一地委任宣传部副部长,我到临江县任县委常委宣传部长。通化被国民党占据后,形势日益严峻,南满根据地只剩下临江、抚松、靖宇、长白四个县共 22 万多人口,以临江为中心,约有 16 万人左右。1946 年 11 月,省委决定撤销一地委,地委书记郭伟人同志前往敌后。蔡天心任临江县委宣传部长,我为宣传部副部长,原县委书记周书民任组织部长,原组织部长李政改任副部长,公安局长仍为王烈。

在四保临江的岁月里,我与蔡天心一直在临江工作,直到 1948 年初,形势好转后,才奉命到梅河口的省委报到,3 月初到山城镇创办辽宁公学(后改称辽宁学院)。

当时,为了坚持南满根据地,县委的中心工作是土地改革和支前。县委一班人全都分头下去搞土改。我曾去松树镇、区及城区建国镇、河西解放镇等地。蔡天心曾去过红土崖区及建国镇。我们下去发动农民诉苦闹翻身,搞土地还家,扩军、组织支前等等。当时部门工作也都围绕中心工作进行,如发展党员,办党员训练班,进行形势教育等等。1946 年 12 月,陈云、肖劲光同志从北满来到临江,建立南满分局。陈云同志在七道江会议上明确地提出了坚持南满根据地,保卫长白山,坚持敌后三大块的方针。此后,他又亲自找我们县委的几个同志去谈话(我记得当时有周书民、蔡天心、李政和我,其他同志到区里去了)。陈云同志首先询问了县里的情况,并问我们有没有信心,能不能坚持住。然后他说:"你们县委一班人要有信心,要亲自下去,亲自到连队去做政治思想工作,现在的问题是在于有人缺乏信心,敌人本是瓜皮帽,却被看成了帽儿山(临江城区有个帽儿山),吓破了胆……"说得我们都笑起来。蔡天心说:"只要有大部队在,有分局、省委领导,我们能坚持住,实在紧急时,还可以跨过鸭绿江。"

一保临江以后,形势逐渐好转,我们都回到临江城里,我和蔡天心到建国镇后台搞土改,马毅之去三道沟门。这时,环境相对稳定,文化工作也就逐渐发展起来。

当时南满根据地虽然只有四个县,但以临江为中心(当时分局、省委、军区、军分区全在临江)的文化活动还是很活跃的。据我记忆,可分以下几个方面。

一、广播电台

临江有广播电台,对外广播新华社通讯和播送歌曲音乐等。台长朱受之,是专业搞音乐的,后来到海龙时,他仍是台长,沈阳解放后回到音乐学院搞音乐专业去了。播音员宋雨枫,她曾一度调到县委宣传部工作,后调海龙广播电台工作。此后,她一直工作在广播战线。

二、文工团

先后曾经有三个文工团在临江县活动过,最早的是鸭绿江文工团,以王力明、刘相如为领导,不久即离开。后来,又来了鲁艺四团,一是演出,二是招收新团员。当时陈锦清和张望等同来,演出了一些节目,如《收割》等。当时临江文工团已成立,四团想调其中的某些主要演员。蔡天心不同意,结果作罢。

在临江活动时间较长的是临江文工团。临江县仅有三个年制的中学,但这所中学却为党和国家培养输送了大量的干部。当时,我们文化文艺干部主要来自临江中学,大部分是未毕业的初中生。当时,该校的一部分学生参加了土改工作队,一部分参加了临江文工团。参加土改工作队的和我一起在城区几个镇搞土改;参加文工团的是初三全体学生,约三十余人,原称艺术研究班,后改为临江文工团,由蔡天心负责领导。因为都在城区,有时由于演剧的需要,土改工作队队员也有抽调出来演剧的,如在建国镇后台搞土改的刘毓范同志就演《白毛女》剧中的二婶,以后她一直在文工团,并随军进了关。

文工团成立后,临江的文化文艺活动就蓬勃地开展起来。

首先是组织歌咏、秧歌队的活动。一时《解放区的天》《没有共产党就没有新中国》《吃菜要吃白菜心》等歌曲和秧歌剧《姑嫂劳军》《兄妹开荒》中的插曲都流行起来。为了庆祝农民翻身解放,全城大闹秧歌活动,蔡天心同志曾在报上发表了关于新秧歌活动的文章。一时满城歌声满城舞,活跃异常。与此同时,临江文工团为了配合土改和参军、支前还演出了许多大大小小的节目,仅我所能记忆的就有《收割》《兄妹开荒》《姑嫂劳军》《李二小参军》《抬担架》《血泪仇》和大型歌剧《白毛女》等等。其中,《白毛女》是重点节目,我们那时正在建国镇后台搞土改,文工团在我们住地排练,蔡天心亲自导演(其实他并非专业,也不懂行,不过拿鸭子上架罢了),我也常在一边看。这个节目受到了热烈欢迎,群众反应很强烈,受到了深刻的教育。文工团曾到几十里地外的苇沙河区去演出,场场是台上哭,台下也跟着流泪,扮演穆仁智的张束几乎当场挨揍,亏的及时劝止了。

临江文工团后来划归一军分区,成为独立四师的文工团,后改为正规军153师文工团,随大军进关南下至武汉。

这个文工团的负责人及主要演员后来多成为部队和地方文化工作的领导骨干。如当时的团长张束,后任广州军区文化部副部长,指导员刘凡曾任湛江军分区文工团指导员,饰演大春的冯力为佛山军分区副政委,扮演杨白劳的侯英曾任广州歌舞团团长。

三、《鸭绿江》文艺月刊

《鸭绿江》文艺月刊由省委宣传部领导,主要由郑文同志负责,老编辑张青榆担任编辑。该刊创刊号于1946年9月30日在通化出版,创刊号发表了蔡天心的长篇《浑河的风暴》第一部的楔子,郑文的短篇《仇恨》,王慎之的报告文学《旅程散记》,史潮的杂文《蒋介石的道路》,江帆的《读〈宁死不屈〉》等。第二期又继续发表了蔡天心的《浑河的风暴》第一部第一章。形势好转后,《鸭绿江》就迁到梅河口,继续办刊。

最后,我再简单地叙述一下蔡天心和我在这一时期的创作活动。

在四保临江的岁月里,严格地说,是没有多少余暇让我们从事创作活动的,即便是业余,也很少有时间,除非是工作必需。因此,那一时期在《鸭绿江》月刊上发表的蔡天心的长篇部分篇章是他酝酿已久、几经修改的旧作,这部长篇花费了他大量的时间和心血。

为了配合土改,我与蔡天心合作写了《欢天喜地》和《翻身接媳妇》两部秧歌剧。此二剧后由辽宁新华书店出书,并由山城镇辽宁公学文工队演出。

此时期,蔡天心除长篇小说《浑河的风暴》片断发表于《鸭绿江》之外,只写了一篇谈秧歌活动的论文,发表在 1947 年间的《辽东日报》或《辽宁日报》某期上。

我在业余时间写了几篇报告与散文如下:

1. 书评《读〈宁死不屈〉》,发表于《鸭绿江》创刊号;

2.《江云奇——一个翻身农民的真实故事》,发表于《鸭绿江》月刊;

3. 报告《喜事》(建国镇四日),发表于《鸭绿江》月刊;

4. 散文《离开的时候》,发表于《鸭绿江》月刊,现收入人民文学出版社出版的《中国现代散文选》。

选自《东北革命文化史料选编(第三辑)》

◇ 李　文

从延安到东北

一九四五年"八一五"，日本政府无条件投降。延安军民一片欢腾，热烈庆祝八年抗日战争的伟大胜利。党中央迅速做出决定，派大批干部去东北。那时，我正在延安陕甘宁边区新华书店工作。九月初，中央组织部通知我和我爱人邹贞坚去东北，同行的有鲁艺和其他单位三四十人。组织上给我和邹贞坚配备了一头大毛驴，一边驮着一箱书籍样本，一边驮着刚满两岁的孩子。

长途行军

临行前，我去西北局转组织关系，见到宣传部长李卓然。他说："东北被日寇统治十四年，推行奴化教育，老百姓渴望看到我们解放区的新文化，去东北要多出马列主义、毛泽东思想的书籍。"

在延水河畔，宝塔山下，我们与送行的同志们握别，徒步行军，日行五六十里，渡过黄河向东北进发。在晋西北，深夜通过同蒲铁路敌人封锁线，一路上在大山里行军，走了两个多月到达张家口，又沿着长城经过左北口到达承德,从这里坐上火车到达阜新、新立屯。那时,国民党军队已占领了沈阳。在蒋匪军进犯的大炮声中,我们连夜向北赶路到了郑家屯。

在郑家屯见到了辽北军区政委陶铸和陈郁。不久,国民党军队又向郑家屯进犯,我们继续向北撤退,到达洮南、白城子见到当时西满军区政委李富春。他说:中共中央东北局在长春,要我们即日动身坐火车去长春。他亲自写了一封信交给我带给东北局宣传部长凯丰。到长春见到凯丰同志,分配我去东北日报社工作。

那时,国民党军队正疯狂地进犯四平,战斗很激烈。我在长春住了不到一个星期,报社接到命令立即向哈尔滨撤退。五月二十一日凌晨,我们乘最后一列火车向北进发。敌人飞机多次向火车扫射和轰炸,有几位同志受了伤,但还是平安到达了哈尔滨。不几天安排就绪,《东北日报》在哈尔滨出版了。当时的东北书店由报社领导。组织上派我去东北书店工作,到佳木斯建立出版发行基地。

张闻天同志的关怀

佳木斯,是当时合江省的省会,是我们党在北满的大后方基地。省委书记是张闻天。我们随着东北日报社一部分人员携带印刷机械设备、物资,撤到佳木斯这个基地来。省委将伪满时期一个大旅社拨给东北日报社。我们迅即将印刷机器设备安装起来,排印书刊。

东北书店总店从东北日报社调来几位工作人员,在佳木斯市中山大街建立起门市部,还开辟了一个阅览室。佳木斯东北日报社印刷厂建立起来以后,主要是给东北书店排印毛主席著作单行本和从延安带来的各种书籍,也编印一些宣传土改政策的书籍。出版的第一本文艺创作是范政写的《夏红秋》，以后陆续出版一些新书，如周立波写的《暴风骤雨》等。开始时人手很少，还没有建立编辑部。印刷厂负责人王大任和东北日报社在佳木斯的干部，都动员起来做校对工作。大家经常工作到深夜，争取时间早出书、多出书。

省委书记张闻天对出版发行工作非常关心。有一次，他找我去，对我说："书店的门市部和阅览室，书太少，要多出一些。"他认为，阅览室的墙报"读者园地"栏，解答读者来信提出的问题，很好。他问书店工作有什么困难，我说书店人手太少。他就对当时负责组织部工作的刘英（张闻天的夫人）说："给书店调配一些干部和中学毕业的青年。"他还从书架上挑选了几套延安解放社出版的书籍，交给我拿去翻印。不久，省委组织部先后调来几位同志搞编辑工作，还从省联合中学调来十多个毕业生。这些新生力量就成为以后书店工作的主要力量。

在佳木斯整整一年时间，一九四七年七月东北书店总店迁到哈尔滨。

出版《毛泽东选集》

一九四九年九、十月间，东北局宣传部长凯丰找我去，交给我一部《毛泽东选集》的稿子说："这是从延安带来交给东北出版的。要重视，组织好力量，完成这项重要任务。"我很高兴地接受了这个光荣任务。但是，当时哈尔滨的印刷条件很落后，还没有规模较大的印书的印刷厂。佳木斯印刷厂出版一般书籍还可以，印较高质量的精装书籍的技术条件还不行。哈尔滨有个中长铁路印刷厂，规模较大，没有被破坏，是专门印中长铁路火车票和铁路上使用的表册之类的厂子，有精装烫金等设备，但是从没有印过这样大型的书籍。

经过多次与那里的军代表和厂长商讨研究，他们认识到出版《毛泽东选集》的重大政治意义，愿动员全部力量，承担这个印刷任务。印刷厂和书店都开了动员会。排版、印刷、装订等车间的工人都提出了完成任务的保证条件。

那时我们东北书店总店的几位领导同志天天跑印刷厂，与工人师傅一起研究排版、打样校对、改错字等。排印《毛泽东选集》用的老五号铅字全部是新铸的。全部校样前后仔细校对了七遍，保证做到了没有一个错字。印刷厂没有打纸型的设备，只好用活版上的印机开印，为保证印刷质量，我们派人日夜守在印刷机旁负责抽查。

经东北局批准，《毛泽东选集》印两万部。我们找东北经委主任王首道，批给了专用纸张，又专门到靠近图们江的石砚造纸厂，联系安排生产专用纸张的任务。全书的装帧设计，经过多次讨论和精心设计，精装本烫字和毛主席侧面像，是专请老师傅雕刻的钢印。

《毛泽东选集》正要付印时，毛主席在中共中央会议上的报告《目前形势和我们的任务》公开发表了。经请示凯丰同意将这篇光辉著作编入《毛泽东选集》，放在卷首。

这部《毛泽东选集》的出版发行，是东北人民政治生活中的一件大事，在广大干部中掀起了学习毛主席著作的热潮。关内各解放区读者也纷纷来信购买。

《毛泽东选集》出版以后，凯丰又安排我们出版斯大林著作五卷本和十二本《干部必读》（马列主义理论著作）。那时，佳木斯东北日报社印刷厂已拨给书店领导，在哈尔滨也建立了书店的印刷厂，出版印刷力量更加雄厚了。

建立发行网,培养青年干部

随着革命形势的发展,书店业务也日益扩大。从一九四六年七月到一九四七年七月,东北书店总店设在佳木斯,还在哈尔滨、齐齐哈尔、北安、牡丹江设立了分店,在北满、西满各县建立三十八个支店。这些分支店都是在当地党委领导下建立起来的。一九四六年,总店和印刷厂共有一百六十七人,到一九四七年发展到三百三十三人。四七年七月总店迁到哈尔滨,到一九四八年十月,东北全区解放,共有分店十五个,支店一百八十五个。整个东北的发行网都建立起来了。

分店和部分支店的负责人,是由总店派出干部担任的。我们对青年干部的革命热情、事业心和工作能力有充分的估计和信任。在革命实践中,东北新华书店涌现出不少年轻有为的干部,二十来岁的青年就能独当一面,担任分店经理。他们依靠党的领导,团结周围的同志,刻苦钻研业务,不断地有新的成就。

我们对干部的培养,采取以下几种办法:

1. 以老同志带新同志,老的亲自动手,以身作则,艰苦奋斗,身体力行,无论是门市服务,或下厂下乡,都是带头干;发扬民主,共同讨论、总结经验,不断改进和提高工作水平。

2. 抓政治业务学习,坚持学习制度,定期测验考试,成绩优良的及时表扬奖励。

3. 为了加强对分支店业务领导和提高职工的业务水平,总店编印了《业务通讯》内部刊物,指导工作,交流经验和介绍业务知识,作为组织职工业务学习的必读材料。

4. 定期召开分支店会议,及时布置讨论和总结工作。每次会议分支店领导干部相互交流经验,是提高思想和业务工作水平的有效方法。这种会议,讨论的重点要明确,而且要在会前通知分支店做好充分准备。

5. 在一九四九年四月举办一个半月的出版发行业务训练班。这次训练的目的是:①在出版发行工作方针上确立为人民服务的思想;②在工作上掌握比较基本的业务知识;③在文化上提高阅读、写作、计算、记录的能力。训练班结业后,有的同志谈体会说:经过十五天学习,在思想上,对书店工作有了进一步的认识,对民主集中制的管理原则有了新的领会。总之,思想水平、业务水平和文化水平都有所提高。

组织发行人员下厂下乡

东北的城市工业和铁路交通较为发达,但是也有着广阔平原和森林山区。辽宁、吉林、黑龙江三省面积总计七千多万平方公里,有六千多万人口。城市人口约占百分之二十,占百分之八十的广大农民群众是居住在农村和偏远山区。因此,东北局宣传部指示图书发行工作"在工业地区是城市为主,在一般地区是城乡并重"。

在城市,书店都设有门市部,还设有阅览室和借书处。各省分店都设有函购科和对工厂、机关、学校的服务部,有的分支店还办理电话购书和定期去工矿流动供应。如一九四九年八月程刚枫写的《深入工厂面向工人》一文,介绍了沈阳铁西工业区图书发行工作的经验:"书店为工人服务,不怕麻烦,打来电话要三本五本,马上送去,工厂收到书,即时付现款,并讲,想不到你们真的能这样做。"又如本溪支店关于深入矿区发行的报道中说:"他们指定专人负责工矿发行,油印图书宣传品,专门介绍书的内容,发到各厂矿去。他们与工会、共青团和行政部门建立联系,开展发行业务。他们还深入夜校与教师联系,向工人介绍图书。"哈尔滨分店郑士德写的《城市发行工作》一文,着重总结了深入工厂、面向工人开展发行工作的经验。黄巨清写的《把下工厂的发行工作提高一步》一文中指出:下工厂要扩大与巩固图书室,要进一步深入工人群众和加强宣传推广工作。这些都是同志们在改进城市发行的实际工作中总结出来的好经验。

各分支店把农村发行工作作为经常的重要任务,普遍重视文化下乡工作。尤其是结合农村冬学运动送书下乡,作为一个时期的中心任务。广大农民经过土改斗争翻身作为主人,迫切需要文化知识,各地农村办冬学,书店干部背书下乡销售书籍,到处受到群众的欢迎和帮助。我们出版了大量适合农民干部和群众阅读的通俗读物,如农民文化课本、庄农杂志、冬学识字课本、农历和各种农民群众喜爱的读物;还出版了大量新年画。东北局宣传部指示书店编辑出版一种专为农村干部阅读的《翻身乐》(后改为《新农村》定期刊物),这是宣传党的农村政策、指导农村干部工作的通俗刊物,发行量很大。东北冬季时间很长,是我们为农民服务的好时机。每年秋季,我们都召开分支店会议,专门布置书画下乡任务,总结交流农村发行经验。

东北局宣传部决定:人财物统一管理

一九四九年初,全东北已解放,东北书店迁到沈阳。为配合中国人民解放军第四野战军迅速挥师入关,根据东北局宣传部的指示,我们派卢鸣谷、史修德等三十余名同志,携带《毛泽东选集》等大量图书随第四野战军进关。

　　为了配合解放全国的新形势,东北书店这个名称(如同东北民主联军改为中国人民解放军一样),已完成了它的历史任务。为统一党的书店名称,经东北局宣传部向中央宣传部请示,改东北书店为东北新华书店。经中宣部批准,从一九四九年七月一日起,东北书店各地分支店一律改名为新华书店。

　　那时东北局宣传部长是李卓然,副部长是刘芝明。他们对书店工作极为关心,经常给予指示。我们召开分支店会议,他们亲自来做报告。一九四九年八月二日,东北局宣传部在《关于东北新华书店工作的决定》中明确规定:一、东北新华书店是东北局直接领导下的出版发行部门,负责组织进行在东北地区内党的出版发行工作;二、东北新华书店为完成上述任务,应该按实际需要在东北各地设立分支店,并根据党的出版发行方针在行政上、业务上、经济上直接管理与指导各地分支店的工作,各分支店的工作人员今后亦由东北总店统一分配与调动;三、各地书店应实行企业化管理,并在可能条件下积累资金,扩大业务,尽量求得配合当前经济文化建设的需要,满足干部与群众在文化上的要求;四、各地分支店虽在业务、行政上直属东北新华书店总店管理,但各地党委宣传部仍应在政治上、工作上加强对其所属地区书店的领导,关心书店工作人员的政治教育,组织他们学习,检查他们的工作情况。东北局宣传部的这个决定,有效地促进了东北全区图书发行事业的发展。

　　一九四九年十月中华人民共和国成立,东北新华书店总店改为新华书店东北总分店。

一九八一年十月

选自《黑龙江革命文化史料(佳木斯专集)》,1989 年

◇ 李德琛

回忆冀察热辽联合大学鲁艺学院

这所鲁迅艺术学院是 1947 年 8 月在冀察热辽军区文工团的基础上建立的。它的前身是 1945 年 8 月建立的冀东十四军分区胜利剧社。这支文艺团体,从创建到结束共有三年零八个月的历史。它在解放战争中,随军转战南北,驰骋疆场,在广阔的冀察热辽地区遍留足迹,为当地军民创作演出了大量的歌颂党、歌颂人民、歌颂人民军队的文艺节目,宣传了党的政策,鼓舞了军民的战斗士气,为人民解放事业做出了积极贡献。

这支文艺团体,由于在为工农兵服务方面取得优异成绩,1947 年 7 月,冀察热辽军区立功委员会为文工团和安波等九人记了战功。

学院建立后,共招收三期学员,培养出千余名文艺工作骨干,毕业后分往承德、内蒙、赤峰、锦州、沈阳以及随军南下到天津、北京、武汉、广州等地,为开辟新区工作、发展党的文艺事业做出了贡献。

现就个人的回忆,将这段战斗历程简述如下:

胜利剧社建立与发展

1945 年 8 月,苏联对日宣战,苏军迅速进入东北。我冀热辽部队为配合苏军作战,收复失地,奉命向东北和热河挺进。冀热辽军区冀东十四军分区,为了加强宣传工作,扩大宣传队伍,将原军区宣传队(建于 1944 年 8 月)改组为胜利剧社。社长兼指导员为韩大伟。成员除原宣传队员外又新吸收一部分人。原宣传队人员有:孙式礼(原副队长)、王忠(王渔)、段文俊、王志成、付志儒、李兆增、孟凡五、童锋、王海、王振岳、李春季、李春秋、李良、郭福臣、刘鹤林、张友明、秦英(女)、佟建华(女)、陈光(女)、王建(女)、姚翔九(女)等。新吸收的有夏功臣(夏炎)、李德生(李德深)、刘才、李荣瑞、曲文玉、于景福(于锦夫)、刘绍先、徐惠春、郭保田。全社共计 30 余人。社员分四个班(男三,女一),另有三人搞伙食工作。这是一支年轻的文艺队伍,大多数成员没经过专业训练,年龄最大的二十二三岁,最小的只有十五六岁。

9 月,剧社随军从冀东的蓟县邦均镇出发,向热河挺进。途中边行军边演出。当时为了行军方便,携带的演出用具很少,只有一块幕布、两个汽灯、一套锣鼓和二胡、笛子、小号、口琴等几件乐器。演出的服装道具均是演出时向当地群众现借。由于人员少,演出时每个人身兼数职。当时只能演一些小型节目。途中为当地军民演出了小话剧《一双鞋》,歌舞《霸王鞭》,歌曲《八路军进行曲》、《对花》、《歌唱二小放牛郎》(劫夫曲)等节目,受到观众欢迎。

10 月,剧社经过古北口进入承德市。进城后,接管了承德市国民会馆(电影院),改名为胜利剧场,作为剧社的演出阵地。扩大了队伍,吸收了当地知识分子王喜(汪洗)、丹地、王树棠、刘桐林等同志参加剧社工作。为配合形势宣传,演出了小话剧《一双鞋》《李大疤瘌》、歌舞《霸王鞭》《八月十五》等节目。

10月中旬,由于去东北的交通受阻,原计划赴东北开辟工作的延安文艺干部被军区留下,分配到胜利剧社工作。首批调来胜利剧社的是骆文、林农、达尼等人。他们调入剧社后即积极开展创作,骆文、林农写出话剧《红军让我们翻了身》,达尼谱写《十月的歌》,11月7日,十月革命节,首场演出《十月的歌》和《红军让我们翻了身》,慰问驻在承德的苏联红军。接着,为了配合当前形势,在街头演出了以宣传禁用伪币为内容的话剧《换大洋》(白晞主演)和《放下你的鞭子》(杜印主演)等节目。

从10月中旬至11月末,调入胜利剧社工作的延安文艺干部,共有20多人。现在能记起名字的有安波、骆文、林农、达尼、程云、杜印、白晞、莎莱、严正、木可夫(柯夫)、郭介人、张凡(海默)、吕西凡、姚一清、江雪、尹文亢、肖力、孙力等。李劫夫同志这时也调入胜利剧社。大批老文艺干部调来后,剧社进行了改组。

12月8日,胜利剧社划归热河军区领导,改名为热河军区胜利剧社。社长安波,副社长李劫夫、骆文;政治协理员韩大伟,副协理员木可夫。下设戏剧部(主任杜印、副主任郭介人),音乐部(主任莎莱、副主任达尼),演出部(主任程云、副主任严正),创作部(骆文兼主任),行政科(科长郭福臣)。全社成员已发展到60余人。剧社改组后,立即排演了《兄妹开荒》(莎莱、严正主演)、《大家喜欢》(吕西凡、莎莱主演),连演17场,场场爆满,颇受群众欢迎。

1946年1月,新年期间,在剧场、街头演出了新创作的小歌剧《解放年》(莎莱作曲,后改名为《胜利年》),快板剧《我认识了八路军》(王喜编剧),歌舞《推小车》《军民鼓舞》等节目。

　　1945年冬国民党军向热河进犯,我军及时地组织保卫热河战役,在锦州、赤峰一带阻击敌人。1946年新年过后,剧社奉命去前线慰问演出。当乘火车行到叶柏寿时受阻,不能继续前进。大家急忙下车,在街头演出了《解放年》《胜利秧歌》等小节目和歌曲《国民党一团糟》(劫夫曲),鼓舞我军士气。当时形势紧张,演出后剧社即奉命向后方转移,乘车到达凌源后,未能休息,继续向西转移。当时火车很少,剧社人员化整为零,以班为单位,分别搭乘往后方运送伤员和物资的列车向西撤退。因煤炭不足火车开得很慢,走了一夜,翌日九点多钟才到达平泉车站。剧社人员下车稍事休息。当晚,敌军逼近平泉,我军出城阻击敌人。胜利剧社人员迅速离开平泉,沿着公路往承德方向转移。由于当时找不到牲畜,就用人拉大车,载着幕布、服装、道具等演出用品,向西挺进。由杜印、严正同志轮流驾辕,年轻的同志在前边拉套,安波等领导同志在后边推着,一步一步地前进。经过十几天的行军,于一月二十日左右,胜利地返回承德市。在全市人民庆祝胜利大会上(1月13日,双方签订"停战协定"),演出了木可夫创作的《我们欢迎和平》等节目。

　　2月5日,军调处承德执行小组到达承德市,热河军区为其举办欢迎晚会,由胜利剧社演出话剧《粮食》。之后,剧社为军队和市民演出了歌剧《白毛女》和《黄河大合唱》等节目,受到欢迎。

　　4月,乔振民同志调来胜利剧社工作,任政治协理员,韩大伟改任副协理员。

　　5月,根据上级指示,剧社抽人组成两个工作队,参加农村反霸清算斗争。一队由安波、莎莱率领白晞、严正、张凡、李德生、李春秋等10余人,去喀喇沁右旗的王爷府、汤土沟;二队由骆文、程云率领王喜、李荣瑞、童锋等10余人,去围场县。农村工作队的任务是,发动群众，"减租减息"，开展反霸清算斗争，为建立人民政权打下基础。

当时农村的阶级斗争极为尖锐复杂，去围场的工作队曾遭到地主武装的袭击。剧社人员经过参加农村反霸清算斗争的锻炼和考验，阶级觉悟大大提高，有的同志被吸收入党。同时体验了生活，收集了素材，创作出歌剧《自卫队杀贼》，在农村就地演出很受群众欢迎。9月末，两个工作队完成了工作任务，先后返回承德。

1946 年 7 月，国民党反动派撕毁"停战协定"，向承德大举进攻。根据军区命令，胜利剧社除抽出吕西凡等十几人，组成文艺小分队随军区政治部活动外，其余转入山区坚持对敌斗争。

7 月末，胜利剧社在安波、乔振民、骆文率领下撤离承德市，开到兴隆县。在县城为群众演出了《如此中央军》《李大疤瘌》《拥军碗》等剧目，宣传了党的政策。8 月中旬，敌军逼近兴隆，剧社转移到兴隆县西南的山区"好地子"。初到山区，在好地子还为当地人民群众演出了《如此中央军》《拥军碗》等节目。山区地阔人稀，有时演出观众仅十余人，但演员为感激山区人民的关怀，演出很认真。后来，由于敌军疯狂进攻，剧社人员转移到深山沟老抗日根据地大、小黄岩一带。当地区委书记吉弟同志，对剧社人员十分关怀，把女同志和家属小孩安置在少有人知的双湖峪。这个地方是抗日时期日本鬼子很少打进来的深山沟。女同志住在这里比较安全。男同志住在小黄岩一带。为了迷惑敌人，胜利剧社对外自称"八路军热南第九支队"，安波为司令员（代号零一）、乔振民为政委（代号零二）。将有战斗力的男同志编成若干小组，坚持武装斗争。当时的主要任务是，侦察敌情，站岗放哨，警戒敌人进攻，遇有敌情，掩护群众转移，保存实力。同时，在人民群众中开展宣传工作，搞坚壁清野,不给敌人留下一粒粮食。有一次,有一小股敌人闯入山沟,向胜利剧社驻地扑来。被我放哨民兵发现后,立即向村里发出警报信号。安波等同志迅速组织当地人民群众转移。剧社带枪的男同志与当地民兵相配合,阻击敌人前进。从中午打到黄昏,敌人未得逞而撤退。剧社人员与群众已胜利转移他地。后来知道,我军区供给部在此山沟藏有棉衣等军用物资,敌人是为夺取物资而来。

胜利剧社在山区与人民群众同甘共苦,共同作战,坚持了两个多月,于10月末,奉命向热东转移。11月中旬,到达热东军分区所在地建昌县。在热东停留一个多月,为热东军区演出了歌剧《白毛女》《牛永贵挂彩》《掩护》《防坏人》《如此中央军》等节目。受到军队广大指战员和当地群众热烈欢迎。演出《白毛女》时,群情激愤,有的战士要上台打黄世仁。以后,在一次战斗中,部队曾提出"为白毛女报仇"的战斗口号。在此期间,安波同志创作出《热河子弟兵》,在部队中广泛流传。安波、骆文、程云、莎莱共同创作出大联唱《人民一定能胜利》,演出后鼓舞了我军士气,坚定了胜利信心。年末,接到冀察热辽军区命令,热河军区胜利剧社改名为冀察热辽军区文工团。

冀察热辽军区文工团

1947年1月,文工团奉命从热东向军区所在地林西转移。全体人员在热东部队护送下,从建昌出发,在凌源附近的宋仗子车站的东道口,通过了敌人设置的铁路封锁线。过铁路时,我军和护路敌军展开了一场激战。当战斗打响后,我文工团人员在我军掩护下,冒着枪林弹雨突破了敌人封锁线。跨过铁路,又经过乌丹等地,于3月初到达林西。当时,冀察热辽地区党代会正在林西召开。

文工团为与会代表演出了大型歌剧《兵》（安波、程云、张凡创作），受到代表们的赞许。文工团为演出有功人员记了功。

1947年3月，冀察热辽军区决定，为了把军区所属两个文工团（另一个团是程远昭、吕西凡领导的）协调工作，统一领导，建立冀察热辽军区文工团总团部，安波任总团长，乔振民任政委，下属一、二两团的组织机构不变，吕西凡调回一团，其他人员不动。

1947年5月，我军开展大反攻，先收复赤（峰）叶（柏寿）全线，接着攻打隆化。乔振民同志率领文工二团去前线随军做宣传工作。在战斗中有一位文工团员光荣地牺牲了。文工一团随军进入赤峰市，进城后，立即接管了赤峰电影院做为自己的演出阵地。为军队和当地市民演出了歌剧《兵》，受到观众热烈欢迎。在开展演出的同时，积极开展业余文艺辅导工作。派汪洗同志去庆丰戏园帮助艺人排演京剧《逼上梁山》《三打祝家庄》等新戏。抽出李德生等10余人组成文艺辅导小组深入学校教唱革命歌曲，辅导学生排演文艺节目。在辅导过程中发现人才动员参加文工团，在赤峰市小学吸收了马龙霞、李佩珍、钟永会等学生参加了文工团。后来又在其他地方吸收了10余名小学生参加文工团，成立了少艺队，由陈星同志担任队长。

7月17日，为纪念音乐家冼星海，举办音乐会，演出了《黄河大合唱》。在这个纪念会上，公布了"冀察热辽军区立功委员会为表彰文工团为工农兵服务取得成绩给文工团和安波等九人记功"的喜讯。8月，在五道街的剧场，为欢迎在凌源起义的原国民党军的师长（兼凌源县长）韩梅村将军，演出了歌剧《白毛女》。韩看后很激动，在大会上说："我看了《白毛女》很受教育，我要把一颗心交给共产党。"后来他将两个儿子都送来参加文工团。

创办鲁迅艺术文学院

1947 年 6 月革命形势发生根本变化,我军已从战略防御转入战略进攻,解放区不断扩大。为了适应形势迅速发展的需要,培养大批文艺工作骨干,中共冀察热辽中央分局决定,由冀察热辽文工一团创建一所艺术学院。定名为"冀察热辽鲁迅艺术文学院"。院长由冀察热辽中央分局宣传部长赵毅敏同志兼任,安波任秘书长,骆文任教务长。

文工团确定由安波、吕西凡、莎蕺、孙式礼、张友明五同志负责筹建学院工作。经过一段筹备工作,于 8 月正式建院。举行开学典礼时,赵毅敏同志亲临会场并讲了话,勉励大家因陋就简地把学校办起来,并要求学院要沿着毛主席的文艺路线,继承延安鲁艺学院的光荣传统,把学院办好。

建院初期,主要任务是招生,未正式开课。陆续招来的学生随文工团活动。8 至 9 月,从凌源、朝阳等地招来一批学生,为吴士学、褚广森、杨卉村(女)、刘岱等 20 余人。从北平、天津来了一批大学生,如曹汀、项阳、林戈、许直、华夏、徐青、左春等 20 余人。

9 月,学院抽出文工团部分干部和学员去农村参加土改工作。同时,抽出几人组成文艺小组深入部队慰问演出。

下农村参加土改工作的同志,由乔振民、吕西凡带队,有干部莎蕺、杜印、孙式礼、王忠、代言和平津大学以及辽西招来的学员,共30 余人。他们在农村参加两期土改工作。第一期,在建平县的前七家、后七家、毛家窝铺、岭上四个村工作。建平县土改工作团由马洪任团长,徐懋庸任副团长。乔振民任队长,负责上述四个村的土改工作。至年末,第一期土改工作胜利结束,调整了部分人员,杜印等同志调回学院参加教学工作,又补充一部分新同志参加土改工作队。第二期土改工作是转到赤峰北大木头沟区进行的。具体负责五个乡的土改,每个乡只有五六个人。工作任务相当繁重,大家十分辛苦,但队员们积极工作,至 1948 年 5 月,全部完成土改工作返回学院。

深入部队的文艺小组,由安波率领张凡(海默)、夏炎、李荣瑞,李德生,孔繁志等人,于 9 月 13 日到热河军区前方指挥部随军做宣传鼓动工作。他们在战斗空隙时间教战士们唱歌,战斗出发时设立宣传鼓动棚,喊口号,唱歌,数快板,鼓舞战士们英勇杀敌。安波同志有时就地拾起两块石头敲打着节奏,唱着自己即兴编出的"顺口溜",鼓舞着战士们迅速前进。安波同志编写的《运动战歼灭战》《蒋介石是运输大队长》等歌曲,经文艺小组同志们在部队中教唱,已成为前方部队普遍会唱的流行歌曲。文艺小组同志在杨仗子战役后,还帮助部队管理战俘。年末,他们返回学院。

1948 年 1 月,学院第一期学员在新丘正式开课。因去农村参加土改工作的同志尚未全部返回,所以,文工团停止演出活动,全力投入教学工作。学院设文学系(主任骆文兼)、戏剧系(主任杜印)、音乐系(主任程云、副主任莎莱)(后来两系合并为戏音系)、美术系(主任高庄)、少艺班(主任陈星)。

学员,少艺班 14 名,均系原文工团少艺队成员。文、美、戏、音乐学员,除原文工团部分团员外,只有十九军分区前进剧社等几个部队文艺团体送来代培的文艺干部。开始时,有五六十人,后因有的文工团员被调出,分配新的工作,有的学员被淘汰,毕业时只剩29 人。

这一期,基本上是文艺干部训练班性质,经过培训,能具备相当的艺术水平,能独立开展工作。教学工作的总方针是"文艺为工农兵服务"。用毛泽东思想来教育知识青年、培养文艺干部,培养宣传工作者。校训是"忠诚、老实、刻苦、朴素"。这是要求学生具备的品质修养。教学方法,采用边学边做的办法。一个单元学习完了紧接一次实习,实习过后即做一次总结,然后,再进行下一单元学习,使学与用相互结合。

经过五个多月的学习,文学系同学普遍能写歌词和通讯报道,编写墙报,创作短剧。音乐系同学都学会识谱,乐队指挥,掌握一两件乐器参加乐队伴奏,少数人学会作曲。戏剧系同学通过严格的排练提高了表演技巧,理解了表演的基本知识。美术系同学每人都能画连环画和实用美术,有的能画领袖像。结合教学排演了《反翻把斗争》和《米》等剧。至1948年5月中旬,各系学员毕业,均调回原单位。

5月下旬,下乡参加农村土改工作的同志全部返校。经上级批准,建立鲁迅艺术文学院实验文工团。吕西凡任团长,王忠任协理员,夏炎任演出主任,段文俊任戏剧队长,李荣瑞任音乐队长。土改工作队同志部分人调至学院参加教学,其余参加实验文工团。为了配合农村抗旱开展生产自救,演出了歌剧《米》,歌曲《节约好》(安波创作)、《三套黄牛一套马》(安波创作)、《纺棉花》(莎莱创作)等节目。

1948年6月,第二期学员开学,院址在新丘(后迁至那拉碧流村)。这一期,由于学员增多,充实了教学力量,机构人员均有所变化。院长仍由赵毅敏同志兼任,安波任副院长,乔振民任秘书长,骆文任教务长。院部设秘书孙式礼;教导科,科长严正(后调至短训班)、副科长赵靖(后调至美术系);教务科,副科长代言;行政科科长郭福臣。院下设文学系,主任骆文(兼),教师莎蕻、张凡;戏音系,主任程云,副主任杜印、莎莱,教师许直、王方亮、姚汉光;美术系,主任高庄,教师潘崮、华夏;短训班,主任严正,副主任汪洗;少艺班,主任陈星,副主任丹地。

参加第二期学习的学员,有原在赤峰、凌源、朝阳等地招收的学员,他们参加农村土改工作后编入各系学习。又从内蒙、冀东送来一批青年;冀东军区和十九军分区前进剧社也送来一批代培学员。从敌占区来投解放区的部分"平津"大学生也参加了学习。开学时,全院共有学员 237 人。其中文学、戏音、美术系 135 人;短训班80 人;少艺班 22 人。

在教学工作中继承延安鲁艺学院传统,采取"理论与实验相结合,学习与生产劳动相结合"的方针。专业课的内容,各系根据工作需要和学员的具体情况进行安排。采取了教学与实习密切相结的方法进行教学。一个单元课程学完就进行一次实习。文学系同学结合学习创作出一批诗歌、短剧等作品。并选择典型作品召开讨论会,交流创作经验。美术系同学创作出一批木刻画、油画、连环画等作品,举办了多次美术展览会。戏音系学音乐专业的同学,学习了"普通乐理""视唱""指挥"以及"作曲法常识"等基本知识,并每人学习掌握一件乐器,参加乐队伴奏。学表演的同学,除学习了"怎样做一个演员","怎样排戏"以及"如何化妆"等基本常识外,主要是采取排练各种类型剧目学习表演方法。为了表演歌剧,演员也学习一些歌曲和一般音乐知识,如"视唱""练耳"等。戏音系排演了话剧《纪律》;歌剧《白毛女》(片段)、《周子山》、《赵庆兰》;歌曲《热河子弟兵》《运动战歼灭战》《打倒蒋介石解放全中国》等。并与文工团合作演出《黄河大合唱》。

学院十分重视政治思想工作。各系学员必须以学习《在延安文艺座谈会上的讲话》为必修课。通过《讲话》的学习，深刻理解毛主席的文艺思想、文艺方向、文艺路线和党的文艺方针、政策，树立文艺为工农兵服务的思想。

通过上政治课，时事报告和日常政治思想工作，对学员进行思想教育。当时，有些东北青年学员存在着盲目正统观念，其中包含着被反动派灌入的反共反苏、拥蒋亲美的反动思想。如有的说"无产阶级专政就是法西斯专政"，有的不相信蒋介石有卖国行为。针对学员思想状况，学习了《目前形势和我们的任务》，请人做报告，讲述我党抗日斗争史，讲述蒋介石怎样将东北拱手让给日本帝国主义，美帝则怎样助日亡华的历史事实，揭露蒋介石和美帝的罪行。开展诉苦运动。召开学员大会，请俘虏兵和国统区来的同学讲述自己亲眼所见的蒋介石黑暗统治和美军暴行，控诉蒋介石和美帝国主义反人民，打内战的反动罪行。打消了广大学员对美蒋的幻想，启发了革命思想。开展坦白运动。学院号召学员挖掉思想坏根，放下包袱，站到人民方面来。在运动中，有些学员交代了自己参加过三青团、国民党反动组织的问题，得到同学们的谅解。有的特务分子在群众的政治压力下交代了自己的问题，也得到了组织上的从宽处理。通过坦白运动弄清了广大学员的政治面目，并对全体学员进行了一次生动具体的忠诚老实教育。使大家认识到，要做一个真正的革命者，第一条标准就是对人民、对革命组织要忠诚老实。

组织学员参加农村土改斗争。新学员入学后先参加农村土改工作，进行阶级教育。学院从 1947 年 9 月开始组织了农村土改工作队，下乡搞了两期土改工作。这期学员有很多人参加了学院组织的土改工作队,有的参加了一期(四个月),有的参加了两期(八个月)土改。在土改工作中,经过了尖锐复杂的阶级斗争的考验和锻炼,广大学员的阶级觉悟大大提高,认识了封建剥削的实质,确定了自己的革命立场。广大学员在同农民群众共同劳动的过程中,受到很大教育,思想作风有很大的变化,增强了劳动观念,树立起艰苦朴素的生活作风。

组织学员参加农村抗旱救灾活动。由于 1947 年夏(农历 6 月 24 日)热河地区大面积遭受一场冰雹袭击,农业收成减少,有的地方颗粒未收,造成了 1948 年严重灾荒。虽然人民政府想方设法从远地调运粮食,但由于战争环境交通堵塞,很难满足人民群众的需要。当地群众普遍缺粮,有的人家又因畜力不足迟迟种不上地。学院决定支援群众度荒,组织全院学员参加农村生产劳动,用人拉犁杖帮助农民播种。全院教职员工都从自己的口粮定量中,每人每天节省出三两粮救济农民。夏锄期间帮助农民铲地,并割青草沤绿肥。学员们支援农村抗旱救灾的行动受到人民群众的热烈欢迎,密切了学员与人民群众的关系。

1948 年 7 月 1 日,学院开展建团活动,建立"毛泽东青年团"组织。首先,党支部确定由教导科干事、党员青年李德生,戏音系学员、青年党员齐国骥和朱景田组成青年团筹委会,具体负责建团的筹备工作。当时上级机关没建立青年团组织,全国没有统一的团章。由青年筹委会(李德生执笔)参照党章拟制了团章,经党支部讨论批准(乔振民修改)后确定了"鲁艺学院毛泽东青年团章程"。团章中规定,青年团是在中国共产党领导下的先进青年组织,它的最终奋斗目标是实现新民主主义。为了扩大影响编写了团歌(李德生作词、作曲)(经安波修改)在群众中宣传。歌词是:"我们是工农的好儿女,是光荣的毛泽东青年团员,团结自己,打击敌人,工作学习处处做模范。学习毛泽东的思想,贯彻到行动中去。我们有钢铁的意志和松柳的品质,为全国人民的解放,为新民主主义的实现,高举毛泽东的战旗,奋斗不息,英勇向前!"

这次建立青年团组织是采取公开建团方式。是用"自报、公议、党批准"的办法发展团员。在普遍学习团章的基础上发动群众报名。对申请入团者先在群众会议上进行讨论。经群众讨论通过后,由青年团筹委会审查,最后报请党支部批准。参加公开建团学习的,有文学、戏音、美术系学员130人。先后申请入团者30多人,经群众讨论,最后经党支部批准了张羽、张清、李荣芹、何春华(何漫)等20多人入团。经团员大会选举,由李德生(支书)、齐国骥(支委)、朱景田(支委)组成支委会,正式成立鲁艺学院毛泽东青年团支部。

9月,中共冀察热辽中央分局决定,热河地区的教育学院、行政学院和鲁艺学院合并成立冀察热辽联合大学。赵毅敏任校长,徐懋庸任副校长,杜星垣任教育长兼任教育学院院长,石锋任行政学院院长,安波任鲁艺学院院长。将三个学院的后勤部门合并成立联合大学总务处,总管三个院的后勤工作。鲁艺学院的其他教学机构和人员基本未变动。

经过三年多的解放战争,土地改革运动和公开建团,广大师生员工的政治觉悟空前提高,纷纷要求加入中国共产党。鲁艺学院根据"联大"党委的指示,实行公开建党,将已具备党员条件的同志吸收到党组织中来。这次建党是第一次公开建党,采取"自报、公议、组织批准"的办法发展党员。发展了代言、曹汀、李淑琴、张羽、赵非、左春、李荣芹和凌白音(蒙古族)等十余名教职学员入党。

1948年11月，冀察热辽联合大学迁往锦州。鲁艺学院除短训班因结业在即，仍留在那拉碧流村完成学业外，其余各系和少艺班、文工团均迁至锦州。不久，第二期学员毕业。各单位送来代培的学员送回原单位，其余学员充实鲁艺学院实验文工团。

鲁艺学院实验文工团进入锦州后，演出歌剧《白毛女》《上当》《周子山》。少艺班演出了《刘锁上学》和《买耕牛》等儿童节目。

鲁艺学院进城后立即招收第三期学员。这期学员，是在报纸上刊登招生广告，经考试合格后录取的当地知识青年。开始入学时人数较多，经过一段学习和政治运动的考验和政治审查，淘汰了一些人，最后剩有200多人。

这一期学员学习时间较短，因工作需要提前结业。在学习期间，政治理论课学习了《在延安文艺座谈会上的讲话》《目前形势和我们的任务》。请人讲了"中国革命与中国共产党"、"组织观念与组织原则"、"人的阶级性"（徐懋庸）、"驳恐美与反苏"（杜星垣）、"历史唯物主义与辩证唯物主义"（徐懋庸）、"政治、生活与文艺"（安波）、"文艺新方向"（吕野顿）、"时事报告"（骆文）等问题。戏音系业务课讲了"怎样演戏"（严正）、"化妆常识"（张婷乙）、"普通乐理：识简谱"（王方亮）等课程。学唱了大量革命歌曲，如《我们高举鲁迅的战旗》（鲁艺校歌）、《咱们工人有力量》、《军民要合作》、《人民子弟兵来自人民》、《胜利锣鼓》、《惩办战争罪犯》、《英雄出在解放军》、《跟着共产党》、《解放区的天》、《将革命进行到底》等等。

演出了小歌剧《参加八路军》《中农要安心》，秧歌剧《姑嫂劳军》《打毒蛇》等。

在进行业务学习的同时，进行了政治思想教育。1949年2月，开展反动党团登记运动。通过运动对学员进行了政治审查,弄清大部学员的政治面目,清除了仍坚持反动立场的极少数国民党、三青团的骨干分子和特务分子。

1949年3月,学院进行第二次公开建团(从1949年1月1日,毛泽东青年团改为新民主主义青年团)。从3月1日至5日,进行了建团学习。全院文学、戏音、美术系学员179人参加了学习。由党组织负责人讲解"新民主主义青年团"的团章,团支部介绍支部历史和现状。经过学习,青年学员纷纷报名申请加入青年团。这次建团仍采取"自报、公议、组织批准"的办法发展团员。支部审查的标准,主要是"有为人民服务的决心,学习、工作积极,历史清白"三个条件。在建团学习期间,申请入团者58人,群众通过23人,支部通过9人(戏音系群众通过7人,支部尚未讨论)。公开建团学习后,发展团员工作转入青年团的正常工作。前后共发展20余名青年团员。

1949年初,国民党统治已呈土崩瓦解之势,我军节节胜利,解放区急剧扩大,新解放区需要大批干部去工作。鲁艺学院奉命组织文工团开赴新区工作。从一月开始陆续抽人组成文工团(队)去新区,至四月,共组成七个文工团分赴各地。一、由安波、杜印、严正、张婷乙、陈星、潘嵩、许直等教师和全体少艺班学员共50余人,组成东北文工团来沈阳(后并入东北文协文工团);二、由骆文、程云、莎莱、莎蕻、吕西凡、张凡、汪洗、孙式礼、李元、华夏、郭福臣等60余人组成天津文工团,随军南下去天津(后到湖北武汉);三、由代言、李荣瑞、江润民等40余人组成热河文工团去承德;四、由赵靖、黄相、王方亮等20余人组成空军文工团;五、由夏功臣(夏炎)、李良等20余人组成十三兵团文工团,随军南下(后到广州);六、由敖德斯尔、达仁尔等 10 余人组成内蒙文工团,赴呼和浩特;七、由段文俊、马力等 20 余人组成锦州文工团,留在锦州。余下 80 多人组成教导队,由乔振民、王忠同志负责继续安置。

至 1949 年 4 月 12 日,鲁艺学院人员全部调出。至此,冀察热辽联合大学鲁迅艺术文学院胜利地完成了它的历史任务。它培养的文艺种子撒向祖国的大江南北,长城内外,为新中国的文艺建设做出贡献。

选自《东北革命文化史料选编(第一辑)》

◇ 李鹰航

回忆东北文教队

东北文教队的业绩，一般认为，它的文艺创作，产生于革命的伟大时代，取得了令人赞叹的光辉成就。其中不少著名之作流传全国，影响深远，有的在国外也有一定的影响。它们具有强烈的时代精神，强烈的战斗性，体现着革命化、民族化、大众化的特质；力求于广大工农兵及其干部喜闻乐见，雅俗共赏。因而受到广泛而热烈的欢迎，产生了重大的影响。从而培养了整批的文艺骨干，文艺专家。这是继承和发扬"五四"时期，延安时期现实主义的革命文艺传统的产物。

东北文教队由哈尔滨大学戏音系（并文学系的一部分）演变而成。哈大戏音系的宗旨是：按照马列主义的理论与立场，在中国革命文艺运动的历史基础上，培训适合解放战争和建设新中国需要的文艺干部，加强艺术实践，造就为实现党的文艺政策而奋斗的骨干力量。戏音系是文教队的前身，是文教队干部的培训和准备阶段。这个阶段，为正确的政治方向打下初步的基础，为业务技能从理论到实践做初步的准备。因而,文教队建立起来之后,这班经过筛选的有志青年,就逐步显示出它的革命精神。东北文教队自己的特点是:

一、团结协作。我们这些血气方刚的青年学生,正确的政治方向找到了,就朝着一个共同的目标同心协力地进行自己应做的工作。文教队的战士,积极地为革命的现实斗争服务着。那时候,同志之间(包括领导),团结、和谐、友爱的气氛鲜明而浓郁,大家像兄弟姐妹一样,在一个和睦的大家庭中生活和工作。虽然分歧的意见常有,常交锋,讨论问题时常争争吵吵,如创作《阴谋》《立功》时,经常为一句台词争得面红耳赤,但谁心里都明白,这是为了搞好创作,搞好工作,所以,这争吵,谁也不结仇,过去就了。大家崇尚的是襟怀坦白,忠诚、积极与正直。文教队的同志,不是狂妄分子,也不是风头主义者,而是脚踏实地富于实际精神的朝气蓬勃的青年男女。部门与部门之间,组队之间,在共同行动中,互相帮助,互相支持,同甘共苦,互让互谅。在队里,几乎看不到尔虞我诈,钩心斗角,逢迎拍马,玩弄权术,趋炎附势的坏现象。所以大家干劲十足,心情舒畅,工作负责认真,学习刻苦勤奋。为了提高创作和工作质量,为了丰富修养,除了日常的理论、业务学习之外,我们还抓紧每一活动的间隙或工作余暇学习政治,学习戏剧、文学、音乐、美术、舞蹈等各自的专业知识。

东北文教队的"集体创作",如大型歌剧《阴谋》《立功》和一些歌曲的词、曲创作等等,都是名实相符的集体创作。创作组大家动脑筋出主意,大家动手执笔,个人意见往黑板上写,讨论通过了然后抄在稿纸上。创作组中,有些创作经验的仅占少数,大多数人对创作是缺乏经验的。经过集体创作,其结果,全组每个人的才能都得到了充分的发挥,使作品成为有效的集体智慧的结晶。从而又使每个人获取了创作的良好经验和创作水平的迅速提高。然而,归根到底,要使创作顺利地进行下去,富有成效地完成任务,没有如上所述的高度团结合作、和谐、协调的精神和气氛这一条件是难以想象,无法办到的。

二、为革命牺牲私利。文教队组建当时,我们都很年轻,不过是二十岁左右,三十岁出头而已,大家都很幼稚,所谓"领导工作"更是不会做的。但大家都有着一颗火热的心,一股能冲破任何艰难险阻的激情和干劲,从而逐渐形成克己奉公,遵守纪律的良好风气。我们夜以继日地创作、排练、演出、工作,什么名啊利啊,连想也不去想它。对于人民,对于组织,我们并不伸手要求什么,心里装着的是对革命,对祖国和人民做出自己应有的奉献,并随时准备做出自己必要的最大牺牲。在同志们眼里,革命利益最高。任务来了不讲价钱,组织派往接收电影院就去电影院,派往经商就去经商,派去搞服装、道具,也一样照办,不计较个人得失,毫无怨言,顾全大局。因此我们朝气蓬勃,勇于进取,勤奋学习,认真提高思想业务水平,克服稚气,不断前进,不断成长,日趋成熟,许多同志终于在斗争中从一个文艺青年,成长为一个文艺干部,一个学者,一个文艺专家,使文教队赢得了崇高的荣誉。

三、艰苦奋斗。回想及此,同志们感情尤为深厚。文教队的建立,肩负着进行文艺演出活动和社会教育调查的任务。但从戏音系接过来的是一张白纸,什么物质条件都没有。从上边领来了衣服、粮食,和很少的菜金,我们仅仅是有衣穿有饭吃,并无薪水。由于经费的短缺困难,演出的灯光、服装、道具等起码设备,都添置不起,只好四处去借用,或自己动手制作,或寻找代用品,以克服困难。乐队的乐器,不少还是私人自带的,属于公家的寥寥无几。我们周围确实困难重重,但在东北文教队的文艺战士面前,没有攻克不了的碉堡,没有跨越不了的难关。根据上级的指示,我们自力更生,亲自动手,经营商业,经营电影院等,举办多种经营,进行了颇像现在正在探索的"以副养文"的探索,渡过了经费短缺的难关。为了改善生活,我们还开办过豆腐坊,也办过农场(小型)。我们确实是白手起家,经过大家的努力,后来就出现了引起人们关注的文艺团体"发家致富"的"轰动"。这一切,对我们认识人生,对我们思想感情的变化,都有不少好处。

生活是十分艰苦的,可是我们却甘之如饴。不管任务多么繁重,工作如何紧张,我们都毫无怨言,而且精神愉快,保持着蓬蓬勃勃的态势,干劲十足,不知疲劳地让我们的青春熠熠闪光。从而塑造出一个又一个的服务于现实,服务于人民解放战争的成功的艺术作品,做出了一件又一件的富有意义的工作成绩。这,原因在哪里?因为我们为劳苦大众做事,为社会和人民的解放事业服务,为建设社会主义新中国而团结和谐,合群奋斗。目标是非常明确的。

这是延安精神的复苏,这是延安精神的继续。

我们千方百计,竭尽全力,心甘情愿地把宝贵的青春奉献给了人民,奉献给了人民革命战争,奉献给了亲爱的祖国,奉献给了崇高的理想。东北文教队的文艺战士,无愧于人民、无愧于时代、无愧于祖国、无愧于党!

综合以上这几个特点,形成了一种令人鼓舞的"文教队精神"。这精神与延安精神是一脉相通的,是延安精神的继承和发扬,它像宝石般闪耀出夺目的光彩。文教队(并戏音系)的历史,就是贯穿着这条红线的历史。在这条红线的鼓舞、振奋和哺育之下,进行创作、演出和工作。创作了许多成功的戏剧音乐、舞美等艺术精品，做了许多给人留下深刻印象的精彩表演，培养出了一批著名的艺术英才，一批文艺骨干和干部。东北文教队、哈大戏音系等东北早期的文艺团体和教育机构，都对开展东北革命文艺运动做出了历史贡献。应该在东北音乐史、东北戏剧史、东北文艺史中占着应有的重要地位，得到应有的反映和历史评价。

（此文由辽宁省文化厅提供）

选自《东北革命文化史料选编（第一辑）》

◇ 杨　英

1948 年东北解放区文艺工作会议概况

　　1948 年初,中共中央东北局根据党中央的指示,决定召开东北解放区党的文艺工作会议,同时举行戏剧会演,研讨和总结两年来的文学艺术工作,使文艺更好地为土改和解放战争、为工农兵服务。

　　在会议召开之前,东北局机关报《东北日报》从 1 月 6 日开始陆续刊载东北作家的名著,如周立波的长篇小说《暴风骤雨》的 16、18 两节,刘白羽的短篇小说《政治委员》《无敌三勇士》,西虹的报告文学《在零下四十度》,华山的《踏破辽河千里雪》,刘白羽的《百战百胜》,古元的连环画《再没有了》和长篇小说《暴风骤雨》插图,张仃的年画《儿童劳军》等。戏剧文学刊有新编二人转《光荣匾》(后改名为《全家光荣》),作者王家乙。《东北文艺》《东北画报》等刊物也都刊载了名家的作品和摄影、美术作品。

　　与此同时,东北局宣传部于 1 月 5 日通报奖励歌剧《火》和《杨勇立功》,号召文艺工作者深入生活,更多地刻画出东北解放区军

314

民中的英雄人物。东北局宣传部的通报奖励全文如下：

> 松江文工团（鲁艺三团）创作的并由该团演出的新型歌剧《火》（又名《挖财宝》），深刻反映了东北农村土地斗争的深入复杂性，总政宣传队创作演出的《杨勇立功》反映部队与土改结合，这两个剧对广大农民及部队具有深刻的教育意义，说明我们文艺工作者只要与实际斗争相结合，就将会产生出新的品质优良的艺术作品。为鼓励该两剧的作者及全体人员，特授予精神和物质的奖励。并希望东北的文艺工作者对东北人民解放军的英勇战绩，英雄人物，用你们的笔更多地刻画出来。
>
> 东北局宣传部　1月5日

这份奖励通报，使东北解放区的文艺工作者受到极大鼓舞，他们继续深入前线和农村，创作新作品，迎接这次党的文艺工作会议的召开。

1948年2月末，东北的形势很好。解放军发动的冬季攻势节节胜利，共歼敌十五万六千余人，收复了四平、鞍山、辽阳、吉林等十八座城市。国民党军队在全国各个战场被迫从战略进攻转为全面防御。就在这大好形势下，东北解放区地方和部队从事文学、戏剧、音乐、美术、电影等工作的文艺工作者一百五十余人，来到哈尔滨参加党的文艺工作会议。会议是三月开始，历时一个月，会址在行知师范学校。东北局宣传部长凯丰主持会议。与会人员分成文学、戏剧、美术、音乐、电影等小组，进行座谈讨论。会议期间，部分党外文艺工作者列席了会议。东北局宣传部直属的文工团和解放军总政治部直属文工团等千余名戏剧工作者和哈尔滨大学艺术系师生,云集哈尔滨参加文工会议的戏剧会演。

当时鲁艺所属的牡丹江一团和合江二团从驻地来到哈尔滨,住在南岗花园小学,松江鲁艺三团驻地就是在哈尔滨。鲁艺的负责人召集三个团的演职员开会,吕骥、张庚分别讲了话,他们要求大家努力学习毛泽东文艺思想,改造人生观和世界观,继续发扬延安鲁艺的传统作风,排好戏演好戏,虚心学习,把好经验好戏学到手,带回去,普及下去,更好地为工农兵服务。

戏剧会演的地点在文化俱乐部(原大光明电影院,现道里东北电影院),俱乐部主任是何文今,副主任是王琦(女)。负责戏剧会演组织工作的是东北文协秘书长张东川,报幕员是解冰。首场演出的剧目是歌剧《火》。演出前东北局宣传部长凯丰做了简短讲话。然后,全体同志向为中国人民的解放事业而捐躯的人民艺术家王大化和音乐家麦新等烈士默哀。观看首场演出的东北局领导有彭真、陈云、李富春、张闻天,东北解放军领导有萧劲光、伍修权、陶铸和政治部副主任肖向荣,哈尔滨特别市市长朱其文、副市长刘成栋、饶斌,哈尔滨卫戍司令陈光、政委张秀山,东北文协主任舒群、副主任罗烽,哈尔滨大学校长车向忱,党外著名作家塞克、萧军等。参加会演的文艺界还有我所在的合江鲁艺文工团,团长张水华、副团长潘奇、作曲家马可和白军、郝汝惠、卡洛夫、杨蔚、雪楠等同志参加了党的文艺工作会议,党外人士刘青列席了会议。我们团参加会演的剧目是歌剧《血海深仇》、话剧《王家大院》和东北民间歌舞剧《五女夸夫》。

大型歌剧《血海深仇》是描写在日伪统治时期,地主仗势霸占农民土地,逼得农民家破人亡,最后起来向地主讨还血债的故事。

编　剧：侣　朋

作　曲：马　可

导　演：刘　青

演　员：建群、梁静、刘波、苏维、张玉超、杨英、刘忠实、安英、鲁直、郑风、杨权、张学成等。

话剧《王家大院》描写地主压迫、剥削农民的罪恶。

编　剧：农民演员集体创作，白军、谭亿执笔。

导　演：水　华、刘　青

演　员：侯相九、王琦、张学诚、王景芝、项桂珍、刘万玉、杨德臣、宋文江、郭文宝等。

东北民间歌舞剧《五女夸夫》描写五位妇女夸自己丈夫在各自的革命工作岗位上的成绩。

编　剧：潘　青

编　曲：郭文宝

导　演：演唱组集体导演

演　员：郑捷、刘克、王珏、达凤玉、郭文宝、刘喜廷。

牡丹江鲁艺文工团（一团），团长舒非、副团长瞿维。参加会演的剧目有两个。

一是歌剧《谁沾光》，该剧描写党发布《土地法大纲》后，农村中各阶级对《大纲》的不同态度和反应。该剧主要演员是王雅琪。

二是大型歌剧《发动落后》，该剧描写地主利用封建道德欺骗雇工为其匿藏财物，工作队揭露地主剥削的本质，雇工明白到底是谁养活谁，揭发了地主的罪恶，交出地主的财物。

编　剧：侣　朋、晏　甬

作　曲：瞿　维、马　可

演　　员：李玲、魏哲、孟希非、王云霞、季伏义、左宜等。

松江鲁艺文工团（三团），团长向隅、副团长晏甬，参加会演的剧目是大型歌剧《火》，该剧荣获东北局宣传部的奖励。

该剧描写地主收买农会干部未遂，又采取杀人栽赃的手段，从而挑起干部之间的矛盾，真相败露后，农会干部团结起来斗争地主。

编　　剧：胡　零

作　　曲：刘　炽

导　　演：晏　甬

指　　挥：刘　炽

演　　员：杨勤、辛薇、苏欣、张扬等。

东北文协文工团，团长是张凡夫，副团长是沙青、陈沙。参加会演的剧目是大型歌剧《血泪仇》。

该剧描写地主阶级残酷剥削压迫农民阶级的罪恶。

编　　剧：马健翎

导　　演：陈　沙

演　　员：陈沙、龙潮、白鸢、雅洁、何少清等。

东北文协平剧（后称京剧）团，团长是高山，参加会演的剧目有两个。

一是新编历史剧《九件衣》。该剧描写明末恶霸勾结官吏欺榨农民，害得妻离子散。李闯王义军拯救了受苦农民，杀了恶霸，农民参加闯王义军的故事。

编　　剧：宋之的、张东川

主　　演：秦友梅、尹月樵、诸世芬、管韵华。

二是新编历史剧《秦始皇》。

主　演:尹月樵、吴帼英。

东北文艺工作一团,团长是沙蒙,副团长是张平。参加会演的剧目有两个。

一是歌剧《井台计》。

该剧描写地主新寡用人性温情欺骗长工,破坏土改,后长工觉醒揭露了新寡的诡计。

主　演:林　农、于黛琴。

二是新编二人转《全家光荣》。

该剧描写军属儿子在前方立功,喜报送到家里,全家光荣庆功。

编　剧:王家乙

编　曲:张棣昌

东北文艺工作二团,团长是任虹,副团长兼党支部书记吴雪,副团长李之华。演出了两个剧目。

一是话剧《反"翻把"斗争》。

该剧描写地主收买农会副主任,陷害农会主任,破坏土改。工作队发动群众,揭露了地主阴谋夺权的罪恶。

编　剧:李之华

导　演:吴　雪

演　员:吴峰、任平、鲍占元、杨克、沈贤、于永宽等。

二是东北秧歌剧《光荣灯》。

该剧描写春节农会干部拥军优属给军属送光荣灯,颂扬土改和解放军。

编　剧:李之华

导　演:邓止怡

东北解放军总政文工团,团长是何士德,副团长是吴白桦。参

加会演的剧目有两个。

一是大型歌剧《杨勇立功》,荣获东北局宣传部奖励。

该剧描写战士杨勇通过回家探亲看到土改后家里过上了新生活,归队后英勇杀敌立功。

编　导:白　桦

作　曲:张一鸣

二是歌剧《上当》。

该剧描写国民党特务伪装成伤员,制造军队和土改干部之间的纠纷,破坏土改,在血的教训面前,军队和地方合作,一举擒获国民党特务,使上当的伤员猛醒。

编　剧:丁　洪

导　演:陈　戈

东北军政大学文艺工作团,团长:吴茵。参加会演的剧目是大型歌剧《为谁打天下》。

该剧描写东北游击区人民经过血的教训,认清了国民党和恶霸地主是一丘之貉,只有参加解放军,人民才能得解放。

松江军区政治部松江平(京)剧团。团长:丁刚。副团长:樵麟昆、高亚樵。参加会演的剧目是新编历史连台本戏《水泊梁山》第一集。

编　剧:高少亭、吴清泉

主　演:樵麟昆、高亚樵

哈尔滨大学艺术系,系主任:李鹰航。参加会演的节目是大型歌剧《阴谋》。

该剧描写地主用美人计陷害农会干部,迫害家属,打击土改积极分子,成立假农会,维持地主剥削,最后阴谋终于败露。

编　剧：艺术系集体创作

作曲和导演：李鹰航

文艺工作会议期间还举办了电影放映专场。放映了东北电影制片厂拍摄的新闻片《民主东北》第一至第五集，美术片《皇帝梦》。

参加会演的剧目都是思想性艺术性较高的，受到各界好评。各演出团体之间，相互学习交流经验。其中最受欢迎的剧目有歌剧《火》，它真实地体现了土改中东北农村各阶层的思想动态和风土人情。当剧中妇女主任出现在舞台上的苞米地里，边唱边掰苞米棒子装入柳条筐里时，观众情不自禁地鼓掌喝彩。妇女主任唱的是"五更调"，该曲很快就传遍了东北城乡各地。歌剧《杨勇立功》，新编二人转《全家光荣》等剧目，在东北各地普遍上演，合江鲁艺二团农民组演出的话剧《王家大院》是建国前第一批农民出身的专业演员演出的话剧。后来在全国文学艺术工作者代表大会期间，农民组演员在北京为大会和中央首长演出了《王家大院》，受到好评，全国文联赠给《王家大院》剧组一面锦旗。

从各地来哈尔滨参加会演的文工团，发扬了艰苦奋斗的作风，没有床就睡在地板上，除本团演出时有汽车外，参加会议和观摩演出都靠步行到会场，记得我们从南岗花园小学走到道里文化俱乐部需要 45 分钟，排队入场，坐在指定席位，开演前各文工团高唱革命歌曲，互相拉歌，气氛热烈。

这次会演是在东北文艺工作者深入到解放战争前线，深入到农村土改斗争，以及戏曲界贯彻戏改方针，创作出了一大批歌剧、话剧、秧歌剧、歌舞剧、新编历史平（京）剧、新编二人转地方戏的大好形势下召开的。这次会演是东北解放区第一次举行规模大、剧种多，参加人数多的戏剧演出盛会，是贯彻毛泽东文艺思想硕果展览

的大会。

大会进行了一个月,最后由各专业组分别进行总结。文学组由刘白羽做总结发言。他指出东北的作家大多数参加了自卫解放战争与土地改革的斗争,两年来,逐渐与东北实际,东北群众相结合,创作出了长篇小说《暴风骤雨》、小说《瞎月工伸冤记》《无敌三勇士》等优秀作品。当前主要的缺点是文学落后于现实,有的作品还存在形式主义、自然主义的倾向。

戏剧组由张庚同志做总结发言。戏剧作品从介绍老解放区的作品转入到创作了一大批反映当地斗争生活的歌剧、话剧、秧歌剧等。如歌剧《火》《杨勇立功》,话剧《反"翻把"斗争》等,对农民自己创作的话剧《王家大院》给予肯定与表扬。改造东北旧秧歌,创造了新秧歌和秧歌剧。改革戏曲、平剧取得初步成果,创编了一大批新编历史剧,如平剧《九件衣》等。不足之处是有的戏剧作者还存在图解政策条文,概念的非现实主义创作。

美术组由朱丹总结发言。摄影取得很大成绩。华君武等人的漫画,古元等人的木刻、连环画,张仃等人的年画,都受到群众的喜爱。

音乐组由向隅做总结发言。产生了新的好的音乐作品,群众歌曲如《说打就打》《三下江南》《人民炮兵上战场》。戏剧音乐创作了许多好作品,如秧歌剧《火》的音乐。但音乐创作中还存在形式主义倾向。

电影组由袁牧之做总结发言。电影工作是我党文艺工作中新建的一个部门,是在极其艰难条件下创建的,电影工作者克服了重重困难,摄制并放映了新闻片《民主东北》第一集至五集,为国际青年大会摄制了《中国解放区》新闻纪录片,摄制了美术片《皇帝梦》,

以及正在筹拍的故事片。

为了更好地学习、宣传毛泽东思想，东北局宣传部决定发给参加会议的人员每人一套东北局编印出版的精装的《毛泽东选集》。

文工会议以后，为加强领导，决定在东北局宣传部领导下设立"文艺工作委员会"，由吕骥、舒群、刘白羽、张庚、罗烽、何士德、严文井、袁牧之、朱丹、王曼硕、华君武、白桦、向隅、田方、沙蒙、吴印咸等16人组成。

我们合江鲁艺文工团载誉回到佳木斯以后，中共合江省委对我们的演出给予通报奖励，省委宣传部长李长春亲自给我们发奖。

文工会议以后，东北各文艺团体认真传达、贯彻会议精神，努力学习、提高文艺思想和业务水平，排练会演中的优秀剧目，创作新剧目，为工农兵演出，为解放全中国继续做出了新的贡献。

选自《东北革命文化史料选编(第二辑)》

◇ 肖　冰

牡丹江一段文学史料

　　我省作家关沫南，1946 年 10 月在《牡丹江日报》创刊 11 个月后，被报社副社长兼副主编丁健生邀请来牡工作。11 月 1 日，由他主办的日报副刊和读者见面。以后，每期都有一个副刊版面，办得较活跃。他在《关沫南自传》（载《东北现代文学史料》第二辑）里回忆这个时期自己的创作时，只提起五篇：小说《不是想出来的故事》，散文《宁安行》，译文《苏联文学概观》，论文《开展群众性的文艺活动》《描写新人》。其实他这个时期的作品远超出这个数字。

　　《牡丹江日报》副刊问世后的第二天，关沫南在牡发表的第一篇作品是一篇杂文，题为《胭脂》。作者以尖刻的言辞痛斥了一些反动政客，打着救国济民的幌子，把本来丑陋的面目遮起来，涂了胭脂，故作媚态，招摇撞骗。不但国内反动派这样，就是帝国主义也是这样，"明明是对华侵略，却又要'和谐的谅解'"，"奴役他国人民却希望人家不反抗"。

　　11 月 4 日发表了第二篇杂文，题目《照相小感》。作者从在哈尔滨的美军给穷人照相，照的时候向穷人抛香烟和金钱，以示他们"亲善"这件事，想到当年日本侵略者在华北大扫荡以前，也曾用手枪逼着我们的农民和儿童故作笑脸，摄取照片，"标上'华北明朗化'的题目登在什么'兴亚'书版上、以示'亲善'"。文章说"中国老百姓什么都亲善光了"，对"今天'友邦美国的亲善'"，提出控诉说："东北大学撤离长春时，被美机射杀同学的遗像，才是一个亲善的好写照！"最后警告"友邦"，"要冷静头脑，看清这是不是奴才的管区"，并义正词严地指出："解放区的人民是侮辱不得的！"

纪念俄国十月革命胜利二十九周年时，他创作并翻译了三篇文章：《纪念十月，要学习苏联文化》一文，介绍了苏联二十九年文化教育取得的成绩，介绍了苏联的一些书籍对我们的影响，要大家学习苏联文化，学习列宁主义，增强自己的战斗信心。

《保卫祖国战争中的苏联作家》一文，译介了苏联开战后三天就有一百五十名作家志愿从军，保卫祖国。战前莫斯科有八百名作家协会会员和候补会员，开战不久，就有三百三十人投笔从戎。其他加盟共和国的作家也一样，纷纷上前线。除直接参战外，大部分为战地新闻服务。译者在前记中号召大家学习苏联作家，"行动起来，保卫我们的祖国，保卫我们的土地"。

《苏联文学概观》在《牡丹江日报》副刊上从 11 月 8 日到 13 日连载六天，文章全面地介绍了社会主义国家苏联文学发展的情况，为当时接触外来东西比较少的牡丹江读者打开了眼界。

这期间的论文有《再丰富些，再深刻些》。文章批评一些作品千篇一律，指出"我们是轰轰烈烈参与前所未有的人民革命事业"，只要站在为人民的文艺立场上，要写的东西很多，"希望纠正目前这种千篇一律的倾向"，"希望能有丰富和深刻的作品出现"。《改造旧我,为新文艺斗争》是说文艺工作者应该适应时代的要求,努力去反映广大劳动人民的斗争:"如果认为解放区没有什么题材好写,那就是你的思想出了毛病,要赶快检查自己、改造自己。"

《世界观研究小记》是 1946 年 11 月 22 日开始,分五次在《牡丹江日报》上发表的。文章向读者介绍了辩证唯物主义的基础理论,以及在现实生活中的指导作用。这种文章在解放当时的牡丹江也是不多见的。

散文《宁安行》,是作者参加宁安县劳动模范大会后的所见所闻。反映出解放区的巨大变化,展现出解放后的劳动人民在中国共产党的领导下所焕发的新姿。《东北日报》转载了这篇作品。

小说《不是想出来的故事》,发表在哈尔滨出版的《东北文艺》杂志第二卷第一期上。从全文记述的一些事件作品中说,作者从佳木斯往牡丹江去,在火车上遇到了当了八路军的农民李海。作者回忆起在伊通东尖山子村逃亡时,所熟悉的李海一家的悲惨遭遇,揭露了地主阶级勾结地方警察横行乡里,鱼肉百姓的伪满社会现实。李海在家时哥哥一年摊了两次劳工,第二次是替地主楚九家去的,因为欠人家"印子钱","不去就逼着要钱,又要送官",第二年又替地主儿子当了国兵,"不答应就抓走了爹,又要判思想犯"。姐姐十九岁那年被楚九糟蹋后收去做偏房,不到三个月又被楚九转让给黄警尉补。姐姐是活活憋屈死的。后来妹妹又被黄警尉补拉去了。还到处抓李海,抓不着就将父亲扣押起来,叫母亲拿钱去赎,没钱赎人,又撵搬家,母亲一股火,也死了。李海被逼得家破人亡,走投无路,最后参加了民主联军。在部队听说父亲逃出来找到林口,便坐车去看死在林口的小店里的父亲。李海悲愤地表示一定要打回东尖山子村去。

　　《最后》，是作家在牡丹江时创作的一篇短篇小说。发表时题前注明"劳军小说"，副标题是"为响应稿费劳军而作"。小说描写了一个十九岁的民主联军战士，在一次反击土匪偷袭朱家街的战斗中，和其他三名战士担任第一防线。由于天黑，敌众我寡，又是分散阻击，敌人不断涌上来，在双脚带着冻疮，又身负重伤的情况下，他把子弹射尽，把枪砸碎，把最后一个手榴弹掷向敌群，喊着共产党万岁，倒在血泊之中。为了保卫人民的生命财产，献出了年轻生命。在这篇小说的同一版面上，发表两封作者来信，要求把自己十二月份应得的稿费捐献出来，请编辑部转给军队，并"号召其他作者来赞助这件稿费劳军的盛事"。关沫南全文发了这两封来信，信后加了编者附记，支持这种做法。另外，又以"编者"名义写了一篇"文兰随笔"，题为《拥军文学》，提出要创建拥军文学，并说延安就有这种文学。叫大家宣传军人的艰苦战斗，宣传军人和老百姓的血肉关系，以唤起热爱军队的热情。

选自《东北文学研究史料（第五辑）》

◇ 吴时韵

回忆解放战争时期我在
辽北地区的一段文艺宣传工作

一九四五年八月十五日日本投降后,按照党中央决定,延安大学各学院(包括鲁艺)先后迁离延安,来东北新区办学。离开延安前夕,鲁迅文艺学院率队同志传出毛泽东同志对大家的勉励话语。

当时局势变化突然,任务来得紧急。

鲁艺与延安行政学院、自然科学院三校共百余人(来自各校人员的一小部分,并非全体;各校人员都是分批出发的),由队长黄某(名字不记得了)、指导员毛星同志率领,随代号为"西京"的干部大队,于十月十日出发,经三个月徒步行军,穿越封锁线,绕过国统区,至四六年一月中旬到达东北阜新市(此时沈阳已被国民党军侵占)。然后由"西京"大队分散安排,又经各校自己分散安排,四六年二月间我随一个小组到了郑家屯(现在的双辽),被分配在驻当地的西满军区政治部宣传部工作。宣传部长好像姓张,名字记不得了。

当时,军区政治部已留住有先期到达东北的鲁艺戏剧部男女五位同志(其中有两对夫妇)和关内解放区来的两位文艺工作者。加上我,就有八个人了。随即以这八个人为底子,军区政治部决定成立西满军区文工团,由政治部组织科直接领导。组织科科长是胡亦民同志。我被任为文工团团长,另一位关内解放区来的魏叔桓同志为副团长(不知他现在何处、做何事)。

文工团一成立,便开展扩大共产党、八路军政治影响的宣传工作,并争取当地青年,以求发展文工团组织,为人民解放战争服务。

当时,东北青年中普遍存在着瞧不起"土八路"、共产党,而寄希望于国民党、中央军的"正统"观念。因此,虽然我们主动接近他们,做了不少与之联络感情,试图建立友谊的工作,他们都不愿与我们有所接近、交谈,对我们可谓冷眼相看,敬而远之的了。

当地有伙爱好文艺的失学学生,在郑家屯屯长的儿子靖康的影响、指挥下,经常聚集在有地下国民党嫌疑的一对中年夫妇(其姓名一点印象也没有了)的家里,拉拉唱唱,吹吹打打,相当活跃,起了阻碍青年接触八路军、共产党的作用。为了解情况,分化他们,进而引导吸收其中较进步的分子参加我们文工团的工作,我们设法与之个别谈话,约他们集体参加我们计划组织的座谈及文娱活动,借机宣传共产党的主张和八路军的优势,促使他们开动脑筋想问题。然而,这样做的结果,还是没有什么收获。

在此情况下,同志们建议由我写一个八个人便可演出的剧本。通过演出宣传党的政策,也可显示一下我们这只有八个人的文工团的力量,有利于进一步吸收青年参加我们文工团工作。

我接受了同志们的意见。在调查了解掌握了一些情况之后,写成了以反伪满汉奸恶霸为内容的剧本《清算》。该剧反映了当地受迫害的群众勇敢地与屯长做机智的斗争取得胜利的内容。剧本经胡亦民同志审阅,认为可以排演演出,有利于发动群众参加反霸斗争。

在《清算》排演之前,我们又想办法约请当地青年戏剧爱好者参加饰演剧中的人物。最后,总算有一女青年参加进来,扮演了剧中主人公的妻子,演得也还不错。但她却不是上述那伙青年中的一个。《清算》演过以后,她也没参加我们的文工团,后来她进了辽北民主学院,经过学习,参加了地方工作。

《清算》首次演出,是为慰问经秀水河子战斗下来的指战员的。当时他们没有条件看到别的好戏,能够看上我们的这场演出,也算是不错的了。

第二次演出,是面向群众宣传鼓动开展反霸斗争的。为了再次争取上述一伙失学学生,我们考虑将注意力集中在他们的头面人物靖康身上,主动与之协商,请他们在这场演出中出些节目,和我们同台演出。这次,靖康答应了。当然,他们要出的节目,只能是伪满流行的一些外国民间歌曲,好像是有苏格兰民歌《友谊地久天长》、印度尼西亚民歌《哎哟,妈妈》、美国福斯特的《苏姗姗》等(记得不可能准确)。而且,这些歌曲还是要由靖康和他的两个妹妹来演唱。

经过这场演出,群众受到些教育。靖康他们一伙和我们之间的距离,也靠近了一点。然而,我们要扩大文工团的希望,还是落空了。

处于这样的境地,鲁艺的几位同志感到再无用武之地了,便萌生了离开郑家屯的念头。只有我留下没走,后被安排在辽西省委宣传部工作。关内解放区来的两位同志,也另行分配了工作。西满军区文工团就这样解散了。

当时,辽西省委书记是陶铸同志。辽西行署主任是朱其文同志。省委宣传部的负责人是羊耳即许立群(他是宣传处长还是部长或是陶铸同志的秘书,记不清了)同志,我就是在羊耳的直接领导下进行工作。

省委对建立文化军队很重视。在羊耳同志的领导下,经过研究,为了团结东北作家和文艺爱好者,争取知识青年,发挥文艺团结、教育、帮助人民同心同德与国民党做斗争的作用,决定创办一个文艺刊物。为突出其乡土色彩,特定其名称为《草原》。刊物的方针、任务和目的,在《草原》的《发刊的话》里,也基本表露出来了。为使刊物尽快出版,未及建立编委会,羊耳便要我做些编辑的具体工作,如《发刊的话》便是由我起草的。向关内来的文艺工作者、作家们组稿的情况记不清了,只留有向袁犀约稿的印象。他先是不肯答应写稿,经过一番讨论,他到底同意交一篇以前所写的文章。文章的内容我记不起了,只记得其情调是低沉的,缺少令人感奋的激情。这篇东西未能在创刊号上发表,可能是发表在《草原》第二期上的。但也不敢确切地肯定,因为第二期是我们撤至洮南后出版的。那时候,我已被派到辽北民主学院创办文艺系了。

我所改编的《三姑爷》一剧,可能是登在《草原》第三期上。因为它是改编别人的作品,所以并无多少自己的创造。后来演出时,其效果也还算好就是了;不对!不如说也还算过得去。

一九四六年五月十日左右,为慰劳四平保卫战(当时的口号是"像保卫马德里一样地保卫四平")的部队,由辽西行署主任朱其文同志率领郑家屯各界联合组成的慰劳团,包括靖康兄妹三人在内的那伙青年文艺爱好者们,和一个来自关内某解放区的文工团(该团名称及团长姓名怎么也记不起了），分乘两辆美制十轮大卡车开赴四平，进行慰劳工作。汽车经一天驰骋，至夜穿过四平北边的杨木林子进入四平市内。这一夜，自然是在通宵不断的枪炮声中度过的，接下来也还要在枪炮声中进行慰劳和演出宣传工作。

这一次慰问，我是在朱其文同志的直接领导下担负一切演出宣传活动的组织工作。任务既光荣又紧张。如第二天白天便选择有利躲避敌人枪弹的路口、街道，进行街头演出宣传，号召群众全力支援部队，共同保卫四平。晚间则是在附近炮弹爆炸和从天窗上可见爆炸火花纷飞的旧戏院中，举行对部队指战员代表的慰问演出。演出的内容，主要是歌颂部队英勇作战，军民团结、共保四平，以振奋战斗精神，坚决夺取四平保卫战的胜利。节目的名称都记不起了，因为是由上述的文工团演出的，我不曾同他们一起工作过，以往对他们没有任何印象。靖康他们演出的节目，虽然没有战斗性，也多少起了些慰问助兴的作用。演出中，台上台下，气氛热烈，大家心情兴奋，那种激动沸腾的场面，令人难忘！

然而，不料两天后，情况剧变，我军准备撤退，不再固守四平了。这是由于敌强我弱，为保存实力，壮大自己，必须转入农村，发动农民，展开游击战争，建立巩固的革命根据地。以创造条件打击敌军，以便一口一口地将其吃掉，夺取人民解放战争的最后胜利。这也就是所说的"让开大路，占领两厢"的重大战略意义吧。

部队既要撤退，我们便迅速离开，暂停于四平外围农村，安排下步的行动。经朱其文同志考虑决定，让郑家屯的联合慰劳团人员返回郑家屯。同来的某解放区文工团，回其所属的地区。朱其文同志和其随行的行署一位后勤负责同志与我以及两位警卫人员，则要向北撤走。同时，经征求靖康兄妹的意见，他们三人也要跟我们一

332

起撤走。就这样,慰劳团便解散,各奔前程了。此刻,靖康兄妹能跟我们撤走,显然是受党的团结一切可以团结的力量的统战政策感召的结果。

在我部队撤离四平前夕的一个早晨,我们几个人便在朱其文同志率领下,乘来时乘坐的两辆大卡车中的一辆,不顾敌机在头上来回侦察飞行,径直往怀德县城开去了。

在怀德住了一夜,第二天转往西北方向,一路克服了补充汽油和吃住等许多困难,大约是第五天到达了洮南这块新建起的基地。此时,我军已顺利撤退,郑家屯也被敌军占领了。

在洮南,辽西行署改称辽北省人民政府。朱其文同志改任省人民政府主席。我被安排在省教育厅,任社会教育科科长。在此之前,洮南即已办起了辽北省民主学院,任务在于培养新开辟根据地急需的干部。靖康兄妹就被安排在这里学习了。

不久,为了培养部队和地方都需要的文艺工作者,领导上决定在民主学院开设文艺系,由我兼任文艺系的系主任。

同前述西满文工团希望招收团员遇到的困难一样,因群众把演戏视为下贱行当,招收文艺系的学生也不容易。没有办法,只有做细致的思想工作,说服一批政治系的学员改行转入文艺系学习。辽北民主学院的文艺系,就是经过这样的工作建立起来了。

开始,文艺系仅一二十个学生,陆续加至四五十个学生。教职员除我以外,调进了刘思群(原当地小职员,管后勤工作)、靖康以及稍后来的姚周杰(来自关内某解放区)同志。

课程设置有:文艺理论、形势任务、演技、音乐、化妆、舞台设计等。

理论课:根据毛主席《在延安文艺座谈会上的讲话》,主要讲文

艺必须面向工农兵,团结一切可以团结的力量,一切为人民解放战争服务,为彻底推翻蒋介石的法西斯统治、解放全中国人民而共同奋斗。

音乐课:主要教识谱、发声、练习演奏乐器(包括管乐器、弦乐器、打击乐器)。

戏剧课:主要教表演技艺,并联系讲化妆、舞台设计常识等。适应实际需要,这些课程主要是在排演节目的实践过程中进行的。这样做的结果,一支能够进行演出的文艺队伍,很快便培养成了。

由于战争的需要,文艺系被编成为辽吉第四军分区政治部领导下的文工团。我自然又成了文工团长,还兼任分区政治部宣教科副科长。姚周杰、靖康仍为教员,刘思群继续管后勤工作。

局势和任务在迅速变化,不到一年时间,文工团又转归辽北军区(政委好像是由当时的辽北省委书记陶铸同志兼任)政治部领导了。政治部主任是王震乾同志。他很重视文艺宣传工作,便将文工团改为宣传队,目的在于使文艺宣传更有战斗性,更密切与部队的联系。我又是当然的宣传队长了,同时又被提升一级,享受团级待遇。这之前,姚周杰、靖康、刘思群已先后调出。以后又调进一对来自国统区的夫妇——冯璜和兰林。冯璜任宣传队教师,教小提琴及音乐知识;兰林为一般工作人员,管理图书资料。后来又调进西满文工团(我们那个八人文工团解散后成立的)下来的一位同志张慧春任副队长。这期间,随着解放战争形势越来越好,宣传队也越加发展壮大了。至四八年下半年,由于一批中学生参加宣传队,经领导决定扩编建立了宣传队第二队。

从四六年夏季文艺系建立,经过辽吉第四军分区文工团、辽北军区政治部宣传队两个阶段,到四八年沈阳解放前夕,两年来这支文艺宣传队伍，一直活动在郑家屯至白城子铁路沿线的茂林、太平川、开通一带及其两侧的广大地区。南到通辽以及彰武的务欢池，东到大赉（今大安）、扶余等地，都留下了这支队伍的足迹。在艰难困苦的条件下，它演出过不知多少场次的音乐戏剧节目，做了不知多少次面对群众和士兵的政治宣传工作。对军民团结、战胜敌人，起了积极有益的作用。

在各地演出的许多戏剧节目中，记得演出场次最多、效果最好、最为群众所喜闻乐见的戏剧有：《幻想》、《军民一家》、《农家乐》等。

《幻想》一剧，表现了一个原为伪满小职员的年轻人，在日本投降后，心存对国民党极美好的幻想，盼望他们早来接管。可是未料盼来的中央军，军纪败坏，无恶不作。住在他家的一个中央军长官，对这位年轻人及其妻子的热诚款待和侍奉，不仅不以礼相待，给以相应的报答，却乘年轻人不在家的夜晚，竟把其漂亮的爱妻给强奸了。夫妻二人遭此奇耻大辱，悲痛极了！愤恨极了！正如人们当时传诵的那句谚语"想中央，盼中央，中央来了更遭殃！"至此，这对年轻夫妻才恍然大悟，怀着满腔痛恨，想方设法逃到了我们的解放区。

《军民一家》（剧名记得可能不完全对），则是反映了一个战斗中负伤掉队的我解放军战士，被一对年老的农家夫妇发现，立即冒险设法救助，急急忙忙把他搀扶到自己家里隐藏起来，尽力调养、治疗，待之犹如亲生儿子，终使负伤战士得以痊愈归队。临别时，战士万分感激两位老人的亲情，发誓一定要为解放受压迫、被剥削的老百姓奋勇战斗。

《农家乐》虽是个小戏，却生动活泼地再现了土改农民分地分房分浮财以后,积极生产劳动,养猪、养鸡、养鸭鹅,日子过得红火、欢乐,再不为吃穿犯愁的情景。很有感染力,受到观众的欢迎。

其他较受欢迎的剧目还有一些,因记忆不清,(连我写的几个小戏的名称都记不得了)就不多说了。总之,这些剧目的内容,都是为解放战争的胜利服务的,都是反映当时的实际生活和斗争的。包括反映国民党统治黑暗,腐败的;反映解放军战士先进事迹的;反映反汉奸豪绅恶霸的斗争及反映与国民党特务斗争的;等等。这些戏里,一般都带有唱词、唱腔,是秧歌剧形式的。所以,应该说都是延安文艺座谈会后出现的《兄妹开荒》、《血泪仇》等等秧歌剧影响下的产物。这也正是其所以为广大人民群众喜闻乐见,从而发挥了一定积极作用的重要原因之一。

我们所演出的音乐节目,不外是什么大合唱、小合唱。演唱的歌曲很多,记得起的有:

《东方红》、《义勇军进行曲》、《高楼万丈平地起》、《三大纪律八项注意》、《大刀进行曲》、《八路军进行曲》、《练兵曲》、《大生产》、《兄妹开荒曲》、《解放区的天是明朗的天》等等。

四八年大反攻开始,我大军南下前夕,我们还写有《打到南京去,活捉蒋介石》一支歌曲(载《东北日报》)。然而因反攻进展神速,蒋介石统治很快垮台,又由于宣传队改编随军南下,这支歌虽然排练了,却未能演出、传唱。

两年多的演出宣传活动证明,这支文艺队伍是坚持了党的艰苦奋斗作风的。首先,它严格保持红军、八路军三大纪律八项注意的光荣传统,即无论走到哪里,住在哪位百姓家中,都要做到哪家的"院子光,水满缸"。注意抓紧于演出空闲时间,进行群众工作。访贫问苦,讲形势,宣传党的政策,提高人民群众战胜敌人的信心,加强军民团结。另一方面,还要深入部队基层,了解士兵,向他们学习,向他们做宣传工作,以便较好地演兵、写兵。还有,在当时十分困难的环境中,宣传队自然不可能具有自己演出必需的各种物资设备,如服装、道具、布景等。诸如这些东西,只能是走到哪儿借到哪儿,从老百姓那儿借到,才能进行演出。这样,就要我们必须做到于演出活动结束后,将所借老百姓的衣服、用物、桌椅板凳等等,一件不落、件件完好地归还。万一损坏或遗失,务必折价赔偿,绝不马虎了事,损害群众的利益。此外,在演出活动中,还常有遭到敌机轰炸的情况。记得一次敌机企图轰炸白城子辽北军区政治部驻地的办公大楼,一颗炸弹落在宣传队居住的楼外。我们所住一楼的窗外,被炸了一个深约两米、直径约三米的大坑,窗户都被炸坏了,幸好人已避到楼外,未造成伤亡。一次,我们在开通进行演出。一天,停留在火车站上的一列弹药车被敌机扔的炸弹命中,车厢里炮弹的爆炸声延续了差不多一整天,我们住在距车站不远的地方,炮弹皮不时落在我们住处的院内和周围,幸好没有人员受伤。据说有几节车皮装的是黄色炸药,战士们冒着生命危险,将之推离正爆炸着的车皮,万一引起这几车皮炸药爆炸,整个车站、连我们居住的那一带地区,都要被炸毁的。在通辽一次演出时,我们行至一座大桥时遭到敌机的轰炸扫射,我护桥高射炮部队猛烈进行还击,幸好也不曾发生伤亡。这类事件,都不曾影响宣传队员们的情绪和工作干劲。至于平时维持最低衣食标准的生活待遇和每人每月微微了了的津贴费什么的,就无须多说了。

综上所述,这支文艺宣传队伍,纵令其素质不是很高,但是它长期脚踏实地工作,对扩大党和解放军在人民群众中的影响,发挥了积极的作用。对解放战争的胜利做出了无私的奉献。

选自《东北革命文化史料选编(第三辑)》

◇ 佚 名

艰苦创业的 1946 年
——辽吉区文艺工作回顾

1946 年 1 月,辽吉各地民主政权刚诞生时,辽吉区的文艺园地还是一片未经开垦的荒土。那时在旧书摊、学校、图书馆还充斥着敌伪时期遗留下来的散发着浓厚的帝国主义掠夺殖民地气味的中日文零散刊物和散发着浓厚的封建残余气息的剑侠小说,以及毒害青年精神的色情小说。人民虽然已把十四年的奴隶的枷锁打碎,但是真正实行政治上的经济上的文化上的翻身运动,则正在开始或尚未开始。而一些从事文艺工作的人们则分散在外地。

此时,辽吉地委机关报《胜利报》在法库创刊了。上面开始发表新的文艺作品。它犹如东方报晓,给迷蒙的文坛带来曙光。

1 月 14 日,辽吉行署宣传科在法库,假法库中学礼堂召开了文艺工作者座谈会。出席会议者有四十余人。科长蔡天心致开幕词,行署副主席即席讲话。他说:"我们应该使两条艺术巨流(即从解放区斗争中成长起来的艺术,与在敌人压迫下的革命的艺术)汇合起来,政府是文艺工作者的,是提倡艺术为人民服务的。它仍成为社会的灯塔,启发人民认识真理,认识自身痛苦的来源,并指出今后的道路。"最后,朱主席恳切地说:"我更希望从这里开出文艺之花来,这花朵开遍全辽,一直到关里去。"随后,辽西文工团戴团长介绍解放区戏剧活动,尖兵剧社高团长介绍了敌后组织秧歌队的经验。张万忠先生代表本地文艺工作者发言,历述在敌人压迫下,文艺工作者的困难与痛苦。最后全体同志热烈讨论了如何庆祝春节、如何用文艺宣传革命胜利。

为了用文艺去武装群众,宣传群众,让文艺之花开得更艳,办好文艺刊物是非常必要的,但是出版定期刊物的计划,由于战争繁忙与人少而没有实现。只有辽西文工团和尖兵剧团合作后,演出过《一双鞋》、《英雄儿女》和秧歌剧《赔偿》,还在旧历年的秧歌活动,把刚解放的新年点缀得不算寂寞。很快法库就受蒋军进攻,到三月间,一部分文艺工作者会合在辽源,在东北作家山丁、袁犀、蔡天心等人发起下,成立辽西文协辽源分会的组织,集合了各文化团体及男女中教职员二百余人的筹备会,选出山丁等七人为编委会。通过出版文艺刊物《草原》的计划。四月十日《草原》创刊号与读者见面。这虽然是一个十六开的薄薄的刊物,但是它是辽吉区第一次诞生的历史上破天荒的人民文艺刊物。在四平作战时,长春的杂志和报纸还转载了《草原》许多篇作品,可以想象《草原》受到各地读者的欢迎。与此同时迁移辽源出版的《胜利报》又增辟了一个"曙光"文艺副刊,每期容纳四千字左右,专门刊登当地作家与青年的作品,并介绍了一些抗战时期解放区的作品和启蒙性的著述。另外文协分会同露天拙文艺社同仁及青年俱乐部不断地组织了文艺研究会、座谈会,时事座谈会等等活动,团结了当地的青年与爱好文艺的人士。

在戏剧音乐方面,西满文工团演出了与当时群众运动密切结合的《清算》三幕剧和抗战时期的短剧音乐节目,十旅文工团演出了根据地群众与敌人进行抢粮斗争的独幕剧《粮食》,前进剧社演出了反对国民党特务迫害参加民主建设的东北青年的短剧《警惕》等,也收到了很好的效果,教育了干部和广大的群众。

到五月下旬,由于蒋军无理侵占辽源,胜利报社和辽源文协分会转移到洮南,文协的负责人也分散了,只剩下山丁同志一人。经过山丁、××、××等同志的积极努力,到七月间出版了《草原》第二期,表现了辽吉文艺工作者不屈不挠的战斗精神,后来又出版了第三期,销行渐伸到北面、东面。这时文艺活动上,民主学院成立文艺系,有计划来培养一批辽吉文艺干部。另外,这一时期洮南的战剧音乐的活动却比较活跃,除了盛大的鲁迅先生逝世十周年纪念会,辽吉文工团、民主职业剧团、民院文艺系、西铁工人剧团、二分区文工团、洮南一区大众剧团、洮南联中文工团、洮南教联文工团等,先后演出了《一双鞋》、《兄妹开荒》、《东北人民大翻身》、《三姑爷》、《粮食》、《到解放区去》、《过客》、《聪明人和傻子和奴才》、《新打渔杀家》等数十个剧本,共计演出二十次以上,平均每十天演出一次。观众达三万左右。年底前军区文工团在白城子公演了民族歌剧《白毛女》,这在辽吉战争运动和物质条件很困难的条件下,是费了很大力才演出的,这对于干部及群众的教育是一个相当大的力量。特别是洮南联中文工团,在这次辽吉区开展的广泛地支援前线的运动中,同学们在百忙中赶排了一些短小精悍的节目举行公演,还画了许多美丽的信封,写信寄给前线战士。可以看出辽吉区的青年自发地开始意识到把文艺活动与当前的政治任务相结合的要求了。曾获得了普遍赞扬的是"八·一五"周年纪念的时候，《胜利报》连载了用章回体裁写的时事小说《国事痛》，它受到了干部和知识青年及城市读者的热烈欢迎，当时在洮南曾轰动一时。许多本来不关心报纸的老头，出床子的，都按时到《胜利报》书店打听报纸出来了没有。各地工作的同志对它都给了很大的注意，有的写信来鼓励，后来印成单行本，销路也比一般书籍快，而且从通辽、开鲁一带回来的同志说前方的老干部都欲一睹《国事痛》这本书为快。东北书店已决定大量翻印。从以上这些事实来看，无疑地这在辽吉的文化活动里是一个相当大的收获。

由于《国事痛》尝试的成功以及学习民盟西北支部负责人李敷仁先生办《老百姓报》的经验，《胜利报》在十月下旬就开始了一个更大胆的尝试，打破报纸原来的"正统"思想，把文艺副刊"曙光"停刊了，另外增辟了"老百姓"、"新青年"两个副刊。"老百姓"版开始收到工人、农民、士兵、小贩的投稿了。"新青年"版则和民主学院，洮南洮安联中的同学有了许多的联系。这现象是在前十个月所没有的。这一点一方面证明了报纸的读者层是很快地扩大了，同时也说明我们从事文化工作的同志自己需要很好地来参考。

关于美术方面的活动，由于条件的困难，比较起来要差一些，教育处社教科和民主学院在洮南曾出版一种街头的通俗画报《民主社会》，多半登的是漫画和歌词。"霍痢拉"盛行的时候他们还画了许多幅传染及预防的连环画，很受群众的欢迎。至于木刻，只有《胜利报》上登过张仲纯、××等同志的几幅作品。

另外，特别值得提起的是在各地的油印报、县报，先后曾出现过法库的《人民报》，康平的《工农小报》，昌图的《人民报》，三分区的《××广报》、《农工报》、《翻身报》，还有配合工作的《参军报》、

《剿匪捷报》，都是在极困难条件下出版的，特别值得表扬。

辽吉一年的文化艺术活动，未提到的还很多……

辽吉文化文艺工作者是朝着毛主席文艺座谈会的方向努力的。辽吉文工团全体同志两度放下工作，到四平和富泉农村中去工作，以深入群众，收集材料，石涛同志在工作中光荣牺牲！还有不少爱好文艺的同志也都不脱离实际工作，这个方向是完全对的。另外，许多地方工作者，在困难条件下竭力出版油印报，供给群众精神食粮，直接为农民服务。《胜利报》的群众化的方向，也是正确的，可贵的。

（铁岭文化志编辑部供稿）

选自《东北革命文化史料选编（第三辑）》

◇ 佘青林

战斗的三年
——记解放战争时期鸭绿江文艺工作团的创业与发展

抗日战争胜利后,一九四五年十月,蒋介石违背《双十协定》,调遣大批部队向华北、东北疾进。十一月十六日起,国民党军队陆续攻占我军早已解放的山海关、锦州等地。鉴于东北的严重斗争,党中央一再指示东北部队把注意力集中于广大乡村和中小城市,发动群众,建立政权。十二月二十八日,党中央发出《建立巩固的东北根据地》的指示。当时,通化地委和专署为适应形势发展的需要,决定创办一所抗大式的培养革命干部的学校——通化地区青年干部学校(简称青干校)。该校于一九四六年二月正式开学,适时地为通化地区各级民主政府培养了一大批干部,促进了根据地的建设。同年七月,根据形势的需要,青干校成立了鸭绿江文工团。在毛主席《在延安文艺座谈会上的讲话》精神指引下,解放战争时期鸭绿江文工团活跃在长白山区和以四平为中心的辽北平原。这支战斗的、不怕流血牺牲的宣传队、工作队和战斗队,运用文艺武器,为部队、翻身农民等各界人民群众服务,在吉林革命文化史上留下光辉的篇章。

一

通化市是伪满时通化省的省会。伪满十四年,日寇、汉奸、土匪在这里相互勾结,横行肆虐。光复了,人们从敌伪统治下解放出来,但很大一部分人正统观念很强,对国民党抱有幻想,对刚进城的人民军队,新生的人民政权,采取观望的态度。所以,要建立巩固的东北根据地,主要任务是宣传群众,动员群众;宣传我党的政治主张,揭露国民党妄图打内战的面目,消除人民对我党、我军的疑虑。根据辽宁省委宣传科的指示,青干校开始筹备组建文艺工作队。学校委派教育大队区队长王德铭、佘青林负责具体组建工作。记得我们从各学员队选调一些爱好文艺的年轻学员,其中有牟梦非、王立夫、张殿恩、李学文、徐义、韩连生、王立武、温和、白波、田英等到文艺宣传队,为增加力量,又从社会上吸收一些有文艺专长的年轻人。四六年七月十六日青干校文艺工作队正式成立。学校任命王德铭为队长,主管业务;佘青林为副队长,主管行政兼管音乐。文工队一成立就投入到紧张排练中。记得排练的第一批节目有《放下你的鞭子》。导演由管梅兰担任。白波饰卖唱女孩,管梅兰饰老人,牟梦非饰工人。

当时霍乱流行,又根据通化市防疫委员会的安排,赶排了防疫歌曲和《防疫活报》。八月九日下午,这支刚刚诞生的文工队就走上通化市街头,进行了街头演出。队员们一面张贴宣传画,一面拉出场子演唱防疫歌,表演《防疫活报》和《放下你的鞭子》,群众从四面八方涌来,每场都有一二百人观看。《放下你的鞭子》的演员,表

345

演得真切动人,饰演卖唱女的白波声泪俱下,群众深深被打动,颇受群众欢迎。

为了使通化市的人民群众,了解共产党,了解人民政府,我们排演了话剧《救星》,从八月二十七日起,一天两场在新通化剧场演出。这部戏是写一位医术高明的老大夫,对共产党和人民政权缺乏了解,对民主政府部署的事情持消极态度。民主政府的干部耐心做他的思想工作,从这些共产党人对人民群众的态度上,他感到共产党是人民的大救星。从此,他积极为群众治病,热心参加民主政权组织的活动,受到群众的欢迎,赢得了群众的尊敬。在通化解放不久,一部分群众对共产党、人民政权不太了解,甚至存有疑虑的情况下,上演这部戏效果是非常好的。通化专署蒋亚泉专员观看演出后,赞扬我们演出这出戏。《辽宁日报》还做了宣传报道。

四六年八月,青干校同辽宁省干训班合并,成立辽宁省民政干部学校(简称民干校),隶属省委领导。由于青干校文工队成立后,工作开展顺利,社会上也有一定的影响,具备了进一步发展的基础。所以上级决定,在文工队基础上组建由辽宁省民政干部学校领导的文艺工作团。考虑到通化地区人民长期受到鸭绿江水的哺育,文工团要像鸭绿江水那样永远为人民造福,在解放战争中要为保卫鸭绿江而战,故而命名为鸭绿江文艺工作团。团长由学校教导主任王力明同志兼任。王力明同志原名周一民。一九三三年夏在上海做工时就开始了革命生涯。抗日战争爆发后,在上海参加了救亡演剧一队,从事革命戏剧工作。一九三八年到延安抗日军政大学学习,同年参加了中国共产党。后来,他到晋冀鲁豫军区一分区任宣传队队长。抗战胜利后,他随抗大总校来到东北,参加筹建通化地区青年干部学校,任青干校教务主任。兼任鸭绿江文工团团长后,他团结群众，勤奋工作，又懂业务，深受全团同志的尊敬与拥护。文工团政治指导员由季夫民同志担任。季夫民同志原名李振国，辉南县人。伪满通化第一国民高等学校毕业。他不满日伪统治，不甘心做亡国奴。他和同班同学夏龙及夏的爱人李琳一起冲破牢笼，奔向关内解放区，参加了八路军。东北光复后，他们三人随军回到通化，在通化青干校任中层领导。他秉性刚直，工作有魄力。他特别了解东北青年，喜于同大家团结共事，所以颇受青年同志的尊敬。文工团的几位中层干部是：戏剧干事王德铭、音乐干事佘青林、教育干事王大英和行政干事张焕相。这几个人都是在青干校学习后留校的青年干部，政治上要求进步，业务上也有一定的专长。

鸭绿江文工团是青年人向往的地方。组建之初，陆续来团工作的有干校的安宁、张弘强、罗庆霄、罗剑秋、柏连谓，辽宁日报社的朱雷，抚松中学的陈贵义、徐风翘、赵玉库、左云祥、陈忠发、郭纯照等。还有从前方下来的辛志文、盖福珍（后改名朱凯）、刘永杰等。一批家住通化市内的社会青年自带乐器和服装来参加排练演出。短时间内，文工团的力量得到很大加强。团内设立了演员队，王德铭兼任队长。乐队队长由佘青林兼任。此外还有个美术组，成员有陶铭震、马子玉等，负责翻印歌片、剧本等演出材料及印制宣传画，书写街头标语等工作。

为揭露国民党打内战阴谋，教育人民奋起保卫家乡，鸭绿江文工团组建后突击排演了《保卫家乡》《枪毙大法师》《自卫》《未婚夫妻》等剧（节）目，九月八日、九日、十日进行了募捐演出。

此外，文工团赶排了一批音乐节目。除一些革命歌曲外，大部头的是著名的《黄河大合唱》，指挥由张殿恩担任。《黄河颂》的独唱由团长王力明担任。《黄河怨》的独唱由王琦担任，《河边对口曲》的演唱者是温和、罗庆霄。《黄河大合唱》的公演,对鼓舞和动员群众为保卫家乡而战斗,产生很大影响。

文工团为使新文化运动深入基层和农村,更广泛地教育人民群众,奋起抗击国民党反动派的进犯,决定下乡到辑安、柳河、临江各县及所属村镇巡回演出。同志们赶排了后方小喜剧《禁止小便》《村镇线上》《罗国富》《火焰》等。后因国民党军队向通化进犯,只到通化县附近的区镇做了巡回演出。

为纪念"九一八"事变十五周年,根据通化市各界人民纪念"九一八"筹备会的安排,文工团沿街布置了宣传标语,并于九月十七日到通化人民广播电台进行了实况播出。九月十八日午后四时至八时,文工团在新通化剧场演出了《火焰》《自卫》《未婚夫妻》《兄妹开荒》等剧(节)目。九月十九日又进行了化妆街头宣传。

为了便于统一领导,通化专署领导的大众乐剧团并入鸭绿江文工团。大众乐剧团团长关兴华于九月二十一日率团携全部演出物资并入文工团。当晚两团人员举行了联欢晚会。

四六年十月,国民党军队已进犯到三源浦镇,逼近通化市。为保存实力、消灭敌人的有生力量,上级决定驻通化市内的所有机关单位一律撤退。民干校于十五日开始分批撤向临江。十月十八日晚间,国民党军队进犯通化市的炮声隆隆,各机关全力组织撤退的时候,文工团还在通化人民广播电台进行最后一次播音演出。结束前,接到团长命令,要求演出人员立即赶回团部。当演出人员回到驻地,大院内已停放一些大马车。团长王力明召开全团大会,宣布撤退命令,说明这次通化撤退是我军战略转移,动员全团同志跟着共产党继续干革命。要坚信革命一定会取得最后的胜利。文工团员们经过干校学习和工作锻炼,思想觉悟有了一定的提高,大家相信共产党是为人民谋利益的。大部分骨干都决心跟共产党走,有些正统观念严重,尤其是家住市内,没有脱离生产参加革命的人,没有随团撤退。其中包括乐队的全体人员。文工团的同志们于十八日午夜乘火车撤离通化,我们回望夜幕下的山城,心中默念着:再见了通化,我们很快会回来的。

鸭绿江文工团七月成立,十月撤出通化,共计三个月时间。此间,队伍迅速壮大,工作顺利发展。总计排练《黄河大合唱》等两台音乐节目和《救星》《保卫家乡》等十多部节目。在剧场、广场和电台进行了几十场演出和播音。这对宣传人民,动员群众奋起反对国民党部队的进犯,决心保卫家乡、保卫抗战的胜利果实,取得良好效果。文工团也在斗争中得到了锻炼。

二

一九四六年十月十九日,文工团撤退到南满根据地的中心临江县城,住到帽儿山麓。经过清点队伍人数,减员近半。凡是经过青干校学习并已脱产工作的同志,都随团撤来了。这些同志有:王力明、季夫民、王德铭、佘青林、王大英、王立夫、朱雷、牟梦非、李学文、陈贵义、徐凤翔、肖星海、罗庆霄、王立武、张弘强、徐义、韩连生、赵玉库、刘永杰、左云祥、辛志文、温和、杨连渭、田英(女)、朱凯(女)、艾德兴(女)、孙云清(女)等。有了这几十名骨干,鸭绿江文工团还会发展壮大。

几天之后,文工团从帽儿山移驻临江县城东二十里外的大湖,同省民干校住在一起。文工团当务之急就是扩充队伍。这样,从青干校抽调了佟兴武、延南(女)、张莉(女)、纪跃先、阎凌湖、丁奉忠等同志。还有从前方撤退下来的赵桂荣(女)、李荣春(女)、张凤勤

（女）、苏少勤、张德清、石峻峰等同志。

当时的形势是，国民党集中十万余精锐部队向我南满根据地进犯。在敌强我弱的形势下，我被迫放弃了安东、通化、辑安等重要城镇。南满根据地仅剩下临江、长白、蒙江、抚松四县和两道大沟，形势非常严重。面对敌人大军压境的形势，我们队伍中的许多同志思想上发生动摇，悲观的情绪在一些同志中蔓延，增强这些同志的必胜信念，首先要启发他们的阶级觉悟。根据这种需要，团长王力明决定排演大型秧歌剧《血泪仇》。按照当时文工团方面的情况，是不具备排演《血泪仇》条件的。首先没有伴奏的乐队。通化时期的乐队成员撤退时都没来。其次没有必需的演出物资。再就是文工团员们的业务水平不高，大部分演员没演过秧歌剧，一些新的同志什么戏都没演过，绝大多数演员还都不识谱。但是，困难再大也难不倒革命战士，团长王力明下定决心，拼命也要排好《血泪仇》。而且根据形势的需要，必须尽快地在一个月之内排练完成，进行公演。各种不具备的条件，能克服的就克服，能创造条件解决的就尽力解决。《血泪仇》的排练从十一月初开始了。当时，排出如下阵容：

        导　　演　　王力明

        剧中人　　扮演者

        王仁厚　　王德铭

        仁厚妻　　李荣春

        王东才　　王大英

        东才妻　　延　　南

        桂　　花　　孙云清

王小栓　辛志文

田保长　牟梦非

保　丁　韩连生

国民党军官　肖星海

　　　　　　徐　义

解放区乡长　朱　雷

变工队　陈贵义、徐凤翔

　　　　阎凌湖、纪跃先

王大妈　田　英

黄金贵　王立夫

伴奏没有人,就由佘青林用一把二胡来伴奏。主要是拉前奏和间奏。

从决定排练《血泪仇》那天起,根据排戏需要,全团同志每天早晨进行集体练声、集体学习扭秧歌。秧歌由牟梦非来教。不识谱的演员,就由佘青林、肖星海一句一句地教唱,再教些识谱知识。

排戏的过程也是演员们接受阶级教育的过程。《血泪仇》前半部戏里,王仁厚一家的悲惨遭遇,引起演员们极大同情。当戏排到王仁厚一家逃难走到破庙里,儿媳被奸致死,老伴碰死庙内,被卖的孙女桂花拉着爷爷,牵着弟弟失声痛哭和小栓跪爬在奶奶、妈妈坟上哭喊着要奶奶、妈妈时,排戏的演员没有不动情不落泪的,在场的工作人员没有不哭的。这种阶级仇恨进一步增强演员们排好《血泪仇》的决心。

经过全团同志不到一个月的奋战,到十二月初完成了《血泪仇》的排练任务。首先在临江剧场进行了几场演出,招待驻临江机关单位、部队和市民群众。演员们在舞台上表演十分认真、动情。演员们在台上痛哭流涕,台下的观众也忍不住泪流不止。观众不时喊起为王仁厚一家报仇,坚决打倒国民党反动派的口号。当戏演到王仁厚带领孙子小栓逃到解放区后,舞台上出现了与国统区截然不同的气氛。前半场的黑天幕被红白相间的天幕代替,灯光也有变化。当四名头带白毛巾的演员舞动锄头边舞边唱"南风丝溜溜吹,来了个变工队,今年雨水实在好,苗苗长呀长得美"时,台下观众热烈鼓掌。当乡长和王大妈拎筐鸡蛋慰问王仁厚祖孙时,观众报以热烈的掌声和欢笑声。全剧通过王仁厚一家生活的变化,国统区和解放区两种生活的鲜明对比,给观众上了一堂国民党和共产党谁优谁劣的阶级教育课。

记得有一场是给被俘虏的国民党某师师长及全体官兵演出的。他们观看《血泪仇》后,也受到很大震动。有些被俘的士兵说,他们就像王东才一样被抓壮丁的。很多被俘的士兵都表示要参加民主联军,上前线打国民党反动派,为王仁厚一家报仇!为天下受苦人报仇!

《血泪仇》的演出成功,使文工团员们明确认识到党的文艺工作是团结人民、教育人民、打击敌人、消灭敌人的锐利武器,只要文艺工作者能全心全意为解放战争服务,文工团就能生存和发展。成功地排演《血泪仇》也一扫部分文工团员的悲观情绪,振奋了精神。

四六年十月,国民党军队占领通化市后,又开始进犯临江,企图攻占临江,切断南北满我军的交通线,形势异常严峻。国民党的特务破坏活动时有发生。驻在临江县城的机关单位都在武装保卫自己。文工团驻地四周环山,经常响起特务的枪声。干校所有干部每晚值勤放哨,文工团各班配发了大枪,每晚轮换参加值勤工作。

为了动员群众抗击国民党的进犯，进一步巩固长白山根据地，文工团开始到临江周围各县巡回演出。十二月中旬到抚松县城，给驻军和群众演出《血泪仇》，受到当地军民热烈欢迎。在县妇联工作的郭秋痕同志看过演出后，坚决要求到文工团工作。家住抚松县城的李学文同志，从家取来一把小提琴送给文工团。这对只有一把二胡的文工团来说真是雪中送炭。

一九四六年十二月十七日，敌人纠集六个师的兵力，由西而东向我临江地区发动了第一次进攻。临江保卫战打响了。保卫临江战争开始后，驻在临江的所有机关单位全部撤退到长白县城。民干校的大队人马已先期撤走。但是文工团仍在抚松为驻军和群众演出。校长陈放心急如火，特派校部教育干事张树成火速赶到抚松县城，通知文工团急行军返回临江的三道沟门待命。团长王力明、教导主任陈禹逊和指导员季夫民立即率团向临江三道沟门进发。大家在冰封的河道上，顶着凛冽的寒风，拉着爬犁，急速行进。领导干部身先士卒，拉着爬犁走在队伍的前头。陈教导员指挥大家高唱革命歌曲。山谷里回响起激越的歌声：

　　从这疙瘩到那疙瘩

　　舌头紧靠着牙

　　自治军和老百姓守住东北守住家

　　东北是我们的家乡我们拼命保卫它

　　眼泪上长了苗

　　鲜血里开了花

　　打败那些敌人

　　守住我们的家

　　文工团日夜兼程赶到临江三道沟门。校长陈放和团长王力明进行了撤退动员。要求全团同志跟着共产党走到底,希望大家为真理而斗争到最后胜利。大家都知道,撤退到长白也不一定是尽头,可能越撤退离家越远。但是文工团员们经过通化撤退的考验,排演《血泪仇》又上了阶级教育课,阶级觉悟有了提高,在政治上都比较坚定了。任何艰难困苦都吓不倒决心革命到底的文艺战士。

　　为了保守机密上级要求撤退单位一律使用代号。所以文工团一路上使用了"77教导团"这个代号。长白县城位于长白山脉的十八道沟和十九道沟之间。从临江到长白要经过十八道大山沟。沿途是沟上有岭、岭下有河。最长的岭一百二十华里。整个路程山路崎岖,人烟稀少,生活条件十分艰苦。当时正值隆冬季节,雪深路滑,大家每天都冒着零下三十至四十度的寒风,在冰雪路上行军,浑身上下挂满了白霜,就像雪人一样。整日走在冰雪中,鞋和裤子全是湿的。到了驻地没有条件烤干,第二天只好再穿湿的行军。久而久之有些同志患上了关节炎等疾病。女同志天天行军,体力不支,男同志就帮助背行李拿东西。爬山过沟时就手拉手把着前进。文工团员们在解放战争最艰苦年代里建立起来的深厚革命情谊是极为宝贵的。

　　文工团行军到十三道沟时,迎来了一九四七年的新年。尽管行军艰苦、生活困难,仍然不忘宣传群众。元旦晚上,团员们在极度疲劳的情况下,仍然给野战医院的伤病员和当地群众进行了演出。由于当地群众生活贫困,无力供应大批撤退人员的给养。为改善新年生活,指导员季夫民带领佟兴武等同志进深山去打猎。结果捕获一头四百多斤重的大野猪,用骡子拉回驻地,改善了生活。

经过十五天、五百多里的跋涉，在翻过十八道沟后，到达了长白县城。文工团发扬连续作战的精神，在长白县城给当地军民演出几场《血泪仇》。由于县城驻扎机关太多，住处紧张，上级决定文工团继续向深山前进，住到十九道沟。十九道沟是一座朝鲜族居多的小村庄。四七年的春节文工团就是在这里度过的。过去有句俗话"谁家过年还不吃顿饺子"。可是文工团在四七年的新年和春节，真的没有吃上饺子，年三十晚上吃的是小米干饭，喝的萝卜条汤，每班发给几条由鸭绿江对岸换来的小鱼，热情的朝鲜族群众给文工团送来些打糕，这就是我们的年夜饭。谁也不喊苦，吃得还是满香的。记得王立武等几个同志吃多了，消化不良，只好到空场上跑步消食，成为笑谈。

文工团在长白期间，尽管形势严峻、生活艰苦，但人们思想稳定，情绪乐观。每天早晨坚持练声练秧歌。为使群众过一个快乐的春节，体现军民同乐，文工团在春节期间还组织了秧歌队，在秧歌中间安排了跑旱船等小节目，受到驻地群众热烈欢迎。在长白山上度过的那段艰苦生活，磨炼了文工团员的革命意志，使这支文艺队伍进一步成长起来。

文工团在长白期间，曾派指导员季夫民率一部分团员参加长白土改工作团，深入农村发动群众进行土地改革，为巩固民主政权，动员群众参军支前做出了贡献。

前方的战斗十分激烈。驻长白县城的机关、单位奉命曾做了继续北撤的最坏打算。战争形势瞬息万变。就在文工团打起背包准备北撤的时候，四保临江的战斗取得了胜利。随着军事斗争的胜利，通化市外围各县也陆续解放了。辽宁省委组织"前线慰问团"，命令文工团组建一支精干的演出队随团到柳河前线慰问演出。团长王力明率领一支精干的演出队随省委慰问团赴前线迎接新的战斗任务。

三

一九四七年二月,辽宁省委"前线慰问团"组成。鸭绿江文工团组建一支精干的演出队,随团去前线。演出队由团长王力明率领。成员有:佘青林、王德铭、王大英、辛志文、肖星海、牟梦非、韩连生、张弘强、徐义、陈贵义、徐凤翔、王立夫、朱雷、纪跃先、阎凌湖、李学文、张德清,还有女同志朱凯、郭秋痕、孙云清、艾德兴、田英。

除演出队人员外,由民干校配备二十人的前方工作队。成员有周毅、高俊英(女)、孟庆荣(女)、杨登阁等,他们随演出队一起下长白山,工作由演出队安排。演出队于二月下旬从十九道沟出发。在行军路上补排《血泪仇》的角色。由于前方胜利喜讯不断传来,极大地鼓舞了我们,大家干劲十足,有的演员前后场要扮演几个角色,补排任务都是在行军中完成的。三月初演出队到了临江县城。家住临江城内的张长茂同志来文工团要求参加工作。他是回族,从小爱好小提琴,曾从师一位外籍人学习小提琴,有相当的演奏水平。他的到来给《血泪仇》伴奏增添了一份力量。

"三八节"过后,文工团向柳河前线进发,三月二十号前赶到了柳河前线,立即为浴血奋战的前方战士进行了火线演出。演出的场地和战场近在咫尺,战斗的枪炮声清晰可闻。指战员们轮流由战场上下来看《血泪仇》,然后带着为王仁厚一家报仇的心情,再上战场,拼死杀敌。文工团昼夜不停地连续演出几天后,一天晚间正在演出时,突然接到前线指挥部的紧急通知,为全部消灭敌人,我军准备形成一个口袋,让敌人进柳河来,以便"关门打狗"。要求文工团立即停止演出连夜撤出柳河。文工团当即卸台收拾行装。连夜同地方机关一起撤出柳河县城,徒步行军几百里,回到临江县城。完成了柳河前线的慰问任务。

一九四七年四、五月间,鸭绿江文工团参加了临江各界人民"宣传慰问团",到新收复地区慰问部队和新区群众。还要去慰问包围通化市的东北人民解放军三纵、四纵队的官兵。为配合部队休整和新区宣传的需要,文工团除了演出《血泪仇》外,还突击排练一组小节目。其中有描写军民关系的小歌剧《牛永贵负伤》,描写官兵关系的小歌剧《有错就改是好同志》,反映参军参战的小歌剧《打砂锅》,以及反映军民鱼水情的《三担水》。四个小戏的执行导演是王德铭。

这次到通化前线和新解放区慰问演出的日程安排得非常紧张。多是白天行军赶路几十里,晚间到目的地就装台演出,演出后卸台,第二天又是行军赶到下个演出地点。文工团演出的节目受到部队及群众的热烈欢迎。《血泪仇》提高了人们的阶级觉悟,新排的四出小歌剧演的都是部队官兵和群众身边的事,大家看了更觉亲切。

在慰问演出中,战士们英勇杀敌的精神深深地感动文工团员们,所以演出时,只要附近有野战医院,同志们都去搀扶甚至背着抬着伤员来看演出,演出结束再送他们回病房。文工团员们热情服务的精神也感动了伤员。许多伤员流泪表示"伤好之后立即上前线,多杀敌人来感谢文工团的关怀"。从四六年十二月在临江首演《血泪仇》起,到四七年五月底,鸭绿江文工团文艺战士不畏环境艰苦,发扬不怕疲劳连续作战的精神,巡回演出于临江、长白、柳河、

357

抚松、辑安和通化等地,演出《血泪仇》七十余场,小歌剧二十多场,观众达十余万人。为"四保临江"战役的胜利和根据地的巩固做出了贡献。为了发扬成绩,鼓舞士气,五月下旬在辑安县城演出期间,全团进行了认真的总结和评功活动。孙云清同志被评为一等功臣,王德铭、李学文同志被评为二等功臣,肖星海等多位同志被评为三等功臣。

总结和评功活动刚结束,传来了通化市重新获得解放的喜讯。大家欢呼雀跃,尤其是家在通化的同志更是兴奋异常,感到"打回老家去"的愿望很快就会实现了。突然,接到民干校的通知,让文工团立即赶回临江。文工团不顾连续三个多月边行军边演出的疲劳,昼夜兼程赶回民干校驻地——临江中学。

文工团的隶属关系有了变化。上级决定鸭绿江文工团同民干校脱离关系,由辽宁省委领导。此时,田园、李琳、张树成和袁晶波等同志脱离民干校到文工团工作。

四七年六月底,鸭绿江文工团随省委移驻解放不久的梅河口。

四

东北解放战争经过四七年大规模的夏季攻势,歼敌八万余人,收复县城四十多座,完全粉碎了国民党军对东北各解放区的分割计划,迫使敌军收缩于中长路和北宁路的狭长走廊地带,转入所谓"重点防御",东北战场出现了我攻敌守的局面。

随着夏季攻势的胜利,大片大片的地区得以解放。面对新收复区广大农民要求获得土地的呼声,东北局连续发出《关于新收复区工作的指示》和《关于继续完成土地改革,深入群众运动的指示》。辽宁省委组织大批干部奔赴新收复区,深入发动群众,实行土地改革。

四七年八月间,省委宣传部副部长李剑白同志来到鸭绿江文工团进行动员。要求文工团集中一段时间到新收复区去参加土改,用文艺武器提高群众的阶级觉悟,帮助人民群众翻身。文工团员立即紧张起来,赶排出反映土改的独幕话剧《反"翻把"斗争》、秧歌剧《买不动》《土地还家》和演唱《参军》等。九月初,文工团为省群工会做了演出,受到代表们的热烈欢迎。旋即开始到周围各县参加土改运动。

九月初,文工团来到东丰县为土改工作团召开的农民代表会议演出了《反"翻把"斗争》《买不动》和《土地还家》等节目。《反"翻把"斗争》是东北文工团李之华同志根据"反夹生饭"的实际斗争生活创作的独幕话剧。该剧是写被斗倒的地主不甘心失败,暗中勾结土匪,利用栽赃诬陷和派狗腿子钻进农会的手法,阴谋复辟(东北方言叫"翻把"),土改工作团识破他的阴谋,启发引导教育农民群众彻底打倒恶霸地主的故事。秧歌剧《买不动》是表现农会干部拒绝地主收买的内容。秧歌剧《土地还家》则叙述了贫农张大爷用血汗开垦的土地被地主霸占,土改后将土地归还了他,人民政府还发给"土地执照",全家人欢天喜地,商量如何增产支援前线的故事。这三出戏,紧密地配合了农村的土改斗争任务,深刻地反映了现实,加上动人的艺术形象和鲜明的人物性格,以及富有东北地方色彩的编排手法,受到观众的热烈欢迎。看完戏后,翻身农民代表进行了座谈讨论。有的翻身农民说:"看戏开脑筋,比听两天讲话还有劲。"还有的说:"要是工作队一来就演这些戏,咱们脑瓜早开窍了,斗争得会比现在彻底得多。"有的农民代表讲了通过看戏还学了很多挖坏根、防翻把的办法。东丰土改工作团觉得我们给翻身农民上了一堂形象的教育课,比他们开会讲话效果还好,对他们开展工作帮助很大,为此他们给文工团写来感谢信。

为了配合诉苦活动,同时也丰富文工团的演出剧目,我们在巡回演出的间隙抢排了著名歌剧《白毛女》。经回忆,演出阵容如下:

导　演　王力明

剧中人　扮演者

杨白劳　季夫民

喜　儿　艾德兴　　赵桂荣　　金　英

　　　　李　静　　王玉敏

赵老汉　李学文

王大婶　金　英

张二婶　李　琳

王大春　王大英

大　锁　张树成

老　么　刘　云

黄世仁　牟梦非

穆仁智　张弘强

黄　母　朱　凯

这次排《白毛女》和一年前排《血泪仇》的条件已大不相同。一是经过一年多的演出实践,演员们的表演水平都有很大提高,把握人物性格的能力有很大长进。二是乐队也不是佘青林一把二胡打天下,经过不断充实,已形成一个二十多人的乐队。三是演出物资有了基本保证,也配备李学文等同志专职搞舞美。具有这些条件,

《白毛女》的排练比排《血泪仇》时顺利得多,艺术质量也有明显提高。

文工团演出的剧目都紧密地配合了土改运动,受到了农民群众和土改工作团的欢迎。在东丰县猴石镇演出时,有位老大爷双眼失明,可他听说"专为穷哥们演剧的剧团来了",他也让人扶着来到演出地点,还专拣挨着乐队的地方坐下,对周围的人说:"虽然我看不见,也要听听戏。"当他听到秧歌剧《买不动》里的坏蛋老婆拿着钱和绸缎去收买农会会长的老婆时,他大声地说:"坏蛋想收买我是买不动的。"在圣水河子演出时,我团的徐义同志看到一位老大爷站在篮球架子上看戏,便请他到前边去看,他摆摆手说:"在这挺好,看得见。真没想到像我们这样穿破棉袄的还能成为戏里的人,站在台上比划比划,从前哪能这样呢!"

各地农会和农民朋友欢迎我们的情景至今回想起来心里还是热乎乎的。我们来到任何一个演出地点,都受到热烈欢迎。那次到圣水河子村演出,受到的欢迎更使我们感动。我们离村很远的时候,就看到村口堆满了人,走近一看,村外大路两旁齐列着农会、妇女会、儿童团组成的欢迎我们的队伍,我们走到队伍跟前,数百人高呼起"欢迎剧团为贫雇农服务!"的口号。进了村,老乡们就抢着帮我们搬运演出物资和装台,演出后又抢着卸台和装车。有的地方看我们运力不够,还套上车帮我们运送演出物资。有好几个农会还从土改斗争果实中选出演出适用的服装和乐器送给文工团。有些老乡还把分到的擦脸油送给文工团员擦脸用。我们到距离敌占区较近的地方演出时,当地农会都时刻注意我们的安全。他们派出流动哨观察敌方的情况,随时掩护我们撤离。有一次文工团二队在清原县兴隆台演出结束,刚要吃饭,村干部跑来报告说,敌人得知文工团在兴隆台演出，现正坐着十轮大卡车来突袭，让我们赶快撤离。二队同志们立即集合，也顾不上吃饭，在老乡的带领下，钻进山沟，饿着肚子赶了一夜的路回到山城镇。事后得知，敌人看到扑了空，懊丧地撤回西丰。

文工团在下乡演出期间也发扬"军爱民"的优良传统。认真遵守三大纪律八项注意。每到驻地，放下背包就帮助老乡挑水、扫院子，为军烈属拾柴，干农活。还辅导农会排练文艺节目，教唱革命歌曲。这些，都受到老乡们的称赞，他们说："还是共产党领导的队伍是人民的子弟兵啊！"

几个月的巡回演出，提高了我们的阶级觉悟，磨炼了革命意志。我们抛洒了汗水，也流淌了鲜血。四七年十一月四日早晨，文工团一、二队全体同志从清原县孤山子出发，刚走到村口，猛听到"嗡嗡"的响声，抬头一看，两架蒋军飞机在空中盘旋，值班班长张树成吹起防空哨声，指挥大家躲到附近老百姓房子里。过一会儿，已听不到飞机声，估计敌机已经飞远了，队伍又重新集合继续前进。走出村口不远，又听到轻轻的"嗡嗡"声。起初大家以为是电线抖动声，没有在意。后来声音越来越大，这才发现飞机已飞临头上。大家迅速分散伏卧在公路两侧的稻田里。蒋军飞机马上低空飞行，扫射一阵机关炮后飞走了。这时猛听六班长赵桂荣高喊：刘坚负伤了。同志们飞快跑去一看，刘坚躺在路边土沟里，大腿中弹受重伤，鲜血染红了裤子，卫生员急忙给她上药，包扎伤口。这时，大家才发现，大道上文工团的几辆牛车也遭到扫射，几条牛受了伤。大家忙着清理现场，发现团员王克戴在腰上的喝水缸子被穿个洞，人幸好未受伤。这时村子里的群众和清原县委组织部长张沐庭也骑马赶来了。张部长指挥群众救护伤牛和修理车辆。又做了临时担架,由四名男同志和四位民工护送刘坚去山城镇野战医院住院治疗。刘坚同志虽身负重伤,却表现了革命军人应有的气概。她说:"我负伤不要紧,只是耽误了革命工作。我要赶快养好伤,加紧工作,全力消灭这些蒋贼,叫它飞机一辈子不能再来。"经过这种枪林弹雨的考验和洗礼,文工团这支队伍更加成熟了。

四个多月的下乡巡回演出,取得了丰硕的成果。我们带着《白毛女》《反"翻把"斗争》《买不动》《土地还家》和《参军》等剧目,行军走路一千二百多里,先后到海龙、东丰、西安(今辽源)、柳河和清原等五个县二十九座村镇,演出三十五场。按剧目分别计算,演出《白毛女》三场、《反"翻把"斗争》二十三场、《买不动》二十四场、《土地还家》三十场、《参军》二十场,其他节目三场。观众四万两千八百多人。这期间,为配合部队的诉苦运动,还为部队演出七场,观众一万五千多人。

这一时期,文工团不仅学演兄弟单位创作的节目,许多同志还拿起笔来进行创作。《辽东日报》发表过牟梦非执笔、佘青林配曲的小歌剧《分浮乐》,朱雷、王立夫执笔,张长茂、苏颖配曲的《小放哨》。创作的歌曲有《参军秧歌调》《迎接胜利的一九四八年》《真理只有一个》《我们是人民的宣传员》《我们这一群》和《生产节约歌》等。这些作品,不但文工团都演出过,许多兄弟文工团和业余剧团也上演过。

四八年初,为纪念鸭绿江文工团建团一年半,团里进行了工作总结和评功活动。为广泛听取社会各方面的意见,文工团还在《辽东日报》上刊登启事,欢迎各地政府,机关、部队、土改工作团和农会等给文工团提意见。为向领导机关和社会各界汇报工作,团里还将一间屋子辟做展室,将文工团在前线慰问,下乡巡回演出收到的锦旗、奖状以及各种礼品陈列出来,供社会各界参观。我团还将同志们创作的歌曲编辑成名为《鸭绿江歌声》的歌集出版。

评功活动进行得严肃认真。评选出孙长修、李学文二位同志为功臣。

五

文工团参加土改运动后,根据上级安排,在全团开展了诉苦和"三查"整风运动。诉苦即诉旧社会和反动派所给予劳动人民之苦。"三查"就是查阶级、查工作、查斗志。文工团的整风是结合工作进行的。在梅河口住地进行一段之后,由于国民党飞机经常串来骚扰轰炸,文工团住房曾被炸塌。所以四八年三月份后,文工团临时转到李炉沟村,在那里完成的诉苦和"三查"运动。

四八年三月三日,省委宣传部召开了"三八"节筹备会,布置节日活动和宣传。文工团全体女同志认真做了工作安排。部分女同志去铁路工会帮助女工友排戏,其余女同志进行创作。根据人民英雄刘胡兰的英雄事迹,编写一个剧本。经过几天努力,写成一部小歌剧《刘胡兰》,并投入排练。团内还出刊一期妇女节的壁报。三月八日早晨,全体女同志聚餐。晚间在铁路工会俱乐部联合演出了《小姑贤》《刘胡兰》《送郎参军》《干活好》等节目。演出深受观众欢迎。此外,文工团女演员富玉雪、王骊合写一篇《费大嫂的诉苦》,富玉雪写一篇《蒋管区的妇女生活》,两篇文章发表在《鸭绿江》杂志上。

随着大片土地的解放,各级政府的建立,脱产人员迅速增加,使物资供给日益紧张。大量的脱离生产人员全靠东北人民供给是决不能持久的。因此,东北局要求除集中行动负有重大作战任务的野战兵团外，一切部队和机关必须在战斗和工作之暇，从事生产，减轻人民负担。同时号召各机关单位开展节约支前运动。文工团领导十分重视增产节约工作。召开了全团节约动员大会，王力明团长带头停吃细粮，病号们也都表示不吃细粮，将全团节约的细粮全部送给前方杀敌负伤的伤病员。做总务工作的同志表示，在保证大家吃好吃饱的同时，还要节约粮食，将其中的五分之四支援前线。戏剧、音乐、宣传各组都制订了节约经费的措施。同志们还在房前屋后的空地上种上各种蔬菜，用以补助伙食。

团里还抽调郭长芳、宋锦门外出跑生产。为加强力量又临时抽出张树成同志参加这件工作。他们外出到南满大连一带几个月，为本团赚回一台大汽车，赚回几件本团急需的管乐器，还补充一部分服装、鞋等。从而减少了上级对文工团的供给。

这期间一大举动是全团同志自己动手修复被国民党飞机炸毁的宿舍。四八年初，敌机飞临梅河口上空，将音乐班的宿舍和乐器库那栋房子炸塌。当时规定乐队人员防空时必须带上使用的乐器。因此，重要乐器未受损失。放在乐器室的乐器则全遭毁坏。面对炸塌的房子，大家怀着满腔仇恨，决心不向上级伸手，用自己的双手重建家园。没有经费购料，大家就用拆敌人修筑的碉堡等办法收集废砖。二队的小同志同大人一块参加劳动。大家互相鼓励，互相竞赛。经过大家扒、揩、拖，小车推，各组平均每天搬砖两千多块，五个组三天运砖三万多块。节约经费六万多元。在不长时间内，不仅修复了宿舍，还改修一座有舞台和观众席的排练厅。大大改善了文工团的工作条件。

文工团"三查"工作结束后，准备组成两个队再次下乡。为丰富上演剧目，决定在最短时间内排出两部多场话剧《群猴》和《升官图》。四月开排,计划五月五日学习节时对社会公演。

《群猴》剧组人员安排如下:

导　演	王力明
剧中人	扮演者
孙为本(镇长)	田颂刚
康公侯(三青团书记长)	牟梦非
马务矢(CC分子)	徐　义
钱小方(鞋店老板)	王立夫
孙太太	延　南
冯　瑞	黄　静

《升官图》演员阵容:

假秘书长	牟梦非
知　县	张弘强
秘书长	朱　雷
省长夫人	赵桂荣
财政局长	王立夫
警察局长	徐　义
卫生局长	佘青林
工务局长	张德清
教育局长	石峻峰
省　长	董　明
马小姐	黄　静

排练是在新排练厅进行的。经过紧张工作,五月五日学习节时,在梅河口首次上演,因这两部戏深刻揭露了国民党政府的腐败和国民党政客的反动本质,所以,对广大群众有很深刻的教育意义。

进入四八年,文工团队伍不断壮大。四八年春节文工团到海龙演出《白毛女》期间,曾同辽宁建国公学宣传队进行联欢,并从宣传队选调赵玉吉、李春华(女)、祁林玉、刘喜志、顾振明等到文工团工作。许多同志从蒋管区沈阳投奔到解放区参加革命,韩彤、田颂刚、富玉雪(女)、王骊(女)等相继来到文工团。还有四平中学的黄静(女),从海龙、柳河、抚松、临江各县来了曹殿浩、张学文、堵继文、徐文(女)、杨蕴琴(女)、芦光玉(女)、纪江(女)、姜振荣、小魏等。李学文的父亲李书新带着十多岁的大弟李学义、不满十岁的小弟李学法也从抚松来到文工团,出现了父子四人同在文工团工作的佳事。李书新在抚松当过多年教员,文工团的张树成、陈贵义、徐凤翔、赵玉军、左云祥等都是他的学生。他来文工团后既能做服装、又能照相,发挥了多方面的才能,是文工团最年长的团员。

这期间文工团的小同志逐渐增多。他们不仅业务上没有专长,文化程度也很低。为了加强对小同志的管理和培养,团内成立了学员班。刘云、周毅先后任过班长。学员班边学习边工作,文工团分队活动时,小班附属在二队。

文工团内有个别同志喜欢和擅长演唱京剧。后来辽宁军区十多位京剧演员并入文工团。这些同志是孙颖超、石峻峰、刘国华、靳小坤、靳小柱、张玉田、冯素珍(女)、赵雅琴(女)、冯书祥等。文工团于六月间成立了平剧(即京剧)组。孙颖超、石峻峰任组长。"七一"纪念党的生日时,平剧组给省直机关和市民演出了京剧《贺后骂殿》和《玉堂春》。后来又排演了《八大锤》。满足了喜欢戏曲的观众的需要。

四八年五、六月间,文工团又组成两个演出队下乡。队长有李学文、王大英、董明、张树成等。携带反映土改、支前的剧目及新排的《升官图》,分别到柳河、临江、通化、辑安等地进行巡回演出。六月底两个队相继返回梅河口。

纪念"七一"时,全团第一次合影留念。文工团这支队伍已经发展壮大超过百人。名单如下:

团　长　王力明
指导员　张林一

苏　颖	贾文惠	李守义	佘青林	张长茂	李学文
赵玉军	左云祥	张德清	罗庆霄	陈贵义	辛志文
田　园	姜振荣	李学法	蒋长勇	王双臣	祁林玉
刘国华	王兴林	顾振明	徐　义	关英杰	王　石
田颂刚	石峻峰	曹殿浩	周易仁	周　毅	董　明
刘　云	韩连生	刘喜志	黄恒君	尹希荣	姬寿鹏
张学文	庞　枫	韩　彤	王大英	王立夫	翟文选
杨连渭	邵春和	刘永杰	张弘强	李学义	朱　雷
袁静波(女)	王杰然	刘　坚(女)	陈　毅(女)		
艾德兴(女)	韩连生	张淑清(女)	孙云清(女)		
赵桂荣(女)	李春华(女)	金　英(女)	富玉雪(女)		
高俊英(女)	郭秋痕(女)	朱　凯(女)	杨蕴琴(女)		
高　莹(女)	张素兰(女)	李　琳(女)	张　莉(女)		

黄　静(女)　　何玉芝(女)　　徐　文(女)　　李书新

王玉敏(女)　　李荣春(女)　　芦光玉(女)　　王　骊(女)

宋锦门　　季夫民　　孟庆荣(女)　　王　克　　徐凤翔　　郭长芳

张树成　　堵继文　　赵玉吉　　牟梦非　　杨登阁　　孙长修

佟兴成　　延　南(女)　　李　静(女)　　张　晨　　金　山

杨玉石等

　　四八年七月二十二日,国民党飞机又来梅河口轰炸。文工团女同志和王力明团长在文工团停放马车的马号房子里防空。敌机投掷的炸弹碰巧投在马号房子跟前。车被炸毁,马被炸死。马蹄子从院内飞越房子和后院、大道,落在学校操场边上的防空壕里。躲在屋里的王力明团长头部受轻伤,艾德兴、富玉雪两位女同志却不幸遇难。同志们闻讯赶来,都万分悲痛,许多女同志更是痛哭失声。两位烈士和我们相处的情景像电影一样浮现在我们面前。艾德兴是东丰人,四六年到通化参加革命,不久即调到文工团。那时她年仅十五岁,是同志们的小妹妹,在文工团上、下长白山的长途行军中,她人虽小却同男同志一样每天走上百八十里,从不叫苦喊累。在歌剧《白毛女》中她扮演喜儿,表演得很成功,颇受群众欢迎。

　　富玉雪是沈阳人,还不满二十岁。四八年初,她和几位同学和好友,冲出蒋管区沈阳,来到解放区梅河口,参加了鸭绿江文工团。解放区的新生活使她感到一派生机。她每天早晨同大家一起学扭东北秧歌,尽管寒风凛冽,冷气逼人,扭完秧歌还是汗流浃背。她在文工团从事音乐伴奏工作,专心学习手风琴,经过刻苦练习,演奏水平很有长进。"三八"妇女节时,她写过文章和剧本。敌机来轰炸时,她躲在窗沿下,本来很安全。她发现有位小女孩在炕上走动,有危险,就在她坐起来拉小女孩倒下的瞬间,弹片从窗前的院内飞进窗户,打中头部,当即不省人事。经医院抢救无效,献出了年轻的生命。

在清理轰炸现场时,张树成和延南同志从隔壁房间里抓到一名特务。此人正用反光镜子给敌机打信号。在屋里还搜出一支手枪。同志们立即把他扭送省委警卫营。

艾德兴、富玉雪两位战友牺牲后,全体同志沉浸在无比悲痛之中。第二天,文工团在排练厅开了追悼大会。省宣传部郑文科长参加了追悼会。会上宣读了悼词。全团同志向两位烈士宣誓:一定继承烈士遗志,坚决打倒蒋介石,解放全中国。会后,大家亲手把两位患难与共的战友安葬在文工团住地西墙外的铁道边上,精心垒砌了两座水泥坟墓,并于坟前立了墓碑。第二天,同志们就告别了长眠于此的两位战友,跟随省委离开梅河口,迁驻到四平市。

在东北解放之后,梅河口市人民没有忘记我们这两位战友,经常去她们墓地祭扫。后来,梅河口市在西山修建一座大的烈士陵园。两位烈士也被迁葬在陵园中,并修建了永久性的水泥坟墓和墓碑,充分表达了人民群众对革命烈士的尊敬与怀念之情。这两位烈士的音容笑貌和为人民事业献身的革命精神,将永远活在鸭绿江文工团老战友的心中。

六

东北解放战争在解放军发动空前规模的冬季攻势之后,形势发生急剧变化。国民党军队丢失大片土地,只好龟缩在锦州、沈阳、长春三座孤城里。由于战争形势的变化,东北行政区也在改变。以四平为省会成立了辽北省。鸭绿江文工团被划归辽北省委领导。

文工团于七月下旬到达四平后,为庆祝"八一五"胜利三周年,同志们花费两周时间到各市区训练组织了十支新秧歌队参加庆祝活动。八月十五日晚间,又举行了万人火炬大游行。

由于当时四平解放不久,有些人对党的政策不了解,特别有些工商业者不敢开业,影响市民生活。民主政府为繁荣经济、发展生产、保证供给、支援战争,组织各机关单位开展宣传教育工作。文工团也派出工作小组,参加动员工商业开业工作。经民主政府多方工作,社会生活逐步恢复正常。

四八年九月间,由于长春之敌有向沈阳老巢靠拢之意图,为作战需要,要求驻四平的一切机关单位立即撤走。文工团随省委撤到郑家屯。在郑家屯,文工团排了第二部大型歌剧《钢骨铁筋》。导演王力明。张志坚由季夫民扮演,齐得贵由王立夫扮演。戏排成后首先给包围沈阳的解放军指战员进行了演出。张志坚钢铁般的革命意志和不为美人计所动摇的高贵品质,深刻地教育了观众。

十月间,辽北省政府主席阎宝航和民政厅长贾其敏抽调文工团张树成等二人,随他们经通辽、彰武到达新立屯,参加兵站工作,为辽沈战役的黑山阻击战筹运粮草。直到辽沈战役结束后,两位同志才回到文工团。

文工团在郑家屯居住一段后,又随省委迁到白城子。辽阔的大草原别有天地。蚊虫十分厉害,咬得夜间睡觉睡不实,甚至走路也会挨咬。文工团在白城子期间,又有一批解放战士京剧演员王奎升、刘岚云、薛忠范等十多人来到文工团。从此文工团成立了京剧队,队长由董明担任。曾排过京剧《将相和》等。

由于党中央毛主席的英明指挥和解放军指战员英勇作战,四八年十一月二日沈阳解放了。伟大的辽沈战役胜利结束。东北全境解放了。鸭绿江文工团立即从白城子赶回四平。省委决定文工团参加辽北省各界前线慰劳团，到沈阳慰劳战功卓著的解放军指战员，并欢送东北解放大军进关解放全中国。

文工团在短期内完成了排练节目等准备工作。十一月十八日早晨随慰劳团向沈阳进发。慰劳团长是辽北省政府主席阎宝航。慰劳团第一天到达昌图境内的泉头。住在大车店里。第二天到达开原。因为许多由前方解放的俘虏向后方送，旅店、车店和商家都已住满，文工团又向前赶到铁岭住的。因为等后边的慰劳品，慰问团在铁岭留宿一天。文工团住在铁岭师范学校，决定给铁岭各中学教师、学生和机关干部演出两场。早场节目有《喜报》《群猴》《透亮了》。晚场演出大型歌剧《钢骨铁筋》。演出受到热烈欢迎。

十一月二十二日清晨，文工团到达沈阳。过去喊过的"打到沈阳去"的口号今天成为事实。阎主席派美式十轮卡车接文工团到市府大礼堂，装完台之后文工团回到住地。这里住过中央军，在墙上到处写着他们无比悲哀的诗句，如"过了一天又一天，不能回津也枉然，腰中缺少金圆券，想坐飞机难上难"，落款写"困于沈阳"。文工团为准备演出，到隔壁借两件道具，那位大嫂一面找东西一面讲起沈阳解放前受国民党特务欺压的事。当我们问："你不怕借东西不还吗？"她说："咱们是一家人嘛！"

从二十三日起连续三天组织了五个慰劳大会。文工团连演五场《钢骨铁筋》。阎主席和各界代表都在慰劳大会上讲了话。保证在后方做好拥军优属工作。希望战士们进关英勇杀敌解放全中国，并给部队献上锦旗。解放军指战员们高呼："我们坚决执行首长指示！""感谢后方各种工作岗位上的同志！""感谢慰劳团的慰问！感谢后方人民！""我们一定打进关里去解放全中国！"阎主席当场表示："你们打进关里去拿下了天津，我老头子再去慰劳你们。"文工团长王力明也当场表示："你们拿下平津，我们就跟上去，在平津的大戏院演出更大的戏！"慰劳之后，文工团于月底经梅河口返回四平。

文工团回到四平不久，上级决定辽北省委两地委宣传队合并到鸭绿江文工团。并入的同志有：宣传队指导员兼队长孙同治、副队长王秋颖及队员何平、肖天灵、肖天福、李小光、赵家林、赵家襄、王水、赵家宝、丁懿、刘兆汗、马洪勋、陈大为、韩文德、杨镜心、贺小林、王嘉琪、王志仁、赵玉奇、王炳武、王尊才、于连成、虹岚（女）、白薇（女）、宁柏馥（女）、刘春英（女）、马竹筠（女）、赵竹风（女）、王玲（女）、王炎（女）、陆萍（女）、何文秀（女）、刘玉凤（女）、谢影（女）等35位同志。

七

四九年一月一日，鸭绿江文艺工作团奉命改称辽北文艺工作团。属辽北省委领导。改名一事，曾在文工团内部引起不大不小的波动。有些团员思想不通。一是对"鸭绿江"有感情。再是文工团的供给一直由民主联军后勤部负责，大家穿着黄军装，是革命军人，家属按军属待遇。改成辽北文工团后，将由地方供应，不再称是革命军人。在这属军属民的关键时刻，经上级一再做工作，文工团全体同志服从大局，脱了黄军装，穿上灰布装。军装虽脱了，文工团仍继续保持革命军人的严明纪律和部队的光荣传统。

四九年一月中旬，辽北学院文艺系一百二十多名学员全部分配到文工团工作。他们是：

李　楠	李　山	王　凤	杨福桢	程万里	李玉琨
柳文浦	邓幸安	柴凤冲	马文庸	靳恩洪	周乃印
王玉昆	孟　浪	刘孤帆	刘纯茂	许宝元	王明希
房纯儒	刘文玉	任玉琦	姜雨零	林　樾	徐文惠
吕俊臣	薛世贤	赵元良	安亚宁	姚家声	冯书祥
王有孝	张明喜	李福强	高文燮	杨普烈	马鸣一
时　钟	王　雷	陈　旗	刘瑞林	刘若莹	杨国生
王观民	关维兢	光　藩	王辅基	刁春堂	吴明诗
张　光	冯政华	王作宾	张秉仁	李怀章	旭　光
王继尧	王苇适	肖　贤	韩天佑	刘　苏	霍　焰
林　耶	吴士文	姜公望	谢大山	何文凤	唐　丐
康　庄	韩宝喜	汪钦舜	牛　锐	石　峰	祁　杰
魏懿范	周海龙	孟令乙	李继尧	刘剑吟	李文江
赵　普	王　柯

女同志有：

周沙光	李　智	陆　薇	白经纬	隋玉明	王咸玉
杨淑卉	包连杰	王钟毅	马文英	张书杰	陈狂涛
贾洪蕴	赵勋铮	王　照	孙　备	冯丽嫒	葛庄环
赵淑琴	王　勃	林密地	石　友	何淑杰	马淑娥
王玉华	李筠竹	杨　静	刘淑霞	蒋丽珍	黄锦霞

　　文工团这支队伍骤然增到近三百人。王力明仍任团长，秘书张树成。演员队队长由王大英、田园等交替担任，乐队队长孙建，京剧队队长董明，舞台工作队队长李学文，创作组组长韩彤，美术组组长任玉琦。真乃是部门齐全、力量雄厚，文工团进入兴旺发达

时期。

党中央指出：北方解放区"已经推翻国民党统治,建立了人民的统治,并且基本上解决了土地问题。党在这里的中心任务是动员一切力量,恢复和发展生产事业,这是一切工作的重点所在。同时必须恢复和发展文化教育事业,肃清残余反动力量,巩固整个北方,支援人民解放军"。根据中央指示,东北解放区全力发动群众,搞好解放后的第一个春耕生产。文工团根据省委安排,全力投入解放后第一个新年和春节的大宣传。

文工团为迎接四九年新年,于十二月三十一日、元旦两天,举行了文艺晚会。演出的节目有《黄河大合唱》(指挥张长茂),舞蹈(独舞演员赵甲顺,朝鲜族,曾参加李红光支队宣传队)和短剧等。招待对象是省学联代表及四平市内机关干部。元月二日,在四平市道里天桥下、道外转盘街和解放市场三处,露天演出短剧招待市民群众。元月三日演出《白毛女》,招待各学校教职员工和同学。元月四日演出《表与轮带》,招待机关干部。还给铁路员工组织了专场晚会。此外,元月一至三日,文工团还在电台连续广播《兄妹开荒》《十二月花鼓》和《劳军》等节目。

元旦过后,文工团立即投入东北解放后第一个春节的宣传活动。首先,组织创作力量积极投入省委宣传部组织领导的春节文娱宣传创作的征文活动。在应征的六十四件作品中,有文工团员创作的作品十七件。这些作品是：

秧歌剧《杨小林》,作者:韩彤、左云祥、赵家襄,配曲:苏颖、佘青林

秧歌剧《搞副业买马》,作者:左云祥、田园

秧歌剧《打年纸》,作者:姜雨零

演唱《老韩大娘给儿子的信》,作者:陈旗、韩彤

(上述四篇作品选进前十名受奖)

《太平歌词》,作者:唐丐

《群英会》,作者:孟浪等

《为了大生产》,作者:李楠

《给军属干活》,作者:林樾

《参加变工队》,作者:邓辛安

《生产忙》,作者:韩彤

《翻身年》,作者:李琳(女)、刘云

《想想过去,看看如今》,作者:孟浪

《金七的生产计划》,作者:陈毅(女)

《夫妻订生产计划》,李三改编

《老黑太太》,作者:王柯

《农家十二月忙》,作者:李琳

洋片画六套九十幅,辽北文工团美术组创作。

全部应征作品反映了解放区的新生活,都发表在《辽北新报》的文艺副刊《辽北文艺》上。获奖作品秧歌剧《杨小林》还出版了单行本。这部小歌剧主要反映妇女解放,在新社会妇女和男人一样,有参加劳动的权利,参加社会活动的权利。剧中主人翁杨小林唱道:"小林本是女儿郎,比起男人没两样,什么活计都能干,又能铲来又能耪。"她冲破封建思想严重的老婆婆的阻挠,同她爱人袁小土一起参加生产劳动,参加社会活动,她争得了自由和解放。这出秧歌剧对刚刚解放的东北农村的妇女解放,有很大的现实教育意

义,所以深受各地群众欢迎。辽北各地许多专业和业余剧团都上演过这个节目。外地区的专业团体,例如白山文工团也上演了这个剧目。

为在春节前后广泛开展群众性文艺活动,除留京剧队在四平市演出外,文工团同一分区、五分区、梨树中学和通辽县的宣传队联合组成三百多人的文艺大军,分成九个演出队,下乡巡回演出。一队长是李学文、佘青林,二队长是王秋颖、陈贵义,三队长是李琳、孙健,四队长是张树成、张德清,五队长是季夫民、王大英,六队长是田园、朱雷。各队都有四十人左右。七、八、九队队长由参加联合宣传的县和中学宣传队负责人担任。各队排练了春节应征作品中的优秀节目《杨小林》《搞副业买马》等,于一月二十五日出发,分别深入到辽北省所属四十二个县城区镇,边演出边帮助群众开展文娱活动,帮助各地改造旧秧歌、旧剧团、民间艺人,还要帮助各县建立基干剧团和新秧歌队。

各队下乡后积极开展工作。第一队到达开原就办文娱活动积极分子训练班。第五队到昌北八面城演出之后,又拉洋片《妇女模范郭玉兰》,深受群众欢迎。这个队又帮助昌北中学成立一个四十多人的文工队,一起下乡进行演出。第三、第四、第六队到了铁岭、辽源、黑山等地。除了演出,都帮助当地成立了业余剧团和新秧歌队。文工团春节期间九个队大下乡,积极普及群众文化,帮助各县建立宣传队,受到各地普遍欢迎。

三月二十一日,辽北文工团召开隆重的庆功大会,总结春节大下乡工作。辽北省政府副主席杨易辰和省委宣传部长赵石参加了大会。王力明团长在总结报告中指出:九个队下乡不到一个月,改造和组织了三十三个剧团,九十三个秧歌队,帮助改造七十六名旧艺人。收集民谣、小调、窗花两千多件。创作剧本、演唱、大鼓六十九篇。演出九十六场。这次春节宣传,极大鼓舞了农民群众春耕生产和参军支前的热情。会上,杨易辰副主席向下乡各队授了奖旗并赠给每人一册省委、省政府印刷的《春节宣传纪念手册》。他在讲话中指出:今后文艺工作者应该永远深入到工厂、农村去。赵石部长号召文工团员努力成为贯彻毛主席文艺思想的革命文艺工作者。

大会宣读了省委、省政府奖励文工团的决定。全文如下:

奖励辽北文工团的决定

辽北文工团春节前后,在十五个县四十二处城乡活动以及省劳模大会时期的工作中,不惟自己紧张演出,还帮助改造和建立了业余剧团和新的秧歌队。创作了反映解放区群众的真实生活,宣传党的政策的剧本。这就实践了艺术面对工农兵与为政治服务的正确方向。向人民大众学习,又教育了人民,推动了工作。这是文工团全体同志政治上进步的表现。在短短一个多月的时间,有这样的成果,是值得嘉奖的。希望继续前进,力戒自满,在人民艺术战线上,获得新的胜利。

中共辽北省委　辽北省政府

三月二十日

根据省委加强各地文娱活动的要求,春节下乡之后,文工团又选派一部分力量先后组成几十个辅导小组到中旗、昌北、梨树、怀德、西安、东丰、北镇、新民、铁岭、开原、昌图以及偏远的后镇、通辽、长农、公主岭、前旗等县,帮助建立县文工队,普及群众文化工作。各辅导小组于三月下旬分赴各地。经下乡同志努力，多数县建立了宣传队，各队都进行了排练演出。铁岭文工队排练的节目最多，有《杨小林》《为了大生产》《破除迷信》《模范旗》和《参军》等。开原宣传队以当地人物为素材，创作了《李秀英》。新民文工队还到堤上为民工演出。他们还编了一些宣传公债的小演唱。

三、四月间，文工团分成两个演出队和一个社教队。二队队长张树成、王秋颖率队留四平市内为城市群众服务。社教队队长朱雷、姚家声率队深入到工厂，了解工人生活和编写文艺期刊。一队队长李学文、李永强率队随省委组织的春耕检查团，在省政府主席阎宝航率领下，到彰武、黑山、北镇三个县检查春耕生产。自三月十八日起到四月三十日止，共一个多月时间。演出队一面演出，一面做群众工作。充分发挥了工作队的作用。阎主席对文工团演出队工作十分满意，对演员十分关心。工作结束时给不少同志题词留念。其中给李玉琨的写道：

我将关里去

君仍留辽西

彼此常勉励

革命干到底

给女生班长李春华题的词：

笑逐颜开　端详严肃

时时处处　周到照顾

年纪虽轻　大姐风度

如此班长　　值得拥护

　　为培养群众文化工作骨干,留在四平的文工团二队,抽出一部分力量在团内开办了文艺干部训练班。学员是各县区的文艺工作骨干。训练班四月九日报到,十五日正式开学。学员一百一十二人。分戏剧、音乐两个队。部分文工团员编到各班进行辅导。学员情绪很高。大多抱着"学好本领回县去把文艺活动推动起来"的愿望,努力学习政治和业务。文训班排练的剧目有:《康庆善转变》《五一号机车出动了》《野兽求和》等。这期文训班为辽北地区培养了一批文艺工作骨干。对后来群众文化工作的开展起了重要作用。

　　由于辽北文艺工作团全力开展群众文化普及工作。仅几个月时间,辽北全省的群众文化活动就蓬勃开展起来。推动了全省的春耕生产工作和支援前线解放全中国的工作。

　　辽沈战役胜利后,解放战争在各个战线上捷报频传,战场已推向中原和南方。全国解放已为期不远。大片新解放区急需各方面干部开展工作。根据辽北省委决定,文工团组织一支工作队随南下大军一起进关南下。四九年春节大下乡刚刚结束,文工团立即组织了南下文艺挺进队。这是极为光荣的使命。在全团三百人中精选近三十人,他们都是政治上进步,业务上都有专长的同志。南下文艺挺进队由季夫民带队。主要成员有:王大英、刘云、田颂刚、左云祥、罗庆霄、祁林玉、纪风(女)、郭秋痕(女)、黄静(女)、葛庄环(女)、黄恒君、李树铭、韩兰廷、王炎(女)、陆萍(女)、谢影(女)、于连成、王嘉琪等。

　　南下文艺挺进队三月底离开文工团到辽源短期集训后,举着"打进关里去解放全中国"的旗帜,随军进关南下。这些同志大部分落脚在江西省和南昌市的党政部门、文化单位,成为各方面工作的骨干，发挥了积极作用。后来朱凯（女）、纪江（女）也相继到了江西南昌，成为文艺挺进队的成员。辽北文工团这支南下文艺挺进队，成为江西省革命文艺工作的有生力量。

八

四九年四月，辽北、辽西两者合并成立辽西省。辽北文工团随省委于四月底迁往锦州，改称辽西文艺工作团。

四九年七月十六日是文工团成立三周年纪念日。全团开展了许多活动纪念这个日子。团里组成小组撰写了总结三年历程的《献词》和《团史》。创作了《三周年纪念歌》（田园词、张晨曲）。上述材料印制成纪念专册。王力明团长又组织全团同志总结文工团在东北解放战争年代走过的道路。同志们思绪万千。三年前，国民党反动派疯狂进犯解放区，战火烧向鸭绿江边的通化地区，鸭绿江文工团在解放战争的炮声中诞生了。通化地区这群青年人，为了保卫家乡，保卫抗战的胜利果实，在共产党的教育和领导下，在文化战线上，用歌喉与笔杆作武器，宣传群众、打击敌人。根据解放战争的需要，文工团南起鸭绿江、长白山脉，北到辽北城乡、白城子大草原。踏遍几十座县城和广大农村，进行了数百场演出，做了大量的宣传鼓动工作。为东北全境解放贡献了力量。在东北解放战争的历史上谱写了光辉的一页。文工团全体同志实现了为保卫哺育东北人民的鸭绿江而战的誓言。我们为在战火中流血流汗奉献青春年华而感到荣幸。鸭绿江文工团与东北广大军民的鱼水之情将永存史册。

节选自《东北革命文化史料选编（第二辑）》

敬　告

　　《1945—1949 年东北解放区文学大系》为展现东北解放区文学的整体风貌而编辑出版。丛书选取此间最具代表性的作品，以纪录这段波澜壮阔的历史时期内东北解放区所发生的翻天覆地的变化。由于丛书所收录的作品众多，时代不一，加之编辑出版时间有限，至今尚有部分收录作品未能与原作者或继承人取得联系。为保护作者著作权益，我社真诚敬告：凡拥有丛书所选录作品著作权的，请与我们联系，我们将按照国家规定及时付酬。

　　感谢社会各界对我们的理解与支持。

黑龙江大学出版社

国家出版基金项目
NATIONAL PUBLICATION FOUNDATION

1945—1949年

东北解放区文学大系

本卷主编◎孙建伟　戚增媚

史料卷②

总主编◎丛　坤

黑龙江大学出版社
哈尔滨

图书在版编目（CIP）数据

1945—1949年东北解放区文学大系．史料卷／丛坤
总主编；孙建伟，戚增媚分册主编．-- 哈尔滨：黑龙
江大学出版社，2021.12
ISBN 978-7-5686-0469-7

Ⅰ．①1… Ⅱ．①丛… ②孙… ③戚… Ⅲ．①解放区
文学－作品综合集－东北地区－1945-1949②地方文学史－
中国－1945-1949 Ⅳ．① I218.3

中国版本图书馆CIP数据核字（2021）第099997号

1945—1949年东北解放区文学大系　史料卷
1945—1949 NIAN DONGBEI JIEFANGQU WENXUE DAXI SHILIAOJUAN
孙建伟　戚增媚　主编

责任编辑　宋丽丽　高楠楠　徐晓华
出版发行　黑龙江大学出版社
地　　址　哈尔滨市南岗区学府三道街36号
印　　刷　哈尔滨市石桥印务有限公司
开　　本　720毫米×1000毫米　1/16
印　　张　56.25
字　　数　630千
版　　次　2021年12月第1版
印　　次　2021年12月第1次印刷
书　　号　ISBN 978-7-5686-0469-7
定　　价　178.00元（全二册）

《1945—1949 年东北解放区文学大系》

学术顾问（按姓名笔画排序）

冯毓云　　刘中树　　张中良　　张毓茂

编委会（按姓名笔画排序）

主任： 于文秀

成员： 叶　红　　丛　坤　　刘冬梅　　那晓波

孙建伟　　李　雪　　杨春风　　宋喜坤

张　磊　　陈才训　　金　钢　　赵儒军

侯　敏　　郭　力　　戚增媚　　彭小川

蓝　天

出 版 说 明

　　1945 年到 1949 年的东北解放区，社会风云变幻，文学繁荣发展。当时的文学创作者们以激昂向上的笔触，再现了波澜壮阔的解放战争和轰轰烈烈的土地改革，讴歌了人民军队可歌可泣的英雄事迹，描绘了劳动人民翻身后的喜悦心情，书写了时代的大主题。为了再现这段文学风貌，我们编辑出版了《1945—1949 年东北解放区文学大系》。

　　这套丛书大体以体裁分编，计小说卷（长篇、中篇、短篇）、散文卷、戏剧卷、诗歌卷、翻译文学卷、评论卷及史料卷七种，所收录作品以新文学为主。此阶段作品浩如烟海，而部分文字资料因时间久远或受当时技术所限出现严重缺损，考虑到丛书篇幅有限，故仅收入代表性较强的作品。对于因原始资料不全、不清晰而无法完整呈现，或受条件所限未收集到权威版本的篇目，则整理为存目，列于丛书卷末，以备读者参考。

　　丛书编辑过程中，多数篇目由原始版本辑录，首次收入文集，也有些篇目参照了此前出版的多种文集。原始文献若有个别字迹不清确不可考的，丛书中以□代替。

　　丛书收录作品以 1945 年 8 月至 1949 年 10 月为时间节点，个别作品的完成时间略有延伸。大部分作品结尾标注了写作时间，以及初次发表或结集出版的版本信息。作品编排大体以作者姓名笔画为序（特殊情况除外，如集体创作作品列于卷末）。

就筛选标准而言，所收主要为东北作家创作的主题作品，也有非东北籍作家创作的有关东北解放区的作品。除此之外，还有此时期公开发表的反映抗日战争题材的作品，以及在东北出版的反映其他解放区的、革命主题特色鲜明的作品。需要指出的是，在本丛书的史料卷中，还有一部分作品创作于新中国成立之后，但反映了解放战争时期东北解放区的文学发展面貌，或记述了一些典型事件、代表性人物，亦具珍贵的史料价值，为完整呈现当时的文学风貌，这部分作品亦收入丛书，以"节选"的方式呈现。

需要特别说明的是，此时期的个别作家受时代限制，思想表现出了一定的历史局限性，体现在文学创作方面可能表现为不同程度的瑕疵，这一群体的作品，只要总体导向是正面的、积极的，从保证史料全面性、完整性的角度考虑，我们也将其予以收录。个别作家在解放战争时期是积极追求进步的，但随着社会环境的变化，却出现思想动摇甚至走向错误道路，对于其作品，本丛书只选取其有代表性的、取向积极的篇目，对于其他时期该作家的不当言论、思想，我们不予认同。此外，在当时复杂的政治环境下，还有一些作品中的个别表述可能存在一些偏差，但只要其主题思想是积极进步的，则丛书亦予以收录。

丛书旨在突出东北解放区文学原貌，侧重文献整理，故此在编辑过程中，重点对作品中会影响读者理解的明显讹误进行了订正，对于字词、标点符号以及句法等，尊重原文的使用习惯，不予调改，以突出其史料价值。此外，由于此时期文学作品肩负宣传进步思想的重任,而读者对象大多文化程度较低,创作者亦水平不一,因此创作主旨以通俗易懂为要,一些篇目语言风格通俗、浅白,甚至个别篇目、细节存在一些俚语表达,为遵从原貌,丛书仅对不雅字、词、句加以处理,其余不予调改。本书选文除作者原注外,亦保留原文在初次出版时的编者注,供读者参考。

《1945—1949 年东北解放区文学大系》

史料卷②

大事记

索　引

总　序

张福贵

　　从古至今,东北在中国历史与文化进程中,特别是近代以来都是决定中国社会政治发展走向的重要因素。当然,这种作用不单纯是东北自生的,更是多种因素叠加和交汇的结果。东北文化既是文化空间概念,同时更是历史时间概念,是不同空间、区域的多种历史文化的积累,是一种时空统一的文化复合体。值得注意的是,除了抗战时期的特殊因缘使"东北作家群"名噪一时外,作为东北历史文化和现实社会表征的东北文学特别是东北解放区文学,在相当长的时间里却未得到应有的关注。黑龙江大学出版社在对过去为数不多的东北文学史料进行整理的基础上出版的东北文艺史料集成——《1945—1949年东北解放区文学大系》,因而可以说是特别值得关注的。

　　《1945—1949年东北解放区文学大系》内容丰富,除了包括小说卷、诗歌卷、散文卷、戏剧卷之外,还包括评论卷、史料卷和翻译文学卷。这是一个前所未有的大工程,也是一件大善事。正如"总导言"中所说的那样,丛书注重发掘新资料,通过回归文学现场,复现了东北解放区文学的整体面貌。东北解放区文学处于东北现代文学快速繁荣发展的历史时期，在土改文学、工业文学、战争文学等方面代表了 20 世纪 40 年代解放区文学的成就，是对《在延安文艺座谈会上的讲话》所确立的文艺观念的全面实践。对东北解放区文学的系统研究有利于更全面地总结解放区文学的成就，有利于把握延安文艺传统与东北解放区文学的内在联系，以及解放区文学对新中国文学制度、观念、创作等方面的影响。以"历史视角""时代视角"对东北解放区文学，尤其是解放战争时期的土改题材、工业题材的小说和戏剧进行分析，可以勾勒出政治意识形态对东北解放区文学运动、文学社团、文学形态、文学制度、文学风格、文学论争等产生的影响，有利于把握东北解放区文学的历史价值、认识价值、审美价值与当代意义，同时对于挖掘东北地区的文化历史和建设东北文化亦具有现实意义。东北解放区文学是基于延安文艺传统而创作的，对东北解放区文艺运动、文艺理论的全面审视具有重要的历史价值和理论意义。此外，对东北解放区文学进行深入研究，探寻人民文艺理论的历史源头，对于当代文艺创作、审美观念的引导亦具有一定的启示作用。但是，受地域因素、资料整理程度、研究者文化背景等条件的制约，东北解放区文学在中国当代文学史上的特殊地位与价值一直以来并未引起研究者的足够重视。

东北解放区文学无论是在中国大文学史中还是在东北文学和文化发展的历史中，都是具有特殊意义的存在。

虽然现代东北文学在新文学运动初期晚于也弱于关内文学的发展，但是 1931 年九一八事变发生，新起的东北文学及东北作家被国难推到了文坛中心，萧红、萧军等青年作家更是直接受到鲁迅的关注和扶持，迅速成为前沿作家。这一批流落到上海等都市的青年作家由此被称为"东北作家群"，他们奠定了东北文学在中国大文学史上的特殊地位。然而,正像全面抗战进入相持阶段之后,中国文坛也变得相对平静、舒缓一样,除了萧红、萧军等人外,东北文学和东北作家也逐渐失去了文坛的关注。应当承认,一些东北作家的文学成就和文坛名声之间并不完全相符,是时代造就了他们,提高了他们的文学史地位。然而,另一方面,我们对其中有些作家及作品的价值却又是认识不足的。对此,我自己也有一个认识转化的过程:过去单纯依据多数东北作家的创作进行判断,感觉某些艺术价值之外的因素在评价中发生了作用,其地位可能有些"虚高";但是,对于20世纪的中国文学史来说,艺术之外的价值判断就是艺术判断本身,或者说,社会判断、政治判断就是中国文学史评价的根本性尺度。因为在中国作家或者说在知识分子的群体意识之中,政治的责任感和社会的使命感几乎是与生俱来的,而中国20世纪风云激荡的社会现实又为这种责任感和使命感提供了最好的生长环境。"悲愤出诗人","文章憎命达",文学创作是与政治、思想、伦理等融为一体的,脱离了这一切,文艺也就失去了时代与大众。所以说,无论是具体的作品分析,还是文学史研究,没有了这些"外在因素",也就偏离了其本质。"东北作家群"是时代的产物,也是时代文艺的产物,20世纪中国文学史中应该有他们浓墨重彩的一笔。作为后人,对历史做出评价往往是轻而易举的,但是这"轻而易举"往往会导致曲解甚至歪曲了历史,委屈了历史人物。"东北作家群"的价值和意义不是单一的,因为对中国现代文学史的评价从来就不是一种艺术史、学术史的评价,而是一种思想史和政治史的评价。正如鲁迅当年为萧军的成名作《八月的乡村》所作的序中所写的那样,"这《八月的乡村》,即是很好的一部,虽然有些近乎短篇的连续,结构和描写人物的手段,也不能比法捷耶夫的《毁灭》,然而严肃,紧张,作者的心血和失去的天空,土地,受难的人民,以至失去的茂草,高粱,蝈蝈,蚊子,搅成一团,鲜红地在读者眼前展开,显示着中国的一份和全部,现在和未来,死路与活路。凡有人心的读者,是看得完的,而且有所得的"。《八月的乡村》不仅是中国现代第一部抗日题材的长篇小说,也是世界反法西斯战争题材的第一部长篇小说,其意义和价值是特殊的、特有的,不可单单以艺术审美的标准来看待这部作品。"东北作家群"的存在及其创作的意义,不只是为20世纪30年代的中国文坛增添了特有的地域文化内容和东北文学特有的审美风格,更在于最早向全国和世界传达出中华民族抗敌御辱的英勇壮举,最早发出反法西斯的声音。此外,在抗战大历史观视域下,"东北作家群"的创作为十四年抗战史提供了真实的证据。特别是东北解放区的早期文学直书十四年历史的特殊性,这是十分可贵的和独特的。于毅夫的散文《青年们补上十四年这一课》,深刻而沉重地描写了十四年殖民统治下东北人的精神状态和文化演变:

  这许多现象,说明了东北在十四年殖民统治的过程中,文化生活上是起了很大的变化。翻开伪满的《满语国民读本》一看,真是"协和语"连篇,如亚细亚竟写成アジヤ,俄罗斯竟写成ロシヤ,有的人一直到现在还把多少元写成多少円,这都是伪满"协和语"的残余,说明殖民统治残余的文化还在活着,还没有死去,这在今天不能不说是一件遗憾的事!仔细想来,这也难怪,因为日本的魔手,掌握了东北十四年,今天一旦解放,希望不着一点痕迹,这是完全做不到的,要从历史上来看,它切断了东北历史十四年,这十四年的历史是很黯淡地被抹掉了,十四年来也的确是一个大变化,在这期间多少国家兴起了,多少国家衰落了,多少血泪的斗争、多少波浪的起伏,都被日本鬼子的魔手所遮断! 我回到家乡接触到成千成百的青年,几乎都不大明了这十四年来的历史真相,有的连中国内部有多少省都不知道,连云南、贵州在哪里都不晓得。

难能可贵的是,作者较早地认识到在经历了十四年的奴化教育之后,对东北人民进行民族和民主意识的启蒙是至关重要的。"不过历史是不能停滞的,殖民统治残余的文化必须要肃清,法西斯毒化思想也必须要肃清,既然是日本鬼子切断了东北历史十四年,既然法西斯分子要篡改这一段历史,那我们就应该设法补足这十四年的历史!""要做到这点,我想青年们今天的迫切要求,不是如何加紧去学习英文、代数、几何、物理、化学,读死书本事,争分数之短长,准备到社会上去找一个饭碗,而是如何加紧去学习新文化,如何加紧学习社会科学,如何去改造自己的思想,如何进一步地去改造这遭受法西斯思想威胁的半封建的半殖民地的社会!""因此我向青年们提议要加强你们对于新文化的学习,加强对于社会科学的学习,特别是政治的学习,不要把自己圈在课堂里,圈在死书本子上。""新青年要掌握着新文化,新思想,才能创造起新中国新东北!"(《东北日报》1946年10月13日)

在一批最前沿的左翼作家流亡关内之后,东北文学经过了一段艰难而相对平静的发展阶段。在表面繁华而内在凶险的沦陷区文艺界,中国作家用各种文艺手段或明或暗地与侵略者进行抗争,并为此付出了血的代价。这种状况直到1945年光复之后才发生根本

性转变,东北文艺创作者们一方面回顾过去的苦难,另一方面表现出对新生活的憧憬,这正是后来东北解放区文艺的心理基础,而日渐激烈的解放战争又为东北文艺的走向和解放区文艺的诞生提供了具体的现实基础。这与以萧军、罗烽、舒群、白朗、塞克、金人等人为代表的东北籍作家的返乡,以及在东北沦陷区留守的左翼作家关沫南、陈隄、山丁、李季风、王光逖等人的坚持,是分不开的。当然,随我党十几万军政人员一同出关的延安等地的众多文艺家,在东北文艺的创设中更是起到了引领和带头作用。这其中已经成名的有刘白羽、周立波、丁玲、草明、严文井、张庚、吴伯箫、华山、陆地、公木、方青、任钧、雷加、马加、陈学昭、西虹、颜一烟、林蓝、柳青、师田手、李克昇、蔡天心等。

东北解放区文艺的创作直接继承了延安文艺特别是毛泽东《在延安文艺座谈会上的讲话》精神。在党的直接领导下,东北解放区先后创办了《东北日报》《中苏日报》《东北民报》《关东日报》《辽南日报》《西满日报》《大连日报》《松江日报》《合江日报》《吉林日报》《胜利报》等,这些报纸多为党的机关报,其文艺副刊发表了大量的文艺作品、理论文章及文艺动态。这些报纸副刊对于东北解放区文学的引导与建构起到了重要的作用。与此同时,《东北文学》《东北文化》《东北文艺》《文学战线》《人民戏剧》《白山》《戏剧与音乐》等文学杂志,以及东北书店、大众书店、光华书店等出版机构相继创办,这些文艺刊物和书店对解放区文艺的发展也起到了很大的推动作用。

革命的逻辑和阶级的理论是东北解放区文艺创作的普遍主题。这是一种革命的启蒙,与左翼文艺一脉相承,只不过东北的社会现实为这种主题提供了更为广泛而坚实的生活基础。抗战胜利后,为了开辟和巩固东北解放区,使之成为解放全中国的军事和经济基地,我党进军东北,抢占了战略制高点。可是,在东北,人民军队所处的环境与山东等老解放区完全不同,殖民统治因素加之国民党的宣传,使得我们的政治优势在最初未能完全发挥出来。正如李衍白在散文《黎明升起——巨大变化的东北一年间》中所写的那样:"群众在犹豫中,岁月在艰苦里,这就是我们在东北土地上刚刚开始播种,还没有发芽开花时的现实遭遇。"随着革命形势的发展,革命军队传统的政治思想工作优势又体现了出来。我党在部队中开展了以"谁养活了谁"为主题的"诉苦运动",这颠覆了中国东北乡村社会的封建伦理,提高了官兵的阶级觉悟,极大地增强了部队的战斗力。

这种革命的逻辑在土改题材的作品中表现得最为突出。方青的短篇小说《擦黑》讲述了这个朴素的道理:

"……像赵三爷那号人,把咱穷人的血喝干了,咱们才不得不去找口水喝饮饮嗓;他们喝干了咱们的血没有一点过,咱们找口水喝饮饮嗓子就犯了罪?旧社会就是这么不公平!他们还满口的仁义道德,呸!雇一个扛活的,一年就剥削好几十石粮食,还总是有理!穷人的孩子偷他个瓜吃,就叫犯罪,绑起来揍半天,这叫什么他妈的道德?咱们要讲新道德,咱们贫雇农的道德;就是用新道德来看咱们贫雇农;像上边说的那些犯了点毛病的,都不要紧,脸上有点黑,一擦就干净了,只要坦白出来,都是穷哥儿们好兄弟。一句话:只要是姓穷的就有理,穷就是理!金牌子上的灰一擦净,还是金牌子。家务事怎么都

· 7 ·

好办!"李政委讲的话刚一落音,大伙高兴地乱吵吵起来:"都亲哥儿兄弟么!"

除此之外,还有在"你给地主害死爹,我给地主害死娘……"的事实教育下,认识到了彼此都是阶级弟兄,大家都是穷苦人的"无敌三勇士",他们从此"火线上生死抱团结"。(刘白羽《无敌三勇士》)

土地改革是东北解放区文艺最引人关注的问题。东北解放区文学作品中有许多极具写实性的"穷人翻身"故事,如周立波的《暴风骤雨》、马加的《江山村十日》、白朗的《孙宾和群力屯》、井岩盾的《瞎月工伸冤记》、李尔重的《第七班》、西虹的《英雄的父亲》等文艺经典作品。

方青的《土地还家》描述的就是这一历史巨变给贫苦农民带来的心理和生活的变化:

二十年了,郭长发又重新用自己的手来耕作自己的土地了。这是老人留下的命根,叫它长出粮食来养活后代的儿孙:可是二十年的光景,它被野狼吞了去,自己没有吃过它一颗粮食——他想到是旧社会把他的地抢走了。

现在呢?他又踏在这块地上铲草了。他感到自己已经离开家二十年,如今又回到母亲的怀里,亲切地叫着:"娘!我回来了。"——于是他又感到是:这是新社会把我的地要回来的。他这样想着,不由得拉长了声音跟儿子说:

"柱儿！想不到啊，盼了二十年，那时候你才三岁。多亏共产党……记住！可别忘了本啊！"

他直起腰来，两手拉着锄把，又沉重地重复着这句话：

"柱儿！记住，可别忘了本啊！"

佚名的《永北前线担架队速写》则写了老乡们在一天的时间里就组织起了八百余人的担架大队，作者经过和担架队员们的交谈，感受到了新解放区人民的觉悟。大队长问担架队员们："你们这次出来抬担架，怕不怕？"大伙回答："不怕！"大队长又问："为什么不怕？"大伙答："不怕，这是为了自己。"担架队员们相信唯有民主联军存在，他们才能活着。他们说："胜利是我们的，土地才是我们的。""赶走国民党反动派，保卫我们的土地和民主。"这与《白毛女》"旧社会使人变成鬼，新社会使鬼变成人"和《王贵与李香香》"要是不革命，穷人翻不了身，要是不革命，咱俩结不了婚"的主题是一样的。淮海战役的胜利是山东人民用手推车推出来的，而东北解放区的建立和辽沈战役的胜利又何尝不是如此！

战争书写是东北解放区文艺中最主要的内容，革命理想主义、革命集体主义和革命英雄主义精神，是东北文艺的思想主题，也是东北文艺的审美风尚。这种简单明了的思想、昂扬向上的精神本身就具有一种审美特质，它奠定了新中国文艺的审美基调。就东北解放区文艺而言，无论是描写抗日战争还是描写解放战争的作品，都普遍具有鲜明而朴素的阶级意识、粗犷而豪迈的革命情怀。

蔡天心的诗歌《仇恨的火焰》，描写了在觉醒的阶级意识支配下东北民主联军官兵的战斗情怀：

仇恨燃烧着,

像火一样烧灼着广阔的土地。

听啊——

大凌河在狂呼,

辽河在咆哮,

松花江在怒吼,

在许多城市和乡村里,

哪儿出现反动派的鬼影,

哪儿就堆成愤怒的山,

哪儿有敌人的迹蹄,

哪儿就燃起仇恨的火焰……

……

我们要

用剪刀剪断敌人的咽喉,

用斧头砍下他们的头颅,

用长矛刺穿他们的胸脯,

用棍棒打折他们的脚胫,

用地雷炸弹毁灭他们,

用从他们手里夺过来的武器,

打垮他们,

然后用铁镐把他们埋掉!

我们要用生命,用鲜血,

保卫这自由解放的土地,

不让反动派停留！

"赶走敌人啊，

赶快消灭它！"

让这充满着力量和胜利的声音，

随同捷报传播开去，

让千百万颗愤怒的心，

燃起

仇恨的火焰！

这种激情在东北解放区的散文、报告文学和战地通讯中表现得最为明显，如丁洪的《九勇士追缴榴弹炮》、马寒冰的《雪山和冰桥》、王向立的《插进敌人的心腹》、王焰的《钢铁英雄王德新》等。这些作品内容真实，情感深沉厚重，延续了抗战时期散文书写浪漫主义与现实主义相结合的审美特征。这些既有写实性又有抒情性的东北解放区散文作品在战争中凝聚人心，彰显力量，具有极大的宣传、鼓舞作用。

最为难得的是，面对东北发达的近代工业景观，作家们更多地描写了工人们的斗争和生活，这些作品成为东北文艺中最为独特而珍贵的展示，而且直接影响了新中国工业题材文学的创作。战争期间，沈阳、长春、大连等地的工业设施惨遭破坏。光复之后，为了保护工厂和恢复生产，工人们表现出了忘我的精神和高超的技术。这使得从未见过现代工业景象的文艺家们感动和激动，他们纷纷用笔来描写现代工业生产和城市新生活，从而给中国现代文学带来了前所未有的新气象。大连大众书店于 1948 年 8 月出版的

《"工农园地"选集》，就收录了城市工人拥护并融入新生活的历史片段，如袁玉湖《锉股的"火车头"》，郓景明、孙聚先《熔化炉的话》等。此外还有李衍白《工人的旗帜赵占魁》，草明《工人艺术里的爱和恨》，张望《老工友许万明》等。李衍白在散文《黎明升起——巨大变化的东北一年间》中，描写了东北现代工业的风貌和工人们的热情：

> 今日的城市也正在改变着一年以前的面貌，先看一看今天的哈尔滨，代表它新气象的是全部工业齿轮的旋转，是市中心区黑夜中的灯光如昼，是穿插在四条线路的廿五台电车和六条线路上卅台公共汽车，是一万五千吨自来水不停地输送给工厂、商店和住宅。这些数目字不仅超过了去年今日（蒋记大员们劫掠后所造成的混乱情况），而且有些超过了伪满。在紧张的战争中加速地恢复这些企业，同样不是依靠别的，而仅仅是由于工人的觉悟。你想一想，一个工人为了修理一个发电的锅炉，但又不能停止送电，于是就奋不顾身钻进可以熔化生铁、数百度的锅炉高热中，他穿着棉衣，外面的人用水龙朝他身上喷冷水，就这样工作一会熬不住了跑出来，再钻进去，来回好多次，最后，完成了任务。我们有好多这种感人的事例。

我们在这些描写工友的散文里，看到了解放区新生活带给城市工人的希望。他们积极上工，传授技术，加班加点，争着当劳动英雄。这在中国同时期其他地域的文学作品中是极少见的。

质朴单一的写实手法是东北文艺的普遍表现方式,这种质朴不单是一种审美风格,更是一种直面大众的话语策略。这一传统与近代"政治小说"、五四新文学、左翼文学和抗战文艺等都是一脉相承的。文艺作为一种宣传和斗争的工具,自然要承担起团结和争取最广大人民群众的历史任务。因此,质朴单一的写实手法、通俗易懂甚至有些粗俗的语言风格,成为东北解放区文艺的普遍表现形式。

鲁柏的诗歌《夸地照》用简朴的形式表达了翻身农民淳朴的感情:

　　　　一张地照领回家,
　　　　全家老少笑哈哈;
　　　　团团围住抢着看,
　　　　你一言我一语来把地照夸:

　　　　长方形,四个角,
　　　　宽有八寸长两拃;
　　　　雪白的纸上写黑字,
　　　　红穗绿叶把边插。

　　　　上边印着毛主席像,
　　　　四季农忙下边画;
　　　　地照本是政委会发,
　　　　鲜红的官印左边"卡"。

　　　　里面写着名和姓,

地亩多少填分明，

拿到地照心托底，

努力生产多收成。

这首诗歌不仅使用了农民的口语，而且用东北农村方言来直观地描摹地照的具体形状和细节，表达了翻身农民朴素的情感。这种描写和表现方式与中国古代民歌传统有直接的联系。

井岩盾的小说《瞎月工伸冤记》以一个雇农自述的方式讲述自己的悲苦经历和内心感受。当工作队员问他是否受地主老赵家的气，他说："大伙吃他的肉也不解渴啊，都叫他给熊苦啦。"于是在工作队的启发和支持下，他"找大伙宣传去了"："张大哥，李大兄弟啊，咱们都是祖祖辈辈受人欺负的人呀！这回来了八路军啦，八路军给咱们穷人做主呀！有话只管说呀！有八路军，咱们啥都不用怕呀！"这是东北解放区贫苦农民普遍具有的经历和感受，而这种质朴无华的语言也是地道的东北农民的日常语言，具有天然的亲和力。

邓家华的小说《打死我也不写信》从情节到语言都相当质朴，甚至有些幼稚，但是那种情感是真挚的。"我"被敌人抓去，遭到严酷的鞭打，"当时我痛得忍不住，皮肤里渗透出一条一条青的红的紫的血痕，可是打死我也不写信的，他们看到我昏过去了，也就走了。等我清醒过来时，浑身疼痛，我拼死命地弄坏了门逃了出来，可是不巧得很，又碰到了伪军，又把我抓起来了，他们还是逼迫我写信，我坚决地说：'死了心吧！就是死了，我父亲会帮我报仇的。'救星来了，在繁星的晚上，忽然西面枪声不停地响着，新四军老部队来攻击了，伪军们都吓得屁滚尿流地逃走了，啊！新四军救出我了，我很快地到了家里，见了爸爸妈妈，心里真是高兴得流泪了"。

李纳的散文《深得民心》记叙了长春一个米面商人对民主联军和共产党的淳朴情感："他已经将红旗展开，举到我的眼前，我看到七个大字：'中国共产党万岁！'""'中国共产党万岁！'他重复着这七个字，从眼镜里透露出兴奋的眼睛。这脸，比先前更可爱更慈祥了：'我喜欢这七个字，所以我选择了它。'""大会开始了，人们都向着会场移动，老先生也站起来要走，临走时他问我在什么地方工作，我告诉了他，他高兴地说：'好，都是民主联军。深得民心，深得民心。'"抛开其内容不论，作品文字风格的朴素也显露出解放区文艺在艺术层面幼稚和不甚精致的弱点，而这弱点又可能是许多新生艺术的共有问题。也许，正因为幼稚，它才有更广阔的发展空间。

形式的多样性特别是短小化是东北解放区文艺创作的普遍特点，短篇小说、墙头诗、快板诗、散文、战地通讯、说唱文学等成为最常见的艺术形式。战争的环境、急剧变化的生活和读者的接受水平与习惯等，决定了人们需要并且适应这种短平快的表达方式，而这也是延安文艺和抗战文艺形式的延续。天意的《县长也要路条》描写了两个一丝不苟的儿童团员在放哨时不放过民主政府的县长，硬是把他和警卫员带到乡长那里查证的故事。其篇幅短小，不到400字，但是内容蕴意深刻，语言风趣自然，简直就是一篇微型小说。

小区区的短诗《一心一意要当兵》，将人物的关系、思想、表情和语言都生动形象地表现出来，极具说服力和感染力：

葫芦屯有个小莲青，

一心一意要当兵——

他爹说：

"你去吧。"

他娘说：

"你等一等！……"

他老婆说：

"哪能行?! ……"

忸忸怩怩来扯腿；

哭哭啼啼不放松：

"你去当兵啥时还？

为老为少撇家中！"

小莲青，

脸一红：

"小青他娘，

你醒醒：

八路同志千千万，

哪个不是老百姓?!

我去当兵打蒋贼，

咱们才能享太平。"

　　当然，东北解放区文艺中也有许多保留了浓郁的文人气息的作品，这些作品与五四新文学的"纯文艺"审美风格有明显的承续性。例如大宇的诗歌《琴音》：

　　一个琴师

把琴音遗失在幽谷里

滑落在幽谷的谷缝里了

琴音栽培了心原上的一棵草儿

琴音赞咏了艺术的生命

一支灿烂的强烈的光焰

我就永住在这琴音里了

就仿佛身陷于一片梦的缘边

仿佛浴着一片无际的云海

无垠的生旅无限的生涯

何处呀

我摸索到何处呀

琴音丢在幽谷里

滑落在幽谷的谷缝里了

十分明显，这不是东北解放区文艺创作的主流。

《1945—1949 年东北解放区文学大系》的编者耗费了大量精力来做这样一项浩大的地域性文学工程，这不只是对东北文艺的巨大贡献，更是对新中国文艺的巨大贡献。在此之后，东北文艺研究将迈上一个新台阶。

总导言

丛　坤

从 1945 年抗战胜利到 1949 年新中国成立这个时期,对于东北而言是极为特殊的。抗战胜利后,中共中央发布了《建立巩固的东北根据地》的指示,迅速成立了以彭真为书记的东北局,抽调了四分之一的中央委员、两万名党政干部、十三万主力部队赶赴东北,与国民党反动派展开激烈的斗争。在广大人民群众的支持下,中国共产党及其领导的军队从最初的战略防御转为战略反攻。1948 年 11 月,辽沈战役胜利,全东北获得解放。在解放战争时期,在中国共产党的领导下,东北人民反奸除霸,建立民主政府,消灭土匪,进行土地改革,在政治上、经济上翻身做了主人。东北的政治、经济、文化、教育等各个领域都发生了翻天覆地的变化,尤其是在文学创作方面,东北地区取得了不可低估的成就,文学创作出现了前所未有的发展和繁荣的局面。

“东北作家群”的回归、党中央选派的文化宣传干部的到来、文学新人的成长使得解放战争时期东北地区的创作队伍不断壮大。在东北沦陷后从东北去往关内的进步作家中,除萧红病逝于香港、姜椿芳在上海从事党的地下工作外,塞克(即陈凝秋)、舒群、萧军、罗烽、白朗、金人等都积极响应党的号召,陆续返回东北。1945年9月至11月,党中央从陕甘宁边区和各个解放区抽调一大批优秀的文化工作者到东北解放区。据不完全统计,这一时期来到东北解放区的文化工作者有刘白羽、陈沂、周立波、草明、严文井、张庚、吴伯箫、华山、西虹、陆地、李之华、胡零、颜一烟、公木、林蓝、江帆、李纳、魏东明、夏葵、常工、方青、任钧、李则蓝、煌颖、侯唯动、李熏风、雷加、马加、袁犀、蔡天心、鲁琪、李北开等。① 中共中央东北局宣传部与东北文艺协会在"土地还家"口号的基础上,提出了"文艺还家"的口号,号召广大文艺工作者在与农民同吃、同住、同劳动的同时,领导农民群众参加土地改革运动,帮助农民成立夜校、学习文化、办黑板报、成立文艺宣传队,提高他们的写作能力与文艺欣赏能力,在农民、工人等基层劳动者中培养了一大批"文学新人"。创作队伍的空前壮大为东北解放区文学的繁荣奠定了坚实的基础。

东北解放区文学的繁荣也与当时出版事业的空前繁荣密不可分。东北局宣传部将建立思想宣传阵地(即报刊、出版机构)、改造思想、建构意识形态话语权确定为首要任务。进入东北不久,东北局于1945年11月在沈阳创办了机关报《东北日报》(1946年5月28日由沈阳迁至哈尔滨,1948年12月12日搬回沈阳)。该报面向东北全境的党政军发行,是东北解放区发行量最大的报纸。之后,东北解放区创办、发行的报纸近百种。据《黑龙江省志·报

---

① 彭放:《黑龙江文学通史(第二卷)》,北方文艺出版社2002年版,第354页。

业志》的统计,当时黑龙江地区(5 省 1 市)的每个省市不仅有党政机关报,而且有人民团体和大行业的专业报纸,有些县也出版油印小报。仅哈尔滨出版的大报就有《哈尔滨日报》《哈尔滨公报》《哈尔滨工商日报》《大众白话报》《午报》《自卫报》《北光日报》《新民日报》《民主新报》《学生导报》《文化报》等。这一时期的报纸,无论设没设副刊,都或多或少地发表过文学作品。

东北局还出资创办了东北书店、光华书店、大连大众书店、辽东建国书店、兆麟书店、吉东书店、辽西书店等众多的图书出版机构。其中,东北书店是东北解放区规模最大、贡献最大的书店,在东北全境建有 201 个分店,发行网点遍布东北全境。除出版、发行图书外,东北书店还创办了《知识》《东北文学》《东北画报》《东北教育》等期刊。这些出版机构大量出版政治读物、教材和文学书籍,促进了东北解放区出版业的发展。仅以东北书店为例,从1946 年到 1948 年,东北书店总共出版图书杂志 760 种、各类图书1 520 余万册。① 东北解放区纸张和印刷质量上乘的大量出版物不仅发行于东北各地,还随着东北野战军入关和南下,成为陆续解放的北平、天津、武汉等地人民群众急需的读物。历史上一向"文风不盛"的东北第一次有大量的出版物输送到关内文化发达之地,这成为一时之盛事。

此外,东北解放区先后创办的文学类期刊的数量是惊人的。如 1945 年至 1947 年创办的文学期刊有《热风》(半月刊)、《文学》(月刊)、《文艺》(周刊)、《文艺工作》(旬刊)、《文艺导报》(月

---

① 逄增玉:《东北解放区文学制度生成及其对当代文学制度的预制》,载《文学评论》2017 年第 4 期。

刊)、《东北文艺》(月刊)。1947年以后创刊的大型专业期刊有《部队文艺》、《文学战线》(周立波主编)、《人民戏剧》(张庚、塞克主编),综合性期刊有《东北文化》(吴伯箫主编)、《知识》(舒群主编)等。其中,《东北文化》与《东北文艺》的影响最为突出。《东北文化》的主要任务是协同东北文化界,从政治上、思想上启发广大的东北青年和文化工作者,提高他们的自觉性,激发他们的革命热情、积极性和创造性,使他们在东北人民解放的伟大事业中发挥应有的作用。《东北文艺》是纯文艺性的刊物,刊载小说、戏剧、散文、诗歌、漫画、速写、报告文学、杂文、书刊评价,以及文学理论、有关文艺运动史的论著等。《东北文艺》聚集了一大批优秀的作者,如周立波、赵树理、罗烽、公木、萧军、塞克、舒群、白朗、严文井、刘白羽、西虹、范政、宋之的、金人、马加、雷加等。在他们的影响下,《东北文艺》还不断提携文学新人,这成为该刊的传统。从创刊到终结,《东北文艺》在新中国成立前后产生了很大的影响,20世纪50年代成长起来的许多作家、诗人是从这里起步的。可以说,《东北文艺》在解放战争和革命胜利后对新中国文学新人的培养起到了重要的作用。报纸、文学期刊、综合性期刊和出版机构的大量涌现,为东北解放区文学的发展创造了良好的条件。

与此同时,为了更好地团结广大文艺工作者,东北局于1946年在黑龙江佳木斯成立了东北文化工作委员会,成员有张闻天、吕骥、张庚、塞克等。此后,若干文艺与文化团体陆续成立,其中最有影响的是1946年10月19日由全国文协的老会员萧军、舒群、罗烽、金人、白朗、草明6人在哈尔滨发起筹备的"中华全国文艺协会东北总分会"。这个文艺团体表面上是由文人自由结社,实际上主体是来自延安、具有干部身份的文化人,其中不少人是党员或东北文艺界的领导干部。"中华全国文艺协会东北总分会"对东北解放区文学的发展起到了不可忽视的作用。此外,中苏文化协会、鲁迅文艺研究会等文艺社团相继成立。1948年3月,中共东北局宣传部首次召开了由文学、戏剧、音乐、美术、电影等部门的150余名文艺工作者参加的文艺工作者会议。会议对抗战胜利以来的东北解放区文艺工作进行了总结,并制订了随后一段时间的文艺工作计划。此外,中共中央东北局宣传部内部成立了文艺工作委员会,吕骥、舒群、刘白羽、张庚、罗烽、何世德、严文井、袁牧之、朱丹、王曼硕、华君武、白华、向隅、田方、沙蒙、吴印咸任委员,负责指导东北解放区的文艺工作。

1946年秋,已迁至哈尔滨的原延安鲁迅艺术学院,按照东北局的指示北撤至佳木斯,并入东北大学,更名为鲁艺文学院。同年12月,东北局又决定让鲁艺脱离东北大学,组建东北鲁艺文工团。1948年秋冬之际,随着沈阳的解放,东北鲁艺文工团在经历了三年多艰苦卓绝的转战与工作后进入沈阳,随后正式复名为鲁迅艺术学院,恢复了延安鲁迅艺术学院的学校建制。文艺团体的纷纷建立为东北解放区文学创作队伍的培养提供了组织保证。

为了纪念解放东北这段革命岁月,为了展现东北解放区文学的勃兴与繁荣,我们编辑出版了《1945—1949年东北解放区文学大系》,分别从小说、散文、戏剧、诗歌、翻译文学、评论、史料等体裁角度进行整理、收录。

一

抗战胜利后的东北解放区文学是延安文艺的延伸与发展,东北解放区四年所发生的巨大变化,都生动、形象地展现在东北解放区的小说创作中。东北解放区小说充分展示了当时的社会生活，塑造了形形色色的人物形象，给人们留下了时代的缩影与历史的印迹。

东北解放区小说创作大体可以分为两个阶段。第一个阶段是从1945年日本投降到1946年中共东北局通过"七七"决议，第二个阶段是从1946年通过"七七"决议到1949年新中国成立。在当时的局势下，中国共产党要最广泛地发动群众，进入东北的文艺工作者便肩负了与武装部队同样重要的"文化部队"的任务。他们用文学作品教育、引导群众，积极参与了粉碎旧的国家机器和意识形态的过程。在党的文艺方针政策的指引下，东北解放区的作家们广泛深入到农村土地改革、前方战斗生活和工厂建设之中，亲身体验群众生活。这使得东北解放区的小说能够迅速地反映生产、生活、军事等各个领域的变化与东北人民精神世界的变化。

从1931年日本发动九一八事变到1945年日本投降，十四年的沦陷历史构成了东北文学不可磨灭的创痛记忆。对沦陷时期东北社会生活的回忆，是这一时期小说的一个重要题材。而抗战题材小说则是对异族侵略者铁蹄下民生困难的真实记录，也是对战争年代民族精神的热情颂扬。但娣的《血族》、陆地的《生死斗争》、范政的《夏红秋》、骆宾基的《混沌——姜步畏家史》等都是这方面的代表作品。

土改斗争是东北解放区小说三大题材的重中之重。在那场深刻改变了中国农村政治、经济关系的运动中，东北解放区作家将强烈的政治使命感与巨大的创作热情相融合，创作出了大量的优秀作品，周立波的《暴风骤雨》、马加的《江山村十日》、安危的《土地底儿女们》等至今仍被读者反复阅读。

小说创作需要一个孕育的过程,相对来说,中长篇小说需要更长的时间来构思和写作,而短篇小说则完成得较快。在复杂、激烈的土改运动中,东北解放区作家们努力笔耕,迅速创作出大量的短篇小说。在这些小说中,我们可以看到东北农民在土改运动中的精神变化,农民经历了几千年的封建压迫,他们身上的枷锁不仅是物质上的,更是精神上的,从奴隶到主人的蜕变需要一个心灵的搏击历程。

反映前线战争是东北解放区小说的另一个重要题材,这些小说真实地体现了军民的鱼水情谊。西虹的《英雄的父亲》、纪云龙的《伤兵的母亲》等都是当时影响较大的作品。1947年至1948年是解放战争中我党从防御转为反攻的时期,随着战事的推进,中国人民解放军(1948年1月1日,东北民主联军改称为东北人民解放军,同年11月13日改称为中国人民解放军)的队伍急剧壮大,部队官兵的成分因而趋于复杂化。为此,部队采用诉苦的办法对广大指战员进行阶级教育,提高他们的政治觉悟和思想觉悟。诉苦教育消除了战士之间的隔阂,为解放战争的胜利打下了坚实的思想基础。刘白羽的短篇小说集《战火纷飞》、李尔重的中篇小说《第七班》等反映了这一主题。

除上述三大题材外,解放战争时期东北涌现出来的工业题材小说,亦可视为中国现代工业题材小说的发端,这也从一个方面证明了东北解放区小说的文学史价值和文化价值。

东北解放区的工业在新中国发展史上占有非常重要的地位。在这一方面,影响最大的是女作家草明的中篇小说《原动力》。这篇小说虽然存在粗糙和简单等不足之处,但作为新中国成立前描写工业生产和工人思想的作品,是值得关注和肯定的。此外,李纳

的《出路》、鲁琪的《炉》、韶华的《荣誉》、张德裕的《红花还得绿叶扶》等作品也广受好评。这些小说充分展现了东北解放区工业蓬勃发展的景象,展现了工业生产对人的改造,也开创了新中国工业文学的先河。

东北解放区的相当一批小说,强调小说的政治价值,强调创作为工农兵服务,大多通俗易懂,而缺乏对心理深度和史诗境界的发掘。然而,东北解放区小说明朗新鲜,创造性地继承了延安文艺精神,反映了东北解放区的历史巨变和社会变革中诸多的社会问题,为新中国成立后的十七年文学开辟了道路。

二

散文卷在本丛书中占有重要的分量,真实地记录了解放战争中东北解放区人民的巨大贡献,独特的作品体例亦标示出其在新中国散文创作史中的独特地位。

解放战争时期东北战区的胜利,不仅是军事史上的奇迹,更是人民意志创造历史的丰碑。许多作者都以醒目而直接的题目记录了解放军普通战士勇敢战斗、不畏牺牲的英雄事迹,以真挚的情感,突出了普通战士大无畏的战斗精神和取得战斗胜利的信心。这些作品表现了同一个主题:解放军是人民的军队,中国共产党是全心全意为人民服务的。这也是新中国强大的根基体现。

散文卷中还有一部分作品,叙述了悲壮的抗联斗争的事迹,如纪云龙的《伟大民族英雄杨靖宇事略》、菽沉的《老杨——人民口中的杨靖宇将军》、陈堤的《悼念李兆麟将军》等。英勇不屈的民族气节是抗联英雄所具的崇高品质,也是抗联精神最真实的写照。而东北书店于1948年6月出版的《集中营》,以革命者的亲身经历叙述了大义凛然、为真理献身的革命志士的事迹，让后人真正理解了"头可断血可流，革命意志不能丢"的气节，"永不叛党"是英烈们用鲜血和生命刻写在党章之中的。

从 1946 年到 1948 年，尽管国民党军队在东北重要城市盘踞并负隅顽抗，但是东北农村却发生了翻天覆地的变化。中国共产党在根据地开展土改运动，领导农民推翻了地方统治势力，领导农民斗地主、分田地，农民欢欣鼓舞，迎来了新生活。强大的后方农村根据地为部队供给提供了保障，同时，许多年轻的子弟为了保护胜利果实自愿参加了解放军，这改变了国共双方在东北的兵力布局。《永北前线担架队速写》等作品反映了这一主题。

此外，解放区散文作家的笔下还洋溢着新生活的喜悦，如严文井的《乡间两月见闻》。除了乡村，对于那些在战后重新回到人民手中的城市，我党也开始接管，并进行初步的恢复性建设。在作家们的笔下，新生活带来了新气象。大连大众书店于 1948 年 8 月出版的《"工农园地"选集》，就收录了描写城市工人拥护和融入新生活的散文。在这些描写工厂、工友的散文里，我们可以看到解放区的新生活给城市工人带来了希望。

这些散文作品大多短小精悍，有迅速性、敏捷性和战斗性等特点，具有独特的艺术特征。这与当时许多作家的出身密切相关。如刘白羽、草明、白朗、华山、西虹等作家对战争环境和百姓生活有着敏锐的观察力和真实的体验，他们的作品使得东北解放区 1945 年至 1949 年的散文创作呈现出独特的风格，表现出纪实性和文学性相结合的特点。此外，由众多从延安来到东北的文艺干部组成的随军记者，以大量的新闻报道反击了国民党的舆论污蔑，记录了解放军战士不畏艰险、顽强抗敌的英雄事迹，同时表现了后方人民

在解放区土改过程中翻身解放、分得土地的喜悦心情。

　　散文作家记录这些真人真事的报道在东北解放战争中起到了巨大的宣传作用，成为鼓舞人心的强大的精神力量。东北解放区散文也因为内容真实、情感真实而呈现出历久弥新的生命力，往往给读者带来身临其境的感受，也让人忽略了作品本身的艺术特质。实际上，这些散文正是在真实的基础上，以生动与丰富的细节给读者留下了深刻的印象，在真实性的基础上呈现出文学性。华山的《松花江畔的南国情书》就是代表作品之一。

　　细节的生动亦使东北解放区散文具有鲜明的文学性。东北解放区散文将我军战士的大无畏精神写得非常真实、感人。在展示解放区新生活、新风尚方面，许多拥军爱民的片段写得细腻、真实。

　　东北解放区散文在主题内容上具有很高的价值，大量的散文颂扬了东北人民解放军的集体主义精神和英雄主义精神，表现了我军指战员的英勇气概，体现了战士们浩气长存的革命豪情。因此，东北解放区散文具有较高的文学价值，其明朗的表现方式恰恰是后来共和国文学明确表达和高度肯定的。题材广泛、内容真实和情感深厚的纪实性文学，使得东北解放区散文在战争时期凝聚了强大的精神力量。反映中国人民解放军不畏艰险、英勇战斗的长篇报告文学，在风格上激情澎湃，体现出解放军崇高的革命乐观主义精神。这一时期的散文把东北解放历史进程的全貌和战士们的英勇壮举再现了出来，东北解放区散文也因此具有了军事史和共和国历史的资料留存价值。东北解放区散文在创作上因为具有纪实性与文学性相结合的特点，为军旅散文创作提供了新的美学范式。

三

在东北解放区文学中，戏剧具有内容丰富、种类繁多、通俗明了、利于传播等特点，兼之创作群体庞大，故而获得了巨大的丰收，这成为东北解放区文学繁荣的重要标志之一。东北解放区的戏剧具有鲜明的启蒙性、宣传性和战斗性等特征，对生产建设、围剿土匪、土改运动和解放战争发挥着不可替代的宣传作用。

东北解放区戏剧的繁荣首先得益于东北解放区报刊对戏剧的支持。例如，《东北日报》刊发的剧作涉及歌唱新生活、感恩共产党、批判美蒋、拥军劳军、参军保家、歌颂劳模等多方面的内容。1947 年 5 月 4 日创刊的《文化报》则是东北解放区第一份纯文艺性质的报纸，主要刊载一些文学常识、短文、小诗、书评、剧报等。此外，《前进报》《北光日报》《合江日报》等都刊发了大量的戏剧作品。而从刊载量来看，期刊对戏剧的支持力度更大。在众多的文艺期刊中，对戏剧传播影响较大的是《东北文学》《东北文化》《东北文艺》《文学战线》《知识》和《人民戏剧》等。

从 1945 年年底开始，东北解放区以各家出版社为依托陆续出版了许多戏剧作品，这是解放区戏剧传播的重要途径。较有影响的是东北书店和人民戏剧社等。在解放战争期间，东北书店出版的各类戏剧作品和理论书籍近百种，形式包括话剧（独幕话剧、多幕话剧）、京剧、评剧、二人转、歌舞剧（广场歌舞剧、儿童歌舞剧）、歌剧、新歌剧、小歌剧、道情剧、活报剧、秧歌剧、小喜剧、小调剧、皮影戏等。其中，秧歌剧超过一半。

文艺团体的迅猛发展是解放区戏剧广泛传播的最终体现。1945 年 11 月以后，东北文工团等数十个文艺团体在东北局宣传

部的领导下先后成立。这些文艺团体以《在延安文艺座谈会上的讲话》为指导,坚持走文艺大众化的道路,活跃在东北城市和乡村,战斗在前线和后方。他们创作、表演了一系列以支援前线、土地改革、翻身当家为主题的作品,这些作品受到人民群众的好评。

从内容方面来看,歌颂工人阶级是东北解放区戏剧的一个重要内容。东北光复后,作为解放全中国的大本营,哈尔滨、沈阳等工业城市的作用得以凸显,工人阶级成为时代的主角。从剧作内容来看,第一种是反映工人生活的剧作,如王大化、颜一烟创作的《东北人民大翻身》;第二种是歌颂先进个人无私支援解放区建设、帮助工厂恢复生产的剧作,较有影响的有《献器材》《十个滚珠》《一条皮带》《刘桂兰捉奸》;第三种是歌颂党的政策的剧作,代表作品有《比有儿子还强》和《唱"劳保"》。工业题材戏剧的大量创作,极大地拓宽了解放区戏剧的创作领域,为新中国工业题材戏剧的发展奠定了坚实的基础。

东北解放区戏剧中描写农民翻身解放、分得土地的农村题材的戏剧的比重最大。第一类是反映东北农民翻身解放,通过新旧对比来歌颂新农村、新生活的剧作。第二类是反映粉碎各类阴谋、同复辟分子做斗争的剧作,代表剧作有《反"翻把"斗争》等。第三类是反映改造后进、互助合作,表现农民积极开展大生产运动的剧作,如《二流子转变》。第四类是描写劳动妇女反抗封建婚姻、争取民主权利、积极参加劳动生产的剧作,如《邹大姐翻身》。

东北解放后,群众的思想还比较保守,革命启蒙的任务十分重要,尤其是要帮助东北人民认同和接受中国共产党及其领导的人民军队。在描写军队的戏剧中,既有表现人民军队英勇战争、不怕牺牲、勇于献身的剧作,也有以军民互助、拥军支前为主要内容的剧作,这类剧作完整地再现了东北人民从最初的误解民主联军到后来积极送子参军、送夫参军、拥军支前的全过程。前者的代表作有《老耿赶队》《鞋》《两个战士》等,后者的代表作有《透亮了》《收割》《支援前线》等。

在艺术特点上,虽然东北解放区戏剧的整体水平不是最高的,但是其庞大的作者群体、巨大的创作数量、伟大的历史功绩,使得解放区戏剧创作达到了巅峰状态。东北解放区戏剧因对传统戏剧和西方舶来戏剧的融合而具有现代性,在这种融合的过程中实现了本土化,并形成了民族化、大众化、乡土化的特征。东北解放区戏剧的民族化特征源于延安时期戏剧的"中国化"。而其大众化特征是指具有广泛的群众基础,且创作群体亦十分大众化。东北解放区戏剧的乡土化则主要表现在地域特色上。

在创作方法上,东北解放区戏剧继承了延安戏剧的传统,剧作家们用现实主义的方法把自己身边刚发生或正在发生的事情通过戏剧的形式真实地反映出来,集中表现工、农、兵的日常生活。东北解放区戏剧起到了鼓舞斗志、颂扬先进、宣传政策、支援前线的作用。

在戏剧结构上,东北解放区戏剧的戏剧冲突尖锐而集中,叙事模式多元,表现方式多样。在人物塑造上,剧作塑造了一个个爱憎分明、个性突出、敢作敢为的人物形象。这些人物形象生动丰满、有血有肉,为观众熟悉和喜爱。

东北解放区戏剧在取得较高的艺术成就和发挥重要的宣传作用的同时,也存在一定的不足。然而瑕不掩瑜,民族化、大众化、乡土化的特征,使得戏剧的宣传性、教育性、战斗性的作用得以充分发挥出来。东北解放区戏剧对光复后进行的民众文化启蒙、文化

宣传具有不可替代的作用,对解放区的土地改革和解放战争做出了不可磨灭的贡献。

四

东北解放区诗歌秉承了我国诗歌的优秀传统,具有红色革命基因。它一方面与伪满时期的诗歌做了彻底的割裂,另一方面又延续了东北抗联诗歌的革命精神和爱国主义情怀,集中书写了山河易色、异族入侵带给东北人民的苦难和屈辱,书写了受难的人民在共产党领导下的觉醒与反抗,书写了东北人民在艰苦的自然环境与战争环境中形成的坚韧、乐观、幽默的性格。

东北解放区诗歌是中国解放区诗歌的重要组成部分,与其他解放区诗歌保持着一致性和连续性。它之所以能复制延安解放区的文学模式,主要是因为其创作队伍中的很大一部分是来自延安解放区的革命文艺工作者,故在文学制度和文学政策上与全国其他解放区能保持一致。东北解放区诗歌的作者主要有四种身份:一是中共中央派驻到东北的文艺工作者;二是抗战时期流亡到关内的"东北作家群"(在抗战结束后返回东北);三是虽然本人不在东北解放区,但是其作品在东北解放区的重要报刊上发表过并产生了一定影响的诗人;四是来自各行各业的业余诗人。《东北日报》文艺副刊曾陆续发表过很多业余诗人的作品,这些业余诗人中既有宣传干部,又有工人、农民、战士、学生(其中有许多人使用笔名,甚至使用多个笔名,今天有些作者的真实姓名已很难核实)。有一些诗人并不在东北解放区工作,但是其作品在东北解放区的重要报刊上发表过,并对全国解放区的文学发展产生过重要影响,如艾青、田间等。东北解放区的代表诗人有公木、方冰、马加、严文井、鲁琪、冈夫、天蓝、韦长明、刘和民、李北开、彤剑、侯唯动、胡昭、李沆、夏葵、林耘、顾世学、萧群、蔡天心、杜易白、西虹、师田手、白刃、白拓方、叶乃芬、丁耶、孙滨、阮铿等。

从内容上看，东北解放区诗歌主要是反映当时东北解放区的经济建设、军事斗争、农村工作和城市建设等，具有现实性、时代性。从艺术形式上看，诗歌谣曲化、大众化、民间化的特点突出。抒情诗、叙事诗、街头诗、朗诵诗、歌谣、童谣等成为当时最常见的诗歌体裁。东北解放区诗歌具有以下几个显著特点：

第一，诗歌内容具革命性且高度政治化。东北解放区文学是为中国共产党解放东北和建设东北的政治任务服务的，其主要功能和目的是紧密贴近和配合解放区的主流政治运动。很多诗歌是为满足当时的政治需要而作的，充分体现了《在延安文艺座谈会上的讲话》在诗歌创作方面的实践成绩。东北解放区诗歌与中国解放区诗歌在题材选择、审美价值上保持着一致性，并具有东北解放区特有的地域性特点。揭露、批判、颂扬是东北解放区诗歌的三大主旋律，诗人们以工人、农民、士兵、英雄人物、劳动模范等为书写对象，歌颂英雄人物，记录战争风云，赞美新农民，抒发家国情怀。

第二，具有鲜明的战争文学特点。东北经历了十四年艰苦卓绝的抗日战争，接着又经历了五年的解放战争，近二十年间，始终处于战争状态。诗歌也呈现出战时文学特质，记录了艰苦卓绝的战争场景与生活现实。对于重大战役的抒写与记录，英雄主义、乐观精神、必胜信念的情感基调，加之大东北茫茫雪原、天寒地冻的地域特点，使得东北解放区诗歌具有鲜明的东北地域特色。

第三，农村题材也是东北解放区诗歌的重头戏。东北经过十四年的抗日战争，土地荒废，农民思想落后。抗日战争结束后，解

放军入驻东北,一方面做农民的思想工作,进行思想启蒙,另一方面在农村贯彻党的土改政策,进行土地革命,让农民成为土地真正的主人。因此,在东北解放区,启蒙农民思想、反映土改运动、揭露地主阶级剥削农民的本质、塑造新农民形象成为农村题材诗歌的主要内容。

第四,工业题材诗歌在东北解放区诗歌中独领风骚。《文学战线》等报刊还专门设立了工人专栏,如《文学战线》专辟"工人创作特辑",作者均来自生产第一线。工业题材诗歌丰富了东北解放区诗歌的样态,也成为东北解放区诗歌的重要组成部分。

第五,叙事诗是东北解放区诗歌的主要体裁。长篇叙事诗体量大,便于完整地呈现人物或事件的变化过程,便于刻画生动、饱满的艺术形象,因此很受东北解放区诗人的青睐。在《东北文艺》《文学战线》等杂志和个人诗集中,带有浓郁的东北民间话语特色,反映土改运动、翻身农民踊跃参军等内容的长篇叙事诗一时间大量出现。

第六,诗歌审美倡导大众化、通俗化。在解放战争时期,文学要担负着团结人民、教育人民、打击敌人的任务,因此,战时诗歌不能一味地追求高雅的诗意,它既要通俗易懂,便于启蒙民众,又要迎合普通大众的审美需求,适应战争时期的宣传需要。东北解放区诗歌的谣曲化倾向突出,诗作大多出自部队宣传干部、战士、工人、农民之笔,以社会现象为题材,具有相当强的时效性,普遍具有语言通俗易懂、直抒胸臆、为群众所熟悉和易于接受等特点,真正达到了为工农兵服务的目的。

东北解放区诗歌也存在一些不足。由于过于强调宣传性、鼓动性和战斗性,重内容而轻艺术,艺术水准较低,东北解放区诗歌未能达到思想性和艺术性相结合的高度。

五

东北翻译文学兴起于 20 世纪 20 年代末,当时的《北国》《关外》等文学期刊上都登载过翻译作品,对俄苏、英、美、日等国家的民族文学作品,以及批判现实主义、"普罗文学"等文艺理论均有译介。但这种生动、活跃的局面随着 1931 年九一八事变的发生而不复存在。1931 年至 1945 年,在长达十四年的沦陷时期,东北翻译文学出现了两块文学阵地:一个是以沈阳、大连为中心的"南满文学"阵地,另一个是以哈尔滨为中心的"北满文学"阵地。辽南文坛在九一八事变以后出现了一股译介欧美和日本文学及其理论的潮流,主要刊发、翻译消极的浪漫主义、自然主义的文艺作品和理论,只刊发少量的俄苏文学。相对而言,北满文坛对俄苏现实主义文学作品及其理论的翻译有着更重要的意义。

解放战争时期的东北解放区文学的传播模式主要是"延安模式"。在翻译文学方面,东北解放区文艺工作者侧重译介的目的性和计划性。从目前了解到的情况来看,当时很多期刊都设有翻译栏目,其中《东北日报》《东北文艺》《前进报》《群众文艺》《知识》等都设立了介绍苏联文学的专栏,经常发表苏联社会主义建设时期和卫国战争时期的作品。此外,侧重刊发翻译文学的报纸、期刊还有《文学战线》《文化报》《知识》《东北文化》等。文学观念是文学创作的潜在基础,规范和支配着这个时代的文学创作。解放区的作家们译介了大量的苏俄作品,其中大部分是社会主义现实主义作品。除报刊外,东北解放区翻译文学的出版途径还有书店。由书店、期刊、报纸构成的媒介场,有效地促进了东北作家与世界文艺思潮的交流,尤其是苏联所倡导的革命现实主义文学创作思想对东北的文艺运动发挥了指导作用。

《东北日报》的译介主要集中在俄苏文艺思想、作家作品方面,其中刊发爱伦堡、法捷耶夫等文艺理论家的作品的数量最多,产生的影响也最为深刻。这些作品极大地开阔了东北知识分子的视野。《东北文艺》每期都对俄苏文学作品、作家进行介绍,较有代表性的是1947年曾连载过的金人翻译的苏联作家华西莱芙斯卡娅的中篇小说《只不过是爱情》。《文化报》介绍了大批的俄苏作家,刊载了一些文艺评论、文学作品等。《文学战线》在刊发原创作品的同时,则侧重于介绍俄苏文学作品和翻译俄苏文艺理论。

东北书店出版了大量的翻译过来的苏联文艺论著和苏俄文学作品,目前搜集到的翻译文艺论著的种类达110余种。其翻译出版的俄苏文学作品具有丰富的题材,包括电影文学剧本、报告文学、游记、书信集、诗歌、小说等。辽东建国书社、大连大众书店、光华书店等也是翻译作品重要的出版机构。

翻译文学的发展有助于文学创作的繁荣与文艺理念的更新,但东北解放区译介作品的内容较为单一,翻译的作品几乎全都来自苏联,俄苏文艺思想、文艺理论和文艺作品得到高度关注,成为文坛的主流。其原因有如下几个方面:

首先,从地缘因素来看,东北与苏联有着天然的地缘关系。东北地区与苏联的东西伯利亚地区有着相似的自然环境,都处于高纬度寒带地区,气候寒冷,地广人稀。自然环境和原始文化的相似为思想的交流提供了基本契合点。

其次,从政治因素来看,俄苏文学在中国的兴衰与中俄之间的政治文化交流有着密切的关系。当时的文人也希望通过译介苏联文学作品来改造和影响人们的思想意识,以及树立新民主主义革命的奋斗目标和未来社会主义的奋斗目标。

最后,从社会现实来看,东北解放区的沈阳、大连等地在中国人民解放军进驻之前已经驻有苏联红军,而且在经济、文化等方面与苏联交往密切,苏联文学作品的翻译、出版自然丰富。

1942 年之后,延安文艺工作者主要是对苏联等少数社会主义国家的文学作品进行译介。对于与苏联接壤的东北解放区来说,由于与外界接触困难,能获得的外国文学作品更少,在建设新文学方面,除了以五四新文学和老解放区文学为资源外,苏联文学便是重要的资源。苏联文学对建设中的东北解放区文学具有不同寻常的意义。

六

东北解放区建立后,文学创作繁荣一时。然而,文学创作在繁荣的背后也存在着一些问题,其中一个突出的问题就是创作者的背景复杂,其中有来自抗日根据地的,也有来自关内国统区的,还有本土的。不同的思想意识、价值取向、艺术趣味掺杂在各类作品中,部分作品的创作倾向出现了偏差。这些问题引起了文艺界的关注。东北解放区的主要报刊和杂志纷纷开辟评论专栏,采用编者按、读者来信、短评、述评、观后感等形式开展文艺批评,为确立正确的文艺路线提供思想保障。

初到东北的文艺工作者首先感受到的是新老解放区之间政治环境和文化环境的差异。自清朝灭亡到抗战胜利的三十多年间,东北民众饱受战乱的痛苦。抗战胜利后,虽然旧的社会结构和文化体制已经解体,但旧的意识形态还残留在一些人的头脑中,东北民众与新政权之间存在着一定的隔膜。刚刚到达东北的大多数文艺工作者对东北特殊的历史环境认识不足,尚未做好相应的思想准备,仍然延续过去的创作方法和思维方式,脱离群众和实际。以什么样的形式和内容来服务刚刚从殖民者的铁蹄下解放出来的人民,是当时文艺工作迫切需要解决的问题。

文艺争鸣与文艺批评既是抗日根据地文艺工作的优良传统,也是党指导文艺工作的重要手段。毛泽东同志在《在延安文艺座谈会上的讲话》中指出,文艺界的主要的斗争方法之一,是文艺批评。此时,东北文艺工作者的首要任务就是对旧的意识形态进行批判和改造,从而构建与延安解放区主体同构的新的意识形态场域。因此,在本地区文艺界开展一场广泛的文艺批评运动就显得十分迫切和必要。1945 年 11 月,陈云同志在《对满洲工作的几点意见》中提出了党在东北的几项重要任务:"扫荡反动武装和土匪,肃清汉奸力量,放手发动群众,扩大部队,改造政权,以建立三大城市外围及长春铁路干线两旁的广大的巩固根据地。"这既是党在东北的中心工作,也是东北文艺界所面临的主要任务。东北解放区的文艺队伍自觉地将创作与政治任务结合起来,坚持为人民服务的创作方向,以《在延安文艺座谈会上的讲话》为指导来进行创作。东北这块古老而又年轻的土地上结出了丰硕的艺术成果。这些作品在内容上贴近当时东北的现实生活,在形式上生动活泼,富有浓郁的地方乡土气息,在教育人民、鼓舞人民、组织人民、团结人民、打击敌人方面发挥了重要作用。东北解放区文艺作为革命文艺版图中的一个独立板块开始形成,它既是"延安文艺"的派生,又具备地域文化品格。它不是由内而外自发产生的,而是在改造和清除原有旧文化的基础上通过外部输入逐步确立的。

与"延安文艺"相比,东北解放区文艺自身也出现了一些新的特质,特别是在文艺批评方面,文艺工作者表现出了强烈的自觉性。他们坚持无产阶级和人民大众立场,从不同层面和角度开展文艺界的批评与自我批评,引导东北解放区文艺朝着正确的方向发展。

东北解放区文艺的根本任务与延安文艺的根本任务保持着高度一致,但又具有特殊性。如果简单地照搬、照抄延安文艺的经验,那么东北解放区文艺很难适应革命发展的需要。东北解放区文艺首先具有启蒙的意义,它不仅具有文化启蒙的意义,也具有政治启蒙的意义。为此,东北解放区的文艺工作者以《在延安文艺座谈会上的讲话》精神为指导,树立起无产阶级的文艺大旗,以新文化来改造旧社会,重塑民众的国家意识、民族意识和政治意识,把东北建设成为中国革命的战略大后方。

在延安文艺旗帜的指引下,东北文艺界通过理论探讨和思想整风,统一了广大文艺工作者对革命文学根本属性的认识,东北的文艺工作焕然一新。广大文艺工作者在理论和实践两个方面取得了很大的成就,既继承和发扬了延安文艺思想,也将《在延安文艺座谈会上的讲话》精神与具体实践结合起来。夏征农、蔡天心、铁汉、甦旅、萧军、胥树人等知名的文艺界人士都对这个问题做了深入研究,产生了较大的影响。

与延安文艺相比,这个时期的东北文艺作品主题更丰富,创作者以切身的生命体验为基础,再现了解放战争时期东北所发生的波澜壮阔的革命斗争,以及在这个过程中东北人民的生活与精神面貌。

东北解放区的文艺发展也不是一帆风顺的,它也走了一些弯路。但是,在毛泽东《在延安文艺座谈会上的讲话》的指引下,文艺工作者不仅投身到创作之中,也开展了广泛的文艺批评,营造了一个宽松的舆论环境,作家们畅所欲言,在批评他人的同时也开展自我批评。这为创作的繁荣奠定了理论基础,也为新中国的文艺创作和文艺批评积累了资源和经验。

七

史料卷是大系的综合卷,其编撰初衷是反映东北解放区文学创作的初始背景,呈现当时的政策和文学创作的大环境,通过对资料的梳理,为弘扬东北解放区文学创作的优良传统提供第一手的基础资料。史料卷共分为七大部分。

一是文艺工作政策方针。文艺工作的政策方针是党根据一定历史时期的总路线和总任务确立的文艺指导原则,反映了一定时期文艺创作的总体规划、部署和要求。史料卷旨在呈现东北解放区创作繁荣的大背景下中国共产党对文艺工作的总体规划和实施情况。史料卷主要收录了与东北解放区相关的宣传文件,以及部分会议发言和讲话等内容,其中有出版、通讯、写作的相关规定,也有重要领导对文艺工作的指示要求,同时还收录了部分重要会议成果。

二是重要报纸、期刊。报纸、期刊大量创办是文艺繁荣的重要标志之一。报纸、期刊直接促进了文学事业整体的发展和繁荣,使优秀作品产生了广泛的社会影响。1945 年 11 月《东北日报》创办后,东北解放区先后创办、发行的报纸近百种。此外,在东北局宣传部的统一领导下,地方与军队也创办了数十种文学与文化类刊物。从成人刊物到儿童刊物,从高雅刊物到面向大众的通俗刊物,从文学到艺术,靡不具备。诸多的文艺报刊为文学作品的生产提供了园地,成为东北解放区文学创作的先锋阵地。

三是文艺团体、机构。在东北解放区,多个文艺团体和机构活跃在文艺创作和宣传的第一线,对东北解放区文艺事业的发展发挥了重要作用。东北局先后出资创办了东北书店等众多的图书出版机构,使得东北解放区报刊出版和传媒得到快速发展。1946年,东北局在佳木斯成立了东北文化工作委员会,此后,中苏文化协会、鲁迅文艺研究会等文艺社团也相继成立。东北文艺工作团等文艺团体也迅速发展。在组建大量的文艺团体和文工团之际,军队与地方政府和宣传部门还非常重视文艺人才的培养和文学教育体系的建立,在演出之余,也招收和培养文艺人才。在短短的四年间,东北解放区建立了众多的文艺工作团体与人才培养学校。这体现了我党对教育人民、教育部队和动员人民参与革命的重视。

四是作家及创作书目。从延安来到东北的革命文艺工作者数以百计,此外,20世纪30年代从哈尔滨流亡到关内各地的东北作家群成员也陆续返回东北。这些文化工作者云集黑龙江,办报纸,办杂志,从事广泛的文化艺术活动,使得东北解放区文学艺术以全新的姿态向共和国迈进。史料卷收录了活跃在东北解放区的多位作家的生平和创作情况,当然,由于这一历史时期具有特殊性,作家区域性流动较为频繁,对作家的遴选和掌握主要以创作活动的轨迹和作品发表的区域为依据。

五是东北解放区文学回忆与纪念。为了弥补现有资料不足的缺憾,史料卷特别收录了部分文学界前辈及其家人的回忆与纪念文章,其中既有参加文艺团体的亲历感受,也有对文艺创作细节的点滴回忆。由于年代久远,这些资料的某些细节无法准确、翔实地体现出来,但这些资料记录了东北解放区文艺工作者的亲历感受,对补充和完善史料卷的内容大有裨益。

六是大事记。为了对解放区文学创作资料进行细致整理,进而为读者提供一个简明的、提纲挈领式的线索,史料卷呈现了大事记。大事记旨在将反映文学活动和文艺创作的各种资料予以浓缩,按照时间线索对史料进行编排。大事记简明扼要地记述了1945年9月至1949年9月东北解放区文学方面的大事、要事,涵盖了部分文艺作品创作、文艺团体成立的时间节点,有助于读者了解东北解放区文学的发展脉络。

七是索引。鉴于东北解放区文学总体呈现出体裁广泛、内容丰富等特点,史料卷以作者为线索,将分散在小说卷、散文卷、诗歌卷、戏剧卷、评论卷、翻译文学卷中的作品整理出来,形成丛书索引。索引以作者为基点,将作者在各卷中的作品情况(作品名称、所在卷册、页数)逐一列出,可以在一定程度上呈现出东北解放区文学的整体情况,亦可以体现出作者的创作风格和特点,进而从不同角度展示出东北解放区文学发展的脉络和趋势。

随着军事上的胜利和东北解放区的形成,东北的政治面貌、经济面貌发生了根本性的变化,特别是文化呈现出前所未有的发展和繁荣的局面。东北解放区在政策制定、政策实施、新闻出版、文艺社团、文艺教育体制、作家培养等涉及文艺发展与繁荣的各个方面,继承、发展和完善了延安文艺体制,对当代文学和文艺制度产生了重要和深远的影响。

尽管东北解放区文学得到前所未有的发展和繁荣,但这份珍贵的文化资料始终没有得到系统整理,有关资料分散在哈尔滨、齐齐哈尔、牡丹江、佳木斯、长春、沈阳、大连等地,加上年代久远,这给编选工作带来了很大的困难。一方面,区域性的文学史料不易引起一般研究者的重视,文学史料的保留和整理工作在通常情况下很不理想,尽管编选者在前期已有一定的资料积累,但是很多工作还需要从头开始。另一方面,由于年代久远,加之当时的出版印刷技术有限,许多资料的保存和整理已经成为一大难题。许多珍贵的文学资料甚至已经出现严重的、不可恢复的缺损,因此,整理和出版东北解放区的文学史料,对东北解放区文学和中国现代文学的研究具有重要意义,同时,对人们了解和认识东北解放区这段历史也具有重要意义。

东北解放区文学创作距今已有七十年的历史,从 20 世纪 80 年代开始,东北解放区文学作为中国现代文学的一部分开始进入研究者的视野,搜集、整理与研究工作逐渐深入,一大批有分量的成果随之产生。其中,具有代表性的成果有两项,一项是林默涵主编的《中国解放区文学书系》(重庆出版社,1992 年出版),另一项是张毓茂主编的《东北现代文学大系》(沈阳出版社,1996 年出版)。这两部著作以文学价值作为侧重点,对东北解放区文学进行了很好的梳理。此外,黑龙江、辽宁与吉林三省的社会科学院文学研究所通力编辑出版的《东北现代文学史料》(共九辑),其价值亦不可低估,当时资料的提供者或为亲历者,或为亲历者之亲友,这从文献抢救的角度来看可谓及时。尽管《中国解放区文学书系》和《东北现代文学大系》对东北解放区文学进行了较大规模的搜集与整理,但由于编辑侧重点不同,这两部著作对东北解放区文学作品只是有选择性地收录,东北解放区文学作品分散在各地图书馆与散落在民间的态势并未改变。进入 21 世纪后,随着时间的流逝,

承载东北解放区文学作品的旧报、旧刊、旧图书流失和损毁的情况日益严重，对东北解放区文学进行进一步搜集与整理的必要性在中国现代文学界达成共识。2008年，东北现代文学研究者、黑龙江省社会科学院文学研究所研究员彭放在主编完成《黑龙江文学通史》(北方文艺出版社，2002年出版)之后，提出了编辑出版《东北解放区文学大系》的建议，这一建议得到了认可。事隔十年，2018年，由黑龙江省社会科学院文学研究所与黑龙江大学出版社联合策划的《1945—1949年东北解放区文学大系》荣获国家出版基金资助出版，这完成了老一代东北现代文学研究者的夙愿。

《1945—1949年东北解放区文学大系》的编者，力求完整地体现东北解放区文学的整体风貌，在文学价值之外，亦注重作品的文献价值，以文学性与文献性并重作为搜集、整理工作的出发点。

《1945—1949年东北解放区文学大系》的篇目编选工作，由黑龙江省社会科学院发起，联合黑龙江大学、哈尔滨师范大学、哈尔滨学院等黑龙江省多所高校共同开展。为了保证学术性，本丛书特聘请多位东北现代文学领域的专家组成编委会，各卷主编均为中国现代文学方面学养深厚的研究者。本丛书的篇目编选工作得到了北京、吉林、辽宁等地多家相关单位的支持。东北现代文学界德高望重的老一代学者亦给予大力支持，刘中树、张毓茂与冯毓云三位先生欣然允诺担任本丛书的学术顾问，本丛书的姊妹著作《1931—1945年东北抗日文学大系》的总主编张中良先生亦为学术顾问。特别应提及的是，张毓茂先生在允诺担任本丛书学术顾问不久后就溘然离世，完成这部著作就是对先生最好的悼念。

本丛书的资料搜集工作，除得到东北三省各家图书馆的支持外，还得到了中国现代文学馆、黑龙江省浩源地方文献博物馆的大力支持。东北红色文献收藏人胡继东、华东师范大学历史系博士崔龙浩,以及华东师范大学历史系高铭阳、雷宇飞等人为本丛书的集成提供了大量珍贵而稀缺的第一手资料。对于他们的无私奉献,在此表示诚挚的感谢! 此外,黑龙江大学文学院、哈尔滨师范大学文学院许多在读的博士生、硕士生和本科生也参与了资料搜集工作,在此,请恕不一一列名。

《1945—1949 年东北解放区文学大系》除入选 2019 年度国家出版基金资助项目之外,还被列入黑龙江历史文化研究工程项目,在此谨致谢忱。

史料卷导言

从史料视角纵观东北解放区文学的整体发展

孙建伟　咸增媚

在现代中国的历史上,东北人民忍受了日伪政权长达十四年的黑暗统治。1945 年,抗日战争胜利不久,中共中央迅速做出建立东北根据地的决定。当时东北解放区聚集了一大批来自延安等地的著名作家、艺术家,如周立波、萧军、杨沫、陈学昭、刘白羽、舒群、阿英、宋之的、草明等。在他们当中,很多人是延安文艺界的活跃人士,并且参加过延安文艺座谈会。毛泽东同志提出:"党的文艺工作,在党的整个革命工作中的位置,是确定了的,摆好了的;是服从党在一定革命时期内所规定的革命任务的。"①这些文艺界人士按照毛泽东同志提出的指示,筹创期刊、报纸,建立各类文艺团体,积极进行创作。东北现代文学自

---

① 毛泽东:《毛泽东选集》第 3 卷,人民出版社 1991 年版,第 866 页。

此进入一个崭新的阶段。在中共中央东北局宣传部的组织下，文艺界人士参与了《东北文艺》《草原》《知识》《翻身乐》《人民戏剧》等颇具影响力的期刊的创办活动，也创作出《暴风骤雨》《江山村十日》《原动力》《无敌三勇士》《孙大娘的新日月》《一条皮带》等具有一定影响力的文学作品。同时，在中共中央东北局的领导下，东北解放区逐步建立文化、出版与文学制度，建立起一条与政治和军事斗争并重的文化战线。① 东北解放区文学虽然只有几年的发展历程，但却凭借着人力、物力、创作力量等得天独厚的条件，为革命战争、土地改革和发展生产服务，培养了大批人才，为中国现代文学的发展做出了重要贡献。②

《1945—1949年东北解放区文学大系》包括长篇小说卷、中篇小说卷、短篇小说卷、散文卷、诗歌卷、戏剧卷、评论卷、翻译文学卷和史料卷。史料卷是《1945—1949年东北解放区文学大系》的综合卷，其编撰初衷是希望可以反映出东北解放区文学创作的大体面貌，呈现出当时的政策和文学创作大环境。更为重要的是，我们希望通过对资料的梳理，弘扬东北解放区文学创作的优良传统，并提供第一手参考资料。

史料卷共分为七个部分：第一部分为文艺工作政策方针；第二部分为重要报纸期刊；第三部分为文艺团体、机构；第四部分为作家及创作书目；第五部分为东北解放区文学回忆与纪念；第六部分为大事记；第七部分为丛书（史料卷除外）收录作品的索

---

① 逄增玉：《东北解放区文学制度生成及其对当代文学制度的预制》，载《文学评论》2017年第4期。

② 《东北现代文学史》编写组：《东北现代文学史》，沈阳出版社1989年版，第3—4页。

引。作为一定时期、一定区域内有关文学活动的一个完整的史料集,史料卷或许还应该包括更加细致和丰富的内容,但由于资料收集的难度较大,我们选定上述七个部分作为史料卷的主体。

一、文艺工作政策方针

文艺工作政策方针是国家、政党根据一定历史时期的总路线和总任务为文艺发展确立的指导原则,反映了一定时期文艺创作的总体规划、总体部署和总体要求,旨在呈现出在创作繁荣的大背景下中国共产党对东北解放区文艺工作的总体规划和管理情况。

史料卷主要收录了东北解放区相关的宣传文件,以及部分会议发言内容和讲话内容等。其中包括重要领导对文艺工作的指示要求,如张闻天《在招待鲁艺文工团会上的讲话》提出坚定为人民服务的立场,真实地反映现实,深入群众,熟悉群众,团结合作,实现文化翻身的目标。同时,史料卷还收录了部分重要会议成果,如中华全国文学艺术工作者代表大会上的总报告《为建设新中国的文艺而奋斗》,总结了五四运动以后的文艺经验和教训,提出了文艺工作者努力的方向和具体任务,大会确立了《中华全国文学艺术界联合会章程》。这些都为新中国文学艺术的发展指明了方向,奠定了基础。

二、重要报纸期刊

报纸期刊是文艺繁荣的重要标志之一。有了报纸期刊,文艺创作就有了载体。作为文学创作的物质基础,报纸期刊直接促进了文学事业的发展和繁荣,使优秀作品产生了广泛的社会影响。进入东北不久,中共中央东北局于 1945 年 11 月创办了东北解放区发行量最大、面向东北全境党政军发行的机关报——《东北日报》。《东北日报》曾刊登《人民与战争》《英雄的十月》《杨靖宇和他的队伍》等作品,"充分发挥了党的喉舌作用"①,为东北全境解放做出了重要贡献。同时发挥重要影响的报纸还有《西满日报》《牡丹江日报》等。与此同时,数十种期刊也纷纷创立,如刊载《归来人》《八女投江》《我的一位老师》的杂志《知识》,刊载《论赵树理的创作》《小二黑结婚》的文学刊物《东北文化》,刊载《记鲁迅十年祭和东北文协的诞生》的东北解放区最大的文学刊物《东北文艺》等,此外还有《草原》《文学战线》《鸭绿江》《白山》等期刊。② 从整体上来看,在这一时期,报刊发表的作品涵盖高雅作品与通俗作品,体裁包括小说、诗歌、通讯、戏剧等,读者对象包括成人和儿童。可以说,报刊真正实现了为文学创作提供宣传媒介的功能,较好地发挥了鼓舞作用、激励作用和推动作用,成为东北解放区文学创作的先锋阵地。

三、文艺团体、机构

文艺团体、机构是文学事业发展之源,其发展趋势与规模直接体现了文学创作的整体力量。东北解放区先后有多个文艺团体、机构活跃在文艺创作和宣传第一线。以东北书店为代表的出版发行机构,首次在东北出版了《论联合政府》《新民主主义

---

① 《东北革命文化史料选编(第三辑)》,1993 年版,第 241 页。
② 逄增玉:《解放战争时期东北解放区的期刊出版》,载《新文学史料》2011年第 2 期。

论》《中国革命和中国共产党》《论解放区战场》《赤胆忠心录》等有关中国革命的重要书籍，并相继承担《东北文化》《东北画报》等多个期刊的发行工作，促进了东北解放区报刊出版和传媒的发展和繁荣，为东北解放区文学发展提供了重要保障。1946 年 10 月成立于哈尔滨市的中华全国文艺工作者协会东北总分会筹备委员会（简称"东北文协"）集结了萧军、金人、舒群、白朗、华君武、王一丁、陈振球等一大批东北文艺骨干，通过组织座谈会，进一步加强了对文艺团体、机构的管理。同时，"东北文协"成立了哈尔滨东北文协平（京）剧团，该剧团演出了《玉堂春》《新四郎探母》《桃花扇》《荆轲刺秦王》等新编历史剧。"东北文协"对东北解放区文艺创作进行了有效的组织与指导。1945 年 11 月，延安鲁艺文学院部分师生组成的文艺中队到达沈阳后成立了东北文艺工作团。东北文艺工作团先后演出话剧《我们的乡村》《祖国的土地》《把眼光放远一点》，还为多个专业剧团和业余剧团排练戏剧和音乐节目。后经改制，在齐齐哈尔等地多次演出秧歌剧《兄妹开荒》、歌剧《白毛女》《血泪仇》《农家乐》等。东北文艺工作团在文艺宣传方面产生了重要影响。白山艺术学校采用边学习、边排练和演出节目的教学模式，实行课堂教学和社会实践相结合，以及业务学习和思想教育相结合的教学方针，曾排演独幕话剧《把眼光放远一点》《十六条枪》、歌剧《白毛女》等，受到观众的热烈欢迎。①

---

① 张连俊、关大欣、王淑岩：《东北三省革命文化史》，黑龙江人民出版社 2003 年版，第 197—205 页。

四、作家及创作书目

文学创作离不开作家,作家亦是文学创作的主体。当时从延安等地来到黑龙江的革命文艺工作者数以百计,其中包括著名文化工作者刘白羽、宋之的、周立波、草明、吴伯箫、华山、公木、颜一烟、西虹、蒋锡全、华君武、严文井、陈沂、张庚、陆地、舒群、白朗、萧军、罗烽、马加、金人等。这些文化工作者云集东北,办报纸,办期刊,从事广泛的文化艺术活动,使东北解放区文学以全新的姿态向共和国迈进。史料卷对活跃在东北解放区的多位作家的个人情况和创作情况进行了简要介绍。当然,由于这一历史时期具有特殊性,作家区域性流动较为频繁,对于作家的遴选,我们主要以他们的创作活动轨迹和作品发表区域为依据。

五、东北解放区文学回忆与纪念

为了弥补现有史料收集不足的缺憾,史料卷特别收录了部分文学界前辈的回忆与纪念文章。这部分文章大多成稿于新中国成立之后。其中既有参加文艺团体、机构的亲历感受,如《创办大众书店的前前后后》,也有对文艺创作细节的点滴回忆,如《我是怎样写〈穷人传〉的》,同时还有对亲友的深刻缅怀与悼念,如《记导演、作家、诗人乌·白辛》。一方面,由于年代久远,对于这些资料的某些细节,我们无法准确、翔实地予以体现,仅能从文章的细枝末节体会当时的文艺盛况和文学生态;另一方面,由于部分文章内容年代跨度较大,在此仅将在丛书时间范围内的文章内容以节选的方式呈现出来。这些文章虽然在写作风格上存在差异,但是可以在一定程度上再现东北解放战争时期文艺工作者的工作历程。这对于补充和完善史料卷的内容将有所助益。

六、大事记

东北解放区的文学创作资料林林总总,我们需要对其进行细致整理,为读者提供一个简明的、提纲挈领式的线索,这是史料卷的基本出发点。因此,史料卷设置了大事记这一板块。大事记旨在对反映文学活动和文艺创作的各种资料进行浓缩,以历史年月为序、按照时间线索对史料进行编排,简要记述了1945年9月至1949年9月的重要文化事件。大事记记录了部分文艺作品创作、文艺团体成立的时间节点,同时也记录了部分重要活动和重要事件,呈现出东北解放区文学发展的整体情况,描绘出东北解放区文学创作和文学活动的面貌,引导读者了解当时革命文艺诸方面的发展情况,从而为相关研究提供必要的参考。

七、索引

鉴于东北解放区文学在总体上呈现出体裁广泛、内容丰富等特点,史料卷以作者为线索,将分散在小说卷、散文卷、诗歌卷、戏剧卷、评论卷、翻译文学卷中的作品整理出来,形成丛书索引。索引以作者为基点,将作者在各卷中的作品情况(作品名称、所在卷册、页数)逐一列出来。这在一定程度上可以呈现出东北解放区文学的整体情况,也可以呈现出作者的创作风格和特点,进而可以从不同的角度展示出东北解放区文学发展的脉络和趋势。

随着军事上的胜利和东北解放区的形成,东北的政治面貌、经济面貌和文化面貌发生了根本性的变化,特别是文化呈现出前所未有的发展和繁荣的面貌。东北解放区"将延安文艺体制全面继承、发展、扩大和完善,并在 1949 年后整体性移植、整合到共和国文艺制度中,对当代文学和文艺制度产生了重要和深远的影响"①。因此,东北解放区文艺事业是走向新中国的当代文艺事业的开端。东北解放区文艺事业具有深远影响,在某种程度上确定了中华人民共和国成立后文艺发展的方向。

虽然东北解放区的文学发展呈现出前所未有、空前繁荣的景象,但由于还未对东北解放区珍贵的文化资源进行系统的整理和开发,有关资料分散在哈尔滨、齐齐哈尔、牡丹江、长春、沈阳、大连等地的图书馆中,加上年代久远,这给编选工作带来了很大的困难。一方面,区域性的文学史料不易引起一般研究者的重视,保存和整理工作在通常情况下难以达到理想的效果,尽管编选者在前期已有一定的资料积累,但是很多工作都需要从头开始。另一方面,由于年代久远,加之当时的出版印刷技术有限,许多资料的保存成为一大难题。在相关资料的搜集过程中,编者发现,许多珍贵的文学资料已经出现严重的损失,这令人十分痛惜。这让编者深刻地体会到整理和挖掘这份珍贵的文化资源具有重要意义与价值。在中国共产党成立 100 周年、中华人民共和国成立 72 周年之际,整理、出版东北解放区的文学资料,

---

① 逄增玉:《东北解放区文学制度生成及其对当代文学制度的预制》,载《文学评论》2017 年第 4 期。

将对东北解放区文学研究具有积极意义,对我国现代文学研究
具有重要意义。

◇余定华

大众书店的编辑出版工作

大众书店初创时期，没有专门的编辑人员，主要是翻印从解放区带来的一些书籍。1946年2月，柳青同志从延安来到大连，担任书店党支部书记及总编辑，负责整顿书店工作。这个期间，书店编辑出版了《毛泽东选集》。1947年春，柳青同志离开了大连。

1947年12月，我和叶克同志从烟台来大连。1948年初，叶克同志任书店编辑部长。这期间除继续翻印出版一些政治、文艺书籍外，还出版了一些通俗读物，如《怎样学习国语》等。那时还曾着手编辑《新名词词典》，后来得知上海已有此类书出版，就终止编辑工作。沈阳解放，叶克同志即调去沈阳工作。

1949年4月，大连党组织调我到书店任副经理兼编辑部长。这时编辑部已从翻印书刊为主，转为自己组稿编辑出版为主。我们曾请当时苏联驻大连司令部机关报《实话报》编译人员林平、刘辽逸、陆梅林、陈山、欧阳惠等翻译苏联政治、文艺书籍，如《苏联宣传鼓动丛书》等。为培养我市青年作者，还编辑出版了青年作者创作的文艺作品集,为扫除文盲、提高大连人民文化水平,编辑出版了《职工通俗读物丛书》。当时在大连的许多老同志,如俞铭璜、洪彦林、阿英、董均伦、邹问轩、康敏庄、林继洲、丁哲民、赵家梁、张致远、吕荧、方冰、罗烽、白朗、草明、陈陇等同志都给编辑部工作以很大支持。

在纪念苏共(布)党史出版 11 周年时,我们编辑出版了《学习马列主义理论的补助资料》。为出版这本书,区党委成立了编委会。当时区党委常委、宣传部长邹问轩同志任主任,我负责具体编辑出版工作。全书收 12 篇文章,计有《马克思主义政党的思想基础》、《马克思主义政党的组织基础》、《马克思主义政党的策略基础》、《马克思主义关于阶级与阶级斗争的学说》、《帝国主义是资本主义的最高阶段》、《马列主义论社会主义与共产主义、从社会主义到共产主义的过渡》、《苏共党为恢复与发展国民经济、建设社会主义而斗争》、《马列主义关于战争问题的基础理论》、《马克思主义与农民土地问题》。全书摘编马恩列斯经典著作中的有关论述,每篇并有附录,有季米特洛夫、日丹诺夫、马林柯夫等人的文章。原来还选编了毛主席的有关论著。1949 年 9 月,我们出席全国新华书店出版工作会议,我携带清样送胡绳同志审阅。胡绳同志在会议期间看了全部篇目和部分清样后告我:这部书你们出版好了。现在中央正在编辑毛主席著作的专集,中共中央宣传部指示,你们这部书中毛主席的论著要全部抽出。因此,我们遵照中宣部指示,将书中的毛主席的有关论述抽掉了。为了吸取编印《毛泽东选集》中错字甚多的教训,编辑部和印刷厂都开了动员会,要求认真校对。全书上下两册,布面精装,近 2000 页,约 140 万字。这部书很可能是我国最早的大型革命经典著作摘编读物。书出版后各地纷纷来信函购,5000套很快销售一空。后因编辑部解散,未能重版。

在编辑部工作过的同志还有彭荆、杨炳、李尧、迟笑伟、孙世裕、周志远、王安文、俞铭政、丛惠英、班惠媛等。

(大连市文化志办公室供稿)

<div align="center">选自《东北革命文化史料选编(第二辑)》</div>

◇宋　浩

参加辽南前线服务队的前后

我是 1945 年 8 月下旬经朋友介绍到大众书店筹备处工作的。后来书店的工作渐渐走上正轨了，我被分配到业务科，和一位老韩同志一起搞社会调查，建立图书发行网点。

1946 年冬天，我店根据上级指示组成了一个文化服务队，开往辽南地区支援前线。主要任务是为部队战士服务，协助新解放城镇建立图书发行网点，扩大宣传阵地。第一批人员有我、金鑫和李俊三人。我们先到新金县，县公安局长发给了我们枪支，经过一段工作，地方政府同意建立书店。接着，我们又去瓦房店。瓦房店是辽南我军驻守重镇，是指挥辽南作战的根据地。在政府的积极支持下，我们很快建立了群众书店，这个书店便是我们辽南前线服务队的活动基地。

1946 年 12 月末，金鑫和李俊同志调回大连。这时，辽南战局发展很快，我军不断取得胜利，解放了大片土地。书店的工作随着形势的发展，迫切需要深入前线，这就很需要补充人力，这样，大众书店又派陈海涛、张永昆、冯玉明、韩××等五人来瓦房店开展工作。随着我军的开进，我、张永昆、周震等同志不断向前方阵地深入。我们跟随部队先后在大石桥、营口、海城、鞍山、辽阳等地协助政府建立了书店或图书发行供应站。1947 年冬，我们胜利地返回了瓦房店，并奉命将瓦房店群众书店移交东北书店管理，然后凯旋。

（大连市文化志办公室供稿）

选自《东北革命文化史料选编（第二辑）》

◇ 张水华

解放战争中的"鲁艺"

1945年冬初,党中央决定:"延安大学"各学院(包括鲁艺)都须迁离延安,去东北解放区继续办学,开展工作。

鲁艺同志们正沉入抗战胜利的喜愉之中,同志们赶排节目准备为抗战胜利后的第一个新年春节演出,欢欢乐乐同延安人民、同中央领导过一个喜庆的年关。突然接到出发转移的命令,大家既兴奋又紧张。领导同志宣布,延大整个迁移队伍由当时的延大副校长周扬同志亲自率领,沙可夫同志负责鲁艺学院部分。在我们离开延安的前两天,毛主席和周恩来同志先后在中央礼堂和我们驻地接见了鲁艺全体同志,作了临别赠言。

同志们就肩负党的重任和首长的委托,奔上了征程。初冬的延安,阳光还是明媚的,同志们带着惜别依恋的心情告别了党中央,告别了久居的窑洞和延安人民。延大从延安出发,在周扬同志带领下,东渡黄河,在晋西北山区向东进发。当行军队伍途经河北怀来县时,因东北战场形势急转,京津去路被堵。当时中央电令延大整个迁校队伍，暂折张家口待命，就这样鲁艺队伍就在张家口与华北联大会合。

1946年春，鲁艺奉中央命令仍须向东北进发，坚持迁校东北。因周扬同志留任华北联大副校长，鲁艺的迁校队伍由吕骥、张庚同志带领继续前往东北，部分华北联大师生，也受命并入迁校队伍。当时没有车子，马匹和毛驴也只能驮着书籍行李，走路就靠两条腿，初春寒风凛凛，同志们却热情高涨，从张家口出发就进入了内蒙草原，走的路就是苏联红军坦克辗压出来的路迹。行军很艰苦，有的同志脚上打血泡，有的劳累成疾，有的在沙漠中喝不上水，口角干裂，有的同志粮食不足，身体酸软每迈一步都很困难。同志们以"长征"精神鼓舞自己，坚持不掉队，一面躲过国民党军队的封锁，一面和土匪武装战斗，走了两个月到了白城子，陶铸同志接待我们，表扬大家肯吃苦的革命精神，探看鲁艺的伤病员。经休息后从白城子乘上火车，路经齐齐哈尔，到了哈尔滨，时间是六月份的样子，在道里一个剧场演出了《白毛女》。这时东北局林枫、凯丰同志给我们做了两次形势报告，讲了国民党在大举进攻，我们需要建立巩固可靠的后方根据地，广泛地发动群众，武装群众。合江省是主要根据地，张闻天同志已经在那里建立人民政权……在东北局安排下延大迁校队伍改称东北大学，赴佳木斯办学。鲁艺是东北大学的一个学院。

1946年7月，鲁艺就到了合江省府佳木斯，省委将我们安置在日本鬼子留下的一所军用楼房内。开始办学。鲁迅文艺学院，由《八月乡村》作者，东北青年所熟知的全国著名的东北文学家萧军先生任院长，中国著名音乐家，前延安大学鲁艺学院院长吕骥任副院长，戏剧系有张庚、舒非、张水华，美术系有王曼硕、沃渣，音乐系有向隅、马可、唐荣枚、瞿维、潘奇、寄明等。九月份开课，但不久，合江省委正在组织部队进行剿匪，非常需要文艺宣传队，这样鲁艺学院就抽派我、马可、瞿维、潘奇、寄明、甘学伟、白伟等同志领导一部分老同志，一部分东大鲁艺学生，组织成东北鲁艺文工团，去刁翎山区剿匪和土改。当时赴刁翎工作总团长是合江省委秘书长张如屏同志。我们经过动员和武装，十月初即进入前刁翎。刁翎在牡丹江、松花江汇合的山区，是进入合江的屏障，也是军事要地。张如屏同志是军事干部，他带领我们到达前刁翎，看到了当地乡亲被国民党收编的土匪迫害得无法生活的情景，决定总团紧密配合三五九旅谭友林部队在刁翎一带剿匪。当时的土匪很猖狂，他们到处烧杀抢虏，张雨新、谢文东、李华堂、孙荣久、车里珩五大匪股，多者五六千人，少者一两千人，完全是日伪军的装备，其中谢文东、李华堂均被蒋介石授封为上将军衔，他们死心塌地跟蒋介石走，与人民为敌，他们打依兰劫方正，盘踞在刁翎、海林山区破坏我党我军的土改和建政工作。不消灭他们合江不能安宁，东北解放区的后方根据地就建设不起来。因此，鲁艺工作团也全部武装，人人带上武器去宣传、去演出。部队从一道河子、二道河子、三道河子开始围剿，鲁艺也随部队跟进，主要任务是三项：慰问部队，宣传群众，瓦解匪队。慰问部队用歌舞节目，宣传群众演出《白毛女》，瓦解敌人除了喊话外还编说快板和顺口溜类的战斗作品。每到一处做三件事，给老百姓挑水劈柴，给部队战士洗衣缝衣，给俘虏土匪上课讲形势。鲁艺工作团很快受到了部队欢迎，说是文武大军并肩战斗，首长表扬我们是能文能武的文工团。老百姓欢迎我们，说我们是他们的贴心人，帮助他们翻身的好向导，俘虏欢迎我们，说文工团是讲理先生，不打不骂开通脑筋。剿匪战斗最高潮时是四六年冬天，大雪封山后，林海雪原到处是白茫茫一片，土匪钻进了深山老林，敌人认为他们钻山入洞可以逃开被歼灭的命运，以为连日本鬼子都不敢进犯的地方，土八路是更无法可施了。他们低估了共产党八路军的战斗士气。就在他们做美梦的时候，党组织谭友林、方强、贺晋年领导的三支部队，从三面合围大海林山区，进剿土匪。鲁艺在刁翎的誓师会做了演出，除了《白毛女》、《血泪仇》之外，还有在剿匪中创作的新秧歌剧：《两个胡子》、《一条皮带》、《王德山摸底》、《永安屯翻身》、《复仇》、《归队》、《帮助人民大翻身》。鲁艺同志也决心战斗到底，随同剿匪部队从北面向南进剿，同志们在没膝深的雪地中前进，搜遍每条山脉，每座山洞，夜间就在雪地露营。在进入土城子一带的山地时，同志们和林业工人相处在一起，做深入发动群众工作，由于部队和工作总团的紧密配合，我们每到一个地区，那里的群众便觉悟起来，终于使土匪孤立无援了。11月底九旅八团在四道河子五虎嘴活捉了谢文东。12月中旬在刁翎西北抓获张雨新，与此同时击毙李华堂，1月马家街山里擒获孙荣久。在谢文东家乡土龙山召开公审大会时，鲁艺文工团演出了《血泪仇》，群众对残酷迫害他们的恶霸土匪头子仇恨万分，要求严厉惩办匪首。1947年4月鲁艺文工团终于胜利地完成了配合部队剿匪任务，在返回到佳木斯时，中共合江省委组织了欢迎招待会，张闻天同志亲自到会慰问大家，表彰鲁艺在结束合江多年匪患中的作为。很多同志在剿匪中立了功。

1947年4月中旬，中共合江省委按东北局部署，由张闻天同志主持召开了文艺工作会议，这是一次规模很大的会议，当时在佳木斯的鲁艺、东北文工二团、总政部艺文工团，以及东北日报、各出版单位、东北电影制片厂的广大文艺工作者都参加了会议，张闻天同志代表东北局和中共合江省委向广大文艺工作者慰问,总结表彰了文艺工作者从延安到东北后的工作成就,特别是在贯彻毛主席建立巩固的东北根据地的指示中,在建立人民政权,剿匪反霸,帮助人民群众翻身解放中,文艺工作者充分发挥了团结人民、教育人民、打击敌人的战斗作用。张闻天同志进一步动员和号召广大文艺战士要帮助人民群众在文化上翻身,做文教战线上的英雄,迎得解放战争的胜利。

这次文艺会议后,鲁艺全体同志明确了斗争任务,确定需要深入地了解熟悉东北人民群众所喜爱的文艺形式,凡是有创作能力的同志都分别下乡,下工厂去向地方艺人学习,向人民群众学习。马可同志带领一部分同志去了东宁县,了解生活。马可同志的林业工人的民歌和劳动号子就是这次深入生活的结晶。寄明同志深入佳木斯民间艺人中去,向老艺人陆宪文、郭文宝等人座谈搜集和整理了东北民间文艺二人转的曲牌。寄明同志后来出版的《东北蹦蹦音乐》就是这次向民间艺人学习的产物。

1947年9月,东北解放区各处土改斗争将要广泛地展开,前线在暂时的相持中,为了斗争的需要,鲁艺按东北局的指示分别组成了四个文工团。向隅、唐荣枚同志领导的部分,去了松江,后为松江鲁艺文工团。瞿维、寄明同志领导一部分人员去牡丹江,后为牡丹江鲁艺文工三团。张庚同志带领一部分人员去了南满,在辽东地区活动,成为辽东鲁艺文工二团。合江鲁艺就由我任团长,马可同志任副团长,潘奇任政委。合江鲁艺是最大的一个团,全团有近百人的样子,同志们都很年轻,除了我、马可、白伟等人是三十多岁外,其他新同志都只有十八九岁。我们一边组织同志们学习文化,学习政治和业务,一边坚持下去搞土改复查,"反夹生饭"、组织生产支前。用秧歌剧和大节目《白毛女》演出，到哪里就演到哪里，在刁翎、三道通、勃利、依兰、大赉、桦川巡回演出。四七年冬天卡洛夫同志在富锦组织一个文工团，带到佳木斯后与合江鲁艺合并在一起。这个时期白伟、甘学伟等同志创作了《王家大院》，紧密配合了土改斗争，受到东北局宣传部的通电表彰。1948 年春节在佳木斯排戏、演出，排演了歌剧《血海深仇》。这个时期除了组织前线慰问演出，剩下的同志就在佳木斯郊区活动。这时我们吸收了郭文宝同志，他原是当地搞二人转的，由他教青年人演唱二人转。在农村组搞了《王家大院》，又搞了很多揭露地主罪恶的小戏、快板剧。同志们一边演一边深入群众中去搜集民间文艺素材，按文艺座谈提出的方向去接触实际，深入生活，合江鲁艺文工团的土改教育，发展党的工作都进行得很好，这个团很有战斗力。潘青、郑捷就是这个团的年轻骨干。

1948 年冬天，我和张庚同志进入了沈阳，把鲁艺几个分团的部分同志集中了一批，办起了东北鲁艺学院。合江鲁艺就留下白伟、卡洛夫等同志。合江鲁艺农村组后来调到本溪。四八年后沈阳东北鲁艺也还是演出《白毛女》、《血海深仇》。四九年春节是在沈阳过的，还办了个实验剧团。我和马可、侣朋等同志在这个团里。四九年六月我们一起回到北京，参加第一届全国文代会。七月份我和马可等同志，去匈牙利参加国际青年联欢节，带去的节目多是在东北时搞的，如《红绸舞》、《东北秧歌》、《狮子舞》、《东北风》等。十月回来后便留在北京，后调到电影局工作。

马可同志到戏剧学院。张庚、吕骥同志也都回到北京。张望、王曼硕、李劫夫等同志留在东北办学。

塞克后来也到了东北鲁艺。

田方、许可、李一民、成荫、沙蒙、张平、陈强他们先是到了兴山（鹤岗）东北电影制片厂，后来到了长春。

东北文工团任虹、吴雪也在佳木斯，他们的活动很有成绩。

东北局宣传部凯丰、舒群同志也在那里负责联络工作，以后是刘志明。

张闻天同志对鲁艺工作很关心，我们也常去找他，他也常来看我们，表彰我们的演出很好。要我们抓紧时间学习，学习马列主义，学习文艺理论，张如屏是秘书长，鲁艺上党课时就找他。李常青是省委宣传部长，也给我们讲形势。

马士友烈士的情况可以问问钱筱章同志，沈阳的白晞同志。那次主祭王大化同志，是张闻天同志亲自参加的，当时追悼王大化、马士友、石涛。马士友同志是电影战线工作的同志，情况记不清了。秧歌剧是从延安开始搞起来的。到了东北后有了很大的发展，这很重要，是很有意义的事。某一点说是很大的事件。

整风后毛主席提出文艺为工农兵反映工农兵、要有群众喜闻乐见的文艺形式。从内容形式都提出了重要原则。后来就要我们去实践。就是到实践中摸索。当时的口号是"走出小鲁艺、到大鲁艺中去"。到斗争中去。在农村，在陕北农村你演话剧要有一定条件，要舞台、要布景、要灯光，当时这些都不具备，群众需要秧歌，秧歌最活泼，每年春节秧歌吸引着成千上万的群众，1943年的元旦演出《拥军花鼓》，王大化和李波在春节时演出了《兄妹开荒》，这就有了发展，形成了第一个秧歌剧，而且是哪里都能演。从语言到形式跟群众的喜爱合了拍。这个路子一下就找到了，我们也进行了准备，陕北民歌很丰富，我们每个人都有一个小本子，大家深入生活，搜集民间素材，辗转相抄，还有民间戏曲，当时张鲁、马可、刘炽等同志都抄录民间东西演出。如糊糊调。这样音乐和民间文学、民间戏曲几个方面进行结合，就有了推陈出新，这就出来了《兄妹开荒》。王大化演得很好，受到了肯定。我们又去学方言，把拼音字写到小黑板上，叫陕北同志教着学。以后我们搞出了《赵福来除奸》、《夫妻逃难》。这些小戏由王大化、贺敬之、马可我们几个人集体写、集体排、集体讨论。群众剧团排演《血泪仇》，它当时是秦腔。1943年冬天下乡，我们在绥德地区把它改成胡胡演出。又改革了《刘二起家》、《二流子变英雄》，拿到工农兵中去演出，这又有了发展。1944年春天又写了《血泪仇》的多幕剧。回到延安演出也受到欢迎。后来周扬同志提出搞《白毛女》，把鲁艺组织起来，最初艾青也参加，有王大化和我，主演舒强。在东北合江《白毛女》就由我组排导戏。1945年毛主席、周恩来同志看了说最适宜。所以一直演下去。

　　在东北推动新文艺高潮，同志们按着在陕北的实践经验，仍旧是与当地人民群众结合的道路，除了演出在延安产生的作品外，同志们还创作许多新的作品。如歌剧《血泪仇》，塞克、安波的《星星之火》，话剧《王家大院》，秧歌剧《全家光荣》、《两个胡子》、《李二小参军》、《王老好归来》、《一条皮带》等等。东北的秧歌剧不单是鲁艺在搞，东北文工一团、二团，部艺文工团都在搞，集中起来有几十出小戏。虽内容不同，但它的形式都是东北蹦蹦戏曲中有过的，曲调也是在原有基础上改编的。但经新文艺工作者的再创造，秧歌剧已具有它新的东西，它不再是一男一女，单纯的二人转了，根据内容的需要人物可多可少，可以使多种曲调变化着演唱，使东北群众非常喜爱。

　　我是这样看的，秧歌剧的时代过去了，但对它的研究仍是有用的。特别对中国的歌剧、歌舞故事剧都会有影响，因为民间的，人民群众创造的文艺形式和它的音乐里是有生命力的。这条创作道路目前在很多方面会得到重视的。

（本文马珩采记）

选自《黑龙江革命文化史料（佳木斯专集）》，1989 年

◇ 张守维

关于黑龙江省文联和嫩江实验剧团的简况

黑龙江省文联的前身为嫩江省文协筹备会，它是在中共嫩江省委宣传部王阑西部长领导下，由黄启明同志负责筹备的，当时筹建人员有黄启明、鲁琪、查理、柏尉等同志。

文协筹备会的首要任务是：筹建嫩江省实验剧团及组织文协的创作人员。约在 1947 年秋季，黄启明、鲁琪等去安达、肇东等县招考青年学生 20 余人，他（她）们是：李凤英、蒋贵学、曹登民、孙玉华、董娜、刘畅元、宋雅洁、肖春林、李文奇、田农、张昭旭、孟广明、沈瑞光、马修芳、孙振甲、吴尔璜、李毅、孙亨香、巴玉、孙文英等。这些同志来齐后，请东北文工团代为培训，同年春节东北文工团在齐市开展新秧歌运动，他们也都参加了。并学了《全家光荣》（由孟广明和孙玉华扮演）等小节目。

1948 年 5 月 5 日，嫩江省实验剧团正式成立，团址在齐齐哈尔小黄楼，张守维任团长、江巍任艺训股长兼音乐教员，曹登民任生活干事。从建团开始就进行政治业务教育，计划在一年内培养出能独立完成演出任务的演出团体。

我们排的第一个戏是李牧创作的《谁劳动是谁的》。主演由李凤英、蒋贵学担任。因为团员都是刚出校门的青年,对于创作角色可以说知之甚少。一上来就排戏,困难当然不少,为了保证排练任务的顺利完成,我们采取了边排戏边教学的方法,排练中碰到什么问题,就解决什么问题,通过讲解、做练习和结合剧本内容作小品等措施。工作结果证明,进度快,效果好,同志们创作热情高,顺利地完成了排练任务。

一个白手起家的剧团,业务干部和舞台技术部门都得从 A、B、C 学起,好在跟东北文工团对口学了几个月。就是这 20 多个人,成为白手起家的骨干力量,全部舞台工作他们担当起来了,能自己做的,自己动手,不懂的向东北文工团老师们请教,布景制作出来了,灯光器材不足,自己动手做电闸板,没有变压器,土法上马用水缸加盐来代替,服装自己动手做,就这样发扬勤俭持家和自力更生艰苦奋斗精神,大家同心协力,在东北文工团大力帮助下,胜利地完成演出任务。

约在 1948 年 8 月份,进行首次巡回演出,北到北安、讷河,南到安达、肇东。经过这次巡回演出,全体人员的独立演出能力,得到进一步的锻炼和提高,演出人员配套了,为建团在政治上和业务上打下了一个可喜的基础。

1948 年 9 月份举行深入农村的巡回演出,地点是富拉尔基地区,节目有《谁劳动是谁的》、《全家光荣》。这次下去同上次相比有很大不同,上次下到县城,有剧场,集体住宿,自带伙房。这次下去是到农村,野台演出,要行军,分散居住在农民家中。这样的情况变化,对一个刚刚参加革命的青年来说,无疑是一次严峻的考验,结果大部分同志都顺利地过来了,但也有个别同志出了差错,如在杜尔门沁演出时个别同志"笑场"。演出结束后全团开会,讨论"笑场"事故。我们从全心全意地为人民服务和演员道德的观点高度来向大家进行教育。大家对"笑场"过错有了进一步认识,提高了对为人民服务和演员使命的高度责任感,给同志们留下深刻印象。经过这次事故的教训,使我们懂得,业务建团必须与思想建团并举,政治思想教育必须与业务实践相结合,这条经验是从深入农村工作中取得的。

1949 年 5 月 5 日黑龙江省文工团成立。1949 年春黑嫩两省合并,北安文工团与嫩江省实验剧团合并,张守维任团长、裴华任副团长,李干忠任指导员。原北安文工团历史较长,业务干部力量和业务能力都较强,他们的到来使人力到物力都得到加强,大家都很高兴,但从总体来看,团员们还都很年轻,政治、业务还应大力提高,工作方针应放在政治思想和业务建设上,在学习和实践中不断提高政治业务水平。

合并后,排练的第一个戏是苏联的话剧《真理的故事》,剧本内容是歌颂苏联卫国战争中的女英雄卓娅的英雄事迹。李凤英和王瑞云担任主演。这出戏也是采用边排戏边教学的方式进行的,演出后受到领导和观众的热情鼓励和肯定。

其次是两团合并后第一次下乡演出,是以分队形式下去的,队干部都由中层干部担任,两团人员混编,一方面为了通过共同战斗加深友谊与团结,另一方面通过实践大胆提拔使用年轻干部。

1949 年 10 月,我到黑龙江省文联做主任工作。黑龙江省文联是由嫩江省文协筹备会和齐市民教馆合并而成的。张守维任主任,成员有鲁琪、江巍、梁志强、向一、张浪、黎朗、崔岚、宁玉珍、郑毅、刘书亨、玉钟灵、刘畅元、宋德玺。

嫩江省文协筹备会时期的人员有黄启明、鲁琪、柏尉、宁玉珍、叶秉群、黎朗、查理等人,这期间创作的节目有:《夸地照》、《地照还家》、《托底》、《模范旗》、《改造二流子》、《秋收对唱》等。黑龙江省文联时期的刊物有:《黑龙江文艺》每周出一期,音协筹备会,由江巍负责,出刊《战斗歌声》(共三期)。

(张守维是原嫩江实验剧团团长,黑龙江省文联主任。这篇文章是他对当时革命文艺活动情况的回忆。)

选自《黑龙江革命文化史料(齐齐哈尔专集)》,1991 年

◇ 张　克

回忆原黑龙江省委文艺工作团

　　1945 年 8 月，东北光复后不久，以现北安市为省会的黑龙江省，很快建立了各级民主政府，成为东北解放最早的革命根据地。根据当时革命形势和解放战争的需要，在北安还设立了西满军区一军分区。这个军分区建立不久，就组建了西满军区一军分区政治部宣传队，后来又交给了地方，受省委直接领导，为黑龙江省委文艺工作团。这支新型的文艺队伍，在民主建政，巩固政权，土地改革，动员群众参军参战，支援前线，支援解放战争的战斗历程中，起了积极的作用，做出了它的历史贡献。

宣传队、文工团的始末

　　1947 年 2 月，西满军区一军分区政治部开始组建宣传队。以1946 年初建立的黑龙江军区文工队中高枫、关守中、刘敏、孙士学等二十余人和当时在北安由省中苏友好协会领导的兆麟文工团（团长康夫）中金国良、王瑞云、程艳芬、杜若、白喜芝、宋景和等三十多人为基础,于1947年2月组建成西满军区一军分区政治部宣传队。组建后不久,就赶排了大型歌剧《血泪仇》,在到各县和深入农村演出过程中,又吸收了拜泉县的顾为民、魏作凡、屈云峰、何进歧、王守仁,依安县的靳蕾、张克、胡慕侠,克山县的吕连荣、王宏木等二十多名青年到宣传队里来,宣传队发展到七八十人。宣传队直接受军分区政治部宣传科领导,科长牛君仰,队长兼指导员是省委从军大文工团调入的裴华(康夫调转其他部队),政治干事王亚芬。采取班的建制,分为三个男同志班,两个女同志班,一个小同志班,每班十人左右。宣传队员均为排级待遇。1947年8月初,宣传队下乡巡回演出结束返回北安。当时全军进行了"三查三整"运动,宣传队返回北安后,从总结下乡演出工作入手,进行了为时两个月的"三查三整"。经过"三查三整",宣传队人员减少了一些,大约还有五六十人左右。"三查三整"结束以后,于同年10月把这个宣传队交给了黑龙江省委,名称改为黑龙江省文艺工作团。宣传队的队址在北岗军分区司令部对面的马路东侧一幢二层米黄色大楼,于当年10月份移交地方后,即迁移到黑龙江省政府对面马路东侧原报社办公的一个日本式二层楼的小院落里,院内还有一个日本式小平房做为团部,内有一间会议室做为排练场,有一处食堂。

黑龙江省文艺工作团搬进新址之后,为了配合土地改革运动,于10月份立即着手在附近一个神社旧址,室内很冷,赶排话剧《反"翻把"斗争》。11月间下乡演出过程中,又招收了一些新的文工团团员,如王喜庭是1947年11月25日在海伦县伦河镇、许为民12月在三道镇参加文工团的,以后又在明水、克山等地吸收了向一、刘莹、肖志诚、张伦等。文工团仍然沿用宣传队的建制,在团部的统一领导下,以班为行政、生活单位,集体食宿,供给制待遇。团

20

长兼政治指导员是裴华,后又从部队调入过包广才任副指导员,田风任副团长,王亚芬仍为政治干事。王亚芬调离后,许为民为政治干事。行政管理员王景珊。祁民生为事务长,具体负责日常事务和伙食供给等工作。全团有七八十人,分设六七个班,各班设正副班长,每班仍为十人左右,另吸收皮影艺人组成了一个皮影队,由顾为民负责。这是在黑龙江省成立最早的一个由省委直接领导的综合性的新型文艺团体。文工团成员都是二十左右岁的青年,特别值得一提的是,有一个小同志班(当时称他们是儿童班),以关守中、靳蕾为班长的十几名小同志,年龄都在十二三岁左右,他们在这个温暖的集体里生活、学习、工作,锻炼成长。文工团员基本做到一专多能,演出形式多种多样,紧密配合当时革命斗争形势的需要,赶排了一批批大小节目,深入农村,深入部队,进行无数次的巡回演出。直到1948年,由于黑龙江省与以齐齐哈尔市为省会的嫩江省合并,这个文工团于同年5月15日,搬迁到齐齐哈尔市,与嫩江省的实验剧团合并为"黑龙江省人民文艺文工团"。

面向农村面向士兵

西满一军分区宣传队建立不久,排的第一出戏是大型歌剧《血泪仇》。同时还排了两个秧歌剧《兄妹开荒》、《农家乐》。由军分区政治宣传科科长牛君仰、宣传队队长裴华带队,于1947年6月至7月,第一次在黑龙江省把这样一个新型的戏剧送到农村,6月初从北安出发,去海伦县、海北镇、三道镇(当时的通肯县),拜泉县、依安县的双阳镇依龙镇、依安县、克山县、克东县等十余个县、镇演出。所到之处,受到地方热情接待,广大农民群众和农村基层干部,第一次看到这样的新戏,受到深刻的阶级教育。演出中时而台上台下哭声连成一片，时而群情激昂，高呼口号："打倒恶霸地主！""打倒国民党反动派！"这个戏是解放战争大规模展开的形势下，土地改革正在深入的关键时刻送到农村去的，起到了积极的推动作用。

这个歌剧，由裴华、范兆希导演，剧中主要人物：王仁厚由白喜芝扮演，王妻由安秀兰扮演，王东才由金国良扮演，东才妻由李桂珍扮演，小栓子由奚占元扮演，桂花由刘敏扮演，妇救会员由苏玉珍、刘莉等扮演，国民党副官、特务等由杜若、杨静、马润儒扮演。乐队演奏员有裴华、金国良、王瑞云、闻英、白喜芝等。灯光由黄殿全、张锡祥负责。

1948年春，文工团第二次排了这个戏。导演金国良。王仁厚由田介夫扮演，王妻由赵淑荣扮演，东才妻由赵龙萱扮演，黄医生由王瑞云扮演，国民党副官由许为民扮演。乐队：裴华、宫威、魏作凡、于田、关守中、靳蕾、沈大伦、潘志士等。这个戏排出之后，主要在北安、克山、海伦等地，配合部队诉苦运动，对刚解放过来的原国民党士兵参加我军后进行阶级教育。

1947年10月，宣传队移交给地方后，为了配合土地改革运动，于10月下旬赶排的第一个戏是李之华创作的以土改为题材的话剧《反"翻把"斗争》。这个戏的导演裴华，并饰演方国志，高枫饰演刘振东，王瑞云饰演自卫队长，杜若饰演地主孙林阁，孙士学饰演马奎武，田介夫饰演赵大爷，顾为民饰演地主长工，毕静媛饰演大红梨，尹祥、张克饰演农民甲、乙（正式演出时由于紧张怯场，互相推让，险些误了场，成为全团的趣谈），商克难、李兆庆、张锡祥等饰演农民群众。在很短的时间内突击把这个戏排出来了，在北安演出两三场之后，于1947年11月去刚刚发生地主翻把事件的海伦县、伦河镇、通肯县（今三道镇）、四海店等县城和农村演出。这是文工团时期第一次下乡演出的第一个话剧。

在1948年至1949年5月的近一年半的时间里，先后排练演出的主要剧目，有以解放战争为题材的大型歌剧《为谁打天下》（导演裴华，主要剧中人扮演者：刘保田由金国良扮演、区长由高枫扮演、保田父由田介夫扮演、德成由张克扮演、杜扒皮由许为民扮演、杜扒皮妻由刘敏扮演、拐六由屈云峰扮演、喜生子由关守中扮演、地主腿子由商克难扮演，乐队：裴华、宫威、于田、魏作凡、王文化、关守中、靳蕾、刘莹、潘志士等），大型歌剧《钢骨铁筋》（导演裴华、金国良，主要剧中人与扮演者：张志坚由金国良扮演、张母由毕静媛扮演、老王由尹祥扮演、侦察员由张克扮演、小刘由关守中扮演、指导员由宫威扮演、政训处长由许为民扮演、敌女秘书由金露扮演、起义士兵由顾为民和高枫扮演、叛徒齐德贵由徐昆扮演、敌副官由黄殿全扮演，乐队：裴华、许为民、宫威、于田、张伦、魏作凡、潘志士、刘莹、靳蕾、刘振国、张克、王文化等），小歌剧《人民英雄》（连长由裴华扮演、指导员由张克扮演、班长由高枫扮演、警卫员由关守中扮演）、《斗争》（战士由尹祥扮演，靳蕾、王宏木饰演两个象征性人物，代表进步和落后两种思想的斗争）、《干活好》（于复思、金露饰演）、《姑嫂擀面》（程艳芬、崔凌魁饰演）。还演出了歌剧《白毛女》（导演裴华，杨白劳由金国良、田介夫扮演，大春由关守中扮演，区长由高枫扮演，喜儿由崔凌魁扮演，二婶子由张玉昆扮演，黄世仁由王瑞云扮演，黄母由金露扮演，穆仁智由徐昆扮演。乐队指挥：田树。演奏员：宫威、魏作凡、关守中、许为民、靳蕾、张伦、刘莹、王喜庭、沈大伦、张克、吕连荣、刘振国等）。大批前线伤员战士返回后方后，为他们又赶排了反映荣军生活的话剧《上当》（伤员赵

23

田由王瑞云扮演、母亲由毕静媛扮演、指导员由高枫扮演、地主由杜若扮演、地主女儿由刘敏扮演、民兵小魏由关守中扮演、二流子由商克难扮演），在北安、克山等地为从前线下来的负伤荣誉军人演出了多场。在下乡演出过程中，在绥化县还第一次排练了《铁树开花大合唱》，并在当地进行了演出。在下乡演出中，每到一地，就由顾为民、孙士学、杨棣等，提着石灰水桶，在街道的墙壁上涂写宣传标语。于复思等还利用开演前的时间，经常为群众教唱革命歌曲。

在经常下乡演出和深入生活过程中，还创作了一些节目。《翻身花棍》是由拜泉县一位农民诗人袁成林写词，军大文工团的巩志伟编曲并排练的，由儿童班的关守中、靳蕾、屈云峰、魏作凡、奚占元、王宏木、吕连荣、贺淑文、肖志诚、王永福等表演的十根花棍。裴华创作的歌曲《打到南京去》，以及裴华、金国良、孙士学集体创作的歌剧《懒汉回头金不换》等都在各地多次演出过。

宣传队、文工团解放战争时期在北安两年多的时间里，除了经常在北安为部队、为机关干部和各种会议演出以外，走遍了黑龙江省的海伦、绥化、望奎、通肯、绥棱、拜泉、依安、克山、克东、明水等县的城镇。面向农村，面向部队，积极配合了解放战争，土地改革运动。

奔赴前线慰问将士

1948年10月19日，我军收复长春以后，沈阳的解放指日可待。省委、军分区给文工团下达了辽沈战役结束、沈阳解放后赴前线慰问我军将士的任务。全团无比欢欣鼓舞，做了紧急动员，全力以赴做好开赴前线的准备工作，迅速恢复排练好演出过的大型歌剧《钢骨铁筋》。带上这个东北军大文工团创作的反映解放战争中我军战斗生活，歌颂一位英雄排长坚贞不屈的英雄事迹的剧目，于10月25、26日就从北安出发踏上了征途，金国良、尹祥、张震随货车押运布景、服装道具等物品先行一步。全团在裴华率领下，由北安乘火车直达哈尔滨后，又转乘去吉林的火车，在吉林市一家小旅馆里住了一宿。第二天又乘火车去梅河口，和国民党被俘的下级军官同在一节客车里，还曾就战争的胜负问题进行了一场辩论。他们说共产党政治好，受群众拥护，胜利了，但军事装备不如国民党，不承认军事上失败，说话时还露出满神气的姿态。我们有一位同志有点火气了，挺身脱口而出："你们不承认军事失败，为什么当了俘虏呢？"这句话有点刺激人，辩论也有点僵局，我军带队的人立即给解了围，恢复了平静。火车走了一天一夜才到了梅河口，火车再往前就不通了。在梅河口住下稍事休息后，又改乘部队往前线运送军用物资的汽车翻山越岭，涉水过河，一路颠簸，辗转到达了沈阳。1948年11月2日沈阳解放，我们文工团在沈阳解放的第三天就赶到了。当我们在沈阳火车站站台上等候火车去辽阳时，看见火车站到处堆放着美国步枪子弹、武器，我们不少同志拣了不少子弹放在背包里。大家第一次看见着装特殊、抹着艳丽口红的一群国民党军官的太太，站在对面的站台上也在候车，他们可能被送往一个地方去的。当火车进站还没有完全停稳，我们飞快地上了火车，只走到辽阳附近的大铁桥头便停下了。因大桥已被破坏未及修复，我军只在旁边临时架了一个木桥，上铺铁板，只有能单向通过一台卡车的宽度。从火车卸下布景、道具及背包行李，火车从原路返回。大家坐在路基边上等候了一段时间，驻辽阳的部队派车把我们接到城里，安排住在一户群众家里，一个小院，青砖瓦房，比较宽敞。这户人家虽然住房条件较好,但生活并不宽裕,吃的主食都是高粱破开以后,连粮带糠一起下锅做饭。安排好住处的第二天即11月7日上午,就在小院里连排了这个大型歌剧《钢骨铁筋》,驻地一个军的政治部宣传科长康夫来看了连排,对剧目进行审查。在当天晚上,就给部队领导干部进行了慰问演出。原来部队领导干部要看另一剧团演出的《白毛女》,但经康夫看了连排以后,认为《钢》剧是新创作的以解放战争为题材进行党性教育的戏,就在当晚临时调换了观众。可见驻地部队首长对这个戏的重视。在排戏的时候,陈庆年、齐国安等,到树林折来不少冬青做为戏开场固守在一个山头上战士的伪装,代替原来制作的经旅途跋涉已经破旧不堪又无法修补树的枝叶的道具,更显得真实,大家为没有因为布景道具的破损影响当天按时演出而高兴,更为部队领导首先集中观看而激动。在辽阳演出两场之后,又乘部队的车去鞍山对部队进行了慰问演出。

去前线的一路上,和到辽阳、鞍山的慰问演出,都是由部队接待的。每到一地,团里主要是由王景珊和祁民生具体联系安排食宿。由于当时处于辽沈战役刚刚结束不几天,部队在修整、打扫战场,地方工作尚未就绪,社会秩序也较为混乱(铁路交通当时实行军管)。文工团在鞍山完成慰问演出任务后,按预定计划,迅速返回沈阳,在沈阳乘坐一列货车中满载煤炭的一节敞车上,坐在煤炭上边,脚可以伸出车厢外。列车猛一开动,把刚上车站在这节车后边的王宏木闪到车下,大家担心出事,可是车开动后行进缓慢,王宏木又从车梯扶手攀登上来。他当时穿的是军用棉衣、棉大衣,带着棉帽子,起了保护作用,没有摔伤,很是万幸。赵淑荣(女)患有肾炎,尿频,只好在车顶的一侧,在其他女同志协助下向车厢外小便。一路上没有水喝,到了一站就由王景珊、祁民生等拎着水桶去接凉水。在寒冷气候中,大家挤在一节煤车上,互相关照,直到深夜到达清原。离火车站不远,有一个旅店,就住在这里。这一夜团里男同志轮流站岗放哨,在院内设两个流动哨,在门口设两个门岗,用自己佩带的武器(有一两支美式冲锋枪和步枪,其余都是三八式步枪)保卫着处在新解放区里的这个凯旋归途中的集体。翌日,又乘部队汽车、火车日夜兼程,取道吉林,途经哈尔滨,胜利返回北安。

在实践中锻炼提高

经在部队的"三查三整",清理了队伍,一些较有业务基础年纪较大的同志,在当时形势下,由于本人的历史和社会关系有些问题,离开了宣传队。移交给地方时,都是二十左右岁的青年,还有十几名十几岁的少年。这些同志的政治条件都是很好的,思想单纯,要求进步,但业务条件较差,都没有经过专业的学习训练。有些同志对文艺有些爱好,有一定的艺术天赋,或长于表演,或长于器乐演奏,或长于歌唱、舞蹈、美术。有些同志只是声音、形体等素质条件较好,有培养前途。文工团就是在这样一个队伍条件下,按照当时革命形势任务的要求,在省委宣传部和团部的领导下,采取一些措施来锻炼提高队伍。首先,积极组织大家排练各种文艺节目,用其所长,在不断地完成演出任务的实践中,来锻炼提高这支队伍。比如,有十几名小同志,就排练演出《翻身花棍》(又叫《十根花棍》),还排练演出了儿童剧《保卫解放区》和剧作家颜一烟创作的儿童剧《斗懒蛋子》,以及儿童舞蹈等。这些节目,都是组织当时叫作儿童班的全体来排练演出的,使得他们在艺术实践中得到培养和提高。其次,在不断的艺术实践中,互帮互学,取人之长补己之短。发挥自己的专长,又兼学别样,做到一专多能,以适应文工团完成综合性文艺演出的任务。第三,坚持了基本功训练。每天早晨起床后立即到院内集合,首先由金国良领着训练发声,然后扭秧歌,既是声音、形体训练,又是户外活动。第四,请人讲课辅导。当时在北安还有一个军大文工团,是从延安来的一个很有基础的老文工团。这个团的苏里、竞痕等分别给讲过表演课和化妆课。还请拜泉县中学校长李又罘(也是一位老同志)给讲过美术课,团内的田风讲过音乐课。第五,每当军大文工团创作排演一个新戏,就组织全团同志前去观摩学习,然后接过剧本,仿照军大文工团的演出,进行排练。大型歌剧《为谁打天下》、《钢骨铁筋》就是这样排练演出的。总之,在两年多的艺术实践中,大家从工作需要出发,做到一专多能,很快成长为黑龙江省最早的一支专业文艺队伍,能够完成各种综合艺术形式的演出任务,受到领导和群众的好评。

学习民间文艺　形式多样化

在解放战争期间,文工团建团的指导思想是:面向农村,面向士兵。为使演出的艺术形式多样化,做到群众喜闻乐见,当时团里领导很重视吸收民间文艺形式,向民间文艺学习。1947 年 11 月带着刚刚排出的话剧《反"翻把"斗争》和一个秧歌剧下乡,在海伦县伦河镇演出时,发现了吹唢呐的王喜庭,他主动上台帮忙,虽然不识谱,但和乐队、演员配合很好,又较年轻,就在当地于 11 月 25 日吸收他参加了文工团。1948 年 6 月,去绥化县、望奎县演出,发现了一个民间皮影班,又吸收到团里成立了一个皮影队,这个皮影队人员有:关兴永(旦角、板鼓)、姚廷珠(大弦)、张连元(丑角、贴影)、姚永廉(拿影、老生)、艾永江(旦角、板胡)、王喜庭(唢呐、竹笛)、张守喜(小生、贴影)等。演出过新编皮影戏《为谁打天下》、《别走错道》、《喜春的婚姻》和传统戏《五峰会》、《四屏山》等剧目。在1947 年 7 月去拜泉县演出《血泪仇》时吸收了农民诗人袁成林，《翻身花棍》就是按照他写的唱词排演的。每到一地演出，团里很注意组织一些同志深入群众，搜集、学习民间艺术，使团里的演出节目形式多样，丰富多彩，群众喜闻乐见，在艺术欣赏中受到鼓舞和教育。

传统作风好　革命情谊深

全团仍以部队的组织形式以班为基层单位，在团部统一领导下，开展工作，进行学习和食宿的集体生活。在部队每个队员是排级待遇，着装吊兜干部军服，享受排级伙食的津贴。到了地方，仍是供给制待遇，每月发给一两元钱的补贴。女同志按月发给卫生纸。每周改善一次伙食，吃上一顿细粮，每桌一铁盆有肉的炖菜。平时都是高粱米、小米、苞米糁子等粗粮，冬天就吃冻白菜。在小院西北角，搭了一个木棚，开了一个小卖店，由王守仁和朱惠臣负责经营，以其微薄营利改善食堂伙食。宿舍没有暖气设备，各寝室中间搭一个火墙，各班自己生火取暖。在北安的两年多时间，仍穿军分区发的一套棉军装和一套夏季的单衣，有的衣服破了，就缝缝补补再穿。当时前方战事紧张，物资缺乏，一切为了支援前线，我们在后方虽然艰苦，但革命精神旺盛，充满革命乐观主义精神。生活虽苦不觉苦，以艰苦为荣，工作条件虽差，干劲大，自己动手创造条件，在这个集体里团结友爱团结互助，一心为公，不计私利，充满生机，充满活力，成为一个团结奋斗充满革命情谊的集体。

一个剧目下达了，角色分配了，没有一个人去争什么角色。没有角色的同志，就由剧务组织大家制作布景、道具、服装，搞好舞台装置、灯光、化妆等各项工作。当时没有舞台美术队，都是大家一齐动手，主动找活干，从不计较个人得失。每个戏的排练，都是昼夜兼程，加班加点，有时突击排练，从不叫苦。

下乡演出，不论住到什么地方都要给群众打扫卫生、挑水，访贫问苦。每当演出结束，都要把住地和舞台打扫干净，检查纪律，如有损坏群众物品，则按价赔偿。

解放战争由战略退却，转入战略反攻以后，前线战斗节节胜利。每解放一个城市，大家欢呼雀跃，不管是白天黑夜，全团同志带上号外捷报，出动一支三四十人的军乐队，上街宣传。军乐队的乐器，是团部委派尹祥持军分区介绍信，于1948年12月下旬，去长春市从独立九师处，接收了国民党新一军军乐队的全部乐器，这批乐器都是从法国新进口的。

乐器坏了，自己动手修理，买不到提琴弓子，自己动手制作。陈庆年主动制作了好几把提琴弓子，质量比手上使用的还好，解决了当时的一个难题。

每周六以班为单位，开一次生活检讨会，开展批评、自我批评。有意见就开门见山，以诚相见，互相帮助。相互有意见的同志，交换了意见后，增强了团结，及时消除了隔阂。有点缺点毛病的同志，主动检查自己，虚心听取别人的批评，得到了及时改正。这种开展批评、自我批评的生活检讨会，当时是大家在集体生活中不可缺少的重要组成部分。大家都习惯于这种集体的生活检讨会制度，都能主动自觉参加，推心置腹，开诚布公地互相谈心，交流思想感情。这个集体，既是团结战斗的集体，又是个亲密无间的友爱互助的大家庭。谁在工作上碰到困难，就主动给予帮助，如一个同志领唱《白毛女》中"太阳出来了"刚唱了第一句，因感冒嗓子嘶哑，正担心第二句唱不上去时，在一侧的王瑞云就主动示意接着领唱了高音的第二句，使演出既没出纰漏，又免得领唱的同志出丑，领唱者很受感动。谁生活上遇到了问题，就主动帮助解决。男同志衣服破了，女同志主动帮助拆、洗、缝补。下乡演出步行要蹚河水，男同志就背着胆量小的女同志过河。全团同志都关怀照顾年小的儿童班的工作、学习、生活，把他们当作自己弟弟妹妹那样对待。不过，这个儿童班，虽然孩童气十足，但他们都很要强，勤奋学习、努力工作，成绩是很突出的。

革命的传统作风，在这个团里发扬光大，同志之间在集体生活里结下了深深的革命情谊。这段经历时间虽然不长，但终生难忘。现在，一些老同志相见，常常提起这段经历，怀念这段经历，怀念那种同志之间坦荡的胸怀，团结友爱的情谊。

1947 年 2 月至 1949 年 5 月，活跃在以北安为省会的黑龙江省的西满军区政治部宣传队、黑龙江省委文艺工作团，是黑龙江省最早建立的一支专业文艺团体。除了紧密地配合了当时的形势任务外，还对革命文艺传播起了开拓的作用。这个团为后来组成的文工团、专业话剧团、歌舞团打下了一定基础，也造就一批今天我省文艺界的骨干，有些同志已经成为有一定成就有较大影响的专家。

（此文由黑龙江省文化厅提供）

选自《东北革命文化史料选编（第一辑）》

◇ 武凤翔

我是怎样写《穷人传》的

　　我用两年时间,在回忆整理素材的基础上,于一九四八年用两个多月的时间写成了长篇小说《穷人传》。连载于一九四八年二月二十四日至三月二十八日辽吉省委机关报《胜利报》上。见报后引起了强烈反响。一些本地战士探家归来后,告诉我看过小说,挺过瘾。报社记者也来进行专访。他们说,你的《穷人传》写得好,写到穷人心坎上啦。《胜利报》一到农村,人们就争着看。有的农会开会前还先读上一段《穷人传》,大长了穷人的志气啊。当时正值辽吉省进行声势浩大的土地改革运动,这篇小说对启发广大贫苦农民的阶级觉悟起了积极作用。谁能想到,一个曾在苦水中泡大,没进过一天学堂的我,能在战火纷飞的日子里写出小说,竟又在报纸上发表呢? 现在回忆一下是怎样写成这篇作品的。

　　我是河北人,出身贫寒。为了谋生,十二岁就下了关东,在黑龙江的佳木斯、双鸭山和富锦等地卖苦力。在做工中,常常挨打受骂,过着牛马不如的生活,吃尽了人间苦,受尽了人间罪,我恨透了那些大腹便便的阔掌柜。他们经常欺侮我人小不识字，发饷时本来不够数，硬说发够了，还骂我是"睁眼瞎，不识数"。打那以后，我暗下决心，非学认字不可。没有纸就以大地为纸，没有笔就以树枝当笔，没有老师，我就问识字的工友或管账先生。有次，我一边烧水，一边用树枝在地上学写字，被掌柜的发现了，大骂："臭小子，你也想认字，快给我干活！"他们给我多派活，不让我学。有时，看到我在学字，就毒打我。狠心的掌柜越是这样，我就越卖力地学，识字的工友也更自觉地帮我，慢慢地，我学会了几百字。有时拣到旧报纸，也能看懂一些，管账先生的账我也认得了。又经过一段努力，我能写家信了，工友们看了夸我有出息，有几个不识字的工友也跟我一块学起来。从此，我摘掉了"睁眼瞎"的帽子。

一九四五年苏联红军进军东北后，年仅十六岁的我参加了中国共产党领导的合江人民自治军。参军后，我的阶级觉悟迅速提高。学习文化更有了条件，白天学的字晚上睡觉前都要在肚皮上练几遍。一九四六年四月二十六日，我的入党介绍人章力同志对我说："共产党就是为解放穷人的，你入党后，要学习革命理论，学习文化，掌握为穷人打天下的本领。"我心想说得真对，没有文化不便于掌握革命理论，不懂革命的道理，闹不好革命。从此，我更加倍努力学习。虽然当时战事频繁，但我坚持字典随身带，党报天天看，日记天天写。当时北满正在清剿土匪，发动群众减租减息，党报对这方面的情况报道得很多。由于给首长们当警卫员，见过不少这类事实，我就试着写写。于是，我就经常把自己参加斗争的一些事情写下来寄给《合江日报》。那时不懂得什么新闻五要素，什么格式，把事情写出来就送报社了，可是总不见报。报社记者看我挺上心，就来鼓励我，说我反映了许多情况，对他们有很大帮助，但是作为稿子还要改写才行。他们提示我写了一篇，前后改了十多次，终于在《合江日报》上发表了。我当时高兴得不得了，尝到学好文化的甜头啦。打那以后，不管多忙，我都要留心一些事情，然后写成稿子送到报社，慢慢地，我就学会写稿了，并且成了党报的通讯员，还受到过奖励。这期间，我就开始酝酿写我家的血泪史。我觉得要把它写出来，好让后代知道旧社会地主老财、资本家是怎样压迫穷人的。有了这个想法，只要有空，我就把回忆的东西随手记下来。这些素材装在我的背包里，走到哪就带到哪。

一九四七年，我调到辽吉省白城子城防司令部做通信班长。虽然新到此地，觉着给党报写稿对自己是个锻炼，也是一名党员义不容辞的义务。我又开始给《胜利报》写稿。在一次报社表彰优秀通信员的会上，我有幸结识了报社文艺副刊《辽河》的负责人尤淇同志。他介绍说《辽河》主要发表文艺作品，现在来稿不多，希望我拿起笔创作文艺作品。我说："我写小说可以吗？"他询问道："写什么小说？"我说："就是穷人的血泪史。"尤淇同志当即表示支持，鼓励我不要有自卑感，工农同志要敢向旧世界挑战，不仅要用手中枪打击敌人，也要用手中笔唤起群众起来革命。尤淇同志的一席话深深地刻在我的脑海里。记得我们另选时间长谈了两个晚上，我把两年来积累的素材拿给他看，他粗略地看了一下说："很好，都是你自己经历的事，下功夫一定能写好。你写吧，有什么困难可以找我。"

有了写小说的想法，可真动手写起来，却不知从何写起。是呀，我连小说都没正经看过几本，咋能会写小说呢？虽然两年来积累了一些素材，但那毕竟是零零散散的片段，小说总要集中一些啊。那些天我是吃不香、睡不实，思量来思量去，觉得还是应该以我在旧社会的苦难遭遇为主线，再把我家周围那些穷苦乡亲受地主老财压迫欺诈的事情写上，以此来揭露万恶的剥削制度，控诉吃人的旧社会。主题明确了，就剩写了。战争年代写小说，那困难可就多了。头一难是没有时间。我是军务在身，一天二十四个小时，随时都可能执行任务，哪有大块时间用来写作呢？没有时间就挤时间。我把一切可以利用的时间都利用起来了。那些天，只要没有战斗，晚上熄灯号一响，我就马上转入"地下"，在被窝里用手电照亮来写作。当时白城子往南60里就是战斗前沿，国民党"中央军"经常袭击白城子市区和铁路。有个星期天，我跑到粮库去写作，由于沉醉于写作的兴奋之中，没有听到空袭警报声。直到敌机机关炮弹穿透粮仓仓盖，弹头把地上的土打得直冒烟时我才发觉。一次，我去担水，低头回忆当劳工的往事，猛然听到炸雷似的一声：武凤翔！我应声回答："到！"抬头一看，原来是大队长周勇。他朝着我狠狠地叫着："你小子每天三更半夜不睡觉都干什么？"我很不痛快，理直气壮地说："给党报写稿呗。"他不理解，骂我是"放屁"。他怎知我那时正沉醉于《穷人传》的写作之中呢！更可笑的是，有一次首长们正在开会，我这个警卫员见是个好时机，就到外边静心写作去了。当我写到自己童年流离失所，十二岁就含泪告别母亲下关东时，情不自禁地失声痛哭起来，结果开会的首长们以为我出了什么事，一齐跑出来问我是怎么啦，我赶紧收起稿子，抹掉眼泪说："没什么，没什么。"经过两个多月的写作，初稿终于写出来了。

初稿如同一株杂草丛中的花，还需要艺术裁剪，这项艰巨的任务落到《胜利报》副刊主编尤淇同志的肩上。他认真看稿，又亲自动手修改。小说从一百多个章节删改到八十多个章节，既而又压缩到三十个章节，最后定稿时是二十三个章节。尤淇同志又对小说进行一番润色。现在回想起尤淇同志对我的培养，心中依然充满敬意。原《胜利报》社记者柳松同志说:"当时一个省级报纸连载一个没进过学校大门的小战士创作的长篇小说,是不多见的,尤淇同志是有功的。"是的,没有报社,没有热心的编辑的扶持,《穷人传》是难于问世的。这体现了无产阶级文艺阵地的大门始终是向工农兵敞开的。

一九四八年二月二十四日《胜利报》的《辽河》文艺副刊开始连载《穷人传》。为此,编者还加了如下按语:"武凤翔同志原是一个一字不识的工人,从来没有进过学校,他的文化基础完全是他自己学习出来的。参加革命以后,他才得到了充分学习的机会,并学会了写稿。这部小说是他用了两个多月的时间写出的,虽然写作的技术极不成熟,但因是自传体裁,内容充实,读来也甚亲切动人。尤其可贵的是,这部长篇小说竟是出在一位自学的工农同志之手,更应引起普遍的重视,特此介绍。"当时,读到这段情真意切的话,我心里热乎乎的,这体现了党报和编辑们对我的关心和培养。

当年的《胜利报》已很难找到,对《穷人传》的内容梗概因篇幅关系也不便记述过多。为给研究解放战争时期文学的同志留点资料线索,现把《穷人传》章节题目抄录如下:

一、我的父亲

二、我在母亲的愁苦和眼泪中长大

三、母亲

四、惊动了全院的人

五、冬天

六、一个"老好"地主

七、毒辣的手段

节选自《东北革命文化史料选编（第二辑）》

◇ 岳力明

吉辽军区政治部怒吼剧团的战斗历程

一九四五年"八一五",这是吉林人民永远难忘的日子。在中国共产党的领导下,全国人民经过八年浴血奋战,迎来了抗日战争的胜利。日本鬼子投降了,"满洲国"倒台了,三千万东三省同胞结束了十四年的亡国奴生活,回到了祖国母亲温暖的怀抱。人们喜笑颜开,憧憬着明天美好安宁的生活。可是,抗战期间蹲在峨眉山上的蒋介石却不顾全国人民向往和平安宁生活的强烈愿望,一面玩弄和谈的阴谋,一面加紧进行全面内战的准备,妄图篡夺全国人民浴血奋战取得的胜利果实。为了保卫抗战胜利果实,党中央命令大批干部和部队日夜兼程奔赴东北,建立东北革命根据地,迎击国民党反动派的一切进犯。

当时,吉林市和东北其他大中城市一样,政治局面非常复杂,政权既不是伪满的,也不是国民党的,整个城市由苏联红军卫戍司令部实行军事管制。国民党和由它控制的各种团体积极活动,招兵买马,准备迎接国民党的"中央政府"来接收政权。共产党由地下变成半公开状态,有计划地发展党的外围组织,唤起民众参加革命。

一九四五年十月,陕北南泥湾炮校一部分师生在校长朱瑞同志的率领下来到东北,其中一部分人来到吉林省永吉县岔路河镇组建炮兵部队。同年十一月,组织上派任振亚同志到吉林市,准备招收一批有一定文化水平的进步青年参加炮兵部队,提高部队的文化素质。为了吸引知识青年报考,任振亚同志便以"青年怒吼剧团"招生的名义,在"吉林市新青年同盟补习班"以及河南街、牛马行、圈楼等繁华街道张贴了招生广告。

这次招生,得到了我党的外围组织"吉林市新青年同盟"的大力支持。该"同盟"设立的补习班,集中了一批进步青年。"新青年同盟"的负责人高狄等同志亲自找一些热爱文艺的同学谈话,希望大家参加革命队伍。他还让大家思想上要做好吃苦的准备。在高狄等同志的动员下,许多同学报了名。当时考试的形式很简单,补习班的考生,搞一次文艺联欢会,每人唱支歌,有的人唱《黄河之恋》,有的人唱《我的家在东北松花江上》,还有的人唱《打回老家去》。社会上的考生,则先由任振亚目测,再唱支歌,然后再询问一下文化程度。

经过一个多月的招考,"怒吼剧团"的第一批录取人员确定下来,他们是吉林市私立四民商业学校、第一国民高等学校、私立东文商业学校等学校的学生和一些社会上的进步青年,具体人员是:杨村夫、杨少英、张绍增、景尉、祖国藩、王文斗、白玉昆、宋毅、王秋颖、李秋影、陈彦芳、田方润、刘亦心、张建中;还有三位日本朋友,原吉林女子国民高等学校音乐教师小松光惠(女)和她的弟弟小松付洋甫、师道大学美术教授石川××,一共十七人。一九四五年十二月十五日,被录取的十七位同志集中到当时的"秋星电影院"隔壁的刘家大院（原吉林军区政治部驻吉林市办事处）休息等车。十二月十九日,大家坐上军区派来的马车,顶着刺骨的寒风,来到永吉县岔路河镇,住进镇南临街的几栋日式平房里。

任振亚同志向吉林军区副政委伍晋南同志汇报了在吉林市招兵的情况。当伍副政委得知这批新兵是以剧团招生的名义招收来的情况后,他严肃地说:"我们共产党不能骗人,招炮兵就是招炮兵,绝不能用剧团招生的名义来招炮兵。当然招来的人不必解散,我们部队也需要一个做宣传工作的剧团。"根据伍晋南副政委的意见,吉林军区政治部研究批准成立吉林军区政治部怒吼剧团（一九四六年一月二十三日后改称吉辽军区政治部怒吼剧团）,隶属军区政治部,任命任振亚为团长,张建中为副团长。但是,考虑到任振亚同志不熟悉文艺工作,剧团绝大多数成员又都是刚刚参加革命的知识青年,政治素质和业务素质都不很高,剧团马上开展工作很困难的实际情况,军区政治部马上又对剧团人员进行了调整和充实。因高叶同志入延安炮校前,一九三九年曾在贺龙同志领导的120师工作时,先后担任过独立游击第一大队宣传队队长和独立一旅战利剧社音乐班班长兼指挥,熟悉文艺工作,是剧团团长的合适人选,军区政治部便将任振亚同志调回部队,任命高叶同志为剧团团长。同时,又派陈枫（地方党员）、曹洪钧（地方党员）到剧团来。因排戏的需要,在岔路河当地又吸收了徐珊、王秋萍两位女同志,充实女演员力量。这样,整个剧团的政治素质和业务素质都有了进一步的提高。

这时,一九四六年的元旦就要到了。为了使驻地党政机关的干部、战士和镇上的群众快快乐乐地过好东北光复后的头一个节日,剧团全体同志以饱满的政治热情,夜以继日地投入到元旦晚会节

40

目的创作和排练中。

　　为了配合党中央提出的认真发动群众,建立巩固的东北根据地这个中心任务,剧团决定创作两个反映伪满十四年东北人民苦难遭遇的话剧,以便用文艺形式来提高广大干部、战士和群众的阶级觉悟。这项任务落到高叶、曹洪钧和刘亦心三位同志身上。因为已临近元旦,三位同志废寝忘食地干起来。至今,剧团的老同志还清清楚楚地记得高叶同志夜里写戏被煤烟熏了的事。那时,白天的事情多,高叶同志只好在夜里赶着写戏。为了抵御冬夜的严寒,屋子里生起炭火。没想到木炭燃烧得不充分,产生出大量的一氧化碳气体,写着写着,高叶同志觉得头昏脑涨,四肢发软,他觉得事不好,站起身来跌跌撞撞地往外走,好在房门一下就推开了,他一头就摔在雪堆里了。冷风一吹,过一会高叶同志苏醒过来,虽然他仍旧是浑身无力,还是强挺着把戏写完了。事后同志们知道了,都非常感动。经过高叶等三位同志的连夜奋战,拿出了两个话剧剧本,一是高叶、曹洪钧同志创作的两场话剧《铁血男儿》,一是刘亦心同志创作的独幕话剧《血仇》。两出戏都是描写贫苦农民不堪忍受地主、汉奸和警察的欺压,奋起反抗的故事。

　　有了剧本,全团同志投入到紧张的排练中。据剧团的老同志回忆,两出戏的演出阵容是这样的:

　　　　两场话剧《铁血男儿》

　　　　编剧:高　叶　曹洪钧

　　　　导演:高　叶

　　　剧中人　　扮演者

　　　农民　　　高　叶

妻	陈　枫
警察	曹洪钧
老太太	张绍增（反串）
乞丐	景　尉

独幕话剧《血仇》

编剧：刘亦心

导演：刘亦心

剧中人	扮演者
老农民	张绍增
青年农民	杨少英
特务	李秋影
群众	本团演员

在两出戏里扮演角色的同志，抓紧时间熟悉剧本，背台词，更准确地把握扮演的角色，演员们走访了许多穷苦农民，听他们诉说苦难经历，这使演员们很快地贴近了所要扮演的角色。没上戏的同志们则为张罗服装、道具甚至化妆用品等忙上了。当时，解放区的物资十分匮乏，粮食、棉布等生活用品都不能满足供应，演戏用的服装、道具和化妆用品等文化用品就更不好找了。为了演戏的需要，同志们动脑筋，想出些代用的办法。贫苦农民的服装向老乡借，地主老财的服装在没收地主的财产中找，武器等道具从部队借；难的是化妆用品，没有现成的，只好动手自制，描眉笔是木炭条，红底色就是红纸沾上水往脸上擦，黄底色则是黄土子兑上凡士林油搅拌了用。灯光，就更谈不上什么现代化设备了，有的就是油灯照明。

　　《铁血男儿》和《血仇》这两出戏是在岔路河镇"落子园"举办的庆祝一九四六年元旦的军民联欢会上首演的。照实说，那时的舞台综合艺术条件很差，演员们的演技也不是很高，可是，演出收到了预想不到的强烈效果。台下的干部、战士和群众绝大多数是贫苦出身，戏里主人公遭受地主、汉奸和特务欺压的事，都亲身经历过，所以，戏一开场就被紧紧地吸引。随着剧情的发展，引起了强烈的共鸣。当《血仇》演到主人公青年农民跟特务搏斗，被特务一枪击倒在老农民的怀里，怀着对特务的刻苦仇恨说："不能叫我这样白死，老叔，一定给我报仇啊！"这一下就激起了观众对汉奸特务的万般仇恨，全场响起了"打死汉奸、狗特务""为老百姓报仇"等口号声。

　　这场晚会，受到干部、战士和广大群众的热烈欢迎。散戏后，许多战士和群众来到剧团驻地看望演员，有的人还非要看看剧团自做的服装、代用的"化妆品"。更多的观众围着演员们谈观剧后的感想。有的老乡说："你们演的戏，是我们身边的真事，戏里表的词儿，就是俺的心里话。"有的说："不打倒小日本、二狗子（指特务、汉奸），咱还得当亡国奴！"战士们表示："一定要紧握枪杆子，保卫胜利果实。"听着观众热情鼓励的话语，看到首次演出取得的效果，剧团全体同志充满了信心，都深刻认识到从事革命文艺工作的重要意义，大家纷纷表示，要加倍努力工作，把剧团办成一支革命文艺宣传队。

　　首场演出后，军区领导同志看到革命文艺工作的宣传群众、鼓动群众和教育群众的作用，决定加强怒吼剧团的力量，委派张建中、杨少英和宋毅三位同志再去吉林市招收一批演员。

　　一九四六年一月中旬，吉辽军区政治部怒吼剧团，随省政府和

吉辽军区搬迁到吉林省磐石镇。这时,家住磐石镇的仇玉和同志也报名参加了剧团。

解放战争时期,东北革命根据地的生活十分艰苦。到磐石后,剧团住进了原来兴农合作社的房子。这座房子的门都被人拆走了,冷风穿堂而过。遇上下雪时,屋外下大雪,屋里下小雪。剧团的同志们只好用棉被和草帘子将窗子堵上,再做扇简易的门安上,虽然采取这些办法,屋子仍然是四处漏风,寒气袭人。屋内没有火炕,也没有木床,同志们就睡在草铺成的地铺上。每天的伙食都是五谷杂粮,白菜土豆、咸菜和大酱,生活是非常清苦的。经过高叶同志艰苦细致的政治思想工作,同志们用革命乐观主义对待艰苦的生活,他们觉得吃的这点苦,和红军爬雪山过草地、吃草根树皮,抗联战士风餐露宿的生活比起来强多了。我们今天吃苦,会换来人民群众明天的幸福。

剧团到磐石后,生活相对安定,就相机进行了政治集训、业务练兵和排练迎接春节的节目。高叶同志组织全团同志学习毛主席的《在延安文艺座谈会上的讲话》、《新民主主义论》、《整顿党的作风》、《整顿党八股》、《改造我们的学习》和《论联合政府》等文章,开展端正"党风、文风、学风"的讨论,提高了同志们的思想觉悟,坚定了革命信念。在政治集训的同时,全团还开展了业务大练兵。剧团的绝大多数同志,虽然喜爱文艺,但是,都没有受过严格的正规训练,为了提高同志们的业务水平,团里制定了业务练兵计划。由剧团的音乐教员小松光惠上乐理和视唱练耳课。没有教材,小松老师就在昏暗的油灯下,用《魂断蓝桥》、《梦幻曲》和《小夜曲》等十几首世界通俗名曲编成简易教材,供大家学习用。她还从磐石镇的一所学校找来一架脚踏风琴,用它来教视唱练耳。高叶同志忙完行政事务,也亲自帮助演员练声,辅导乐理知识,指挥排练合唱歌曲。为了鼓励大家早起练功,高叶同志有时还拿出他在延安炮校搞生产时的一点积蓄买来油条和浆子,然后冲着宿舍喊道:"小伙子,姑娘们,快起床喝浆子、吃果子呀,起晚,就没份了。"听到喊声,同志们就飞快地穿衣下地,吃完香喷喷的浆子、果子,用心地练起功来。经过这次业务练兵,剧团的业务素质有了明显的提高。

一九四六年的春节到了,剧团从正月初一到初四,在磐石镇电影院连续演出了四场晚会。演出的节目除了两场话剧《铁血男儿》以外,还加上了新排练的独唱和合唱。观众有党政军机关的干部、战士,当地群众,还有远道而来的翻身农民。虽然剧场里很冷,但是,剧场里的气氛是热烈的,不论独唱,还是合唱,都受到热烈欢迎,只要节目一完,观众都热烈地鼓掌。每场晚会的压轴节目是话剧《铁血男儿》。它那真实感人的剧情,演员们生动、朴实的表演,像磁石一样紧紧地吸引了观众。观众被剧情所吸引,与剧中人物同忧、同悲、同愤。当戏演到青年农民回家看到伪满警察毒打他的母亲,怒火填膺,抡起凳子和警察搏斗起来时,台下的许多观众都站起来助威,呼喊着"打死他!打死他"。当青年农民打死了伪满警察,去投奔抗联,走上了抗日救国的道路时,观众的叫好声、鼓掌声经久不息。每次演出后,许多观众久久不愿离去,有位观众找到剧团的演员,流着泪说:"戏里的事和我家遭的罪一样啊!不打倒小鬼子,算不能有咱们老百姓的活路啊!"部队看戏后,许多连队还组织了座谈会,许多连队的领导反映:"这样的戏真比上几次阶级教育课的教育作用还大。"

这个春节,是团里大多数同志离家后的头一个春节,每逢佳节倍思亲,有的同志思念起年迈的双亲,有的同志惦记着久病在床的母亲,有的同志想念起新婚的妻子。可是,同志们想到首长和同志们对剧团工作的赞扬和肯定,吃着部队和乡亲们给剧团送来的红枣、花生、瓜子和糖等慰问品,革命大家庭的温暖冲淡了自己的离愁。

春节过后,第二批新同志从吉林市来到了磐石镇。他们是刘擎天、牧克(殷义廉)、刘哲芗、李哲华(女)、胡萍(女)、胡翠荣(女)、徐××(胡萍的丈夫)、赵仲、关国瑞和李古哲等。新添了这么多同志,原来的住处就太拥挤了。剧团从兴农合作社搬到天主教会楼上。随着东北根据地的迅速发展,延安的大批文艺工作者组成东北文艺工作团来到东北。一九四六年三月,由任虹、李之华同志率领的东北文艺工作二团经海龙来到磐石。二团的同志都是由延安来的老文艺工作者,具有很高的思想水平和艺术造诣。为了提高以青年学生为主体的怒吼剧团演员们的思想和业务素质,军区政治部决定将怒吼剧团并入东北文艺工作二团。怒吼剧团的同志在东北文工二团老同志的帮助下,进步很快,因为工作需要,一九四六年八月八日,原怒吼剧团的同志离开二团,八月十五日到达省委、省政府和省军区所在地延吉,重新组建了吉林军区政治部文艺工作团。

吉辽军区政治部怒吼剧团,从成立到并入东北文艺工作二团,存在仅仅三个多月的时间。时间虽短,却在吉林省革命文艺工作的历史上留下光辉的一页。他们继承红军宣传队的光荣传统,既是宣传队,又是战斗队,用忘我的工作热情和战斗精神,忠实服务于革命斗争的需要,用革命文艺的形式,宣传和鼓动群众,为巩固和扩大东北解放区,为争取解放战争的胜利做出了贡献。今天,他们的革命实践,对于社会主义文化建设仍具有重要的借鉴作用。

（作者附记：为搜集和整理上述史料，曾多次走访在原吉辽军区政治部怒吼剧团工作的高叶、杨村夫、刘哲芗、刘擎天、景尉、张绍增、祖国藩、王文斗和仇玉和等同志，他们给予大力支持，在此一并感谢。）

（此文由吉林省文化厅提供）

选自《东北革命文化史料选编（第一辑）》

◇ 郑　文

鸭绿江畔战旗红

——回忆我在吉林从事的文艺工作

在我幼小的时候,就知道鸭绿江和长白山,那是多么令人向往的地方啊! 那如碧玉般的绿水,像一条绿色的长带围绕在我国边境;那雄伟的长白山和神秘的天池也给我留下难忘的印象。那还是第一次国内战争时期,我从蒋光慈的小说《鸭绿江上》里知道了鸭绿江畔人民反对日本帝国主义的斗争事迹。不幸在"九一八"事变后,这些地方被日寇占领了。从此,"打到鸭绿江,进军长白山"便成为中国人民收复失地的战斗口号。

值得庆幸的是,抗战胜利后,在"八一五"这令人喜悦的日子里,我们终于收复了东北。

一九四五年十月,我随延安出发的部队到达东北,先在沈阳中苏友好协会任文化部长,并负责主持《文化导报》工作。由于蒋军进犯沈阳,撤退到本溪,我又到辽宁省委工作。一九四六年辽宁省委迁至通化,我任《辽宁日报》副总编兼省文协主任。这时通化已被敌军炮火包围。当时，辽宁省委所辖地区为通化、抚松、长白、临江、靖宇、浑江、辉南、辑安、海龙、东丰、辽源和梅河。四平解放后，我又到辽北省委工作。现将解放战争期间我所从事的文化工作做一回忆。

一、文化工作在战争时期是怎样开展起来的

解放战争时期，辽宁省委所辖地区大部分为现在吉林省所辖地区。在三年解放战争中，为了人民战争的胜利，我们开展了各种形式的文化活动。

毛泽东同志指出："新文化，则是在观念形态上反映新政治和新经济的东西，是替新政治新经济服务的。""所谓新民主主义的文化，就是人民大众反帝反封建的文化。"而这种文化"只能由无产阶级的文化思想即共产主义思想去领导，任何别的阶级的文化思想都是不能领导了的"。我们就是遵照毛主席的思想去组建文化队伍，开展活动的。

为了开展战争时期的文化活动，就要建立一支文化队伍，开辟几块阵地。当时，省委创办了《辽宁日报》，成立了省文化协会，又办了鸭绿江文工团，还创办了文艺刊物《鸭绿江》。之所以叫鸭绿江，一是因为我们抗战的目的是要打倒日本帝国主义，要打到鸭绿江边。二是我们已经打到鸭绿江边，就要以此为基点，争取解放战争的胜利，彻底推翻蒋家王朝，建立一个新中国。

《辽宁日报》是于一九四六年春末创办的。工作人员很少，一共是三十多人。设总编辑室、通联科、总务科等机构。编辑人员大部分是来自延安和各解放区的老干部，还有一部分是在东北解放区参加工作的青年知识分子。

　　因为人手少,所以大家既是编辑,又是记者,经常下乡、下部队采访。报纸除了用新华社的稿件外,地方稿件主要是我们自己编采的。报纸的工作是紧紧地围绕党的中心工作开展的。如揭露蒋介石假和谈、真内战;我军奋起反击蒋军进犯,反霸斗争及土地改革等。后来由于形势变化,辽东分局成立,《辽宁日报》便与《辽东日报》合并,隶属南满分局领导。社长为陈楚,总编辑为白汝瑗。《辽东日报》创办后,配合解放战争和土改等工作发表了不少社论、专论,受到广大干部和群众的欢迎。我也曾为该报撰写过关于四保临江的一些战役及土改中反"翻把"斗争的文章,由于年代久远,文章的篇名已记不清楚了。

　　关于辽宁省的文化工作还有一些在这里补充一下。一九四五年十月我党政军机关撤离沈阳后,蒋军占领了沈阳。我们的报纸、书刊发行不畅,我党的声音群众不易听到。鉴于此,辽宁省委在沈阳市成立了地下工委,以中苏友好协会的名义办了《文化导报》和《苏联之友》。《文化导报》由我和鲁果、纪云龙负责。《文化导报》主要是宣传我党的方针政策,报道各解放区的消息及揭露蒋介石集团假和谈、真内战的嘴脸,解放区和国统区人民反内战的消息。我于一九四五年十二月离开沈阳,留下的同志仍在险恶的条件下坚持斗争。作家金人(当时化名张君悌)是地下工委负责人之一,《文化导报》的文章都由他审阅。地下工委另一位书记王从善也协助报纸做了大量工作。蒋军占领沈阳后,东北局派潘汉年同志到沈阳,打算将《文化导报》改由民盟负责,让郭幽相出任主笔,利用其合法身份将报纸保存下来。后因国民党极力阻挠而没成。《文化导报》出了一百多期便被国民党查封。当时还拟在沈阳出版《新华日报》也未果。

蒋军攻占沈阳、通化后，我们把我党的有关文件、报纸社论和我军战绩等材料印成小册子。封面搞成什么《少女之恋》《风流寡妇》，伪装成言情小说，通过地下工委和统战关系散发，使沈阳的群众知道我党的政治主张和军事形势。

二、《鸭绿江》杂志的创办和发展

一九四六年春，辽宁省委与辽北分省委、通化分省委合并，组成新的辽宁省委。省委驻地为通化。

这时我们刚平息了国民党、战败的日本军国主义分子纠集在一起搞的"二二三"暴动。蒋军也频频进行军事挑衅，妄图挑起内战，形势是十分严峻的。为了领导文化活动，成立了辽宁文协。由我兼文协主任，原通化文协主任丁新同志调到省文协工作。

当时缺少宣传阵地，在文协会议上大家一致提议应办个刊物。经紧张筹备，成立了《鸭绿江》杂志社，我任主编，丁新为编辑室主任。一九四六年九月三十日综合性文艺刊物《鸭绿江》创刊号问世。刊物的宗旨是团结革命的或倾向革命的文艺工作者，建设新文化。创刊号刊载了蔡天心的长篇小说《浑河的风暴》"楔子"，我的短篇小说《仇恨》，以及诗歌、曲艺等作品。

同年十月中旬，蒋军向解放区进犯。为保存实力，辽宁省党政军机关向临江转移，《鸭绿江》杂志社也随之到了临江。经过一九四六年十二月中旬至一九四七年四月上旬的"四保临江"战役，南满根据地的形势大为改观，具备了办刊的条件。《鸭绿江》于一九四七年五月在临江出版了第二期。我在该期上发表了报告文学《前线纪事》，同期刊载的还有江帆的反映土改的报告文学《江云奇》等作品。随着解放战争的胜利脚步，《鸭绿江》社先移驻梅河口,后又迁至郑家屯,不久又来到英雄城四平,并于一九四八年十二月二十五日出了最后一期。从创刊至终刊共出刊 16 期。

《鸭绿江》诞生、成长于解放战争的炮火中,杂志社的同志们也以战斗的姿态忘我地工作着。编辑室主任丁新同志,工作兢兢业业,每期刊物的综合稿件都由他执笔撰写,刊物的许多插图也都出于他的手笔。张青榆、宋人鳌等同志既是编辑,又是记者,一边编刊物,一边下乡、下部队采访。青榆同志写了好几部秧歌剧,人鳌同志也写过小说、报告文学。年仅二十岁的林声同志这边当记者,那边又为省委译电稿,干完了这个又拿起那个。孟辉、文迟、李雨等同志是从沈阳投奔到解放区后来到杂志社的。从国统区到解放区,他们把迸发出来的干劲却都投入到工作中。那时工作紧张,不分白天黑夜,还要经常躲避敌军飞机的空袭。鸭绿江文工团的富玉雪、艾德馨在空袭中就不幸遇难。可是同志们没怨言。在省委印刷厂的同志们大力支持下,保证不脱期地把刊物送到读者手中。

刊物也得到各方面的支持。我们在县区单位、土改工作队和部队中发展的通讯员给刊物提供了很多稿件。不少县委宣传部长更积极支持,如抚松县委宣传部部长方述才同志就经常为本刊写稿。

三、关于我在解放战争期间的创作情况

解放战争期间,结合当时的革命斗争,我创作了一些文艺作品。具体情况是:

一九四五年十月到十二月,在沈阳的《文化导报》上发表了一些介绍关内解放区情况的文章。在《苏联之友》一九四五年十二月号上发表了我的诗作《不可遗忘的日子》,着重指出不要忘记伪满十四年日本侵占东北的历史。在《白山》上我也发表过类似的诗。

蒋军占领沈阳后,烧杀掠抢,我写了报告文学《沈市见闻录》,揭露蒋军丑恶本质,让人民了解真相,丢掉对"中央军"的幻想。

《鸭绿江》创刊号上发表了我的短篇小说《复仇》。描写被地主逼租的贫苦农民无钱还租,打算把他饿死的孩子装在斗里还租的故事,控诉万恶的剥削制度。当时国统区的知识青年,不满国民党的黑暗统治,纷纷从长春、吉林、沈阳和本溪等地投奔到通化。我创作了小说《化雪的日子》,描写了青年知识分子的思想转变。该小说发表于《鸭绿江》第一卷第二期。这期间,我还写了一些诗,如讽刺诗《秃头颂》,反映"四保临江"战役的《记得吗?》,还有一首散文诗《警惕》,描写土改斗争的。我还记得其中几段:

我坐在椅子上,

愤怒、悲哀,

前些天当选的农会主席张才,

竟被杀害,

鲜血流满地,

一颗炸弹炸坏了窗户,

连他妻子一起受害。

一个伪满屯长,

被押上了台,

在他家中,

搜出了枪支、炸药,

他的土地被分了,

满腔仇恨。

他勾结土匪，
四处翻把倒算，
杀害了许多农会干部，
鲜血染红了双手，
雪里还藏着电台……

我说，同志们要警惕，
冬藏的恶蛇还有毒牙，
伏在雪地上的恶狼，
时刻要叼走小孩，
扛上你的枪呀，
翻身的土地上，
敌人也会卷土重来……

　　在"四保临江"战役取得辉煌战果后，不到半年，我军又相继收复了通化、梅河口、柳河、东丰、辉南、西安（辽源）等地。广大被解放的人民，积极参军支前。配合这个形势，我又创作了秧歌剧《送郎参军》《喜气盈门》。前一剧的作曲可蒙即刘克明。后一剧的作曲张长茂，在辽宁歌剧院工作。这些秧歌剧都是在几天内赶写出来的急就篇，今天看来是很粗糙的。但是，当时由鸭绿江文工团排演后，到柳河、东丰、海龙、辉南等地演出，受到观众的欢迎，对动员广大翻身农民参军参战起到了积极作用。

解放战争时期，我还翻译了一些苏联的文艺作品，如《鹰》、《蓝地毯的故事》、《一个另外的生活》及发表于吉林文协办的《文艺月报》第二期上的《斯维托父子》。

选自《东北革命文化史料选编（第三辑）》

◇ 徐　徐

抗战胜利后的西满文化活动

1946 年 8 月 2 日，李尼、霍希扬、丁炬和我带了东北局的介绍信，从哈尔滨起程，下午到达齐齐哈尔去西满分局报到。丁炬被分配到新华社西满广播电台，我们三人到市内开展文化宣传工作。领导派霍希扬赴北安；我和李尼则去参加组织、排练《黄河大合唱》。

《黄河大合唱》是人民音乐家冼星海抗战初期的著名作品之一。它曾经鼓舞动员了不可计数的听众，它怒吼出的人民的呼声，久久地激荡在听众的心里。这时，日本投降刚过一年，我们和受尽亡国奴创伤的齐市人民一起来演这部作品，是极有意义的。上次鲁艺大队途经齐市，曾举行过两场音乐会，演唱了老抗日根据地的革命歌曲，使齐市听众深受感染。有一位老先生说："听了你们的演唱，我兴奋得睡不着觉；伪满统治的时候，总像一块重石压在身上；如今我得到一股力量，引导着我，推动我向前。"这发自肺腑的话激动了我们，并使我们的信念更加坚定了。

原先，在齐市文协领导下，团结并组织了第一女中、华北女中等校部分同学约数十人,自己排练《黄河大合唱》。起初由在电台做音乐工作的日本人松本教唱,由于他对作品的精神表现不出来,大家的情绪受到影响。正在这时,我们来到龙沙公园门口一座二层楼房,据说敌伪时期,这是一所军官俱乐部。齐市文化协会就把它当作阅览室及排练演出等群众活动的场所。互相介绍后即投入工作。并请来文协主办的暑期艺术研究班的十几位音乐进修教师,又因男声人数不足,适东北军政大学第三支队移驻齐市,本约他们参加40人,练习时却来了120人,他们还调整了大队的学习时间。伴奏乐队则由历史悠久的省政府军乐队担任。乐队还有两位小提琴演奏者:嫩江文工团的傅德奎和日本人上林正雄。我们成立了指挥团,由李尼担任执行指挥,又请了哈尔滨鲁艺大队寄明同志来弹奏钢琴。4至6日分开练,10日至12日集中练,13日在龙沙公园举行露天音乐会预演,其中包括很多解放区歌曲和创作的节目。8月15日抗战胜利周年纪念大会后,又组织了部分节目去西满电台广播。16日起正式为铁路局、联合中学、女中、军政大学、民盟、男师、军区、三区、居民、部队、群众演出,有时一天两场,有时演员和听众都在雨中淋着,但仍秩序良好,情绪很高。18日晚为招待从天津、北平来的记者团演出,他们看到解放不久的齐齐哈尔,能有这样庞大的文艺队伍和生气勃勃的节目,感到很惊奇。21日晚为即将返回的日本人演出,他们大多是在日本侵略者统治我国东北三省时期,从日本移民过来的,占齐市总人口不小的比例,这次是限期分批送他们回去。当他们听完全部节目后,评价甚高。在女声独唱《黄河怨》时,舞台上乐队里的上林正雄泪流满面地演奏小提琴,台下听众也深为感动。他们第一次听到解放区如此震动人心的作品,散场后,有许多人也边走边议论,有的逐句背诵歌词。

　　这次演出活动,使大家的精神格外振奋,增强了民族自豪感,驱散了敌伪统治下悲惨生活残留的阴影。在许多场合里,《没有共产党就没有新中国》的歌声不断,我们也怀着激动的心情,利用一切可利用的时间,做了大量的工作。参加演出的当地青年中,有的志愿去北安东北军政大学、佳木斯东北大学或艺术院、团学习,而且很快就动身了,有的则热诚要求把这次临时性的演出活动转为经常性的工作,在齐市文协主持下开展业余的艺术活动,并积极报名参加,情绪炽烈。

　　很快,8月25日业余合唱团就开始活动了。我们还编印了歌集和识谱法,推广音乐知识。另一方面,经我们商量,李尼到联合中学和东大营部队,霍希扬到女子中学和公安总队,我到嫩江师范和省政府军乐队,深入群众,以音乐艺术为武器,开展工作。经市委讨论批准后,我们立即分别搬进了学校。了解到敌伪统治时期有意制造各学校间的矛盾,互相不服,敌人就从中渔利。我们则利用各种场合宣传团结的意义和必要性,并揭露敌伪统治者的阴谋。同时组织了联欢演出晚会,各校学生并肩而坐,一起演唱革命歌曲,经过很短的时间,隔阂就消除了。我在嫩江师范各班介绍和教唱了不少在革命根据地流传的歌曲,由于歌词的内容和曲调,都是反映当时当地生动的斗争的,流畅而自然的音乐语言,民族特色极为浓郁,他们被深深地吸引了,并引起了共鸣。但也有极少数还迷恋于日伪的流行歌曲,我们则予以引导,特别是在一次联合晚会上,他们的节目受到听众自动唱起的革命歌曲的抵制,在正气凛然、宏伟雄壮的歌声中,才由僵持状态到撤下舞台;回校后紧接着开座谈会,他们被严峻的事实所教育,认识到革命的歌声势不可挡。此后,三个学校的同学常在联合晚会上合唱革命歌曲,并组织同学去街头分段演唱,带领各校歌咏队去电台录音和灌唱片。在 10 月中旬举行的齐市要求美国撤兵大游行队伍中,口号和歌声此起彼伏,群情激愤,大长了中华民族的威风和志气。

我们还在文协成立了音乐工作室,相继举办了业余音乐研究班和补修班,团结和培养骨干力量。为了纪念人民音乐家冼星海逝世一周年,在市政府礼堂举行的音乐会上,联合中学,女中,嫩江师范,第一、二、三、四、八小学的歌咏队及省政府军乐队都参加了,演出了冼星海的遗作。整个会场气氛热烈,特别引人注目的是第四完小的小同学们演出了全部《黄河大合唱》。那天市委王书记很早就到会场,朱市长、查安荪老先生在会上讲了话。悬挂的横幅上写着"新音乐工作者团结起来"几个大字,实际上是歌咏团体的大检阅,大家一起兴奋地高唱《民主进行曲》后散场。

10 月 22 日齐市各界联合会召开了文化工作会议,中共西满分局宣传部部长陈沂,省教育所吴所长,齐市市委王书记、谢挺宇、陶瑞玉,西满文工团丁毅,齐市文协的张菊、郁红、李尼、霍希扬、徐徐,还有路明,听完各方面的汇报后,经过讨论,最后由陈部长、王书记讲话,认为以分散为主、发动群众的方针是正确的,今后是如何充实与集中领导问题。假期可成立训练班。要照顾创作方便,当前以介绍作品为主。要搞秧歌,以老干部为基础。业余训练班的经费可酌情供给等等。大家充满信心,以坚强的意志,继续耐心地发动群众,尽一切努力来为齐市人民服务。

在更多的青年学生迅速提高思想觉悟的时候,也出现了个别坏人或受敌人利用的人,他们不敢公开反对,却不光明地背后企图搞阴险暗害。如 9 月初我搬入嫩江师范的单人宿舍,放下行李去校长周毅华办公室回来,只见宿舍门口贴了一张大字纸条:"八魔到此,闲人免进。"行李下面还另压着一张纸,写道:"当心你的脑袋。"旁边还画了一支手枪,署名为国民党三青团。9月下旬的一天晚饭前,坏人在我们饭桌包括校长周毅华等的菜盆里投放砒霜,因炊事员又将菜倒回大锅内搅拌加热,结果70人左右中毒,不少同学被连夜送往医院急救,才幸免于难。有一天半夜,接到一个陌生口音的人打来的电话,说是各界联合会通知,叫我马上到"忠灵塔"前开紧急会议……这些卑劣的伎俩,丝毫不能影响我为齐市人民服务的决心,而是接触面更广泛了,相互间感情深厚了,和大家一起工作的劲头更大了。

12月13日开会欢迎东北文工团到齐,赴会的各文化单位代表约二百人。该团是去年日本投降后从延安鲁艺派到东北解放区,在各地巡回演出辗转了一年光景后来的。他们阵容很强,其中有从20世纪30年代就担任电影演员的田方、沙蒙,有在老根据地成长起来的,如演秧歌剧《兄妹开荒》的王大化,演歌剧《白毛女》扮穆仁智的王家乙、扮杨白劳的张守维、扮喜儿的林白、扮大春的李百万,还有当年红军小鬼音乐工作者刘炽及一些新发展的团员。会上陈沂部长就新年工作及成立文协筹委会等问题作了指示。14日召开文协筹委会会议,各文化单位派人来参加讨论,最后推选胡斗南、沙蒙、柳成珩、张菊、张晖春、肖炜、徐徐为筹委。会议要求立即开始工作。

各界联合会筹备开办学生训练班,经过讨论、酝酿,确定名为"青年学园",名额150名,由各校推荐,时间为一个半月。共分五个组,艺术部门有文学组、美术组、戏剧组;同时设社会科学研究组,教学和活动统一,要办得活跃红火,艺术活动可和此次春节活动统一起来。政治学习集中在上午。以市委组织部黄藏为首,老红军干部韩××、张菊、张晖春、李尼、李雨、梁志强及我,在25日到青年学园即嫩江师范原址集中,准备迎接第二天的全部学员报到入园的工作。霍希扬则在联中校长霍世章的领导下,筹建设在女中的全市教师研究班。1947年1月3日学园举行开学典礼,除学生和教师外,出席的有军区倪司令、邵政委、省政府阎宝航主席、于毅夫主席,省教育厅吴厅长,市委朱书记、王书记,军大代表,各区代表及来宾数十人,会开得隆重而热烈。会议结束后,由学联发起举行了声援北平、上海、南京等地的游行。

春节快到了,东北文工团和青年学园联合组成秧歌队,准备在齐市各处做街头演出。1月10日晚,学园第一次练秧歌舞,我们几个教员先带头跳起来,很多同学也勇敢地跳起来,准备挑选部分同学参加和东北文工团联合组织的秧歌队。1月26日晚,刘炽来找我,说王家乙病了,要我代家乙演《拥军小车》。我在延安演过这个节目,扮一位老太太拉车,老伴推车,车里坐着闺女,边行走边唱边演,我应允了。我们多处上演,都化了妆,敲锣打鼓,步行着送上门去。这时发生了一件令人悲痛的事:前不久,王大化同志在去讷河的途中,因坐在装运物品的卡车上面为老乡让座,不幸坠车身亡。大家听到这个消息,很多人都失声痛哭。大家都表示,要抓紧时间排练,把节目演好,来继承他未竟的事业。

2月25日市委召开文化工作会议,市委书记朱光出席,李尼、希扬、黄丕里、武克仁和我都参加了。会上决定为了加强领导,做好办小报、建立民众教育馆、改造旧艺人三件事。3月7日市政府下了委任令,我为民众教育馆馆长,郁红为副,要求办好齐市文化教育活动场所,开展各项工作。次日市委宣传部长唐棣华、市政府教育科长王水、武克仁和我们一起开会,听取了原民教馆负责人报告过去的工作情况。紧接着我们按计划接收了解放、民众两家影院,放映了革命影片《民主东北》。布置并对外开放阅览室,和书曲艺员公会研究劳军演唱等项工作,并先后接收了市图书馆、评剧演出队、龙江大戏院,还和马戏团、业余的演出团体明确了关系等。先从组织上统一起来,再根据党的方针、政策在思想上、活动上、条件上给予一定的帮助,并提出适当的要求,以便发挥他们为人民服务的积极性。对上演的节目,鼓励他们排练老根据地的优秀作品和创作配合当时形势的节目;对传统节目研究了取舍范围,又在剧团中建立了民主管理制度,废除班主制,在节目选择、艺术表演、经济收支等方面建立委员共同协商,反对帮派和封建会道门的存在,只有分工的不同,政治上人人平等。这些要求和措施,很吸引人,而且是有效的。我们除随时表扬好人好事外,也抓住了个别坏的典型,给大家的震动和教育不小。

由于形势的发展,需要建立一个坚强的专业性文工团,在党的领导下,宣传党的政策,当好后勤,支援前方,市委朱书记和市政府朱市长表示支持,都说可以先组织人力活动起来。经过讨论,确定李尼任团长,丁炬、梁志强和我(兼)任教员,不久解冰也从哈尔滨调来了。大家同意定名为"齐齐哈尔市文工团",招收十六岁的男女学生共 28 名,其中也有个别小学教师或年龄稍长的。自 1947 年 6 月 3 日起,经过一系列的筹备,于 7 月 18 日举行成立典礼。第二天就进行排练节目,参加了 8 月 1 日的露天音乐会及其他各种演出活动。建团不久,李尼暂到区上帮助工作去了,沈乃然调来了,春节前紧张排练了反映农村现实斗争的大型歌剧《火》,分别给各区贫民会、工作队、省委、省政府、军区政治部干部会议以及卫戍司令部等单位演出了二十余场,观众达四万余人,普遍反映振奋人心,印象深刻。由于工作需要,文工团人数也逐渐增加。

1948 年 3 月东北文化工作会议在哈尔滨召开,全团同志参加了会议期间的联合音乐会演出,节目赢得了热烈的掌声。返齐后,积极排演反映工人阶级支前的小戏,效果也很好。5 月 3 日我们又成立了军乐队,他们是从原省政府军乐队选调的九名演奏员,经常和文工团合作或单独演出。10 月底李尼、解冰调到东北"鲁艺"去了,后来沈乃然也调走了。11 月 6 日一早,省委方面来电话,说文工团要派往前方慰劳军民,接着市委宣传部李部长也打来了电话,上午出去紧张地做准备工作,中午向大家宣布,晚上就由继任团长丁炬带队到火车站出发。30 日我被调到市委宣传部工作,除继续负责齐市文协和对外事务工作外,还要给干部们讲党课,虽然自己觉得水平不够,但因工作需要也就大胆地去干了。

在解放战争期间,我们先后创作了《全力准备大反攻》《解放全东北》《活捉伪总统》《万岁,齐齐哈尔》等歌曲和一些小戏。前方不断传来胜利捷报。齐市文工团从前线返回后,为了进一步开展城市工人的文娱活动,曾分组去工厂和工人师傅们一起生活,进行思想交流,向他们学习,收获很大,并创作了一些作品。

1949 年 5 月底,接到市委的正式通知,说东北局来电报调我去东北电影厂搞电影音乐工作。经过一段交接工作的过程,临行前市委、市政府及文工团开了欢送会,18 日出发前,文工团全体成员列队在门口,唱着一支支的歌曲,等我乘坐的马车走远了,耳畔还回响着熟悉的歌声。当时的情景很感人的,珍贵的革命友谊永不能忘。同年 11 月,齐市文工团即被调至东北局,改名为青年文工团,有的留地方或到学校去学习,不久又转调到东北电影制片厂,根据个人专长,分配到专业科室,加强人民电影事业的力量。如今,有不少同志已取得了较大的成就。

感谢齐齐哈尔市的人民，在那近三年沸腾的日子里，对我的信任和培育。

（此文由齐齐哈尔市文化局提供）

节选自《东北革命文化史料选编（第一辑）》

◇ 徐澄波

我在大众书店的三年

抗日战争胜利后,我在苏北淮阴任华中新华日报印刷厂厂长。1946 年秋,报社领导通知我,华中局已决定调我和其他一批干部(约 200 多人)到大连工作。在部队的护送下,我们越过敌人的封锁线,于 12 月从烟台乘船到了大连。

这批干部到大连后,被分配到工业、财贸、文教、公安等各条战线去工作。我先后被调到火柴厂、灯泡厂、苹果酒厂工作,1947 年 3 月,又突然接到调令,要我到大众书店工作(这时的书店还有印刷厂)。

当时,大连党还没有公开,我们还不能以党员身份工作。组织上发给我一笔化妆费,我戴上礼帽,穿着西装,以上海民主人士的身份到大众书店任副经理(当时是车升五同志任经理)。我到大众书店时,作家柳青同志正来到这里,主持党支部的工作。由于他忙于小说《种谷记》的写作,我来到后,便由我担任了党支部书记。这个党支部还包括光华书店的几个党员,如邵公文经理等也在大众书店过党的组织生活。

这时候的书店是在地委(后改为市委)宣传部直接领导下工作的,出版发行以政治理论为主的书籍,如《论联合政府》《论解放区战场》《新民主主义论》《新人生观》《人民公敌蒋介石》等等。可以说,各个解放区所出版的书,包括毛主席的著作,只要能收集到就立即翻印出版发行。

大众书店的经营方针是:取之于读者,用之于读者,书店的营业规模不断扩大,并在金县、旅顺开设了分店,瓦房店一解放,也即在那里设了分店。书店门面上除大众书店招牌外,还很醒目地挂了一块毛主席题词的"为人民服务"的横匾。书店不仅在门市上热情为读者服务,还有针对性地把书送到工厂、机关、学校等单位和部门,深受各界读者的欢迎。我们还在街道居民中发展租阅连环画小人书户的业务,只要付一块钱,孩子一个月就可以看30本小人书,使孩子不断地有新书看,学到了革命道理和各种知识,又为家长节约开支,孩子高兴,家长也满意。

大连解放后,常有解放区的同志来,我们积极收集由他们带来的毛著单行本。这些书纸张次,印刷差,不便保存,我们想我们有纸,印刷条件也比解放区强得多,为什么不能将毛主席的著作集中起来出版一部合订本呢!我们把这个想法向地委宣传部长袁牧化同志说了,他表示同意。这样,我们将收集的毛著按发表的年月顺序编排归拢在一起,于1947年出版发行了红布烫金的《毛泽东选集》。为什么叫"选集"呢?是因为怕收集的毛著不全,才如此定名的。但是红布烫金的《毛泽东选集》精装本成本较高,一般干部还买不起。我们在春节发行年画时,在每张年画的出售价上稍加几厘钱,赚了一笔钱,我们将这笔钱作补贴,降低了《毛泽东选集》的售价,干部买得起了,书畅销一空。

当时,哈尔滨和我们大连一样,也是解放了的城市。由于沈阳、长春尚未解放,那里出版书刊困难很大,所出版的书籍满足不了需要。我们得此情况后,就将大众书店出版的书,每种加印一部分,送哈尔滨市出售。1947年冬,利用苏联货轮由朝鲜到大连来回运粮之便,我带着足有一火车皮的书,到了朝鲜咸兴,在那里办了书籍托运。这批书中就包括新出版的《毛泽东选集》。

1949年9月,在北京召开了第一次全国新华书店代表会议。我作为大连书店代表出席了这次会议。会上,会议主持人胡绳同志对我们出版的《毛泽东选集》给予了表扬,同时也指出了校对不够认真的毛病。会议期间,毛主席在中南海接见了我们。毛主席见我穿着一套整洁的料子中山服,与其他代表不一样,有点奇怪。胡愈之介绍说我是从大连来的,毛主席点点头表示明白了。

(大连市文化志办公室供稿)

节选自《东北革命文化史料选编(第二辑)》

◇ 高　夫

"总政部艺"在佳木斯

"总政部艺"是原东北民主联军总政治部文艺工作团的简称。部艺的前身则是延安八路军总政治部文艺工作团。

抗战胜利后，为开辟东北解放区，1945年9月中旬，部艺即离开革命圣地延安奔赴东北。在团长何士德，副团长左凡、白桦，政委王冰的带领下全团徒步行军，日夜兼程，抢车夺路，是最先到达东北的革命文艺队伍。当时的主要成员是：陈戈、黄歌、鲁柏、崔琪、李蒙、戴碧湘、那沙、王影、丁毅、李毕、翟强、白凌、胡果刚、地子、宋兴中、张一林、庄映、吉利、张一鸣、张林藉等一批著名的革命文艺战士。1946年初，东北局贯彻党中央建立巩固东北革命根据地的战略部署，决定将原从延安来东北的各文化机构、各文艺团体集中起来，去开辟北满根据地。东北民主联军总政治部按着这个部署，将部艺文工团从前线宣传阵地上撤下来，令其到北满来扩大队伍，协助党的地方组织开展大后方根据地的建设。因而，部艺文工团在哈尔滨短暂停留后即于1946年3月中旬全团抵达佳木斯。

当时佳木斯很热闹，到处是从各地转移来的革命机关学校，经合江省委领导介绍，形势还很动荡，国民党地下特务组织在刺杀我们党佳木斯副市长孙西林同志后，仍在地下活动，妄图勾结谢文东、李华堂大股土匪袭击佳木斯，破坏根据地的开辟工作。广大市民对八路军、共产党还不理解，抱着观望态度。部艺文工团到达后，省市委领导很高兴，即布置我们在佳木斯市内迅迅开展启蒙教育。

何士德、王冰同志同全团人员商量，大家定了三种宣传形式。一是演剧，二是讲演，三是搞歌咏活动。演剧组由陈戈、那沙、宋兴中同志组织，连夜赶排了一些独幕话剧，当时有我们的老剧目《抓壮丁》《放下你的鞭子》。白桦同志选择了两处演出场地，一个是联合中学的礼堂，那里集中了佳木斯青年学生，另一处是华美影院剧场，那里地处市内中心，便于接近市民。我们的演出敞开大门，群众可以随便来看。四月中旬我们的戏正式演出，头一天观众不多，影响很大，第二天就轰动开来。在联中礼堂演出，学生们挤得人山人海，很多学生把家长也请来看戏。在影院演出开始是孩子们多，演下去后各界人士就都涌进门来看戏。人们反映很多。有的说，土八路表面上寒酸肚里秀。八路军真有能人，把戏给演活了。有的讲，这几出戏得好好看看，讲的道理是时局大事。演剧组同志们就不怕劳累，坚持白天夜里三四场的演出。

讲演组是由左凡、张一鸣同志组织新同志搞起来的。同志每天到市内各书曲茶社、各大商场、各工厂学校去讲演，开始效果一般，讲大道理，群众不太买账，后来大家编讲起政治时事故事来讲，如九一八到七七、毛泽东在陕北、狼牙山五壮士、四大家族的财宝等等。讲演员每到一地，身边就挤满听众，不少听众还不时提出问题叫演员回答，很多同志被听众称为开导先生，很多同志在工厂学校交了朋友。

歌咏组由黄歌、鲁柏等人组织，人手不够，他们就联合军大文工团一起搞，他们也是到基层去教唱革命歌曲，一时间佳木斯各个角落到处响起了《没有共产党就没有新中国》《团结就是力量》《民主青年》《八路军爱人民》《南泥湾》《东北青年》《东北人民闹翻身》的歌声。歌咏组的活动一直开展到红五月。全市各机关学校展开了歌咏比赛。

将近一个半月的演出，讲演和歌咏活动的开展，宣传声势越来越大，很深入人心。再由于党发动群众在全市展开了反奸清算斗争，广大人民群众的革命觉悟普遍高涨，党在群众中的形象高大地树起来。人民群众有了跟党走、闹翻身解放的强烈愿望。部艺文工团的宣传活动起到奠基的作用，受到省委张闻天同志的表扬。

与此同时，何士德、陈戈等同志，还带领部分老同志，参加了市委林平、李则蓝、许铁民同志组织的文化工作组，对佳木斯建华剧团和佳木斯剧社进行清理整顿工作。

原来，佳木斯当地有两个文艺团体，是佳木斯中高层文化青年的自我娱乐性文艺组织。里面集中一大批佳木斯市的青年文艺爱好者。他们演出话剧或流行歌舞节目，光复后也做商业性演出，从中取得一些收入。佳木斯建华剧团在春华影院演出《洒了雨的蓓蕾》《斗魂》《松江碧血》《冷巷歌声》等言情话剧。团长刘兴州是敌伪特务，光复后与国民党市党部张人天来往密切。佳木斯剧社是在敌伪时组建的，原叫三江剧社，主要成员有导演冯白鲁，演员李奎山、王沫杰、马元、李隆俊、范庆福、于归、戴丹等人。他们演出过《夜船》《父归》《雾海云山》《丹久美人》《猎人之家》等话剧，在佳市很有影响。佳木斯剧社社长杨芝明、副社长朱绍甫都是日伪特务，光复后又勾结国民党，在孙西林遇刺后被镇压。正因为这两个文艺团体上层领导人物是国民党地下组织成员，他们的活动给剧团带来了浓厚的政治色彩，其中多数人又都有盲目的"正统"观念，因此对其清理整顿是必要的。

首先，工作组将两个团体的人员集中起来学习，开展政策教育。林平、李则蓝、许铁民、何士德、陈戈、左凡等分别在两个剧团讲形势、讲八年抗战、讲共产党八路军全心全意为人民服务的政治主张和事迹。组织剧团成员学习《九一八到七七》《中国革命与中国共产党》；组织他们观看我们演出的《雾》《海滨》《自卫》；用孙西林同志生平身事教育他们青年人要走革命路，要认识国民党特务的罪恶。这一系列的教育，两个剧团的多数人开始转变，为孙西林惋惜，痛恨国民党的暗杀活动，改变了看不起"土八路"的态度。当他们看到林平、李则蓝、许铁民、何士德、陈戈、白桦、左凡等这些具有很高文化修养的八路军干部，以及他们讲的革命道理，开始转变原有的态度和偏见。

何士德、陈戈带领部艺的同志们为方便教育，组织了集体住宿，办了食堂，一方面白天黑夜可以找人谈心交朋友，一方面也便于剧团人了解八路军内平等民主生活。时间不长，经过部艺同志们耐心帮助教育，这两团体中的多数人主动靠近工作组，介绍交代自己的家庭状况、自身的经历，很多人认清了革命形势，同国民党反动派划清界限，与国民党地下组织断绝往来，并揭露他们的罪行，大部分愿意跟共产党走革命道路。只有少数个别人一时不能觉悟，稳退或出逃。

为了贯彻争取教育文化青年、不乱抓不错杀的省委指示，何士德、陈戈还亲自按剧团成员自己交代的情况，深入区街做家庭走访、邻里调查，几经核实，发现很多剧团成员家境贫寒。如建华剧团小号手王全升家中世代工人，半盲目父亲是受人剥削的木匠；佳木斯剧社著名演员徐迈，是报纸常宣传的人物，而在敌伪时他也是受人迫害应征当了伪国兵；具有很高音乐水平的李隆俊原来是朝鲜族人，被日本特务多次迫害过的音乐教师。在部艺同志们的认真调查后澄清了多数人的政治立场问题，解放一批文化青年。何士德、左凡等还认为这些青年如进一步引导都将走上革命道路。在审查整顿后，经省委同意，即又组织这批人参军参干教育。部艺文工团本身就吸收了王全升、李照英、李隆俊等一批人。而曾申、高峰等参加了军政大学；徐迈、周微等参加新华广播电台；白汝志、白汝铎等参加了鲁艺；高瑛、白村参加了文协；李华等人被许铁民带领去富锦开辟工作。部艺同志在这次整顿审查佳木斯文艺青年工作中做得稳妥，注重了调查研究，注重对人才的爱护，使一批佳木斯爱好文艺青年走上革命道路。如解放战争中《淮海大合唱》作者曾申、戴丹，《幸福山》歌剧作者李照英都是这次整顿中参加革命的佳木斯剧社的成员。梁孟瑞当了军大文工团团长，姚伍全、白春等也都在部队成长起来，王全升在总政军乐团也成为领导人，白汝志也在文化部工作。

　　1946 年后，部艺文工团就到合江农村演出，活跃在桦川、鹤立、桦南、依兰等地。转年就以佳木斯为基地，一面组织赴前线慰问演出团，一面组织工作队下乡进行土改。全团在何士德同志带领下，展开了编演创作新剧目的活动。在这个时期，很多同志深入生活，发扬延安文艺座谈会精神，写出了大量的作品，为我们的宣传工作增添巨大的感染力。我们在佳木斯首演了歌剧《刘胡兰》，歌舞剧

《大刀进行曲》《狼牙山五壮士》，秧歌剧《军民一家》《送子参军》《一缸水》《一篮鸡蛋》《荣誉》《斗争》《谁养活谁》《妯娌争光》《刘顺清》《牛永贵负伤》等。创编演出话剧《为谁打天下》、《一个小战士》（即电影《留下他打老蒋》），以及大量的革命群众歌曲。这些创作真实地反映了解放战争时期的斗争生活，极大地教育了群众，教育了部队广大指战员，也深刻地锻炼我们自己。部艺文工团在这个时期得到的表彰比过去多。很多文艺战士立下了功勋。

1947年9月，部艺集中了全团优秀演员在佳木斯首次演出了陈其通同志的名剧《铁流两万五千里》（即后来的电影《万水千山》），让佳市人民形象地了解了红军两万五千里长征的光辉事迹。演出受到了佳木斯市党政军民极大的欢迎。张闻天同志看后接见演出同志们说：同志们做了一件有历史价值和作用的演出。我很感激同志们的创作和演出。鼓舞大家做人民的文教英雄。

1948年3月，部艺根据形势发展需要全团开赴前线，告别了佳市人民乡亲。

（本文由马珩同志综合）

选自《黑龙江革命文化史料（佳木斯专集）》，1989年

◇ 梁山丁

《草原》文艺杂志

文艺杂志《草原》创刊号，是一九四六年四月十五日在吉林省郑家屯（双辽县）出版的。第二期是七月十五日在洮南出版的，第三期是什么时候出版我就记不得了。我记得《草原》一共出三期。

一九四六年春节，我和袁犀（李克异）由晋察冀边区组织部拿介绍信到东北局去分配工作，在行军路上（何长工领导的干部大队）行至铁岭县白梨沟，我俩被留在辽西省委。当时陶铸政委和辽西行署主任朱其文要我俩搞辽西文联工作。我们刚参加革命，就在我军秀水河子战役之后，于上元节的清晨，战略转移至郑家屯。

当地有个民谣："出了法库门，一半牲口一半人；出了郑家屯，只见牲口不见人。"

正月十五，我们在康平县城打尖，然后我和秘书长王思华同志等几个人骑马先行。一路上只见辽西一片草原、沙丘，远处燃烧着荒火，甚为壮观，我就想若是出个文艺刊物叫草原荒火多好。当晚我们到郑家屯，在西满分局见到久仰的李富春同志，他以东北火锅宴请我们。在谈笑中,王思华同志将我介绍给富春同志。

我是从美国记者斯诺的《西行漫记》中认识富春同志的,他一口湖南腔,我听起来很困难,但他那和蔼可亲的态度,给我留下平易近人的深刻印象。

等到辽西行署大队车马陆续到达郑家屯时,袁犀(李克异)被分配到省委宣传部,我被分配到教育厅筹备联合中学开学。

一九四六年三月间,在郑家屯,召集辽吉地区的文艺工作者开座谈会。大家一致呼吁成立文艺工作者双辽分会。决定出版文艺刊物,由袁犀主编《草原》。由胜利报社印刷、出版《草原》创刊号。十六开本的新刊物,虽然很薄,但却是辽吉地区的第一本文艺刊物,它不仅给解放后沉寂的文化界一个很大的鼓舞,而且将许多文艺青年组织起来。

创刊号上的木刻,几匹奔驰在草原上的马,象征一片冻土的草原已经复苏了。

创刊号上登载了诗人吴梅、郑蜀、刘流的诗篇:《是翻身的时候了》《心愿》《歌》等。姚周杰的文章《诗人的直觉》、天蓝的《和人民在一起》、杨耳(许立群)写的散文《卖瓜的不说瓜苦》、殷参的散文《我遇见两个农民》、沙子写的散文《桑乾抢渡》以及袁犀的散文《断章》,是记述我们行军中的见闻的。

《草原》创刊号刚出版,我军解放了长春。我和袁犀、姚周杰三人受命组成小组,四月二十日由郑家屯出发,经白城子赶到长春。

我们在长春见到了东北著名作家舒群(他在东北电影公司任厂长)以及五四时期著名女作家陈学昭;我们还会见了东北沦陷时期的女作家吴瑛、梅娘,诗人金音(马寻)、冷歌(李文湘),剧作家张辛实等,我们将《草原》赠给他们,立即受到各方面的赞誉。在我军

四平作战时,长春的报刊转载了《草原》上的文章,很受东北民主联军战士的欢迎。

五一国际劳动节,我们是在长春度过的,在斯大林广场举行盛大的节日集会。不久,国民党军队一度侵占长春,袁犀和天蓝一起随工人日报转移到东满,我和姚周杰带着一些在长春动员的工作人员回到郑家屯。

时间不久,辽西行署各机关向北转移。我们经巴彦塔拉、开通到洮南镇。我和姚周杰分别受命洮南、洮安两地联合中学校长。我兼任洮南教联主任。

辽吉文艺工作者协会只剩下我一个人。这时,胜利报社的许立群同志、尤淇同志、顾明同志都支持我,由我在教学之余编辑《草原》第二期,胜利报社排版、印刷,于七月十五日出版。余起(尤淇)的散文《我们要歌唱伟大的时代》号召东北人民:

> 法西斯被打败了,这是人类历史上最光辉的一次胜利,光明战胜了黑暗,文明战胜了野蛮,民主的力量战胜了法西斯的专制独裁;被奴役的民族得到了解放,人民也获得了自由。这是一个伟大的胜利。

> 我们胜利了,我们不仅要透一口气,还要翻过身来。我们必须清算十四年来的血账;是谁把我们扔进苦海里去的?又是谁欺压了我们?现在我们是祖国的主人了,我们要享受应有的权利和幸福。

> ……改变你那犹豫、畏缩、胆怯的性格吧,坚毅、刚强、大胆地抬起头来呀,胜利是我们人民的。祖国、东北、一切的一切也都是我们人民的……谁能够把自己投身到解放

人民的事业里和民主运动的浪潮中去，谁就是我们这时代
的新的人物，就是时代的英雄。我要歌唱这样的人物，要
颂赞这样的英雄。伟大的胜利，带来了伟大的时代。

尤淇的文章，说出了东北人民的心里话。

在诗歌中，诗人艾汶写了《荒火》长诗，陈学昭写了《擦枪》《白
城子》两首短诗，我也写了《中国的火灾》一诗，这是一首政治诗。

这一期登了晞潮的报告《变动着的北大荒》、顾明的《嫁祸者》、
还有实翔的《风沙》和尤淇的《羞辱》、蔡天心的《圈套》等创作，戴
碧湘的杂文《文艺杂感》和谢挺宇的《一点希望》。

我在编后记上说：第二期《草原》在洮南出版，科尔沁旗草原已
经是"风吹草低见牛羊"的时候，我们是"野火烧不尽，春风吹
又生"。

我很喜爱艾汶同志的那首长诗《荒火》，草原荒火，使我回忆起
辽西一带的荒火。它描写出农民翻身的喜悦：

　　　为了生活

　　　让我们把斗争的火焰烧起来；

　　　像放荒火一样

　　　一片连一片

　　　烧红了半拉天

　　　让那些硬要喝我们血的人，

　　　活活地把他烧死。

这本《草原》在第三期，登载了民主学院文艺系主任吴时韵同

志的剧本以及杨耳同志写《国事痛》时事小说的经验，洮南联中学生的作品也登上了，可惜，我已记不住什么内容了。

一九四七年秋天，我军打回郑家屯。我奉陶铸政委之命离开洮南，去郑家屯办中学，第二年春天调到哈尔滨东北文协。

回忆解放战争时期，《草原》文艺杂志的影响，不仅在西满，东满许多地方也留下深刻的印象。

节选自《东北革命文化史料选编（第二辑）》

◇ 葛玉广

东北文工团在大连

一

一九四五年八月十五日,日本帝国主义侵略者宣布无条件投降了。八年抗战,中华儿女用鲜血和生命换来了胜利,人们怎能不欢欣,又怎能不珍惜!为了夺取人民革命的彻底胜利,党中央高瞻远瞩,以极大的决心和宏伟的气魄,为完成"七大"提出的关于争取东北的历史性任务,先后派遣了二十名中央委员、候补中央委员,率领二万干部和十万大军,挥戈出关,挺进东北,与我党原在东北的抗日力量会合,消灭日伪残余,建立民主政府,开辟新区工作。

一九四五年八月二十三日,党中央成立东北干部团,由李寿轩任司令员,张秀山任政委。东北干部团的八中队就是几乎全部由延安"鲁艺"的师生组成的文艺中队。

八月三十一日,萧三同志和东北干部团二大队八中队全体同志合影留念。行前,周扬同志也和大家讲话。九月二日,八中队的同

79

志们去延安"鲁艺"门口集合,萧军、萧三到门口欢送。这支队伍随东北干部团的大队人马,翻山越岭,过河涉水,穿过敌人封锁线,徒步行程五千里,用了两个多月的时间,于十一月二日到达沈阳。根据斗争形势的需要,这支队伍在中央东北局宣传部的领导下,成立了东北文艺工作团,以文艺为武器,在新的战场上很快活跃起来。当时的辽宁工委书记陶铸同志亲自给文工团交代任务,希望他们在文化和艺术方面,用各种形式尽快和群众见面。在沈阳繁华的街头,在铁西工人区,东北文工团高举"中国共产党辽宁省工委——东北文艺工作团"的旗帜,经常深入群众,巡回演出,成为东北大地上第一支革命文艺轻骑兵。因工作需要,不久就有部分同志调离文工团,如严文井、华君武、田方等同志。剩下的一部分同志有十五人左右,也于十二月二十三日随东北局撤往本溪,后又在辽阳、鞍山等地为部队和群众演出。

一九四六年三月,东北文工团受东北局指示奔赴大连。行前,东北局宣传部负责同志凯丰、李卓然、郭述申同志找了文工团的几位负责同志,向他们介绍了大连政治、经济等方面的形势和特点,为他们大连之行提出要求和希望。文工团的团长是沙蒙同志,支部书记是于蓝同志(当时用名韩地),秘书是张平同志,还有王大化、何文今、李牧、颜一烟、刘炽、欧阳儒秋、杜粹远、李凝、李百万、林农(当时用名苏文)、田风、黄准、张守维等同志。随团来大连的还有在本溪参加革命工作的新同志。

当时的大连,党的组织已经发展起来,公安总局、职工总会、农会等组织已经成立,工农业生产逐步恢复,市场日趋活跃,民生安定,秩序良好。但是,由于大连经受过日本帝国主义的长期殖民统治,长期窒息在与祖国思想文化隔离的深渊中,加上国民党的反动宣传,不少知识青年虽然开始认识到共产党的主张好,但不相信共产党能在大连站得住脚,政治上处于观望的态度。一些人的"正统"思想很重。他们不了解国情,不了解抗战真相,不了解我党我军在夺取抗战胜利中的功绩。甚至不少听信了国民党的宣传,瞧不起共产党,以为"共产党土","八路军土","只懂农村,不懂城市",不相信我们党能管好城市,管好工业和城市人民生活。政治上的观望,精神上的苦恼,致使街头巷尾还是敌伪时期流行的靡靡之音。就在这时,东北文工团来到大连。他们用革命文艺为武器,开展工作,打开局面。好比久旱大地下了及时雨,大批知识青年被吸引到革命事业上来了。

二

大连是一个特殊的城市。党领导各阶层和民主人士组成市政府,掌握着城市的领导权,但党组织还不能公开,苏军还在这里实行军管。所以,文工团不能像在沈阳那样,以省委的名义公开活动,而要脱掉军装,以大连中苏友协邀请来连演出的文艺团体的面目出现。

东北文工团还没到大连,职工总会出面主办的《人民呼声》报就报道:"到处受人欢迎之东北文艺工作团旅行东北,近日来连,准备出演。"

到大连打前站的王大化、何文今等同志,一到大连就找到韩光同志,向市委汇报情况,请示工作。韩光十分欢迎文工团的到来。他见王大化从旧货摊上买来的旧西装裤吊得老高,不像样子,马上把自己的一条裤子送给了大化。第二天正是大连市临时参议会开会,锣鼓喧天。当时在大连大众书店当编辑的作家柳青去看望他们,见他们已在伏案做舞台设计了,只在秧歌队扭过窗下的时候,才把头伸出来看一看。柳青当时就称王大化是个实实在在的大忙人。

一九四六年三月十四日下午,东北文工团三十余人全部到达大连。当天晚上,市政府教育局在泰华楼饭店设宴欢迎他们。职工总会的委员长唐韵超,公安总局局长赵东斌,中苏友协的秘书长朱秀春及大连文化界人士出席作陪。主人盛赞"东北文工团在祖国东北土地上,在沈阳,在本溪,在鸭绿江畔的安东,到处燃烧起了民主的火焰,高举为人民服务的旗帜,用戏剧,用诗歌,用唱歌来启示东北人民为建设民主的、自由的新东北而奋斗"。

东北文工团团长沙蒙代表全团同志向大连人民问好,他说:"大连在敌人四十二年统治下,受了很多苦,今天解放了,我们代表祖国来慰问六十万人民。"王大化答词致谢:"我们早就希望能到大连来,到这个东北的上海来看看,我们想利用我们的工作,看看大连的每一个角落,看看沦陷在日本人手里四十多年的大连现在是怎样了。"热情洋溢的讲话,不断被掌声打断,宴会充满了欢乐的气氛。

文工团原来准备上演《兄妹开荒》《把眼光放远一点》《黄河大合唱》等主要反映农民生活的节目。市委书记韩光同志向上门请示工作的文工团同志介绍了大连的情况,说文工团是党的生力军,你们是从延安来的,希望你们用文艺为武器,帮助我们巩固政权。并如实讲明了大连知识青年思想工作的问题,希望文工团能把曹禺先生的话剧《日出》搬上舞台,先赢得观众,再进行宣传,尽可能多争取观众赞成我们的观点。文工团尽管没有这个准备,还是高兴地接受了这个光荣的任务。

文工团还没有公演前,报纸上整版整版地报道东北文工团来连的消息、沙蒙团长会见记者的谈话,还刊登了诗人写下的《初春的海滨欢迎你们》的诗篇,以及文工团即将演出的节目介绍。全城人民期待着文艺工作团第一次在大连登台演出,有些人猜测东北文工团就是共产党的队伍,也想看看共产党的文艺究竟是什么样子,有些国民党操纵的小团体,还想寻找机会破坏捣乱。

三月十七日,是东北文工团公演的第一天。上友好电影院(现今的大连艺术剧场)门庭若市,人如流水。买到票的人兴高采烈,早早进场,没有买到票的人,还在门外徘徊流连,不愿离去。演出之前,文工团发表了动人的讲演:"今天,东北人民大翻身了,大连解放了,在大连同胞们受到了四十余年苦难后的今天,在这胜利的国土上,我们相见了,我们是如何的欢欣,如何的兴奋啊! 在这里,我们没有别的礼物,谨以我们的这幼稚、粗陋的演出,来庆祝大连市的光复,来慰劳受尽了苦难的大连市的同胞们。"声声有情,句句入耳,回到祖国怀抱的大连观众泪水夺眶而出。

第一次公演的是一台音乐会。前半场演出了抗战歌曲,有王大化作词、田风作曲的合唱《八一五》,这首歌叙说了"八一五"前东北人民的苦难和解放后的欢乐,更道出了广大人民坚决保卫胜利果实的决心;有一九四三年贺敬之作词、刘炽作曲的《胜利鼓舞》,这是一首民歌风味的合唱;有描写流离失所的东北人民苦难的《长城谣》,还有四重唱《打到敌人后方去》和苏联二部合唱《喀秋莎》等。上半场音乐会的指挥是小个子的杜粹远,这个二十刚出头的女指挥引起了观众的注意(顺便提起这样一件事:有一场给苏军演出,演出后,下面掌声雷动,经久不息。台上还是合唱团跟观众照面,不见指挥的面。刘亚楼同志当时在苏军警备司令部当翻译,他跑到

83

后台催杜粹远出场,我们的指挥才知道谢幕这一说)。音乐会的后半场是冼星海作曲、光未然作词的《黄河大合唱》,男中音独唱者王大化唱了《黄河颂》,女高音独唱者黄准唱了《黄河怨》,《河边对口曲》是由张平和张守维演唱的;日本人山下指导的广播电台乐队担任管弦伴奏,刘炽指挥。

《黄河大合唱》一开始就把观众带到孕育了伟大民族的黄河之滨,带进抗日烽火的难忘年月,大连人民四十年来第一次听到自己同胞引吭高唱这样的歌曲,这是祖国的声音、人民的声音、革命的声音,台上的演员激情高昂,台下的观众掌声雷鸣。演出过后,许多观众,尤其是青年学生,纷纷写信给文工团,表述自己激动的心情。有的说:"听到这歌声,我周身的血液,真是像那黄河水一样地汹涌澎湃!因为我深切而又兴奋地感到:祖国没有忘记这个被践踏了四十年的大连,祖国在召唤我们。"一些想捣乱的人,也被台上台下融合在一起的强烈的爱国热情震慑住了,不敢轻举妄动。

剧场外,电车上,街头巷尾,到处议论着东北文工团演出的《黄河大合唱》。过去,在日寇铁蹄下的大连人民,有苦不能说,更不能唱出来,街头流行的是靡靡之音、色情之歌、堕落之声、亡国之调,今天,解放了的大连人民从东北文工团的歌声里,听到了中华民族的灵魂,知道了共产党、八路军领导抗战胜利的艰辛历程,怎能不激动万分。人们纷纷要求东北文工团派出歌手,每天到广播电台对市民教唱,并希望将歌谱赶快印发,让大连市的新歌咏运动蓬勃开展起来。

群众的要求,立即得到文工团的响应。三月二十五日,《人民呼声》报登出《东北文工团广播进步歌曲》的消息。公演的六天以后,大连广播电台邀请东北文工团在电台广播演唱《八一五》等十余首歌曲,后来,杜粹远、李百万、黄准、江巍等同志陆续在电台教唱这些进步歌曲。

三

《日出》是曹禺先生的名著,是一出对导、表演要求都很高的剧目。团长沙蒙早在上海就曾导演过《雷雨》《日出》等许多名剧,他和大家一起研究剧本,分析角色,认真排戏,经过二十几天的排练,终于把《日出》搬上了大连舞台。戏开演之前,台上站起一个人,手里拿着一顶八角帽,满怀热情,高声讲解起剧情,他就是文工团的活跃人物王大化。

于蓝扮演的陈白露,林农扮演的潘经理,张平扮演的李石清,颜一烟扮演的顾八奶奶,王大化扮演的胡四,都是那么生动逼真。欧阳儒秋扮演的翠喜,张守维扮演的黄省三,杜粹远扮演的"小东西",又是那么令人同情。李牧扮演的王福升,何文今扮演的黑三,把狗腿子谄媚和狰狞的面目表演得惟妙惟肖,淋漓尽致。剧临尾声时,旭日东升,打夯工人高唱:"日出啊东方呀,满天大红。"对现实不满的小知识分子方达生狂喜地高喊:"太阳在外面,太阳就在他们(工人)身上!"观众被日出带来的光明激动起来,从中吸取了巨大力量。他们说,过去看法是片面的,共产党不"土",共产党有人才。

"八一五"解放以后,大连市的戏剧活动一度显得很活跃,相继出现了二十多个剧团,也演过《雷雨》《原野》等剧目,但在演技上缺少经验,舞台上只有实景,没有布景,看了东北文工团演出的《日出》,大开眼界,十分佩服,纷纷登门求教。"八一五"解放之前,大连有一家福兴大戏院,是日寇狗腿子王催兴的财产,日本投降后,

市政府接收后交给中华青年会管理,改名为大众剧场。剧场整理就绪以后,马上邀请东北文工团王大化指导排演新编历史京剧《闯王进京》。沙河口区政府组织的文艺宣传队演出的《锁着的箱子》《一双鞋》《村长》等独幕剧,也是在东北文工团的帮助和指导下获得成功的。也有的人在《日出》演出之后,便从此离开了旧剧团,加入了东北文工团,参加了革命队伍,开始了革命文艺的生涯。

四

文工团到达大连不久,迎来了红五月,迎来了"五一"劳动节"五四"青年节、"五卅"纪念日,在这块曾是殖民地的土地上,解放了的大连人民第一次公开纪念这些伟大的有意义的日子。

但是,国民党势力也在加紧活动。五月初,有人就散布说抗战胜利是谁打的,共产党,还是国民党。哪一天到市政府辩论。当时市委对东北文工团的同志说,你们是从延安来的,学过革命斗争史,你们组织力量,跟他们辩论。王大化、沙蒙、何文今、李牧还准备在会上发言。对方看文工团的人多势壮,没有敢露面。"五四"纪念节那天,大连青年在联合中学召开纪念会。会议主持人为防万一,把海星合唱团、音乐讲座的学员都组织在会场前边就座。刘炽同志刚唱冯文彬作词、吕骥作曲的《五四纪念歌》,下边就有人哼起国民党党歌。刘炽紧握拳头,用力指挥,广大青年高唱:"'五四'是我们中国的青年节,纪念'五四',发扬'五四'救国精神,继承'五四'革命的传统,新中国的青年准备为今天⋯⋯"嘹亮、激越的歌声,把那些人低声哼唱的国民党党歌淹没了。

东北文工团在红五月里,还向大连人民演出了两台歌咏节目和三出独幕话剧。歌曲有悠扬优美的陕北民歌《东方红》,慷慨激昂的《胜利向前进》,雄壮热烈的《保家乡》,热情奔放的《东北青年进行曲》等。《东北青年进行曲》由陈陇作词、刘炽作曲,歌中唱道:"我们是东北的青年,站在祖国的最前线,面对着辽阔的海洋,背负着黑水长白山,我们的意志像钢铁,我们的热情似火焰。为了建设民主自由的新东北,我们团结一致,勇敢挺向前。"这些革命歌曲很快在青年中广为流行起来,大连街头充满了欢乐健康的歌声,充满了民族的浩然正气,再也听不到那些靡靡之音了。

东北文工团纪念红五月的三个话剧,于五月十三日至十九日,在上友好电影院演出七天。这三个抗战话剧是《我们的乡村》、《祖国的土地》和《把眼光放远一点》。当时的报纸真实地记录了演出的盛况。在演出的日子里,每天上午剧场门前男女成群,熙熙攘攘。那时候剧场座位不对号,先来先坐,后来后坐,本来戏是下午一点开演,上午十二点即告满座。特别是公演的最后一天,正好是星期天,上友好门口拥挤的人群更是像潮水一样。眼看开演的时间就要到了,许多还没有票的人急得团团转。文工团看门的人员,被大家的热情深深感染了,接受了大家的意见,打开门栏,让大家涌了进去,挤在剧场后边观看。这些人对文工团的好客满意极了,对文工团的精彩演出也连声叫好。

《我们的乡村》由文工团李牧、颜一烟、王大化创作。这是一个反映华北敌后抗日人民及其军队紧张愉快的生活,和对强大的民族敌人进行顽强不屈斗争的剧作。当民兵英雄二虎遭受鬼子酷刑时,观众禁不住热泪横流。台上出现出卖乡亲的汉奸李奎武时,台下又连连发出"打!打!打!"的喊声。最后八路军连长赳赳登场,观众长时间鼓掌,欢迎人民的军队。演员和观众,党和群众,水乳交融,息息相通。

《祖国的土地》的作者颜一烟、王大化，以其精炼的笔触，简洁生动的舞台形象，描写了一九三一年九月，由于不抵抗主义，大好河山沦陷之后，抗日英雄用鲜血写出的一部英勇卓绝的史诗，同时也表现了东北抗日联军和东北人民血肉相连的关系。这个剧有着严谨的结构、合理的布局、清晰的线索。演出效果亲切、生动。有一次文工团演出《祖国的土地》时，突然停电了，剧场一片黑暗，过去其他剧团演出遇到这类情形时，总有一些人吹口哨，拍巴掌，敲凳子，吱吱乱叫。有人担心停电会扰乱剧场的演出。可是，这回出乎意料，观众非常安静，舞台上点起蜡烛，剧在烛光下继续演出，更增添色彩。

《把眼光放远一点》原是冀中火线剧社集体创作，胡丹沸执笔。这是一个反映晋察冀抗日根据地群众对敌斗争的剧作，一九四三年秋在冀中上演时，周扬同志给以很好评价，并且为这个剧本的出版写了序言。东北文工团把这个剧排在三个抗战剧的最后，作为压轴戏。戏演完了，幕已落下，观众似乎还没有走的意思，剧场里充满了热烈的气氛。

三个抗战剧的演出，震动着大连人民的心。有的观众说："在日本法西斯皮鞭下被奴役了四十多年的大连同胞，大都是不清楚十四年来东北抗日联军怎样同敌人苦斗，以及关里的八年抗战，八路军怎样领导老百姓夺回已经丧失的土地，建立了广大的解放区，使日本法西斯强盗不但无法灭亡中国，而最后自己遭到失败的真实情况。现在这三个戏具体告诉大家了……"革命文艺显示了它的巨大作用，为开展党的思想工作贡献了力量。

五

大连人民从文工团的演出中，逐步懂得了共产党、八路军在抗战中的领导作用,接受了共产党的主张。这时候应该向大连人民正面揭露国民党反动派的面目了。于是,文工团党委会决定上演秧歌剧《血泪仇》。这个戏通过农民王仁厚一家老少六口人的悲欢离合,反映国民党统治区人民的悲惨遭遇和解放区人民在党的领导下的幸福生活。

《血泪仇》原来是马健翎同志创作的秦腔剧。贺敬之、张水华、王大化、马可、刘炽、张鲁等同志将秦腔本改编成秧歌剧,曾在延安演出,引起轰动。东北文工团在大连要演出这个剧,手头又没有剧本,王大化和颜一烟凭着过去的记忆,编写出演出本。他们常常是前一天讨论提纲,连夜写出剧本,此时已是第二天凌晨,头班电车的铃声已从窗边响起。刻蜡版的同志起床后马上刻印,大化同志休息片刻,又和音乐部的同志讨论配曲,演员随即进入排练。经过夜以继日的紧张工作,不到二十天时间,边编写边排练,文工团又向大连人民作了第四次献演。

戏是七月十五日开演,虽然规定在两点出演,但是十二点不到,观众就冒雨赶来,把售票口挤得水泄不通。有的站不到门里,就站在门外,在雨中等待买票。一点多钟,门口便挂出了"今日客满"的牌子。观众看见牌子,仍站着等着。剧演一个多小时后,还有人在门外徘徊。剧从午后两点开演,到六点多钟才完。每一幕每一场,观众都被剧情感动得热泪直流。尤其是王仁厚之子东才被抓壮丁,王仁厚卖了孙女,将儿子赎买回来,祖孙三代去祭奠祖坟,回来时东才又被捉去,闹得王仁厚家破人亡,使观众内心激起波澜。戏演到第三幕时,王仁厚祖孙二人逃到边区,全场气氛骤变,掌声雷动,台上晴朗的天空,茁壮的庄稼,农夫和变工队在快乐地干活,舞台向大连观众展现出人民当家做主的新天地,吸引着人们向着共产党,向着自由民主的解放区。

东北文工团演出期间,大众的《人民呼声》报、《新生时报》几乎天天登载评论文章。这些评论文章除了热情赞扬东北文工团的演出外,还有力抨击了国民党反动势力对革命文艺的中伤。有一篇文章说:"也许有人要说,这剧是在进行宣传,你说是宣传就是宣传吧,反正真理是应该宣传的,真理不应保守、关门、秘密,真理就是要人知道,倘若做到真理变为家喻户晓、妇孺皆知的话,那么我们认识世界、改造世界的目的就可以达到了。今天是特别需要宣传真理的时候,一传十,十传百,百传千,父传子,子传孙,代代相传,功德无量。我们看看宣传真理、实行真理的有多少人已经倒下去了,但是,宣的继续宣,传的继续传,实行的仍实行,这种精神就是真理必然在全世界实行的重要因素。"

东北文工团来大连只有五个月,演出了十场《黄河大合唱》,十场《日出》,十五场抗战独幕剧,二十五场《血泪仇》。还演了两场《兄妹开荒》,一次是与莫斯科大剧院来连的歌舞团联合演出,一次是在公安总局模范警士大会上公演。东北文工团的演出取得了丰硕成果,传播了革命文艺,争取了广大群众。

六

东北文工团在大连期间还积极扶植当地文艺团体,普及革命文艺,发展文艺队伍。他们帮助七个职业或业余剧团排演或公演,帮助成立了三个剧团,对外提供了十九种剧本。他们与中苏友协举办了戏剧讲座,与广播电台举办了音乐讲习班,组织了大连解放后第一个合唱团——海星合唱团。

一九四六年六月二日,音乐讲习班正式开学,刘炽同志在开学典礼上阐明了办学宗旨："为开展连市新歌咏运动培养人才，反对为艺术而艺术，为个人而艺术，为生意而艺术。"澄清了许多青年头脑里的模糊思想，使毛泽东同志"文艺为人民服务"的新思想为青年们所接受。音乐讲习班设有音乐概论、普通乐学、视唱、练耳、唱歌、指挥等课程。音乐讲习班共开课三十四讲，主要由刘炽、黄准同志负责，参加学习的达二百人，不少是中、小学音乐教员和业余音乐爱好者。黄准同志到学校教歌的时候，已是很热的天气了。由于大衣里边穿的是棉袍，没有换的衣服，捂得满头大汗，她也不敢脱下大衣，坚持继续教唱。音乐讲习班还在电台进行实习广播，广播节目有《为祖国战争》《太行山上》《保卫国土》等歌曲，音乐讲习班毕业时，还给每个学员发了一本《中苏名歌集》。在这个讲习班结束以后，东北文工团还开办了一个二百多人参加的歌咏训练班，主要是为各机关团体培训文艺工作骨干。

戏剧讲座于六月九日召开了开学典礼，到会学员七十多人。东北文工团的沙蒙、王大化、张平、林农、颜一烟、刘炽都参加了。讲座学期为四周，每星期二、四、六午后五点到七点为授课时间，课程有戏剧运动、表演艺术、导演艺术论、化妆术、戏剧艺术观、舞台及剧场管理、舞台装置、剧作法等八门课程。戏剧讲座共开课二十多讲，主要由王大化同志负责，领得毕业证书的有二十五人。

音乐讲习班和戏剧讲座，为大连文艺工作准备了干部，培养了骨干。许多大连青年从这里接受了革命文艺的启蒙教育，参加了革命工作，开始了文艺生涯。

东北文工团在大连还做了大量的编辑出版工作，戏剧方面编印了《什么是戏剧》《演剧教程》《秧歌论文集》《演员自我修养》《苏联演剧方法论》《论演员创作》等书刊，以及《把眼光放远一点》《我们的乡村》《血泪仇》《军民一家》《祖国的土地》等剧作。编辑出版了《戏剧与音乐》杂志。音乐方面,编印了《音乐概论》、《普通乐学》、《视唱讲义》和各种歌集、新歌活页。文工团的同志还在《新生时报》、《人民呼声》(后改为《大连日报》)上开办了戏剧周刊十三期、海燕文艺副刊四期。还有大量的文章散见于大连各报章、杂志中,计有三十多万字,另有歌曲、新诗二十五首。

东北文工团到了大连,就把自己置身于大连人民火热的斗争生活中去,和大连人民并肩战斗。由于党内身份不能暴露,文工团成员在外面只能互称先生、小姐,每次到市委听报告,就像回到了自己的家里,彼此可以叫声同志了。一些年轻同志常常高兴得在地毯上翻跟头。

文工团不但演戏,而且是市委组织的政治活动的积极参加者。市委开会,常常请文工团的同志做记录、整文稿。那时市委机关人手少,于蓝同志又写得一手漂亮的字,她就常到市委组织部帮助工作,当时的组织部长杜平同志对此印象非常深刻。大连市召开"五四"纪念会,王大化亲手画了大幅鲁迅先生的肖像油画,送到会场。市政府动员穷苦人民搬进日本人遣返后空下来的房子,文工团在街头竖起大幅"搬出贫民窟"的宣传画,颜一烟和李凝同志还写了一首《谁叫咱们住上好房子》歌,登在报上广为流传。市教育局教科书编委会将他们编的小学美术和手工教材底稿送到文工团,他们也认真、热情地帮助修改。大连人民也把东北文工团当成自己人。一九四六年六月召开的大连中苏友协第一届会员代表大会上,沙蒙被选为二十三名委员之一,王大化被选为四名候补委员之一。

东北文工团在大连的宣传,吸引了不少青年,他们纷纷要求参加文工团。有一家姐弟四人,没有父母,仅靠拣煤核、卖烟卷过日子。文工团的同志周济他们，关心他们，这四个孤儿也把文工团当成自己的家，后来都被文工团收留了下来。其中一个叫王金柱的小男孩，后来还在大连舞台上扮演了角色。

文工团在大连紧张工作了五个多月，队伍也不断扩大，加上临走时的护送人员，离开大连的时候，已达七十人左右。后来这些同志有的成为电影战线上的领导干部、编导、演员和工程技术骨干，有的成为电影教学单位的领导干部，有的在其他战线上担负着重要的工作。人们说：东北文工团带出了一批人才。

一九四六年八月，东北文工团根据上级的指示，离开大连，开赴前线，进行慰问演出。行前，大连市职工总会、中苏友协、市政府先后设宴为文工团饯行，感谢文工团在大连的突出贡献。东北文工团怀着依依惜别的心情，在《大连日报》上发表了《向大连市各界朋友告别》的文章："亲爱的同志们，我们走了，回到前方参加自己的正义战争去！反对国民党反动派疯狂地进攻人民的非正义战争！让我们在不同的地区，为争取中国人民的民主自由而斗争吧！""亲爱的同志，胜利是属于人民的！将来，在全东北、全中国都建立起人民的民主政府的时候，那时候我们再见吧！"

八月二十四日这一天，文工团分乘市委拨给的三辆大卡车，就要离开大连了。文工团驻地围满了欢送的人群，他们有的是文工团热心的观众，有的是文工团一手培养起来的文艺骨干，有的是文工团辅导过的学生和他们的家长，还有大连各界的领导。他们怀依依惜别的心情，都来为东北文工团送行。人们在人民解放战争序幕拉开时欢送文工团的同志北上前线，更坚信全东北、全中国解放之日已经不远，重相见的一天指日可待。

（这篇文章系根据韩光同志的回忆录，以及何文今、于蓝、张平、颜一烟、刘炽、杜粹远等同志的谈话,并参考当年大连地方报纸的报道而写成。)

节选自《东北革命文化史料选编(第一辑)》

大连地区党领导下的大众书店

一

"八一五"日寇投降,10月中旬东北局派我党干部来大连,这中间大约有两个月的时间,国民党为了达到占据大连的目的,把手伸进了这块地方。他们利用大连曾经长期遭受日本帝国主义殖民统治,群众对祖国政治形势缺乏了解的机会,到处散布所谓"正统"谬论,攻击我党和党领导下的八路军,蒙蔽、毒害群众,特别是广大青年,造成很坏影响。

面对这种复杂的形势,白全武、刘汉、方牧、吴滨、车长宽、吕广祥等一批与党组织已有接触的进步青年,相约会聚,决定组织起来,大力宣传革命思想。他们的具体措施,就是成立社会科学研究会和开办大众书店。

8月22日,苏军进驻旅大。为使长期受奴化教育的大连人民迅速觉醒起来,8月24日,白全武、车长宽到大连沙河口车家村找到曾经以经商为生的车升五商议开办书店,自己印刷出版书籍。车升五是车长宽的哥哥,当即同意了他们的主张,并就办书店一事做了分工。白全武等人负责书刊编辑工作,车升五负责聘用人员、选地址、买器材、筹划资金。

8月28日,由车升五出面,利用大连西岗区长生街13号的三间房子,正式挂出了"大众书店筹备处"的牌子。金鑫、刘继远、车长敏、韩正善、宋浩等9人也参加了书店的筹备工作。

书店刚开张,就得到职工总会的全力支持和帮助。职工总会委员长唐韵超及张洛书同志都到书店给予鼓励和指导。"九三"以后,白全武、车长宽等人见书店还未能出书,就在书店西侧的日本庙"金光教会"开办了社会科学研究会。社会科学研究会实际上是学习班的性质。学员一是由骨干相约自己的亲朋好友前来参加,二是四处贴海报,争取广大社会青年参加。参加听课的最多达100多人。研究会的课程有两项:一是以解放区出版的艾思奇的《大众哲学》为教材,讲解辩证唯物主义;二是讲解毛主席的《新民主主义论》。由于没有书本,依靠白全武过去在北京时读过此书的记忆,编一章,讲一章。研究会开课不久,在北京读书回大连休假的孙盛虞找到研究会,带来了他刻印的《新民主主义论》原著蜡纸。大家如获至宝,支起油印机印刷。因为他没有刻蜡版的经验,一张也未印好。大家根据孙盛虞所藏原著,立即分头重新刻写,终于印出了全文,使研究会有了正式的教材。

10月下旬,东北局派来的干部沈涛、康敏庄等同志来到大连,社会科学研究会由党领导的工人训练班所代替,白全武、车长宽等人相继被吸收加入了中国共产党,并陆续分配到工人训练班、报社、电台等战线工作,成为我党培养的第一批本地干部。这时,大众书店就主要由车升五负责经营。

1945年底,书店还没有印刷厂,为避免书店颜色过红,就和职工总会合伙,与一小印刷厂联系,翻印孙中山的《三民主义》。

张致远同志奉命从沈阳来连开展党的工作,给书店带来解放区印行的一些材料,其中有《论联合政府》一书。张致远建议大众书店印刷,并为此书写了印行序言。1946年初,《论联合政府》一次印成1万册,10多天就卖完了,受到了群众的欢迎。

　　大众书店未正式大规模印书之前,还接受了党交给的任务。一段的时间里,大众书店成了党组织的接待站,一些解放区来大连的干部,还有来往于庄河、普兰店的干部和追求革命的进步青年,经常住在大众书店,由书店提供膳宿。1945年11月7日十月革命节前,白全武、康敏庄要求书店连夜印刷1万份《中共中央对目前时局的宣言》。车升五、刘继远、金鑫、车长敏等同志,四处联系印刷事宜,终于找到一家日本人办的"昭和印刷所"。厂里晚上无人干活,一个值班的日本人坚决不同意开机印刷。书店的同志迫于无奈,只好强行印刷,直到下半夜2点多才印刷完毕。他们又分头散发张贴。当时的大连街头,常有特务、地痞流氓夜间活动,他们冒着危险,完成了党交给的任务。第二天一早,大连市民见了《中共中央对目前时局的宣言》,议论纷纷,非常高兴,有的说大连来了共产党,有的说这就是大众书店干的。见此情景,书店同志心里有说不出的高兴。

　　位于长生街的大众书店,因出版了一些进步书籍,在群众中产生了一定的影响,到书店买书的读者越来越多。但因书店偏僻,门面又小,书店的同志还背着书,到市内小书摊推销。1945年末,书店请示中共旅大市委负责人韩光和王西萍同志(当时党组织尚未公开),征得同意,以中苏友好协会的名义,接收了位于天津街的日本人"大阪屋号书店"和书店对门的"鲇川洋行纸店",并将西门市作了调整,把原"大阪屋号书店"改做大众书店文具用品门市部(大众书店经营文具用品直到改为新华书店时为止),把原"鲇川洋行

纸店"改为大众书店书籍门市部。当时天津街中段全是日本人经营的商店,大众书店是第一个打进天津街繁华区的中国人办的商店,经销的又是宣传革命的进步书籍,这成为震动人心的大事情。

不久,大众书店又接收了现二七广场南边日本人办的"日清印刷厂",并改名大众书店印刷厂。从此,大众书店走过了筹备初创阶段,开始走向发展阶段。

二

大连经历了日本帝国主义残酷的殖民统治近40年,坊间书肆充斥着有毒的书报刊物,起着麻醉、毒害人民的作用。大连解放以后,旧的书刊变成了废纸,然而内地的书刊因国民党军队的封锁不能进入,大众书店的创立,为解决群众读书创造了有利条件。

大连地方党组织十分关心这个破土而出的幼苗,除向大众书店介绍出版物外,还向大众书店派去了干部。1946年2月,著名作家柳青同志从解放区来到大连,接受了党组织的委派,到大众书店担当编辑。柳青同志到店以后,一方面了解书店经营和人员情况,清理、整顿了干部队伍,一方面建立了书店党的组织,发展了车升五、金鑫、李俊3人入党。大众书店党支部还包括由上海来连的光华书店(后改为三联书店),支部书记由柳青同志担任,1947年3月,徐澄波来店后,柳青同志忙于写作长篇小说《种谷记》,改由徐澄波担当党的支部书记工作。

根据大连当时政治形势的要求和广大群众迫切要求学习政治的愿望,大众书店把出版工作的重点放在介绍国内各地的政治、文化成果上,如重版沪、渝等地的进步书店和解放区特别是山东解放区新华书店的出版物。仅1946年10月1日到12月20日的统计,大众书店出版了下列书籍：

性质	种类	册数
政治及时事方面：	38	244000
理论及修养方面：	38	248667
文艺作品：	20	193860
通信报告：	14	74930
历史及史料：	12	640000
杂类：	18	200866

共计印行 151 种书籍，1026000 多册。从上述情况来看，理论及修养方面的书籍，包括社会科学、文学理论及青年学习和修养的指导书籍占第一位。如《大众哲学》、俞铭璜的《新人生观》等，成了市面上的畅销书。政治及时事方面，包括国际、国内政治问题的著作及时事小册子，印行量占第二位。特别是《论联合政府》《新民主主义论》《论解放区战场》《中国新农村经济》等，常常是一销而空。占印行数量第三位的国内或国外小说、诗歌、剧本及其他文艺作品，如《骆驼祥子》《腐蚀》《丰收》等书籍，也很受读者欢迎。这三类书籍为全部出版物的 70%，足以表明书店的服务方向和广大读者的需求。

大众书店是在不断学习、摸索中前进的。开始阶段，由于资金不足，人员很少，店址迁移，又没有自己的印刷厂，只能出版少数几种最急需的政治读物，如抗战历史和社会科学方面的书籍。而且在编排、校对、封面设计等方面也显得比较粗糙。由于书店同志的齐心努力，编排逐步活泼，校对也有所熟练，封面设计除大多数重版书依照旧样外，新版书籍也力求美观。自书店有了工厂以后，书刊印刷效率大有提高。1946 年初，一个月只能出 3 种书，到 6 月间，

也只达到 9 种,不足 100 万字。上半年出版的书籍大多还得找别家印刷厂印刷。经过半年的实践,下半年每月就达到出书 16 种以上,约 160 余万字。不仅书店的活不需找别家代印,而且还承印了上海光华书店在大连重版的书籍。由于工厂效率的明显提高,书籍的成本也有所降低。

三

为了满足广大读者读书要求的日益增长,促进各地的文化交流,本着为读者服务的精神,大众书店不仅自己印行书刊出售,而且尽力将各地各家的出版物搜集齐全,以供读者随意选购,仅 1946 年一年,就有下列外版书刊到店:

大连中苏友协发行科来书 86 种	170386 册
大连日报社来书 26 种	26353 册
大连光华书店来书 119 种	2086 册
大连市政府教育局来书 19 种	24833 册
山东新华书店来书 195 种	14948 册
安东建国书店来书 29 种	25625 册
旅顺民众书店来书 26 种	41677 册

共计经销了 507 种书刊,连同大众书店本版书籍,共有 658 种书刊摆在读者面前。这在当时情况下,是一个了不起的成果。

大众书店除了十分注意书刊的印刷,而且注重发行工作,及时将书刊送到读者手里。大众书店印行的书刊除供应本地读者外,并经由山东新华书店分销山东全境,经由安东(现丹东)建国书店分销南满、东满各地的读者。民主联军撤出安东以后,大众书店还是想方设法绕道将书送到广大农村。下面是 1946 年的书刊销售情况：

大连	658 种	324086 册
旅顺	187 种	27810 册
金县	235 种	20777 册
安东	114 种	375410 册
山东	79 种	119560 册
北满	69 种	26644 册

全年经销书籍 909 千余册。仅大连一地，经过大众书店经销的书籍（包括门市、批发和函购）便有 324 千余册。在大连这块祖国文化还处在垦殖阶段的地方，这已经是一个很大的成果。1947 年冬，书店副经理徐澄波同志，还带着一批书乘苏联船只，到达朝鲜咸兴，再乘火车经图们，到达哈尔滨。这次送往北满的一火车皮的书，其中就有大众书店出版的《毛泽东选集》。

四

大连大众书店的发展，引起了社会各界的关注和支持，许多从解放区来大连采购物资的干部也经常光顾书店。书店的同志从这些解放区来的干部手中收集到不少毛主席著作的单行本。这些单行本不仅纸张质量差，而且印刷也比较粗糙。大众书店的同志认为，这些单行本不利于学习和保存，就参照 1944 年 5 月晋察冀日报社编印的《毛泽东选集》（建国前我国出版的最早版本），又在第一卷中增加了《论联合政府》，在第二卷中增加了《答路透社记者十二项问题》，在第五卷的最后增加了《〈共产党人〉发刊词》，编印了东北地区最早的《毛泽东选集》。这项工作主要由来自解放区的作家柳青同志负责编辑，并且得到了中共大连地委（当时尚未公开）宣传部长袁牧化同志的支持。这套定名为《毛泽东选集》的书，共分 5 卷，主要收集了毛主席在抗日战争以来的著作、讲演，还将抗战前的《湖南农民运动考察报告》和《中国共产党红军第四军第九次代表大会决议案》作为附录收入，共计 31 篇文章，900 页，近 50 万字。文章编排大致以时间为顺序。1964 年 4 月，《毛泽东选集》印刷出版，6 月份又再版一次。1946 年 8 月，根据广大干部和广大群众的要求，大众书店又出了精装本。精装本是将原先印刷的五卷本合订装成，内容上没有变化。红布面，烫金字，非常庄重，初版 2200 册，1947 年 2 月精装本再版 3000 册，11 月 3 版已到 5000 册，是前两版的 1 倍。精装本《毛泽东选集》开始印行时，价钱较高，一般干部还买不起。书店就在春节印行年画上稍加几厘钱，用作补贴，降低了《毛泽东选集》的售价，书很快销售一空。

大众书店自行出版《毛泽东选集》以后，大家很想让毛主席看到这本书，又想给毛主席送点东西，表达解放了的大连人民对伟大领袖的热爱。当时来往于大连和解放区之间采购军用物资的干部很多，书店经营又有盈余，就托人给毛主席送去《毛泽东选集》、新出版的分省地图和钢笔、怀表。1947 年 11 月，毛主席在指挥人民解放战争的紧张日子里，还给大连大众书店写了回信，上面写着："大连大众书店，大众书店同人自治会，大众印刷厂全体职工同志们：你们送来的书及钢笔、表均收到，谢谢你们的好意，并致同志的敬礼！毛泽东十一月二十三日"（毛主席给大连大众书店的信原件已上交中央档案馆，复制件现存于大连市档案馆）。

大众书店接到毛主席的回信，在职工中进行宣读，更加激起了职工们对伟大领袖毛主席的崇敬和热爱，决心不辜负毛主席的希望，把出版工作做得更好。

五

大众书店还在加强职工队伍建设、扩大图书发行业务范围等方面做了许多有益的工作。

由于日本帝国主义长期的殖民统治，解放初期，一些青年的思想觉悟还比较低，有的还认为卖书的会被人瞧不起，书店发的"大众书店"证章都不愿意挂在胸前。书店党组织十分注意对青年职工进行思想政治教育。由于党组织没有公开，书店领导就利用每天早饭前的 1 小时，给职工上政治课，虽然不讲共产党、八路军，但讲地主、资本家对农民、工人的剥削，讲谁养活谁，讲为人民服务，提高职工的思想觉悟。当时职工集体生活，许多青年坚持记日记，提高文化水平。书店党组织了解他们的思想情况，及时进行有针对性的教育。许多青年职工逐渐懂得了革命道理，感到卖书就是传播革命理论，产生了一种光荣感，不但不怕被人瞧不起，而且把大众书店的证章堂堂正正地挂在胸前了。

大众书店不满足读者登门购书，还将新书不断送到各单位的图书阅览室，并在街道居民中发展订阅连环画户的业务。先前，一个家长花钱买一本连环画，孩子看过之后就不愿再看了。大众书店开展了一项租阅连环画的新业务。每户一个月只要付一元钱的租费，书店服务股的同志骑上自行车，像邮递员送报一样，天天将新书送到订户，再把看过的连环画拿走。孩子们一个月就可以看到 30 本不同样的连环画。这种做法不仅使孩子们扩大了知识范围，而且使家长节约了开支，书店亦有利可得。书店服务股的同志和订户关系也日渐密切，并经常帮助群众代写书信，代买新书，代买文具用品，颇受群众的欢迎。大众书店为此在市民中的影响也就越来越大。

当时在大连实行军管的苏军司令部出版局也要审查书店的出版情况,并向大众书店供给了不少精装本的中文版《列宁选集》。苏军方面提供的书印刷讲究,纸张质量也高,价钱十分便宜。同时,书店还进了其他一些俄文版书刊和附带俄文唱片的留声机。大众书店为此专设了外文部。

1949 年 9 月,北京召开了第一次全国新华书店代表会议。徐澄波同志作为旅大地区的代表参加了这次会议。大连大众书店出版发行的《毛泽东选集》,受到会议主持人胡绳同志的口头表扬,也指出校对不够认真、错字多的缺点。在这次会议上,还通过了由大连书店设计的全国统一的新华书店证章。会议后期,由出版总署署长胡愈之同志带领,会议代表 50 多人受到了毛主席的接见。毛主席对大连代表很感兴趣,使徐澄波同志很受鼓舞。

大众书店先后在金县、旅顺开设了支店。瓦房店解放后,又在那里设立了群众书店。1949 年 4 月 1 日,大连党组织公开后,大众书店改名为东北书店,1949 年 7 月 1 日,又改名为新华书店。大众书店独立经营 3 年之久,在党的领导下,奠定了大连出版发行事业的基础。

(本文根据访问车升五、徐澄波等同志记录,并有关历史资料整理而成,又经市新华书店邹毅同志指正。)

(大连市文化志办公室供稿)

选自《东北革命文化史料选编(第二辑)》

◇ 斐 中

东北文协文工团的足迹

解放战争初期,在东北的哈尔滨、九台、吉林、抚顺、营口、牛庄、沈阳等大片地区,曾活跃着一支革命文艺劲旅——东北文协文工团。在硝烟弥漫的战场,在白雪皑皑的农村,在机声隆隆的车间,在书声琅琅的校园,在密集纵横的街头,在辽阔宽敞的广场,激情满怀地高唱自己创作的《纪念八一五》《工人进行曲》《团结起来,劳动弟兄》《铁路工人歌》《庆祝五一》等革命歌曲,他们演出自己创作的秧歌剧《劳军鞋》《自己做主》《参军》,演出话剧《反"翻把"斗争》、《取长补短》和苏联大型话剧《俄国问题》,演出歌剧《血泪仇》《新家庭》等,为唤起人民群众支援解放战争、参加土地改革运动做出了重要的贡献。

下面,让我们沿着她的革命足迹,看看她是在怎样复杂的形势下产生的,又是在怎样艰苦的条件下发展的,并通过她的革命足迹,了解她在中国革命文化史上的价值和作用。

东北文协文工团成立的前前后后

1945年"八一五"日本帝国主义投降。东北光复后，苏联红军在哈尔滨等地区驻军，实行军管。当时苏联同中国国民党政府有外交关系，订有中苏条约。在国与国关系上，是苏联与国民党政府。所以，在表面上，它不能让中国共产党马上成立哈尔滨市人民政府。但实际上在暗地里，则支持中国共产党。这期间，国民党政府曾经派了一些人如"接收大员"之类在哈尔滨等地正经闹腾了一阵，成立了什么"国民党哈尔滨总部""三青团哈尔滨总部""松江省保安队"等，在这里公开地招兵买马，搞"建军"。中国共产党也针锋相对，组织自己的武装，如"哈尔滨保安队"。因为苏联红军不能公开地支持我党搞武装，这些事当然都是秘密进行的。

1946年4月28日，苏联红军撤走，我党的民主联军进驻哈尔滨，成立了哈尔滨市人民政府。哈尔滨市是当时东北解放区的中心城市，也是在全国解放的第一个大城市。全国其他的大城市那时还都不在人民手里，因此，哈尔滨就成了东北解放区的临时首府，政治、经济和文化的中心。所以，哈尔滨市人民政府成立之后不久，就在这里召开了"东北九省代表会议"（那时东北区划为九个省）。民主联军司令部也设在哈尔滨，中共中央东北局在1946年的春天，也从长春迁移到了哈尔滨。

为开展东北地区的文艺宣传工作，日寇投降后，从解放区，从延安，从大后方，许多革命的文艺工作者也集中到哈尔滨来。其中，有一些就是日伪时期从哈尔滨出去的作家和艺术家，如罗烽同志、白朗同志、萧军同志、舒群同志、塞克同志等。罗烽同志当时是我党地下党领导文艺活动的代表。早在1936年他离开哈尔滨市之前，就是我党在哈市领导文艺宣传工作的负责人。萧军、白朗、舒群、塞克（陈凝秋）等，20世纪30年代在东北，在哈尔滨，以后在上海等地，都很有名望。还有"五四"以来一些著名作家、艺术家，如丁玲、周立波、草明、吕骥、张庚、古元、马可、严文井、宋之的、华君武、张东川、吴晓邦等同志，也汇聚到哈尔滨。在这种形势之下，于1946年11月发起成立了由我党领导、由罗烽同志任负责人的"东北文艺协会"。

"东北文艺协会"成立后，为了继承、发扬延安的革命文艺传统，为了给东北解放区开辟出革命文艺的道路，便计划成立一个文工团。经当时中共哈尔滨市委孙刚犁同志推荐介绍，"东北文艺协会"决定由原七师宣传队六纵队文工团部分回哈的同志陈沙、白鸢、张力、赵华、马晓、杨曼丽等同志为基础，由曾任过七师宣传队队长的陈沙同志暂代文工团团长，自1947年5月1日开始进行文工团的筹备创办工作。

据赵华同志说："东北文协文工团的成立有她的前因。哈尔滨市在东北来说，是个有文化传统的城市。那时，哈尔滨许多青年学提琴、学钢琴、学唱歌，还有很多学交谊舞的。这是受侨居在这儿的俄国人的影响。像文协文工团的提琴演奏家杨景春同志，就是在1939年伪满国高毕业，从小就学小提琴的。所以，哈尔滨的文化戏剧音乐活动，一直是很活跃的。日本投降后，搞戏剧活动的爱好者，如陈沙、白鸢、马晓、吴风、顾成……这些人寻思：日本倒台了，应该把关内的一些戏，过去不敢演的，介绍给哈尔滨人民。他们不约而同，都有这么个愿望。于是，他们集中到一起，开始搞起来。那时候，活动很困难，没有经费。后来，说有一个三合店的掌柜的，他是个爱好者，愿意出钱让大家玩，而且还有地方住，是在道外桃花巷,有个'东光寮'——是原来伪满电业局的一个职工宿舍,那个楼空着,不是哈尔滨的人可以到那儿去住。大家说那更好了,就都搬到那儿去了,开始在那儿排曹禺的戏。

"我们在楼上排戏,经常听见楼下唱歌,唱什么'起来!饥寒交迫的奴隶',还有'你是灯塔!'……这是什么地方?大伙很奇怪。但有几个人清楚,像陈沙、白鸢等,他们早就同地下党有联系。原来当时的地下党,已经要公开活动,正在发动和组织各种活动。那时候,李兆麟将军已经在哈尔滨,苏联红军还没进来,哈尔滨正是混乱时期。国民党在这儿公开地搞建军,我们的地下党集结起来之后,也搞建军。如松江省保安队,是国民党搞的;哈尔滨保安队——带小臂章的,是咱们党的武装。后来苏联红军来了,因为与国民党政府有外交关系,不能公开同意我党搞武装,但暗中却是支持的,所以都是秘密地搞。后来才听说,党组织要派人跟我们联系,成立一个文艺团体,开始怕有些人有'正统'思想,对共产党不认识,担心搞不起来,逐渐地通过人拿着一些书来问我们:'你们看不看什么书呀?'大家一看,是什么《论联合政府》《论解放区战场》什么的,这才知道,噢,这是共产党。那时候,听老人讲过些抗战的故事;又刚一解放,日本一投降,心情挺兴奋,嘿!管他是死是活,干啦!就这样,党所领导的'塞北风剧社'就由我们这些人成立起来了。孙刚犁同志经常代表中共哈尔滨市委到我们这里来。

"那时,国民党是公开活动,摇着膀子晃,到了哪儿,吃东西不给钱,老百姓可恨他们呢!国民党的宪兵、伪警察、地主子弟搞的'松江省保安队'在道外'大世界'公开挂出来'哈尔滨市国民党党部'的大牌子。我们也要活动,也要宣传呀,组织上就给我们一些书——就是那些《论联合政府》什么的——看能不能卖一卖。可一到书店，人家都不收。一看局势还不明朗，共产党的书他们不敢要。那我们就到街上蹲地摊儿卖吧！但又不敢在别处卖，怕遇上国民党特务找麻烦，就到市公安局的对门去卖。那时候，咱们党的一位同志在公安局当副局长，苏联红军是正局长，局里的人全是苏联红军。领导对我们说：到那儿你们要是遇见事儿啦，国民党特务要是捣乱，你们就往公安局跑，去找咱们的副局长，找苏联红军。结果，还真有很多人买书，因为过去日伪统治得很厉害，许许多多人都不了解真正的国情。我们还撒了一些传单，都是偷着从楼上在夜里往外撒。那时候，在'桃花巷'那个'东光寮'我们的大门口里，坐着一个武装同志在那儿把门。'砰砰砰！'一敲门，大门上有个小方口门儿先开开，看看是谁，噢，是自己人，就开门放行。

"我们公演曹禺的戏是在道外的平安电影院，它正对着正阳街。后来'双十节'，就在平安电影院挂出来毛主席像和蒋介石像，当中是孙中山。毛主席像写的是'中国人民伟大的领袖毛泽东'，那边则是'中国国民政府委员长蒋介石'。看毛主席像的人都很激动：'啊，人民领袖！'开始对党有点认识了。

"我们在平安电影院演戏，国民党那些保安队来不给票就往里闯，马晓把门硬不让进，挨了打。白鸢说：'你赶快回去找张放！'那时张放在'东光寮'楼上是政治部主任。张放接到马晓的报告，说：'不行呀，咱们的武装还没有公开呀，不能活动呀，还得到公安局找马局长去。'我们就跑啊跑啊跑到公安局找马局长。马局长就派了两个苏联红军出来截了苏军司令部'妈达姆'的一辆小汽车，带着轮盘枪就来了，到那儿就把国民党的保安队缴了枪。从那以后，'小胳膊箍和大胳膊箍冲突起来啦！'就在哈尔滨宣扬开了。接着，咱们党的保安队配合苏联红军一块，把国民党三青团团部、国民党党部、保安队司令部就全给'端'了——缴了枪。这一弄，国际上都知道了，一些报纸公开说'苏联红军在哈尔滨公开扶持共产党武装'啦，国民党也抗议……一时间，可热闹啦。为了别太显眼，我们的'塞北风剧社'就撤到了哈西，成立了'哈西文工团'以后又去了部队，参加了七师宣传队六纵队文工团。

"在部队里，有些人对我们从城市去的这些小知识分子很看不惯，老骂我们'小资产阶级'，我们很不服气，心想，日本一投降，我们就跟党一起干，这些进步你们看不着，整天骂我们'小资产阶级''小资产阶级'！那时候我早晨起来洗脸刷牙时间稍长一点儿，就有人'干吗呀？刷那么白干什么呀！……'讽刺我。所以后来我们这些人从部队回来就不愿意回去了。孙刚犁同志就向市委汇报了这件事。市委就召集我们开了个座谈会，我记得清清楚楚，就在尚志大街和石头道街那个市政府楼上开的。领导同志问我们：'你们为什么回来呀？'大家就发了顿牢骚。领导同志最后说：'你们是哈尔滨市委把你们从哈尔滨送出去的，市委要对你们负责任。你们很早就跟着党，搞了进步的戏剧活动，是一把革命力量。我们商量一下，由组织给你们安排吧。你们千万不要散了，还是要集中到一起……'就这样，在1947年4月，市委通知我们：'你们筹备创建文协文工团。'于是，在市委那个大院里头，陈沙、白鸢、马晓、杨小玫还有我等，自1947年5月1日开始进行筹建东北文协文工团的工作了。"

东北文协文工团在筹建期间，张凡夫同志、沙青同志、何少卿同志、向阳同志又受组织调遣来参加工作，加强了领导力量，于是除了原七师宣传队六纵队文工团的同志而外，后来又招考了哈尔滨市的一些业余文艺爱好者，青年教师和学生及部分做其他工作的同志,如赵凡、张颂、王克、秋里等同志。还有从外市来的,如李默然、张力等同志。孙芋等同志原是《北光日报》美术编辑,也参加了筹建工作。这时人数约 30 人左右。遂决定在 1947 年 8 月 15 日东北光复两周年时正式成立东北文协文工团。

筹建期间,鉴于当时哈尔滨市人民政府刚刚成立,一些群众对人民政权缺乏正确认识,对抗日战争时期关内解放区和蒋管区的实际情况缺乏了解,决定向群众开展政治宣传工作。于是,就在极端困难的情况下排练公演了歌剧《血泪仇》,收到了很好的戏剧效果。虽然这个剧并不复杂,演员又都是新手,但它却是哈尔滨市从来没有过的演出剧目,所以很受群众欢迎。当时,乐队只有一把板胡,演职人员也少,都是一人顶多职:既当演员,又当演奏员,又当工作人员,如褚嘉拉板胡时,是白鸢在台上演戏,褚嘉上场时,白鸢再来演奏。这第一次演出使全体团员受到了锻炼,扩大了我党的政治影响。

《血泪仇》演完后,为了准备纪念"八一五"东北解放两周年,同时也祝贺东北文协文工团正式成立,就发动全团同志创作排演纪念"八一五"的新节目。经过紧张的突击,创作出几个秧歌剧、小歌剧和群众歌曲,进行抢排。到了"八一五"那天上午,就拉出几个小分队,到街头、广场去演出。秧歌剧有《劳军鞋》《自己做主》,歌曲有《纪念"八一五"》等。下午,就在现在的中共哈尔滨市委后院——那时,三面都是矮房子,现在改建面目全非了——在东北局宣传部的代表、东北文艺协会的领导,还有《东北日报》等新闻界的代表和文艺界的代表的参加下,举行了大会,宣告东北文艺协会文艺工作团——简称东北文协文工团正式成立。由张凡夫同志任团长,陈沙同志任副团长,沙青同志任指导员,下设三个组:戏剧组、音乐组和美术组,并有剧务1人和文化教员2人。

东北文协文工团的工作方针是:以城市工人为主要对象,以工厂区的广场和街头为主要的演出场地,其次是正式的剧场和舞台。根据这样的方针,开展了广场、街头的宣传活动。当时,正是东北战场打得最激烈的时候,《劳军鞋》《自己做主》《参军》等剧的演出,有力地配合了这一时期的政治宣传任务,积极地支援了东北的解放战争。

8月下旬,东北文协文工团应辽北省人民政府的邀请,赴白城子演出了《血泪仇》和《反"翻把"斗争》,后者是到那里之后临时赶排公演的。

回来后,适逢哈尔滨市正在发动群众组织"贫民会",进行城市基层政权的改造与建设,于是,全团同志被分配到哈尔滨市各区,参加了城市基层政权建设工作队,做了历时一个月的街道政权工作。这一方面为城市基层建设做了工作,同时又锻炼了队伍。

这一工作完成后,接着就集中起来赶排《俄国问题》。这个戏是大型话剧,虽然名字叫"俄国问题",可表现的却是美国的生活,场面上出现的人物大部分是美国人,难度很大,困难很多。当时的工作条件和生活又相当艰苦,排戏、制作服装和道具等没有固定的场地,只能在院子露天地里进行;每日三餐,吃的是高粱米、大碴子、苞米面;人手又少,都得一身兼多职,不但要上台演,还要在幕后做各种工作……但是,大家在"跟着共产党,解放全中国"的坚定信念下,发扬了高度的革命热情,刻苦求实,终于胜利地完成了这一演出任务。例如,扮演戏里的主角史密斯———一位美国"克斯克按系统"记者的就是许默夫同志;演他的"情人"———一位外国小姐,就是向阳同志;李默然同志扮演垄断美国报界的克斯克按的一个权威，都很成功。同志们都粉墨登场，幕布未拉开之前，都是舞台工作人员，布置灯光，安排装置布景，幕一拉开，就马上进入角色登台演出。当时《东北日报》在哈尔滨市出版，对这个戏的演出都有相当篇幅的评论，一致给予肯定。《俄国问题》的演出，收到了很好的社会效果，进一步地扩大了东北文协文工团的影响，提高了她的地位。这时，是 1947 年 11 月。

艺术创造的日日夜夜

参加土地改革后，东北文协文工团进行了整编，接着，在 1948 年 3、4 月份，就分别深入哈尔滨市的国营和私营工厂，一面体验生活，一面开展工人群众的文化和艺术活动。文工团员们和工人同志打成一片，教他们学文化，上标点符号课，教他们唱革命歌曲、扭秧歌、打腰鼓等等。这些辅导工作由车莹同志专负其责，其他同志兼而搞之，受到工人同志的热烈欢迎。同时，工人同志的全心全意为支援前线解放全东北、全中国而努力生产的精神，也鼓舞、感染和教育着文工团员们。在此期间，文工团的艺术之果也获得了丰收。在舞蹈家吴晓邦同志的帮助下，文工团内又增设了舞蹈组，由谢昆同志任组长；在东北文艺协会宋之的、塞克等同志帮助下，又成立了编导委员会，指定专人从事创作和导演工作，前后写出话剧《取长补短》、歌剧《新家庭》和歌曲《工人进行曲》等。当时，东北解放区还没有完全连成一片，各解放区都准备要派代表来哈尔滨召开东北解放区文工会议，大家创作排练这些新节目，就是为了迎接这一会议。在会议期间，演出了上述节目和一台歌舞节目。会议之后，继续到三十六棚铁路工厂去体验生活，创作"大炉"戏。

东北文艺协会负责戏剧工作的同志，如塞克、宋之的、张东川等,对东北文协文工团的创作工作进行了热情的辅导。他们都早已是驰名全国的戏剧家。有的在20世纪30年代的上海就名闻遐迩,有的在抗日战争时期到大后方的重庆同老舍写过《国家至上》。哈尔滨虽然被称为东北革命文学的故乡,但沦陷日伪后,由于日寇的封锁和镇压,流传下来的反映真实生活和人民意愿的剧作却一本也没有。自从宋之的同志来到东北文艺协会后创作了话剧《群猴》、京剧《九件衣》,张东川同志辅导了戏曲《岳飞》和《水泊梁山》的演出,才在哈尔滨的舞台上披荆斩棘,给东北文协文工团创作组的后起之秀们起了引路的作用。《取长补短》的作者,后因《妇女代表》而名闻国内外的戏剧家孙芋回忆了当时老艺术家对他们的“传帮带”的情况。他说:“那时,我没写过舞台戏,只写过秧歌剧。他们给我的帮助很难得。我写《取长补短》是写工厂里工人如何支援前线,在初稿中,我让资本家也登了场,因为,当时有一句口号是‘劳资合作’。宋之的同志很有经验,政治修养很高。他告诉我说:‘在现在这个历史阶段里,你写资本家登场很不好处理,表现劳资矛盾有困难,演劳资合作也不合适。你最好暂时把这个问题避开,写新老工人在生产支前中的团结问题。’塞克同志听了我对材料的处理,则根据他丰富的舞台经验启发我说:‘你素材很丰富,但是写作品要根据主题需要加以选择和加工。凡是与主题有关的你就要,否则就舍弃割爱。’我那时刚写戏,对生活中一些很生动的东西有点偏爱,什么都舍不得扔。他说:‘你要学木匠。好木匠把一块不怎么好的材料几斧子就能砍成一块很有用的东西,没经验的木匠,很好的材料,他左砍、右砍会把好材料砍废了。你要下点决心,凡是与主题、与刻画人物、与中心事件没有关系的东西,要一律砍掉,毫不留情。搞文艺创作不掌握技巧是不行的。’张东川同志在审查这个戏的时候也这么讲。那时,我,还有宋军等同志写戏,都有自然主义的倾向,都喜欢把生活中一些新奇的东西搬上舞台。《取长补短》就是这样。例如,为表现工厂作坊,把台案、砂轮统统搬上了舞台,还要突出舞台效果,让火花满天飞,让砂轮声震天响,结果,整个剧场轰轰的,人物说话都听不见了。张东川同志笑着说:'你不要追求这些东西。戏剧这种艺术主要写人物,表现人物内心的东西,内心世界和人物性格。外在的东西,特别是给人生理刺激的东西,不能要,以避免喧宾夺主。'"

孙芋同志为了写好他的话剧处女作,为了把当时哈尔滨市的产业工人形象搬上舞台,曾经到市内几个工厂去调查研究、体验生活。他去过道外三道街的一个缝纫机厂,去过南马路的一家机器厂和几个生产六〇炮、信号枪的工厂,使剧中人物得到了概括和集中,又接受了上述几位老戏剧家的指导,终于使这个戏在东北文工会议上的演出获得了成功。当时的新华书店东北总分店选中了该剧,于当年出版发行。孙芋同志说:"我后来之所以能成为一名专业的剧作者,没有东北文协文工团这支有着熔炉和学校作用的革命队伍,没有老戏剧家的精心教导和'传帮带'是绝对不会成功的。"

1948年8月,全国第六次劳动代表大会准备在哈尔滨市兆麟电影院召开。东北文协文工团的全体同志又为此投入紧张的工作。在会议开幕时,哈尔滨市文艺界组成的联合队进行了演出,东北文协文工团的邱树嵩同志出任小号演奏手,张力同志任黑管演奏手。在会议期间,全团同志还曾到铁路俱乐部为会议作庆祝演出,其节目有沙青作曲、褚嘉作词的歌曲《工人进行曲》,《团结起来,劳动弟兄》(宋军词、龙潮曲),《铁路工人歌》(孙芋词、张颂曲),《庆祝五一》（宋军词、邱树嵩曲）和沙青编曲的管乐合奏《森吉得玛》等。当时,东北人民出版社还专为东北文协文工团出版了一本《工人歌曲集》。这些歌曲都是他们深入工厂生活的创作丰收,如《工人进行曲》就是沙青同志在三棵树机务段体验生活期间趴在郊外的草地上谱写出来的。这首歌首先发表在 1948 年 5 月的《东北日报》上,不久就在整个东北地区传开了。

宋军同志对他们当时在"火炉"戏创作上走过的自然主义的弯路进行了精彩的描述。他回忆说:"那是在 1948 年 4 月,我们一个小分队共十几名同志,深入到哈尔滨车辆厂去体验生活,搜集素材进行创作。没有宿舍,就住在一节破车厢里。塞北春寒常常把人从睡梦中冻醒。废品堆旁薅去荒草埋锅做饭,一小包辣椒面就成了大家的调味佳肴。尽管低标准的供给制生活是艰苦的,但同志们个个精神振奋,士气昂扬。

"炼钢车间为抢修敌伪时留下的废弃电炉,不仅缺电,缺少耐高温的补炉原料白云石,连废钢铁也没有。但工人们为了支援解放战争,冒着生命危险,克服了许多困难,日夜奋战,炼出了合格的钢,保证了前方的急需。工人阶级的忘我精神,深深教育和感动了我们。我们决心把他们的英雄业绩搬上舞台。

"我们都是 20 岁左右的年轻人,虽然个别人演过戏,那都是有现成剧本的,今天要自己写,而且是要正面表现我们的产业工人,确实是个大难题。

"我们匆匆忙忙地访问,了解修炉炼钢的前前后后,记了些技术术语、用具名称。凭着年轻人的热情,凭着歌颂工人阶级伟大形象的愿望,写!写个反映他们的戏!怎么写?谁也拿不出个好主意来。还是集中大家的智慧来一个'集体创作'吧!我们首先采取了一个现在想起来还叫人发笑的办法，就是按原故事的经过，先确定演员和他所要担任的角色。一号人物当然是个有觉悟、有办法、能团结人、带病坚持上岗、不吃、不睡的英雄工人，为了陪衬他，就要有个落后工人。不落后，没有私心杂念，怎么能出事故？（当然他最后要在英雄人物的力挽狂澜的抢险行为教育下而转变。工人阶级总落后那还了得！）另外，工人中要有个性格急躁的壮汉，火上房不着急的老蔫，顽皮、好逗乐的小青年，还要有思想保守的工程师和掌握政策、能为工人撑腰的领导干部……这样一系列的角色配齐后，由副团长陈沙同志担任导演，把全体剧中人领进刚刚开完饭的食堂，'集体创作'就开始了。

"开幕！工人们都在为怎样抢修电炉而焦急，话要由英雄人物先开口。'王克，你想想，在这种情况下该说句啥？'导演启发着演员，演员就努力进入角色。

"王克憋得脸通红，费了很大的劲说了一句台词，又引起了大家七嘴八舌的议论。

"'不行！不行！怎么能这么说呢？没有先进的工人阶级的气魄。'

"'重工业的人嘛，说话也该是硬线条的，这话软绵绵的还是知识分子腔。现在，不是你王克在说话，你是先进的钢铁工人！'

"'说这句话，应该拍着胸脯说……'

"'要精神点……'

"一阵哄笑，就这样，你一句我一句'集体创作'了半天，费了很大的劲儿，大家才勉强通过了第一句台词，记在了纸上。

"该褚才说了（这是现在能记住的唯一的一个剧中人的名字，由褚嘉扮演），他是个落后的老工人。褚嘉同志为了进入角色还特意拿了个小烟袋，挺逗的，给人留下了深刻的印象。还和以前一样，你一句我一句地议论，'集体创作'着，又像挤牙膏似的挤了一句记在了纸上。夜已经深了，记录纸上只留下了十几句台词，同志们都直打哈欠了。剧本这样是写不成的，这样的'集体创作'失败了。

"第二个办法又出来了，由几个人分场来写。有的一个人分一场，有的两个人分一场，分头进行，两天后交稿。我分到一场戏。有任务的都在写。有人躲在食堂里，有的在院子里，有的就趴在自己的行李上写。两天后大家高高兴兴地拿着自己用心血凝聚的初稿朗读。人物还真差不多，因为都是公式化、概念化的人物。语言成了问题，一个人写的一个味。这还好办，最大的笑话是情节重复。例如，电炉在关键时刻发生了险情，又是爆炸，又是冒火，拼死抢险，英雄负伤不下火线，这多热闹！多有戏！这一情节很为大家看重，有的同志把它写进他那场戏的结尾，有的同志把它当成他那场戏的高潮——可见这是最初提纲搞得不细所致。不管怎么说，虽然还很不像样子，但总算是有了剧本了。有人说：'有屁股就不愁打！'

"第2步是决定由我和另外两名同志（可能是褚嘉和白鸢）负责剧本的理顺，语言加工，力求完整统一。就这样，又经过几天奋战，剧本算初步定稿了。在排演过程中，哪儿不顺，再由大家修改。

"戏开排了，排练场就设在灰砖房前面的一块空地上。戏剧组、音乐组的男同志差不多都分配到角色，女同志借服装道具，协助制作布景。总之，是全团总动员，全力以赴地投入到紧张的排练之中。我记得当时准备用这个戏为'七一'党的生日献礼，或是献给即将在哈尔滨召开的第六次全国劳动代表大会。

"灯光由马晓负责，布景制作当然是美术组的事，美术组长孙芋另有任务，抽不出时间来，就由唯一的一个组员田野，再加上我这个半拉子承担起来。我又跑到铁路工厂画回来电炉的素描，记下了尺寸，我们下决心要把这个大炉做好。

"电炉是个庞然大物，也只好在院子里制作。在制作过程中，遇到许多困难，如用什么材料，怎样才能使它有立体感等等。还是孙芋同志有办法，出了一个用废报纸泡成纸浆，合上糨糊做一排排的铆钉和小的配件，这工程量不小。几乎全体女同志都来参加制作炉体。炉顶上的电极棒，通到电极棒上的粗粗的电缆线，也用涂上黑颜色的麻绳安装上。即使是炉的背面，观众根本看不到的部位，电线也是一根不缺。

"电炉做好了，接着又来了难题。例如打开炉门时射出的强烈的红光，电极棒通电后蓝莹莹的光芒，出钢时喷出来的火花，特别是炉顶冒出来的黄色的烟，就费了不少的脑筋。我们试验了不少燃烧物，都没有冒黄烟的效果。最后选用了工厂擦机器用过的沾满机油的废棉纱，烟的颜色有些接近，就决定用它了。戏排完了，其他工作也都准备就绪，团领导决定到剧场去彩排，接受文协领导的审查。剧场是在道里大光明电影院，从我们团到那儿路不远，再加上当时团里也没有运输车辆，就肩抬着我们的艺术品走在大马路上，引起了人的注目。说实在的，心里真美滋滋的，充满了胜利的喜悦。抬到剧场，后台的小门根本进不去，就由观众席抬上舞台的台口，撬开一块台板把火炉安装停当。在地下室安下铁火炉，七八节烟筒通到大炉腹内，在炉内还要有手把烟花。把蒙着红玻璃纸的灯泡槽也接上了电源。还是孙芋同志比我们想得周到，特意预备了一桶凉水，以防万一。

　　"那天来检查节目的有罗烽、舒群、金人、宋之的、白朗等几位文协领导,由团长、导演陪同坐好后大幕徐徐拉开,我们自己创作的大炉戏同观众见面了。我们怀着激动的心情,认真地进行着。当舞台上演电炉开火时,蹲在电炉里的同志一看开炉门就点亮红灯,还要往炉外喷射火花,在地下室的人就忙点上一团废油棉纱……有烟、有火、有光、有火花,台上炉中、地下室都忙起来了,炉内的温度也不断升高,蹲在里面的人已汗流浃背了,特别是戏要求烟小一点的时候,烧火的又控制不住,浇水吧!这一下可好,油烟和着水蒸气,迷漫了整个舞台,充满了剧场,听到有的首长已经呛得直咳嗽了,只好把剧场的太平门打开放烟。非常令人感动的是,虽然这样,文协领导还是坚持到演出结束。

　　"第二天,在东北文艺协会会议室,召开了一个座谈会。'火炉'戏的主要创作人员全都参加了。文协领导面对着这些20多岁的毛头新兵,给了很多鼓励,更多的是讲了一些什么是艺术、什么是自然主义及有关的知识,虽然都属于戏剧的 ABC 之类,我们听起来还是非常新鲜。领导和蔼可亲,提携后生的精神使我们感动,永远也不能忘怀。当然,这个'火炉'戏,是没有被通过的。

　　"我们自己动手,集体创作的第一部'火炉'戏就这样失败了。但是,在我们每个人的记忆里却打上了深深的烙印。这次失败的教训对我们以后 40 年的艺术实践起着不可忽视的作用。"

　　随着革命形势的胜利发展,东北解放战场上的节节胜利——我军围困长春,曾泽生率部起义,锦州相继解放,东北军区政治部以东北地区省市以上的文工团为主,临时组成了"东北军区政治部艺术工作大队",由宋之的、吕骥等同志领导,东北文协文工团被合编为第三分队,由张凡夫同志任队长,沙青同志任指导员,于 1948 年

10月上旬,赶赴吉林省九台县,为正在那里进行整编的国民党六十军(即曾泽生部,后改编为我五十军)进行慰问演出。在此期间,东北全境解放。为了慰问休整的部队,历经吉林、抚顺、沈阳、营口、牛庄等地慰问我军第九纵队。

龙潮同志具体记述了慰问前的一些情景,她说:"1948年10月19日,时值鲁迅先生忌辰12周年,在革命文艺人才荟萃的哈尔滨,由东北文艺家协会主办,在哈尔滨市道里的'梵达吉'舞厅(后为中苏友好俱乐部),举行鲁迅先生忌辰纪念活动。

"十月深秋,在塞外东北,已颇有寒意,有的人已穿上了御寒的棉衣。但这1948年的深秋,带给东北人民的却是一股暖流,透心的温暖。记得这一天文化名人济济一堂,有丁玲、塞克、舒群、罗烽、白朗、吕骥、张庚、古元、马可、严文井、宋之的及一大批从延安和大后方集中到哈尔滨的文学艺术大师们。我们东北文艺家协会直属的东北文协文工团全体团员,担任纪念会的服务工作,有个别同志参加了演出。我们大多数是刚刚参加工作的东北青年,革命带给我们的是人生观的确定、文化艺术知识的掌握、人生理想的求索、专业知识的学习。总之一切都是新鲜的,使我们陶醉的、难以忘怀的。而这一天晚上,更是我们革命道路上一个新的起点、新的攀登。

"在纪念会上,首先由丁玲同志朗读鲁迅生前为纪念胡也频等烈士写的文章,她读到中间,已泣不成声,读不下去了。宋之的同志接过来读下去。在座的老同志没有一个不落泪的,整个会场是心酸的哭泣声。我们——年轻的文工团员,却你看我,我瞅你,一脸稚气,瞠目结舌,不知所措。因为在日伪统治下长大的我们,在当时除少数同志了解胡也频烈士和鲁迅先生的事迹外,我们多数人是不了解、不明白的。所以这篇感人的文章,在我们心中引起的只是愕然、惊呆。

"这种悲痛、沉重的气氛,持续了有一分钟之久。突然一阵掌声,把我们从痴呆中惊醒。主持会的东北宣传部文艺处长、东北文艺协会主要负责人之一舒群同志宣布:'现在请洛甫(即张闻天,东北局常委)向大家宣布一个好消息。'大家屏住气息静听。洛甫同志展开手中一张刚刚送来的《东北日报》号外,高声念道:'东北重镇长春已全部解放!'顿时,掌声、欢呼声、歌声响彻了整个大厅。拥抱,流泪,干杯,跳舞。当时,在我们看来,长我们一辈的老师们,也失去了平日的严肃,变得充满孩子气的天真、热情。

"晚会持续到深夜零点以后。我们回到团址进了宿舍(当时90%的同志未婚),余兴未尽,仍然是唱呀、跳呀,还讨论如何请战赴前方慰问演出。当时任东北文协文工团团长、画家张凡夫,指导员沙青,和我们一样也是十分兴奋。他们脱口而出告诉我们:'东北局要把所有在东北活动的文工团组织起来,成立东北艺术大队,随军活动,到前方去!'这个消息,在文工团宿舍又掀起一个新的高潮。大家完全没有了睡意,因为到前方去,直接参加解放战争的火线生活,是我们这批东北小青年梦寐以求的。参加革命了,到前方去搏斗一番,多'神气'呀!

"当时政府经济困难,这一年不发棉军装了。到前方去穿旧破的衣服,不成样子呀!正在犯愁时,马晓同志自告奋勇叫同志把衣服拆洗干净,他借来了缝纫机给大家做起棉衣来。星夜赶做,几天时间棉衣都翻新了,穿上也挺精神的。不出三天,随军南下的东北艺术大队组成了。大队长是戏剧家塞克,副大队长是音乐家吕骥,戏剧家张庚、宋之的,分别由当时活跃在东北地区的鲁迅文艺工作

一、二、三、四团,东北文工一、二团,东北文协文工团,东北文化教育工作队,齐齐哈尔文艺工作团组成,分四个队。东北文协文工团与齐齐哈尔文工团合组为第三分队。

"领导决定复排《血泪仇》。因为时间紧,每天都排到过夜两点钟,但大家仍是精力极其旺盛。"

赵凡同志回忆了南下慰问演出的前前后后,他说:"全团同志夜以继日地排练与创作。一天下午,突然外面人声鼎沸,鼓乐齐鸣,十分热闹,我们挤到窗前和二楼平台,朝下望去,见到解放军押护着一群国民党军官走在石头道街上,原来是困守在长春的郑洞国投降了,这批军官是押往军官教导团接受整训的。看到这番景象,同志们无不兴高采烈,有的手舞足蹈跳了起来。大家乘胜前进,节目很快准备就绪。出发的日子终于到了。记得是晚饭后,全团列队迎着风雪进入哈尔滨车站,乘着夜车,一夜风驰电掣,翌日中午到了吉林省九台县。第二天上午我们即投入装台工作。团长张凡夫、指导员沙青同志做了动员,要求当天把台装完,保证晚间演出。那真是一场战斗,全团上下,男女老少,一齐动手,挖坑的挖坑,埋杆子的埋杆子,清理台面的同志细心到一块小石头都抠掉。同志们这种革命热情引起了小小县城百姓们的注意。我在高处拴幕滑车时,看见人群中有三名军官模样的人,边吸烟边比比画画地议论什么。对此,我心中产生了一丝疑虑:'他们是干什么的?'我报告给张凡夫同志,他说也看到了,不到六个小时台装完了,看起来很像个样子,台高60公分,小土台十米见方,有开闭自如的面幕,二道幕,还有三道沿侧幕,灯光也布置得恰当合适。台左侧是舞台监督指挥地点,右侧是乐队席,看起来真是干净理想、十分得体。围观群众对这个'小戏台'颇为赞许,那三位军官模样的人向我们走来。张凡夫同志主动迎上招呼,我们几个小青年也跟在旁边。原来,他们是六十军政工队的演员,对我们装台的速度很是佩服,还问今晚演什么,什么内容。张凡夫同志一一作答。他们对'秧歌剧'表示不理解,但很感兴趣。也许是'同行'的关系,谈话比较融洽。晚间首场演出,大家高度集中,情绪饱满。乐队也很有气魄,再不是当年的一把板胡了。而今是小提琴、中提琴、板胡、京胡、二胡、黑管、小号,算得上'中西兼备,管弦皆全'了。起义士兵来了一千多人席地坐在台下,开始秩序不好,吵嚷打闹之声不绝。演出开始后逐渐静下来,对戏中主人公王仁厚一家被日本鬼子和国民党反动派迫害得家破人亡、流离失所,观众席上有感叹之声、抽泣之声,同时也有起哄声,还有咒骂声。对此两种反响,大家认为是正常的,受感染者显然是那些出身劳苦的群众,抱敌对态度者可能是些顽固分子,或者有政治背景之人。不管怎样,演出照样正常进行,直到闭下大幕。第一场基本算顺利,第二场演出就出现了'情况'。每当有'国民党军官'和'伪保长'上场时,台下便有强烈的叫骂声;凡是演穷人受压迫,一些感叹声和抽泣声便被激烈的斥责声给压下去,甚至喊叫起来'哭什么! 你爹死了咋的'。十分明显,观众席里顽固势力占了上风。对此我们很气愤,更加情绪饱满地演下去。第三场演出更甚,演出中间竟然飞来石子儿,打得景片啪啪作响。当我(扮演王仁厚)演到逼着儿子(被抓兵后当了特务)向边区政府坦白时,台下飞来的石子儿打在我的眼窝,痛得我眼泪直流。我没作声,坚持演完。卸妆时发现鼻梁子肿起来一块。第四天,宋士水、郭若非、张力、于颖我们几个年轻人又协助'东北二团'演出了《白毛女》,接下来又帮协'鲁艺三团'演出《为谁打天下》。就这样,一直在高度紧张中完成了慰问起义部队的任务。

"形势发展相当之快,刚刚结束慰问演出,又接到新的任务。原来郑洞国投降后,被困在沈阳的蒋军孤立无援,沈阳即将解放,大胜利的时候快到了。上级命令我们东北几个文艺团体组成艺术大队,分四路慰问胜利后的解放军,欢送他们进关杀敌。艺术大队的总负责人是宋之的同志,东北文协文工团和齐齐哈尔文工团组成演出队,到辽南、辽西一带。此刻需撤出九台,赶到吉林市待命,等齐市文工团来后立即启程。军令如山,我们连夜卸台,第二天上午向地方做了交代,便赶到吉林市,住在'东大营',经联系,把《血泪仇》的演出用品暂存在剧场(吉林公会堂),接着赶排些小节目。几天后,齐市文工团来了,我们合并在一起向辽南开拔。经过一番跋涉,我们赶到牛庄,这里刚开完欢迎大军入关大会,席棚子、小土台还都没拆,我们正好接着演出。演出前,我和白鸢、赵华几位同志,采访了两位连干部,一位是连长,一位是指导员。他们连就是塔山阻击战的英雄连。他们简单地叙述了阻击战经过,非常感人,尤其是连队和群众一起守在白老虎屯一家大院时,场面更是惊心动魄,战士们一边英勇杀敌,一面保护人民群众,而群众不仅护理伤员,还要支援战斗,军民团结,生死与共。当子弹打光、敌人步步逼近的时候,指战员边焚烧文件边唱歌,动员群众赶快离散。然而我们的人民群众硬是和战士在一起,也放开喉咙高唱起来,一时歌声冲破云霄,响彻大地,把个蒋军官兵弄得丈二和尚摸不着头脑,还没等判断清楚,我们的增援部队就上来了,一举消灭了蒋军,弹指间取得了阻击战的胜利。听起来真是感人肺腑,一幅慷慨激昂、军民并肩浴血奋战的雄壮画面展现在眼前。那天来的战士百分之九十是新补上来的,包括连长在内。指导员则是刚从野战医院里回来的,他脸色黝黑,颈部还缠着绷带,他谈笑自若,好像根本没受过伤似的。

"给自己部队演出，心情就是不一样。望着台下席地而坐的亲人，雄赳赳，气昂昂，英姿焕发，十分可爱。他们互相拉歌，此起彼伏，一片笑的海洋，歌的海洋。演出中间秩序井然，不时笑声迭起。记得我演一个战士，出发前在老乡家吃饭，演老大娘的演员即兴说了句'吃罢，孩子，牛肉炖大萝卜'，我也即兴回了一句'好哇大娘，大萝卜顺气嘛'，弄得台下哗然大笑。

"那时，我解放军进行了塔山阻击战，国民党军有一部分是从海上逃跑的。慰问演出队一到那地方，战火还在燃烧，被打沉的国民党军舰，还撅着屁股栽在海上。参加战斗的第九纵队就撤到牛庄。演出队就开始慰问。这时部队还紧急进关，一些武器装备都在待发，就这样，慰问演出一边在野台上进行，部队就一边换着班进关，幕一落，看戏的部队站起来就走了，进关了，后续部队又接上来看慰问演出。

"慰问演出完毕之后，这时，东北局等重要机关和部门已经都迁移集中到沈阳。东北文协文工团奔赴并留在了沈阳，那是1948年11月。

"本来想多演几场，多走几处部队驻地，但是因为入关紧迫，部队无暇欣赏演出。恰巧，解放沈阳的战斗已打响，我们便从牛庄撤出奔赴沈阳。车到苏家屯正是深夜，战斗尚未结束，我们暂时停止前进。当夜空露曦白时，我们开进沈阳车站，团长张凡夫同志带领几名同志去找领导联系，我们在车上待命。此时，街上还时有冷枪声，褚嘉同志下车解手，不知从哪里来的流弹，掀掉了他的棉帽子，他急忙返回登上车厢。大约有一顿饭的工夫，张凡夫同志回来了，把全团领进一栋楼房内，暂时安身。大家由于连日疲劳，铺好行李便沉沉睡去。不知过了多少时辰,一声哨响:起床!"

团员们又马上投入了新的战斗:分成几个组,深入到沈阳的纺织厂等几个大工厂,同工人同吃同住同劳动,一边进行文艺辅导和宣传,进行思想开辟工作。他们教工人同志大唱革命歌曲,扭秧歌,学习文化,排练节目,同他们打成一片,受到了热烈的欢迎。这样的新解放区的"开辟工作"做了有两个月。

紧接着,又根据解放战争形势的需要,集中起队伍,赶排活报剧,奔赴沈阳各大广场、街头,演出了《将革命进行到底》和《血泪仇》等剧目,产生了广泛的影响。

1949年4月,锦州的鲁艺联大文工团的约二分之一的团员,由安波、严正和杜印三名同志率领调到沈阳,合并到东北文协文工团。在沈阳,又扩充、吸收了一部分新同志,原东北文工二团进关后又留下了一少部分同志,这样,东北文协文工团就发展得相当壮大了。

潘芜同志回忆说:"1949年初正值北京解放,东北文工二团进入新解放区,因我年小不能做什么事,就和另外几位同志留在东北文协文工团。在欢送东北文工二团进关的联欢会上,东北文协文工团演出了大秧歌,由金伦、于一领衔镰刀、斧头开路,本人也添列队尾,居然跟着大扭了一番。《生活报》还发了《不胜依依送二团》的通讯记此盛事。东北文协文工团的创作活动,在沈阳又有了进一步的扩大与发展,收获了不少新的成果。由于我迷醉于文学创作……到东北文协文工团后就编入创作组……同组的同志,无论在生活上还是在文学上均给我终生难忘的教益与帮助。首先是孙芋,他一直是我们的编辑科长。孙芋为人慈和诚恳,有广博的艺术修养。剧作、诗词都有成就,他的独幕剧《妇女代表》是我国20世纪50年代剧坛上的名作,并荣获全国独幕剧一等奖。独幕剧《取长补短》也被收入《中国现代独幕剧选》第五卷,记载于现代文学史册了。他的歌词也写得非常优美,我总忘不了他的‘稻花盖满了长江两岸,银鱼翻上了黄海滩边’,句式舒展,情景如画……褚嘉在诗词上造诣很高,1948年就发表了两首长诗《甜香瓜》和《山羊坡》,以传统诗词与民歌相结合的写法,其中不乏佳句。

“影、剧两栖的表演艺术家李默然,也曾当过我们的创作组长,还在1949年初领我和凤眠去本溪煤矿体验生活,我的处女作《唱劳保》就是那时写的。作品虽然是个小演唱,但因龙潮大姐配曲,张力、亚洁同志精湛的表演,溢美于原作不少。所以能在群众中产生一点小影响,都与这些老战友的助益分不开。

“让我难忘的还有沙青同志,当时是我团的指导员,已经是很有影响的作曲家,把我一首歌词习作《红五月》亲自改词谱曲,发表在《沈阳日报》副刊上。说实话那时我还不会写歌曲,韵律不谐,词意不整,沙青同志耐心地一一改动,告诉我歌词和诗歌的根本区别。我后来写过也发表出版了一些歌词,应该说沙青同志是我写词的启蒙老师。张颂、秋里、邱树嵩、周松柏诸同志都曾在音乐上与我合作过。

“东北文协文工团创作组生活与学习都抓得很紧。强调深入生活,有计划、有组织、有目的地下到各条战线的生活基层。我和孙芋、徐欣等长期在抚顺矿山和鞍钢体验生活,宋军、凤眠、谢文林、姚承宗、杨嘉鹏诸同志又长期深入农村,并且定期回来总结生活感受,提炼创作素材。同时对业务学习也是一丝不苟。古典戏曲和现代戏剧的名著,特别是古典诗词、元人杂剧、散曲、明清民歌及小说、传统曲艺(更热衷于子弟书中韩小窗的作品)无所不读,为我们每个人打下了较坚实的文学基础。我们的创作组还经过两位老同志具体领导,这就是杜印同志和柯夫同志,他们诲人不倦精神和表率作风,使创作组的同志获益不浅、记忆长存。"

东北文协文工团的大秧歌,也从哈尔滨扭到了沈阳(以后,有的团员又将它扭进了武汉等地,从而闻名全国)。沈阳解放,北京解放,南京解放,上海解放……捷报传来,在沈阳的街头上首先就出现了东北文协文工团的舞姿优美的具有东北特色的大秧歌。在沈阳东北文协文工团辅导办了一期工人文艺学习班,还到沈阳市青年文工队去做了革命文艺的传帮带。他们在沈阳撒下的这些文艺的种子,以后都结出了丰硕的人才之果。他们还专为国民党军舰"重庆号"起义的官兵作了精彩的慰问演出。

(此文由哈尔滨市文化局提供)

节选自《东北革命文化史料选编(第一辑)》

◇ 谭　谦

光复后党影响与领导下的第一本
文艺杂志《新群》

　　《新群》是一九四五年"八一五"日本帝国主义投降以后在东北首先出现的以文学为主的文化综合性半月刊。这是沦陷十四年之后，挣脱了身上的枷锁的长春文化青年交给伟大祖国的一份答卷，一片诚心。众所周知，在日本帝国主义的铁蹄下，文化人也像劳苦大众一样过着非人的生活，正如《新群》创刊号一篇文化报道所云："那时候，他们（指日本帝国主义）取一切文化都集中于长春的策略。主要是使一切文化团体、文化人等被他们严密监视着集中到一处，这样可以让他们自己不费多少力量便牢固地把持住文化界，免得有对日本不利的事情发生。如此，东北的文化人简直是身临深狱，在无光的时日里过活着，所做的事，不过是给日本鬼子当奴隶罢了。为了生命的保全，为了生活，为了将来，东北的文化人们便不得已地忍着耻辱，耐着难言的苦痛，做着非人的工作，说着非人的言语。不然就非得被他们逮捕不可，'思想犯'这名词便会毫无理由地加到自己的身上。或者进去几天之后便通知家人去领尸首……这样地残酷待遇着我们东北的文化人,可是还叫我们的文化人'只许做笑脸,不准放哭声'!"现在,终于盼到了众所期待的这一天!尽管当时的长春还被恐怖的气氛笼罩着,枪炮声还接连不断地响,但是,满怀热血的长春文化青年已经一跃而起,开始活动起来了。"东北青年同盟"带着它的《东北青年》周刊露面了!"东北作家联盟"成立了!CP社后改名为"文化青年同盟"诞生了!"文化青年同盟"是一个拥有广大热情青年的组织,其内部机构有新群杂志社、新群读书会、新群话剧团等。《新群》半月刊就是由"文化青年同盟"主办并发行的一个刊物,关沫南任主编,何迟之、徐希铮任编辑,崔德鑫负责总务,一共四个人。刊名之所以取名《新群》,是为了表明几位办刊青年是新的一群,含左派之意也。在创刊号的头题《我们是这样做起》一文中阐明了他们要办这个文学刊物的宗旨,这就是:当时"一切消息隔绝","国家对东北复兴尚未发表具体的方案,在这期间,我们不好随便云云,干脆,先从我们所能做的,而且也想做的工作之一的文学做起吧"!"东北沦亡十四年,东北的民众也和祖国的一切远远地隔绝起来,甚至于连年月都记不清了,我们今日的复兴工作,不仅要在物质面建设起来堪与世界并驾齐驱的科学与工业,并且也应该在民众的思想与精神面扫荡那一切愚妄与腐败的因素。""以文学推动时代,或者有些力所不逮,但它仍有着把握群众的力量,这也是不容否认的,我们一面用它来做思想的建设,同时也用它来促醒科学观念。""我们的这个小杂志,希望它就来做这个工作,成为一个有目的有思想的刊物!"关沫南同志回忆当时的打算时说:我们是想尽自己所知,介绍中国革命、中国共产党和左翼文学,在尚未找到党之前为革命工作。他们在一九四五年八月下旬便着手编辑刊物,九月就出版了第一期(在创刊号上标明的出版日期是:"民国三十四年十月十五日"。但在吉林省图书馆收藏的《新群》创刊号封面上却有一位读者这样写着:"34·10·10双十节于长市街头"。他在十月十日就购到书了,足见关老的回忆是准确的)。创刊号出版后,由于其观点明确,色彩鲜明,十分引人注目,五千册很快售光。其时,编辑之一何迟之(何文林)有位同学刘浩然,受中共中央中调部直接领导先在日本后在长春从事地下情报工作的关蕴韬(关克)派遣去找关沫南,介绍关沫南参加了由抗联第二路军总指挥周保中领导的"东北人民解放同盟",同美蒋作斗争。九月上旬某日晨,在长春市民康路一处被战火焚毁的破房里,关蕴韬又把关沫南介绍给中共长春地区工作委员会简称中共长春地区工委的宣传部长赵东黎。以后关沫南从事秘密工作,受关蕴韬领导。《新群》从第二期起编辑工作就在五马路旧满图(满洲图书株式会社原楼)东北中苏友好协会进行。接受在那里时常露面的赵东黎领导。赵东黎同志,辽宁省岫岩县人,抗战时去延安抗大学习后,被中共中央派回长春地区工作,日本投降后,他以中共代表的身份在长春公开露面。

《新群》半月刊,十六开本,三十页,每月一日、十五日发行。从刊物标明的日期看,第一期十月十五日,第二期十一月一日,第三期脱期,十二月一日发行。共出三期。之后,因国民党追捕撤离长春而停刊。

版面安排大体是这样:四分之一的篇幅介绍中国革命和中国共产党;四分之一的篇幅介绍国内外进步作家;四分之二的篇幅发表文学作品论文、杂文、散文、诗歌与小说。介绍中国革命和中国共产党的文章有:《战前陕北文化巡礼》《二五长征到西北》《抗日军政大学与陕北公学》等。介绍的国内外作家有鲁迅、高尔基、罗曼·罗兰、海明威等等。在鲁迅逝世九周年纪念之际，刊出了《鲁迅专号》，登了六篇纪念文章，并报道了长春市十三个民众团体主办、两千余名群众参加的盛大纪念会情况。纪念文章号召弘扬鲁迅热爱祖国，热爱人民，不妥协地反对帝国主义、封建主义和官僚买办，不停止地追求和进取的革命精神，投身民众的洪流，迎接新中国的到来。关沫南本人在《新群》上连续发表了几篇文章。他在创刊号上发表论文《中国新文学运动的现阶段》，在第二期上发表的演讲《鲁迅和人民革命》，第三期上发表的《十月革命和苏联文化》介绍和评述了许多中国的现代作家，如鲁迅、茅盾、叶绍钧、郭沫若、郁达夫、萧军、萧红等，以及社会主义苏联的文化情况。迟之的《东北沦陷后可提及的作家与作品》和《沦陷十四年的东北文学》则从另一方面介绍了沦陷十四年的东北文学的发展轨迹。刊物上发表的文学作品有小说、散文、童话、诗歌、杂文等等，有的揭露和控诉了日本帝国主义所犯的罪行，如关沫南的长篇连载散文《我与文学与牢狱》。也有的暴露和抨击了国民党的黑暗统治和反动嘴脸，如何迟之、徐希铮撰写的《西北大饥荒》、《王荆山及其叭儿狗》等。在创刊号上还登载了抗战的著名歌词《东北义勇军进行曲》和萧军的《流浪三部曲》。现将当时刊载的《流浪三部曲》原文抄录如下：

一

我的家在东北松花江上，

那里有森林煤矿，

还有那满山遍野的大豆高粱。

我的家在东北松花江上，

那里有我的故乡，

还有那衰老的爹娘。

啊！九一八，九一八，

在那个悲惨的日子，

我便抛弃了我那美丽的故乡，

离开了慈爱的爹娘。

啊！爹娘啊，爹娘！

哪年哪月才能回归到我的故乡，

哪年哪月才能收回那无尽的宝藏，

哪年哪月才能欢聚在一堂。

二

弃别了白山黑水，

走遍了黄河长江。

流浪逃亡，逃亡流浪，

流浪到哪里，

逃亡向何方，

我们的祖国正在动乱，

我们也无处流浪，

也无处逃亡，

敌人杀来，

炮毁枪伤，

说什么有的无的，

论什么贫的富的，

到头来都是一样。

看！火光起了，

有多少财物在毁灭，

听！炮声响了，

有多少生命在死亡。

我们休为自己打量，

我们休为自己逃亡，

我们要奋勇杀敌，

走上战场。

一二！一二！

打倒日本帝国主义！

中华民族解放。

三

走！朋友，

你是黄帝的子孙，

我也是中华的裔胄。

今朝的河山，

断不肯放手。

打倒野心的强盗。

争回我们的自由。

看哪！

光明的新时代展开在前头。

看哪！

光明的新时代展开在前头。

选自《东北革命文化史料选编（第二辑）》

◇ 戴碧湘

战鼓擂破辽东千里雪 凯歌唱彻南海万顷浪
——记辽吉军区文艺工作团

辽吉军区文艺工作团,原名辽西文工团,成立于一九四六年一月,同年六月,四平保卫战结束之后始改为辽吉军区文工团。以后又更名为东北民主联军第七纵队宣传队、中国人民解放军第四十四军文工团。直到一九五二年秋,随着四十四军番号的撤销而结束。在它存在的几年时光里,不管名称和隶属关系如何变动,却始终是在为争取人民解放战争的胜利与保卫社会主义祖国而尽力服务。

一、首演告捷和保卫四平

战时的文工团,既是支专业文艺队伍,又是一支机动的政治突击力量,哪里需要派往哪里。故辽西文工团建成刚开始演出,不久便派往四平工作。

一九四六年新年,中共中央青年运动指导委员会派赴东北工作的干部队,路过当时为辽西省机关所在地的法库时,省委书记陶铸同志要求留下几个文艺干部,于是我和雷平、林开甲、石涛、李兆澄五人就被留下来组建辽西文工团。陶铸同志要求尽快建成,春节一定要演出。是年春节乃二月二日,距限期不足一个月,如何完成任务?关键在人,有人就好办。我们一方面公开招考团员,一方面在当地业余文艺爱好者和学生中做工作,进行个别动员。为此,辽西行署主任朱其文同志还亲自召开法库地方文艺座谈会,做号召。但均收效甚微。由于当时人们"正统"观念重,对国民党抱有幻想,对我党我军缺乏认识,又正值我军开始节节后退之际,以为我们站不住,我们所说的话人们不完全相信,不愿意和我们更多接触。有些人常来谈谈音乐,摆弄乐器,却不愿参加(其中有些人在我们离开后参加了国民党军队,一九四七年春季战役中,我们押送一批俘虏去后方,在俘虏队伍中就发现了几个,他们非常尴尬)。后来组织部门介绍来一位在康平参加革命的女同志张英,也才有六人,这台戏还是没法唱呀!冀察热辽军区军政干校驻在辽西,他们有个剧社,负责人高凤官一度在尖兵剧社待过。社员中只有高岚、雷鸣是从老区来的,其余均是在沈阳、辽阳、铁岭、新民一带参军的青年。省委将他们调来法库,再加上同来的该校另外两个文艺爱好者由学先和林凌,就有了二十多人,这样,辽西文工团便算初步组成。由我任团长,高凤官为副团长,不久调来一个姓吴的任行政副团长。我们着手演出准备。考虑到这是我们的首次演出,也是法库地区群众第一次接触人民的新文艺,一定要首战告捷。决定排秧歌剧《军爱民,民拥军》,原作者为西虹。该剧表现陕甘宁边区军队和人民之间亲密无间的关系,正是个宜于春节演出的戏。手头没有剧本,我只凭记得的梗概,开了个夜车写出来,已非原貌,故改名《赔偿》。由林开甲导演，雷平饰剧中王二嫂，她还是第一次演秧歌剧，延安搞秧歌运动时，她正在生孩子，故未参加，到东北来补上这一课。剧中王二由林凌扮演，王班长由周武扮演。再整理出原军政干校剧社曾演出过的两个戏：秧歌剧《兄妹开荒》和街头剧《放下你的鞭子》，均由高凤官和雷鸣主演。再排练一些歌唱节目，就足以组成一次丰富的演出了。

春节，我们走上了街头，拉开场子演出，向群众拜年。

这次演出，无论是节目的内容和形式以及演出的方式，对法库的观众来说都是非常新鲜的。按照老习惯，戏总是要在戏台上演，街头戏却是头回看到。戏挺有意思，演的是今天的事，而且是些新鲜的事，比如说那种新的军民关系，旧社会就没见过。又说又唱，不像大戏，也不像二人转，有故事，看得懂。一般市民固然喜欢，就是常来文工团玩的那些年轻人也看得很有兴趣，以后来的次数也增多了。不仅如此，就在我们文工团内部也引起了不小的变化。团里有些同志在伪满时期曾看过音乐演奏与话剧的演出，有的接触过钢琴、提琴和铜管乐器，也有人曾到日本学习音乐。所以在他们的观念里以为只有搞这些洋玩意才是艺术，对"老八路"那一套觉得很"土"，没有艺术。在排练过程中，对这种歌舞剧形式，特别对陕北眉户调很不习惯。观众强烈的反应感染了他们，使之发生了变化。一位拉小提琴的同志，对排秧歌剧也是心存狐疑的，在观众反应的强力冲击下，不仅逐渐改变了自己的观念，而且从此逐渐爱好起来直到入迷的程度。有次演出《白毛女》，乐队坐在临时用几块木板搭起来的一个台上，他陶醉在音乐里忘其所以，越拉越起劲，结果将木板晃落，自己也掉了下来。这些表明我们首次演出成功了，也是党的文艺方向的一次胜利！

春节演出之后不久，文工团便撤离法库到了郑家屯。为了配合当地开展"清算运动"，排演了多幕歌剧《清算》。又跟搞《赔偿》一样，本是想排《白毛女》，手头没有剧本，我也只凭记得的梗概，揉进当地材料写成，自然不是原貌，就改题为《清算》。此剧演出的效果也很好，有力地配合了当地的工作。三月我军歼灭了铁石部队，重新解放了四平，陶铸同志命我团去四平工作。

四平，位于沈阳和长春之间，是中长铁路的重要枢纽之一，也是重要的战略据点之一。在我军攻克四平之次日，蒋军即从沈阳出发北犯，占我铁岭、开原、昌图，意在夺取四平。我军为了打击敌人气焰和消灭敌人有生力量，阻止敌人攻势，以利和谈，并为争取时间，掩护我军对长春的控制与夺取其他几座城市，决心坚守四平。从四月十八日至五月十八日，进行了三十一天的四平保卫战。

我团在四平工作分两个阶段：第一段先是搞赔偿，打仗免不了会损坏群众一点东西，人民军队对人民的财产不会漠视，将尽可能地予以补偿。后来搞"反霸"，没收了一批汉奸恶霸财物，分配给群众。第二阶段参加政权工作，我们全体人员都分到四平道东三个区，我任第四区区委书记、区长兼公安分局局长（后来我带了一些女同志和体弱有病的离开四平回到郑家屯），林开甲任五区区长，高凤官任六区区长。开始接管区政府并清理内部，同时继续开展反霸斗争。其间还开展了一次争取和平民主、反对内战的宣传活动。开群众大会，欢迎"军调小组"来四平观察。这不是对美蒋存有幻想，明知其不会来，而借此揭露美蒋的假和谈真内战的阴谋以教育群众。这一切实际上是从组织上、思想上为保卫四平做准备。此外，在物资上也做了准备，积存粮草，动员群众帮助部队挖工事，组织担架队。还考虑一旦战事逼近市区，如何保证市民的生活问题。

我们就千方百计地挖出和控制汉奸、恶霸与奸商暗藏的粮食和油盐,带领群众去拆被战火毁坏了的破房,挖铁路的枕木,备为燃料。当战斗在市区边沿进行时,我们则日夜不停地为前线服务,为部队解决做饭问题,搜索为敌机轰炸指示目标的特务,在枪林弹雨中救护受伤的群众和安排老弱。在这些工作中,有些同志表现得很好,便被吸收入党,是候补党员的就提前转正了。当时陶铸同志坐镇四平,每天晚上各区的负责人都要到他的住地——道西铁路医院,去汇报并听取指示。

五月十八日,正是四平保卫战打得最激烈的三天的最后一天,我和留在郑家屯的同志准备了节目,随同由朱其文同志率领的各界慰问团去四平。演出尚未开始,便得到要撤离四平的通知。遂连夜从敌军包围圈尚未合拢的缺口中撤出,抵达梨树,指挥四平保卫战的东北民主联军前线指挥所设在这里。十九日夜为指挥所直属部队演出,演到一半接到通知,敌人已进入四平,立即转移。我们撤往郑家屯,等在四平工作同志全部回来之后,北上洮南。

在洮南,省委决定我团归辽吉军区建制。此事酝酿已久,还是在法库时,军区政治部主任袁升平同志就向省委提出要求,直到此时方做出决定。军区在白城子,我们还没到军区报到,就接到军区第一道命令:全团开往突泉。

二、在突泉建立根据地

没有根据地的支持,解放战争是无法长期进行下去和无法取得胜利的。四平撤退之后,东北局号召干部下乡,发动群众,建立根据地,使我军立于不败之地。军区以我团为基础,配属一个连为警卫部队,组成了辽吉军区工作团,由军区政治部民运部长林雨同志任政委,我任副政委兼团长,高凤官为副团长,前去突泉建立根据地。

突泉在洮南的西面,是一个远离交通干线的偏僻小县,今属内蒙古自治区。我们在此地的力量非常薄弱,仍是汉奸恶霸和"胡子"(多为政治土匪)横行的世界。我团到达后,一面了解情况,同时学习有关文件,培训骨干,一面进行宣传。我们演出了《清算》,效果很好,给我们的工作开了个好头。之后还演了《兄妹开荒》和话剧《一双鞋》、《同流合污》(写蒋伪合流)及《生产舞》(田雨编舞)等节目。按县委的部署,我们全体去到六户区,在那里建立了区政府,林雨同志兼任区委书记,我任副书记,高凤官任区长。组成三个工作组,我带一个组去巨利村,林开甲带一个组去永安村,高凤官带一个组留在六户,任务是发动群众,开展反霸斗争。依照统一的步调,按东北局下发的一本《启蒙手册》对群众进行教育,使群众懂得为什么要革命,革谁的命,怎么革法,以及我党我军的性质、任务和主张,我必胜、敌必败的道理。在群众提高了觉悟之后就发动了清算斗争,向农村的封建势力开战。集中打击大汉奸、大恶霸、大地主和土匪头子,镇压一部分,没收他们的土地浮财分给广大劳动群众。清剿了土匪,废除封建压迫与剥削,穷人翻身得解放。在斗争中涌现出大批积极分子,在这个基础上建立起新政权,群众组织——农会,群众武装——自卫队,最后建立了党的组织,这样,根据地便算初步建立起来了。以后,翻身农民为了保家保田,纷纷参军和支援前线,使我军有了一个巩固的后方为依托,才发展壮大起来,向敌人进行反攻。

建立根据地的这场斗争,对我们文工团每个同志来说,是非常重要的一次教育。如果说在四平受到战火的洗礼,而这次却是经历

142

了一场严峻的阶级搏斗的锻炼，其影响更为深广。在斗争中，我们的同志表现得很好，很坚决，很勇敢，不怕苦，不怕难，与群众紧紧团结在一起。有些同志成了我们学习的榜样。住永安村的工作组，有一天突然遭到四百多土匪的袭击，几股土匪将工作组住地围得水泄不通。尽管敌众我寡，实力悬殊，但同志们毫无畏惧，迎战敌人。后来已有一人死亡、数人负伤，敌人又来烧大门，挖大墙，企图打开缺口，形势十分险恶危急。林开甲便同几位党员商定，准备晚间突围。为了不拖累大家，不让小孩落入敌手，林开甲和雷平准备牺牲他们三岁的亲生女儿，以保证大家胜利突围。此时孔敏英同志挺身而出，要求将孩子交他，由他背着闯出重围，发誓说，他在孩子在！到了晚上，四面突然寂静起来，怕敌人另有花招，遂静待观变。次晨援兵到来，方知土匪于半夜退去，但不解何故。后来才知道，原来土匪不了解我组的虚实，久攻不下，就去问老百姓。老乡趁机吓唬土匪，说工作组有百多号人，里面有个林团长，还有一个姓雷的女政委，都带着短枪，可厉害了。还说他们的枪炮老鼻子了，昨天还拉来了两大车枪弹哩！（其实是粮和菜）土匪听后发了毛，怕援兵一来，遭到两面夹攻被消灭，便溜走了。建国后有人到六户去工作，群众还在讲女政委的故事，并打听她是否在北京。这件事一方面表现了这些同志英勇和可贵的品质，同时也反映出他们同群众的关系和影响。还有我们的石涛同志，他本名苟浪平，四川綦江人，毕业于四川艺术专门学校，一九三八年参加党所领导的四川旅外剧人抗敌演剧队，并随队到了延安，先后工作于延安青年艺术剧院和联政宣传队。他沉默寡言，工作认真负责，作风踏实。一次，他去抓一个恶霸地主时，地主与土匪阴谋设陷，石涛不幸落入他们手中，备受酷刑，英勇不屈。最后，为了东北人民的解放，将自己的热血洒在了这片土地上。

三、从《白毛女》到"八一"晚会

一九四六年十一月，我们从突泉回到军区。当时敌人采取"先南后北"的方针，而我北满主力则主动出击，以支持南满部队坚持该地区的斗争。故战事主要在松花江南和长白山以西两个地区进行，敌人无暇顾及辽吉地区，我们这里就出现了暂时平静的局面。部队利用这个时机休整，我们文工团也抓紧这时间进行整训。所谓整训，其实主要就是为下阶段的工作做准备。在业务方面就是要排戏，为部队演出，以排练为中心而辅以识谱、发声的训练。在政治思想工作方面，主要结合在突泉的工作进行总结和思想教育。考虑当时提高部队和群众阶级觉悟的需要，为配合部队和地方进行有关的教育，我们决定排演《白毛女》。同时也是想通过此戏的排演来提高我们的业务水平。像我们这样一个新组建的团体，成员又不是训练有素或富有经验的，因此有这个需要。现在也有这个条件。经过了《赔偿》和《清算》的排演，大家已初步熟悉了由秧歌剧发展起来的新歌剧的形式及其表现方法。在突泉整天与农民生活在一起，一同学习，一同斗争，对农民熟悉多了，有了一点生活底子。此时第一军分区文工团有二十几位同志来团，不但全团人数倍增，而且也增强了业务力量。如白振远同志和白国贤同志，他们是从老区来的，多年从事部队文艺工作的老同志。白振远很会演戏，他饰演《白毛女》中的管家穆仁智，甚得观众好评。白国贤在乐队的组织和训练方面做了很大的努力，使乐队的潜力发挥出来，并提高了演奏水平。当从哈尔滨拿回剧本后，即组成导演团，并决定了演员名单：雷平饰喜儿，高凤官饰杨白劳，王素卿饰王大婶，周武饰大春，白振远饰穆仁智，佟英伯饰黄世仁，常泰峰饰大升，鹏岚饰赵大叔，李习文饰大锁，王海鹏饰李拴，雷鸣饰黄母，张英和李建辉饰张二婶，林凌饰虎子，李明逊饰老九，马玉铎、于真珠饰农民甲、乙，孔敏英、高富仁饰打手，群众则由刘叔申、于宝珠、余景春、陈平、曹金龙、刘凤阁、陈琦扮演。经过细致的排练，的确艺术上取得了较大的进步，自然这个进步又是与几位有舞台经验的老演员的带领分不开的。尽管当时在生活方面十分困难，全体同志住在一间大仓库里，非常冷，每当早上醒来睁眼一瞅，屋顶和被头、眉毛、嘴上都结一层白白的霜花，但艺术有进境，大家的心却都是热的。《白毛女》演出甚得好评，军区直属队的同志十分惊喜，他们想不到军区文工团有这等水平。当时是轰动了白城子的党、政、军、民、学各界。

在思想工作方面，建团之后团内存在如下情况：一方面由于个别干部的简单粗暴的作风，加上对东北新同志的不正确的看法，如斥之为"亡国奴"，造成领导与被领导之间的对立。有些老同志不满于这种作风及其后果，又引起老同志之间的矛盾。另一方面是一些新同志确也存在一些问题，如不尊重领导，组织纪律性较差，较自由散漫，自以为是，地域观念重，讲究哥们义气等。这些都需要有针对性地对双方做工作，双方的毛病都在于对革命的基本道理不清楚。还有人对能否战胜敌人心中无底，故四平撤退时有人开了小差。至于津津乐道日伪时期的音乐戏剧，是由于日本施行愚民政策的结果，使东北青年不了解祖国的历史和文化所致。因此，我们确定从根本上着手，进行基本理论教育。从革命原理和中国革命的历程，弄清楚人民解放战争的性质与必胜的道理；从我党我军的性质、任务，来弄清领导者与被领导者都是阶级弟兄、革命同志的关系。同志间要友爱、团结，要互相尊重，互相帮助。并弄清应从阶级关系、从革命角度来分辨好人与坏人,以地区来分好坏是不科学的,不符合事实的。哪个地方都有好人,也都有坏人,以地区分好坏是会搞乱是非的;学一学"九一八"以来的历史和国共两党斗争的现状,分清是非功过。一些基本的理论和观点,是每一个革命战士必须具有的,文工团员更不可少,否则就无法工作。这种思想建设,应将它放在文工团建设的首要位置上。从法库开始,在郑家屯接着进行,并且还组织《文艺的方向》和《五四以来我国的话剧运动》这类专题介绍,作为辅助。这次在白城子整训中继续来做,有个有利条件,就是大家在突泉同群众一道学过,是结合实际学的,所以学得较扎实,体会较深一些,完成了原来计划的基本部分,在这个基础上进行就容易得多了。不过这个教育过程并不是在白城子整训中完成的,一直延续到一九四七年夏季战役结束文工团又在郑家屯整训,断断续续历时一年半始告一段落。经过这一教育,大家思想觉悟提高了,革命意志、奋斗精神增强了,为文工团今后的工作打下了较好的基础,也是为每个同志今后的发展准备条件。

像这样较长时间的整训,以后曾有过三次:一次是一九四七年夏季战役结束在郑家屯,一次是一九四八年夏在四平,一次是平津战役之后在天津,其中以在四平的时间为最长,约四月左右。每次重点有所不同,后两次主要搞业务训练,政治思想方面则以形势教育为主。

《白毛女》排出后,仅在白城子演出若干场。不久,部队开始行动,我们接到搞宣传鼓动和兵站工作的任务。这次行动是为了配合北满部队作战,牵制敌人和扩大辽吉解放区,是一九四七年东北全军春季战役的一个组成部分。首先目标是攻占开鲁,我写了一首《解放开鲁之歌》,由佟英伯作曲,到部队去教唱,以鼓舞士气。

部队收复通辽，袭占茂林、保原，又夺取开鲁、库伦、长岭。部队于三月间进入开鲁、库伦、长岭。我们也随部队开进开鲁而后回到了郑家屯，此后再也没回白城子。事实上此时我军区部队正在向野战军转化，在文电上被称为邓华部队，而在夏季战役之后（八月），即正式编入野战军行列，授名为东北民主联军第七纵队，文工团也改为七纵宣传队，领导班子重新做了安排，仍由我和高凤官分任正副队长，增设政治指导员，由林开甲担任，增设支部书记，由雷平担任。

夏季战役结束，部队在郑家屯一带休整，我们便开始了繁忙的演出活动。这是个规律，在战争中，只能于两个战役之间，部队在休整的时机方能去给部队演出。虽有时在战役进行中也演出过，但次数不多，且仍是在两次战斗之间的一个稍长的间歇中。《白毛女》排出后，这是首次去同广大的指战员见面，演出的场次很多，我们很高兴。观众反应之强烈，出乎意料。我们是第四次到郑家屯了，郑家屯的知识分子和业余文艺爱好者，看了《白毛女》之后改变了过去对"土八路"的印象，很钦佩《白毛女》演出在艺术上的成就。一般市民从来也没看过这等好戏，连灯光、布景、化妆也使他们感到惊奇。对学生影响更大。此时齐齐哈尔组织了一个学生暑期战地服务团来到郑家屯，经我纵队政治部做工作，几乎全留下参军，其中大部分又到了宣传队，这是我们第一次补充大量人员。后来，他们说当时有些同志，就是看了《白毛女》很羡慕而留下参军的。反应最强烈的还是部队。此刻各部队正在进行"诉苦复仇"的教育，大量的战士是翻身的农民，都有阶级仇、民族恨，都是为了"保家保田"才拿起枪来打老蒋的，所以当时部队为一片悲愤的情绪笼罩。《白毛女》的演出，恰似在烈火上加泼一瓢油，使火焰烧得更为炽热,到处响起一片"要为喜儿报仇"的口号,飞起千万张请愿杀敌决心书。我们有些老演员也曾经历过观众因被剧情激怒而打骂演员的事(这次也发生过),但除了因有此效果而自喜外,一般均不会感到惊奇。然而这一次却为戏所引发出来的这般巨大的力量激动了,惊得目瞪口呆了!

一九四七年冬季战役,我纵队在沈阳外围活动之后,便回师北上攻克四平,翌年四月我队进入四平。我们这个部队与这个城市有着一种特殊的关系,曾四战于此。第一次收复。第二次保卫四平,由于暂时敌强我弱,战士含泪撤退,当时敌人是何等的猖狂和嚣张。第三次是夏季战役中四平攻坚,只差一点未能夺取,战士气愤不平。这次终于解放,四平永远回到人民手中,怎不令人欢喜若狂呢!部队充满了胜利的喜悦和对未来的乐观自信。我们很理解指战员的这种心情,我们想,怎能不让他们这激越的心声响彻于我们艺术的琴弦之中!因之,在进入四平时便创作了一首歌曲《我们又见面了 四平》(戴碧湘词、佟英伯曲),用以献给我们的部队和四平人民。

进入四平之后,我们首先编排了一个《解放四平街大活报》,演遍了道东道西,向群众宣传形势,宣传我军胜利和解放四平的意义。活报运用了音乐、舞蹈、话剧、戏曲、杂技等各种艺术手段,通俗易懂,为群众所欢迎,是红军时期就广为利用的一种有力的宣传武器。这次是集体编写,由林开甲导演。演员众多,只记得由王玉孝扮蒋介石,梁宜华扮宋美龄,董家壁扮美国人,高德恩扮国民党四平省长刘汉东,其余想不起来了。活报演出之后接着就整理《白毛女》。经过夏、秋、冬三次战役,我队人员已有大的变化,秋季战役结束,在伊胡塔稍事休整时,从后方来了一批来自大连的青年。

冬季战役在辽南,又来了一批青年进入四平,纵队后勤宣传队又并入我队。原《白毛女》中的演员又有若干人调离,因此演员要补充,戏要整理。决定由王玉孝接替饰演穆仁智,田玉华饰演王大婶,李玉华饰张二婶,孔敏英改饰虎子,刘金钟饰大锁,王庆丰饰区长,谷风饰李拴,其余仍旧。部队此时就住在市区周围休整,我们在中山纪念堂演出,部队来看戏很方便,住得稍远的部队,我们就坐大车前去演出。部队都在举行庆功会、誓师大会,为下一战役做准备。这个戏又恰好配合了中心工作而发挥其作用。不久部队出发打长春,我们也随着去长春外围活动,在四平第一阶段的演出便告结束。

由于整个战役计划改变,不打长春了,我们便又回到四平,进行第二阶段的演出。这阶段的演出主要是围绕"七一"和"八一"这两个节日来安排的。我们纵队基本上是我军到了东北后才发展起来的一个新部队,大部分战士是翻身农民,有一部分来自蒋军的"解放战士"。面对这样的对象和当时的任务,主要是提高他们的阶级觉悟和杀敌勇气,因此我们为他们演出《白毛女》。但是新部队还应加强传统教育,使之能很好继承我军的优良传统,成为一支英勇善战的人民的武装力量、一支革命的军队。为此,我们以"为革命,不怕苦不怕难,鞠躬尽瘁,不怕死,面对强敌,英勇不屈;维护军民团结、官兵团结,发扬英勇顽强的战斗作风"这两个主题,安排了如下节目。演唱《人民英雄刘志丹》,是孔厥同志所写的一个长篇唱词,我们用陕北民歌来联唱,并加上表演。雷平特为"七一"晚会编导了《歌唱刘胡兰》,由李玉华、梁宜华、刘清贤、姜桂芳、周翠翘、苏伟、刘长福、李克等演出。林开甲编导了小歌剧《打"地主"》,表现我军战士维护群众纪律的自觉性。由谷风扮战士甲,王玉孝扮演战士乙，吴凤媛扮演房东老大娘。高凤官编导了演唱《近迫作业》。选排了歌剧《徐海水》（翟强编剧、贺绿汀作曲），《老耿赶队》（吕若曾等创作），《沃老大娘瞅孩儿》（胡果刚等创作），《老母鸡》，演员有雷鸣、高德恩、王常基、方世民等。多幕话剧《李国瑞》（杜烽编剧），由高凤官饰李国瑞，他对部队生活很熟悉，演得很生动。为"八一"晚会特创作了两个节目：一是《八一大合唱》（戴碧湘词、佟英伯曲）；一是《飞夺泸定桥》（戴碧湘编剧）。《飞夺泸定桥》，到现在也难以叫它是什么剧，既非歌舞剧，亦非话剧，有哑剧，还有皮影戏，是个"四不像"。想取得只有在银幕上才能取得的效果，在狭小的舞台上也要展现金沙江两岸，红军和白军在滂沱大雨的黑夜里，打着火把竞跑的雄伟壮观场面和敌人火烧桥头的紧急情景。这点算不上什么艺术，只是运用舞台技术烘托点气氛，玩点灯光技巧而已。这些在今天来说是不值一提的，然而在当时舞台上那种简陋的条件下，要做到也非轻而易举，所以赢得了观众热烈的掌声。由于这些戏的内容涉及我党我军克敌制胜的根本，所反映的生活面又较广，我们的部队看了感到十分新鲜又十分的亲切。原来我们的光荣传统，不管是在"老红军"、"老八路"或者是在今天的部队中，都是一脉相承的啊！

九月，随部队离开四平，目的地不明，后来才知道是辽沈战役将要开始了，在四平的第二阶段演出也就结束。

［我们还演出过话剧《反"翻把"斗争》（李之华编剧）、《群猴》（宋之的编剧）、《如此"正统军"》（颜一烟编剧）、《我们的排长》。歌剧《杨勇立功》（白华编剧）等，记不准演出时间，以在四平时的可能性最大，故附记于此。］

四、宣传队员在战场上

　　战时的宣传队，既是一支宣传鼓动队伍，又是一支从事战勤工作的力量。在战斗进行中宣传队如何工作，我们不懂，从春季战役开始，便在工作中学习，认定一点：有什么需要做的，我们就去做。

　　每个战役或每次战斗开始，宣传队便分散开来，大体分为三部分：一部分为体弱有病的同志作为留守，随政治部二梯队行动；一部分人去参加兵站工作；一部分人又分成两三个组随突击部队行动。这后部分人的任务说是为了体验生活、收集材料，这只是从宣传队角度提出来的。实际上他们下去后所做的工作却远远超过，真是做到需要他们做什么就做什么，跟战士并肩战斗，毫不含糊。开始有些人以为宣传员只会说会写，会拉会唱，上了战场恐怕就不灵了。其实不然。有一次，在攻打锦州老城时，我军一个尖刀班刚要冲进被我军炮火轰开的一个豁口，就被敌人猛烈的火力压往一段壕沟里。一个战士往下撤时受伤倒下，情况令人十分着急。此时一人飞身而上，奋不顾身地前去将重伤战士抢救下来。此人便是随这个尖刀班行动的宣传员，也就是前面说的那位拉小提琴的同志。像这类的事，在宣传员中并不鲜见，人们也改变了他们自己的看法。宣传员在战场上如何工作？以夏季战役中第三次攻打四平为例来说吧。下部队后即分散到尖刀班、排，同战士交朋友，帮助连里做思想工作。行军中他们搞鼓动棚，有空则又教歌又辅导文娱活动。战前帮助战士写决心书、请战书、枪杆诗等。战斗一开始，就同尖刀班一道攻入敌阵，并肩穿过火力封锁和布满地雷的突破口插向纵深。在纵深战斗中，有的则冒着炮火冷枪穿过地雷区，来往于前沿阵地与团、师指挥所之间，一面送去他们组织指战员写的和他们自己写的报道稿件,一面带回火线小报和战斗的全线情况,首长的指示。有的同志则参加城市纪律检查,有的做群众工作。有的则协同部队占领仓库,搜集和保护物资。部队要撤出四平时,他们组织车辆抢运物资,有的仓库打不开,还要用炸药来炸。有的还要去写标语。这事也不简单,一位同志说,有一次发生的事情是他终生难忘的。在四平,他看到敌人在炸毁了的水塔顶端书写了一条巨大触目的反动标语,他想去涂抹,群众说那里埋有地雷,劝他不要去。他刚参军不久,听说后便犹豫了,内心斗争甚为激烈。但想到许多战士英勇牺牲的情景,不由得鼓起了勇气。当将反动标语涂掉,在上面写上一条比它大几倍的标语后,内心感到一种说不出的满足,自己也意识到在精神世界里有了一个重大的飞跃。一九四八年第四次攻打四平时,又增添了一件新的工作。由于三战四平,我们对四平比较熟悉,故在进城之前叫我们参加接收四平的地方干部训练班,对口地向他们介绍各区情况,进城后同这些干部分片去接收工厂、仓库和公共机关。战士们最瞧不起孬种,由于宣传队员在战场上不怕苦、不怕死的英勇表现,以及平时的随和可亲的作风,赢得了战士的称赞,所以每次战役结束归队,总是带回立功书,或部队为其请功的信。

夏季战役时林开甲和雷平带领一部分人去八面城搞兵站,负责接待从四平下来的伤员。不仅宣传员不知道如何工作,不懂怎样护理伤员,就是带队的雷平也一样的不懂。她在四川艺术专门学校的艺术教育系是学音乐和图画专业的,一九三八年以来一直是做演员,不曾担任过任何领导工作,也没有做过任何行政工作,如今要来领导这个接待站,实在难为她了。开始林开甲在那里还好点,后来他又调去四平检查部队城市纪律,全副担子便都落在她的肩上。

要动员老乡让房子接待伤员,然后分配接待人员,每人负责若干户。伤员来了要吃饭,虽然后勤部门有准备,但有时却还要自己去搞粮食、油、盐、柴火和菜,烧饭也要动员老乡来帮助。还要组织担架转运伤员到后方医院。这一切都不是现成的,都要做群众工作,从群众那里动员来。由于没有经验,刚做了第一顿饭让第一批伤员吃了,可第二批伤员就接踵而至。须知这是一次攻坚战,打得很激烈,下来的伤员很多,不断地送来,弄得他们手忙脚乱,日夜都不得休息。不过,很快他们便有了经验,能应付自如,熟练地工作了。

接待站女同志居多。平时她们有四怕,这时都碰上了。一是怕脏。平时看到一点血污都要惊叫起来,如果见着流脓,就连饭都吃不下。然而现在不仅看到满身血污的人,由于医务人员不足,宣传员还要去帮助洗伤口,往往伤口流脓,有的还生了蛆,在蠕动,在爬行。经过一些时间,全不在意,照旧吃饭了。二是怕羞。平时看见男同志光身下河洗澡,都会脸红转过身去的。而现在不仅不怕脏,去给伤员倒屎倒尿,还会毫不犹豫地去帮助重伤员大小便。第三是怕死尸,平时见到怕得不敢睡觉,睡了也会从梦中惊叫醒来。战争将她们锻炼得很坚强,一个人在深夜里也敢出入于太平间接触尸体。四是怕遇到粗暴的人,平时如果受到一句大声斥责,就会难过得哭起来。现在难免有时会挨几句骂,甚至有个别伤员还会打人。出于阶级友爱,她们不计较这些,还是认真地工作,而且还善于处理这种事了。在天津外围,雷鸣负责的小组在贯儿庄搞接待站,一次有个伤员对一个小女同志发脾气,还想动手打,雷鸣同志过来做工作,给伤员讲道理,进行批评。我们的战士毕竟还是有觉悟的,终于觉得自己不对,向小女同志表示了歉意。

战场上的情况是多变的,因而我们的工作也是多变的,要随时

153

准备面临新的任务,需要不惧艰险去完成。一九四七年秋季战役,林开甲带领一个小组随部队行动,原来的任务是检查纪律,对群众宣传我党我军的政策。打开彰武以后,一个新情况出现了:一方面是这次战斗颇激烈,双方伤亡都很大,遍地死尸需要处理;一方面是部队要赶快进军,我纵队的任务是深入敌后,迅速破袭北宁路,牢制敌人兵力和阻止敌人主力北上增援,以保证我主力部队夺取长春外围敌军几个重要据点。怎么办? 林开甲带领的这个小组就奉命留下来打扫战场。天寒地冻,挖坑不易,一千多个墓穴,只靠几个宣传员何时才能挖完? 一千多具棺材又从何而来? 他们只有依靠群众,动员市民帮忙。经过反复宣传,讲清人民的战士是为解放人民而牺牲的、烈士的遗体应妥为掩埋的道理。老乡们动了心,纷纷献出棺材,不够又搬出炕柜,并帮助挖坑。最后他们还说服老乡帮助扶棺下葬。当地有个风俗,忌讳抬别家死者的头,认为这是亡人的子孙干的事,在宣传员的行动感召下,老乡们也就打破了传统习惯,跟着一齐干了。经过一天一夜的努力,尸体全安葬了,而且还说服老乡把蒋军的尸体也埋了。冬季战役里,我纵队在沈阳外围活动,这是敌占区,远离后方,部队供给要就地筹办。于是,宣传队又参加了征采粮食的工作。一面动员群众卖粮,一面发动群众反恶霸地主,将他们的土地、浮财分给群众,挖出粮食供应部队。有些地主要尽各种伎俩来对付我们,有的以女人的色相设陷,有的将粮食藏在雪堆里,再浇上水,便成了冰堆,不易被人发现……但均被我们识破,在斗争中增长了我们的才智。

变化最多莫过于一九四八年九月开始的辽沈会战了。

先是打锦州。为了不让东北敌人逃走,我东北野战军从各方云集北宁路一线,夺取锦州,又切断海上退路,以便关门打狗,宣传队随纵队从四平出发,经过长途行军到达锦州的高桥。行程不短,对我们来说不在话下。在大踏步前进、大踏步后退的运动战中,不练就一双铁脚板是不行的。秋季战役我们宣传队从彰武撤退,在蒋军三路追兵的炮弹追击下,就是靠两条飞毛腿才跑掉的。冬季战役在沈阳外围,也是靠着一双铁脚板,在零下四十度的夜晚踏破辽河千里雪的。在最后解放四平之后,还是仗着这双脚,在敌机的频繁俯冲下,一路行军一路睡觉地巡游于长春外围。什么路没走过,什么情况没见过,可这次打锦州却又添了一个新的纪录:过大凌河、小凌河。大凌河没有桥,也没有船,是涉水过的。水面较宽,河中有的地方较深,派人泅水过去拉上粗绳,然后大家攀着绳或手牵着手过去,水深处则由会水的同志托过去。黑沉沉的夜晚,只见一片茫茫的河水,也有点令人生怕的。关外十月夜晚的水是很凉的,浑身湿透,一阵寒风吹来,身上直发抖。对于一般人来说也许算不了什么,可对那些正在例假期间的女同志却是种灾难。小凌河,是在总攻锦州城垣那晚过的。虽然河上有桥,但要通过一片很宽的开阔地,这是我纵队从南面攻城的通道。敌机在空中封锁这条道路,时时俯冲扫射,炸弹就在四周爆炸,我们时而卧倒,时而前进,进入了锦州。

进城后,敌机还在轰炸。次日早上才发现我们睡的土炕的墙外就有三个小炸弹,幸好没炸,否则我们这部分人便报销了。当时形势还是十分严峻,老城战斗还在进行,而敌人东西两路二十三个师的援兵正急急赶来,一旦打得不好,其后果不堪设想。很快老城战斗结束,全市解放,危机已将过去,我们准备开展工作。虽然一路吃了不少苦,也经历了一些风险,但大家都是一心想进锦州后大干一番。可是完全出乎我们意料之外,奉命撤离这个城市。这个变化很大，然而大家的情绪却很好，全不似一九四六年五月从四平撤退时那种耷拉着脑袋的样儿。原来都已知道要去追歼廖耀湘兵团，明白这是东北最后一战，能参加多么幸福啊！几年来所希冀的东北全境解放这天即将来到了，一次工作的愿望未获实现算得什么呢！

歼灭廖耀湘兵团这一仗最后的场景，真是一幅宏伟的大画卷，我们有幸能看到这一人生难睹的壮观。广阔的辽西平原上摆满了人马，二十四日晚上，有数不清的人马，从四面八方拥来，挤成一片，都是朝着廖耀湘指挥所——胡家窝棚疾行赶去。其中有我们的部队，也有逃窜的蒋军。一支同我们宣传队并行又交叉而过的队伍，天黑看不清，后来才发现是敌人。敌我混在一起，敌机只能在空中哀鸣盘旋，无法扫射轰炸。我们走了一段就看到敌人的美制榴弹炮、汽车和其他装备摆了一大片，看来动都未动一下。原来敌人这些"本钱"还未摆开，建制就给自己的部队插乱了，失去控制，无法指挥，它们只能站在那里"赋闲"了。四处有烟火，四处有敌人逃窜，东一块，西一堆，蠕动在整个平原上。我们没有别的事好做，就抓俘虏，一个同志举着一根扁担就抓了一大串。有些同志还代部队看管俘虏的营以上的蒋军军官。这些军官身上都有金条、金镏子、钻石戒指之类东西，他们有的还想用这些来收买我们的同志，要求放他们逃走，遭到严词拒绝。

全歼廖兵团之后，部队马上兼程东向，疾趋沈阳、营口。接到总部命令，要我纵队抽人组成一个城市工作队前往沈阳。纵队派了三辆汽车将我们工作队连夜送到，分配到铁西一带工作。主要是搜索隐藏的蒋军官兵和武器，接管军用物资，对群众进行宣传。一次曾抓获敌人一个中将，并起出几十条枪。为了严格遵照东北总部的规定，曾与私自从仓库拉走汽油、破坏纪律的错误行为进行斗争。

（此稿系根据雷平、由学先、高德恩、王常基、齐青云、谷风、徐景顺、林开甲、李志东、任家富、周翠翘等同志提供的材料写成。）

节选自《东北革命文化史料选编（第三辑）》

◇ 李之华　武　平

坚定的步伐　嘹亮的歌声
——解放战争中的东北文工二团

1945 年 8 月，日本帝国主义者放下屠刀无条件地投降了。

9 月的金秋，延安响彻了胜利的歌声、锣鼓声，人们喜庆抗日战争的胜利。延安青年艺术剧院的文艺战士们也都喜愉若狂。一天清早，廖承志与蒋南翔同志来到驻地，无拘无束地向全院同志讲起了抗日胜利后的革命形势和今后的任务。廖承志同志笑着很幽默地说：蒋光头先生养足了锐气，要下山来摘桃了，来摘取人民的艰苦抗战的胜利果实。同志们要做好充分的准备，迎接革命新高潮的到来。党中央决定建立巩固的东北解放区，选派一批文艺干部去东北……蒋南翔同志说：有的同志打起背包就要出发，迈开双腿用最快的速度北上。毛泽东同志，刘少奇同志，周恩来同志寄希望于大家呀。这天清早两位领导人的讲话，实际就是去东北的战斗动员。一下子青艺的院子里就沸腾起来，男女同志都踊跃报名，都争取奔赴东北参加新的革命斗争活动。

9月下旬,由李富春同志率领的一支北上干部大队从陕甘宁边区出发了。在这支队伍中青艺小分队由任虹、吴雪、李之华、田兰、侣朋、邓止怡、朱漪、罗正、鲁亚农、罗泊忠、沈贤、高锦夫、雷平、戴碧湘、李力、林开甲、芦咸烁、吴一铿十八人组成。隶属于蒋南翔同志领导的五四大队(青运干部大队)。同志们告别了革命圣地延安,心情火辣,很有些别离的苦味。但想到党的培养、人民的期望,大家就精力充沛,斗志昂扬地开始了新的征程。

一

离开延安在晋西北东渡黄河,小分队徒步翻越晋西北山区,一天行军近五十里,有时抢速度地走上八十里,同志们相互轮换着背乐器、书箱,为了照顾女同志,仅有的五条毛驴给她们轮换骑着。后经燕山山脉东下,跨越一重重高山峻岭,大家挂树棍,向前跋涉,女同志不能再骑毛驴只好牵着行军,和男同志一样爬山登顶,不少同志脚上打满了血泡,有的折断了手臂,他们都忍着伤疼不吱一声,怕掉队影响小分队的行军速度,仍坚持着赶路。有的同志在路上病了,由于缺医无药昏倒在地上,大家只得用担架抬着走。就这样11月份赶到张家口,大家同鲁艺的同志们忘却了疲劳和伤痛在华北联大排演节目,庆祝抗战胜利后第一个新年。就在准备迎接新年之际,青艺小分队接到指示,12月中旬继续出发北上。因吴雪和李力同志病情很重,便由吴雪同志爱人吴一铿同志照顾,留在张家口养病,然后病愈再行赶队。

因为京津地区被国民党接收,只好进入内蒙草原向东北进发,在荒无人烟的沙漠中同志们迎着风沙跋涉,食宿就在旷野中。半夜冻醒后就用干草升火烤暖,大家亲身体会到红军长征时的艰难。同志们都讲我们这是在进行长征补课。平时大家的粮袋还是满的,进入沙漠找不到补充粮,几天就空了大部分,同志们只好缩食减粮。开始遇荒羊还不敢打,怕坏了群众纪律,有的同志两天没吃饭,两腿抖颤。由于饥渴难忍行进速慢,而且经常迷路,白天在沙丘中转悠一天,结果又回到原来的宿营地,只得等到天黑下来看着北斗星来辨别方向。任虹同志机敏,在迷路中仔细观察,发现了履带车辗压的路痕,大家猜测是苏联红军进入东北时坦克的行迹,我们就沿着这条影影绰绰的路迹向前走去,终于经十四五天的时间算是到了西满。在进入白城子之前,遇到了反动牧主和喇嘛的武装,我们集中十几条枪,在山丘上待击,并拿出旗帜锣鼓,敲唱起歌来,敌人认为我们是八路军大部队,打了三枪便躲开,最后由枪声震动了周围牧民,消息传到城里,西满军区领导陶铸同志才派人把小分队接进了白城子。在那里受到军区领导和同志们极热情的招待。陶铸同志放下工作给大家讲东北解放区的形势,并得知东北局领导均已出了沈阳,在辽东活动。陶铸表扬大家发扬了红军长征时的革命精神,今后一定能取得很好的工作成绩。

经西满军区领导联系,方得知东北局领导在海龙,要我们急速出发。由于陶铸同志深知宣传工作的需要,和东北局商定留戴碧湘、雷平、林开甲暂时在西满工作。几天休整后陶铸同志便派部队护送我们穿越长沈铁路,向东满进发。1946年1月历经风险小分队到了海龙。东北局的首长安排大家驻下,并立即开展有声势的宣传工作。经彭真等领导同志决定,青艺小分队的十二名同志组成东北文工团二团。从此一支新型的革命文艺队伍,便在东北人民解放斗争的生活中活跃起来。

早春二月,东北地区十分寒冷,冬天的落雪厚厚地铺满田野和山川。此时在延安老区，正逢春节年关，又是抗战胜利后的第一个喜庆的新春，正是人民群众高歌狂舞的大好时节。可是在海龙被日寇铁蹄蹂躏十四年的土地和人民却一片焦灼与凄苦，刚刚解放又面临国民党反动派的大举进攻，情况就又惨淡与惊恐。人们以疑问的眼光，看着这些"土八路"。困难是明摆着的，十二个人怎样进行文艺演出？怎样把党的主张，人民的期望反映出来呢？几经计议，大家认为东北局领导的指示是唯一办法，就是团结东北广大知识青年，一起战斗。大家分头深入学校，结交青年朋友来扩大自己的队伍，在中学生中开展歌咏活动，十几岁的男女知识青年很快和这些"土八路"交上了知心朋友，热情、奔放的"保卫黄河"的歌声，"没有共产党就没有中国"的歌声响彻开来，一大批中学生和少数觉悟的教师被引导过来。在他们的参与下东北文工二团开始演出，独幕话剧《粮食》、秧歌剧《军爱民民拥军》，还有《黄河大合唱》等一批老解放区人民喜闻乐见又久经考验的节目，被介绍给新解放区人民。这些节目很受欢迎，人民群众形象地看到八路军共产党和他们的鱼水关系，了解了抗战胜利的根本是共产党领导人民打击日寇的结果。还有临时编的活报剧《东北人民大翻身》更受欢迎。在磐石吉林军区刚刚组成的"怒吼剧团"并入了文工二团。此后，在吉林、四平、长春、哈尔滨、绥化、佳木斯都陆续有新同志加入这支文艺队伍，人员壮大到五十多人，"新鲜血液"越来越多，开始只是中学生，后继大学生也来了，业余剧团的文艺爱好者也来了，专业文艺工作者也进来了，有"满映"（伪电影厂）的明星、歌手，有伪皇家乐队的指挥和演奏员。到文工二团三年活动高潮时，队伍扩大到一百三十余人，超过原来的十倍以上。

由于国民党反动派大举进攻，四平、长春相继被国民党占领，东北局决定将东北文工团置于后方根据地开展活动。从 1945 年 4 月开始由海龙经长春、哈尔滨、绥化向佳木斯转移。全团终于 1945 年 6 月中旬相继到达佳木斯市。中共合江省委张闻天同志派秘书长张如屏同志具体安置二团驻地,拨伪时一幢日本医院楼房做团址。东北文工二团便开始了新的活动。

二

1946 年初冬,东北文工二团团长任虹、副团长兼党支书吴雪、副团长李之华,由当时代表东北局宣传部直接领导人的舒群同志介绍到哈尔滨,宣传部长凯丰同志接见了他们。寒暄问候和汇报情况之后,凯丰同志深情地说:"你们从延安来到东北,走了许多路,吃了许多苦,做了许多工作,演了许多戏。介绍了老解放区的作品,也创作了一点新节目,队伍也扩大了,应该表扬你们,称赞你们。但是,你们究竟做得怎样?"他点着一支烟又说:"你们是一个专业文艺团体,不应只是一般的宣传,要拿出新的有分量的,反映东北人民斗争生活,受他们真正欢迎的好作品,要用东北人民喜闻乐见的艺术形式,宣传党的政策,使其家喻户晓,人民才不会忘记你们。"他停了停又说:"要做到这一点就必须遵照毛泽东同志的教导,深入到人民群众中去,向他们学习,了解他们的思想情感,同时还要学会运用他们喜闻乐见的文艺形式来表现他们,在他们中间生根,开花。"他的声音是低沉的,语调是温和的,问题又是十分明确的。任虹、吴雪、李之华三位文工团领导的头脑中对凯丰同志的指示留下了深深的烙印。凯丰同志最后指示说:"你们不要忙着回答我,回去考虑,和同志们商量商量,过一段时间,用行动,用作品来回答这些问题。"

162

任虹、吴雪、李之华回到佳木斯后，立即召开十二人会议，这批文工团的"老骨干"议论开来。回顾前一段的战斗生活确实是艰苦的，从陕北出发，全靠两条腿走了几千里路，大部分是在山区和沙漠中行军，有时是昼夜兼程，有的同志患病，大家轮流抬着走，有的同志在攀登山路时摔断了手臂。晚上行军迷路是常事，有一次错把敌人的司令部当成自己前站宿营地，差一点走进去挨打。在四平保卫战时，由于敌人意外地突破我军防线，文工团和指挥部失去联系，部队撤走了，文工团掉了队，大家就急行军100多里路到公主岭去找到队伍。没有人掉队，没有开小差。更有趣的是解放长春之前，部队不知从哪里找到一辆日寇丢弃的坦克，可是没有人会开，消息传到文工团，奇迹出现了，一位新参加文工团的同志会开，就这样，"土八路"的现代化武器坦克车出现在争夺长春的战场上，取得了意外的战果。随着美蒋反动派的相互勾结，他们大举进犯解放区，我军从长春撤退了，文工团半夜接到命令立即打起背包集合转移，大家带着服装、道具和乐器……在长春街道上转了几个小时，等上北撤的火车，天已经黎明。火车白天向北奔驰，遭到敌机扫射和轰炸，一些同志负了伤，也有的新同志牺牲了，带着破伤的列车整整一天一夜才到了哈尔滨。这时发现还有两名同志不见了，大家十分扫兴。谁知，过了两天这两位竟然从长春步行军回到哈尔滨。可见这支队伍的革命觉悟很高，革命信念非常坚定。但是，这一切不能代表文艺作品，文艺团体终归要拿出好的作品给人民，否则就不能说是完成任务。

于是，以团长任虹为首的音乐采风小组出发了，接着以副团长李之华为首的创作小组下去了，到了当时的依东县，随土改工作团彭孟宇同志一起在依兰东部展开轰轰烈烈的土地还家运动。不久，文工团来了两位新同志，一位是老渔民民间艺人罗镇铭，是从三江口海青渔场请来的。另一位是个雇农出身，先是村农会武装自卫队长，后是区中队战士于永宽。他俩从事民间文艺多年，每当冬闲和春节时，他们就分别组班为乡亲们演唱东北地方戏曲二人转。一个是男扮女装的旦角，一个是丑角。在他俩的指导下，文工团驻地到处唱起来"一更里呀，月牙儿出正东啊……""东北风啊、刮呀、刮晴了天那个……我劝我郎君那别呀别耍钱，别耽误种庄田那！"全团同志都热情地向民间艺人学习。跳东北秧歌，唱二人转。又过了不多久，全团响应东北局关于组织一万两千干部下乡搞土改的号召，文工二团由副团长吴雪率领，随着省土改工作团下乡，参加桦川县清匪反霸斗争。东北文工二团在斗争中又由三位团长分头带领兵分三路，在桦川、依兰、桦南三县深入到人民群众中去，一面参加斗争一面向民间艺人学习民间艺术，文工二团也就从此在人民中扎了根。

1947年初春节时，佳木斯的街道上出现了一支新奇的秧歌队。领头的不像以往秧歌队那样，由一个穿着披肩拿着一把扇的"傻公子"出来拜年，走的时候向人要钱，而是两个人带领，一个人拿斧头，一个人拿镰刀，两个人把斧头镰刀搭在一起，恰似共产党旗上的图案。秧歌的服饰打扮也和以往大不相同，什么青蛇、猪八戒、孙悟空、老妖婆等都没有了，差不多都是普通百姓打扮，尤其新鲜的是一些年轻的女同志居然数目同男人相等地上街跳起秧歌来。打破了以往秧歌队所有女角都是由男人装扮，妇女从来也不参加的旧风俗习惯。秧歌队尾是横幅队标。

群众才明白，这是共产党八路军扮的秧歌，群众手指着"东北文艺工作团宣传队"的大旗拍手叫好。秧歌队边唱："东北那风啊、刮呀！刮晴了天晴了天,庄稼人翻身那! 大家伙儿过新年那!"这是把东北民歌小调里妻子劝丈夫不要赌钱的曲调,改为翻身年的内容。"改得好!"许多观众鼓起掌来。秧歌队打了个圆场后就演起戏来,人们很快层层围了过来。身穿新裤新褂翻身农民打扮的领队副团长吴雪,头缠红布,手拿着称粮用的方斗,斗的四面写着欢庆丰收四个大字。吴雪还是按着秧歌队打头(领队)的角色唱了两句东北秧歌,然后当众一躬:"我们东北文艺工作团,来给乡亲们拜年扭秧歌,演小戏,祝乡亲们过上个好翻身年!"他一口四川语音引起人们的惊笑。

第一个节目《姑嫂劳军》。锣鼓敲起来,胡琴拉起来,两个年轻妇女装扮的角色上场,扭了一圈,观众一下就明白,这是过去二人转中《夸女婿》常见的文艺形式,但现在换了新内容,扮演的是姑嫂二人挎着条筐礼物去慰问人民子弟兵,边走边唱,忍不住的翻身喜悦,各自夸起自己的丈夫和未婚夫。唱词中叙述翻身后自愿保卫胜利果实参加民主联军,新战士骑着高头大马,身披大红花朵,参军上战场上英勇杀敌。

第二个节目《土地还家》。朱漪作剧,内容是贫农张大爷自己用血和汗开垦的土地被地主霸占,解放后土改还给了他,人民政府给他"土地执照"。全家儿孙五口人商量如何增产支援前线。

第三个节目《送公粮》。欢快的锣鼓声中,翻身农民老刘老赵赶着两匹马跑出来。群众兴奋地喊:快看那! 狮子变马啦! 群众见惯的双人耍狮舞变成双人双马,他们表现的是农民翻身后有了丰收向人民政府去交拥军拥政的公粮。

第四个节目《抓中央胡子》。真是新鲜名词儿。原来国民党反动派兵力不足,把当地兵痞、流氓和汉奸、伪警察构成的土匪(东北

165

叫胡子）收编为"中央军"。老百姓就叫它"中央胡子"。这个小戏是用民间秧歌跑旱船的形式。"中央胡子"调戏妇女而被群众抓获，剧情很风趣，人们爱看，对"中央胡子"憎恨。

最后一个节目《光荣灯》，文工二团副团长李之华作剧并扮演村长，农会主席由邓止怡和沈贤扮演，去给军属王二嫂送光荣匾和光荣灯，扮演王二嫂的演员是肖曲，她用深厚的女中音，伴着清脆的唢呐声唱起来："王二嫂我这里呀笑容满面那！今年过年不比往年那！八一五苏联红军赶走了小日本呀！共产党领导咱们把身翻那！"观众立刻鼓起掌来，这唱声群众熟悉，听起来格外亲切。接着村长和农会主任向她送灯和匾，并向她解释灯上画的四出戏。村长和农会主任对唱：头一出戏呀，参军真光荣那！新战士骑着大马挂着大红花呀！二出戏呀！画的是土地还家那！张大爷领回"地照"笑哈哈呀！三出戏呀，画的"送公粮"，大道上车辆人马走成行。四出戏呀！人民战士捉拿卖国贼。这一大段用东北小调叙述或对唱。总结概括了前面演的四出戏。这些亲切的曲调，生动的内容，把观众的情绪引向高潮。最后团长任虹带头打着鼓，把秧歌队引向新的场地，继续宣传演出。

这样的一支秧歌队，很快轰动全城。消息传到合江省委机关，省委书记张闻天同志亲自到文工二团驻地慰问大家并表示感谢。消息也传到了东北局宣传部，凯丰部长大加赞赏，决定二团在佳木斯活动后，即到哈尔滨去宣传演出。这就产生当年从佳木斯扭演到哈尔滨的新秧歌与秧歌剧运动的开端。凯丰同志还下令把文工二团调鹤岗市东北电影制片厂，把这次演出的秧歌与秧歌剧拍成纪录片，题名为《过翻身年》，收入在长纪录片《民主东北》第三辑中。这次活动受到东北局宣传部的奖励。

三

1946年国民党反动派一面用美帝飞机空运部队到东北,大举进攻解放区,另一方面又大量收编当地土匪捣乱。当时,东北地区的东北部,即黑龙江以南,松花江下游一带,伪满称三江省,解放后称合江省,以佳木斯为中心,这里的土匪特别猖獗。我军和合江省委不得不花大力气清剿土匪。在方强、贺晋年等同志组织的剿匪战斗中,先后在依兰、刁翎、勃利等山区,消灭了四大匪股。这就是活捉谢文东、打死李华堂、围剿张黑子、歼灭孙荣久的战斗。吴雪同志带领于永宽访问了剿匪部队,参加了公审谢文东的大会。于永宽同志当场自编自演了大鼓《活捉谢文东》。受到领导和群众的热情欢迎。从此,利用各种文艺形式,紧密配合当时的政治任务,编演新人新事新内容的节目为群众斗争服务,文工二团在巩固根据地,土改运动,支援前线等斗争环节中编演了上百个文艺节目,成为党和人民所喜欢的一支文艺队伍。

1947年夏,为配合土改斗争,当时中共合江省委正组织反"夹生饭"的运动。文工二团副团长李之华就随同彭孟宇带领土改工作团到了依东县大小洼丹等地参加土改运动。根据"反夹生饭"的实际斗争生活,李之华同志写出了独幕剧《反"翻把"斗争》。这个戏在合江上演后震动很大,张闻天同志当即决定所有土改工作团都要观看此剧,一时演出任务繁重,前后演出百场为三千余名土改工作团成员演出了该剧。此后在滨江县演出,1947年7月初,正当全党欢庆中国共产党诞生二十六周年的时候,独幕话剧《反"翻把"斗争》在东北局驻地为党政机关干部公演了。该剧是写被斗倒的地主不甘心失败,暗中勾结土匪,利用栽赃诬陷和派狗腿子钻进新生政权——农民协会的手法,阴谋复辟(当地叫"翻把"),土改工作团识破他的阴谋、启发引导教育农民群众彻底打倒恶霸地主的故事。这种情况在当时农村中较为普遍,很有典型意义。正是由于这个戏,紧密配合了当时农村中的土改斗争任务,深刻地反映了现实,加上动人的艺术形象和鲜明的人物性格,也还由于该剧有了丰富生动的群众语言和巧妙的编排手法,受到观众的热情欢迎,东北局宣传部为此,决定给作者李之华同志记大功一次,给东北文工团该剧组的全体演出人员记集体大功一次,并给了物质奖励。消息在《东北日报》发表,并召开了文艺界的座谈会,这是党组织对东北文工二团最大的鼓励肯定。

这个剧本确实是很成功的。整个戏的演出长达两个小时,重要人物有十三个,还有同样多的群众角色。作者把这样多的人物和很长的情节巧妙地组织在独幕剧中,安排在一个晚上(从傍晚到黎明),充分体现了作者高超的创作手法。该剧丰富而生动的台词,时时引起观众热烈的掌声。这个剧本,在一定程度上是真实地表现了当时改革封建土地制度的历史情景。这个戏从内容到形式深受贫雇农欢迎。广大观众也感到满意。虽然演员和舞美人员多是刚接触话剧艺术,当时谈不上什么艺术造诣和经验,特别是戏中的两个重要角色的扮演者根本不是演员。吴峰同志扮演地主很像,他却是乐队队长,笔者当年是十八岁的小青年,是乐队队员,被分配扮演农会主任,既没有受过表演训练,也没有舞台实践经验,只不过把自己参加土改工作时见到的真的农会主任形象搬上舞台,说台词不流利,有些"木讷"。老作家舒群风趣地说:"你这个农会主任演得真像,很多农民干部真是像你一样,为人很老实,说话不利索。这种性格被你表现得很好!"这个戏演得最好的是鲍占元和杨克同志。

《反"翻把"斗争》演出后，很多人要求参加文工二团，于是决定再次扩大队伍。很快地增加到近百人。特别是这次吸收了一批十几岁的儿童，除了两个成人演出队，又增加了一个小小的儿童队，由近二十个儿童组成。

扩大以后的文工团，又兵分三路，少数同志随解放军三下江南，深入部队生活，另一部分留合江再次下乡参加土改工作，一些新参加的同志则留在佳木斯总团进行革命思想教育和业务训练。这次下乡的同志们下去时间长达半年之久。于1948年初，全团又集中起来，开始紧张的排练和演出。这批节目中有李之华同志创作的五幕歌剧《从冬天到春天》，有范景宇同志创作的《送喜报》，反映解放军战士杀敌立功的事迹。儿童演出队演出《争年画》《爸爸参军》《防疫反迷信》《老赵入团》等。其中最受欢迎的是《送喜报》，内容是陈大娘的儿子翻身后，为了保卫翻身果实，参加人民解放军，在前线英勇杀敌立了大功。光荣喜报传到家乡，乡政府派两个曾参加担架队支前的青年把喜报送给陈大娘，陈大娘无限喜愉，问起儿子在前线杀敌的事迹。这个戏充分利用"二人转"的形式并加以突破，运用十多种民间小调来表现不同的情绪，三个演员在台上边舞边唱，边问答半个多小时。三个演员鲍占元、冯绍宗、陈连玉，他们共演出了数百场。

这次深入生活，比上次收获大，同志们思想上又进一步受到教育和锻炼。创作题材范围扩大了，参加创作的人增多了，作品数量上翻了一番，全团由两个晚会的节目增至四个晚会的节目，内容不仅限于老区农村斗争生活，也扩大到了新解放区。更重要的是开始反映人民解放军的战斗生活，从东北后方战场转到前线解放军的战斗生活。

四

　　1948 年夏,东北文工团接到新的命令到前线去为解放战争服务。第一演出队出发,第二演出队稍加准备也起程南下。他们先后到了东北人民解放军六纵队(后为四十三军)和三纵队(后为四十军)各团的连队,开始演出反映战士家乡群众翻身后的喜愉和以努力生产支援前线为内容的节目,鼓舞战士英勇杀敌。六纵队政治部为了表示感谢,送给文工团一面锦旗,写着"战士之友"四个大字。这是部队领导对文工团工作的鼓舞,也反映了战士们的心情。接着为配合部队开展诉阶级苦的教育运动,演出了《反"翻把"斗争》,戏中贫苦农民诉说恶霸地主盘剥农民的罪行,深深地打动了战士们的心,很多战士从自己在伪满时期的悲惨家史和自身痛苦的经历事实,愤怒地控诉日本帝国主义侵略者和敌伪汉奸特务残酷欺压人民的罪行。文工团领导让团内同志分散到各连队去接受教育和采访。××师×××团一个连队的一次诉苦会,一位战士讲述了他的小妹妹被恶霸地主婆活活煮死的悲惨事件,非常感人,连旁听的新区老乡也都哭了,他们也自动地参加,控诉国民党反动派和日寇汉奸一样压迫人民。刚刚解放过来的原国民党军队的士兵也起来控诉他们是怎样被抓来当炮灰的,会场一片哭声,响彻了"牢记阶级苦、不忘血泪仇、打倒反动派、摧毁二满洲"的口号声。

　　文工团赶排了《白毛女》和反映国民党反动派在国统区到处抓兵的话剧《抓壮丁》。这个戏是延安青年艺术剧院编演的,在陕甘宁边区文教大会上演出时得过奖,很多中央领导同志看过。文工团还排演了反映战士生活的话剧《好班长》、反映新区军民关系为内

170

容的《三担水》等。同志们演出之余，经常深入连队服务，为战士们理发、洗衣、缝衣服，有时还帮助运送伤员，为负伤的战士换药洗伤口、喂饭、扶持解大小便。当离开时许多战士排队欢送，各部队送给文工二团的锦旗上写着"向文工团的老师致敬"，有的写着"弟兄情深"字样。从开始时的称朋友，到老师，再到弟兄，这就是东北文工二团深入部队为战士服务的变化过程。

从我军1948年3月解放吉林开始，文工二团就开始跟随部队前进，解放长春时曾为起义的原国民党六十军（后改编为人民解放军第五十军）进行慰问演出，后来解放四平、解放辽原、解放抚顺、解放锦州，直到辽沈会战解放沈阳，文工团也跟着部队进了沈阳。东北地区的人民解放军以百万之众大举进关时，文工团还赶排了《送子弟兵入关》（朱漪作剧，任虹、邓止怡配曲）等戏欢送。

在沈阳稍事整顿，东北文工二团即奉调进北京。原来是党中央在西柏坡看影片《民主东北》第三辑时，发现东北文工二团原是由"延安青艺"为主组成的，于是下令调东北文工二团进关。文工团的前站人员参加了解放军开进北京的入城仪式。进京后改组为属于青年团中央领导的中国青年艺术剧院。从而结束了东北文工二团的三年的战斗历程。

文工团在跟随解放大军节节前进时，同志们一直唱着由吴雪写词、任虹谱曲的《全国大反攻》歌曲前进。"反攻、反攻、全国大反攻，消灭反动派、军民齐动手、打倒蒋介石、摧毁二满洲，赶走美国佬、建立新中国"的歌声一直唱到北京城。

小小的东北文工二团，只是当时千百个文艺宣传队伍中的一个，时间仅仅三年，人员从开始的十二人到发展成过百人的大型文艺团体，编演几台戏，出版了戏剧音乐丛书十七本（都是东北书店

发行的)。做了些宣传鼓励工作,走过东北许多地方。在合江剿匪、土地改革、开展生产,支援前线,到随军演出,参加解放战争的宣传工作,三年的历程虽短,却也可以看到党领导东北解放区的文艺宣传工作的缩影。通过对它的三年历程的回顾也可以引起人们对当年翻天覆地,战斗生活的美好记忆。

谨以此文向老区人民致敬,向原东北文工二团的所有战友们致敬!

(本文由马珩综合)

节选自《黑龙江革命文化史料(佳木斯专集)》,1989年

◇ 吴友安　王晋科

沈阳地下党领导群众文化活动的概况

1945 年 8 月 15 日,日本帝国主义宣告无条件投降。8 月 20 日,苏军解放沈阳。9 月 6 日,我军开进沈阳。9 月 19 日,成立中共中央东北局,随后又成立省、市委和省、市人民政府,迅速地开展了城市工作。但不久,苏军奉命将沈阳移交国民党"接收"。我军便于 1945 年 11 月 24 日撤出沈阳。我党、政、军机关撤出后,根据中央关于巩固东北根据地的指示,在沈阳成立了地下市委,和原市委城工部继续领导地下斗争。1946 年春,地下市委撤销,东北局成立城市工作部,统一领导沈阳和东北各敌占城市地下党工作。1948 年春,成立了中共沈阳市工作委员会,受东北局城工部和省委双重领导,统一领导沈阳市各系统的地下工作。

在国民党占领沈阳期间,我地下党为配合解放战争,开展了大量的文化活动,对敌人给予了有力的打击。

一、在大、中学校开展读书会活动。即以进步书刊为武器,扩大革命影响,传播革命思想,对广大青年学生进行启蒙教育,发展壮

173

大革命力量,在反蒋反美斗争中起到了积极的重要作用。

开展读书会活动,主要采取了这样一些方法与组织形式。首先是,为巩固阵地,加强自身思想建设,不断提高地下党员及地下工作同志的思想政治觉悟与政策水平,讲求斗争策略,沈阳市地下工委于1946年翻印了大量的毛泽东、朱德等中央领导同志的著作与党内文件。由地下工作同志设法秘密地带进沈阳(当时沈阳市工委机关设在辽宁省委所在地梅河口)。为了防止敌人发现,用《红楼梦》、《西厢记》、《牡丹亭》等假书面。沈阳地下党组织张超、孔光裕、王明、杨涛、王发祥等同志还秘密油印了一些党的文献,如《党章》及《怎样做个共产党员》、《论共产党员的修养》、《论批评与自我批评》、《论调查研究》等文件。在地下党员和地下工作同志中,进行了广泛的传阅学习。在此基础之上,为了扩大革命影响,传播革命思想,通过地下党员和地下工作同志,与群众进行广泛接触,广交朋友,团结群众的办法,吸收进步青年学生参加读书会活动。先是个别秘密地借给书看,然后再把他们组织起来成立读书会。地工人员孙语群在和警校五分校刘新、济民女中崔桂芳同学的接触中,得知这二位同学经常发泄对国民党反动黑暗统治的不满。孙语群就给他们讲述有关解放战争的形势,并给他们拿了一些进步书籍看,如《李家庄的变迁》、《李有财板话》、高尔基的《母亲》、《钢铁是怎样炼成的》、《大众哲学》、《新观察》、《论联合政府》、《新民主主义论》、《世界知识》等。并让他们把这些书籍,传递给比较要好的进步同学李乃东、周绍宗、邱墨林、邵志明、李光珍等人看。然后让他俩负责分别组成了两个读书会。这样,孙语群先后在东大先修班、辽宁师专、沈阳医学院、中央警校五分校、农专、济民女中、青一中、女一中、女师、伊光中学等校建立了十多个读书会。

地工人员陈革,在渤海大学、辽东学院、省立三中、市立师范、市立二中等大中学校发展了进步同学,建立了联络点并建立了读书会。地工人员张清华还组织领导了跨校读书会。参加的有三中、坤光女中、济民女中、四中、渤海大学等校的同学。随着革命形势的迅速发展,组织读书会的形式也有所变化。如长白师范学院,在1948年4月中旬于沈阳市南八条张洪敏家,召开了"读书会"的成立会议。参加会议的有刘忠俊、郭克义、赵陆权等十八人。会议由刘忠俊主持,并介绍了当前形势和斗争任务,号召大家积极参加反内战、反饥饿、反迫害的学运斗争。会上宣布了"读书会"章程,做了分工:刘忠俊管人事、组织;郭克义、赵陆权管联络;于洪福管总务;付鹰、曹振洋、赵蕴舒管宣传;其余的同学都是宣传联络员、秘密投递员。坤光女中地三、金兰英还组织领导了一个女同学读书会,把参加"学生抗联"活动的各校女生代表中的积极分子吸收进来成立读书会。地址在张淑贤家里(沈阳市正阳街大舞台对过的华兴照相馆)。成员有女师的魏纯芳、丁福兰,三女中的高翠芳,济民女中的崔桂芳等。共同阅读了许多解放区的进步书刊。同时,还发动读书会同学回各校团结进步同学组织校内读书会。这样,读书会就很快在全市大中学校普及开了。有的学校组织了一两个读书会,有的组织了五六个读书会(如中山中学)。从1946年下半年开始组织读书会活动到1948年10月末。沈阳地下党组织先后在东大及先修班、辽宁师专、警校五分校、中山中学等二十多个大中学校建立了四十多个读书会。参加读书会的人员情况不等,有的三五人,有的十来个人,有的二十多人。

这些读书会,所阅读的书籍大体有:《新民主主义论》、《论联合政府》、《论解放区战场》、《中华民族解放运动史》、《五四运动》、

《中国向何处去》、《青年运动方向》、《中国革命与中国共产党》、《目前形势和我们的任务》、《中国史纲》、《红色中国的挑战》、《列宁文选》、《联共党史》、《大众哲学》、《新人生观》、《弗尔巴哈与汪国古典哲学的终结》、《辩证唯物论与历史唯物论》；进步杂志有：《时与文》、《展望》、《世界知识》、《文萃》、《新观摩》及文学作品《李家庄的变迁》、《小二黑结婚》、《李有才板话》、《王贵与李香香》、《鲁迅小说选》、《母亲》、《钢铁是怎样炼成的》、《毁灭》、《日日夜夜》、《青年近卫军》等七十多种，数百册。

这些书刊都是沈阳地下党通过各校地工骨干分别送到各个读书会。书的来源主要有四个方面：一是从解放区秘密运进来的；二是我们自己开设的书店供给的；三是从秋林公司购买莫斯科出版的中文马列著作；四是个人从关内购来。

为了更广泛地扩大革命影响，传播革命思想，在建立读书会的学校还建立了图书馆（室）。原来就设有图书馆（室）的学校，地工同志则利用掌握图书馆（室）权利的方便条件，采购进步书籍在同学中传阅。如中山中学他们用"六二"绝食省下来的钱办起了图书室，先后从我地下党开设的上海联合书店、三义书店和华夏书店购进了一大批革命进步书刊，个别秘密地借给同学们传阅。沈阳医学院，在"七·五"抗暴斗争中，由张俊强、洪文廉、任守新、白东海等同学献书而发起的"七·五"读书室，秘密地接待了众多进步同学。坤光女中赵春润、任惠卿、阎雪诗、潘伯珍等人利用掌握图书馆方便条件采购了大量进步书刊。二中的阅览室购置了艾思奇的《大众哲学》；翦伯赞的《中国史纲》；巴金的《家》、《春》、《秋》及《新生》、《灭亡》；老舍的《骆驼祥子》等进步书籍。除上述公开借阅的图书外，对个别经过审查，政治上可靠而又强烈地要求革命的同学,还将《红色中国的挑战》、《新民主主义论》、《西行漫记》、《土地法大纲》等内部书刊,秘密地借给他们阅读。为了防止敌人发现,对上述那些"禁书"都进行了伪装。有的被裱上《似水流年》封面,有的装一个《三民主义讲义》、《中国之命运》等假书皮,或将其中前几十页装订在书前,这样敌人不易看出破绽。

在开展读书会活动的基础上,为了更好地帮助消化领会其精神实质,他们除了及时交流读书心得体会请人辅导之外,还组织了一校或多校联合的专题讨论会。1947 年 11 月曾由郁其文、孙语群主持以《行行》文艺月刊的名义,在济民女中,召开的"文艺为谁服务"的专题讨论会。参加的人有东大、沈医、东大先修班、中山中学、师专、辽东学院、二中、四中、济民女中、中央警校五分校、伊光中学、渤海大学等校的进步同学和我们的地工同志。会上讨论了"文艺要为人民服务必须大众化问题"。孙语群以《行行》文艺月刊主编身份向到会的青年朗诵了作者肖红写的诗《辽河畔的呻吟》,并向到会的青年提议写文艺作品要以这首诗为榜样,反映人民的思想情绪。张洁华同志领导的跨校读书会,曾几次在马莘文家中讨论《目前形势和我们的任务》、《论人的阶级性》及文艺作品《李有才板话》等。伊光中学在进步校长李学盈的大力支持下,在刘庆祥领导下,多次在一个大教室里讨论《李家庄的变迁》并联系地主剥削农民以及解放区进行土改等问题。其中有一次讨论"时事",刘庆祥邀请了孙语群参加,有的同学问《中美商约》是否是卖国条约?孙语群就举了一个例子给大家解答:"一个二十多岁的小伙子和一个五六岁的儿童订约,互打十拳,谁也不多,谁也不少,结果怎样呢?可以肯定五六岁的儿童,不被打死也要被打得终身残废。因此说,从中国和美国的经济、技术实力考察《中美商约》,尽管条约上写双方互相可以在对方土地像在本国一样办工厂、开矿山、搞交通。我们这个穷国能竞争过美国佬吗？所以说这个条约是将中国从天上到地下出卖给美国了"，使与会同学受到了深刻的教育。中山中学在地下党组织领导下曾举办了《大众哲学》、《新人生观》等专题讨论。参加的人数最多时达三十多人。东大先修班的王明、马绍良、杨树春组织了"生与死"、"人生的意义"等专题讨论会。这些讨论会不仅给同学们纠正了一些模糊认识，在理论方面也提高了认识水平，这就给开展群众运动打下了良好的思想基础。

通过开展读书会活动，在广大青年学生的思想上产生了重大影响，播下了革命的火种，带来了真理的心声。不仅为他们送去了科学的观察事物的方法，有力地解决了理论上一些模糊认识，消除了盲目的"正统"观念，而且激发了青年学生参加爱国民主斗争的热情。不少青年学生由此而接受了革命思想，走上了革命道路，积极参加沈阳地下党领导的各种群众运动。有的成为运动的骨干，有的参加了地下工作，有的投奔了解放区，有的不幸被捕，在敌人的监狱中表现了坚贞不屈大无畏的革命精神。他们在极端艰险困苦的条件下，都充满了革命胜利信心，决心要冲破这黎明前的黑暗，迎接胜利的曙光。

二、出版刊物、利用报纸通讯、传播革命思想。

1. 1946年—1948年在沈阳地下党领导下办了《青群》、《铁声》、《海燕》、《行行》、《守望》、《黎明》等七种刊物。1946年孔光裕同志便在辽东学院同地下工作同志一起出刊了《青群》杂志，以传播进步思想。1946年8月为了开展地下斗争，中长铁路局苏家屯机务段成立了沈阳铁路学院同学会，利用这个学会名义创办了《铁声》月刊。刊物内容是：利用真人真事揭露国民党贪污腐败及剥削压迫工人等罪恶事实。1946年8月中山中学二十二名同学自发组成一个进步的学生团体，取名"九·一九"社，以示对国民党的愤恨和对解放区的怀念。郭永伟为社长、杨振江为副社长，并由杨主编社刊《海燕》，寓意迎接革命的暴风雨。首期内容突出介绍途经解放区的感怀《解放区见闻》、《民主政府二三事》、《一个光明的社会》、《英勇的人民子弟兵》等。使学生们对两个党、两个政府、两个军队作对比和思考。这星星之火开始燃起了学生对新社会的希望之光。

1947年孙语群与人合办文艺月刊《行行》。后来他接任主编，从第二期开始，完全控制了下稿权。第一期的封面，由辽东学院的同乡赵继武画了一幅画：一个人在黑云压顶的旷野前进在泥泞的道路上。这期发表了两篇孟加同志（地下党员张超的化名）写的文章，一篇是《青年、文艺、生活》，宣传《在延安文艺座谈会上的讲话》精神；另一篇是小说《一车土》，内容是说一个农民为了修复坍塌的房屋，从野外拉了一车土，竟遭到地主的迫害。孙化名野夫写了两首诗。一首是《寄语〈行行〉》，期望《行行》文艺月刊，充当一个坚持正义，同情贫贱者的勇士：为祖祖辈辈终日不得温饱的农民呐喊；另一首是《六·二的早晨》，揭露国民党武装包围沈阳医学院和中山中学镇压学生的罪行。他满以为一个文艺刊物的主编可以把自己的作品发表。不料，社长看了皱着眉头说："这哪行，你要不愿意我们几个人一块进棺材座子，赶快烧了它。再说事情已过去两个多月，毫无现实意义了。"第一期刊登了他的小说《野菜》。这篇小说是写国统区由于内战造成物价飞涨，一个中学生因饥饿溜进某中学荒芜的校园挖野菜充饥，竟被校长夺去篮子逐出校门，终于被饿死的惨状。

第二期的封面是陈大昌同志发展的东北大学学生周宝城画的一幅宣传画：一个人在漆黑的夜里，右手高举火把，左手罩在嘴上，激动地高呼，号召人们起来向黑暗势力抗争。这期发表了地下党员孔光裕同志《文艺要大众化》的文章（也是宣传《在延安文艺座谈会上的讲话》的观点）。陈大昌化名（何弗者）发表了一首长诗《灯蛾》，歌颂追求光明的英雄，不怕牺牲的精神，批判了"灯蛾扑火自取灭亡"的观点。孙语群还发表了小说《送地租子》，反映农民受地主残酷剥削的实质。由于这个刊物反映了国民党统治下劳动人民的悲惨遭遇，揭露了封建地主的反动本质，宣传了毛主席文艺为工农兵服务的思想，致使国民党反动派既恐惧、又仇视。结果第三期刚刚下稿，便被国民党警备司令部查封。

1948年5月根据反迁校斗争需要，以地下党组织批准成立和领导的半公开的进步群众组织——学联名义，出版了秘密刊物《守望》，取坚守不迁校，迎接希望之意。主要有张清华、朱农、左弛等人负责办刊。《守望》用多种多样的形式，如：短论、诗歌、平津来信、漫画等，向同学们宣传当前形势，揭露国民党的迁校阴谋。刊登受骗同学从北平寄来的信，报道他们在北平流浪街头，乞丐不如的遭遇。启发青年学生"认清现实，看准出路"，反欺骗，反迁校，不上当，不给国民党当炮灰！"坚守学校，我们是即将到来的新社会的主人翁！"

《守望》是油印的三十二开本，印张不定期的秘密刊物。刊物印好后，秘密撒在各自所在的学校。有的人一直把它珍藏着。解放后有的青年说："我没有上当去北平当炮灰，多亏了《守望》啊！"《守望》办了一个多月，因北平发生了"七·五"惨案，我们的"反迁校"斗争，可以通过合法形式，以便大规模进行，这个刊物停办了。

　　地下党组织除在白区争取办刊物外,还利用敌人的报社、通讯社写消息,发表文章,使敌人的宣传工具为我们所利用,使秘密的非法斗争,取得一定的合法地位。曾先后在国民党五个报社,两个通讯社和广播电台,发展了五名地下工作人员,从事记者工作。这就在敌人的宣传阵地上占领了几块合法阵地。这不仅传播了革命思想,宣传了我党方针政策,同时又有力揭露了国民党的反动面目,教育了广大群众,团结了新的革命力量,也推动了群众运动。

　　1947年5月,沈阳日报编辑郁其文在报纸上办了《大草原》与《学习》副刊,并经常把张超、王明、孔光裕等同志所写的文章拿去发表。张超曾写了《争取它,果实》这篇文章,以启发国统区青年知识分子要反对封建法西斯统治,争取民主胜利果实;王明写了《论青年应有的觉悟》;孔光裕写了青年应争取民主自由的文章。郁其文利用编辑条件,用半年多时间写了三十多篇杂文,揭露国民党压制民主,发动内战,贪污腐化。

　　在"七·五"抗暴斗争中,从事记者工作的地下工作同志们采访报道了"七·五"抗暴新闻,每日由通讯社发出或者在《沈阳日报》、《新报》发表。这在沈阳市各阶层市民和学生中产生了很大的影响。徐秋水同志在《沈阳日报》发表《向光明哭泣的日子》,愤怒地控诉了国民党屠杀青年,摧残民主的滔天罪行。1948年初孙语群到公报社编副刊,赵玉林、李林等到公报社与公民通讯社。同年吉联通讯社建立不久,孙语群任该社记者,陈大昌、樊涛、路地相继到该社做记者。他们虽然拿不到工资,宁肯挨饿,也要想办法去掌握吉联通讯社的领导权。孙和樊两人又转到公民通讯社,不久樊就写了一篇特写《江北见闻》。用一位哈尔滨归来的商人之口,反映了解放区欣欣向荣、人民安居乐业的景象。广播电台编辑李雁操等同志利用广播文艺节目,也做了不少宣传工作。

2. 在大、中学校中创办大量壁报。壁报成为我们争取民主,争自由,做斗争的重要手段和武器。东北大学先修班马绍良主编的《自由谈》,杨树春、郭永泰主编的《大动脉》,对国民党的黑暗,丑恶现象和学校当局的倒行逆施,进行了深刻、辛辣的揭露与批判。这些壁报对敌人是利剑,对自己则是有力的宣传喉舌。

《自由谈》学习鲁迅以杂文为主的斗争方法,同敌人展开斗争。当时有一特务学生公开在同学中无耻造谣说:"四平之役,国军之所以失利,是由于共军用大姑娘换了苏军大炮。"马绍良以"师周"(即以鲁迅为师)为笔名写篇文章进行揭露。文中写道:"该君检讨国军失败的原因很新鲜。可是他何以不举出那些姑娘姓甚名谁,换来几门大炮呢? 不便言明之处,恐有难言之隐。大概其中不有其妹,便有其姑,故此不好明言吧!"弄得敌人十分狼狈。《自由谈》对反动当局嬉笑怒骂,嘲弄讽刺,有力地揭露了特务学生散布的政治谣言。

《大动脉》,意为它是在校内联系众多同学的大动脉。办了五六期。那时杨树春利用手中一册日文版梅林著《马克思传》,从中摘取片断,以《卡尔的一生》为题,在壁报上介绍了马克思的生平和他的学说。以后又陆续介绍了列宁(用伊里奇之名)的生平及一些哲学知识。同时也写了些揭露敌人的残暴荒淫和官场腐化的文章。

在《大动脉》上,批驳了留日学生包某在《苹果园》壁报上发表的小说《麻药》。小说绘声绘色地描写了某留日学生与日本女教师恋爱的故事。这位留学生在酒吧不择手段地投麻药于酒中,使女教师昏迷不醒而被奸污。这篇小说引起了一些猜测,以为是影射校内某漂亮女助教。小说文笔之庸俗,趣味之低级,也有害于同学们的斗志。由王明执笔,在《大动脉》上发表了《这是施向同学们的一副麻醉剂》一文,淋漓尽致地批判了这篇小说。包某受到批评后,再不敢公开与我们对抗了。

于纯仁同学化名一丁写文章,批驳了国民党辽宁省党部书记长石觉污蔑学生罢课的谬论。石觉指责学生"闹学潮"是为非作歹。于纯仁便发表了《潮与流》,文中说:"既然承认是潮,就不能用堵截的办法,只能让它顺流而下,冲垮你也是活该。奉劝某些人应该识时务,顺潮流,不要做不得人心的蠢事。"

赵元良、常汝鸿同学合办《大家事》,用通俗的形式交流了同学们的思想和学习体会。

为了冲破"埋头读书"的沉闷空气,粉碎国民党的罪恶阴谋,进一步宣传民主革命思想,中山中学地工同志针锋相对地提出争取学生言论自由、结社自由的口号,大办壁报,使革命宣传活动空前高涨。

这个学校二楼走廊,原来就是学生发表各种意见、建议的壁报阵地,当时称为"民主墙"。有些志同道合的同学组成社团也在出刊物(即壁报)。1947年上半年,"九·一九"社《海燕》出刊,在学生中很有影响。下半年,他们利用这种形式办了三种刊物。以东方明社出版《东方明》诗刊,由傅云生主编,屈连璧、姜宗璐、于占春供稿。第一期报头是由盖大北设计绘制的。十分醒目。内容是诅咒黑暗,讴歌光明的诗篇。在发刊词中有这样的诗句:"东方将明了,黑暗留在后面,东方将明了,黑暗将更加黑暗。"在学生中引起强烈的反响。训导主任"王大牙"得知后气急败坏,当天中午,当着看墙报学生的面,伸手就去撕,被在场的屈连璧一把揪住他的胳臂,义正词严地怒斥王大牙:"学校既然保证学生的结社言论自由,为什么你撕毁壁报?"王大牙在众目睽睽之下,张口结舌、灰溜溜地走开了。就在当天夜里这个墙报还是不翼而飞了。

以文摘社名义出刊的《文摘》,由姜宗璐主编,主要从《世界知识》、《时与文》、《新观察》等进步杂志中,摘抄时事论文,评论国家大事。《文摘》办过五六期,也是很有影响的刊物。

以痴报社名义出刊的《痴报》,是由姜宗璐和王绍业共同主办的。当时他们认为揭露学校当局加紧对学生的控制和盘剥学生的罪恶行径,需要有个阵地去战斗。经研究决定出版一份用钢笔抄写的四裁纸小报,取名《痴报》。由王绍业写的发刊词中头一句话就说:"痴者呆也,呆子说话没有罪。"这份小报从很多侧面巧妙地抨击学校的黑暗。1947年初郭永伟、饶弘范办起《生活报》,转载《新华日报》、《群众》等报刊文章。此外还有《野玫瑰》、《野马画刊》、《火》、《瀑布》等。

在大、中学校大办壁报极盛一时,当时还有沈阳医学院的《沈医论坛》、《民主》、《展望》,沈阳二中的《征帆》,长白师范学院的《黎明》,辽宁师专的《花朵》诗刊,经常用幽默、辛辣的讽刺诗揭露抨击国民党的反动腐败。伊光中学的《荧光》,济民女中的《呐喊》等几十种壁报,都起了揭露抨击敌人,歌颂进步与光明的作用。

三、运用文艺武器,配合政治斗争,有力地打击敌人。

1.开展文艺演出。1947年5月东北大学先修班在一个晚会上,由卢孟祥等同学组织了一出很好的节目,他自编自演的反内战话剧很受欢迎。剧名为《思乡》,剧情是叙述农村一家兄弟二人,哥哥被国民党拉夫当兵,弟弟一气之下当了八路军。在一次激烈的战斗中,哥哥在战场上负伤倒下,此时弟弟恰好持枪赶来,兄弟见面,百感交集,抱头痛哭,弟弟把哥哥送进医院。本来他们想,在校庆晚会上再次上演,但校方却不允许。过后地下党指示杨树春和卢孟祥重新组织演出并要一定搞好。杨树春便找了好几位能歌善舞的男女同学,请他们出一些小型歌舞节目,却遭到了这些同学的拒绝。后来得知,这些在文艺活动上的活跃分子,多数是三青团员,他们奉命不准演出,不准支持罢课。眼看校庆日已到,他们这样做显然是故意为难,妄图拆台,抵制罢课斗争。校方越抵制,杨树春等越要坚持演出,越要宣传罢课斗争。他请班内爱好京剧的李仲祥同学帮忙,请来几位演员,借的戏装和打击乐器。角色不足,李粉墨登场,演出一折《借东风》,为校庆活动增添了一点声色。同时,也在晚会上再次宣布了罢课的决心,给那些破坏者当头打了一棒。1947年"六·二"罢课,在一次晚会上卢孟祥主演了话剧《热血》,晚会在"谁愿意做奴隶,谁愿意做马牛?"的歌声中结束。这次晚会对进步力量是个激励,对广大同学是个教育,终于挫败了特务学生企图立即复课的阴谋,罢课一直持续到接近期末。1948年7月在地下党领导下发动了一场气势磅礴,震撼全城的抗议"七·五"惨案运动。"学生抗联"在新光电影院举行义演,由沈阳医学院学生演出话剧《雷雨》,全部收入捐赠。

　　1948年8月5日由师专、东大、长大等院校几百名学生,在东大校园红楼东广场联合举行营火晚会。在会上东大演出了活报剧《魂兮归来》。这个剧由张忠林、刘文章、彭亚斌等地工同志们创作,并同其他同学一道演出,以教育群众不要忘记为死难同学报仇。长大学生陈敏生(地工)也表演了一个活报剧。剧情是给一个患严重疾病的胖子开刀,从胖子肚子里取出许多民脂民膏,却没治好。它象征着国民党反动政府已病入膏肓,必须彻底摧毁。1948年7月各院校的"解放同盟社"都积极发动学生参加"学生抗联"开展的活动。沈医在校内也举行了追悼大会,并演出活报剧《许宅闹鬼》。1947 年济民女中还自编自导了揭露国民党黑暗的独幕话剧《劫收》。内容是通过国民党接收大员的弟弟之口揭露和控诉国民党的贪污腐化。剧中接收大员的家挂了一副对联。上联是"接收大员,升天变鬼",下联是"放下屠刀、入地成佛"。

1948 年元旦,长白师范学院举办新年晚会。节目由刘忠俊、郭克义编写,傅鹰、曹振洋演出,用快板书的形式向全院师生拜年。内容是回忆一年来的遭遇,揭露国民党政府黑暗腐败。由于内容新颖,形式别致,颇受同学们的欢迎。但是学校当局极力反对。当快板说到"不送暖气,向空放",引起了全场哄堂大笑。又说到"朱×女士(院长)是一霸"时,国民党特务头子秦××竟站了起来,指使反动学生制止演出。学生没有理睬他们,直至把节目演完。

2. 开展群众歌咏活动。1946 年沈阳二中音乐教师王健在校任教时组建了合唱团,他离校后停止了活动。在地下党领导下,马良瑶为了广泛团结同学,传播革命思想,以校学生自治会文艺部的名义,重新召集合唱团员恢复活动。他们学习、演唱了《长城谣》、《插秧谣》、《大刀进行曲》、《义勇军进行曲》等革命歌曲。这些歌曲在相当一部分同学中流传开,增加了无产阶级的思想感情。流传最广的是《黄河颂》和《插秧谣》。一些同学联系当时的社会现象说:"这《插秧谣》真有点像是对达官显宦们的控诉。"

1947 年中山中学由"九·一九"社发起组织的"我们唱歌咏队",对转变学生思想,起了很好的作用。在地工饶弘范、盖大北带领下,由方瑞德提供歌曲,以尹文豁、谢梅馨、白秀玲、谢湘云等为骨干,有几十人参加的有战斗力的歌咏队。他们在课余时间,集中教唱革命歌曲,有《黄河大合唱》、《伏尔加船夫曲》、《兄妹开荒》、

《山那边有个好地方》、《在太行山上》、《团结就是力量》等，也有讽刺国民党腐朽没落的《茶馆小调》、《五块钱的钞票》等。这些歌曲抒发了同学们反对国民党反动统治，追求光明的心声，激发了同学们向上奋进的精神。

1947 年 5 月东北大学先修班为了宣传坚持罢课斗争，希望得到社会舆论的支持。他们责成卢孟祥、郭永泰、林兆洪等同学组织了歌咏队、合唱团、乐队等，在校内演奏、演唱《中国人不打中国人》、《江南昔日好风光》、《马赛曲》等歌曲，很受群众欢迎。有一首歌曲为《蒋委员长领导我们向前》，是吹捧蒋介石的御用歌曲。马绍良把"向前"二字改成"要钱"，又添上了"输尽了大好河山"等歌词，演出没等唱完，听众已笑得直不起腰来了。

1947 年沈阳医学院由广承蔚、梁守璜主持"大家唱合唱团"60多人，韩学信组织"土风合唱团"，学唱进步歌曲《你这坏东西》、《黄河大合唱》、《团结就是力量》。

1948 年 7 月 12 日沈阳"学生抗联"召开了控诉追悼大会。在会上沈医同学领唱了挽歌。这首歌是文庙校长邝庄麟按照《流浪人归来》曲调填写的歌词。全文："流浪背乡井，尸横幽燕地，为求生存遭迫害，正义在哪里？父母悲痛学友怒，姊妹皆掩泣，想你泉下难安息？""夜雾虽漫漫，鸡鸣犹未已，要求生存有权利，誓死要争取，正义之血不白流，大家已奋起，请你泉下要安息！"

同年 7 月 30 日、8 月 5 日沈阳医学院和辽宁师专等院校举办了两次营火晚会。火光照亮了黑暗的校园，歌声划破了寂静的夜空，同学们表演了反迁校和"七·五"抗暴斗争的节目，还有解放区大秧歌舞，《解放区的天》等革命歌曲，激励了广大学生的斗志。

在沈阳地下党领导下，各大专院校集会游行都是在高唱《国际歌》、《团结就是力量》、《民主青年进行曲》等革命歌曲声中开始或结束。

3. 诗歌成为狱中难友对敌斗争的有力武器。1947 年 8 月地下党员郭春雷同志被捕了。在狱中他哼起《在太行山上》这首歌。他声音虽很低,但还是让看守听到了,走过来喝道:"八路,你还挺乐?你想不想出去? 到这里来的,是龙得盘着,是虎得卧着。"

看守走了。郭春雷心想:唱革命歌,你们怕,好! 偏唱。于是,他又唱起来:

> 你是灯塔,
>
> 照耀着黎明前的海洋,
>
> 你是舵手,
>
> 指引着航行的方向……

先是一人,再是两人,更多的人跟着唱起来。最后形成了全牢房的大合唱。这歌声不但把党员们的心唱到一起,也把非党的革命群众唱到一起。歌唱中涌现了许多新歌手,他们把自己擅长的歌带头唱起来。不多久,大家合唱了《国际歌》、《毛泽东之歌》、《义勇军进行曲》、《王老三减租》、《监狱之歌》等十几首歌曲。这《监狱之歌》是难友王师为大家谱写的。

1948 年 9 月监狱通知郭春雷要转去军事法庭受审,这是审讯重要案犯的地方。难友们为他的命运担心。但他却从从容容地和大家告别,他念的是两首自己写的七律诗:

一

闷时却近铁窗前，

极目寒街益黯然。

乞妇饭篮提暮雪，

居民院落无炊烟。

探监人去愁容重，

空巷风来夜气寒。

人世天堂知不远，

今宵或许梦中看。

二

燕支操戈几经秋，

战胜还乡竟作囚。

商纣未除肩尚重，

舌根不断辩屺休。

贼前摇首难堪辱，

梦里有刀亦复仇。

纵使此身此夜死，

明朝还砍独夫头。

　　郭春雷大步走了，整个监房里仍在回响着他那纯朴的山东口音："难友们，多多保重！"

　　1948 年 10 月 30 日，沈阳解放前夕，敌人猖狂逃窜，牢门敞开了，郭春雷同志和难友们获得了解放。

（此文由沈阳市文化局提供）

选自《东北革命文化史料选编（第一辑）》

◇初 彦 新 民

战斗在吉林大地上的一支文艺劲旅

——吉林军区政治部文艺工作团(1946.8—1948.10)

吉林军区政治部文艺工作团(以下简称吉林军区文工团)是隶属于东北民主联军(后改称东北人民解放军、中国人民解放军第四野战军)吉林军区政治部的综合性专业文艺团体。1946年8月中旬正式成立于当时中共吉林省委、省政府和吉林军区所在地的延吉市。整个解放战争年代辗转活动于延边、吉东、吉南、吉北、吉林市和长春市等地。从建团开始,始终坚持面向部队、面向工农,为战争服务、为工农兵服务的方向;以文艺为武器,充分发挥"团结人民,教育人民,打击敌人,消灭敌人"的战斗作用;为解放战争的胜利,为吉林省的全境解放付出了艰巨的努力,做出了历史性的贡献。

吉林军区文工团是解放战争年代吉林省革命文艺战线上的一支主力军,是吉林大地革命文艺园地的一支拓荒队。

一

吉林军区文工团的前身,是由炮兵某部于 1945 年 12 月间,在吉林市招收一批青年学生成立的青年怒吼剧团。经永吉县岔路河转移到磐石县城改称为吉辽军区政治部怒吼剧团;由高叶同志任团长。1946 年 3 月合并入由延安来的部分老文艺工作者组成的东北文艺工作二团(以下简称东北文工二团)。

东北文工二团在合并前,从事艺术专业的有任虹、李之华、田兰等十几位同志。

怒吼剧团除部分人员调出或另行安排外,并入二团的有二十多人:高叶同志改任东北文工二团副团长,刚由吉辽军区政治部宣传部调来的赵逖任创作股副股长,此外还有吴飞、杨村夫、刘擎天、刘哲乡、杨少英、白玉昆、李哲华、宋毅、祖国藩、曹鸿钧、仇玉和、王文斗、殷义廉、李古哲、陈彦芳、陈伯苓,日本籍音乐教员小松光惠和她的弟弟小松福洋浦以及景尉等人(后两人不久相继离团)。

这次合并对于东北文工二团来说,无疑是增添了新鲜血液,壮大了队伍,而对于怒吼剧团来说,则是一次全面提高队伍素质的大好机遇,为以后吉林军区文工团的创建,打下了坚实的基础。

两团合并后立即投入了紧张的工作。老同志们以各自的实际行动言传身教,给新同志以熏陶和启迪。李之华同志用他来东北沿途所见所闻的东北人民苦难生活为素材,突击创作了三幕话剧《血债》。导演侣朋,主要角色多由老同志担任;原怒吼剧团的杨村夫饰农会主席,吴飞饰李"牌长"(伪满街村级头目),曹鸿钧饰区长,刘哲乡、白玉昆等同志则分别扮演学生和群众。经过几天夜以继日的紧张排练,在磐石首演,引起了轰动。

在磐石演出《血债》的过程中,有一天演员们刚化好妆,军区来了紧急命令:调曹鸿钧马上赶赴长春前线参加战斗。当时我军在前线缴获了一辆日军的坦克,没有人会开。曹鸿钧既是党员又能驾驶坦克,比起演戏,驾驶坦克作战更为急需。因此,他作为最佳人选,奉命调往前线。就这样,我们的文工团员成了我军在第一次解放长春、歼灭敌伪"铁石部队"战斗中唯一的、最早的一名坦克兵。而他在《血债》中扮演的角色,也就只好由该剧的编剧李之华同志临时应急、顶替出场了。

1946年4月初,东北文工二团进入吉林市,并在原公会堂(后改称职工俱乐部)连续演出了《黄河大合唱》(组织吉林市大、中学学生联合演出;指挥:任虹)、秧歌剧《军爱民民拥军》、话剧《粮食》和《血债》等节目。《黄河大合唱》一扫沦陷十四年充斥于市井的凄迷哀婉情调,给人以极大的振奋。《军爱民民拥军》则以前所未见于舞台的民间秧歌形式,妙趣横生地反映了解放区军民之间鱼水和谐的关系。话剧《粮食》反映了抗战时期老根据地人民的对敌斗争生活。而《血债》则是东北人民亲身经历、记忆犹新、痛如切肤的亡国奴生活的真实写照。这些节目的演出使吉林人民耳目一新,心灵震颤;不但是艺术上的巨大享受,而且使人们受到一次形象生动的深刻教育。

1946年5月,东北文工二团由吉林转移到长春演出。就在四平保卫战进入白热化的激战时刻,二团派高叶同志率邓止怡、朱漪等二十余名同志赶赴四平前线慰问我军作战部队。当晚后半夜就接到了撤退的命令。东北文工二团由此经长春、哈尔滨撤到佳木斯。

二

1946 年 5 ~ 6 月间,国民党军队侵占四平、长春、吉林及其附近县城之后,妄图凭借其所谓"军事优势"继续向北、向东推进;在遭到我军迎头痛击后,战局处于一时相持的局面。从此,转入了我军的战略防御阶段。

在这历史转折的紧要关头,东北局根据党中央"建立巩固的东北根据地"的重大决策,一方面抽调十万干部下乡,发动群众,准备以人民的革命战争粉碎敌人的反革命战争;一方面在军事部署以至军区的划分上进行了必要的调整。7 月份,在吉林省境内将吉辽军区缩编为吉林军区。

根据这一形势发展的客观需要,经东北局决定:将东北局宣传部领导下的东北文工二团中原来属于吉辽军区怒吼剧团的全体成员,仍划归吉林军区,重新组建军区文工团。为了加强其领导力量,增派东北文工二团秘书田兰和原延安鲁艺干部陈克,到吉林军区文工团,同原怒吼剧团的高叶同志一起担任团的主要领导职务。

调离东北文工二团准备回吉林省建立新团的同志们,于 1946年 8 月 8 日、9 日先后两批由佳木斯出发,在铁路运输不畅的情况下,历时一周,经绥化、哈尔滨、五常、苏兰、蛟河、敦化于 8 月 15 日到达吉林省省直机关所在地延吉,正式成立了吉林军区政治部文艺工作团。

早在军区文工团正式建立前,在吉东保安军政治部宣传科长郭开锋同志的主持下,曾于 1946 年 3 月间成立了吉东保安军政治部宣传队。队长关世宏、刘辉,指导员李文修,队员有关世超(赤云)、王梦非、崔殿甲、杨国华、林玲、刘克俭、倪志恒、梁家栋、王文超、王文昌、王素霞、李桂兰、李贵选、吴晓兰等三十多人。在延吉等地演出过刘辉创作、关世宏修改定稿的话剧《新生》，并曾随同部队进山剿匪，开展宣传，做过大量的工作。吉林军区文工团成立后，这个宣传队除部分人调出外，其余人员合并到了军区文工团。

相继合并到军区文工团的，还有申活同志率领的六十多名朝鲜族同志。他们原是五支队和七支队的两个宣传队，连同延边当地的"火花剧团"等民间演出团体合并成立的吉东保安军政治部文艺工作队。合并进来后，单独成立了一个大队。

吉林军区文工团成立后，为了唤起民众，创作、演出了《九一八大活报》（编剧：赵逖，导演：陈克、田兰，主演：石丹）。这期间，文工团的朝鲜族大队根据日寇在延边血腥屠杀一千七百多名汉族、朝鲜族同胞的"海兰江大血案"的事实，突击创作排练了朝鲜语话剧《海兰江大血案》，在延吉市召开上万人参加的"海兰江血案清算大会"上演出，及时而有力地配合了群众反奸清算斗争。

1946 年 9～10 月间，先后又由东北军政大学吉林分校（设在龙井）调入赫长耀、房向阁、韩学义、吴光颖、张凤霞、苏撷民、苏撷珍、张淑媛、鲍哲明、白漪、李光途等十余人；由军区民运部民运工作队调入宋晓微、丁建飞、严建民、李茵、邹明等同志；由省政府工作团和龙民运工作队调来成滴石、曹英、曹毅迅、秋静、楚彦等同志。还有在延吉新参加革命的张长祐、江涛以及由吉林撤退来的年仅十三岁的女同志王朝凤。

在队伍急剧扩大的同时，文工团为宣传群众、动员群众，与延吉中学联合演出了《黄河大合唱》（指挥：高叶）。之后，又陆续排练上演了一批新剧目。其中有：田兰、高叶、石丹合演的秧歌剧《军爱民民拥军》（此剧在以后的分队分组过程中，曾由很多同志演出，成为颇受群众欢迎的重点保留剧目）；殷义廉等同志主演的《徐海水锄奸》；陈克导演，杨村夫、成滴石、房向阁、刘擎天、楚彦等同志演出的秧歌剧《陈家福回家》。这些剧目的演出，既向群众宣传介绍了老解放区的剧目，同时文工团也进行了业务练兵。

这期间，军区为海城起义的原国民党××军×××师改编成的民主同盟军第一军全体官兵举行了欢迎大会。会后，由文工团进行慰问演出，并演唱了军区政治部宣传科科长林耶作词、高叶作曲的《赞潘朔端将军光荣起义》的歌曲。在同一时期的图们演出中，还接待了朝鲜人民军部分将领和一批苏联客人。

1946年12月，全团同志渴望已久的《白毛女》终于纳入了排练日程，将要由年轻一代的文工团员们演出了。从发下剧本初读台词开始，就已经使一些同志感动得落泪。导演帮助演员分析研究剧本的全过程，既是一次深入细致的艺术教育课，同时也是一堂深刻感人的阶级教育课。通过对于剧情发生的历史背景、社会环境以及人物的具体分析，演员对于角色进一步产生了强烈的爱与憎。待到进入排练场，由陈克、田兰同志主持排练的时候，演员们很快地进入了角色。就在《白毛女》排练过程中，又一支文艺队伍——吉辽军区驻哈尔滨办事处群众剧团，在副团长何宜之、史明的率领下，有紫燕、岳飞璜、韩林、邱玲华、姜薇、马一非、流沙、宣国荣、柳兰春、李果夫、周云霞、张鸾和、孙剑飞、白林、黄梦华、路枝、路化、任翠英、任月英、李淑敏等近三十人，于1946年12月下旬到达延吉，并入吉林军区文工团。

就这样，在中共中央东北局的关怀支持下，在中共吉林省委和吉林军区党委的高度重视与直接调度下，各路队伍由四面八方向延吉汇集。吉林军区文工团在不断的调入、调出，不断的调整充实中发展壮大。团的组织机构也随之日趋完备。

1947 年的机构设置和人员配备情况大致如下：

团　　长　　陈　　克

副团长　　高　　叶

教导员　　田　　兰

副教导员　　何　　琪（何琪由军区调入，几个月后转到军区印刷厂）

秘　书　　杨村夫　　刘擎天

音乐教员　　小松光惠

团部下设三个股，两个直属大队：

总务股长　　陈彦芳

成员有：田芳润（会计）、陈伯苓（保管员）、杨国华、仇玉和（延新剧场管理人员）、董欢宇（理发员）、高荣（通讯员）等

演出股长　　何宜之（兼）

演出干事　　关世宏　　成滴石

创作股长　　赵　　逖

第一大队

大队长　　何宜之

演员队长　　吴　　飞

副队长　　刘擎天　　楚　　彦　　杨村夫

成员有：赵英、丁建飞、房向阁、李果夫、马贯一、白林、

路化、崔殿甲、江涛、朱光、黄梦华、祖国藩、张长祐、张鸾和、吕庆荣等

音乐队长　殷义廉（牧克）

副队长　岳飞璜　赫长耀

成员有：刘哲乡、杨少英、白玉昆、秋静、曹英、严建民、李茵、钱佛

美术队长　蔡　骥　杜金南

成员有：王梦非、韩学义、沈仲文、邓振秀、车基石、朴昌烈、王文斗

女生一、二队

正副队长有：赵迤（兼）、石丹、紫燕

成员有：李哲华、吴光颖、苏撷珍、鲍哲明、白漪、张凤霞、宋晓微、邱玲华、张淑媛、曹毅迅、姜薇、周云霞、任月英、任翠英、李淑敏、路枝、林玲、王朝凤、李光途、邹明、苏撷民、柳兰春等

文艺队（后改称创作队）

队　长　赵　迤　石　丹

副队长　楚　彦

成员由成滴石等兼职

此外，卫生员是苏撷民（兼）、姜淑贞

第二大队

大队长兼指导员　申　活

副大队长　朴老乙

副指导员　宋哲植（或宋铁植）

音乐教员　柳光准

成员有:金水鹿、朴东燮、朴永一、朴佑、金太寿、董希哲、金益成、金龙柏、太福顺、洪成道、金今女、李成铁、金化道、金顺姬等六十余人

就这样,两个大队连同后勤、炊事等人员,全团近二百人,成为当时东北地区人数最多的文艺团体之一。

三

歌剧《白毛女》的排练演出,是吉林军区文工团建团后业务建设上的一次"重大战役"。同时,它也是这个团上演地域最广、持续时间最长、影响最大的一个重点保留剧目。

1946年末与军区驻哈办事处群众剧团合并后,经过调整、充实的《白毛女》剧组成员是:

导　演　陈　克　田　兰　何宜之
音乐指导　高　叶
音乐教练兼钢琴伴奏　小松光惠

剧中人　扮演者
喜　儿　石　丹　紫　燕(轮换演出)
杨白劳　楚　彦
赵大叔　成滴石
黄世仁　关世宏
穆仁智　房向阁
黄　母　赵　逖

王大婶　姜　薇　张凤霞

王大春　杨村夫　岳飞璜

张二婶　邱玲华　宋晓微

大　锁　韩　林　白玉昆

李　栓　吴　飞　马一非

虎　子　赵　英

大　升　流　沙　孙建英

老　么　田　兰　秋　静

区　长　陈　克

老　九　刘擎天

打　手　白　林　宋　毅

小白毛　吴　娟(吴飞的女儿)

群　众　全团演员连同后勤人员董观宇、高荣、姜淑
贞等

乐　队　高　叶　小松光惠　殷义廉　岳飞璜

　　　　赫长耀　杨少英　刘哲乡　曹　英

　　　　白玉昆　何　琪　李　茵　王朝凤等

舞　美　蔡　骥　杜金南　王梦非　沈仲文

　　　　韩学义　邓振秀　朴昌烈　车基石等

灯　光　祖国藩　张长祜　张鸾和　吕庆荣

　　舞美设计基本上是沿袭延安鲁艺的路子,在陈克同志的指导下,运用不同色彩的幕布来烘托舞台气氛。服装道具除了主要人物的服装和重点的大小道具自行设计制作之外,大都是吴光颖、苏撷

珍、宋晓微、鲍哲明等女同志分头到群众家中选择借用。白毛女的头套是在田兰同志指导下一针针钩出来的。当时根本就买不到化妆油彩,只能在团领导的指导下把各种涂料,由李哲华等同志加工调制:把色料用乳钵研细、筛选之后,用凡士林与少量的甘油,像和药膏一样调制而成。卸妆时就是用猪油一抹,毛头纸搓软一擦就算完事。

当时的剧场根本就没有现代的音响扩声设备。演员的唱、念、说白,哪怕是轻声耳语,要送到剧场每个角落观众的耳鼓中去,全靠演员平时训练的基本功。

灯光的明暗转换,就用一个食盐水缸,一端接电,另一端接到一个木棍上;以它上下移动来控制灯光的渐明渐暗。使用时间稍长,食盐水发热还须抓紧换上凉水。每逢更换场地演出时,灯光组的同志拆卸、安装电路最为辛苦。在天棚上爬上爬下,灰尘汗水周身淋漓,成了"泥人"。特别是全团唯一的"一把手"——祖国藩同志,在建团转移途中一只右手,被雷管炸掉,全凭一只左手和无手的右胳臂操作。在安装顶光的灯泡时,为了抢时间,他经常像演杂技似的,左手夹四个灯泡,腋窝还夹一个灯泡,用右臂攀着梯子飞快地爬上去。有一次失手从天棚上脱落,幸亏眼快臂急,挂在了梁柱上才幸免于难。他不但经常带头出色地完成灯光组长的任务,休息时还常常用一只左手按弦,把光秃秃的右小臂插进胡琴弓子里,左右开弓练习拉胡琴。其勤奋工作、刻苦学习和高度的革命乐观主义精神,是感人至深,令人几十年也难忘怀的!

大小道具多是使用实物:真枪、真刀、真手榴弹,就连舞台用的铡刀,也是借来的铡草刀。在演出《红星旗下》时,高叶同志就是多次躺在举起来的铡刀的刀架上。

效果的雨雪风云、雷鸣闪电则是用撒纸屑、摇风轮、滚豆粒、晃铁板的方法。总而言之，因陋就简，一切都立足于艰苦奋斗、自力更生，一切又都是严肃认真、严格要求，力求做到精益求精。

当时文工团员的音乐素养较低，有些演员还不甚识乐谱。高叶、小松同志就一句一句地、一遍又一遍地反复领唱。至于演员在表演上的指导与启发，导演所做的大量艰苦细致的工作，那就更是数不胜数了。

就这样，在全团上下竭诚尽力、倾注心血和汗水的排练下，《白毛女》终于在1947年春节前——腊月二十三、过"小年"那天，在延吉市延新剧场正式公演了。

首场演出时，尽管演员的唱腔和台词还不十分熟练，但是从总体上说，通过严肃认真的演出，获得了出乎预料的强烈效果。当杨白劳被逼自杀、喜儿哭爹时，全场观众无不落泪，有的甚至失声痛哭！观众不是在看戏，而是在自身直接参与；为喜儿传奇式的命运所吸引，为她的苦难而痛苦，为她的解放而欢呼！爱其所爱，恨其所恨。

后来在前线为部队战士演出时，曾经发生过举枪射击黄世仁、穆仁智的事情，致使有的部队下令：看《白毛女》演出时，不准携带枪械。有的观众在散场之后、甚至在演出当中就到后台要找"坏蛋"算账，为此，不得不在后台派专人守门保护。

在珲春演出时，在戏的幕间，军区后勤部长邓洪同志就迫不及待地登上舞台。他流着泪讲述他自己的姐妹被财主家抢走的悲惨遭遇，用以说明：喜儿的命运是旧社会亿万穷苦人的共同命运。他的泪引发了全场观众更多的泪。

军区文工团美术队的邓振秀同志原来是木匠，演《白毛女》他连着看了六场，哭了六场。第七天，他带上行李和全部工具，经领导批准，加入了文工团。

另外，从连续演出中发生过的一些失误，也不难从另一个侧面看出剧场中观众情绪之一斑：

一次，在敦化刚刚演完"扎红头绳"，扮演喜儿的紫燕因假发捆扎不牢，辫子忽然掉到了舞台上。"喜儿"暗自惊慌，"杨白劳"也苦于无计可施。但是全场群众，无一骚动。

还有一次是在图们演到第一幕第二场，杨白劳在卖女儿的文书上按下手印之后昏倒在地。穆仁智把他架出大门外一推，失手把他推倒到舞台下的乐池里。幸亏乐队的同志接住，又把"杨白劳"捆上舞台。剧场里不但没有任何嘘声和倒彩，而且静得几乎落根针也能听到。"杨白劳"苏醒之后，爬起来继续照常演出。

是强大的艺术魅力使观众着了迷吗？面对这样真诚、可爱的艺术欣赏者，每个文工团员就只能更加认真地演出。一天两场甚至三场，连续演出，嗓子哑了，坚持！生了病，坚持！两个"喜儿"互相照顾，石丹多次顶替紫燕演后半部，紫燕在石丹病时连演过四五场。赵英感冒发高烧坚持演出，在演员实在不能上台时，不但高叶同志顶替过"虎子"，连张凤霞同志也"反串"过这个角色。何宜之同志顶替演过"赵大叔"、岳飞璜同志顶替演过"杨白劳"……这一切都饱含着同志的情谊和顾全大局的精神。

1947年3月初，在敦化演出《白毛女》过程中，听到了人民艺术家王大化（秧歌剧《兄妹开荒》的作者、主演之一）不幸因车祸逝世的噩耗，文工团突击创作排练了《悼念王大化同志》的歌曲（舒群词、小松曲），由何宜之导演，刘哲乡、吴光颖、殷义廉等参加赶排了王大化同志的遗作——描写抗战时期华北根据地民兵大摆地雷阵故事的话剧《我们的乡村》,于"三八"妇女节的晚会上演出。

同一时期,又由何宜之执导排演了话剧《红星旗下》。剧情是描述我八路军干部被日寇俘虏后,任凭敌人严刑拷打、威胁利诱,毫不动摇,终于从容就义的故事。高叶饰我军干部,成滴石饰敌特务机关长,紫燕饰诱降的女特务,韩林、杜南(后由张凡)饰掌铡刀的特务腿子。在巡回演出过程中,《红星旗下》和《白毛女》穿插交错进行上演,既丰富和扩大了上演剧目,也收到了很好的宣传教育效果。

此外,还在接近前线的蛟河、敦化等地,为独一师、三师等地方主力部队召开的庆功大会以及为当地干部群众举行过多次专场演出和慰问演出。其间,还穿插演出了大量反映部队生活,特别是歌颂英雄模范人物的各种小型节目。如快板《歌唱战斗英雄黄营长》(黄即后来任新疆军区副司令员的黄振江同志),讴歌了英雄的事迹,鼓舞了士气。

《白毛女》在广大观众中引起了极其强烈的反响。部队指战员看戏后,纷纷上书请战,表示决心:誓为喜儿报仇、为千百万受苦人报仇,打倒黄世仁,打倒地主阶级的总头子蒋介石。

许多农民看完演出后,纷纷诉苦挖根,和本地的地主老财"挂钩对号",进一步掀起了轰轰烈烈的翻身斗争;许多青年、学生踊跃报名参军,涌上前线,直接投身于这场翻天覆地的伟大社会变革中。

当时在延吉出版的、篇幅不大的《吉林日报》上,1947 年 4 月 10 日、11 日连续两天特辟《"白毛女"在群众中》的专栏,发表了图们、敦化等地观众——于晓光、杨培德、梦晖等人的四篇观后感,其中记述了许多具体生动的感人事例。

1947 年,在不到半年的时间里,军区文工团在延边、吉东等地演出《白毛女》一百几十场,观众达十五万人次。

四

解放战争年代,新解放区群众通过减租减息、反奸反霸以及借粮等初步的民主改革,刚刚勉强摆脱了饥饿的困境。与其相适应的部队供给标准也是相当低的;军区文工团同整个部队的供给标准一致,生活相当艰苦。

1946～1947 年初,每人除了一套军装——外衣以外,连衬衣、裤衩都发不下来。出路只有一条:自力更生。先是在延吉市郊原来的飞机场附近种了十来垧地,抽时间集体去侍弄,后来专门抽调了杨村夫先后带领白林等几名同志去牡丹江、哈尔滨等地搞"生产",才好歹改善一点生活条件。每人发了一件衬衣,古塔牌牙膏和一种叫作"马合乐"的劣质烟丝(纸包装,连烟梗子都一并切碎在里面)。而在当时的部队里,上下一致,除了部分人叼小烟袋之外,连军区首长也经常是自己卷烟抽。

主食以高粱米、苞米楂子为家常饭;菜汤里往往只是飘几个菜叶。伙房里的锅巴倒成了"打牙祭"的抢手热门货。饭后大嚼,美其名曰"列宁饼干"。每周一次的改善生活,充其量不外乎猪肉炖粉条子,一般还是限量供应,几个人一盆。

就在这样艰苦条件下,我们的文工团员,乃至我们整个部队何以能够始终保持昂扬的斗志,以劣势的装备出色地完成艰巨任务,打败强敌取得最后的胜利呢? 依靠党的坚强领导、依靠强大的政治优势,依靠优良的传统作风。

党的坚强领导是通过党的干部——由高级干部直到普通党员

的模范带头作用而充分体现出来的。文工团员们接触首长的机会较多,从首长们的衣食住行直到待人接物,无处不表现出艰苦朴素、平易近人的作风。周保中司令员、唐天际政委、谭甫仁主任以及郭开锋部长,都经常到文工团作形势报告、和文工团员们谈心,问寒问暖,体贴入微,寓教育于闲聊之中,十分投契。

在敦化演出期间,有一次正逢周司令员由前线归来,在看望大家谈话过程中,了解了文工团经济上的困难,特批了五万元东北流通券,供演出工作和改善生活的急需。另一次,在桦甸正值端午节,会餐时,文工团员们拉司令员唱歌。他以粗犷的嗓音唱了一首《伏尔加船夫曲》,尔后说:"拉司令员献丑,罚你们一杯!"于是,共饮了一杯。

在文工团内部,上下级关系也极为密切,全团上下一律直呼姓名。仅仅是对团领导附加个同志的称谓以示尊敬;中层领导是从无称道职衔的。

至于每到一地,帮助老乡担水、劈柴、扫院子之类的行动,文工团员们无一例外。

艰苦、贫乏的物质条件与丰富而更充实的精神世界,形成了一个十分和谐的矛盾统一体。政治思想工作给人们造成一个强有力的精神支柱。

文工团的政治思想工作,细致深入地渗透、贯穿于整个工作、学习和日常生活之中。排练上演的每个节目——无论是大型戏剧、曲艺直到一首短短的歌曲,都有十分强烈的政治内容。文工团员们就是在宣传教育群众的同时,首先教育了自己。

为了正确贯彻党的文艺方向,文工团员们反复多次学习毛泽东《在延安文艺座谈会上的讲话》。在领会其精神实质的基础上,从

206

每个人的立场、观点上下功夫,把讲话精神当作行动的指南和开展工作必须遵循的准绳。

通过《讲话》的学习,大家自觉地投身于火热的斗争中去;下连队、下农村,和战士、贫雇农结交知心朋友;在与工农兵结合的过程中,改造世界观,扩大视野,丰富生活,汲取艺术创造的营养。从1947年开始,团领导多次组织大家向聘请来的民间艺人学习。由二人转艺人传授唱腔、舞蹈,搜集整理了大量的东北民歌。这些,不但充分体现了"从群众中来,到群众中去",以及普及与提高之间的辩证关系,也为文工团以后业务建设沿着正确的方向发展打下了良好的基础。

在敌强我弱、敌我相持的形势下,在貌似强大的敌人面前,如何认识形势与前途,是大家共同关心的大事。团领导及时组织大家学习了《论战局》、《目前形势和我们的任务》等一系列重要文件。通过学习,大家明确认识了战争的性质、形势和我们的策略,以及革命战争的必胜前途,坚定了信心。

一场极其深刻的触及灵魂的政治思想教育运动,是于1947年4月前后在延吉开展的整风学习。整风期间停止了一切演出活动,大家坐下来专心致志地学习了延安整风时期的一系列重要文献。如:《反对自由主义》、《论忠诚老实》等。通过大会报告、分组讨论,领会文件的精神实质。然后,典型发言引路,对照文件进行个人思想总结。在提高认识的基础上,全团每人都系统地写出了各自的出身成分、参加革命前的经历,参加革命的动机以及自己的全部思想、工作表现;都主动以共产党员的高标准,对照衡量自己的思想行动;找出缺点、错误和产生的根源,制订出改正的计划。在党的政策感召下,个别历史上走过弯路的同志,也大胆地暴露自己,通过"洗澡"、"割尾巴"放下了历史包袱,作了审查结论。全团同志通过整风学习,大大地提高了政治觉悟,增强了革命的自觉性。

就在整风基本结束的情况下,从 1947 年 5 月中旬开始,我军发起了强大的战略反攻,开始了夏季攻势。文工团除部分同志留在延吉继续深入学习外,其余同志在高叶同志率领下,奔赴吉南前线,转入了直接地为战争服务的阶段。

这时,团长陈克由于工作需要,离开军区文工团,奉命调往当时驻在兴山的东北电影制片厂。作为这个团的第一任团长,陈克同志为人质朴宽厚,待人坦诚,忠于职守,认真负责,在文工团的初创时期做了大量的奠基工作。

陈克调出后,高叶同志继任军区文工团长。其后,撤销了团内的大队建制,二大队改为吉东军分区文工队——即延边歌舞团前身;一大队大队长何宜之同志任副团长。田兰同志继续担任政治教导员。构成了军区文工团新的领导班子。

五

1947 年 5 月中旬,我东北民主联军发起了强大的夏季攻势。首战怀德获歼敌两师两团的空前大捷。接着,又一鼓作气收复双阳、梨树、桦甸、磐石、伊通等县城。捷报频传,大快人心。

吉林军区文工团赶赴吉南前线的同志,5 月中旬由延吉出发,乘火车到蛟河、张连,下车后除部分女同志搭乘一段汽车外,大部分人徒步行军,到漂河口子改乘木船,沿松花湖东岸(西岸还是岗哨林立的敌占区)上溯到桦树林子。登岸后,在区政府的协助安排下,又搭乘了十几辆朝鲜族老乡往前方运送给养的牛车。其实,也只是极少数病弱的女同志轮换歇脚乘坐,其余多数同志仍是徒步行军。

　　同志们奔赴前线的心情急切。乘船时白昼隐蔽、夜间航行就已经令人难耐了；旱路上又多是山路，牛车缓慢，一天勉强能走五六十里。加上一路都有敌机跟踪扫射投弹——曾经打坏过汽车，打死过牲畜，并有老乡受伤。为了安全就不得不随时分散隐蔽。许多同志没有行军的习惯和经验，脚底磨起了大泡，但也毫不气馁，爬山越岭，奋力攀登。许多年纪小的同志实在走不动了，就拉着高叶同志的皮带，往山上爬。骄阳曝晒，大汗淋漓，就脱掉上衣，顶着伪装用的树枝条遮阴。

　　到达桦甸稍事休息后，听到磐石解放，主力部队已向吉林方向推进的讯息，大家又迫不及待地奔向磐石。

　　到达磐石后，以美术队为主体的部分同志洗刷敌人的反动标语，写上宣传我党我军政策的标语。大标语从街头一直写到了全县城最高的火车站供水塔上。在刚刚解放的新区，克服物质困难，搭了"脚手"架子，冒着残敌放冷枪的危险，由杜金南、韩学义和沈仲文等同志在几十米高的水塔上写下了十分醒目的八个大字："蒋军必败，我军必胜！"这幅大标语一直保持了很多年。

　　更多的同志是深入群众，广泛宣传我军的"入城守则"、"三大纪律八项注意"（保护工商政策）等，借以消除反动宣传在群众中造成的恐慌心理和各种疑虑。同时，从群众当中又搜集到许许多多蒋军残害人民的罪行和群众被害的一些具体生动事例。根据当地的一些真人真事，集中起来共同研究，分头执笔，一夜间创作突击排练了《解放磐石大活报》。第二天文工团的秧歌队走上街头。先由成滴石演出他自编的《解放磐石快板》；接着是何宜之创作的以凤阳花鼓为基础的演唱：《到解放区去》，由成滴石饰逃荒的爷爷，张淑媛饰小孙女(此演唱以后柳枫也演过;并曾作为保留节目,多次在各地演出);最后,演出了反映当地真人真事的《解放磐石大活报》。新区群众看到刚刚解放,就编演了自己的生活实事,情绪十分热烈激动,表示了由衷的赞叹和欢迎。

文工团员姜薇同志根据磐石解放当时的实况,写了一篇题为《晴天了》的速记,发表在当年7月6日的《吉林日报》副刊上。

随着作战部队的推进,军区文工团又进驻到明城镇。文工团的同志根据搜集到的当地素材,由何宜之、赵逖、成滴石等人执笔编写了《明城大活报》,正在积极排练准备演出时,传来了地方武装"还乡团"要袭击明城的消息。当时,情况十分紧急,区武工队加上文工团的所有枪支,集中起来不过二十几支;对于几倍于己的敌人,实力确实过于悬殊了。明城区长颜锡明同志主动到文工团通报并研究了情况,并推戴高叶同志临时担任明城防守的指挥。高叶同志决定:在城东、西、北三门设岗,在十字路口布置了火力;文工团的男同志编成战斗小组,准备迎敌,女同志也编成小组做好必要时撤退的准备。深夜,又传来了敌人将在拂晓前到达明城的情报。为了应变,大家就把必须携带的演出用品装上大车,男同志按编组进入了阵地。同志们以临战的姿态度过了一夜,敌人没有来到,后来听说地主还乡团改变了袭击明城的打算。

几天后,文工团来到了烟筒山。这里是我军的前沿,过了中间地带取柴河,就是敌占区,随时都可能受到敌人的袭击。文工团员到后,一面发动群众,一面根据搜集到的素材,创作、排练《烟筒山大活报》。这时,周保中同志得知文工团的处境很危险,便派警卫连的一个排搭乘火车头来到烟筒山。见到首长对文工团这样关怀,同志们非常感动。以后,在召开的斗争恶霸地主的群众大会上,文工团演出了《烟筒山大活报》，对唤起民众，起到了一定的作用。

与此同时，文工团在延吉留守的部分同志，在整风学习结束后，为了配合当时的群众运动，又主动排练了李之华创作的话剧《反"翻把"斗争》。特邀军区警卫连指导员叶青扮演农会会长刘长青；苏撷珍饰其妻，邱玲华演"大红梨"，楚彦演地主孙林阁，房向阁演变节分子马奎武。在延吉演出了几场之后，又到蛟河演出。

这时，夏季攻势胜利结束，文工团赴吉南的同志也返抵蛟河。前后方两支队伍，在蛟河胜利会师。

在蛟河又排练了由杨少英、邱玲华等同志演出的话剧《牢笼计》。8月下旬，在独立三师的首届群英大会上，与独立三师宣传队联合演出了秧歌剧《人民功臣》、话剧《牢笼计》和歌颂该部队战斗英雄的快板书《炸桥英雄张占淼》。

六

军区文工团利用夏、秋两次攻势之间的短暂空隙时间，又抓紧排练了一批新剧目。其中有反映军民关系的秧歌剧《三担水》，杨少英饰班长，宋晓微饰老大娘，王朝凤饰小女孩。还有女作家颜一烟创作的快板剧《农家乐》，田兰导演，楚彦饰李有亮，邱玲华饰其妻张秀兰。《农家乐》是一出情节十分简单的小戏，经过导演田兰同志的精心处理，加工成具有浓郁东北民间艺术特色的颇受欢迎的一个剧目；从大后方演到吉、长两市，还作为接待贵宾的重点剧目加以保留。

同一时期，文工团的同志们还根据长时期深入工农兵、体验生活的素材积累，创作了一批各种形式的小型节目。如赵逖、成滴石作词，高叶作曲的《练兵歌》，收进了军区宣传部编印的《练兵歌曲集》,在部队中广泛流传。邱玲华作词、小松谱曲的《纺花歌》,反映了后方群众积极纺线织布支援前线,直接配合了群众的大生产运动,发表于 1947 年 9 月 28 日的《吉林日报》上。

1947 年 9 月间,吉林军区组成了三个巡视团,分赴吉南、吉北、吉东军分区检查工作。文工团的同志们也被分别编入巡视团,深入地方主力部队,配合开展工作。

吉南巡视团团长,军区保卫部长袁富生;副团长——军区文工团指导员田兰。文工团的成员有小松光惠、石丹、吴飞、刘哲乡、张凡、邓振秀、赵英、曹英、邱玲华、吴光颖、曹毅迅、苏撷民、张淑媛、朱光等。

吉北巡视团团长,军区保卫部副部长候慕寒;副团长——文工团长高叶。成员有:军区宣传部干事田野、张烈;文工团的紫燕、韩林、成滴石、杨少英、楚彦、王朝凤等。

吉东巡视团团长,军区宣传部长郭开锋;副团长——文工团副团长何宜之。文工团的成员有:宋晓微、黄沙、张恋和、白玉昆、杨村夫、赵迻等。

当时,由于敌占区的分割,除了吉东可由延吉直接到达之外,去吉南仍需绕道松花湖,而赴吉北乘火车也需绕道才能到达吉北军分区所在地舒兰。

巡视团到达舒兰时,正值军分区宣传队初建,成员又大都是更为年轻的刚刚参加革命的中学生,急需在文艺理论和实践上大力加强。这样,就在军分区领导的主持安排下,由高叶同志给分区宣传队员讲述了《在延安文艺座谈会上的讲话》;成滴石、紫燕、楚彦等同志分别讲授了有关戏剧艺术、演员创造、化妆等方面的基本常识。随即结合讲课进行实践,帮助分区宣传队排练了《三担水》、

《农家乐》等剧目,还教唱了革命歌曲。

不久,军区文工团的同志又分别派往吉北独立团等地方部队,深入连队开展宣传、文化活动。

夏季攻势后,张凡、流沙、黄沙、金继斌、路凌、柳枫等同志也加入到文工团的行列中。

9月末,我军发起了秋季攻势,10月1日收复江密峰,连克西丰、伊通、公主岭、大南屯,直逼长春。驻吉北的我军主力攻九台、打其塔木,而后迂回吉林外围;于10月17日凌晨四时,对踞守乌拉街、棋盘街的敌人发起猛攻。酣战九个小时,将乌拉街凭借"百花点将台"附近坚固防御工事、进行顽抗的守敌一千余名,全部歼灭。生俘敌突击总队少将总指挥项成信以下官兵六百余人。

在这场战斗中,巡视团的田野、张烈、成滴石、韩林四名同志,共同担任率领担架队抢救伤员的任务。一夜行军七十余华里,赶到乌拉街参加战斗。在枪林弹雨的火线上冒着生命危险抢救伤员(仅韩林同志就由火线背下六名伤员)、对敌喊话劝降,直到战斗结束后打扫战场、掩埋尸体,以及收容登记和押送俘虏,做了大量的战勤工作。

事后,成滴石写的通讯《乌拉街战斗经过》,发表在当年11月间的《吉林日报》上。

吉东巡视团中文工团的同志们,在何宜之副团长率领下,除了直接参加了战勤工作外还配合《土地法大纲》的宣传,发动群众开展轰轰烈烈的土改运动。

由田兰率领的吉南巡视团中的文工团员们,除部分女同志在磐石农村发动群众,开展土地改革运动,帮助群众建立健全农会组织之外,还由吴飞带领一批男同志去前线搞战勤服务、组织民兵站岗放哨,盘查行人。特别是在收容审查俘虏方面,做了大量艰苦的工作。赵英、曹英、邓振秀等同志把俘虏当中数以百计的排级以上军官,千里跋涉由吉南前线,分批送往大后方延吉。

秋季攻势胜利结束后,吉林省境内只剩下吉林、长春、四平三座敌人盘踞的孤城。文工团的三支队伍,在凯歌声中先后返抵延吉。

七

1947年冬,随着《土地法大纲》的广泛宣传深入贯彻,解放区群众掀起了轰轰烈烈的土改运动高潮。赵逖同志及时创作了秧歌剧《余为民参军》,由成滴石执导,杨村夫、张淑媛主演,于1948年元旦,在延吉市欢送部队、欢迎新战士入伍的大会上首场演出,及时有力地配合并推动了翻身农民的参军热潮。

1948年2月间,军区文工团进驻蛟河;边整训学习,边待命。这时,文工团改称为吉林军区宣传队。队长高叶兼指导员,副队长何宜之,同时田兰同志调任军区政治部宣传部秘书。作为文工团的教导员,田兰同志认真贯彻党的文艺方针,做艰苦细致的思想政治工作,保证文工团的昂扬的士气。在艺术业务领域,他也以其精深的造诣,独运匠心,多有建树。

1948年3月8日,传来了吉林市守敌弃城逃窜,吉林市解放了的喜讯。吉林是当时的省会,又是不少文工团员的家乡,一朝解放,全团沸腾。翌日,文工团奉命进驻吉林。市民们像迎接久别的亲人一样,欢迎解放军入城。

军区文工团先驻"青年会"(现市政协),后迁至"公会堂"(现吉林市话剧团址)。最初,文工团配合城防部队进行入城纪律的检查工作,并收缴敌人遗弃的零散枪支;继而,又配合地方政府调查和清理敌伪财产,向城市贫民发放赈济金。部分同志还做过登记和收容管理俘虏等工作。

这时,文工团的成员已经发生了很大的变化:先是1947年夏季攻势当中,关世宏、王梦非、丁建飞、严建民、林玲、宣国荣、王文斗、张凤霞(后改名张侠)八名同志调往独立一师——即后来的141师;美术队长蔡骥病逝;继而,赫长耀调往独立团,后任独立九师宣传队长;吉林解放不久,赵逊又调往朝阳区委任宣传委员。

军区文工团在向主力部队与地方输送了一批骨干力量之后,吉林解放不久,又迎来了一批新同志。

3月21日,吉北军分区宣传队副队长向德富(合并后任演出干事),带领张端、陈励、王颖寰(王也)、陶毅、赵朴、齐杆、田贵、张昱、谷穗、姚遥、石冰、索非、陈铁华等一批同志合并入吉林军区文工团。接着,吉东军分区的茹乃忠、崔立中、高鸣、杨起、聂玉贤(龙江晴)、杨永璞、刘文华、马一飞、马贯一、徐冰、王友莲、范玉玲等同志合并了进来。葛秀兰同志在此前后,也由蛟河来团。不久,其中的一部分同志又分别调往独立十一师宣传队。

同一时期,由苏联回国的抗联老战士董金山同志,经军区调转到文工团担任管理员。他文化水平不高,但却是一位兢兢业业、一丝不苟的红色管家。

吉林军区文工团在吉林解放后的首场演出,是3月下旬在工人俱乐部举行的。开始的合唱部分中最受欢迎的歌曲是《太阳出来满天红》(何宜之改曲,何宜之、赵逊填词)。领唱先以一个延长音的"嘿……春天打雷第一声(啊呼嗨嗨呼嗨)"开始,然后众齐唱:"山又摇来地又动(啊呼嘿),虾兵蟹将完了蛋哪,解放军哪开进了吉林城!"三段歌词中间,穿插着锣鼓打击乐,气势昂扬,激动心灵。

这首歌后来在吉林市广泛流传。

合唱之后演出小戏。最后演出了进城后新排练的歌剧《人民英雄》。它是以我军某部强攻哈大线上的布海车站为背景,讴歌了我军英勇克敌的一出戏;由杨村夫、楚彦、张凡、吴飞、韩林等同志演出。刚刚解放的吉林市民,看到舞台上与国民党统治时期演艺活动对比产生的强烈反差,情绪振奋,热烈异常。

4月10日,文工团与吉林大学、联合高中、女中等学校学生,举办了一次《黄河大合唱》的联合演出。在当时市政府(现医学院)前边的广场上,三百多人参加演唱,高叶同志指挥。阵容严整,声势浩大;成千上万的群众露天观看演出,取得了很好的效果。

这一阶段,在吉林市内流传的创作歌曲有:军区政委唐天际作词、高叶配曲的《入城纪律歌》,赵逖作词、小松谱曲的《英雄万岁》和《我们是钢铁的队伍》以及殷义廉(牧克)作词曲的《解放军永远打胜仗》等。

八

1948年4月16日,高叶同志率楚彦等一小批同志到双阳县,配合我地方主力21团的整训,创作了演唱、歌曲、快板等十多个小型文艺节目。几天之后,全团到达双阳,住在小学校的院内,开始排练新节目,并对原有一些保留节目的角色,做了重新调整,其中,《到解放区去》、《老耿赶队》的原角色不变;歌剧《人民英雄》中的连长由杨村夫扮演;新排的秧歌剧《挖苦根》,陈励饰大娘,王也饰班长,张凡演战士;《一个解放战士》由黄沙饰解放战士黄骠,姜薇饰老大娘,陶怡演小孩。

排练完毕后,分头下连队演出。当时各连队驻地分散,每天要

216

往返走几十里路。到连队放下背包就装台、化妆演出。完了,还要深入战士当中体验生活,搜集和积累素材,准备创作新节目。

为了配合部队的政治整训——诉苦、挖苦根,算细账,曾经因陋就简,临时准备,为战士们演出过《白毛女》的第一幕。演着演着下了大雨,战士们坐在地上宁愿新军装淋湿弄脏也要接着看下去;演员们就在雨中坚持演出。只有乐器怕被淋湿,下了场的演员就轮流跑到乐队,脱下上衣用双手支撑着为乐器遮雨,就这样,战士们通过艺术形象受到教育,提高了阶级觉悟和革命的自觉性。整训后期,文工团员还曾分头帮助连队进行诉苦运动,战士们纷纷上书请战,誓死杀敌。

就在文工团分散在各部队开展宣传活动过程中,在上级指挥机关的统一部署下,开始了扫清长春外围敌人、准备围城的前哨战。

4月27日晚,文工团长高叶率楚彦等同志,在六八部队一支队,经过简短的战斗动员,随同该部全体指战员傍晚由双阳驻地出发;经过一整夜近百里的强行军,翌日凌晨前赶到长春市南郊小拉拉屯四合号一带,将盘踞在该地残害群众的蒋军及部分还乡团土顽部队团团包围。拂晓,信号弹升起,枪声阵阵,炮声隆隆,战士们勇猛冲杀。睡梦中的敌人万没想到"神兵天降",蒙头转向,狼奔豕突;上百名敌人被我军一举歼灭;一个小时左右就结束了战斗。

天光大亮,正在打扫战场,群众涌来纷纷指点着俘虏向我们诉苦说:"可叫他们把人糟践苦了!见啥抢啥,鸡鸭鹅狗一扫净光还不算,一块菜板上杀过四口小猪,连不丁点儿的小猪羔子都不肯放过啊!"饥饿的群众把打死的敌人的战马剥了皮,美餐一顿,说:"解放了,吃顿嚼谷吧!"还从墙缝里拿出密藏的一点茶叶,沏上热茶招待我军战士。5月16日的《吉林日报》上发表了楚彦写的题为《亲人骨肉大团圆》的战地通讯,记录了这次战后的详况。

各部队旗开得胜之后,后撤到指定的宋家洼子等地,集结待命。从而扫清外围,形成了对于长春市的包围圈。

在刚刚解放的长春市郊农村,到处是荒凉、饥饿的景象。外逃的农民随着家乡的解放,陆续回乡生产。为了解救灾荒,围城部队全军开展了"每天节约一两米"运动。全军指战员,包括文工团员们每天都按标准省出一两米,分发给当地群众,帮助他们渡过难关。文工团员们除了书写标语,口头宣传之外,还随时随地搜集当地军民生活的素材,创作、演出各种各样的小型文艺节目;用丰富多样的精神食粮来补充军民共同的粮食不足。从而,鼓励了士气,安定了民心。

文工团经常活动于石碑岭,佛堂一带。这时文工团直属于长春前线作战指挥部——东北人民解放军第一兵团。当时的兵团首长是:司令员萧劲光,副司令员陈光,政治委员萧华,副政治委员唐天际。

在长春东郊小长屯附近的一个逃亡地主的大院里,度过1948年"七一"党的生日。这一天,军区文工团举行了一次别开生面的、难忘的晚会。平时文工团员不论从事任何专业分工,都要学会一件乐器;这天每人手持一件乐器进入上房,在北炕上一排排地坐好。吉普车在蒙蒙细雨中一辆接一辆地开进了大院。兵团首长萧劲光、萧华、陈光、周保中等将领二三十人陆续进屋;在大家的鼓掌欢迎中坐在南炕陈设的板凳上。于是,晚会开始。演出的节目是:

1. 四部混声合唱《国际歌》,由高叶指挥;

2. 张凡同志清唱京剧《借东风》选段;

3. 陈励同志独唱:填写新词的东北民歌《茨儿山》;

4.应首长的点名要求,高叶同志独唱《延水谣》;

5.器乐合奏——用中西合璧、五花八门的各种乐器——演奏《白毛女》选段《北风吹》等乐曲。

首长们看过演出后,对文工团的工作给了很高的评价,并予以殷切的勉励。

围城期间,在参加部队的整训练兵、作战时,对军民进行宣传过程中创作演出了《诉苦宣誓》、《坚决挖掉总苦根》、《练好兵上前线》等大量歌曲和快板《诉苦复仇》、《李景森转变》等一批节目。截至7月末,演出三十八场,观众四万多人次。

文工团在瓦解敌军方面也做了大量的工作。配合各师、团的宣传单位写印标语传单;由部队用特制的宣传弹(炮弹内装宣传品)打进敌占区内,弹壳炸开后传单飞散。还曾用油纸扎成的小船,把宣传品放入“船”里,顺伊通河流送进市内。

在此时期又有韩学义、岳飞璜、秋静、石冰、徐冰、王友莲、范玲、索非等同志,分别调往各独立师,组建和充实地方主力部队的宣传队。

围城过程中,为了对换防部队进行慰问演出和举办军民联欢会,全团曾经两次返回吉林市。

九

1948年9月17日(中秋节),中共吉林省委宣传部长李初梨同志来团,当众宣布:“经研究决定:吉林军区文工团将划归地方,改变为省委宣传部领导下的文艺工作团。”但事实上,根据战争形势的需要,这个团却还继续接受军区的领导和调度,供给关系也很长时期未变。因此,它的名称和历史也就不能不再延续一个时期。

10 月 15 日庆祝锦州解放的演出活动刚刚结束,19 日就宣告了长春市的解放。

文工团当即赶赴长春,驻在现省政府的大楼内,在军管会的直接领导下,展开了登记和安置投诚人员以及俘虏、散兵的工作。

为了加强团的业务骨干力量,临近长春解放前,由东北文工团调来创作干部李鹏荣和演员王炎同志。长春市的青年杨露、张桂兰和张为民等同志也相继参加工作。

不久,沈阳解放。为了庆祝东北全境解放,11 月 2 日长春市各界人民在人民广场举行了隆重的庆祝大会。文工团的张凡同志被临时抽调参加筹备工作。

会后游行队伍中文工团的秧歌队令人瞩目:王炎、杨村夫二人分别着工人、农民服装,手持铁锤和镰刀(道具)在最前头领队;化妆为工农兵学商、男女老少的秧歌队员随后,载歌载舞向前行进。到另一广场开始露天演出:

1. 全体合唱新歌《欢庆胜利》(牧克指挥);

2. 杨村夫、杨少英、宋晓微演出秧歌剧《军爱民民拥军》;

3. 楚彦、邱玲华演出《农家乐》;

4. 为宣传党的工商业政策,张凡突击创作,并与邓秀合演《回家做买卖》。

演出结束后,到广播电台录音播放了部分革命歌曲。11 月 19 日返回吉林。同月 21 日首场演出了那沙编剧、何宜之导演的话剧《屠刀下》。

12 月 11～19 日吉林省第一届职工代表大会在吉林市隆重召开。在晚会上演出了特地为这次大会创作的歌曲《庆祝工代会召开》(楚彦词、高叶曲)和楚彦在金华火柴厂体验生活后创作的反映工人生活的话剧《当家人》和另一个话剧《取长补短》(外地传来的工人戏)。作为"写工人、演工人"的开始,不但受到与会代表的热情欢迎,事后还在《吉林日报》上发表了一篇鼓励性的署名文章。

同月,为了接待来解放区的国际友人,在吉铁俱乐部举行专场演出,演出了《黄河大合唱》《军爱民民拥军》等节目。

1948 年下半年,又有吴光颖、曹毅迅、白玉昆、马玉兰、马贯一、赵朴等一批文工团员,随军区宣传部长郭开锋同志调往独立二师。

1948 至 1949 年间,在吉长两市又有张松涛、张新民、黄树、初玉琦、黄秋实、矫玉章、迟寿鹏、马金声、王护、李岱吉、张承淑、黄金、宋即、付宝金等一批同志相继参加了文工团。

农安县宣传队长祝捷调来文工团任音乐教员;部队摄影记者郎琦调来从事专业摄影工作。

大约在 1948 年 10 月间,吉林军区文工团(宣传队)改称吉林省文艺工作团;而正式履行集体转业手续的时间则是 1949 年 3 月。

十

1949 年是极不平凡的一年,是解放战争取得最后胜利,中华人民共和国成立的一年。

军区文工团已划归地方,改名为吉林省文艺工作团。但文工团员并未履行转业手续,还陆续有人被抽调,随大军南下。

新年伊始,文工团就在吉林市公演了《白毛女》。1 月 10 日前专场接待学生,之后对社会各界观众公演。这次演出更换的演员是:

喜　儿　苏戈（即紫燕）、陈励

王大春　杨村夫、王炎

穆仁智　张为民（后改名金士）

黄　母　聂玉贤（即龙江晴）、石丹、赵邈（临时借调）

老　么　杨永璞

大　升　李果夫

其他主要演员未变。群众演员和舞美、乐队成员补充了一大批新同志。由副团长何宜之执导；乐队指挥是牧克。

这次演出先在市内光华电影院（市京址），后到丰满电厂演出。

不久，牧克、苏撷民、田贵、杜南等一批同志随陈正人政委南下到华中南；石丹调昌邑区工作（秋季调回）；聂玉贤（龙江晴）与小松同志，先后调往北京中国青艺。

小松光惠同志作为军区文工团的音乐教员，全团唯一的日本籍女干部，在三年解放战争中与我们同甘共苦、并肩战斗过来的战友和老师（尽管她从不以老师自居），为中国革命的献身精神，是十分令人敬佩和值得我们学习的。

小松光惠，伪满任教于吉林女子国民高等学校（即吉林女中）。"九三"胜利后，投身于中国革命，在军区文工团担任教员。她一直以一个普通一兵的身份与大家打成一片。对待工作，她严肃认真，一丝不苟，百问百答，百教不厌。特别是在《黄河大合唱》和《白毛女》的演出伴奏中，以其精湛的技艺、深刻的理解，细腻而又酣畅的有机配合，受到团内外的好评。在行军途中、战场上，她同我们一起备尝艰辛、毫无怨言；而且总是保持着平易谦和、虚怀若谷的态度和高度的革命乐观主义精神。

小松同志在吉林军区文工团创作的大量歌曲,多已散佚。她在吉林解放后与苏戈(紫燕)同志合作的两首歌曲,《春耕小调》和《解放的红旗到处飘扬》,曾以"若苏"的笔名发表于报端。《解放的红旗到处飘扬》,还广泛流传于东北以至关内。

1949年文工团的重要演出活动还有:为欢迎李德全、许广平、茅盾、陈嘉庚、周海婴等贵宾演出的《农家乐》、《军爱民民拥军》,姜薇编剧、高叶作曲的秧歌剧《识字好》和话剧《喜相逢》。为欢迎宋庆龄、郭沫若等贵宾演出的《小拜年》与石丹同志的新作《上冬学》。此外,还排练上演了话剧《战斗里成长》和反映工人生活的话剧《锅炉》以及街头活报剧《保卫世界和平》等。活报剧《保卫世界和平》与李鹏荣创作的二人转《支援大军过长江》一同发表在吉林文协(1949年6月1日)出版的第四期《文艺月报》上。

新中国成立前夕,由石丹作词,祝捷与葛荫华、郑德藻、秦家恒(后三者均为学校音乐教师)谱曲,完成了《新中国大合唱》的创作与排练。同时,在高叶同志主持下,经过集体讨论研究,由楚彦作词,高叶、祝捷作曲,创作了大型歌舞《庆祝灯舞》(又称《红灯舞》)。

1949年10月1日开国大庆。吉林省城到处张灯结彩,红旗飞扬;万人空巷涌上街头,欢庆中国人民站起来了!

文工团的秧歌大队,人人手持红灯和各种道具,在市内巡回歌舞。入夜,松花江上串串河灯顺流漂下,几艘由大船连在一起组成的巨大彩船,在河灯中穿行。《红灯舞》的演员们在彩船上载歌载舞不断地变换队形;时而如浪涛起伏,汹涌澎湃;时而如蛟龙宛转,上下翻腾,人们用自己的歌声和舞姿,描述了革命的艰难曲折道路,前赴后继,由斗争的胜利—失败—再斗争,直到取得解放战争的彻底胜利,迎来新中国的黎明。

江上的歌舞,岸边的人群,一直保持着饱满的激情,尽情欢笑,通宵达旦。

1949年12月10日,首届东北文代大会在沈阳隆重召开。吉林省代表团由团长林耶,副团长高叶带队,代表中除蒋锡金、师田手、董速等老一辈文艺家之外,文工团选出了何宜之、石丹、杨村夫、楚彦为正式代表;吴飞、成滴石、向德岗等列席参加;《庆祝灯舞》和《苏军救子》(洋片演唱)两个节目的演员乐队几十人列席会议,并在大会上作了汇报演出,取得了良好的效果。东北局宣传部副部长刘芝明(大会选出的东北文联主席)接见全体与会人员,对文工团的方向、成果给了充分肯定和鼓励。

东北三省文艺工作者的这次胜利会师,总结了解放战争年代东北三省革命文艺战线的重大成就和宝贵经验,提出了关于创造新的英雄形象的更高要求和新的奋斗目标。

吉林军区文工团从她创立开始,就是在党的关怀哺育下,沿着毛泽东文艺思想指引的方向,与工农兵结合,为工农兵为人民大众服务,在解放战争的烽火、阶级斗争的风浪中成长壮大起来的。她是名副其实的宣传队、战斗队、工作队。同时她也像垦荒队一样,犁开吉林大地的沃土,撒下了革命文艺的种子。

吉林军区文工团继承和发扬革命传统和作风,党组织充分发挥战斗堡垒作用,每个共产党员用自己的表率作用,使全团同志紧紧地团结在党的周围,在异常艰苦的条件下,始终保持着昂扬的战斗力,为革命战争的胜利做出了应有的贡献。同时,在戏剧音乐、舞蹈等各文艺领域进行了一些大胆的尝试和探索。有些创作成果,在东北以至全国都曾产生过积极的影响。

（本文承吉林、长春、北京部分老同志热情支持，提供资料，一并深表谢意！由于年代久远、记忆模糊、期限紧迫、急就成篇，错误纰漏在所不免；渴望诸多当事者和知情人补充、指正。）

（此文由吉林省文化厅提供）

节选自《东北革命文化史料选编（第一辑）》

大事记

1945 年

9 月 3 日 正式举行日本投降仪式。东北人民结束了长达 14 年的被日本占领的历史,获得了新生。东北人民称之为"光复"。

本月 中共中央东北局在沈阳成立。

本月中旬 罗烽、白朗从延安回到东北。罗烽参加了东北文艺界的领导工作。白朗继续报刊编辑工作。

本月 陈隄、鲁琪、但娣、田贲等作家相继出狱。

10 月 杨慈灯的长篇小说《入伍》由上海中华图书公司出版。

本月 我军在北满准备建立巩固的根据地。

本月 1 日 东北电影公司成立。

本月 16 日 牡丹江市朝鲜人民同盟机关报《人民新报》(朝鲜文)创刊。

本月 17 日 安东民众书局成立。

本月 19 日 为纪念鲁迅先生逝世九周年,由东北作家联盟、中苏友好协会、东北电影公司、东北剧人联盟、青年读书会、文化青年同盟、青年进步学会、妇女同盟、新青年同盟、东北青年同盟、工作同盟、东北青年建设同盟、东北电政技术员同盟等 13 个团体联合在长春召开纪念大会。参加会议的群众有两千多人。东北电影公司还演出了话剧《过客》和《阿 Q 正传》。

东北文工团的主要成员有：舒群（团长）、沙蒙（副团长）、田方、华君武、公木、于蓝、王大化、王家乙、雷加、雷丁、续磊、张平、张守维、严文井、杜粹远、欧阳儒秋、鲁果、颜一烟、陶萍、陈凡、谢挺宇、李凌、安林、宋琦、骆文、茳苏、天蓝、何文今、李牧、李百万、纪云龙、孙邦达、许可、刘迅、李凝、黄仁、陈强、高阳、刘炽、林百、何丙中、田风、马瑜、安喜珍、魏步青、林农等。包括文学、戏剧、音乐、美术、表演等各方面的干部。

东北文工团分为两个分团。一分团在南满的沈阳、本溪、辽阳、鞍山、大连等地活动；二分团在北满、西满活动。团员们深入群众，参加土改，创作文艺作品，起到了很大的宣传作用。他们创作的作品有：话剧《东北人民大翻身》《血债》《把眼光放远一点》《祖国的土地》《我们的乡村》《反"翻把"斗争》，秧歌剧《活捉汉奸特务》《两个胡子》《妻离子散》《买不到》《收割》《李二小参军》《光荣灯》《姑嫂劳军》《农家乐》《血泪仇》《挖根》《翻身舞》等。此外，还有小说集《保江山》、长诗《鸟枪的故事》、报告文学《一个农民的真实故事》等。

本月　文艺刊物《新群》（半月刊）在吉林创刊。1—2 期由长春文化青年同盟主办，关沫南主编。3 期由新群杂志社主办。在创刊号上发表有关沫南的《我与文学与牢狱》的长篇传记。

严文井到东北后，任《东北日报》副总编辑兼副刊部主任。1947 年发表文学作品《一个农民的真实故事》。

颜一烟到东北后，写出了活报剧《东北人民大翻身》（1945 年东北书店）、话剧《军民一家》（1946 年《戏剧与音乐》）、秧歌剧《如此"正统军"》（1947 年东北书店）等作品。

11 月 1 日 《东北日报》在沈阳创刊。社长李常青、副社长寥井丹，总编辑李荒。参加编辑的人员有林火（韩冰野）、叶兆麒、宋士达（宋振庭）、杨永平、陆地等人。《东北日报》在沈阳出版了 21 期后，于 11 月 23 日随东北局一起撤出了沈阳，12 月 5 日在本溪复刊。又出了 40 期和 8 期号外，于 1946 年 2 月 7 日，转移到吉林省黑龙县出版。由东北局宣传部长凯丰负责。又有王揖、穆青、常工、陈学昭、林聿时、赵熙天、史勘等人参与编辑工作。1946 年 3 月 31 日，出版第 100 期时，由原来的四开报改为对开的大报。4 月 25 日，转移到长春出版。一个月后，又转移到哈尔滨出版。4 月 28 日，开始使用毛主席题字作报头。5 月 28 日起，与《哈尔滨日报》《北光日报》联合出版。1948 年 12 月 12 日，又迁移到沈阳出版。1954 年 8 月 31 日停办。

作家陆地来到东北后，写出了文学随笔《怎样学文学》等，1948 年出版了短篇小说集《北方》、中篇小说《钢铁的心》等。

本月 1 日 报纸《人民呼声》在大连创刊。开始为三日刊，12 月改为二日刊，1946 年 6 月改为《大连日报》，文艺副刊更名为《海燕》。

本月 7 日至 10 日 大连中苏友好协会为庆祝十月革命节，由东北剧艺社公演名剧《夜未央》。编剧寥抗夫，导演牟尼。

本月 12 日 东北文工团在沈阳演出话剧《东北人民大翻身》。到会的团体有中苏友协、作家联盟、曙光剧社、解放剧社及广播电台等。席间由华君武任司仪，舒群做了发言。

本月 14 日 《松江新报》创刊。

本月 22 日 《安东日报》在安东创刊。

本月 22 日 大连市政府发布教字第一号通令，要求各社会教育文化团体、剧团等到政府登记备案。

本月 25 日 《哈尔滨日报》创刊。社长唐景阳。李文涛负责编辑部工作。1946 年,该报并入《东北日报》。

本月 东北书店在沈阳马路湾原伪满图书株式会社旧址开设门市部正式开幕。书店开幕当天,发行《论联合政府》《论解放区战场》两书。

本月 刊物《公民》由沈阳公民社编行。

本月 刊物《艺光》由安东艺光会出版。

本月 刊物《辽宁画报》(月刊)创刊。

本月 报告文学集《一坛血》(吴伯箫等著),由辽东建国书店初版。共收入报告文学 9 篇:《一坛血》(吴伯箫)、《没有弦的炸弹》(丁奋)、《小民兵的故事》(冠西)、《民兵赵守福的故事》(林毅)、《莒城起义》(白刃、文菲、世保集体创作)、《海上的遭遇》、《光辉的南北岱岗保卫战》、《战斗的故事》(杨秀山讲,周立波记)、《记韩略战斗》(廖萍)。

吴伯箫到东北后,任东北大学社会科学院副院长、文学院副院长,主编《东北文化》。后在东北师范大学任教。

12 月 1 日 文艺刊物《东北文学》在长春创刊。该刊还编辑了"东北文学丛刊",第一集共出 12 册长篇小说:有但娣的《狱中记》、张文华的《夫妇》、韦长明的《诱惑》、舍黎的《吕干娘身边的人们》。短篇小说:但娣的《悬崖》、蓝苓的《夜航》。诗集:韦长明的《春天一株草》、沈重的《露花集》、张华的《胜利之歌》。散文集:朱媞的《流云集》、叶樱的《未定集》、方季良的《萤》。此外,"诗丛刊"有韦长明的《七月》《浅渡集》《江山》、方季良的《灵草》、田兵的《海藻集》、励河的《金字塔》、朱媞的《航海》、舍黎的《无题》、张文华的《晨梦集》等。

本月 22 日　大连剧艺联合会筹委会举行会议。选举牟长年为主任委员，夏松久为副主任委员。

本月　刊物《笔阵》由东北作家联盟创办。

本月　刊物《现代女性》（月刊）在长春创刊。

本月　刊物《国民》（月刊）由长春国民图书公司编行。

本月　中共合江省委机关报《人民日报》在佳木斯创刊。1946 年 7 月 1 日合江《人民日报》改名为《合江日报》。

本月　由东北青年联盟主办的《艺术生活》在长春创刊。编辑王盛烈等。

本月　《艺海》由长春胜利艺影社出版。编辑张纯，发行人于裳华。

本月　李复选编的《鲁迅自叙传》由长春大陆书局印行。

本月　辽宁军区政治部宣传部在解放安东后，创建了辽东建国书社。

本月　《北光日报》在哈尔滨创刊。该报是哈尔滨市中苏友好协会的机关报。该报于 1946 年 5 月 28 日停刊，共出 13 期。

本年　朱媞的小说集《樱》由长春国民图书株式会社出版，收小说 8 篇。作者从 1941 年起在长春《大同报》、北京《时事画报》等报刊发表作品。《樱·序》说自己的创作"致力于渲染乡土的气味"，"写下了好多女人的苦闷和决意"，"不愿踏袭前人的脚印"，"独自找自己的路"。

本年　方季良的小说集《灯笼》由长春兴亚杂志社出版，收小说 8 篇。这是东北沦陷时期出版的最后一本作品集，作者在《后记》中说："我是追求温暖的光,是一团温暖的光。这理念中的始终离开得很辽远的火,正是希望受这温暖的光火来临。愿这温暖的光来温润我永远生活罢。"

本年　东北民主联军总政治部艺术学校成立。后编入东总宣传队、第四野战军宣传队。1954年改为战士文工团。

本年　作家袁犀(李克异)回到东北,并以"马双翼"的笔名发表小说《网和地和鱼》。

作家林珏(唐景阳)回到东北,历任《哈尔滨日报》社长、哈尔滨文协主任委员、哈尔滨市委秘书长等。

作家金人回到东北,任中共沈阳市委书记,从事地下工作。

本年　短篇小说集《笋》(韦长明著)由国民图书株式会社出版。是该社刊行的"国民文学新刊"之一。

中篇小说《血族》(但娣著)在《东北文学》上发表。

短篇小说集《樱》(朱媞著)出版。

中篇小说集《新生》(古丁著)由艺文书房出版。

刊物《东北青年》由长春东北青年同盟创办。

刊物《进化》由进化书店出版。

1946 年

1 月　在中共东北局的领导下，大批干部深入基层，一面剿匪，一面发动群众，开展伟大的土改斗争，建立巩固的东北根据地。

本月 20 日　文学刊物《文化青年》由哈尔滨文化青年会创办。该刊曾发表史历的长诗《告汉奸》，以及陈隄的《铁窗回想录》。

本月　骆宾基的短篇小说集《北望园的春天》由上海星群出版公司出版。

本月　鲁迅实验团主编的《东北人民大翻身》由辽东建国书社出版。

本月　《东北文学》第一卷第二期发表了《东北散文十四年的收获》（林里著）、《东北童话十四年》（陶君著）、《东北十四年来的小说与小说人》（姚远著）等文章。

本月　战士剧社部分人员到东北，与先期抵达的陕甘宁边区留守兵团文工团合编，成立了东北民主联军总政部文工团。部分人员由该团负责人朱明率领，组成辽东文工团。

本月　长春国民图书公司编行《学生月刊》。

本月　哈尔滨中苏友好协会创办《先锋》半月刊，关沫南任主编。

2 月　《东北文学》第一卷第三期发表《沦陷期中的东北戏剧》

（孟语著）。

本月　《白山》（月刊）在安东创刊。主要编辑人员有白朗、田风、鲁琪、韶华。作家韶华于1946年春来到东北，先后任《白山》杂志编辑、《西满日报》记者。

3月9日　哈尔滨文艺工作者协会成立。

本月24日　《东北日报》发表公木的诗《忘掉它，这屈辱的形象》。公木是东北文工团的成员。来东北后，历任中共本溪市委宣传部副部长、东北大学教育长、教育学院院长等。从事教育和诗歌创作。

本月　《东北文学》第一卷第四期发表《东北女性文学十四年史》（林里著）。

4月25日　《电影工作者》（月刊）由东北电影公司在长春创办。主编上官缨。这是当时东北唯一的电影刊物。总共只发行了两期。

本月　田军（萧军）的《八月的乡村》由大连市文化界民主建议促进会编辑出版。5月又再版。

本月　《草原》（半月刊）创刊。主要编辑有袁犀、山丁等。

5月1日　东北鲁艺文工团在佳木斯成立。张庚任团长，吕骥任政委。

本月10日　《新文艺》（半月刊）在长春创刊。

本月21日　东北民主联军总政治部在长春成立东北人民剧团。白桦任团长，隋尹辅任副团长。

本月　端木蕻良的长篇小说《新都花絮》由上海知识出版社出版。他还在《人民文艺》第一卷第五期发表了《纪念第二届"五四"文艺节告全国文艺工作者》。

本月　《天下周刊》第一期发表文章《当前北方文艺界》（李影心著）。

本月　《知识》（半月刊）在长春创刊。主编舒群。此刊自第一卷第五期（1946 年 11 月）迁至哈尔滨，自第九卷第六期（1949 年 1 月）迁至沈阳。1948 年 8 月，与《生活报》《东北青年》合并，改名为《生活知识》。

本月　作家马加从张家口回到东北。后到佳木斯参加土改。回东北后，他先后创作有小说《江山村十日》和《开不败的花朵》。马加于 1948 至 1949 年主编了《文学战线》。

6 月　东北文化工作委员会在佳木斯成立。由张闻天、高崇民、张学思等组成。

本月 20 日　中共中央东北局领导的东北书店由哈尔滨迁至佳木斯，开设门市部，对外称东北书店总店。

7 月 30 日　《东北日报》上发表蔡天心的诗歌《仇恨的火焰》。

本月　吕骥、向隅、马可、瞿准、唐荣枚、张庚、舒非、水华、王曼硕、沃渣等人由张家口到达东北。

8 月 4 日　哈尔滨青年文艺学会成立。选出李庐湘等 8 人为执行委员。

本月 15 日　《新歌曲》杂志在哈尔滨创刊。创办人有王一丁、何士德、任虹等。

本月 30 日　哈尔滨举办"鲁迅艺术文学院展览会",展出鲁艺的作品。

本月　哈尔滨的文艺活动发展很快,仅报纸就有《民生报》《大众生活报》《午报》《松江商报》《东民日报》《大华日报》《哈尔滨时报》《社会新报》《大众日报》等;此外还有苏联侨民主办的俄文报纸《俄语报》《苏联青年》,日本侨民主办的日语报纸《民会报》《青年战旗》。

本月　作家安危来到东北,在双城参加土改运动,并写出中篇小说《土地底儿女们》。

本月　冀察热辽联合大学鲁艺学院组成,安波任院长,乔振民任政委。

9 月 15 日　《文展》(半月刊)创刊。此刊物主要是转摘国内各报刊的文章。

本月 30 日　哈尔滨文艺界在商会礼堂欢迎作家萧军、金人等回到东北。萧军回到东北后,曾任东北大学鲁艺文学院院长,1947年任鲁迅文化出版社社长,并任《文化报》总编辑。

本月　《鸭绿江》(月刊)在通化创刊。

本月　《东北文艺》出版社在佳木斯成立。后出版《鲁迅小说选》《白毛女》《戏剧简论》等。

本月　刘白羽的报告文学集《环行东北》由上海新化日报社出版。1947 年 2 月,由方生出版社再版。内容有:一、进入东北;二、会晤东北民主联军;三、绿色的鸭绿江;四、"宝库东边道";五、英雄的四平街保卫战;六、长春杂记;七、松花江流域;八、东北的农村;

九、黑龙江纪行；十、西满草原上；十一、东蒙古的无边瀚海；十二、"殖民地的殖民地"；十三、人民的道路。

本月　高崇民的剧本《惨胜归来》由光明书店出版。

本月　李辉英的长篇小说《雾都》在《中央日报》上连载。

10月1日　东北电影制片厂在兴山成立。

本月4日　美国记者露易丝·斯特朗女士到达哈尔滨,访问东北解放区。

本月10日　《东北文化》(半月刊)在佳木斯创刊。当时的编委有王季愚、白希清、任虹、吕骥、吴伯箫、姜君辰、陈元直、袁牧之、张汀、张庚、张如心、张松如、张庆、智建中、董纯才、塞克、阎沛霖、萧军、严文井等。刊物的主编有:张如心、姜君辰、萧军、塞克、吕骥等。

本月19日　哈尔滨各界两千多人集会,纪念鲁迅先生逝世十周年。罗烽主持大会,萧军、金人、高崇民等在会上发言。

本月19日　金人的散文《鲁迅先生精神不朽》在《东北日报》发表。

本月21日　草明的散文《不朽的鲁迅》在《东北日报》发表。草明到东北后,曾到镜泊湖水电站深入生活,创作小说《原动力》。

本月　文艺周报社在哈尔滨成立,本月13日,出版《文艺周报》副刊,由李则蓝任主编。《文艺周报》只出了三期便停刊。

本月　诗战线社在沈阳成立,并在《沈阳日报》上出版"诗战线"副刊。由艾砂、田秧任主编。该刊出了十二期,后被国民党沈阳市党部追查而停刊。诗战线社的主要成员有:铁汉(郁其文)、曲晚(曲洪涛)、崔束(高柏苍)、江南(姜成德)、孙北(孙序夫)等。

本月　陈学昭的报告文学集《漫步解放区》由牡丹江书店出版。内容包括在解放区所见所闻的十五篇游记。有《告别延安》《在陕甘宁边区》《进入新老解放区》《五寨一瞥》《过同浦路》《生活的体验》《被摧残的农村》《张垣四日》《无人区和人圈》《承德道中》《承德小住》《宫原和本溪所见》《在一个铁路员工的家里》《人民的审判》《这回我可乐了》等。

11 月 1 日　中共中央西满分局机关报《西满日报》创刊，日出四开两版一张。

本月 24 日　中华全国文艺协会佳木斯分会成立。

本月 25 日　鲁迅文化出版社在哈尔滨创办。

本月　《大连青年》由大连民主青年联合会创刊。原为月刊，自第七期起改为半月刊。1947 年停刊。

本月　罗苏发表散文《东北需要什么》。

12 月 1 日　《人民音乐》在佳木斯创刊，编辑为王一丁、任虹、吕骥、何士德、向隅等。

本月 13 日　齐齐哈尔文艺界集会欢迎东北文工团，西满分局陈沂做报告。会议决定成立西满文协筹备会。

本月　东北文工团第一团组训部长、著名的人民艺术家王大化在去讷河工作途中，坠车受伤，抢救无效逝世。

本月　由东北文协主办的大型综合文艺刊物《东北文艺》在哈尔滨创刊。

本月　独幕话剧《军民一家》（颜一烟、王家乙著）由东北书店印行。

本月　周而复的报告文学《东北横断面》由今天出版社出版。该集收入的报告文学,是作者自 1946 年 3 月至 6 月 83 天里的观察纪实。

本月　林蓝的短篇小说《红棉袄》发表在《东北文化》第一卷第五期。林蓝于 1945 年来到东北,在辽西和黑龙江尚志县某区委工作。担任过《东北日报》的记者和《松江农民报》的编辑。著有《桂屯的沉默》《红棉袄》《高三柱娶媳妇》等短篇小说。

本年　中华全国文艺协会东北总分会在哈尔滨成立。罗烽、舒群任正副主任。萧军、白朗、金人、唐景阳、草明、陈沂、王一丁、陈亚丁、陈振球等 13 人为常务委员。该会在中共东北局的直接领导下,负责开展全东北的文艺宣传工作。1948 年,改为东北文艺协会。

本年　春节前后,哈尔滨、佳木斯、齐齐哈尔、牡丹江等地举行了秧歌大赛,涌现出一大批新的秧歌剧,如《活捉汉奸特务》《两个胡子》《妻离子散》《买不到》《收割》《李二小参军》《光荣灯》《姑嫂劳军》《农家乐》《血泪仇》《挖坏根》《翻身舞》等。

本年　但娣的中篇小说《血族》在《东北文学》上发表。

本年　东北书店出版陈学昭的小说集《工作着是美丽的》。

本年　哈尔滨市的各中学文艺小组的成员已达 264 人。

本年　东北书店已出书 90 万册。

本年　白朗在《东北日报》上发表妇女题材的系列报告文学《民族女英雄李秋岳》《一面光荣的旗帜——记抗联女烈士赵一曼》《抗日联军的母亲》。

1947 年

1 月 12 日 《西满日报》出版"人民艺术家王大化同志追悼特刊"。东北文工团的颜一烟、华君武、李晓南、范元甄等发表了纪念文章。

本月 29 日 刘白羽在《东北日报》副刊发表访东北书店通讯《奇迹在出现》。

本月 周立波的文学评论集《思想文学浅论》,由哈尔滨光华书店出版。周立波到东北后,1945 年冬参加土改运动,曾任区委宣传委员、省委宣传处长。1948 年主编《文学战线》。他来东北后著有长篇小说《暴风骤雨》。

本月 东北书店出版华山的报告文学集《光荣属于勇士》。

2 月 14 日 《前进报》在沈阳创办《诗哨》副刊。它仍由诗战线社主办。艾砂、田秧任主编。至 7 月,《诗哨》出完第九期后停刊,8 月,该社又在沈阳《新新日报》创办《诗阵地》,出版三期后被迫停刊。

本月 24 日 刘白羽所著的《延安生活》经东北书店出版。

本月 大连大众书店出版《英雄传》(第一集作者丁玲,第二集作者陈学昭)。

本月 东北解放区举行秧歌大赛。出现了很多优秀的短小通俗的节目。

3月29日 中共西满分局做出决定,《黑龙江日报》于4月15日停刊,改出《新黑龙江日报》(三日刊)。

本月 哈尔滨的民主青年联盟刊物《学生通讯》,改为《民主青年》。

4月 东北书店出版了列为"长城丛书"之一的吴伯箫的散文集《黑红点》,内收入《黑红点》《一坛血》等6篇散文。吴伯箫从延安到东北后,在佳木斯任东北大学社会科学院副院长,编《东北文化》杂志。后任东北师范大学文学院副院长、副教务长等,从事教育领导和写作。

本月 东北民主联军总政治部宣传部主办的《部队文艺》(不定期)出版。

5月1日 松江省委宣传部创办《松江农报》。

本月4日 《文化报》在哈尔滨创刊。主编萧军。

本月 《文选》(半月刊)由沈阳正气出版社出版。

本月 哈尔滨中苏友好协会创办《苏联介绍》。

6月15日 《关外诗歌》在长春创刊。

本月 《白黑评论》月刊由沈阳正气出版社出版。

本月 东北文协成立工作团。

本月 东北文协编选文艺丛书。有长篇小说、短篇小说、报告文学、戏剧、秧歌、鼓词等。

7月1日　东北文工团在齐齐哈尔泽东剧场演出秧歌剧《白毛女》《血泪仇》《收割》《如此"正规军"》等。

本月13日　《东北日报》副刊部邀请在哈尔滨的七十多位各界人士,召开话剧《反"翻把"斗争》的座谈会。此剧在东北各地上演后,获得广泛的好评。参加会议的有陈戈、塞克、吕骥、张庚、沙蒙、朱鸣、王揖、严文井、王一丁、华君武、林耘、舒群、张渤、胡果刚等。东北局宣传部嘉奖作者和演员。

本月17日　光华书店齐齐哈尔分店成立。

本月17日　东北文工团二分团在哈尔滨上演话剧《反"翻把"斗争》。

本月　《西满画报》创刊。

本月　东北书店总店由佳木斯迁至哈尔滨,店址设在道里地段街52号。

8月　东北书店出版毛主席的《在延安文艺座谈会上的讲话》。

本月　东北书店出版了公木的叙事长诗《鸟枪的故事》。

本月　佳木斯东北书店出版了刘白羽的报告文学集《人民与战争》。

本月　话剧《反"翻把"斗争》由大众书店出版。

本月　马加的长篇小说《滹沱河流域》在延安的《解放日报》上连载。这是当时延安文坛唯一的一部长篇小说。

本月　骆宾基的中篇小说《蓝色的图们江》由上海新丰出版公司出版。

9 月 佳木斯东北书店出版了刘白羽的报告文学集《血肉相连》。刘白羽 1946 年来到东北,担任新华社随军记者,在东北解放战争中,写出了一些优秀的报告文学以及小说,如《火光在前》《无敌三勇士》《政治委员》等。

本月 佳木斯东北书店出版了戴夫的散文集《在人山中》。

本月 佳木斯东北书店出版了戴夫的长篇小说《不可征服的人们》。

本月 东北书店出版秧歌剧《如此"正规军"》(作者李南等,江巍、田风曲)。

本月 《大地艺术》月刊由沈阳大地杂志社出版。

10 月 东北书店出版《解放区农村剧团创作选集》。内收入了三个剧本:《邹大姐翻身》(南沿汶农村剧团集体创作,刘梅亭、张安荣执笔)、《一笔血债》(牟平、周旋创作)、《伸冤》(何义创作)。

东北书店出版了剧本《血债》(东北文工团集体创作,李之华、侣明执笔)。

本月 哈尔滨鲁迅文化出版社出版了萧军的短篇小说集《羊》。

本月 东北书店出版何干之著的《鲁迅思想研究》和《鲁迅研究丛刊》(第一辑)。

11 月 17 日至 21 日 《东北日报》连载严文井的小说《一个农民的真实故事》,并引起了热烈的讨论。讨论集中在对解放区农民形象的塑造问题上。

本月 白朗的报告文学集《一面光荣的旗帜》由光华书店出

版。内收《一面光荣的旗帜》《八烈士》《小妹妹》《裴大姐》等 7 篇抗联女战士传记。

本月　东北光华书店出版草明的短篇小说集《明天》，共收入11 篇小说。

本月　佳木斯东北书店出版刘白羽的报告文学集《英雄的记录》。

本月　佳木斯东北书店出版华山的报告文学集《光荣属于勇士》。华山到东北后，写了大量的报告文学，如《踏破辽河千里雪》等。

本月　嫩江军区《建军报》创刊。

12 月　哈尔滨的鲁迅文化出版社出版萧军的长篇小说《第三代》（第一部）。

本年　《东北文艺》第二卷第二、三期上连载范政的中篇小说《夏红秋》，引起了各方面的注意，并在《东北文艺》《知识》等刊物上开展了热烈的讨论。讨论围绕着夏红秋的典型意义和它对东北青年的道路的反映是否真实等问题展开。

本年　东北书店出版了孔厥等著的报告文学集《中国新型女英雄》。

端木蕻良的长篇小说《大江》由上海晨光出版公司出版。

大连光华书店出版方冰的长篇叙事诗集《柴堡》。

骆宾基的长篇小说《混沌》由上海新群出版社出版。

本年　大众书店出版大众文艺丛书。有陈明的评书《家人》、通讯《大众的文艺活动》，有艾青的文艺评论《大众的诗歌》。

本年　东北文协总会在哈尔滨东北人民剧院上演著名京剧

《逼上梁山》。

　　本年　东北书店西满分店成立。

　　本年　《群众文化》（半月刊）由大连群众文化出版社出版。

　　本年　东北解放区的文艺出版事业日益繁荣。在哈尔滨、齐齐哈尔、佳木斯、牡丹江、安东、通化均有出版社和书店。哈尔滨的东北书店出书已达 216 种，约 1254500 册；除《东北日报》外，东北书店还发行五种杂志：《东北文化》《东北文艺》《人民戏剧》《人民音乐》《知识》。

1948 年

1 月 1 日 《哈尔滨日报》由二日刊改为日刊。

本月 4 日 佳木斯东北书店举行《毛泽东选集》发行日。

本月 14 日 哈尔滨市政府、市文协发起"民主选举运动的文艺创作奖金"。

本月 《东北文艺》上发表袁犀的短篇小说《网和地和鱼》。这篇反映东北解放区土改运动的小说,发表后却受到不公正的批判。袁犀是东北沦陷时期的作家,后到解放区参加革命。抗战胜利后又回到东北。曾在密山参加土改,并一度担任过桦川县县长。

本月 雷加的短篇小说集《水塔》由大连光华书店出版。内收短篇小说《五大洲的帽子》《水塔》《鳝鱼》等六篇。雷加于 1945 年回到东北后,曾任安东造纸厂厂长。

本月 大连大众书店出版《秧歌剧》(第一集)。内收《自寻烦恼》《缴公粮》两剧。

本月 东北书店出版白华的歌剧《杨勇立功》。

2 月 哈尔滨文协举行第一次执委会,选举李俊天、陈振球为正副主任,闻功、黄若墩、王一丁、陶然、罗明哲为常委。

3 月 1 日 《翻身乐》月刊创刊。主编徐今明。

本月 27 日　哈尔滨团市委、市文协举办"青年文艺学园"。

本月　中共东北局宣传部在哈尔滨召开文艺工作会议。凯丰、萧向荣到会做报告。会后成立了东北文委，舒群、罗烽、沙蒙被选为委员。

本月　《东北解放区短篇创作选》由佳木斯东北书店出版。共收 7 篇小说。有刘白羽的《政治委员》、西虹的《英雄的父亲》、关寄晨的《立功,抓地主》、方青的《高祥》、陆地的《大家庭》、井岩盾的《瞎月工伸冤记》、林蓝的《红棉袄》等。

4 月　马健翎的歌剧《血泪仇》由东北书店出版。

本月　周立波著的长篇小说《暴风骤雨》上卷由东北书店出版。

5 月 1 日　《生活报》在哈尔滨创刊。主编宋之的。《生活报》上发表了短文《今古王通》。对此,《文化报》上则发表了《风风雨雨话王通》的文章,对《生活报》的观点提出了异议,为两报以后的争论埋下了伏笔。

本月 15 日　东北文协工作委员会在哈尔滨召开小说《暴风骤雨》座谈会。会议由《东北日报》副主编严文井主持,舒群、草明、金人、宋之的、马加、华君武等二十余人在会上发言。

本月　思基的短篇小说集《生长》由哈尔滨光华书店出版。内收短篇小说 6 篇。思基于 1947 年来到东北,于 1948 年到东北大学任教。

本月　胡零、刘炽的歌剧《火》由东北书店出版。

胡零于 1946 年担任东北鲁艺文工团团委,主要作品有:秧歌剧

《参军》(1946年,东北书店)、《两个胡子》(1947年,东北书店),歌剧《火》(1948年,东北书店)等。

本月　西虹等著的报告文学集《擦干眼泪复仇》,由东北书店出版。西虹于1946年来到东北,担任第四野战军政治部的随军记者。这个时期的主要作品有反映部队生活的中篇小说《在零下四十度》。

本月　胡宗锷等的报告文学集《从奴隶到英雄》由东北书店出版。

本月　哈欣农的报告文学集《从诉苦到复仇》由东北书店出版。

至本月止,《东北日报》公布东北解放区的报纸已近三十种。计有哈尔滨:《东北日报》《哈尔滨日报》《民主日报》《朝鲜文》《生活报》《文化报》《哈尔滨公报》《大华日报》《午报》《工商日报》《大众日报》。

齐齐哈尔:《嫩江新报》《嫩江农民》《齐齐新闻》。

佳木斯:《合江日报》《庄稼人》。

牡丹江:《牡丹江日报》。

北安:《新黑龙江日报》。

瓦房店:《辽南日报》。

通化:《辽东日报》。

黑河:《新黑河报》。

延吉:《延边日报》(朝鲜文)。

白城:《胜利报》。

冀察热辽:《大连日报》《关东日报》《实话报》。

乌兰浩特:《内蒙古日报》。

6 月　刘白羽的短篇小说集《无敌三勇士》，由东北书店出版。内收短篇小说 3 篇。

本月　草沙的长篇小说《东霸天的故事》，由哈尔滨江华书店出版。

本月　《群众文艺》月刊在赤峰创刊。该刊由冀察热辽联大鲁迅文艺学院主办。

7 月 1 日　东北文协在哈尔滨创立评剧团。7 月 2 日该团在哈尔滨演出《九件衣》。

本月 18 日　瞿秋白译、鲁迅编的《海上述林》布面精装本出版。

本月 27 日　陈伯达著的《人民公敌蒋介石》出版。

本月　由东北文协主办的《文学战线》在哈尔滨创刊。

本月　菡子的短篇小说集《群像》，由哈尔滨光华书店出版。收短篇小说 4 篇。

本月　周洁夫的报告文学集《铁的连队》，由东北光华书店出版。内收 10 篇作品。

8 月　哈尔滨音协在《东北日报》上开辟"音乐运动"专栏。

本月 15 日　丁玲、白朗、宋之的、周立波、马加、金人、陈学昭、草明、舒群、刘白羽、萧军、严文井、罗烽等作家联合发表《纪念"八一五"致苏联作家信》。

本月 22 日　《东北日报》连载洪荒的通讯《东北蒋匪军全面溃灭前速写》。

9 月　东北书店出版通讯报告文学集《攻无不克》。内收 14 篇通讯报道,有华山的《踏破辽河千里雪》、林念奚的《目击记》、周洁夫的《新炮手》、王暖的《"攻无不克"的第三连》、李伟的《"突围"》《炮战四平街》、林念奚的《战地一日》、国长远的《突进文家台》、周洁夫的《大炮打开辽阳城》、华山的《光辉的攻坚战例》等。

10 月　陈学昭的短篇小说集《新柜中缘》,由东北光华书店出版。内收 14 篇小说。

本月　刘白羽的报告文学集《时代的印象》,由东北光华书店出版。共分 3 辑,收作品 25 篇。

本月　荒草的短篇小说集《土地和枪》,由哈尔滨江华书店出版。内收 3 篇短篇小说。

本月　《文艺月报》由吉林文协创刊。

11 月 2 日　沈阳解放。

本月 6 日　《东北日报》发表社论《庆祝沈阳解放,庆祝东北解放》。

本月 13 日　嫩江省中苏文化协会成立。于毅夫为会长,朱新旧、车普林为副会长。

本月　东北文协由哈尔滨迁至沈阳。

本月　宋训会的通讯报告集《阶级的硬骨头》,由东北书店出版。

本月　王向立的通讯报告集《人民军队》,由哈尔滨光华书店出版。

本月　陈戈编剧的歌剧《人民城市》,由东北书店出版。

12 月 11 日　哈尔滨《工商日报》改为《工商周报》。

本年　东北书店出版了《翻身秧歌集》,内收秧歌剧本 7 个。有《庄稼人翻身乐》《姑嫂劳军》《自卫队捉胡子》《土地还家》《光荣灯》等。

李牧编剧,沙丹、田风、杜粹远配曲的秧歌剧《参军保家》由东北书店出版。

李牧等集体创作的话剧《我们的乡村》,由大连大众书店出版。

本年 9 月至 1949 年 5 月　沈阳东北书店出版了"文学战线丛书",共有九种,它们都产生了很大的反响。它们是:

中篇小说《在零下四十度》,西虹著。

短篇小说《生死斗争》,陆地著。

短篇小说《老战士》,周洁夫著。

短篇小说《高祥》,方青著。

短篇小说《红旗》,刘白羽著。

长篇小说《江山村十日》,马加著。

中篇小说《原动力》,草明著。

报告文学集《陕北风光》,丁玲著。

报告文学集《基本群众》,井岩盾著。

其中,马加的《江山村十日》、草明的《原动力》,以及同年出版的周立波的长篇小说《暴风骤雨》,被第一次东北文代会列为最优秀的作品。

本年　李纳描写东北解放后工人生活的短篇小说《煤》在《东北日报》上发表。

　　李纳在抗战胜利后来东北,担任过《东北日报》副刊编辑、《东北画报》编辑,出版有反映东北人民生活的短篇小说集《煤》。

　　本年　孙芋创作的秧歌剧《自己做主》《劳军鞋》,话剧《取长补短》,由东北书店出版。

　　关沫南在《松江文艺》上连载中篇小说《在王岗草原》。关沫南在抗战胜利后,主编《新群》杂志。1946年任哈尔滨中苏友好协会文学科长,主编《先锋》《热风》杂志。后任《东北日报》文艺部编辑、《牡丹江日报》编辑、松江省人民政府秘书处秘书等。

1949 年

1 月 9 日　中共合江省委在佳木斯召开宣传会议,决定加强书店工作,文化下乡,深入群众。

本月 10 日　《儿童报》创刊,由哈尔滨新民主主义青年团主办。

本月 15 日　中共松江省委机关报《松江日报》,在哈尔滨创刊。

本月 16 日　《生活报》由哈尔滨迁至沈阳。

本月 18 日　《东北日报》发表蔡天心的诗《在伟大的毛泽东召唤中前进》。

蔡天心于 1945 年回到东北,先后担任辽宁省委宣传科长、辽西地委宣传部副部长,筹办《草原》刊物。后任吉林大学教授、辽宁公学校长。1949 年任东北文协秘书长等。

本月 22 日　哈尔滨市文艺工作者协会成立。陈振球、李文涛等 21 人为执行委员。

本月　周立波的文学论文集《思想文学短论》,由哈尔滨光华书店出版。

2 月 20 日　新青团的机关刊物《中国青年》第一期出版,由东北书店发行。

本月 22 日 《东北日报》副刊部召开关于陈其通的歌剧《两兄弟》的座谈会。

本月 23 日 刘芝明在《东北日报》上发表《关于萧军及其〈文化报〉所犯错误的批评》的文章。

刘芝明是东北解放区文艺工作的领导者之一,先后担任过鞍山市委书记、安东地委副书记、辽东分局宣传部副部长、东北局宣传部副部长、东北人民政府文化部长、东北文协主席等。1949 年 7 月在参加全国第一次文代会时,任东北代表团团长。他在东北曾主持和参加了优秀京剧《雁荡山》《美人计》、评剧《小女婿》、话剧《在新生事物的面前》的创作。

本月 白朗的短篇小说集《牛四的故事》,由上海光华书店出版。内收 6 篇作品。

本月 歌剧《喜》(白山工作委员会编),由东北书店出版。

沈阳鲁艺文工团演出《白毛女》。

东北文工团第一团演出《血泪仇》。

东北文协文工团演出活报剧《将革命进行到底》。

辽宁文工团演出《黄巢》《两兄弟》。

本月 东北文工团第二团进关,东北文学界举行欢送会。

本月 《人民戏剧》《人民音乐》迁移至沈阳出版。

本月 苏联作家西蒙诺夫的《祖国炊烟》,由高亚天译,东北书店出版。

3 月 9 日 沈阳市曲协成立。

本月 26 日 东北文协机关刊物《戏曲新报》在沈阳创刊。

本月 歌剧《送子入关》(朱漪著,任虹、止怡曲)由东北书店出版。

本月　歌剧《互助》（谢力鸣编剧，顾光谦等配曲，王真插图）由东北书店辽宁分店出版。

本月　秧歌剧《杨小林》（中共辽北省委宣传部编）由东北书店出版。

本月　师田手的短篇小说集《燃烧》由大连新中国书局出版。内收 10 篇作品。

本月　东北文工团在完成了历史使命后解散。

4 月 1 日　《群众画报》在哈尔滨创刊。由哈尔滨市中苏友协和文协美术组共同主办。

本月　井岩盾的报告文学、小说合集《辽西记事》由东北新华书店出版。内收 6 篇作品。

本月　草明的散文集《解放区散记》由东北书店出版。内收散文 10 篇。

本月　西虹的小说、报告文学合集《军中记事》由东北书店出版。内收 11 篇作品。

本月　罗丹的短篇小说集《小号手》由大连光华书店出版。罗丹来到东北后，曾在鞍山工作，著有长篇小说《风雨的黎明》。

本月　歌舞剧《废铁炼成钢》（蓝澄著）由东北书店出版。蓝澄于 1948 年担任东北煤矿文工团团长，该剧作反映了煤矿工人的生活。

本月　冀察热辽文工团与东北文协文工团合并。

本月　晋驼到东北后，在东北行政院工作。写有剧本《炼狱》，由光华书店出版。

本月　苏联作家爱伦堡的《广场之师》，由文戎翻译，东北书店出版。

本月　东北第一部电影故事片《桥》，已将近完成。

5月1日　《文艺工作》（旬刊）在哈尔滨创刊，由哈尔滨市文协主办。

本月9日　在沈阳的文艺工作者于东北文协召开会议，为首届全国文代会推荐作品，初选名单在《文学战线》第二卷第四期上发表。它们是：

（一）反映东北解放区的作品有：

长篇小说：周立波的《暴风骤雨》；马加的《江山村十日》。

中篇小说：范政的《夏红秋》；草明的《原动力》；西虹的《在零下四十度》。

短篇小说集：周洁夫的《铁的连队》。

短篇小说：井岩盾的《瞎月工伸冤记》；李纳的《煤》；朱寨的《报名入党》；鲁琪的《自愿两利》；刘白羽的《无敌三勇士》《政治委员》《红旗》；苗康的《老子英雄儿好汉》；华山的《英雄的十月》《董庆举打地堡》；林蓝的《红棉袄》；董速的《孙大娘的新日月》；韶华的《组织妇女能手》；方俊夫的《想起来8像个手铐》；爱芝的《一乡善人》；白朗的《孙宾和群力屯》；西虹的《英雄的父亲》；张凡的《王春和大发面》；张若嘉的《北平号》。

工人作品：赵成和的《我在孔雀理发店吃了三年劳金》；杨绪仁的《允许我做个会员吧》。

诗歌：天蓝的《煤矿工人歌》；冯明的《农民翻身小唱》；史松北的《坦克五六八号》《从南到北胜利在召唤》；李雷的《父亲》；未冉

的《秋风扫落叶》（诗集）；赵来的《李义全》；石田的《解放军到了豫西》；玉茗的《哥哥去参军》；孙风的《我们不但做一个北平号》；侯唯动的《黄河西岸的鹰型地带》；公木的《三皇峁》《十里盐乡小唱》；孙滨的《纪念爷爷》；郎文波的《离不开共产党》。

（二）反映其他解放区的作品，而在东北出版的有：

长篇小说：丁玲的《太阳照在桑干河上》；马加的《滹沱河流域》；柳青的《种谷记》；黄皑的《动荡的十年》；杨耳的《国事痛》。

短篇小说集：丁玲的《陕北风光》。

短篇小说：雷加的《路》；陆地的《钱》；伍延秀的《南征北战的英雄》。

报告文学：荆宇的《活地狱的故事》。

大鼓：陶钝的《马大娘探儿子》《女运粮》；陈明的《夜战大凤庄》；安波的《老来红做寿》。

作家董速于1946年到吉林，先后担任吉南地委宣传科长，双阳县委宣传部长、吉林省委宣传部副部长。出版过短篇小说集《孙大娘的新日月》。

本月　哈尔滨文协文运部举办文艺讲座。第一讲由刘芝明讲"青年与文艺"；第二讲由金人讲"苏联文学"；第三讲由塞克讲"群众艺术"。

本月　周立波著的长篇小说《暴风骤雨》下卷由东北书店出版。

本月　刘白羽的小说、报告文学合集《光明照耀着沈阳》由新华书店出版。内收报告文学6篇，短篇小说1篇。

本月　歌剧《百战百胜》（鲁亚农著，止怡配曲）由东北书店出版。

本月　秧歌剧《一条皮带》（旅大文艺工作团创作）由大连东北书店出版。

本月　华山的报告文学集《英雄的十月》由天津新华书店出版。内收5篇作品。

本月　东北文协哈尔滨中苏友协在沈阳举办苏联三十年照片展览会。

本月　东北文化工作队演出工人剧《立功》。

本月　鲁艺文工团去工矿演出。第一队由李尼率领去本溪、鞍山；第二队去抚顺，侯唯动、井岩盾同去。

本月25日　《翻身乐》改为《新农村》，在沈阳出版。

6月25日至26日　《东北日报》上发表了蔡天心的《对目前文艺工作诸问题的意见》。

本月26日　参加第一次全国文学艺术工作者代表大会的87位东北代表，由团长刘芝明，副团长塞克、吕骥率领赴北京。东北地区向全国文代会正式推荐的文学作品有：

刘白羽的报告文学《红旗》

华山的报告文学《英雄的十月》

周立波的长篇小说《暴风骤雨》

柳青的长篇小说《种谷记》

马加的长篇小说《江山村十日》

草明的中篇小说《原动力》

丁玲的长篇小说《太阳照在桑干河上》

范政的中篇小说《夏红秋》

井岩盾的短篇小说《瞎月工伸冤记》

李纳的短篇小说《煤》

管桦的短篇小说《妈妈同志》

7月1日 东北书店改名为东北新华书店。

本月2日至19日 第一次全国文代会在北京举行。周扬在大会上作了《新的人民的文艺》的报告。刘芝明在会上作了《东北三年来文艺工作初步总结》的报告。

本月 歌剧《天下无敌》（武照题等）由东北新华书店出版。

8月15日 哈尔滨光华书店改名为生活、读书、新知识三联书店。

本月 爱国华侨陈嘉庚的《东北观感集》出版。内中记录了他于1948年6月至8月在解放后的东北各地参观时的感想。

本月 李尔重的长篇小说《长白山下的自卫队》，由新华书店中南总分店出版。

本月 歌剧《翻天覆地的人们》（闻捷著）由东北新华书店出版。

9月16日 全国新闻工作者协会筹备会东北分会成立。

本月 东北电影制片厂由兴山迁回长春。

本月28日 以法捷耶夫、西蒙诺夫为首的苏联文艺工作者代表团一行到达哈尔滨，受到各界的欢迎。萧三专程由北京到哈尔滨迎接。

10月1日 中华人民共和国成立。

　　（大事记部分选自《东北现代文学史料（第九辑）》1984 年、《东北现代文学大系 1919—1949 第十四集 资料索引卷》1996 年、《辽宁图书发行史料（第二辑）》1987 年、《东北根据地战略后方报业简史》1987 年、《东北书店书刊收藏与鉴赏》2005 年、《黑龙江革命文化史料（佳木斯专集）》1989 年、《黑龙江革命文化史料（齐齐哈尔专集）》1991 年。）

索　引

乙梅

丁一

丁未

丁正甲

丁坚

丁耶

丁玲

丁洪

万召

买来当驴使唤！——记大赉西大洼区妇女代表的诉苦

（散文卷①40—42）

小区区

一心一意要当兵（诗歌卷①32—33）

小曹

一根葵花棍换五根枪（短篇小说卷①6—8）

山峰

老歪变了（散文卷①43—45）

千柳

见了监狱的一串联想（诗歌卷①34—35）

久今

咏黄河（诗歌卷①36—38）

凡彬

收复前的长岭城（散文卷①46—48）

卫群

在长春——蒋记特务对学生的残暴兽行（散文卷①49—51）

子午

从北平到秦皇岛（散文卷①52—56）

天意

韦长明

方荧

孔志良

巴田

邓泽

白人

白刃

西蒙诺夫

列兹内夫

286

苏宁

活跃吉北边缘的松江武工队（散文卷③110—112）

杜易白

号外周围（散文卷③113—115）

遥致奔驰前线的英雄们（散文卷③116—118）

战斗英雄才嫁他（诗歌卷②256—257）

杜易伯

"我若不把这仇报，永永远远不还乡！"（诗歌卷②258—259）

李士勤

哭丈夫（诗歌卷②260—264）

李之华

反"翻把"斗争（戏剧卷③1—49）

光荣灯（戏剧卷③50—56）

李本荣

老包识字了（散文卷③119）

李丕禄

在文化上翻身了（散文卷③120—121）

李北开

渡河（诗歌卷②265—266）

翻身小曲（诗歌卷②267—269）

雇农老刘德（诗歌卷②270—277）

307

希文

文艺有啥用处（评论卷 70—72）

谷波

为保卫和平而献诗（诗歌卷③79—83）

我给工人们上课的时候（诗歌卷③84—89）

谷梁异

春之章（诗歌卷③90—91）

彤剑

安息吧！我们的关政委！（诗歌卷③92—96）

从没见过这样的好队伍——记一个老爷子的话（诗歌卷③97—101）

悼人民炮兵的母亲——朱瑞同志（诗歌卷③102—104）

东北解放回顾曲（诗歌卷③105—107）

每一寸土地都是人民自己的（诗歌卷③108—112）

四喜临门（短篇小说卷③163—173）

冷单单

慰劳（诗歌卷③113）

一个大姐（诗歌卷③114）

冷歌

过去十四年的诗坛（评论卷 73—76）

辛玉光

朱鸿祥小史（散文卷③322—327）

311

陈戈

缴大炮（戏剧卷③327—332）

人民城市（戏剧卷③333—386）

上当（戏剧卷③387—440）

陈有明

把这裤袄做慰劳（诗歌卷③232—233）

陈沂

文学还应加强群众性（评论卷 177—181）

陈陇

打到鸭绿江边（诗歌卷③234—235）

生活与创作（评论卷 182—184）

十年（诗歌卷③236—239）

一颗萝卜（短篇小说卷③328—330）

陈其通

炮弹是怎样造成的（戏剧卷④1—105）

陈非

打麦场上（诗歌卷③240—241）

陈明

老少心（戏剧卷④106—125）

陈学昭

东北散记（散文卷④36—52）

321

范声

永远记着八一五（诗歌卷③248—250）

范政

查夜（短篇小说卷④1—4）

夏红秋（中篇小说卷②61—112）

夏耘新景——记北安屯的一天（散文卷④120—122）

林念奚

翻身会长张友福（散文卷④123—127）

目击记——彰武战斗前后的日记（散文卷④128—136）

战地一日（散文卷④137—143）

林勇

一家人（散文卷④144—145）

林耘

呵,哈尔滨（诗歌卷③251—258）

静静的松花江（诗歌卷③259）

他,负了伤（诗歌卷③260—261）

迎接永远的欢笑——记东北全境解放的消息传到哈尔滨的时候

（散文卷④146—147）

战士（诗歌卷③262）

林蓝

高三柱娶媳妇（短篇小说卷④5—15）

红棉袄（短篇小说卷④16—32）

荒草

胡采

胡宗锷

胡昭

胡贸成

唐克记

蒋管区民谣（诗歌卷④120—121）

海帆

广泛培养文艺新军（评论卷320）

老管（短篇小说卷④327—330）

老主任（短篇小说卷④331—339）

心总不死（短篇小说卷④340—348）

勇敢不是莽撞——弹药手李保的自述（散文卷⑤90—92）

流焚

一张地照（戏剧卷⑤32—41）

浣梦

祝《驼铃》（诗歌卷④122—123）

家骝

翻身战士在战斗中——写四六三连战斗模范朱宝（散文卷⑤93—96）

陶君

东北童话十四年（评论卷321—332）

陶泊

恢复中的郑家屯（散文卷⑤97—99）

咱政府真的回来了（散文卷⑤100—102）

陶钝

短篇鼓词（戏剧卷⑤42—91）

342

常工

爱——前线人民拥军片段（散文卷⑤128—130）

爆炸手小吕（散文卷⑤131—133）

步兵炮手（散文卷⑤134—139）

陈德福——一个模范农会会长的介绍（散文卷⑤140—147）

战地群众（散文卷⑤148—158）

晨光

谁劳动谁享福（短篇小说卷④359—363）

时运（散文卷⑤159—162）

崔松泉

十四年（诗歌卷④144—153）

崔牧

九件衣（戏剧卷⑤265—350）

笛南

蟋蟀（诗歌卷④154—158）

符尔洪

母亲的嘱咐（诗歌卷④159—161）

庸

家务事（戏剧卷⑤351—357）

章天慧

梦的礼赞（散文卷⑤163—165）

谦

三棵树车站的早晨（散文卷⑤248—249）

瑚作

老戴心里开了花（散文卷⑤250—252）

蓝辛

农安附近的庄村（诗歌卷④231—232）

蓝柯

小王庄的儿童团（短篇小说卷⑤126—128）

蓝曼

行李不见了（散文卷⑤253—255）

蓝澄

废铁炼成钢（戏剧卷⑥235—299）

刘桂兰提奸（戏剧卷⑥300—323）

赖少其

站铁笼的第一天（散文卷⑤256—260）

雷加

鳝鱼（短篇小说卷⑤129—141）

水塔（短篇小说卷⑤142—165）

五大洲的帽子（短篇小说卷⑤166—188）

鸭绿江（短篇小说卷⑤189—207）

一支三八式（短篇小说卷⑤208—224）

黎蒙

颜一烟

潘芜

潘青

璠璔

薛华

薛雅

358

参考书目

[1]北京语言学院《中国文学家辞典》编委会. 中国文学家辞典 现代第一分册[M]. 成都:四川人民出版社,1979.

[2]北京语言学院《中国艺术家辞典》编委会. 中国艺术家辞典 现代第一分册[M]. 长沙:湖南人民出版社,1981.

[3]周保昌. 东北解放区出版发行工作的回顾[M]. 沈阳:辽宁人民出版社,1988.

[4]徐乃翔主编. 中国现代文学词典(小说卷)[M]. 南宁:广西人民出版社,1989.

[5]陈伯村主编. 张闻天东北文选[M]. 哈尔滨:黑龙江人民出版社,1990.

[6]黑龙江省地方志编纂委员会. 黑龙江省志·报业志[M]. 哈尔滨:黑龙江人民出版社,1993.

[7]中国作家协会创作联络部. 中国作家大辞典[M]. 北京:中国社会出版社,1993.

[8]马洪武,王德宝,孙其明. 中国近现代史名人辞典[M]. 北京:档案出版社,1993.

[9]吉林市地方志编纂委员会. 吉林市志 文物志[M]. 长春:吉林文史出版社,1994.

[10]哈尔滨市地方志编纂委员会. 哈尔滨市志·报业广播电视[M]. 哈尔滨:黑龙江人民出版社,1994.

［11］黑龙江省地方志编纂委员会.黑龙江省志·出版志［M］.哈尔滨：黑龙江人民出版社,1996.

［12］王文彬.中国现代报史资料汇辑［M］.重庆：重庆出版社,1996.

［13］张毓茂主编.东北现代文学大系 1919—1949 第十四集 资料索引卷［M］.沈阳：沈阳出版社,1996.

［14］陆耀东等主编.中国现代文学大辞典［M］.北京：高等教育出版社,1998.

［15］黑龙江省地方志编纂委员会.黑龙江省志·人物志［M］.哈尔滨：黑龙江人民出版社,1999.

［16］长春市档案馆.长春市档案馆指南［M］.北京：中国档案出版社,1999.

［17］张连俊,关大欣,王淑岩.东北三省革命文化史［M］.哈尔滨：黑龙江人民出版社,2003.

［18］张树东,吕品.东北书店书刊收藏与鉴赏［M］.哈尔滨：黑龙江教育出版社,2005.

［19］钱承军.建国前中国共产党报刊研究［M］.北京：中国文联出版社,2009.

［20］唐沅,韩之友,封世辉,等.中国现代文学期刊目录汇编（第五卷）［M］.北京：知识产权出版社,2010.

［21］梁利人主编.沈阳新闻史纲［M］.沈阳：沈阳出版社,2014.

［22］王巨才主编.延安文艺档案·延安文学 延安文学组织［M］.西安：太白文艺出版社,2015.

［23］《辽宁报业通史》编纂委员会.辽宁报业通史：1899—1978 上册［M］.沈阳：辽宁人民出版社,2016.

［24］宁树藩主编.中国地区比较新闻史 上卷［M］.上海：复旦大学出版社,2018.

［25］朱德发,蒋心焕,李宗刚.第三次国内革命战争时期解放区文艺运动资料汇编(下卷)［M］.沈阳:辽宁人民出版社,2018.

［26］(内部资料)东北现代文学史料选编(第一辑)［M］.

［27］(内部资料)东北现代文学史料选编(第二辑)［M］.

［28］(内部资料)东北现代文学史料选编(第三辑)［M］.

［29］(内部资料)东北现代文学史料选编(第六辑)［M］.

［30］(内部资料)黑龙江省社会科学院文学研究所.东北现代文学史料(第四辑)［M］.1982.

［31］(内部资料)辽宁社会科学院文学研究所.东北现代文学史料(第五辑)［M］.1982.

［32］(内部资料)黑龙江省社会科学院文学研究所.东北现代文学史料(第七辑)［M］.1982.

［33］(内部资料)黑龙江省社会科学院文学研究所编.东北现代文学史料(第九辑)［M］.1984.

［34］(内部资料)辽宁省新华书店《店志》编写组.辽宁图书发行史料(第二辑)［M］.1987.

［35］(内部资料)罗玉琳,艾国忱.东北根据地战略后方报业简史［M］.中共黑龙江省委党史研究所,黑龙江省新闻研究所,1987.

［36］(内部资料)黑龙江革命文化史料(佳木斯专集)［M］.1989.

［37］(内部资料)黑龙江革命文化史料(齐齐哈尔专集)［M］.1991.

［38］(内部资料)东北革命文化史料选编(第一辑)［M］.1989.

［39］(内部资料)东北革命文化史料选编(第二辑)［M］.1992.

［40］(内部资料)东北革命文化史料选编(第三辑)［M］.1993.

［41］(内部资料)辽宁省文化厅等.冀察热辽革命文化史料(辽宁部分)［M］.1992.

敬　告

　　《1945—1949 年东北解放区文学大系》为展现东北解放区文学的整体风貌而编辑出版。丛书选取此间最具代表性的作品,以纪录这段波澜壮阔的历史时期内东北解放区所发生的翻天覆地的变化。由于丛书所收录的作品众多,时代不一,加之编辑出版时间有限,至今尚有部分收录作品未能与原作者或继承人取得联系。为保护作者著作权益,我社真诚敬告:凡拥有丛书所选录作品著作权的,请与我们联系,我们将按照国家规定及时付酬。

　　感谢社会各界对我们的理解与支持。

黑龙江大学出版社